ullstein

Fünf Jahre amerikanische Geschichte, vom Aufstieg John F. Kennedys bis zu seiner Ermordung in Dallas. Von kleinen Gangstern und FBI-Männern, Erpressungsartisten und schwulen Nachtclub-Entertainern, von Mafiabossen, J. Edgar Hoover und Howard Hughes: James Ellroy erzählt von der Kehrseite des amerikanischen Mythos.

Howard Hughes: halbirrer, drogensüchtiger Multimillionär, der Las Vegas aufkaufen will. J. Edgar Hoover: mörderisch eitler FBI-Chef, der wie keiner die Kunst der Intrige beherrscht, der die Existenz der Mafia schlicht leugnet. Joe Kennedy senior: skrupelloser Aufsteiger, in Geschäfte verstrickt mit dem organisierten Verbrechen, das seine Söhne bekämpfen.

Mafiabosse verbünden sich mit dem CIA-Agenten, CIA-Chefs engagieren Kriminelle – 1961 kommt es zum Desaster in der Schweinebucht. Am Ende steigert sich das Tempo bis zum Showdown: Am 22. November 1963 fallen Schüsse in Dallas.

JAMES ELLROY, Jahrgang 1948, begann seine Schriftstellerkarriere 1979 mit *Browns Grabgesang*. Mit *Die Schwarze Dahlie* gelang ihm der internationale Durchbruch. Unter anderem wurde Ellroy fünfmal mit dem Deutschen Krimipreis ausgezeichnet, zahlreiche Bücher wurden verfilmt, darunter *L.A. Confidential*.

Von James Ellroy sind in unserem Hause bereits erschienen:

Blut auf dem Mond · Blut will fließen · Blutschatten · Browns Grabgesang · Crime Wave · Der Hilliker-Fluch · Die Rothaarige · Die schwarze Dahlie · Ein amerikanischer Albtraum · Endstation Leichenschauhaus · Heimlich · Hollywood Nachtstücke · Hügel der Selbstmörder · In der Tiefe der Nacht · Jener Sturm · L.A. Confidential · L.A. Noir · Perfidia · Stiller Schrecken · White Jazz

JAMES ELLROY

EIN AMERIKANISCHER THRILLER

Roman

Aus dem Amerikanischen
von Stephen Tree

Ullstein

Besuchen Sie uns im Internet:

www.ullstein.de

MIX
Papier
FSC FSC® C083411

Neuausgabe im Ullstein Taschenbuch
1. Auflage November 2020

Titel der amerikanischen Originalausgabe:
American Tabloid (Alfred A. Knopf, New York)
Umschlaggestaltung: zero-media.net, München
Titelabbildung: gettyimages / © Marion Ettlinger / Kontributor
Gesetzt aus der Quadraat Pro powered by pepyrus.com
Druck und Bindearbeiten: CPI books GmbH, Leck
ISBN 978-3-548-06239-6

Amerika war nie unschuldig. Unsere Unschuld ist bei der Überfahrt draufgegangen, ohne dass wir ihr nachgeweint hätten. Der Sündenfall lässt sich nicht auf ein bestimmtes Ereignis oder besondere Umstände zurückführen. Was man bei der Empfängnis nicht besaß, das kann man nicht verlieren.

Unser Heimweh nach einer besseren Vergangenheit, die es nie gab, ist ein Produkt der Massenmedien. Sie haben eiskalt berechnende Politiker mit einem Heiligenschein versehen und deren zweckdienliche Taten in hochsinnige moralische Entscheidungen verwandelt. Unsere Sicht ist derart verschwommen, dass Wahrheitsfindung und Erkenntnis unmöglich geworden sind. Da kann nur rücksichtslose Wirklichkeitstreue Abhilfe schaffen.

Die heilige Dreifaltigkeit von Camelot bestand in Wahrheit aus gutem Aussehen, kräftigen Ellbogen und Sex. Jack Kennedy war der legendäre Inbegriff eines besonders saftigen Abschnitts unserer Geschichte. Er konnte die Leute herrlich einseifen und hatte eine Weltklassefrisur. Er war ein Bill Clinton ohne ständige Medienüberwachung und mit ein paar Speckrollen weniger am Bauch.

Angesichts seiner späteren Heiligsprechung hätte Jack in keinem besseren Augenblick umgelegt werden können. Doch die Ewige Flamme auf seinem Grab wird von Lügen umloht. Es ist an der Zeit, seine Urne umzubetten und ein paar Männer genauer zu betrachten, die seinen Aufstieg begleitet und seinen Fall befördert haben.

Es waren dies verkrachte Polizisten und Erpressungskünstler. Abhörspezialisten und Glücksritter und schwule Nachtclub-Entertainer. Wäre ihr Leben auch nur eine Sekunde lang anders verlaufen, sähe die amerikanische Geschichte für uns anders aus.

Es ist an der Zeit, eine Epoche von ihrem Mythos zu befreien und einen neuen Mythos zu begründen, der in der Gosse beginnt und nach den Sternen greift. Es ist an der Zeit, anzuerkennen, was schlechte Menschen geleistet haben und wie sie unbemerkt das Antlitz ihrer Zeit prägten.

Von ihnen handelt dieses Buch.

ERSTER TEIL

NÖTIGUNG

November bis Dezember 1958

1
Pete Bondurant

(Beverly Hills, 22.11.58)

Er setzte sich seinen Schuss stets vor laufendem Fernsehapparat.

Irgendwelche Latinos schwenkten Waffen. Der Obermacker zupfte Läuse aus dem Bart und regte sich auf. Schwarz-Weiß-Aufnahmen von CBS-Clowns im Kampfanzug. »Kuba, schlimm, schlimm«, sagte der Reporter, »Fidel Castros Rebellen gegen Fulgencio Batistas Armee.«

Howard Hughes fand die Vene und spritzte sich Codein. Pete schaute ihm heimlich zu – Hughes hatte die Schlafzimmertür nur angelehnt.

Das Mittel wirkte. Die Gesichtszüge Howards des Großen erschlafften.

Draußen klapperten die Servierwagen der Zimmerkellner. Hughes wischte die Nadel ab und wechselte das Programm. Die Nachrichten wurden von der »Howdy Doody Show« abgelöst – Routinebusiness im Beverly Hills Hotel.

Pete trat auf die Veranda hinaus – mit Blick auf den Pool, ein guter Beobachtungsposten für einen Aufpasser. Mieses Wetter heute: keine Möchtegern-Starlets im Bikini zu sehen.

Er schaute auf die Uhr, ihm war kribbelig zumute.

Mittags hatte er eine Scheidungssache zu erledigen – der Mann nahm seinen Lunch in flüssiger Form zu sich und stand auf Frischfleisch. *Gute* Blitzlichtlampen besorgen: Wenn die Fotos verwackelt waren, sah man nur so etwas wie bumsende Spinnen. Für Hughes erledigen: rauskriegen, wer die Vorladungen wegen der TWA-Antitrust-Klage verteilte, und die Leute bestechen, bis sie meldeten, Howard der Große habe in Richtung Mars abgehoben.

Wie Howard der Schlaue erklärt hatte: »Ich werde mich nicht gegen die zwangsweise verfügte Auflösung wehren, Pete. Ich tauche einfach ewig lange ab und treibe den Preis in die Höhe, bis ich verkaufen *muss*. TWA habe ich ohnehin satt, und ich verkaufe erst, wenn ich *mindestens* fünfhundert Millionen Dollar dafür kriege.«

Dabei zog er einen Schmollmund: der Kleine Lord als alternder Junkie.

Ava Gardner segelte am Pool vorbei. Pete winkte; Ava zeigte ihm den Finger. Sie kannten sich schon lange: Für ein Wochenende, das sie mit Hughes verbrachte, hatte er ihr eine Abtreibung verschafft. Pete, der Renaissancemensch: Zuhälter, Rauschgiftlieferant, Schläger mit Privatdetektiv-Lizenz.

Hughes und er kannten sich schon seit *eeewigen* Zeiten.

Juni '52. Deputy Sheriff Pete Bondurant – Leiter der Nachtschicht der Polizeiaußenstelle San Dimas. Die eine beschissene Nacht: ein Niggervergewaltiger auf freiem Fuß, die Ausnüchterungszelle gerammelt voll mit jaulenden Säufern.

Der Schnapsbruder, der ihm zusetzte. »Ich weiß, wer du bist, Macker. Du bringst unschuldige Weiber um und deinen eigenen –«

Er prügelte den Mann mit bloßen Fäusten tot.

Die Polizei vertuschte den Vorfall. Ein Augenzeuge verpfiff ihn beim FBI. Für ihren Mann in Los Angeles war der Säufer ein »Bürgerrechtsopfer«.

Zwei Agenten nahmen ihn in die Zange: Kemper Boyd und Ward J. Littell. Howard Hughes sah sein Bild in der Zeitung und witterte hochkarätiges Schlägerpotenzial. Hughes brachte die Sache ins Reine und machte ihm ein Stellenangebot: Springer, Zuhälter, Rauschgiftbeschaffer.

Howard heiratete Jean Peters und brachte sie allein in einem Riesenhaus unter. Danach stand auch »Wachhund« auf Bondurants Aufgabenzettel. Die prächtigste Hundehütte der Welt, die Nachbarvilla, war in dem Job inbegriffen.

Howard Hughes über die Ehe: »Als Institution finde ich sie entzückend, Pete, nur das Zusammenleben macht mir zu schaffen. Sei so gut, das Jean gelegentlich auszurichten. Und sollte sie sich einsam fühlen, sag ihr, dass ich stets an sie denke, auch wenn ich mit Arbeit überhäuft bin.«

Pete zündete sich eine Zigarette an. Wolken zogen vorbei – die Poolgäste fröstelten. Die Gegensprechanlage knackte – Hughes befahl ihn zu sich.

Er trat ins Schlafzimmer. Im Fernseher lief »Captain Kangaroo«, der Ton war heruntergedreht.

Dämmriges Schwarz-Weiß – Howard der Große als dunkler Schatten.

»Sir?«

»›Howard‹, wenn wir unter uns sind. Das weißt du doch.«

»Ich hab' heute meinen unterwürfigen Tag.«

»Du willst sagen, dich sticht der Hafer wegen deiner Herzensdame, Miss Gail Hendee. Na, gefällt ihr das Wachhäuschen?«

»Allerdings. Sie hält ebenso wenig vom Zusammenleben wie Sie und sagt, dass zwei Personen in vierundzwanzig Zimmern besser miteinander klarkommen.«

»Ich mag selbstständige Frauen.«

»Nein, das tun Sie nicht.«

Hughes schüttelte die Kissen auf. »Richtig. Aber ich mag den *Begriff* der selbstständigen Frau und habe ihn in meinen Filmen immer zu verwerten versucht. Und bin überzeugt, dass Miss Hendee sich als Partnerin bei Erpressungen ebenso bewährt wie als Geliebte. Nun, Pete, zur TWA-Antitrust-Sache ...«

Pete angelte sich einen Stuhl. »Die Gerichtsvollzieher kommen nicht zu Ihnen durch. Ich habe jeden Angestellten im Hotel bestochen und in der übernächsten Bungalowreihe einen Schauspieler einquartiert. Er sieht aus wie Sie und zieht sich an wie Sie, und ich lasse rund um die Uhr Callgirls bei ihm ein und aus gehen, damit es nach wie vor heißt, dass Sie Frauen ficken. Ich überprüfe jede vorgesehene Neueinstellung, Männer wie Frauen, um sicherzugehen, dass uns das Justizministerium keinen Agenten unterschiebt. Sämtliche leitenden Angestellten des Hotels haben Geld an der Börse investiert, und für jeden Monat, den Sie ohne Vorladung überstehen, kriegt jeder von mir zwanzig Aktien der Hughes Tool Company. Solange Sie sich in diesem Bungalow aufhalten, kriegen Sie keine Vorladung und brauchen nicht vor Gericht zu erscheinen.«

Hughes zupfte an seinem Bademantel – kleine Zeichen zittriger Unruhe. »Du bist ein sehr grausamer Mann.«

»Nein, ich bin *Ihr* sehr grausamer Mann, darum gestatten Sie mir, Ihnen zu widersprechen.«

»Du bist ›mein Mann‹ und betreibst dennoch deine etwas anrüchige Nebentätigkeit als Privatdetektiv.«

»Doch nur weil Sie mich bedrängen. Weil ich auch kein Weltmeister im Zusammenleben bin.«

»Trotz des Gehalts, das ich dir aussetze?«

»Nein, gerade *deswegen.*«

»Wie das?«

»Sehen Sie, ich habe eine Villa in Holmby Hills, aber Sie haben die Besitzurkunde dafür. Ich fahre ein 58er Pontiac Coupé, aber Sie haben den Fahrzeugbrief. Ich habe ein –«

»Das führt zu nichts.«

»Howard, Sie wollen was von mir. Sagen Sie was, und ich mach's.«

Hughes drückte auf die Fernbedienung. »Captain Kangaroo« verschwand. »Ich habe *Hush-Hush* gekauft. Meine Beweggründe, warum ich ein skurriles Skandalblatt erworben habe, sind zweifacher Art. Zum einen korrespondiere ich mit J. Edgar Hoover und möchte meine freundschaftliche Beziehung zu ihm festigen. Wir beide mögen den Hollywood-Klatsch, den *Hush-Hush* verbreitet, das heißt, der Kauf der Zeitschrift ist für mich ein ebenso amüsanter wie politisch geschickter Schachzug. Zum anderen denke ich an die politischen Verhältnisse insgesamt. Kurz, ich will in der Lage sein, Politiker angreifen zu können, die mir zuwider sind, insbesondere einen ruchlosen Playboy wie Senator John Kennedy, der 1960 möglicherweise als Präsidentschaftskandidat gegen meinen guten Freund Dick Nixon antreten wird. Wie dir bestimmt bekannt ist, waren Kennedys Vater und ich in den Zwanzigerjahren Geschäftsrivalen, und ich kann, offen gesagt, die ganze Familie nicht ausstehen.«

»Und?«, sagte Pete.

»Und ich weiß, dass du für *Hush-Hush* als ›Story-Überprüfer‹ gearbeitet hast, das heißt, du verstehst was von der Seite des Geschäfts. Sie weist gewisse Aspekte auf, die mit Erpressung verwandt sind, daher bin ich überzeugt, dass du dafür taugst.«

Pete ließ die Fingerknöchel knacken. »›Eine Story überprüfen‹ heißt: ›Lassen Sie die Klage gegen die Zeitschrift bleiben, oder Sie kriegen's mit mir zu tun.‹ Wenn ich mich in der Hinsicht nützlich machen kann, soll's mir recht sein.«

»Gut. Das ist doch ein Anfang.«

»Zur Sache, Howard. Ich kenne die Leute, sagen Sie mir, wer geht und wer bleibt.«

Hughes zuckte zusammen – fast unmerklich. »Die Empfangsdame war eine Negerin mit schuppigen Haaren, also habe ich sie gefeuert. Der freie Mitarbeiter, der den Schmutz ausgegraben hat, hat aufgehört, und ich will, dass du mir einen neuen dafür besorgst. Sol Maltzman behalte ich. Er hat unter Pseudonym seit Jahren sämtliche Artikel verfasst, deswegen halte ich es für angebracht, ihn weiter zu beschäftigen, obwohl er als Kommunist auf der Schwarzen Liste steht und nachweislich mindestens neunundzwanzig linken Organisationen angehört, und –«

»Und mehr Mitarbeiter brauchen Sie nicht. Sol leistet gute Arbeit, und wenn alle Stricke reißen, kann Gail für ihn einspringen – sie hat seit mehreren Jahren ab und zu für *Hush-Hush* geschrieben. Für die juristische Seite der Angelegenheit haben Sie Ihren Rechtsanwalt, Dick Steisel, und was Abhörwanzen angeht, dafür kann ich Ihnen Fred Turentine besorgen. Ich organisiere Ihnen einen guten Typen für die Wühlarbeit. Ich bleib' dran und hör mich um, aber das kann dauern.«

»Ich vertrau' dir. Du wirst wie immer ausgezeichnete Arbeit leisten.«

Pete knetete seine Knöchel. Die Gelenke schmerzten – ein sicheres Zeichen, dass Regen im Anzug war. »Muss das sein?«, sagte Hughes.

»Diese Hände haben uns zusammengeführt. Sie sollen nur wissen, Boss, dass sie noch da sind.«

Das Wohnzimmer der Wachhundehütte maß 25 auf 20 Meter.

Die Wände des Foyers waren aus goldgesprenkeltem Marmor.

Neun Schlafzimmer. Zehn Meter tiefe begehbare Kühlschränke. Hughes ließ die Teppiche einmal im Monat reinigen – sie waren einmal von einem Schwarzen betreten worden.

Überwachungskameras auf dem Dach und den oberen Treppenabsätzen – auf die Schlafzimmer von Mrs Hughes im Nachbarhaus ausgerichtet.

Pete fand Gail in der Küche. Sie hatte prächtige Kurven und langes braunes Haar.

»Normalerweise hört man, wenn jemand ins Haus kommt, aber unsere Eingangstür liegt 'ne halbe Meile entfernt«, sagte Gail.

»Wir wohnen schon seit einem Jahr hier, und du machst immer noch Witze.«

»Ich wohne im Tadsch Mahal. Da muss man sich dran gewöhnen.«

Pete hockte sich rittlings auf einen Stuhl. »Du bist nervös.«

Gail rutschte mit ihrem Stuhl von ihm weg. »Weißt du ... was Erpresserinnen angeht, gehöre ich zur nervösen Sorte. Wie heißt unser heutiger Mann?«

»Walter P. Kinnard. Siebenundvierzig Jahre alt, hat die Frau seit den Flitterwochen betrogen. Er hängt an den Kindern, und die Frau sagt, dass er einknickt, wenn ich ihm mit den Bildern auf den Pelz rücke und drohe, sie den Kindern zu zeigen. Er ist ein Säufer und lässt sich immer in der Mittagspause volllaufen.«

Gail bekreuzigte sich – halb im Spaß, halb ernst. »Wo?«

»Du triffst ihn in ›Dale's Secret Harbor‹. Er hat eine Absteige ganz in der Nähe, wo er seine Sekretärin fickt, aber du bestehst auf dem Ambassador. Du bist zu einem Kongress in die Stadt gekommen und hast ein schnuckliges Zimmer mit einer gut bestückten Bar.«

Gail erschauerte. Bibbern am frühen Morgen – ein sicheres Zeichen, dass ihr die Sache stank.

Pete schob ihr einen Schlüssel hin. »Ich habe das Nachbarzimmer genommen, damit du abschließen und dich unauffällig verhalten kannst. Ich habe das Schloss zur Verbindungstür aufgekriegt und glaube daher nicht, dass es groß Krach gibt.«

Gail zündete sich eine Zigarette an. Ihre Hände waren ruhig – gut. »Lenk mich ab. Sag mir, was Howard der Einsiedler wollte.«

»Er hat *Hush-Hush* gekauft. Ich soll ihm einen freien Mitarbeiter beschaffen, damit er sich am Hollywood-Klatsch aufgeilen und ihn an seinen Kumpel J. Edgar Hoover weitertragen kann. Er möchte seine alten politischen Feinde anschwärzen, darunter deinen Ex-Freund Jack Kennedy.«

Gail lächelte zuckersüß. »Ein paar Wochenenden haben ihn nicht zu meinem Freund gemacht.«

»Dein Scheißlächeln hat ihn dazu gemacht.«

»Er hat mich einmal nach Acapulco eingeflogen. So was könnte auch Howard der Einsiedler tun, deswegen bist du eifersüchtig.«

»Er hat dich während seiner Flitterwochen eingeflogen.«

»Na und? Er hat aus politischen Gründen geheiratet, und die Politik sorgt nun mal für seltsame Bettgenossen. Und mein Gott, du bist sooo ein Spanner.«

Pete zog die Waffe raus und überprüfte den Ladestreifen – derart rasch, dass er nicht hätte sagen können, wieso.

»Glaubst du nicht, dass wir ein eigenartiges Leben führen?«, sagte Gail.

Sie fuhren in getrennten Wagen in die Stadt. Gail saß an der Bar; Pete nahm in einer Nische in der Nähe Platz und nuckelte an einem Highball.

Das Restaurant war gerammelt voll – Dale's war zum Lunch immer voll. Pete bekam stets einen Ehrenplatz – er hatte dem Besitzer mal einen Erpresser vom Hals geschafft.

Zahlreiche Frauen trieben sich rum: in der Regel aus den Büros am Wilshire. Gail stach heraus: Sie hatte das gewisse Etwas. Pete schlang Cocktailnüsse in sich hinein – er hatte vergessen zu frühstücken.

Kinnard war verspätet. Pete tastete den Raum mit seinem Röntgenblick ab.

Bei den Telefonen hockte Jack Whalen – die Nummer eins der Buchmacher von Los Angeles. Zwei Nischen weiter ein paar hohe Tiere vom LAPD, dem Los Angeles Police Department. Die Ärsche tuschelten miteinander. »Bondurant.« ... »Klar, die Sache mit der Cressmeyer damals.«

Ruth Mildred Cressmeyers Geist saß drüben an der Bar: das traurige alte Mädchen mit den zittrigen Händen.

Pete verlor sich in Erinnerungen.

Ende 1949. Er hatte ein paar anständige Nebeneinnahmen. Er passte bei Kartenspielen auf, und er vermittelte Abtreibungen. Der Ausschabungsdoktor war sein kleiner Bruder Frank.

Pete hatte sich zu den U.S. Marines gemeldet, um die Green Card zu bekommen. Frank blieb bei der Familie in Quebec und studierte Medizin.

Pete kam früh auf den Geschmack. Frank spät.

Nicht französisch, sondern englisch reden. Den Akzent loswerden und nach Amerika auswandern.

Als Frank in L. A. ankam, wollte er vor allem eins: Geld. Er bestand die Zulassungsprüfung und machte sich selbstständig: Abtreibungen und Morphium zu verkaufen.

Frank stand auf Showgirls und Karten. Frank stand auf Gangster. Frank stand auf Mickey Cohens Pokerpartien am Donnerstagabend.

Frank freundete sich mit einem Räuber namens Huey Cressmeyer an. Hueys Mami betrieb eine Abtreibungsklinik in Niggertown. Huey schwängerte sein Mädchen und bat Mami und Frank um Hilfe. Huey drehte durch und überfiel die Donnerstagspokerpartie – Pete hatte wegen einer Grippe dienstfrei.

Mickey setzte Pete auf ihn an.

Pete bekam einen Tipp: Huey hatte sich in einer Absteige in El Segundo eingeigelt. Das Haus gehörte einem von Jack Dragnas Killern.

Mickey hasste Jack Dragna. Mickey verdoppelte den Preis und beauftragte Pete, alle Leute im Haus umzubringen.

14. Dezember 1949 – der Tag war frostig und bedeckt.

Pete setzte den Schlupfwinkel mit einem Molotow-Cocktail in Brand. Vier schwarze Schatten hasteten zur Hintertür hinaus und versuchten, die Flammen zu ersticken. Pete erschoss sie und ließ sie verbrennen.

Die Zeitungen gaben ihre Namen bekannt:

Hubert John Cressmeyer, 24.

Ruth Mildred Cressmeyer, 56.

Linda James Camrose, 20, im vierten Monat schwanger.

François Bondurant, 27, Arzt, frankokanadischer Immigrant.

Offiziell blieben die Morde ungelöst. Bei Insidern sickerte die Geschichte durch.

Jemand rief seinen Vater in Quebec an und verpfiff ihn. Der Alte rief bei ihm an und bat ihn flehentlich, die Geschichte zu bestreiten.

Er war eingeknickt, oder er strahlte jede Menge Schuldbewusstsein aus. Jedenfalls brachten sich sein Alter und seine Alte noch am selben Tag durch Einatmen von Autoabgasen um.

Die Tante an der Bar war Ruth Mildreds Scheißzwillingsschwester.

Die Zeit wollte nicht vergehen. Er schickte dem alten Mädchen Nachschub auf Kosten des Hauses. Walter P. Kinnard kam herein und setzte sich neben Gail.

Das Spiel konnte beginnen.

Gail winkte dem Barmann. Walter der Aufmerksame bemerkte die Geste und pfiff. Der Barmann sauste mit dem Martini-Shaker herbei – Walt der wackere Trinker hatte hier was gut.

Gail die Hilflose suchte in ihrer Handtasche nach Streichhölzern. Walt der Hilfreiche zückte das Feuerzeug und lächelte. Walt dem Anmacher rieselten Schuppen aufs Jackett.

Gail lächelte. Walt der Anmacher lächelte. Walt der Elegante trug weiße Socken zum feingestreiften Dreiteiler.

Die Turteltäubchen entschieden sich für Martinis und Small Talk. Pete beäugte das Vorspiel. Gail stürzte ihren Drink runter, um sich Mut zu machen – ihre Nerven lagen bloß.

Sie berührte Walts Arm. Ihr Schuldgefühl war deutlich – vom Geld abgesehen, war ihr das Ganze zuwider.

Pete schlenderte zum Ambassador hinüber und ging auf sein Zimmer. Das Arrangement war perfekt: sein Zimmer, Gails Zimmer, die Verbindungstür, die einen eleganten Zugriff erlaubte.

Er zog die Kamera auf und brachte einen Blitzlichtstreifen an. Er ölte die Verbindungstür. Er probierte Einstellungen aus, um das Gesicht draufzukriegen.

Die zehn Minuten dehnten sich. Pete horchte auf Geräusche im Nachbarzimmer. Da, Gails Signal – »Verdammt, wo ist mein Schlüssel« –, ein bisschen zu laut.

Pete presste sich an die Wand. Er hörte, wie Walt der Einsame eine Rührnummer abzog: Meine Frau und meine Kinder wissen nicht, dass ein Mann gewisse Bedürfnisse hat. Gail erkundigte sich, wieso er dann *sieben* Kinder habe? Walt erklärte, damit die Frau zu Hause bleibe, wo eine Frau hingehört.

Die Stimmen verloren sich in Richtung Bett. Schuhe plumpsten zu Boden. Gail warf einen ihrer hochhackigen Schuhe an die Wand – ihr Signal. Drei Minuten bis zum Start.

Pete lachte – Zimmer für dreißig Dollar die Nacht mit papierdünnen Wänden.

Reißverschlüsse ratschten. Bettfedern ächzten. Der Sekundenzeiger tickte. Walter P. Kinnard begann zu stöhnen – bei zwei Minuten vierundvierzig saß er, Petes Stoppuhr zufolge, im Sattel.

Pete wartete die drei Minuten exakt ab. Er drückte vooooorsichtig die Tür auf – das Scharnieröl sorgte dafür, dass auch nicht das geringste Quiiiiietschen zu hören war.

Da: Gail und Walter P. Kinnard beim Ficken.

In der Missionarsstellung, die Köpfe dicht beieinander – gerichtstauglicher Beweis für Ehebruch. Walt genoss in vollen Zügen. Gail täuschte Ekstase vor und zupfte an der Nagelhaut.

Pete schoss Nahaufnahmen.

Eins, zwei, drei, Kamerablitze im Maschinengewehrtakt. Das ganze gottverdammte Zimmer wurde strahlend hell.

Kinnard stieß einen schrillen Schrei aus und löste sich von ihr, schlaff wie ein Waschlappen. Gail rollte vom Bett und rannte ins Badezimmer.

Walt die Sexbombe splitternackt: 1,75 Meter, zweihundertzehn Pfund, untersetzt.

Pete ließ die Kamera fallen und packte ihn. Pete sprach langsam und deutlich.

»Deine Frau will eine Scheidung. Sie will achthundert im Monat, das Haus, den 56er Buick und eine Zahnspangenbehandlung für deinen Sohn Timmy. Du gibst ihr alles, was sie will, oder ich krieg' dich und bring' dich um.«

Kinnard spuckte Speichelblasen. Pete imponierte Kinnards Farbe: halb schockblau, halb arteriell rot.

Durch die Badezimmertür drang Dampf – Gails Dusche danach, rasch wie immer.

Pete ließ Walt los. Sein Arm zitterte vor Anstrengung: mehr als zweihundert Pfund, nicht schlecht.

Kinnard schnappte sich seine Kleider und stolperte zur Tür hinaus. Pete sah, wie er den Korridor hinunterstolperte und gleichzeitig versuchte, ins richtige Hosenbein zu schlüpfen.

Gail trat aus einer Dampfwolke. Ihr »Ich-kann-bald-nicht-mehr« überraschte ihn kaum.

Walter P. Kinnard schloss einen außergerichtlichen Vergleich. Petes ungebrochene Gewinnsträhne verlängerte sich: Ehefrauen 23, Ehemänner 0. Mrs Kinnard bezahlte: fünf Riesen sofort und 25 Prozent des Unterhalts bis in alle Ewigkeit.

Dann: drei Tage in Howard Hughes' Diensten.

Die TWA-Klage ging Howard dem Großen auf die Nerven. Pete verstärkte die Ablenkungsmanöver.

Er gab Nutten Geld, damit sie den Zeitungen zuspielten: Hughes hatte sich in Absteigen verkrochen. Er überschüttete die Vollzugsbeamten mit telefonischen Hinweisen. Hughes war in Bangkok, Maracaibo, Seoul. Er quartierte ein zweites Hughes-Double im Biltmore ein: einen alten, gut bestückten Pornodarsteller. Opa war tatsächlich priapisch – er schickte ihm Barbara Payton zu Liebesdiensten rüber. Die alkoholbenebelte Babs glaubte allen Ernstes, der alte Clown *wäre* Hughes. Sie verkündete weit und breit: Klein-Howard war um 15 Zentimeter gewachsen.

J. Edgar Hoover hätte die Klage ohne Weiteres abwürgen können. Hughes weigerte sich, ihn um Hilfe zu bitten.

»Noch nicht, Pete. Zuvor muss ich meine Freundschaft mit Mr Hoover festigen. Dabei spielt, wie ich meine, der Kauf von *Hush-Hush* eine entscheidende Rolle, doch bin ich darauf angewiesen, dass du mir einen neuen Skandalspezialisten auftreibst. Du weißt doch *genau*, mit welcher Leidenschaft Mr Hoover belastende Informationen sammelt.«

Pete verbreitete in der Gerüchteküche:

Neuer *Hush-Hush*-Schmutzfink gesucht. Interessierte Dreckschleudern mögen sich telefonisch bei Pete B. melden.

Pete schob Telefondienst am Wachhundehüttenapparat. Clowns riefen an. »Ich möchte einen saftigen Skandal hören, damit ich Ihre Glaubwürdigkeit überprüfen kann«, sagte Pete.

Die Clowns gingen darauf ein. Und das kam dabei heraus:

Pat Nixon hatte soeben Nat »King« Coles Baby zur Welt gebracht. Lawrence Welk leitete einen Callboy-Ring. Patti Page und Francis, das sprechende Maultier, waren ein heißes Paar.

Eisenhower hatte nachweislich Negerblut. Rin Tin Tin hatte Lassie geschwängert. Jesus Christus leitete ein schwarzes Hurenhaus in Watts.

Es kam noch schlimmer. Pete hatte neunzehn Interessenten notiert – einer übergeschnappter als der andere.

Das Telefon klingelte – Irrer Nummer zwanzig im Anmarsch. Pete hörte ein Knistern in der Leitung – wahrscheinlich ein Ferngespräch.

»Wer ist dran?«

»Pete? Ich bin's, Jimmy.«

HOFFA.

»Jimmy, wie geht's dir?«

»Ich friere. Es ist saukalt in Chicago. Ich rufe von einem Kumpel aus an, und bei dem ist die Heizung im Eimer. Bist du sicher, dass *dein* Telefon nicht abgehört wird?«

»Ganz sicher. Freddy Turentine überprüft einmal im Monat sämtliche Apparate von Mr Hughes auf Wanzen.«

»Dann kann ich sprechen?«

»Du kannst sprechen.«

Hoffa legte los. Pete hielt den Hörer auf Armeslänge vom Ohr weg und verstand ihn ausgezeichnet.

»Der McClellan-Untersuchungsausschuss klebt an mir wie Fliegen an der Scheiße. Der wieselige kleine Schwanzlutscher Bobby Kennedy hat dem halben Land eingetrichtert, die Teamster seien schlimmer als die gottverdammten Kommunistenschweine, und saut mich und meine Leute wie ein Verrückter mit Vorladungen voll und lässt seine Staatsanwälte auf meiner Gewerkschaft rumkrabbeln wie –«

»Jimmy –«

»– Fliegen auf Hundescheiße. Zuerst hetzt er Dave Beck, und jetzt will er *mir* auf den Leib rücken. Bobby Kennedy ist eine einzige riesige Hundescheiße-Lawine. Ich baue in Florida das Ferienzentrum Sun Valley, und Bobby versucht rauszukriegen, wo die drei Millionen her sind, die das gekostet hat. Er nimmt an, dass ich sie aus der Pensionskasse genommen habe –«

»Jimmy –«

»– und er meint, er kann seinen Mösenlecker von Bruder auf meinem Rücken zum Präsidenten wählen lassen. Er meint, James Riddle Hoffa ist eine beschissene politische Trittleiter. Er meint, ich bück' mich und reiß' mir den Arsch auf wie eine gottverdammte Schwuchtel. Er meint –«

»Jimmy –«

»– ich sei ein Schwächling wie er und sein Bruder. Er meint, ich kneif' den Schwanz ein wie Dave Beck. Und als ob das alles nicht langen würde, gehört mir ein Taxistand in Miami. Die hitzköpfigen Exilkubaner, die für mich arbeiten, tun den lieben langen Tag nichts anderes, als sich über den Wichser Castro und den Wichser Batista in die Haare zu geraten, wie wie wie ...«

Hoffa schnappte heiser nach Luft. »Was willst du?«, fragte Pete.

Jimmy atmete durch. »Ich hab' einen Job für dich in Miami.«

»Wie viel?«

»Zehntausend.«

»Abgemacht«, sagte Pete.

Er buchte einen Flug um Mitternacht. Er benutzte einen falschen Namen und ließ die Rechnung für den First-Class-Flug an Hughes Aircraft schicken. Das Flugzeug landete pünktlich um acht Uhr früh.

Pete nahm ein Taxi zu einer Teamster-Autovermietung, wo ein neuer Cadillac Eldorado auf ihn wartete. Jimmy hatte vorgesorgt: Man wollte weder Kaution noch Ausweis von ihm.

Unter dem Armaturenbrett klebte eine Notiz.

»Taxistand Flagler/Northwest 46. Street. Mit Fulo Machado reden.« Eine Wegbeschreibung folgte.

Pete fuhr los. Die Szenerie verlor rasch an Reiz.

Große Häuser wurden kleiner und kleiner. Weiße Spießer machten weißem Abschaum, Niggern und Latinos Platz. Flagler bestand bloß aus billigen Ladenfronten.

Der Taxistand hatte einen Tigerstreifen-Verputz. Die Taxis auf dem Parkplatz waren in Tigerstreifen lackiert. Latinos in tigergestreiften Hemden schlangen Doughnuts und billigen Wein in sich hinein.

Auf dem Schild über der Tür stand: *Tiger Kab. Se Habla Español.*

Pete parkte direkt davor. Die Getigerten musterten ihn und schnatterten. Er streckte sich zu voller Größe, 1,95 Meter, und ließ den Hemdzipfel aus der Hose rutschen. Die Spics sahen die Waffe und schnatterten auf Hochtouren.

Er ging in den Taxischuppen. Nette Tapete: Tigerfotos von der Decke bis zum Boden. Aus *National Geographic* – Pete platzte beinahe laut heraus.

Der Fahrdienstleiter winkte ihn zu sich. Sein Gesicht sah vielleicht aus: als ob jemand darauf mit dem Messer Zickzack geübt hätte.

Pete nahm Platz. Der Kotzhässliche sagte: »Ich heiße Fulo Machado. Das hat mir Batistas Geheimpolizei besorgt, also guck's dir zur Einführung einmal ausgiebig an, und vergiss es dann, kapiert?«

»Du sprichst ganz gut englisch.«

»Ich habe im Hotel Nacional in Havanna gearbeitet. Ein amerikanischer Croupier hat's mir beigebracht. Er war jedoch, wie sich herausstellte, ein *Maricón*, der mich missbrauchen wollte.«

»Was hast du mit ihm gemacht?«

»Dem *Maricón* gehörte ein Schuppen auf einer Schweinefarm bei Havanna, wo er kleine kubanische Jungs hinbrachte, um sie zu missbrauchen. Dort habe ich ihn und einen anderen *Maricón* entdeckt und beide mit meiner Machete getötet. Ich habe das ganze Schweinefutter aus den Trögen gestohlen und die Stalltür offen gelassen. Verstehst du, ich hatte in *National Geographic* gelesen, dass hungrige Schweine verwesendes Menschenfleisch unwiderstehlich finden.«

»Fulo, ich mag dich«, sagte Pete.

»Wart's ab. Ich kann sehr reizbar sein, wenn es um die Feinde von Jesus Christus oder Fidel Castro geht.«

Pete unterdrückte einen Lacher. »Hat jemand von Jimmys Kollegen einen Umschlag für mich dagelassen?«

Fulo reichte ihn rüber. Pete, der endlich loslegen wollte, riss ihn auf.

Nett – eine schlichte Notiz und ein Foto.

»Anton Gretzler, 114 Hibiscus, Lake Weir, Fla. (bei Sun Valley). OL 4–8812.« Das Bild zeigte einen großen Kerl, der unglaublich fett war, es schien fast ein medizinisches Wunder, dass er überhaupt existierte.

»Jimmy traut dir«, sagte Pete.

»Tut er. Er hat mir zu meiner Green Card verholfen und kann sicher sein, dass ich loyal bleibe.«

»Was hat es mit Sun Valley auf sich?«

»Das ist, was man, glaube ich, eine ›Parzellierung‹ nennt. Jimmy verkauft Grundstücke an Teamster.«

Pete: »Und was meinst du, wer im Augenblick mehr Schlag hat? Jesus oder Castro?«

»Ich glaube, im Augenblick steht es auf der Kippe.«

Pete bezog ein Zimmer im Eden Roc und rief Anton Gretzler von einem öffentlichen Fernsprecher an. Der Fettsack erklärte sich zu einem Treffen bereit: 15 Uhr, Sun Valley.

Pete legte sich ein bisschen hin und fuhr frühzeitig los. Sun Valley war das Letzte: drei Feldwege durch Sumpfland, gut 35 Meter von der Interstate entfernt.

Das Gelände war in streichholzschachtelgroße Parzellen unterteilt, auf denen sich billiges Baumaterial stapelte. Alles von Sumpfland umgeben – Pete sah Alligatoren, die sich sonnten.

Es war heiß und feucht. Eine bösartige Sonne verbrannte alles Grün zu trockenem Braun. Pete lehnte sich gegen den Wagen und streckte sich. Eine Brise wehte Staubwolken auf. Die Zufahrtsstraße war von Staub eingenebelt. Ein großer Sedan bog von der Interstate ab und raste blindlings auf ihn zu.

Pete trat zur Seite. Der Wagen kam zum Stehen. Der dicke Anton Gretzler stieg aus.

Pete trat auf ihn zu. »Mr Peterson?«, fragte Gretzler.

»Ja. Mr Gretzler?«

Der Fettsack streckte die Hand aus. Pete übersah sie.

»Stimmt was nicht? Sie sagten, Sie wollten sich ein Grundstück anschauen.«

Pete steuerte den Dickwanst zu einer sumpfigen Wiese. Gretzler hatte es gleich begriffen: bloß keinen Widerstand leisten. Alligatoren-Augen ragten aus dem Wasser.

»Sehen Sie sich mal meinen Wagen an«, sagte Pete. »Seh' ich aus wie einer Ihrer Gewerkschaftstypen, der für ein solches Baukastenhaus infrage kommt?«

»Nun ... nein.«

»Meinen Sie nicht, dass Sie Jimmy übel hinters Licht führen, wenn Sie mir solche Scheißhaufen zeigen?«

»Nun ...«

»Jimmy hat mir gesagt, dass er eine nette Häuserreihe in der Gegend besitzt, die gerade zum Verkauf ansteht. Sie hätten abwarten und *die* den Teamstern zeigen sollen.«

»Nun ... ich dachte, ich –«

»Jimmy sagt, dass Sie ein unbedachter Bursche sind. Er sagt, er hätte Sie nicht zu seinem Partner machen dürfen. Er sagt, Sie würden rumerzählen, dass er Geld aus der Teamster-Pensionskasse borgt und was für sich abzweigt. Er sagt, Sie hätten über die Pensionskasse geschwatzt, als wären Sie ein Spitzel.«

Gretzler zuckte zusammen. Pete brach ihm das Handgelenk – Knochen splitterten und stachen durch die Haut. Gretzler versuchte zu schreien, doch der Schrei blieb ihm im Halse stecken.

»Hat dir der McClellan-Untersuchungsausschuss eine Vorladung geschickt?«

Gretzler nickte verzweifelt: Ja.

»Hast du mit Robert Kennedy oder seinen Untersuchungsbeamten gesprochen?«

Gretzler schüttelte den Kopf, fast besinnungslos vor Angst: Nein.

Pete blickte sich auf dem Highway um. Kein Wagen weit und breit, keine Zeugen –

Gretzler sagte: »BITTE.«

Pete ballerte ihm das Gehirn mitten in einem Rosenkranz weg.

2
Kemper Boyd

(Philadelphia, 27.11.58)

Der Wagen: ein Jaguar XK-140, dunkelgrün, beiges Leder. Eine Tiefgarage: totenstill. Die Aufgabe: den Jaguar fürs FBI klauen und den Trottel in die Falle locken, der dafür bezahlte.

Er brach die Fahrertür auf und schloss die Zündung kurz. Die Polster rochen nach Geld: Lederausstattung trieb den »Wiederverkaufspreis« in schwindelnde Höhen.

Er fuhr gemächlich Richtung Straße und wartete, bis sich im Verkehr eine Lücke auftat. Die Windschutzscheibe beschlug in der kalten Luft.

Der Käufer stand an der Straßenecke. Einer von denen, die sich an Gesetzesübertretungen aufgeilen und sie möglichst hautnah miterleben möchten.

Er bog in die Straße ein. Ein Polizeiauto schnitt ihm den Weg ab. Der Käufer sah, was passierte – und rannte davon.

Mit Gewehren bewaffnete Bullen stürzten sich auf ihn. Sie brüllten die üblichen Befehle: »Aussteigen und die Hände hochnehmen!« – »Raus jetzt!« – »Hinlegen!«

Er tat wie geheißen. Die Bullen verpassten ihm die volle Rüstung: Handschellen, Fußschellen und Stolperketten. Sie durchsuchten ihn und rissen ihn hoch. Er schlug mit dem Kopf auf das Blinklicht eines Polizeiwagens –

Die Zelle kam ihm bekannt vor. Er schwang die Beine von der Pritsche und legte sich seine Identität zurecht.

Ich bin Special Agent Kemper C. Boyd, FBI, tätig in verdeckter Ermittlung bei Autodiebstählen. Ich bin *nicht* Bob Aiken, freischaffender Autodieb. Ich bin 42 Jahre alt. War in Yale. Habe einen Abschluss in Jura. Ich bin seit 17 Jahren beim FBI, geschieden, habe eine Tochter auf dem College – und bin langjähriger Autoknacker mit FBI-Lizenz.

Er lokalisierte die Zelle: Stockwerk B im FBI-Gebäude von Philadelphia.

Ihm brummte der Schädel. Hand- und Fußgelenke taten ihm weh. Er rückte seine Identität eine Spur genauer zurecht.

Ich habe Beweismaterial bei Autodiebstählen gefälscht und seit Jahren Geld einbehalten. IST DAS EINE FBI-INTERNE UNTERSUCHUNG?

Er erblickte leere Zellen zu beiden Seiten des Gangs. Er bemerkte ein paar Zeitungsseiten auf dem Spülbecken, mit balkendicken Schlagzeilen versehene Imitationen:

»Autodieb erleidet Herzattacke in bundesstaatlichem Gewahrsam« – »Autodieb tot in FBI-Zelle«.

Darunter stand in Schreibmaschinenschrift:

> Heute Nachmittag gelang der Polizei von Philadelphia im Schatten des pittoresken Rittenhouse Square eine wagemutige Festnahme.
>
> Aufgrund von anonymen Hinweisen überraschten Sergeant Gerald P. Griffen und vier andere Polizeibeamte Robert Henry Aiken, 42, beim Stehlen eines teuren Jaguars. Aiken ließ sich widerstandslos festnehmen und –

Jemand hüstelte und sagte: »Sir?«

Kemper blickte auf. Ein Beamtentyp hielt ihm die Zellentür auf.

»Sie können zum Hintereingang hinaus, Sir. Ein Wagen erwartet Sie.«

Kemper brachte seine Kleider in Ordnung und kämmte sich. Er verließ das Gebäude durch den Lieferantenausgang und sah eine Regierungslimousine, die die Zufahrt blockierte.

Seine Limousine.

Kemper stieg hinten ein. »Hallo, Mr Boyd«, sagte J. Edgar Hoover.

»Guten Tag, Sir.«

Die Trennscheibe glitt hoch und riegelte den Fond ab. Der Fahrer ordnete sich in den Verkehr ein.

Hoover hüstelte. »Ihre verdeckte Ermittlung ist ziemlich überstürzt beendet worden. Die Polizei von Philadelphia ging dabei etwas drastisch vor, aber dafür ist sie nun einmal bekannt, und alles andere hätte unglaubwürdig gewirkt.«

»Ich habe gelernt, unter derartigen Umständen nicht aus der Rolle zu fallen. Ich bin überzeugt, dass die Festnahme glaubhaft gewirkt hat.«

»Haben Sie für Ihre Rolle einen Ostküsten-Akzent benutzt?«

»Nein, mittlerer Westen. Ich wurde mit Akzent und Redeweise vertraut, als ich in St. Louis tätig war und meinte, dadurch mein Erscheinungsbild wirksam zu ergänzen.«

»Was selbstverständlich zutrifft. Ich für meine Person würde Ihnen in Sachen kriminelles Rollenspiel keinesfalls zu nahe treten wollen. Nehmen wir beispielsweise Ihr Sportsakko. So unangemessen es mir als Arbeitskleidung erscheint, für einen Wagendieb in Philadelphia ist es völlig passend.«

Sag schon, worauf du hinauswillst, du wichtigtuerischer kleiner –

»Nun haben Sie sich stets distinguiert gekleidet. Vielleicht sollte man besser ›teuer‹ sagen. Offen gestanden hat es Zeiten gegeben, wo ich mich gefragt habe, wie Sie mit Ihrem Einkommen Ihre Garderobe finanzieren konnten.«

»Sie sollten mal meine Wohnung sehen, Sir. Was ich in meine Garderobe gesteckt habe, geht dort ab.«

Hoover kicherte. »Mag sein, wie es will, ich bezweifle, dass ich Sie zweimal im selben Anzug gesehen habe. Ich bin überzeugt, dass die Frauen, die Ihnen so viel bedeuten, Ihren Stil zu schätzen wissen.«

»Das will ich hoffen, Sir.«

»Sie nehmen meine Komplimente mit bemerkenswerter Haltung hin, Mr Boyd. Die meisten Männer pflegen sich dabei zu winden. Und Sie stellen dabei sowohl Ihren einmaligen persönlichen Schneid unter Beweis als auch einen damit verbundenen Respekt für meine Person, der sehr ansprechend ist. Wissen Sie, was das bedeutet?«

»Nein, Sir. Das weiß ich nicht.«

»Das bedeutet, dass ich was für Sie übrig habe und bei Ausrutschern ein Auge zudrücke, für die ich andere Agenten vierteilen würde. Sie sind ein gefährlicher und skrupelloser Mann, aber Sie verfügen über einen verführerischen Charme. Das gleicht Ihren Hang zur Zügellosigkeit aus und macht es mir möglich, Sie zu mögen.«

FRAG NICHT, »WAS FÜR AUSRUTSCHER?« – SONST SAGT ER'S DIR UND MACHT DICH FERTIG.

»Sir, Ihr Respekt bedeutet mir sehr viel, wobei er ganz und gar auf Gegenseitigkeit beruht.«

»Das Wort ›Zuneigung‹ fehlt in Ihrer Antwort, aber ich will die Angelegenheit auf sich beruhen lassen. Und damit zu unseren Geschäften. Sie bekommen von mir die Möglichkeit, zwei ordentliche Gehälter auf einmal einzustreichen, was Sie zweifellos grenzenlos glücklich machen dürfte.«

Hoover lehnte sich zurück, um genüsslich auf seine Frage zu warten. »Sir?«, sagte Kemper.

Die Limousine beschleunigte. Hoover rückte die Krawatte zurecht. »Die jüngsten Unternehmungen der Kennedy-Brüder machen mir Sorgen. Bobby scheint das Mandat des McClellan-Ausschusses zur Aufklärung verbrecherischer Gewerkschaftsumtriebe zu missbrauchen, um das FBI in den Schatten zu stellen und die Präsidentschaftsbestrebungen seines Bruders zu befördern. Das missfällt mir. Ich habe das Büro schon vor Bobbys Geburt gelcitet. Jack Kennedy ist ein degenerierter liberaler Playboy mit den moralischen Überzeugungen eines auf Mösen dressierten Hundes. Im McClellan-Ausschuss spielt er sich als Verbrechensbekämpfer auf, und allein die Tatsache, dass es diesen Ausschuss gibt, kommt einer heimlichen Ohrfeige für das FBI gleich. Der alte Joe Kennedy ist fest entschlossen, seinem Sohn das Weiße Haus zu kaufen, und ich möchte über Informationen verfügen, die mich, falls ihm dies denn gelingen sollte, in die Lage versetzen, wenigstens die allerübelste politische Gleichmacherei des Bürschchens auf ein erträgliches Maß zu mildern.«

Kemper reagierte aufs Stichwort. »Sir?«

»Ich möchte, dass Sie in der Kennedy-Organisation verdeckt ermitteln. Das Mandat des McClellan-Ausschusses läuft kommendes Frühjahr aus, aber Bobby Kennedy stellt nach wie vor Untersuchungsbeamte ein. Sie beenden mit augenblicklicher Wirkung Ihre Tätigkeit fürs FBI, obwohl Sie bis Juli 1961, wenn sich der Tag Ihres Eintritts beim FBI zum zwanzigsten Mal jährt, Ihr volles Gehalt beziehen werden. Sie denken sich überzeugende Gründe für Ihre vorzeitige Pensionierung aus und besorgen sich eine Stellung als Anwalt beim McClellan-Ausschuss. Mir ist bekannt, dass Sie und Jack Kennedy mit einer Senatsangestellten namens Sally Lefferts liiert gewesen sind. Miss Lefferts ist eine gesprächige junge Dame, und daher bin ich sicher, dass der junge Jack von Ihnen gehört hat. Der junge Jack sitzt im McClellan-Ausschuss und hat eine Schwäche für pikanten Tratsch und gefährliche Freunde. Ich glaube, dass Sie hervorragend zu den Kennedys passen, Mr Boyd. Meiner Meinung nach ist dies für Sie *sowohl* eine sinnvolle Gelegenheit, Ihre Fähigkeiten in Täuschung und Doppelspiel unter Beweis zu stellen, *als auch* eine Möglichkeit, Ihren Hang zur Promiskuität auszuleben.«

Kemper fühlte sich schwerelos. Die Limousine schien durch die Luft zu gleiten.

»Ihre Reaktion entzückt mich«, sagte Hoover. »Ruhen Sie sich jetzt aus. In einer Stunde sind wir in Washington, wo ich Sie bei Ihrer Wohnung absetzen werde.«

Hoover hatte ihm neuestes Studienmaterial geschickt – in einem Lederordner mit der Prägung »VERTRAULICH«. Kemper mixte sich einen trockenen Martini, rückte sich seinen Lieblingssessel zurecht und begann zu lesen.

Letztlich ging es darum: Bobby Kennedy gegen Jimmy Hoffa.

Senator John McClellan war Leiter des im Januar 1957 einberufenen Senatsausschusses zur Untersuchung unlauterer Umtriebe seitens der Gewerkschaften und der Arbeitgeber. Außerdem gehörten dem Ausschuss an: die Senatoren Ives, Kennedy, McNamara, McCarthy, Ervin, Mund, Goldwater. Leitender Rechtsberater und Untersuchungsbeauftragter: Robert F. Kennedy.

Gegenwärtiger Personalbestand: 35 Untersuchungsbeamte, 45 Buchprüfer, 25 Stenografen und Büroangestellte. Gegenwärtiger Sitz: Senate Office Building, Suite 101.

Gegenwärtige Zielvorgaben des Untersuchungsausschusses:

Aufdeckung korrupter Machenschaften seitens der Gewerkschaften; Aufdeckung mutmaßlicher Verbindungen zwischen Gewerkschaften und organisiertem Verbrechen.

Vorgehensweise des Ausschusses:

Vorladung von Zeugen, Beschlagnahmung von Dokumenten, Überprüfung von Gewerkschaftsgeldern, die unterschlagen und zweckentfremdet wurden im Zusammenhang mit Tätigkeiten für das organisierte Verbrechen.

Eigentlicher Antagonist des Untersuchungsausschusses: die *International Brotherhood of Teamsters*, die mächtigste Transportarbeitergewerkschaft der Welt, die zu Recht als korrupteste und mächtigste Gewerkschaftsorganisation überhaupt bezeichnet werden kann.

Gewerkschaftsvorsitzender: James Riddle Hoffa, 45.

Hoffa: vom Mob gekauft und bezahlt. Anstifter von: Nötigung, Bestechung in größtem Umfang, Körperverletzung, Bombenattentaten; verdächtig der Nebenabsprachen mit Arbeitgebern und des hemmungslosen Mißbrauchs von Gewerkschaftsgeldern.

Hoffas mutmaßliches Eigentum, unter Verletzung von vierzehn Antitrust-Paragrafen erworben:

Lastwagenfirmen, Gebrauchtwagenmärkte, ein Hunderennplatz, eine Autovermietungs-Kette, ein Taxistand in Miami, wo kubanische Flüchtlinge mit langen Vorstrafenregistern arbeiten.

Hoffas engste Freunde: Mr Sam Giancana, Mafiaboss von Chicago; Mr Santo Trafficante Jr., Mafiaboss von Tampa, Florida; Mr Carlos Marcello, Mafiaboss von New Orleans.

Jimmy Hoffa:

Der seinen sogenannten Freunden Millionen Dollar zu illegalen Zwecken ausleiht.

Dem Anteile an von Gangstern geleiteten Casinos in Havanna, Kuba, gehören.

Der dem kubanischen Diktator Fulgencio Batista *sowie* dem unberechenbaren Rebellen Fidel Castro heimlich Gelder zusteckt.

Der sich bedenkenlos aus dem Teamsters' Central States Pension Fund bedient, der reichlich aus Schwarzgeldern finanzierten Hauptpensionskasse der Teamster, die, Gerüchten zufolge, von Sam Giancanas Chicagoer Mob verwaltet wird – wo sich Verbrecher und betrügerische Unternehmer zu Wucherzinsen große Summen borgen können und bei Nichtbegleichung der Schuld mit Folter und sogar mit dem Tod bestraft werden.

Kemper sah allmählich klarer: Hoover war eifersüchtig. Er hatte stets verkündet, dass das organisierte Verbrechen nicht existierte – weil er wusste, dass er es nicht erfolgreich bekämpfen konnte. Und jetzt gestattete sich Bobby Kennedy, anderer Meinung zu sein ...

Folgte eine Chronologie der Ereignisse.

Anfang '57: Der Ausschuss lädt den Teamstervorsitzenden Dave Beck vor. Beck sagt fünfmal aus; unter Bobby Kennedys unerbittlicher Befragung bricht er zusammen. Eine Grand Jury in Seattle leitet die Anklage wegen Unterschlagung und Einkommenssteuerhinterziehung ein.

Frühling '57: Jimmy Hoffa bringt die Teamster völlig unter seine Kontrolle.

August '57: Hoffa schwört, seine Gewerkschaft von jeglichem Einfluss seitens des organisierten Verbrechens zu säubern – eine große Lüge.

September '57: Hoffa steht in Detroit vor Gericht. Die Anklage: Abhören der Telefone von Teamstermitarbeitern. Die Geschworenen können sich nicht einig werden – Hoffa wird nicht verurteilt.

Oktober '57: Hoffa wird zum Vorsitzenden der *International*

Teamster gewählt. Einem hartnäckigen Gerücht zufolge sind 70 Prozent der Delegierten illegal ernannt worden.

Juli '58: Der Ausschuss beginnt, direkte Beziehungen zwischen den Teamstern und dem organisierten Verbrechen zu untersuchen. Dabei wird besonders genau überprüft: das Konklave vom November '57 in Apalachin im Staat New York.

59 hochrangige Gangster treffen sich im Haus eines »zivilen« Freundes. Ein Staatspolizist namens Edgar Croswell überprüft ihre Nummernschilder. Das hat eine Razzia zur Folge – und Mr Hoovers langjährige Behauptung »Die-Mafia-gibt-es-nicht« erweist sich als unhaltbar.

Juli '58: Bobby Kennedy beweist, dass Hoffa für Streikabbruch Bestechungsgelder von der Unternehmensleitung kassiert – eine Praxis, die bis ins Jahr '49 zurückgeht.

August '58: Hoffa erscheint vor dem Ausschuss. Bobby Kennedy knöpft ihn sich vor – und weist ihm zahlreiche Lügen nach.

Schlussbemerkung.

Der Ausschuss stellt gegenwärtig Nachforschungen an über Hoffas Sun-Valley-Feriensiedlung bei Lake Weir, Florida. Bobby Kennedy hat die Bücher der Pensionskasse beschlagnahmt und nachgewiesen, dass drei Millionen Dollar in das Projekt geflossen sind – was jede vernünftige Kostendeckung weit übersteigt. Kennedys Theorie: Hoffa hat mindestens eine Million Dollar abgezweigt und verkauft seinen Gewerkschaftsgenossen fehlerhaftes Baumaterial und alligatorenverseuchtes Sumpfland.

Das heißt – betrügerischer Grundstückshandel.

Ein letzter Zusatz:

»Hoffa setzt bei dem Sun-Valley-Projekt einen Strohmann ein: Anton William Gretzler, 46, wohnhaft in Florida, drei Haftstrafen. Gretzler ist am 29.10.58 vorgeladen worden, scheint aber vermisst zu werden.«

Kemper ging die Liste von Hoffa-Komplizen durch. Ein Name ließ ihn aufmerken:

Pete Bondurant, männlich, weiß, 1,95 Meter groß, 230 Pfund, geboren am 16.7.20 in Montreal, Kanada. Keine Vorstrafen. Inhaber einer Lizenz als Privatdetektiv, ehemaliger Deputy Bezirkssheriff von Los Angeles County.

Big Pete: Erpresser und persönlicher Schläger von Howard Hughes. Er und Ward Littell hatten ihn einst verhaftet – weil Bondurant einen vorläufig Festgenommenen totgeschlagen hatte. Littells Kommentar: »Der wohl erschreckendste und fähigste abgerutschte Polizist unserer Zeit.«

Kemper machte sich einen neuen Drink und dachte nach. Die Rolle, in der er auftreten wollte, nahm allmählich genauere Umrisse an: Heroische Aristokraten haben einiges gemeinsam.

Er mochte Frauen und hatte seine Gattin während ihrer gesamten Ehe betrogen. Jack Kennedy mochte Frauen – und empfand seine Ehe als zweckdienlich und gegenstandslos. Bobby mochte die eigene Frau und schwängerte sie andauernd – Insidergerüchten zufolge war er treu.

Kemper hatte in Yale studiert; die Kennedys hatten in Harvard studiert. Sie waren stinkreiche irische Katholiken; er stammte von stinkreichen Anglikanern aus Tennessee ab, die bankrott gegangen waren. Die Kennedy-Familie war groß und fotogen; seine Familie war ruiniert und ausgestorben. Vielleicht würde er Jack und Bobby eines Tages erzählen, wie sich sein Vater erschossen und einen Monat zum Sterben gebraucht hatte.

Südstaatler hier und Bostoner Iren da; beide mit einem eigentümlichen Akzent geschlagen. Er würde sich den Drawl wieder zulegen, den abzulegen ihn so viel Zeit und Mühe gekostet hatte.

Kemper durchforstete seinen Ankleideraum. Die Details seiner Rolle traten immer klarer hervor.

Für den Vorstellungstermin das schwarze Jackett. Eine 38er im Schulterhalfter, um bei dem *tough guy* Bobby Eindruck zu schinden. Keine Manschettenknöpfe aus Yale – Bobby hatte möglicherweise einen Hang zum Proletarischen.

Die Kleiderkammer war vier Meter tief. Die Rückwand mit gerahmten Fotografien dekoriert.

Seine Ex-Frau Katherine – die bestaussehende Frau der Welt. Sie debütierten gemeinsam beim Cotillon in Nashville – wo sie ein Gesellschaftsjournalist als »Verkörperung des Südstaatencharmes« beschrieb. Er heiratete sie wegen des Sex und wegen des Geldes ihres Vaters. Sie ließ sich von ihm scheiden, als sich das Boyd-Vermögen in nichts auflöste und Hoover vor seiner Jura-Klasse einen Vortrag hielt und ihn *persönlich* aufforderte, dem FBI beizutreten.

Katherine, im November 1940:

»Dass du dich ja vor dem kurzgeratenen Kleinkrämer in Acht nimmst, Kemper! Ich glaube, der will dir an die Wäsche.«

Sie ahnte nicht, dass Mr Hoover nur die Macht fickte.

Andere Fotografien: seine Tochter Claire, Susan Littell und Helen Agee – drei FBI-Töchter, die auf Biegen und Brechen als Juristinnen Karriere machen wollten.

Drei beste Freundinnen, die durch ihr Studium in Tulane und Notre Dame auseinandergerissen worden waren. Helens Gesicht war entstellt – er hatte die Bilder in der Kleiderkammer aufgehängt, um sich mitleidige Kommentare zu ersparen.

Tom Agee hatte in seinem Wagen gesessen – eine Routineüberwachung von ein paar Bankräubern vor einem Puff. Tom war soeben von seiner Frau sitzen gelassen worden – und hatte für die neunjährige Helen keinen Babysitter finden können. So schlief sie auf dem Rücksitz, als die Bankräuber auftauchten und aus allen Rohren feuerten.

Tom wurde getötet. Helen erlitt schwere Verbrennungen und wurde für tot liegen gelassen. Hilfe traf sechs Stunden später ein. Kugelpartikel hatten sich in Helens Wangen eingefressen und sie für immer entstellt.

Kemper legte sich die Kleider fürs Vorstellungsgespräch zurecht. Er stimmte ein paar Lügengeschichten aufeinander ab und rief Sally Lefferts an.

Das Telefon klingelte zweimal. »Hallo?« – das war Sallys kleiner Sohn.

»Junge, hol deine Mama ans Telefon. Sag ihr, ein Freund aus dem Büro möchte sie sprechen.«

»Äh – ja, Sir.«

Sally kam ans Telefon. »Welcher US-Senatsmitarbeiter lässt eine arme, überarbeitete Angestellte nicht einmal an ihrem Feierabend in Ruhe?«

»Ich bin's, Kemper.«

»Kemper, wie kommst du dazu, mich anzurufen, wo mein Mann gerade im Hintergrund ist!«

»Psssst. Ich ruf dich wegen eines Jobs an.«

»Wie bitte? Willst du damit sagen, Mr Hoover ist dir hinter deine Frauengeschichten gekommen und hat dir die Tür gewiesen?«

»Ich habe gekündigt, Sally. Unter Berufung auf die Gefahrendienstklausel habe ich mich drei Jahre vor dem offiziellen Ruhestand pensionieren lassen.«

»Wer hätte das gedacht, Kemper Cathcart Boyd!«

»Triffst du dich gelegentlich noch mit Jack Kennedy, Sally?«

»Gelegentlich, Lieber, seit *du* mir die Tür gewiesen hast. Rufst du an, damit ich dir Skandalgeschichten erzähle und aus der Schule plaudere, oder –?«

»Ich habe die Absicht, mich beim McClellan-Ausschuss zu bewerben.«

Sally pfiff durch die Zähne. »Na, eine ausgezeichnete Idee! Weißt du was? Ich lege Robert Kennedy eine Empfehlung auf den Tisch, und du bedankst dich mit einem halben Dutzend langstieliger Südstaatenrosen.«

»Du bist selber eine Südstaatenrose, Sally.«

»Für De Ridder, Louisiana, war eine Frau wie ich zu viel, das kannst du mir glauben!«

Kemper hängte auf, mit Küssen. Sally würde weiterverbreiten: Ex-FBI-Autodieb sucht Arbeit.

Wie er den Corvette-Diebesring geknackt hatte, konnte er Bobby gern erzählen. Die Corvettes, die er auf Zubehör ausgeschlachtet hatte, brauchte er nicht zu erwähnen.

Am nächsten Tag machte er sich an die Arbeit. Er schlenderte ins Senate Office Building zur Suite Nr. 101.

Die Empfangsdame ließ ihn ausreden, bevor sie die Gegensprechanlage anstellte. »Mr Kennedy, da ist ein Mann, der sich um eine Stellung als Untersuchungsbeamter bewirbt. Er hat eine Pensionsurkunde vom FBI.«

Hinter ihr öffnete sich eine Art Großraumbüro – jede Menge Aktenschränke, Arbeitsnischen und Konferenzräume. Männer, die Ellbogen an Ellbogen arbeiteten – der Raum vibrierte.

Die Frau lächelte. »Mr Kennedy ist bereit, Sie zu empfangen. Ganz am Ende des ersten schmalen Ganges.«

Kemper tauchte in das Gewimmel ein. Das Büro wirkte wie aus Restbeständen möbliert: Schreibtische und Aktenablagen passten nicht zusammen, die Pinnwände waren zu klein für die Papiermenge.

»Mr Boyd?«

Robert Kennedy trat aus seinem Kabäuschen. Ein Büro von Standardgröße mit Standardschreibtisch und zwei Stühlen.

Er offerierte den Standardhändedruck übertrieben fest – wie erwartet.

Kemper nahm Platz. Kennedy deutete auf die Ausbuchtung in der Jacke. »Ich habe nicht gewusst, dass pensionierte FBI-Männer Waffen tragen dürfen.«

»Ich habe mir im Laufe der Jahre Feinde gemacht. Die hassen mich mit oder ohne Pensionierung.«

»Untersuchungsbeamte des Senats sind unbewaffnet.«

»Wenn Sie mich einstellen, wandert sie in die Schublade.«

Kennedy lächelte und lehnte sich gegen den Schreibtisch. »Sie kommen aus dem Süden?«

»Nashville, Tennessee.«

»Sally Lefferts sagte, Sie seien, nun, fünfzehn Jahre beim FBI gewesen?«

»Siebzehn.«

»Warum haben Sie vorzeitig den Dienst quittiert?«

»Ich war in den vergangenen neun Jahren als Ermittler für Autodiebstähle tätig und bin an einem Punkt angelangt, wo ich den Autodieben zu bekannt war, um als Undercover-Agent noch zu überzeugen. Die FBI-Bestimmungen gestatten Agenten, die längere Zeit in einem gefährlichen Aufgabenbereich tätig gewesen sind, vorzeitig in Pension zu gehen, und davon habe ich Gebrauch gemacht.«

»›Gebrauch gemacht?‹ Hat Sie die Aufgabe irgendwie geschädigt?«

»Ich habe mich zuvor um eine Position im Top-Hoodlum-Programm beworben. Mr Hoover persönlich hat meinen Antrag abgelehnt, obwohl ihm durchaus bekannt war, dass ich seit geraumer Zeit gegen das organisierte Verbrechen eingesetzt werden wollte. Nein, ich war nicht geschädigt. Ich war frustriert.«

Kennedy strich sich die Haare aus der Stirn. »Und deshalb haben Sie gekündigt.«

»Ist das eine Anklage?«

»Nein, eine Feststellung. Offen gesagt, bin ich überrascht. Das FBI ist eine dicht geknüpfte Organisation, deren Angehörige als besonders loyal gelten, und Agenten pflegen nicht aus Verärgerung auszuscheiden.«

Kemper erhob die Stimme – nur ein bisschen. »Zahlreiche Agenten sind zu der Einsicht gelangt, dass Amerika vom organisierten Verbrechen weit mehr bedroht ist als von unseren Kommunisten. Die Enthüllungen von Apalachin haben Mr Hoover gezwungen, das Top-Hoodlum-Programm zu initiieren, was er natürlich recht widerstrebend tat. Das Programm sammelt nachrichtendienstliche Erkenntnisse über das organisierte Verbrechen, wenn auch kein gerichtstaugliches Beweismaterial mit dem Ziel einer bundesstaatlichen Anklage, aber das ist immerhin ein Anfang, und ich wollte dabei sein.«

Kennedy lächelte. »Ich kann Ihre Frustration nachvollziehen und bin mit Ihrer Kritik an Mr Hoovers Prioritäten einverstanden. Dennoch überrascht mich Ihre Kündigung.«

Kemper lächelte. »Bevor ich ›kündigte‹, habe ich einen Blick in Mr Hoovers Privatakten über den McClellan-Untersuchungsausschuss geworfen. Was die Arbeit des Ausschusses angeht, bin ich auf dem letzten Stand bis hin zu Sun Valley und zu Ihrem fehlenden Zeugen, Anton Gretzler. Ich habe ›gekündigt‹, weil Mr Hoover das FBI neurotisch auf harmlose Linke ansetzt, während der McClellan-Untersuchungsausschuss den wirklich bösen Buben auf die Pelle rückt. Ich habe ›gekündigt‹, weil ich, wenn ich schon zwischen zwei Monomanen wählen muss, lieber für Sie arbeite.«

Kennedy grinste. »Unser Mandat läuft in fünf Monaten aus. Dann sind Sie arbeitslos.«

»Ich habe eine FBI-Pension, und Sie werden den örtlich zuständigen Grand Jurys so viel Beweismaterial liefern, dass die die Untersuchungsbeamten des Ausschusses anflehen werden, als freie Mitarbeiter für sie tätig werden zu dürfen.«

Kennedy tippte auf einen Papierstapel. »Wir arbeiten hart hier. In mühsamer Kleinarbeit. Wir arbeiten Vorladungen aus und überprüfen Gelder und prozessieren. Wir setzen unser Leben nicht beim Sportwagenklau aufs Spiel, trödeln nicht beim Lunch herum und schleppen keine Damen für einen Quickie ins Hotel Willard ab. Wenn wir uns was gönnen wollen, dann, indem wir uns gegenseitig lauthals versichern, wie sehr wir Jimmy Hoffa und den Mob hassen.«

Kemper stand auf. »Ich hasse Hoffa und die Gangster, wie Mr Hoover Sie und Ihren Bruder hasst.«

Bobby lachte. »In ein paar Tagen kriegen Sie Bescheid.«

Kemper schaute in Sally Lafferts Büro vorbei. Es war 14 Uhr 30 – vielleicht war Sally nach einem Quickie im Willard zumute.

Ihre Tür stand offen. Sally saß an ihrem Schreibtisch und zerknüllte Papiertaschentücher – neben ihr ein Mann, der sich rittlings auf einen Stuhl gehockt hatte.

Sie sagte: »Oh, hallo, Kemper.«

Sie hatte leicht die Farbe gewechselt: ein Rosa, das fast in Rot überging. Sie wirkte überdreht, hatte alle Anzeichen von schlecht überspieltem Liebeskummer.

»Bist du beschäftigt? Ich komme später vorbei.«

Der Mann drehte den Stuhl herum. »Guten Tag, Senator«, sagte Kemper.

John Kennedy lächelte. Sally tupfte sich die Augen. »Jack, mein Freund Kemper Boyd.«

Sie schüttelten sich die Hand. Kennedy machte einen kleinen Diener.

»Sehr erfreut, Mr Boyd.«

»Die Freude ist ganz meinerseits, Sir.«

Sally rang sich ein Lächeln ab. Ihr Make-up war verschmiert – sie hatte geweint.

»Kemper, wie ist dein Vorstellungsgespräch verlaufen?«

»Ich glaube, gut. Sally, ich muss gleich gehen. Ich wollte dir nur für die Vermittlung danken.«

Bestätigendes Kopfnicken in der ganzen Runde. Sie schauten einander nicht an. Kennedy reichte Sally ein frisches Taschentuch.

Kemper ging die Treppen hinunter nach draußen. Ein Sturm hatte sich zusammengezogen – er duckte sich unter einer Statue und ließ sich vom Regen streifen.

Eigentümlich – gleich beiden Kennedys zu begegnen. Aus dem Vorstellungsgespräch bei Bobby war er direkt in Jack hineingelaufen. Ihm war, als ob ihn eine unsichtbare Hand sanft geschoben hätte.

Kemper überlegte.

Den ersten Hinweis auf Sally hatte er von Mr Hoover bekommen – dass sie sein bester Draht zu Jack Kennedy sei. Mr Hoover wusste, dass er und Jack etwas für Frauen übrig hatten. Mr Hoover ahnte, dass er Sally unmittelbar nach der Begegnung mit Bobby aufsuchen würde.

Mr Hoover hatte *geahnt*, dass er umgehend bei Sally wegen eines Vorstellungstermins anrufen würde. Mr Hoover wusste, dass Bobby Untersuchungsbeamte brauchte.

Kemper wagte die logische Schlussfolgerung –

Mr Hoover hört Capitol Hill ab, den Sitz des amerikanischen Kongresses. Er weiß, dass du die Affäre mit Sally in ihrem Büro beendet hast – um eine große öffentliche Szene zu vermeiden. Er hat einen Hinweis bekommen, dass Jack Kennedy dasselbe beabsichtigte – und dafür gesorgt, dass du Zeuge warst.

Das machte Sinn. Das passte genau zu Hoover.

Mr Hoover traut dir nicht unbedingt zu, einen Draht zu Bobby zu finden. Also sorgte er dafür, dass du und Jack, als Bettkumpane von Sally, einander begegnet.

Der Regen fühlte sich gut an. Blitze erleuchteten die Kuppel des Kapitols von hinten. Er hätte ewig hier stehen bleiben und es mit der ganzen Welt aufnehmen können.

Kemper vernahm Schritte hinter sich. Er wusste sofort, wer es war.

»Mr Boyd?«

Er wandte sich um. John Kennedy knöpfte sich den Mantel zu.

»Senator.«

»Nennen Sie mich Jack.«

»Gern, Jack.«

Kennedy fröstelte. »Wieso, zum Teufel, bleiben wir hier stehen?«

»Wir können in die Mayflower Bar hinüberlaufen, wenn das hier ein bisschen nachlässt.«

»Ich glaube, das sollten wir tun. Sally hat mir von Ihnen erzählt. Sie hat mir immer gesagt, ich solle mich bemühen, genau wie Sie, meinen Akzent loszuwerden, und war daher überrascht, als ich Sie reden hörte.«

Kemper gab den schleppenden Tonfall auf. »Südstaatler sind

die besten Polizisten. Wenn die Leute hören, dass man wie eine Landpomeranze daherschwatzt, wird man unterschätzt und kriegt Dinge raus, die der andere verheimlichen wollte. Ich bin davon ausgegangen, dass Ihr Bruder das weiß, und habe mich entsprechend verhalten. Da Sie ebenfalls dem McClellan-Ausschuss angehören, hielt ich es für besser, bei dem Akzent zu bleiben.«

Kennedy lachte. »Ihr Geheimnis ist bei mir gut aufgehoben.«

»Danke. Und machen Sie sich wegen Sally keine Sorgen. Sie mag Männer, wie wir Frauen mögen, und ihr gebrochenes Herz ist bald geheilt.«

»Ich wusste, dass Sie sich's denken konnten. Sally hat mir erzählt, Sie hätten genauso mit ihr Schluss gemacht.«

Kemper lächelte. »Sie können gelegentlich auf sie zurückkommen. Sally weiß einen Nachmittag in einem guten Hotel zu schätzen.«

»Ich werd's mir merken. Ein Mann mit meinen Ambitionen muss darauf achten, nirgendwo hängen zu bleiben.«

Kemper trat dichter an »Jack« heran. Er konnte Mr Hoover förmlich grinsen sehen.

»Ich kenne eine ganze Menge Frauen, die wissen, wie man die Dinge auseinanderhält.«

Kennedy lächelte und schubste ihn in den Regen. »Gönnen wir uns einen Drink und reden miteinander. Ich habe eine Stunde totzuschlagen, bevor ich meine Frau treffe.«

3
Ward J. Littell

(Chicago, 30.11.58)

Ein »Black-bag«-Job – das FBI auf dem Kriegspfad gegen ein Kommunistennest.

Littell zwängte das Schnappschloss mit einem Lineal auf. Er hatte schweißnasse Hände – Apartment-Einbrüche waren riskant.

Die Nachbarn konnten Geräusche hören. Der Lärm im Hausflur dämpfte hingegen die Schritte von Eintretenden.

Er zog die Tür hinter sich zu. Nahm das Wohnzimmer wahr: armselige Möbel, Bücherregale, Protestplakate der Gewerkschaftsbewegung. Das typische Zuhause eines Angehörigen der CPUSA, der Kommunistischen Partei der USA. Die Dokumente waren bestimmt im Esszimmerschrank.

Und da waren sie. An der Wand die üblichen Fotos: traurige alte »Freiheit-für-die-Rosenbergs«-Bilder.

Mitleiderregend.

Er hatte Morton Katzenbach monatelang observiert. Er hatte sich jede Menge linker Invektiven angehört. Eines wusste er sicher; Morty bedeutete keine Gefahr für Amerika.

Die kommunistische Zelle traf sich bei Mortys Doughnut-Stand. Ihr »Hochverrat« bestand darin, streikende Automobilarbeiter mit Doughnuts zu erquicken.

Littell zog die Minox heraus und fotografierte »Dokumente«.

Er verschoss drei Filme beim Fotografieren von Spendenquittungslisten – die alle ein monatliches Minus von fünfzig Dollar aufwiesen.

Die Arbeit war langweilig und beschissen. Und er dachte jedes Mal dasselbe.

Du bist 45. Du bist ein erstklassiger Abhörspezialist. Du bist ein ehemaliger Jesuitenschüler mit abgeschlossenem Jurastudium, dem zur Pensionierung zwei Jahre und zwei Monate fehlen. Du hast eine Ex-Frau, die üppigen Unterhalt kassiert, und eine Tochter am Notre Dame College. Wenn du deine Zulassung als Rechtsanwalt in Illinois kriegst und das FBI verlässt, werden deine Nettoeinnahmen in den nächsten Jahren die Pension, die du aufgegeben hast, mehr als wettmachen.

Er fotografierte zwei Listen »politischer Ausgaben«. Morty hatte die Doughnut-Spenden mit den Anmerkungen »Einfach«, »Schokolade« und »Zuckerguss« versehen.

Er hörte das Geräusch eines Schlüssels im Schloss. Er sah, wie drei Meter vor ihm die Tür aufging.

Faye Katzenbach schleppte Lebensmitteleinkäufe in die Wohnung. Sie sah ihn und schüttelte den Kopf, als ob er das traurigste Wesen auf Erden wäre.

»So seid ihr Leute nur gewöhnliche Einbrecher?«

Als Littell an ihr vorbeirannte, warf er die Stehlampe um.

Im FBI-Büro herrschte mittägliche Stille – nur ein paar Agenten, die Telegramme abhefteten. Littell fand eine Notiz auf seinem Schreibtisch:

»K. Boyd hat angerufen. Schaut auf dem Weg nach Florida vorbei. Pump Room, 19 Uhr?«

Kemper – ja!

Chick Leahy trat zu ihm und wedelte mit einem Packen Durchschläge. »Ich brauche die ganze Katzenbach-Akte, einschließlich der Fotografien, bis zum 11. Dezember. Mr Tolson kommt auf einer Inspektionsreise vorbei und hat eine Übersicht über die CPUSA angefordert.«

»Wird erledigt.«

»Gut. Mitsamt allen Dokumenten?«

»Einigen. Mrs Katzenbach hat mich erwischt, bevor ich fertig war.«

»Jesus. Hat sie –?«

»Sie hat die Polizei *nicht* angerufen, weil sie wusste, wer ich war und was ich tat. Sehen Sie, Mr Leahy, fast alle Kommunisten wissen, was ein ›Black-bag‹-Job ist.«

Leahy seufzte. »Spucken Sie's schon aus, Ward. Ich werd's ablehnen, aber wenn Sie's gesagt haben, geht's Ihnen besser.«

»Gut. Ich will gegen Gangster eingesetzt werden. Ich möchte zum Top-Hoodlum-Programm versetzt werden.«

»Nein«, sagte Leahy. »Unser THP-Kontingent ist voll. Und als Leitender Sonderagent halte ich Sie für die von mir als wichtig eingestufte politische Überwachungsarbeit für besonders geeignet. Mr Hoover hält die Kommunisten für gefährlicher als die Mafia, und ich muss sagen, dass ich diese seine Einschätzung teile.«

Sie starrten einander an. Littell gab als Erster auf – Leahy wäre sonst den ganzen Tag vor ihm stehen geblieben.

Leahy ging in sein Büro zurück. Littell zog die Tür des Kämmerchens hinter sich zu und nahm sich seine Jurabücher vor. Doch die Bürgerrechtsparagrafen blieben unbeachtet – von Erinnerungen an Kemper Boyd verdrängt.

Ende '53: Sie stellen einen Kidnapper in L. A. Der Mann zieht eine Waffe; *er* zittert so sehr, dass er seine fallen lässt. Ein paar Burschen vom LAPD lachen ihn aus. Kemper frisiert den Bericht, sodass *er* der Held ist.

Sie protestieren dagegen, dass Tom Agees Pension seiner Frau, diesem Flittchen, zuerkannt wird. Kemper redet so lange auf Mr Hoover ein, bis er daraus einen Fonds für die überlebende Tochter macht; nun hat Helen ein sicheres Einkommen.

Sie nehmen Big Pete Bondurant fest. Er begeht den Schnitzer, Pete auf Französisch zu veräppeln. Bondurant sprengt die Handschellen und will ihm an die Gurgel.

Er rennt um sein Leben. Big Pete lacht. Kemper bringt Bondurant dazu, den Mund zu halten – mit Restaurantessen im Gefängnis.

Kemper hatte ihn wegen seiner Ängstlichkeit nie verurteilt. Kemper hatte stets gesagt: »Wir sind beide zum FBI gegangen, um nicht in den Krieg zu müssen, wer will da richten?« Kemper zeigte ihm, wie man einbricht – eine gute Therapie gegen die Angst.

Kemper sagte: »Du bist mein priesterlicher Polizistenbeichtvater. Dafür höre ich mir auch deine Beichte an, nur habe ich die schlimmeren Geheimnisse und mache daher immer das bessere Geschäft.«

Littell klappte das Gesetzbuch zu. Bürgerrechte waren stinklangweilig.

Der Pump Room war voll. Eine Brise kam vom See herauf – und schien die Leute ins Innere zu fegen.

Littell sicherte sich eine der hinteren Nischen. Der Oberkellner nahm die Bestellung entgegen: zwei Martini, ohne Eis. Das Restaurant war wunderschön: Die Negerkellner und das Publikum, das auf den Beginn des Sinfoniekonzertes wartete, strahlten eine heiter-festliche Atmosphäre aus.

Die Drinks wurden serviert. Boyd kam durch die Hotelhalle.

Littell lachte: »Sag nicht, dass du hier wohnst.«

»Mein Flugzeug geht erst um zwei Uhr früh, und ich muss die Beine ein bisschen ausstrecken können. Tag, Ward.«

»Tag, Kemper. Auf deine Reise?«

Boyd hob sein Glas. »Auf meine Tochter Claire, deine Tochter Susan und Helen Agee. Dass sie gute Studentinnen sind und bessere Juristinnen werden als ihre Väter.«

Sie stießen an. »Von denen keiner je praktiziert hat.«

»Du warst immerhin Assessor. Und sollst Abschiebeverfügungen ausgefertigt haben, die zur Verhandlung kamen.«

»Somit stehen wir gar nicht so schlecht da. Du wenigstens nicht. Wer zahlt dir die feudale Unterkunft?«

»Mein neuer Arbeitgeber hat mir ein Zimmer draußen in Midway gebucht, aber mir war nach Extravaganz zumute, und so habe ich die Mehrkosten aus eigener Tasche bezahlt. Der Preisunterschied zwischen dem Skyliner Motel und dem Ambassador East ist ziemlich unverschämt.«

Littell lächelte. »Was für ein neuer Arbeitgeber? Arbeitest du jetzt für eine Detektei?«

»Nein, was viel Interessanteres. Ich sag's dir ein paar Drinks später, wenn du anfängst, blasphemisch zu werden; dann kannst du nämlich sagen, oh Gott, scheiß drauf.«

»Ich sag's sofort. Du hast unser Vorgeplänkel so oder so abgewürgt, also sag ich's, *scheiß drauf*, gleich.«

Boyd nippte an seinem Martini. »Noch nicht. Was launische Töchter angeht, hast du das große Los gezogen. Das sollte deine Laune bessern.«

»Lass mich raten. Claire wechselt von Tulane nach Notre Dame.«

»Nein. Helen hat Tulane ein Semester früher abgeschlossen. Sie ist von der Juristischen Fakultät der University of Chicago angenommen worden und wird nächsten Monat hierherziehen.«

»Mein Gott.«

»Ich wusste, dass dich das freut.«

»Helen ist ein mutiges Mädchen. Die wird mal eine Spitzen-Juristin.«

»Wird sie. Und eine verdammt tolle Gefährtin für einen Kerl, wenn wir sie nicht für Männer ihres Alters verdorben haben.«

»Vorausgesetzt, dass –«

»– er ein besonderer junger Mann ist, der über ihre Entstellung hinwegkommt.«

»Allerdings.«

Boyd zwinkerte. »Nun, sie ist 21. Stell dir vor, wie sich Margaret wegen euch beiden aufregen würde.«

Littell trank aus. »Von meiner eigenen Tochter ganz zu schweigen. Übrigens hat mir Susan erzählt, dass Margaret die Wochenenden mit einem Mann in Charlevoix verbringt. Aber sie heiratet ihn nicht, solange sie auf meinen Monatsscheck abonniert ist.«

»Du bist ihr Teufel. Du bist der Seminarist, der sie geschwängert hat. In deinen geliebten religiösen Begriffen ausgedrückt, die Ehe ist euer Fegefeuer gewesen.«

»Das trifft eher auf meinen Job zu. Ich bin heute bei einem Kommunisten eingebrochen und habe ein ganzes Buch abfotografiert, worin ausschließlich Doughnuts abgerechnet werden. Ich weiß, ehrlich gesagt, nicht, wie lange ich das noch aushalten kann.«

Ihre neuen Drinks kamen. Der Kellner verbeugte sich – Kemper gegenüber wurde man leicht untertänig.

»Dabei habe ich was begriffen«, sagte Littell, »genau zwischen den Doughnuts mit Schokolade und denen mit Zuckerguss.«

»Was?«

»Dass Mr Hoover die Linken hasst, weil sie davon ausgehen,

dass der Mensch schwach ist, während er selber strengste Rechtschaffenheit fordert, die jegliche Schwäche leugnet.«

Boyd erhob sein Glas. »Du enttäuschst mich nie.«

»Kemper –«

Kellner rauschten vorbei. Kerzenlicht brach sich in vergoldetem Porzellan. Crêpes Suzette flammten auf.

»Kemper –«

»Mr Hoover hat mich zu verdeckten Ermittlungen beim McClellan-Untersuchungsausschuss eingesetzt. Er hasst Bobby Kennedy und seinen Bruder Jack und fürchtet, ihr Vater könne Jack 1960 das Weiße Haus kaufen. Ich bin jetzt ein falscher FBI-Rentner mit zeitlich unbegrenztem Auftrag, mich an die beiden Brüder ranzumachen. Ich habe mich um eine Stelle beim Ausschuss als Untersuchungsbeamter auf Zeit beworben und heute erfahren, dass Bobby mich nehmen will. Ich fliege in ein paar Stunden nach Miami, um einen verschwundenen Zeugen zu suchen.«

»Jesus Christus, scheiß drauf«, sagte Littell.

»Du enttäuschst mich nie«, sagte Boyd.

»Ich nehme an, dass du zwei Gehälter kassierst?«

»Du weißt, dass ich Geld mag.«

»Ja, aber magst du die Brüder?«

»Ja. Bobby ist ein scharfer Hund, und Jack ist charmant, aber nicht so gerissen, wie er glaubt. Bobby ist der Stärkere, und er hat den gleichen Hass auf das organisierte Verbrechen wie du.«

Littell schüttelte den Kopf. »Du hast gar keinen Hass, auf nichts und niemanden.«

»Kann ich mir nicht leisten.«

»Ich habe nie kapiert, wem eigentlich deine Loyalität gehört.«

»Sagen wir, ich bin vielseitig.«

DOKUMENTENEINSCHUB: 2.12.58. Offizielles FBI-Telefontranskript: »Aufgenommen auf Anweisung des Direktors.« – »Vertraulichkeitsstufe 1-A: Nur für den Direktor bestimmt.« Teilnehmer: Direktor Hoover, Special Agent Kemper Boyd.

JEH: Mr Boyd?

KB: Guten Morgen, Sir.

JEH: Es ist in der Tat ein guter Morgen. Rufen Sie von einem sicheren Telefon an?

KB: Ja. Von einem Münzfernsprecher. Sollte die Verbindung schlecht sein, hängt das damit zusammen, dass ich aus Miami anrufe.

JEH: Hat Kleiner Bruder Sie bereits eingestellt?

KB: Kleiner Bruder ist kein Zeitverschwender.

JEH: Erklären Sie Ihre rasche Einstellung. Nennen Sie, wenn nötig, Namen.

KB: Kleiner Bruder begegnete mir zunächst mit Misstrauen, und das wird wohl eine Zeit lang so bleiben. Ich bin Großem Bruder zufällig im Büro von Sally Lefferts begegnet, und unter den gegebenen Umständen ergab sich ein privates Gespräch fast zwangsläufig. Wir sind auf einen Drink gegangen und haben einen Draht zueinander gefunden. Wie viele charmante Männer ist Großer Bruder für Charme auch empfänglich. Wir haben beide was füreinander übrig, und ich bin sicher, dass er Kleinen Bruder aufgefordert hat, mich einzustellen.

JEH: Beschreiben Sie die »Umstände«, von denen Sie gesprochen haben.

KB: Wir haben entdeckt, dass wir beide elegante und auffallende Frauen mögen, und gingen in die Mayflower Bar, um uns darüber auszutauschen. Großer Bruder hat bestätigt, dass er 1960 antreten wird und dass Kleiner Bruder mit der Vorbereitung für den Wahlkampf beginnt, sobald das Mandat des McClellan-Untersuchungsausschusses ausläuft, also kommenden April.

JEH: Weiter.

KB: Großer Bruder und ich haben uns über Politik unterhalten. Ich habe mich als ungehörig liberal, gemessen an FBI-Maßstäben, beschrieben, die Großer Bruder –

JEH: Sie haben keinerlei politische Überzeugungen, was unter den gegebenen Umständen erheblich zu Ihrer Effizienz beiträgt. Weiter.

KB: Großer Bruder hat sich für meine angeblichen politischen Überzeugungen interessiert und in der Folge einiges preisgegeben. Er ließ mich wissen, dass er den Hass von Kleinem Bruder auf Mr H. zwar berechtigt, aber übertrieben findet. Sowohl Großer Bruder wie Vater haben Kleinen Bruder zu einem strategischen Rückzug und einem Vergleich mit Mr H. gedrängt, sofern dieser seine Organisation säubert, aber Kleiner Bruder hat abgelehnt. Meiner Einschätzung nach ist Mr H. gegenwärtig auf rechtlichem Wege unangreifbar. Großer Bruder teilt diese Meinung, das tun auch mehrere Untersuchungsbeauftragte des Ausschusses. Sir, ich halte Kleinen Bruder für wild entschlossen und kompetent. Mein Gefühl sagt mir, dass er Mr H. zu Fall bringen wird, aber nicht kurz- oder mittelfristig. Ich glaube, dass dies Jahre dauern und zahlreiche Anklageerhebungen erfordern wird und keinesfalls in dem zeitlichen Rahmen erfolgt, auf den sich das Mandat des Untersuchungsausschusses beläuft.

JEH: Das heißt, dass der Ausschuss den Ball an die städtischen Anklagejurys abgibt, sobald das Mandat ausläuft?

KB: Ja. Ich glaube, dass die Brüder erst in etlichen Jahren politisch von der Geschichte profitieren werden. Und ich halte auch einen Rückschlag für Großen Bruder nicht ausgeschlossen. Demokratische Kandidaten können es sich nicht leisten, als gewerkschaftsfeindlich angesehen zu werden.

JEH: Eine scharfsinnige Bemerkung.

KB: Danke, Sir.

JEH: Hat Großer Bruder meinen Namen erwähnt?

KB: Ja. Er weiß um Ihre umfangreichen Akten über Politiker und Filmstars, die Sie als subversiv einschätzen, und fürchtet, Sie könnten auch eine Akte über ihn angelegt haben. Ich gab ihm zu verstehen, dass Ihre Akte über seine Familie etwa tausend Seiten umfasst.

JEH: Sehr gut. Wären Sie nicht so offen gewesen, hätten Sie Ihre Glaubwürdigkeit aufs Spiel gesetzt. Worüber haben Sie sich mit Großem Bruder noch unterhalten?

KB: Hauptsächlich über Frauen. Großer Bruder erwähnte eine für den 9. Dezember geplante Reise nach Los Angeles. Ich gab ihm die Telefonnummer einer zur Promiskuität neigenden Frau namens Darleen Shoftel und drängte ihn, mit ihr Kontakt aufzunehmen.

JEH: Glauben Sie, dass er bei ihr angerufen hat?

KB: Nein, Sir. Aber ich denke, er wird's tun.

JEH: Was für Aufgaben haben Sie bisher für den Ausschuss übernommen?

KB: Ich bin nach Florida gefahren, um einen Zeugen namens Anton Gretzler zu suchen. Kleiner Bruder hat mich beauftragt, ihm die zweite Vorladung zuzustellen. In diesem Zusammenhang möchte ich gern etwas mit Ihnen klären, denn Gretzlers Verschwinden könnte einen Ihrer Freunde betreffen.

JEH: Weiter.

KB: Gretzler war Mr H.'s Partner bei dem angeblichen Grundstücksschwindel in Sun Valley. Er –

JEH: Sie sagten »war«. Nehmen Sie an, dass Gretzler tot ist?
KB: Ich bin sicher, dass er tot ist.
JEH: Weiter.
KB: Er ist am Nachmittag des 26. November verschwunden. Er hat der Sekretärin gesagt, er wolle bei Sun Valley einen »potenziellen Kunden« treffen, und ist nie mehr zurückgekommen. Die Polizei von Lake Weir hat seinen Wagen in einem Sumpf gefunden, aber keine Leiche. Sie hat nach Zeugen gesucht und einen Mann ausfindig gemacht, der zu dem Zeitpunkt, da sich der »potenzielle Kunde« mit Gretzler treffen wollte, auf der Interstate unterwegs war. Der Zeuge sagte aus, er habe einen Mann gesehen, der auf der Zufahrtsstraße nach Sun Valley parkte. Er sagte, der Mann habe sich umgedreht, als er vorbeifuhr, sodass er ihn kaum identifizieren kann. Dennoch hat er ihn beschreiben können: ungefähr 1,95 Meter, »wuchtige« Erscheinung, zweihundertundvierzig Pfund schwer. Dunkelhaarig, fünfunddreißig bis vierzig Jahre alt. Das klingt nach –
JEH: Nach Ihrem alten Freund Pete Bondurant. Er ist von auffällig massiver Statur und steht auf der Liste der Bekannten von Mr H., die ich Ihnen gegeben habe.
KB: Ja, Sir. Ich habe die Akten der Fluggesellschaften und Autovermietungen in Los Angeles und Miami überprüft und eine Hughes-Aircraft-Rechnung ausfindig gemacht, von der ich sicher bin, dass sie von Bondurant stammt. Ich weiß, dass er am 26. November in Florida war, und bin aufgrund der Indizienlage überzeugt, dass Mr H. ihn beauftragt hat, Gretzler umzubringen. Mir ist bekannt, dass Sie mit Howard Hughes befreundet sind, und ich wollte Sie daher informieren, ehe ich Kleinen Bruder in Kenntnis setze.
JEH: Informieren Sie Kleinen Bruder auf gar keinen Fall. Das Er-

gebnis Ihrer Untersuchungen hat zu lauten: Gretzler wird vermisst, möglicherweise ist er tot. Hinweise und Verdächtige gibt es keine. Pete Bondurant ist von unschätzbarem Wert für Howard Hughes, der seinerseits ein wertvoller Freund des FBI ist. Mr Hughes hat kürzlich ein Skandalmagazin gekauft, um dem FBI förderliche politische Informationen zu verbreiten, und ich möchte ihn nicht verärgern. Haben Sie mich verstanden?

KB: Ja, Sir.

JEH: Ich möchte, dass Sie auf FBI-Spesen nach Los Angeles reisen und Pete Bondurant andeutungsweise zu verstehen geben, dass Sie ihn im Verdacht haben. Er soll Ihnen einen Gefallen tun, wobei Sie ihm in aller Freundschaft klarmachen, dass Sie ihm empfindlich auf die Zehen treten können. Und sobald Ihre Tätigkeit für den Ausschuss es erlaubt, reisen Sie noch einmal nach Florida und sorgen dafür, dass an der Gretzler-Front alles bereinigt ist.

KB: Ich werde meinen Job hier zu Ende bringen und morgen Abend nach L. A. fliegen.

JEH: Gut. Und wenn Sie in Los Angeles sind, können Sie Wanzen in Miss Darleen Shoftels Apartment anbringen und es abhören lassen. Ich will Bescheid wissen, wenn Großer Bruder mit ihr Kontakt aufnimmt.

KB: Da sie sich freiwillig nicht dazu bereit erklären wird, werde ich ihr Apartment unter der Hand präparieren lassen müssen. Darf ich Ward Littell hinzuziehen? Er ist ein Abhörspezialist.

JEH: Tun Sie das. Übrigens hat Littell sich vor geraumer Zeit um eine Position beim Top-Hoodlum-Programm beworben. Meinen Sie, er würde sich über eine Versetzung freuen?

KB: Er wäre überglücklich.

JEH: Gut, aber das möchte ich ihm selber sagen. Auf Wiederhören, Mr Boyd. Sie haben gute Arbeit geleistet.
KB: Danke, Sir. Auf Wiederhören.

4

(Beverly Hills, 4.12.58)

Howard Hughes stellte das Bett ein bisschen höher. »Ich mag gar nicht daran denken, wie flau die letzten zwei Ausgaben von *Hush-Hush* waren. *Hush-Hush* ist jetzt ein Wochenblatt, das heißt, wir brauchen viel mehr spannenden Klatsch. *Wir brauchen jemanden, der den Schmutz ausgräbt.* Du sorgst für die Verifizierung der Storys, Dick Steisel kümmert sich um die rechtliche Seite, und Sol Maltzman schreibt die Artikel, aber wir sind nun mal nur so gut wie unsere Skandale, und die sind harmlos und lachhaft fad.«

Pete lümmelte sich in einen Sessel und blätterte die Ausgabe der letzten Woche durch. »Wanderarbeiter schleppen Geschlechtskrankheiten ein!« – soweit der Aufmacher. Zweites Thema: »Hollywoods Nachwuchsstall – Schlaraffenland für Schwule!«

»Ich bleibe am Ball. Wir brauchen jemanden, der verdammt was Besonderes draufhat, und das dauert eben.«

»Kümmere dich darum«, sagte Hughes. »Und sag Sol Maltzman, nächste Woche will ich einen Aufmacher mit der Schlagzeile: ›Neger: Überbevölkerung löst Tuberkulose-Epidemie aus‹.«

»Klingt ein bisschen weit hergeholt.«

»Tatsachen lassen sich jeder Theorie anpassen.«

»Werd's ausrichten, Boss.«

»Gut. Und wenn du schon in die Stadt gehst ...«

»Soll ich Ihnen Stoff und Spritzen besorgen. *Jawohl, Sir!*«

Hughes zuckte zusammen und schaltete den Fernseher ein. »Sheriff John's Lunch Brigade« stürmte ins Schlafzimmer – mit kreischenden Trickfilmfiguren und Mäusen, groß wie Lassie.

Pete schlenderte zum Parkplatz. Und da stand, lässig an seinen Wagen gelehnt, als gehörte er ihm: Special Agent Kemper Arsch Boyd.

Sechs Jahre älter und immer noch zu schön für diese Welt. Der dunkelgraue Anzug hatte mindestens vierhundert Piepen gekostet.

»Was soll denn das?«

Boyd verschränkte die Arme vor der Brust. »Einen schönen Gruß von Mr Hoover soll ich dir ausrichten. Er macht sich so seine Gedanken wegen deiner Nebentätigkeit für Jimmy Hoffa.«

»Ich verstehe kein Wort.«

»Der McClellan-Untersuchungsausschuss hat mir was gesteckt. Die haben ein paar öffentliche Telefone bei Hoffas Haus angezapft, um Hoffas Schlägeranrufe abzuhören. Der Scheißgeizhals Hoffa erledigt die Geschäftsanrufe nämlich von öffentlichen Apparaten aus und mietet sich Schläger.«

»Und? Das mit den Anrufen können Sie sich sonst wohin stecken, aber ich will wissen, was das soll.«

Boyd zwinkerte ihm zu – eiskaltes Arschloch.

»Erstens hat dich Hoffa im vergangenen Monat zweimal angerufen. Zweitens hast du dir unter falschem Namen einen Hin- und Rückflug nach Miami gebucht und die Rechnung an Hughes Aircraft schicken lassen. Drittens hast du bei einer Filiale, die den Teamstern gehört, einen Wagen gemietet und wurdest *vielleicht* dabei gesehen, wie du auf einen Mann namens Anton Gretzler gewartet hast. Ich gehe davon aus, dass Gretzler tot ist und dass Hoffa dich dafür bezahlt hat, ihn umzulegen.«

Die Leiche würden sie nie finden: Er hatte Gretzler in einen Sumpf geworfen und zugeschaut, wie er von Alligatoren gefressen wurde.

»Verhaften Sie mich.«

»Nein. Mr Hoover mag Bobby Kennedy nicht, und ich bin überzeugt, dass er Mr Hughes nicht brüskieren will. Wenn er damit leben kann, dass ihr beide, du und Jimmy, auf freiem Fuß seid, kann ich das auch.«

»Das heißt?«

»Wie wär's mit einer Gefälligkeit für Mr Hoover?«

»Geben Sie mir einen Wink. Allzeit bereit.«

Boyd lächelte. »Der Chefredakteur von *Hush-Hush* ist ein Roter. Mir ist bekannt, dass Mr Hughes billige Arbeitskräfte schätzt, aber gleichwohl halte ich es für angebracht, ihn auf der Stelle zu entlassen.«

»Wird erledigt«, sagte Pete. »Und Sie richten Mr Hoover aus, dass ich ein wahrer Patriot bin, der weiß, was Freundschaft ist.«

Boyd zog ab – kein Nicken, kein Zwinkern, der Verdächtige war entlassen. Zwei Wagenreihen weiter stieg er in einen blauen Ford mit einem Hertz-Aufkleber auf der Stoßstange.

Der Wagen fuhr los. Boyd winkte ihm allen Ernstes zu.

Pete rannte zu den Hoteltelefonen und verlangte die Auskunft. Dort gab man ihm die Nummer der Hertz-Zentrale.

Er wählte. Eine weibliche Stimme meldete sich: »Guten Morgen, Hertz-Autovermietung, Sie wünschen?«

»Guten Morgen. Hier Officer Peterson, LAPD. Ich benötige eine Information über einen Ihrer Kunden.«

»Hat er einen Unfall gehabt?«

»Nein, nur eine Routinenachfrage. Bei dem Fahrzeug handelt

es sich um einen blauen Ford Fairlane, Jahrgang '56, Kennzeichen V wie Victor, D wie Daisy, H wie Henry, Vier-Neun-Null.«

»Augenblick, Officer.«

Pete wartete ab. Boyds Drohung mit dem McClellan-Ausschuss gab ihm zu denken.

»Ich habe die Information, Officer.«

»Schießen Sie los.«

»Der Wagen wurde von einem gewissen Mr Kemper C. Boyd gemietet, seine Adresse in Los Angeles ist das Hotel Miramar in Santa Monica. Laut Rechnung soll der Betrag zu Lasten des Untersuchungsausschusses des US-Senats abgebucht werden. Haben wir Ihnen damit helfen können?«

Pete legte auf. Hier stimmte was nicht, und zwar einiges.

Eigenartig: Boyd in einem auf Kosten des Ausschusses gemieteten Wagen. Eigenartig: weil Hoover und Bobby Kennedy Rivalen waren. Boyd als FBI-Mann *und* Schnüffler für den Senatsausschuss? – Das würde ihm Hoover nie durchgehen lassen.

Boyd hatte Klasse, war aalglatt – und der ideale Mann für die Übermittlung einer gut gemeinten Warnung.

Der ideale Mann, um Bobby zu bespitzeln? – »Möglich«, wenn nicht sogar »sicher«.

Sol Maltzman wohnte in Silverlake, in einem miesen Loch über einem Smoking-Verleih.

Pete klopfte. Sol öffnete, stinksauer – ein X-beiniger Clown in Bermudas und T-Shirt.

»Was gibt's, Bondurant? Ich bin beschäftigt.«

Die Bude stank durchdringend nach Rauch und Katzendreck. Auf jedem Möbelstück stapelten sich packpapierbraune Aktenordner; das einzige Fenster war von einem Aktenschrank zugestellt.

Der hat Akten über Hollywood-Skandale. Das ist genau der Typ, der Schmuddelakten hortet.

»Bondurant, was ist denn?«

Pete schnappte sich einen Aktenordner von der Stehlampe. Zeitungsausschnitte über Ike und Dick Nixon – zum Schnarchen.

»Leg das hin, und sag, was du willst!«

Pete packte ihn an der Gurgel. »Du bist entlassen bei *Hush-Hush*. Du hast bestimmt ein paar Schmuddelakten auf Lager, mit denen wir was anfangen können, und wenn du sie rausrückst und mir keinen Kummer machst, red' ich mit Mr Hughes, damit er dir eine Abfindung rüberschiebt.«

Sol versuchte ihn abzuschütteln – und zeigte ihm zitternd den Stinkfinger.

Pete ließ ihn los. »Wetten, dass du die scharfen Sachen in dem Aktenschrank drin hast?«

»Nein! Da ist nichts drin, was dich interessieren könnte.«

»Dann mach ihn auf.«

»Nein! Der ist abgeschlossen, und die Kombination sag ich dir nie!«

Pete stieß ihm das Knie in die Eier. Maltzman ging zu Boden und schnappte nach Luft. Pete riss ihm das T-Shirt runter und stopfte es ihm in den Mund.

Der Fernseher bei der Couch bot eine ausgezeichnete akustische Deckung.

Pete drehte den Ton voll auf. Ein Autoverkäufer erschien auf dem Bildschirm, quasselte irgendwelche Scheiße über die neueste Buick-Serie. Pete zog die Waffe und zerschoss das Vorhängeschloss vom Aktenschrank – Holz splitterte.

Drei Aktenordner fielen heraus – etwa dreißig Seiten Schmuddelkram.

Sol Maltzman schrie trotz des Knebels auf. Pete trat ihn bewusstlos und stellte den Fernseher leiser.

Er hatte drei Aktenordner und einen Wolfshunger. Dem konnte er bei Mike Lyman's und einem De-Luxe-Steak abhelfen.

Mit De-Luxe-Skandalen als Beilage. Unwichtige Informationen hätte Sol nie so sorgfältig aufbewahrt.

Pete setzte sich in eine diskrete Nische und verdrückte ein T-Bone-Steak mit Bratkartoffeln. Er legte sich die Aktenordner zurecht, um sie bequem durchblättern zu können.

Der erste Ordner enthielt Fotografien von Dokumenten und maschinegeschriebenen Notizen. Kein Hollywood-Klatsch; kein *Hush-Hush*-Stoff.

Auf den Fotos waren Kontoauszüge und Einkommenssteuererklärungen. Der Name des Steuerpflichtigen kam ihm bekannt vor: George Killebrew, ein Kumpel von Mr Hughes, der auch ein Freund von Tricky Dick Nixon war.

Der Name auf dem Kontoauszug lautete »George Killing*ton*. Das Gesamtguthaben betrug 1957 87.416,04 Dollar. Versteuertes Einkommen von George Kille*brew* im gleichen Jahr: 16.850 Dollar.

Ein kleiner Namenswechsel, nur zwei Silben – hinter denen sich gut 70 Riesen verbargen.

Sol Maltzman schrieb: »Bankangestellte bestätigen, dass Killebrew die 87 000 Dollar in Raten von fünf- bis zehntausend Dollar eingezahlt hat. Sie bestätigen außerdem, dass die von ihm angegebene Steuernummer falsch ist. Er hat den ganzen Betrag einschließlich der etwa sechstausend Dollar Zinsen bar abgehoben und das Konto aufgelöst, bevor die Bank die übliche Mitteilung an die bundesstaatlichen Steuerbehörden schickte.«

Unversteuerte Einnahmen und unversteuerte Bankzinsen. Bingo: betrügerische Steuerhinterziehung.

Pete ging ein Licht auf.

Das House Committee on Un-American Activities, der Ausschuss gegen unamerikanische Umtriebe, hatte Sol Maltzman schwer zugesetzt. Dick Nixon gehörte dem HUAC an; George Killebrew arbeitete für ihn.

Akte Nr. 2 enthielt jede Menge Schwanzlutschbilder. Der Schwanz: ein Teenager. Der Schwanzlutscher: »HUAC-Rechtsberater Leonard Hosney, 43, aus Grand Rapids, Michigan«. Sol Maltzman schrieb: »Die abscheuliche Tätigkeit für *Hush-Hush* hat sich endlich bezahlt gemacht, ich bekam vom Rausschmeißer eines Männerpuffs in Hermosa-Beach einen Tipp. Er hat die Fotos gemacht und mir versichert, dass der Junge minderjährig ist. Er wird bald noch mehr Fotomaterial liefern.«

Pete zündete eine Zigarette an der anderen an. Jetzt war ihm alles klar. Die Akten waren Sols Rache am HUAC. Und eine heimliche Sühne: Sol schrieb rechtsgerichtete Rufmordartikel und sammelte Dreck für eine späte Rache.

Akte Nr. 3 enthielt wiederum Fotos: von Schecks, Einzahlungsscheinen und Banknoten. Pete schob das Essen weg: *Das* war Belastungsmaterial der Spitzenklasse.

Sol Maltzman schrieb: »Die politischen Folgen von Howard Hughes' 200 000-Dollar-Darlehen an Richard Nixons Bruder Donald im Jahr 1956 sind äußerst schwerwiegend, vor allem, wenn man bedenkt, dass Nixon 1960 als Präsidentschaftskandidat der Republikaner antreten wird. Hier liegt eindeutig der Fall vor, dass ein schwerreicher Industrieller sich politische Macht kauft. Dies lässt sich indirekt durch die zahlreichen politischen Initiativen Nixons belegen, die Hughes direkt begünstigen.«

Pete überprüfte das fotografische Beweismaterial. Die Beschuldigung hatte Hand und Fuß – eines passte zum anderen.

Sein Essen war kalt geworden. Sein Hemd war durchgeschwitzt.

Insider-Wissen war Sprengstoff.

Der Tag hatte ihm lauter Asse beschert – aber er konnte sie nicht ausspielen.

Er konnte an der Hughes/Nixon-Sauerei dranbleiben. Gail konnte Sols Job bei *Hush-Hush* übernehmen – sie hatte bereits für Magazine gearbeitet und von Scheidungsfällen ohnehin die Nase voll.

Die Infos über die HUAC-Mitarbeiter waren lauter Asse, doch wusste er nicht, wie sie zu GELD zu machen waren. Bei Kemper Boyds Auftritt hingegen waren seine Antennenfühlerchen weit, weit ausgefahren.

Pete fuhr zum Miramar und beschattete den Parkplatz. Boyds Wagen war hinter dem Swimmingpool abgestellt. Dort sonnten sich jede Menge Frauen in Badeanzügen – er hatte schon unter schlimmeren Bedingungen auf der Lauer gelegen.

Stunden vergingen. Die Frauen kamen und gingen. Die Dämmerung erschwerte die Sicht, und schließlich war sie ganz weg.

Miami kam ihm in den Sinn – Taxis mit Tigerstreifen und hungrige Alligatoren.

18 Uhr, 18 Uhr 30, 19 Uhr, 19 Uhr 22: Boyd und der Arsch Ward Littell schlenderten am Pool vorbei.

Sie stiegen in Boyds Mietwagen. Bogen auf den Wilshire Boulevard ein, Richtung Osten.

Littell war der Windhund, der den Schweinehund Boyd begleitete. Er kam ins Sinnieren: Die beiden FBI-Typen und er kannten sich seit ewigen Zeiten.

Pete ordnete sich hinter ihnen ein. Sie bildeten ein Wagenpaar: den Wilshire Boulevard hoch, die Barrington hoch zum Sunset Boulevard. Pete ließ sich zurückfallen und wechselte immer wieder die Spur. Er leistete gute Arbeit. Boyd merkte nicht, dass er ihm folgte – das erkannte er deutlich.

Sie fuhren den Sunset Boulevard entlang: durch Beverly Hills über den Strip nach Hollywood. Boyd bog nach links auf die Alta Vista ab – etwa auf mittlerer Höhe vor einem Häuserblock.

Pete blieb drei Häuser weiter am Straßenrand stehen. Boyd und Littell stiegen aus; im Licht einer Straßenlaterne konnte er ihre Bewegungen verfolgen.

Sie zogen sich Handschuhe an. Sie griffen sich Taschenlampen. Littell öffnete den Kofferraum und holte einen Werkzeugkasten heraus.

Sie gingen zu einem rosa Haus, knackten das Schloss und brachen ein.

Das Licht der Taschenlampe drang durchs Fenster. Pete wendete und konnte die Hausnummer erkennen: 1541 North.

Es konnte sich nur um einen Abhörjob handeln. Die FBI-Typen bezeichneten ihre Einbrüche als »Black-bag«-Job.

Das Wohnzimmerlicht ging an. Die Ärsche trauten sich was.

Pete nahm das Adressbuch vom Rücksitz. 1541 North Alta Vista wohnte angeblich: Darleen Shoftel, HO3–6811.

Wanzen einzubauen dauerte etwa eine Stunde – Zeit genug, die Braut polizeilich überprüfen zu lassen. An der Straßenecke war ein Telefon – somit konnte er, während er anrief, das Haus weiter beobachten.

Er ging zu dem Apparat und rief bei der County Police an. Karen Hiltscher nahm ab – er hatte ihre Stimme gleich erkannt.

»Archiv und Information.«

»Karen, ich bin's, Pete Bondurant.«

»Nach all der Zeit hast du sofort gewusst, wer dran ist?«

»Das muss an deiner Stimme liegen. Sag, kannst du wen für mich überprüfen?«

»Kann ich, auch wenn du nicht mehr Deputy Sheriff bist und ich es eigentlich gar nicht dürfte.«

»Du bist ein Kumpel.«

»Das will ich meinen, vor allem, wenn ich daran denke, wie du –«

»Der Name ist Darleen Shoftel. Ich buchstabiere D-A-R-L-E-E-N S-H-O-F-T-E-L. Die letzte mir bekannte Adresse lautet 1541 North Alta Vista, Los Angeles. Überprüf alle –«

»Ich weiß, was ich zu tun habe, Pete. Bleib du nur dran.«

Pete wartete. Weiter unten in der Straße gingen die Lichter des Hauses an und aus – das FBI bei verdeckten Ermittlungen.

Karen meldete sich: »Darleen Shoftel, weiblich, weiß, Geburtsdatum 9.3.32. Keine Fahndungsgesuche, kein Haftbefehl, keine Eintragung im Vorstrafenregister. Bei der Bezirkspolizei liegt nichts vor, aber die Sitte von West Hollywood hat eine einschlägige Akte über sie. Darin findet sich eine Eintragung vom 14.8.57. Der Manager von ›Dino's Lodge‹ hat sie angezeigt, weil sie versucht haben soll, an der Bar einen Freier zu finden. Sie wurde verhört, und man ließ sie gehen, wobei der mit der Untersuchung betraute Detective sie als ›Spitzen-Callgirl‹ bezeichnet hat.«

»Ist das alles?«

»Für einen Anruf gar nicht schlecht, will ich meinen.«

Pete legte auf. Er sah die Lichter im Haus ausgehen und schaute auf die Uhr.

Boyd und Littell kamen heraus und stellten ihr Zeug in den Wagen. 16 Minuten insgesamt – ein »Black-bag«-Weltrekord.

Sie fuhren los. Pete lehnte sich an die Telefonzelle und überlegte, was hinter der Sache steckte.

Sol Maltzman operierte allein, ohne dass das FBI etwas ahnte.

Boyd war hergekommen, um ihn wegen der Gretzler-Geschichte zu warnen und um die Absteige eines Callgirls abhören zu lassen. Boyd war ein aalglatter Lügner.

»Der McClellan-Ausschuss hat mir was gesteckt.«

Boyd wusste, dass er Gretzler umgelegt hatte – einen Zeugen des McClellan-Ausschusses. Boyd hatte Hoover gemeldet, dass er Gretzler auf dem Gewissen hatte. Hoover hatte gesagt, das geht mir am Arsch vorbei.

Boyds Wagen: auf Kosten des McClellan-Ausschusses gemietet. Hoover: bekannter Bobby-Kennedy-Hasser und Meister in doppeltem Spiel. Boyd war geschmeidig und gebildet, wahrscheinlich ein fähiger Undercover-Agent.

Frage Nr.1: Hat seine Undercover-Tätigkeit etwas mit der Abhörgeschichte zu tun? Frage Nr. 2: Wer unterschreibt *meinen* Scheck, wenn's dabei was zu verdienen gibt?

Jimmy Hoffa vielleicht – auf den hatte es der McClellan-Ausschuss vor allem abgesehen. Fred Turentine konnte die Abhöranlage des FBI anzapfen und jedes Wort mitkriegen, das sie aufschnappten.

Pete sah Dollarzeichen vor sich – Jackpot.

Er fuhr heim in die Wachhundehütte. Gail war auf der Veranda – das glühende Ende ihrer Zigarette bewegte sich unruhig hin und her, als ob sie draußen auf und ab spazierte.

Er parkte und ging zu ihr. Dabei trat er in einen übervollen Aschenbecher, Kippen wurden zwischen den preisgekrönten Rosen verstreut.

Gail wich ihm aus. Pete sprach besonders sanft und leise.

»Wie lange bist du schon hier draußen?«

»Seit Stunden. Sol hat alle zehn Minuten angerufen und um

seine Akten gebettelt. Er sagt, du hättest ihm Akten gestohlen und seist auf ihn losgegangen.«

»Das war rein geschäftlich.«

»Er war völlig außer sich. Ich konnte ihn nicht länger ertragen.«

Pete versuchte, sie in die Arme zu nehmen. »Es ist kalt hier draußen. Gehen wir rein.«

»Nein. Ich will nicht.«

»Gail –«

Sie wich aus. »Nein, ich will nicht in das schreckliche große Haus!«

Pete ließ die Fingerknöchel knacken. »Ich kümmere mich schon um Sol. Der wird dich nicht mehr belästigen.«

Gail lachte – schrill und unangenehm und mit einem besonderen Unterton. »Bestimmt nicht.«

»Was willst du damit sagen?«

»Dass er tot ist. Ich habe bei ihm angerufen, weil ich ihn beruhigen wollte, und ein Polizist hat abgenommen. Er sagte, Sol habe sich erschossen.«

Pete zuckte mit den Schultern. Er wusste nicht, was er mit seinen Händen anfangen sollte.

Gail rannte zu ihrem Wagen. Sie fuhr mit quietschenden Reifen aus der Einfahrt – und fuhr beinahe eine Frau mit Kinderwagen über den Haufen.

5

(Washington, D. C., 7.12.58)

Ward hatte Angst. Kemper wusste, wieso: Mr Hoovers Privataudienzen hatten es in sich.

Sie warteten im Vorzimmer. Ward hielt den Atem an. Kemper kannte sich aus: Hoover würde genau zwanzig Minuten zu spät kommen. Er will Ward einschüchtern. Und *ich* soll ihn dabei unterstützen.

Den Bericht hatte er bereits telefonisch durchgegeben: Der Shoftel-Job war vorbildlich gelaufen. Ein Agent in Los Angeles hatte den Auftrag, die Abhöreinrichtungen zu überwachen und die interessanten Bänder an Littell in Chicago zu übermitteln. Abhör-As Ward würde die Bänder schneiden – und die besten Ausschnitte an Mr Hoover schicken.

Jack wurde nicht vor dem 9. Dezember in L. A. erwartet. Darleen Shoftel brachte es auf vier Nummern pro Nacht – der Mann auf dem Horchposten war von ihrem Durchhaltevermögen beeindruckt. In der L. A. *Times* erschien eine knappe Meldung über Sol Maltzmans Selbstmord. Mr Hoover meinte, Pete Bondurant habe ihn wohl etwas rüde »gefeuert«.

Ward schlug die Beine übereinander und zupfte an der Krawatte. Bloß nicht: Mr Hoover kann Zappelphilippe nicht leiden. Er hat uns herbefohlen, weil er dich belobigen will – also bitte, zappel nicht.

Hoover betrat den Raum. Kemper und Littell standen auf.

»Guten Morgen, Gentlemen.«

»Guten Morgen, Sir.« Unisono.

»Ich fürchte, ich werde mich kurz fassen müssen. Ich habe gleich ein Treffen mit Vizepräsident Nixon.«

»Ich freue mich, Sie zu sehen, Sir«, sagte Littell.

Kemper hätte am liebsten nach Luft geschnappt: keine Kommentare, und wenn sie noch so beflissen waren.

»Mein Terminkalender zwingt mich dazu, mich kurz zu fassen. Mr Littell, ich weiß die Arbeit, die Sie und Mr Boyd in Los Angeles geleistet haben, zu schätzen. Deswegen gebe ich Ihnen eine Position bei der Top-Hoodlum-Abteilung Chicago. Damit setze ich mich über den Einspruch des SAC, des Leitenden Sonderagenten der Außenstelle Chicago, Leahy, hinweg, der Sie als besonders geeignet für Überwachungsaufgaben einstuft. Mir ist durchaus bekannt, Mr Littell, dass Sie die Kommunistische Partei der USA für harmlos, wenn nicht für moribund halten. Diese Einstellung erscheint mir gefährlich leichtsinnig, und ich hoffe, Sie werden sich eines Besseren belehren lassen. Sie sind jetzt ein direkter Mitarbeiter von mir, nur lassen Sie sich deswegen nicht das Leben mit der Gefahr zu Kopf steigen. Darin ist Ihnen Kemper Boyd weit überlegen.«

6

(Washington, D. C., 8.12.58)

Littell studierte Akten. Im Bademantel, grandios verkatert, denn sie hatten bis spät in die Nacht mit Cordon Rouge und Glenlivet gefeiert. Die Spuren, leere Flaschen und Servierwagen mit unberührten Speisen, waren noch im Zimmer zu sehen.

Kemper hatte sich beherrscht. Er nicht. Hoovers »Kürze« hatte ihm arg zugesetzt; Champagner und Scotch halfen ihm, mit Humor darüber hinwegzukommen. Kaffee und Aspirin halfen kaum gegen den Kater.

Der Flughafen war wegen eines Schneesturms gesperrt – so saß er im Hotelzimmer fest. Hoover hatte ihm die Akte in Kopie zum Studium zukommen lassen.

> CHICAGO TOP HOODLUM SQUAD VERTRAULICH: KRIMINELLE ELEMENTE, ORTE, VORGEHENSWEISE UND WEITERE BEOBACHTUNGEN.

Die Akte umfasste 60 Seiten und war mit Details vollgestopft. Littell warf noch zwei Aspirin ein und unterstrich die wichtigsten Fakten.

> Gegenwärtiges Ziel des Top-Hoodlum-Programms (FBI-Direktive Nr. 3401 vom 19.12.57) ist die Erfassung der Aktivitäten des or-

ganisierten Verbrechens. Zum gegenwärtigen Zeitpunkt und bis zur ausdrücklichen Mitteilung einer Änderung ist jegliches Ermittlungsmaterial ausschließlich dem künftigen Einsatz vorbehalten. Das THP hat kein Mandat zur Ermittlung von Beweisen, die eine direkte strafrechtliche Verfolgung durch Bundesbehörden nach sich ziehen. Durch elektronische Überwachungsmaßnahmen ermittelte Erkenntnisse über Kriminelle können nach Maßgabe des SAC an lokale Polizei- und Strafverfolgungsbehörden weitergereicht werden.

Die elliptischen Vorgaben liefen auf eines hinaus: Hoover weiß, dass man den Mob nicht verfolgen und dabei jedes Mal gewinnen kann. Für gelegentliche Verurteilungen mag er das Prestige des FBI nicht aufs Spiel setzen.

THP-Squads können nach eigenem Ermessen elektronische Überwachungsmaßnahmen durchführen. Die Register, Mitschnitte und Transkripte sind peinlich genau zu führen und periodisch dem SAC zur Beurteilung vorzulegen.

Carte blanche für Abhörmaßnahmen – gut.

Die THP-Abteilung Chicago hat elektronische Überwachungsmaßnahmen (ausschließlich Mikrofone) gegen Celano's Custum Tailors, 620 North Michigan Avenue, eingeleitet. Sowohl die US-Staatsanwaltschaft (Bezirk Illinois Nord) wie die Nachrichtendienstliche Abteilung der Bezirkspolizei von Cook County halten die Schneiderei für das informelle Hauptquartier führender Chicagoer Gangster, ihrer wichtigsten Unterführer und ausgewählter Untergebener. In den Räumen des Lauschpostens ist eine Tonbandmitschnitte und stenografische Durchschriften umfassende Bibliothek eingerichtet worden.

Die Anwerbung von Informanten hat für alle THP-Agenten Priorität. Zum gegenwärtigen Zeitpunkt (19.12.57) sind keine Informanten mit intimen Kenntnissen über das Chicagoer Verbrechersyndikat eingestellt worden. Hinweis: Alle Transaktionen, bei denen Informationen mit FBI-Geldern abgegolten werden sollen, bedürfen der vorigen Zustimmung des SAC.

Übersetzung: FIND DIR DEINEN EIGENEN SPITZEL.

Das Mandat des Top-Hoodlum-Programms erlaubt gegenwärtig die Abstellung von sechs Agenten und einer Sekretärin/Stenografin pro Regionalbüro.

Jahresbudgets dürfen nicht die in Direktive Nr. 3403 vom 19.12.57 festgelegten Grenzen überschreiten.

Darauf folgte eine endlose Reihe von Budgetdirektiven. Littell blätterte weiter zu KRIMINELLE ELEMENTE.

Sam Giancana, geboren 1908. Alias »*Mo*«, »*Momo*«, »*Mooney*«. Giancana ist der »Boss der Bosse« der Chicagoer Unterwelt. Als Nachfolger von *Al Capone*, von *Paul »The Waiter« Ricca* und *Anthony »Joe Batters« / »Big Tuna« Accardo* überwacht er das Glücksspiel, den Geldverleih, die illegalen Wettbüros, die Automaten, die Prostitution und die Gewerkschaftskriminalität von Chicago. *Giancana* war persönlich an zahlreichen mit dem organisierten Verbrechen in Zusammenhang stehenden Morden beteiligt. Als »konstitutioneller Psychopath« wurde er im Zweiten Weltkrieg für den Militärdienst »untauglich« eingestuft. *Giancana* wohnt im Vorort Oak Park. Er wird oft in Gesellschaft seines persönlichen Leibwächters

Dominic Michael Montalvo alias »*Butch Montrose*«, geboren 1919, gesehen. *Giancana* ist ein enger Vertrauter des Vorsitzenden der International Brotherhood of Teamsters, *James Riddle Hoffa*. Gerüchten zufolge steht ihm ein Mitspracherecht bei der Vergabe von Darlehen aus der zentralen Pensionskasse der Teamster zu, einer besonders reichen und dubios verwalteten Gewerkschaftskasse, aus der, Annahmen zufolge, zahlreiche illegale Unternehmungen finanziert wurden.

Gus Alex, geboren 1916 (zahlreiche Pseudonyme). *Alex* ist der frühere Boss der North Side, der zum politischen »Allroundmann« des Chicagoer Mobs aufgestiegen ist und als Verbindungsmann zu korrupten Elementen innerhalb der Chicagoer Polizei und der Bezirkspolizei von Cook County fungiert. Er ist ein enger Vertrauter von *Murray Llewellyn Humphreys*, alias »*Hump*« oder »*The Camel*«, geboren *1899*. *Humphreys* ist die graue Eminenz des Chicagoer Mobs. Er hat sich aus dem aktiven Geschäft zurückgezogen, soll aber gelegentlich bei Grundsatzentscheidungen von der Chicagoer Unterwelt zurate gezogen werden.

John »*Johnny*« *Rosselli*, geboren *1905*. *Rosselli* ist ein enger Vertrauter von *Sam Giancana* und der Strohmann des Chicagoer Mobs im Stardust Hotel und Casino in Las Vegas. Gerüchten zufolge besitzt *Rosselli* bedeutende Anteile an Casino-Hotel-Holdings in Havanna, Kuba, ebenso wie die kubanischen Glücksspielmagnaten *Santo Trafficante Jr.* und *Carlos Marcello*, die Bosse von Tampa, Florida, respektive New Orleans, Louisiana.

Es folgten Listen von Helfershelfern und Beteiligungen. Als atemberaubend empfand er die Tatsache, dass Giancana/Hoffa/Rosselli/Trafficante/Marcello & Co. jeden bedeutenderen Gangster jeder bedeutenderen amerikanischen Stadt kannten und legale Anteile an Transportfirmen, Nachtclubs, Fabriken, Rennpferden,

Banken, Kinos, Vergnügungsparks und über dreihundert italienische Restaurants besaßen. 308 Anklageerhebungen hatten zu nur 14 Verurteilungen geführt.

Littell blätterte im Anhang: KRIMINELLE RANDFIGUREN. Gangsterbosse verkauften sich nicht als Spitzel – kleine Fische vielleicht.

Jacob Rubenstein, geboren 1919. Alias »*Jack Ruby*«. Er leitet einen Stripteaseclub in Dallas, Texas, und ist manchmal nachweislich in kleinerem Maßstab als Kredithai tätig. Gerüchten zufolge überbringt er gelegentlich Gelder aus der Chicagoer Unterwelt an kubanische Politiker, zu denen auch Präsident Fulgencio Batista und der Rebellenführer Fidel Castro gehören. *Rubenstein/Ruby* ist in Chicago geboren und verfügt über vielfältige Kontakte zum organisierten Verbrechen von Chicago. Er hält sich oft in Chicago auf.

Herschel Meyer Ryskind, geboren 1901. Alias »*Hersh*«, »*Hesh*«, »*Heshie*«. Er gehörte (in den Dreißigerjahren) der »Purple Gang« in Detroit an. Er wohnt in Arizona und Texas, hält aber enge Verbindungen zum Chicagoer Mob. Er soll im Heroinhandel der Golfküste aktiv sein. Angeblich ist er eng mit *Sam Giancana* und *James Riddle Hoffa* befreundet und soll für das organisierte Verbrechen von Chicago bei Arbeitskämpfen als Schlichter aufgetreten sein.

»Angeblich«, »Gerüchten zufolge«, »soll«, Phrasen, die eine grundlegende Wahrheit verrieten: dass die Akte leidenschaftslos und gleichgültig wirkte. Hoover war nicht von wirklichem Hass auf die Unterwelt erfüllt – das »Top-Hoodlum-Programm« war nur eine Reaktion auf den Zwischenfall von Apalachin.

Lenny Sands, geboren 1924. Früher: Leonard Joseph Seidelwitz alias »*Jewboy Lenny*«. Er wird vom Chicagoer Mob als Maskottchen betrachtet. Offiziell gibt er seine Tätigkeit mit »Nachtclub-Entertainer« an. Er tritt öfter bei Veranstaltungen der Chicagoer Unterwelt und bei Treffen der Teamster von Cook County auf. *Sands* soll gelegentlich Gelder an kubanische Polizeibeamte überbracht haben, gemäß dem Bemühen des organisierten Verbrechens von Chicago, ein günstiges politisches Klima in Kuba zu erhalten und den Erfolg ihrer Casinos in Havanna zu sichern. *Sands* hat eine regelmäßige Tour zum Abkassieren von Automaten und ist fest angestellt bei dem im Besitz des Chicagoer Mobs befindlichen quasilegalen Unternehmen »Vendo-King«.

(Hinweis: *Sands* ist in der Unterhaltungsbranche in Las Vegas/Los Angeles als »Außenseiter« etabliert. Gerüchten zufolge soll er Senator John Kennedy (Demokrat, Massachusetts) während des Kongresswahlkampfs 1946 Sprechunterricht erteilt haben.)

Ein Gangsterlakai hatte Umgang mit Jack Kennedy. Und *er* hatte Wanzen in einem Hurennest angebracht, um ihn zu Fall zu bringen.

Littell blätterte vor und zurück. Von KRIMINELLE RANDFIGUREN zu WEITERE BEOBACHTUNGEN.

Das Syndikat hat Chicago in Bezirke aufgeteilt. Die North Side, Near North Side, West Side, South Side, der Loop, die Lakefront und die nördlichen Vorstädte werden von Unterbossen geleitet, die direkt *Sam Giancana* unterstehen. *Mario Salvatore D'Onofrio*, geboren 1912. Alias »*Mad Sal*«. Er ist ein unabhängig operierender Wucherer und Buchmacher. Er darf seine Geschäfte betreiben, weil er *Sam Giancana* einen großen Anteil abgibt. 1951 wurde *D'Onofrio* der Körperverletzung mit Todesfolge für schuldig befunden und war fünf Jahre im Staatsgefängnis von Illinois, Ioliot, inhaftiert. Ein Gefängnispsychologe bezeichnete ihn als »Psychopathen und kriminellen Sadisten mit unkontrolliertem psychosexuellem Drang, anderen Menschen Schmerzen zuzufügen«. Er ist kürzlich der Folter und des Mordes an zwei Golf-Professionals des Bob O'Link Country Clubs verdächtigt worden, die ihm Geld geschuldet haben sollen.

Unabhängige Buchmacher/Kredithaie haben Konjunktur in Chicago. Das ist auf *Sam Giancanas* Politik zurückzuführen, sich die Gewährung einer Geschäftserlaubnis mit hohen Abgaben vergüten zu lassen. Zu *Giancanas* gefürchtetsten Unterbossen zählt *Anthony »Icepick-Tony« Iannone* (geboren 1917), der als Verbindungsmann der Unterwelt zu unabhängigen Buchmachern/Kredithaien fungieren soll. *Iannone* steht unter Verdacht, für nicht weniger als neun Fälle von Verstümmelung und Ermordung hochverschuldeter Kredithai-Kunden verantwortlich zu sein.

Namen sprangen ins Auge. Eigenartige Namen brachten ihn zum Lachen.

Tony »The Ant« Spilotro, Felix »Milwaukee Phil« Alderisio, Frank »Franky Strongy« Ferraro.

Joe Amato, Joseph Cesar Di Varco, Jackie »Jackie the Lackey« Cerone.

Über den Teamsters' Central States Pension Fund wird in Polizeikreisen spekuliert. Hat bei der Darlehensvergabe *Sam Giancana* das letzte Wort? Was ist die Vorgehensweise, wenn Darlehen an kapitalsuchende Kriminelle, halblegale Geschäftsleute und kriminelle Gewerkschaftsbosse vergeben werden?

Jimmy »Turk« Torello, Louie »The Mooch« Eboli.

Die Nachrichtendienstliche Abteilung der Polizei von Miami

nimmt an, dass *Sam Giancana* stiller Teilhaber der Tiger Kab Kompany ist, einer Taxi-Firma in Teamsterbesitz, die von Exilkubanern betrieben wird, die alle lange Vorstrafenregister aufzuweisen haben sollen.

Daniel »Donkey Dan« Versace, »Fat Bob« Paolucci –

Das Telefon klingelte. Littell musste danach tasten – er hatte seine Augen derart überanstrengt, dass er alles doppelt sah.

»Hallo?«

»Ich bin's.«

»Tag, Kemper.«

»Was hast du denn getrieben? Als ich ging, hattest du ganz schön einen sitzen.«

Littell lachte. »Ich habe die THP-Akte gelesen. Und bin vorläufig nicht allzu beeindruckt von Mr Hoovers Anti-Mob-Programm.«

»Pass auf, was du sagst. Vielleicht hat er dein Zimmer verwanzt.«

»Scheußlicher Gedanke.«

»Ja, und wohl zu weit hergeholt. Ward, schau, es schneit immer noch, heute geht niemals ein Flug. Warum besuchst du mich nicht im Ausschuss? Bobby und ich verhören einen Zeugen. Er kommt aus Chicago, vielleicht kannst du was davon profitieren.«

»Frische Luft könnte ich allerdings gebrauchen. Seid ihr im alten Senats-Bürotrakt?«

»Genau, Suite 101. Ich werde im Verhörraum sein. Und der hat eine Beobachtergalerie, sodass du zusehen kannst. Aber denk an meine Deckung. Ich gehöre nicht mehr zum FBI.«

»Du bist ein gewiefter Blender, Kemper. Eigentlich traurig.«

»Sieh zu, dass du dich im Schnee nicht verläufst.«

Die Einrichtung war ideal: ein geschlossener Gang mit Einwegspiegeln und Wandlautsprechern. In Kabine A hatten sich zurückgezogen: die Kennedy-Brüder, Kemper und ein blonder Mann.

Die Kabinen B, C und D waren leer. Er saß allein auf der Beobachtergalerie – wahrscheinlich hatte der Schneesturm weitere Zuschauer zu Hause festgehalten.

Littell schaltete den Lautsprecher an. Die Stimmen waren klar und deutlich zu hören, fast ohne Nebengeräusche.

Die Männer saßen um einen Schreibtisch. Robert Kennedy spielte den Gastgeber und bediente das Tonbandgerät.

»Nehmen Sie sich Zeit, Mr Kirpaski. Sie haben sich freiwillig als Zeuge gemeldet, und Sie können über uns verfügen.«

Der Blonde antwortete: »Sagen Sie Roland zu mir. Kein Mensch sagt Mr Kirpaski zu mir.«

Kemper grinste: »Wer Jimmy Hoffa einen linken Haken verpasst, hat sich ein Mindestmaß an Höflichkeit verdient.«

Strahlemann Kemper – der seinen Südstaaten-Singsang wieder hervorholte.

»Da wollten Sie mir wohl was Nettes sagen«, sagte Kirpaski. »Aber wissen Sie, Jimmy Hoffa ist Jimmy Hoffa. Ich meine, der ist wie ein Elefant. Der vergisst nie etwas.«

Robert Kennedy verschränkte die Hände hinter dem Kopf. »Hoffa wird im Gefängnis lange genug Zeit haben, darüber nachzudenken, was ihn dorthin gebracht hat.«

Kirpaski hüstelte. »Ich möchte was sagen. Und ich möchte ... nun ja ... das ablesen, wenn ich vor dem Ausschussaussage.«

»Nur zu«, sagte Kemper.

Kirpaski lehnte sich im Stuhl zurück. »Ich bin Gewerkschaftler. *Ich bin ein Teamster.* Schau'n Sie, ich hab' Ihnen all die Geschichten über Jimmy erzählt, wie er das tut und jenes tut, wie er seinen Kerlen sagt, sie sollen anderen Kerlen Druck machen, weil sie wo nicht mitmachen wollen und so weiter. Das mag ja alles illegal sein, aber wissen Sie was? Das ist mir egal. Wenn ich, wie Sie sagen, Jimmy einen Haken verpasse, dann nur, weil ich zwei und zwei zusammenzählen kann und weil ich in der verdammten Abteilung 2109 in Chicago genug gehört habe, um zu schnallen, dass der Arsch Jimmy Hoffa geheime Absprachen mit den Bossen trifft, und das heißt, dass er ein Scheißstreikbrecher ist, entschuldigen Sie das offene Wort, und ich will, dass Sie das ins Protokoll aufnehmen, dass ich ihn deswegen verpfeife.«

John Kennedy lachte. Littell musste an den Shoftel-Job denken und zuckte zusammen.

»Das geht klar, Roland«, sagte Robert Kennedy. »Sie können vorlesen, was Sie wollen, bevor Sie Ihre Zeugenaussage machen. Und denken Sie daran, wir heben uns Ihre Aussage für eine Sitzung mit Fernsehübertragung auf. Millionen von Menschen werden Sie sehen.«

»Je mehr Öffentlichkeit Sie bekommen«, sagte Kemper, »desto unwahrscheinlicher ist es, dass Hoffa sich an Ihnen zu rächen versucht.«

»Jimmy vergisst nie etwas«, sagte Kirpaski. »Da ist der wie ein Elefant. Sie haben mir doch diese Fotos von Gangstern gezeigt? Die Typen, mit denen ich Jimmy zusammen gesehen habe?«

Robert Kennedy hielt ein paar Fotos hoch: »Santo Trafficante Jr. und Carlos Marcello.«

Kirpaski nickte. »Richtig. Ich will, dass Sie das auch ins Protokoll aufnehmen, dass ich Gutes über die Typen gehört habe. Man sagt, dass die nur Gewerkschaftler einstellen. Kein Mafioso hat je zu mir gesagt: ›Roland, du bist ein dummer Polacke von der South Side.‹ Die haben, wie ich gesagt habe, Jimmy in seiner Suite im Drake besucht und übers Wetter, über Baseball und die kubanische Politik geredet. Ich will, dass im Protokoll steht, dass ich nichts gegen die Mafia habe.«

Kemper zwinkerte zum Einwegspiegel hoch. »Ebenso wenig wie J. Edgar Hoover.«

Littell lachte. »Was?«, sagte Kirpaski.

Robert Kennedy trommelte mit den Fingern auf den Tisch. »Mr Boyd produziert sich für einen unsichtbaren Kollegen. Und jetzt, Roland, zurück nach Miami und Sun Valley.«

Kirpaski sagte: »Ich wollte, ich wäre dort. Jesus, der Schnee.«

Kemper stand auf und vertrat sich die Beine: »Fangen Sie noch mal von vorne an.«

Kirpaski seufzte: »Ich war als Delegierter für Chicago beim Gewerkschaftskongress letztes Jahr. Wir haben im Deauville in Miami gewohnt. Ich bin da noch gut Freund mit Jimmy gewesen, weil ich noch nicht geschnallt hatte, dass er ein Scheißstreikbrecher ist, der für Geld –«

Robert Kennedy unterbrach: »Bitte bleiben Sie bei der Sache.«

»Sache ist, dass ich paar Besorgungen für Jimmy erledigt habe. Ich bin zum Tiger-Kab-Stand gegangen, der sich mit einem gottverdammten ›K‹ schreibt, und habe Bargeld abgeholt, damit Jimmy ein paar Burschen von der Miami-Abteilung zu einem Bootsausflug einladen kann, um mit MPs auf Haie zu schießen, was Jimmys Lieblingsbeschäftigung in Florida ist. Ich muss mindestens drei Riesen gekriegt haben. So was wie den Taxistand gibt's nur auf dem Mars. Lauter kubanische Spinner in Tigerhemden. Der Chefkubaner hieß Fulo. Er hat draußen auf dem Parkplatz Fernseher verzockt, heiße Ware. Bei Tiger Kab läuft alles per Cash. Wenn Sie mich fragen, ist die Klitsche eine Geldwaschmaschine im Schleudergang.«

Im Lautsprecher hörte man Störgeräusche – Littell drehte an einem Knopf, und der Ton wurde wieder klar. John Kennedy wirkte gelangweilt und unruhig.

Robert Kennedy kritzelte auf seinem Notizblock herum. »Berichten Sie uns nochmals von Anton Gretzler.«

Kirpaski sagte: »Wir sind alle zum Haifisch-Schießen gegangen. Gretzler mit. Er hat sich mit Jimmy allein am anderen Ende des Bootes, abseits von den Haifischjägern, unterhalten. Ich war unten auf dem Klo, weil ich seekrank war. Die meinten, sie wären unter sich, weil sie über so gesetzwidriges Zeugs redeten, und da will ich wieder, dass im Protokoll steht, dass mich das nichts angeht, weil das nichts mit Kungeleien mit den Bossen zu tun hat.«

John Kennedy pochte auf seine Uhr. Kemper gab Kirpaski das Stichwort: »Worüber genau haben sie sich unterhalten?«

»Sun Valley. Gretzler sagte, dass er das Gelände hat vermessen lassen und dass sein Vermessungsingenieur gesagt hat, das Gelände rutscht in den nächsten fünf Jahren oder so nicht in den Sumpf, womit sie aus dem Schneider wären, rechtlich gesehen. Jimmy sagte, er könnte der Pensionskasse drei Millionen Dollar entnehmen, um das Land zu kaufen, und vielleicht könnten sie dabei gleich was in die eigene Tasche abzweigen.«

Robert Kennedy sprang auf. Sein Stuhl kippte um – der Einwegspiegel zitterte. »Das ist eine Zeugenaussage von größter Bedeutung! Das ist das indirekte Eingeständnis einer Absprache zum Zweck betrügerischer Grundstücksgeschäfte und zur Unterschlagung von Geldern aus der Pensionskasse!«

Kemper hob den Stuhl auf. »Die Aussage ist vor Gericht nur tauglich, wenn sie von Gretzler bestätigt wird. Ohne Gretzler steht Rolands Wort gegen das von Hoffa. Damit reduziert sich alles auf eine Frage der Glaubwürdigkeit, wobei Roland zwei Vorstrafen wegen Trunkenheit am Steuer aufzuweisen hat, während Hoffa, zumindest was sein Vorstrafenregister angeht, als unbescholtener Bürger dasteht.«

Bobby schäumte. »Bob«, sagte Kemper, »Gretzler ist bestimmt

tot. Sein Wagen ist in den Sumpf gefahren worden, und der Mann ist unauffindbar. Ich habe lange nach ihm gesucht und keine einzige brauchbare Spur gefunden.«

»Vielleicht hat er seinen Tod nur vorgetäuscht, um nicht vor dem Untersuchungsausschuss erscheinen zu müssen.«

»Das halte ich für unwahrscheinlich.«

Bobby setzte sich rittlings auf den Stuhl. »Da mögen Sie recht haben. Aber vielleicht schicke ich Sie trotzdem nach Florida, um sicherzugehen.«

»Ich hab' Hunger«, sagte Kirpaski.

Jack rollte mit den Augen. Kemper zwinkerte ihm zu.

Kirpaski seufzte. »Ich sagte, ich hab' Hunger.«

Kemper blickte auf die Uhr. »Fassen Sie die Sachlage für den Senator nochmals zusammen, Roland. Erzählen Sie uns, wie Gretzler sich betrank und zu schwatzen anfing.«

»Hab' schon kapiert. Vogel sing oder stirb.«

»Verdammt noch mal –«, sagte Bobby.

»Ist ja gut, ist ja gut. Es war nach dem Haifisch-Schießen. Gretzler war sauer; Jimmy hatte ihn ausgelacht, weil er sich mit der MP so zierte. Gretzler erzählte Geschichten, die er über die Pensionskasse gehört hatte. Er sagte, er habe gehört, dass die Kasse verflucht viel reicher ist, als die Leute glauben, und dass niemand die Bücher beschlagnahmen kann, weil die Bücher gar nicht die richtigen Bücher sind. Schauen Sie, Gretzler sagte, dass in den ›richtigen‹ Büchern der Teamsterpensionskasse, die wahrscheinlich codiert sind, zig Millionen Dollar verbucht sind. Das Geld wird zu Scheißwucherzinsen verliehen. Da soll es einen älteren Gangster aus Chicago geben, der nicht mehr direkt mitmischt – so einen schlauen Typ –, der die ›richtigen‹ Bücher und das ›richtige‹ Geld verwaltet, und die Bestätigung können Sie vergessen, weil Gretzler nur mit mir geredet hat.«

Bobby Kennedy strich sich die Haare aus der Stirn. Seine Stimme kippte wie bei einem aufgeregten Kind.

»Genau da können wir ansetzen, Jack. Zuerst beschlagnahmen wir nochmals ihre offiziellen Bücher, dann stellen wir ihre Kapitalkraft fest. Wir gehen den von den Teamstern eingestandenen Darlehen nach und versuchen, versteckte Gelder nachzuweisen und rauszukriegen, wie hoch die Wahrscheinlichkeit ist, dass außerdem ›richtige‹ Bücher existieren.«

Littell presste sich gegen den Spiegel. Er war wie elektrisiert: der zausköpfige, der leidenschaftliche Bobby –

Jack Kennedy hüstelte. »Das ist ein Knüller. Wenn du verifizierbare Zeugenaussagen über die Bücher besorgen kannst, bevor das Mandat des Untersuchungsausschusses ausläuft.«

Kirpaski klatschte Beifall. »He, er kann doch reden. He, Senator, schön, dass Sie bei uns mitmachen.«

Jack Kennedy zuckte zusammen, scheinbar pikiert. »Meine Untersuchungsbeauftragten übergeben unser Beweismaterial anderen Behörden«, sagte Bobby. »Was immer wir rauskriegen, wird Folgen haben.«

»Auf lange Sicht«, sagte Jack. Littell übersetzte: »Zu spät, um *meiner* Karriere zu nützen.«

Die Brüder schauten einander an. Kemper lehnte sich zwischen ihnen über den Tisch: »Hoffa hat in Sun Valley einen Häuserblock errichten lassen. Er fährt selber zu PR-Touren hin.

Roland reist runter und sieht sich um. Er leitet eine Abteilung der Gewerkschaft in Chicago und wirkt daher unverdächtig. Er wird uns berichten, was er sieht.«

Kirpaski sagte: »Genau, und ich werde auch die Barkellnerin ›sehen‹, die ich getroffen habe, wie ich bei dem Kongress unten war. Aber wissen Sie was? Dass die im Programm inbegriffen ist, braucht meine Frau nicht zu erfahren.«

Jack winkte Kemper näher zu sich heran. Trotz der Störgeräusche konnte Littell ein paar leise Wortfetzen verstehen: »Sobald es zu schneien aufhört, fliege ich nach L. A.« – »Rufen Sie Darleen Shoftel an – ich bin sicher, dass sie darauf brennt, Ihre Bekanntschaft zu machen.«

»Ich hab Hunger«, sagte Kirpaski.

Robert Kennedy packte seine Aktentasche zusammen. »Kommen Sie mit, Roland. Sie können mit meiner Familie zu Abend essen. Nur seien Sie so gut, vor den Kindern nicht ›ficken‹ zu sagen. Die lernen noch früh genug, was das heißt.«

Die Männer gingen durch eine kleine Hintertür hinaus. Littell drückte sich an das Spiegelglas, um einen letzten Blick auf Bobby zu erhaschen.

7

(Los Angeles, 9.12.58)

Darleen Shoftel täuschte einen hundsgemeinen Höhepunkt vor. Darleen Shoftel fachsimpelte zu Hause mit Kolleginnen. Darleen war eine große Name-Dropperin.

Sie erzählte, dass Franchot Tone auf Fesseln stand. Dass Dick Contino ein leidenschaftlicher Mösenlecker war. Dass sie B-Movie-Star Steve Cochran für »Mr King Size« hielt.

Das Telefon stand nicht still. Darleen sprach mit Kunden, Nuttenfreundinnen und Mom in Vincennes, Indiana.

Darleen war eine Plaudertasche. Darleen sagte nichts, was irgendwie verstehbar machte, wieso zwei FBI-Männer ihre Absteige verwanzt hatten.

Sie hatten die FBI-Anlage vor vier Tagen installiert. 1541 North Alta Vista war vom Boden bis unters Dach mit Mikrofonen gespickt.

Fred Turentine hatte die Boyd/Littell-Schaltung angezapft. Er hörte alles, was das FBI hörte. Das FBI mietete im gleichen Block ein Haus als Lauschposten; Freddy überwachte *seine* Installationen von einem vor dem Nachbarhaus geparkten Lieferwagen aus und stellte Pete laufend Tonbandkopien zu.

Und Pete witterte Geld und rief Jimmy Hoffa an – vielleicht ein bisschen zu früh.

»Du hast eine gute Nase«, sagte Jimmy. »Komm am Donnerstag nach Miami, und lass mich wissen, was du aufgeschnappt hast. Wenn du nichts hast, können wir immer noch mit meinem Boot rausfahren und Haifische schießen.«

Donnerstag – das war morgen. Haifisch-Schießen war was für Clowns. Freddy bekam zweihundert pro Tag – eine schöne Stange Geld für einen Schnellkurs in außerehelichem Sex.

Pete verbrachte die Zeit im Wachhaus. Pete genoss seine kleinen Sticheleien gegen Mr Hughes – ich weiß, dass Sie Dick Nixons Bruder jede Menge Zaster geliehen haben. Pete ließ aus purer Langeweile immer wieder die Bänder laufen.

Er drückte die »Play«-Taste. Darleen wimmerte und stöhnte. Bettfedern ächzten; Darleen mit einem Fettsack im Sattel.

Das Telefon klingelte – Pete hatte es griffbereit.

»Wer ist dran?«

»Ich bin's, Fred. Komm sofort her – es hat gefunkt.«

Der Lieferwagen war vollgestopft mit technischem Gerümpel. Pete schrammte sich beim Reinklettern das Knie auf.

Freddy wirkte aufgekratzt. Sein Hosenschlitz stand offen, als ob er sich nicht mehr hätte beherrschen können.

»Ich habe den Bostoner Akzent gleich erkannt und dich sofort angerufen, wie sie mit Ficken angefangen haben. Hör dir das an, das ist live.«

Pete zog die Kopfhörer über. Darleen Shoftels Stimme, laut und deutlich:

»Du bist ein größerer Held als dein Bruder. Ich hab gelesen, was in *Time* über dich steht. Dein Boot ist von den Japanern gerammt worden oder so.«

»Ich kann besser schwimmen als Bobby, soweit stimmt's.«

Jackpot: Gail Hendees alte Flamme, Jack K.

Darleen: »Ich hab ein Bild von deinem Bruder in *Newsweek* gesehen. Hat der nicht viertausend Kinder?«

Jack: »Mindestens dreitausend, wobei ständig neue auftauchen. Wenn man ihn zu Hause besucht, krallen sich einem die kleinen Biester an die Knöchel. Meine Frau findet Bobbys Fortpflanzungsbedürfnis vulgär.«

Darleen: »›Fortpflanzungsbedürfnis‹ – das find' ich süß.«

Jack: »Bobby ist ein echter Katholik. Er muss Kinder zeugen und Menschen bestrafen, die er hasst. Wenn er nicht so absolut zuverlässig die Richtigen hassen würde, wäre er eine ganz schöne Nervensäge.«

Pete zog sich den Kopfhörer fest über die Ohren. Jack geriet nach dem Ficken ins Plaudern.

»Ich vermag nicht so zu hassen wie Bobby. Bobby hasst mit Eifer und Zorn. Bobbys Hass auf Jimmy Hoffa ist mächtig, darum wird er letztlich siegen. Gestern war ich bei ihm in Washington. Er hat die Zeugenaussage eines Teamsters protokolliert, der von Hoffa die Schnauze voll und beschlossen hat, über ihn auszusagen. Und stell dir vor, da steht dieser mutige dumme Polack, Roland Sowieso aus Chicago, und Bobby nimmt ihn mit nach Hause zum Essen. Siehst du, äh ...«

»Darleen.«

»Richtig, Darleen. Siehst du, Darleen, Bobby ist ein größerer Held als ich, weil er wahrhaft leidenschaftlich und großmütig ist.«

Lämpchen blinkten. Bänder drehten sich. Sie hatten die Bank gesprengt, den Jackpot gewonnen – wenn Jimmy Hoffa das hörte, würde er sich BEKACKEN.

Darleen: »Aber die Sache mit dem Boot finde ich trotzdem toll.«

Jack: »Du bist eine gute Zuhörerin, Darleen.«

Fred war nahe daran, zu SABBERN. In seinen Augen standen Dollarzeichen.

Pete ballte die Fäuste. »Das ist meine Show. Du muckst dich nicht und tust, was ich dir sage.«

Freddy zuckte zusammen. Pete lächelte – wenn's kribbelig wurde, brauchte er nur auf seine Hände zu vertrauen.

Ein Tiger Kab erwartete ihn am Flughafen. Der Fahrer ließ sich ununterbrochen über kubanische Innenpolitik aus: »*El grande* Castro auf dem Vormarsch! *El puto* Batista auf dem Rückzug!«

Der Latino setzte ihn am Taxistand ab. Jimmy hatte die Taxibaracke übernommen – die Leibgarde war dabei, Schwimmwesten und MPs einzupacken.

Hoffa scheuchte sie raus. »Wie geht's dir, Jimmy?«, sagte Pete.

Hoffa hob einen mit Nägeln gespickten Baseballschläger hoch. »Mir geht's gut. Magst du das? Manchmal schwimmen die Haie dicht am Boot vorbei, und du kannst ihnen ein paar Hiebe verpassen.«

Pete klappte das Bandgerät auf und steckte das Kabel in eine Fußboden-Steckdose. Die Tiger-Tapete flimmerte ihm vor den Augen.

»Nett, aber ich hab dir was Besseres mitgebracht.«

»Du hast gesagt, du witterst Geld. Damit meinst du wohl mein Geld für deine Mühe.«

»Da steckt eine Geschichte dahinter.«

»Ich kann Geschichten nicht ausstehen, wo ich nicht die Hauptperson bin. Und du weißt, wie beschäftigt –«

Pete legte ihm die Hand auf den Arm. »Ein FBI-Mann hat mich gestellt. Er behauptete, der McClellan-Untersuchungsausschuss habe ihm was ›gesteckt‹. Er sagte, er hält mich für verantwortlich in der Gretzler-Sache, und er sagte, das sei Mr Hoover egal. Du kennst Hoover, Jimmy. Er hat dich und die Firma immer in Ruhe gelassen.«

Hoffa zog seinen Arm weg. »Und? Glaubst du, die haben Beweise? Ist so was auf dem Band?«

»Nein. Ich glaube, das FBI spioniert hinter Bobby Kennedy und dem Untersuchungsausschuss her in Hoovers Auftrag. Oder was in der Art, und ich glaube, Hoover ist auf unserer Seite. Ich hab den Burschen und seinen Partner zu einer Absteige in Hollywood verfolgt. Sie haben Wanzen und Sender installiert, und mein Bursche, Freddy Turentine, hat sich drangehängt. Und jetzt hör zu.«

Hoffa tippelte auf und ab, als ob er sich langweilte. Hoffa strich sich tigergestreifte Fitzelchen vom Hemd.

Pete schaltete auf »Play«. Das Band rauschte leise. Sexgestöhn und Matratzenknarren, das stetig lauter wurde.

Pete stoppte die Zeit. Senator John F. Kennedy war ein 2,4-Minuten-Mann.

Darleen Shoftel täuschte einen Höhepunkt vor. Da, da war er, der Bostoner Akzent: »Mein gottverfluchter Rücken hat mich im Stich gelassen.«

Darleen: »Das war guuuuut. Kurz und süß ist am schönsten.«

Jimmy wirbelte den Baseballschläger durch die Luft. Er hatte Gänsehaut bekommen.

Pete spielte an den Knöpfen und spulte vor zu dem guten Material. Zwei-Minuten-Jack schwärmte:

»... eines Teamsters ... von Hoffa die Schnauze voll ... da steht der mutige dumme Polack, Roland Sowieso aus Chicago, und Bobby nimmt ihn mit nach Hause zum Essen. Siehst du, äh ...«

Hoffa explodierte. Hoffa hielt den Baseballschläger mit beiden Händen fest.

»Roland Sowieso hat proletarischen Stil ... Bobby hat sich in

Hoffa verbissen. Und wenn Bobby zugebissen hat, lässt er nicht mehr los.«

Hoffa kriegte schon wieder Gänsehaut. Hoffa kriegte Glotzaugen wie ein Insekt oder ein verschreckter Nigger.

Pete trat einen Schritt zurück.

Hoffa zog durch – der nagelbestückte St.-Louisville-Schläger SAUSTE durch die Luft –

Stühle zerbarsten zu Kleinholz. Tischbeine zerbrachen. Nägel drangen in Wände bis aufs blanke Holz.

Pete trat *ganz weit* zurück. Ein leuchtender Jesus-Türstopper explodierte zu Plastikstaub.

Papierschwaden wehten durchs Zimmer. Holzreste flogen durch den Raum. Die Fahrer schauten vom Bürgersteig aus zu – Jimmy holte Richtung Fenster aus und beschoss sie mit Glassplittern.

James Riddle Hoffa: nach Luft japsend, die Augen gespenstisch starr.

Der Schläger verklemmte sich an einer Türklinke. Jimmy glubschte: Was nun?

Pete packte zu und hielt ihn mit beiden Armen fest. Jimmys Augen verdrehten sich wie bei einem Epileptiker.

Hoffa versuchte, um sich zu schlagen und sich loszureißen. Pete drückte ihm fast die Luft ab und sprach gleichzeitig beruhigend auf ihn ein.

»Freddy bleibt für zweihundert am Tag in der Leitung. Früher oder später kriegen wir was in die Finger, womit du den Kennedys den Hals brechen kannst. Ein paar politische Schmuddelakten hab ich auch. Irgendwann können sie von Nutzen sein.«

Hoffa schien halbwegs zu sich zu kommen. Er hatte eine Quietschstimme wie unter Lachgas: »Was ... willst ... du?«

»Mr Hughes fängt an zu spinnen. Ich dachte, ich komm' zu dir, dann gleicht's sich aus.«

Hoffa machte sich los. Sein Körpergeruch raubte Pete beinahe den Atem: Schweiß und ein billiges Eau de Cologne.

Allmählich verschwand die ungesunde Gesichtsfarbe. Das Keuchen ebbte ab. Die Stimme rutschte ein paar Oktaven nach unten.

»Ich geb' dir 5 Prozent vom Taxistand. Du sorgst dafür, dass die Mitschnitte in L. A. weiterlaufen, und schaust von Zeit zu Zeit rein, damit die Kubaner auf Zack bleiben. Versuch nicht, mich auf 10 Prozent zu schrauben, oder die Sache ist gelaufen, und ich schick' dich im Bus nach Los Angeles zurück.«

»Abgemacht«, sagte Pete.

»Ich hab' in Sun Valley was zu erledigen. Ich möchte, dass du mich begleitest.«

Sie fuhren mit einem Tiger Kab raus. Der Kofferraum war voller Haifischjagdgerät: nagelgespickte Baseballschläger, MPs und Sonnenöl.

Fulo Machado saß am Steuer. Jimmy hatte frische Klamotten angezogen. Pete hatte nicht daran gedacht, einen zweiten Satz Kleider mitzunehmen – so blieb Hoffas Gestank an ihm haften.

Keiner sagte ein Wort – Jimmy Hoffas Schmollen tötete jedes Gespräch. Sie fuhren an Bussen voller Teamsterkumpel vorbei, die zu den Bauernfängerhäusern unterwegs waren.

Pete übte Kopfrechnen.

Zwölf Taxifahrer in Rund-um-die-Uhr-Schichten. Zwölf Männer, die ihre Green Card von Jimmy Hoffa haben – die sich mit einem kleinen Teil der Taxieinnahmen zufriedengeben, damit sie in Amerika bleiben dürfen. Zwölf Männer mit Nebenverdiensten: Räuber, Streikbrecher, Zuhälter. 5 Prozent vom Reingewinn und was immer er sonst rausschlagen konnte – der Laden hatte Zukunft.

Fulo bog von der Schnellstraße ab. Pete erkannte die Stelle, wo er Anton Gretzler umgenietet hatte. Sie ordneten sich hinter einer Buskolonne ein und fuhren auf die Köder-Klitschen zu – gut drei Meilen von der Interstate entfernt.

Der Lichterglanz stammte von Filmscheinwerfern – wie bei einer Premiere in Grauman's Chinese Theatre. Mit der Kosmetik sah Sun Valley gut aus: saubere kleine Häuschen auf einer asphaltierten Lichtung.

Die Teamster saßen an Kartentischen und soffen – mindestens zweihundert Männer, die sich auf den Gartenwegen zwischen den Häusern drängten. Ein kiesgedeckter Parkplatz stand voller Wagen und Busse. Gleich daneben befand sich der Grillplatz – wo ein Ochse sich langsam am Spieß drehte.

Fulo parkte dicht beim Trubel. »Ihr zwei wartet hier«, sagte Jimmy.

Pete stieg aus und reckte sich. Hoffa steuerte in die Menge – und war gleich von einem Schwarm Speichellecker umgeben.

Fulo zog die Machete auf einem Stein ab. Dann steckte er sie in die an den Rücksitz geschnallte Scheide.

Pete sah zu, wie Jimmy die Menge bearbeitete.

Er pries die Grundstücke an. Er hielt kurze Ansprachen und schlang Grillfleisch in sich rein. Er scheuchte einen blonden Polack auf.

Pete rauchte eine Zigarette nach der anderen. Fulo drehte das Autoradio an: Er erwischte eine Herr-Jesu-sei-uns-gnädig-Prediger-Sendung auf Spanisch.

Einige Busse fuhren ab. Zwei Wagenladungen Nutten trafen ein – billigste kubanische Dutzendware.

Jimmy brachte lautstark und energisch Sun-Valley-Verträge

unter die Zuhörer. Ein paar Teamster schnappten sich ihre Wagen und fuhren besoffen und lärmend im Zickzack davon.

Der Polack saß in einem Miet-Chevy und fuhr mit Vollgas los, als ob's zu einer scharfen Biene ginge.

Jimmy kam herbeigelaufen – so schnell ihn seine kurzen, stämmigen Beine tragen konnten. Eine Karte war hier nicht vonnöten: Der Polack war Roland Kirpaski.

Sie quetschten sich in den Tigerschlitten. Fulo gab Vollgas. Der Radio-Prediger steigerte sich in einen Spendenaufruf hinein.

Bleifuß Fulo war im Bild. Bleifuß Fulo beschleunigte in sechs Sekunden von 0 auf 60 Meilen.

Pete erkannte die Rücklichter des Chevy. Fulo gab noch mehr Gas und rammte ihn. Der Chevy kam von der Straße ab, streifte ein paar Bäume und blieb mit abgewürgtem Motor stehen.

Fulo hielt unmittelbar daneben. Die Scheinwerfer erfassten Kirpaski – der über eine Sumpfgraslichtung stolperte.

Jimmy stieg aus und jagte ihm nach. Jimmy schwang Fulos Machete. Kirpaski stolperte und kam wieder hoch.

Hoffa hatte ihn mit einer weit ausholenden Bewegung erreicht. Kirpaski stürzte zu Boden, Blut schoss aus den ins Leere fuchtelnden Armstummeln. Jimmy zog durch – Kopfhautfetzen flogen durch die Luft.

Der Clown im Radio plapperte unaufhörlich weiter. Eine heftige Zuckung ging durch Kirpaskis Körper. Jimmy wischte sich das Blut aus den Augen und holte immer wieder aus.

8

(Miami, 11.12.58)

Er nannte es das »Advocatus-Diaboli«-Spiel. Es half ihm, sich über seine Loyalitäten klar zu werden, und er konnte dabei seine Fähigkeiten verfeinern, sich in eine Person hineinzuversetzen.

Bobby Kennedys Misstrauen war der Auslöser gewesen. Sein Südstaatenakzent war ihm ein einziges Mal entglitten – und schon hatte Bobby aufgemerkt.

Kemper fuhr durch South Miami. Er begann das Spiel, indem er feststellte, wem was bekannt war.

Mr Hoover wusste *alles*. Die »Kündigung« von Special Agent Boyd war durch jede Menge FBI-Papierkram gedeckt: Sollte Bobby danach Bestätigungen suchen, würde er sie reichlich finden.

Claire wusste Bescheid. Sie dachte nicht im Traum daran, über seine Motive zu urteilen oder ihn zu verraten.

Ward Littell wusste von der Kampagne gegen die Kennedys. Sehr wahrscheinlich behagte sie ihm nicht – denn er zeigte sich von Bobbys Eifer bei der Verbrechensbekämpfung tief beeindruckt. Aber Ward hatte sich an dem Lauschangriff beteiligt und war durch die Darleen-Shoftel-Abhöraffäre kompromittiert. Wenn er da ein schlechtes Gewissen hatte, wurden die Schuldgefühle durch seine Dankbarkeit für die Versetzung zum THP mehr als ausgeglichen. Ward wusste nicht, dass Pete Bondurant Anton Gretzler getötet hatte; Ward wusste nicht, dass Mr Hoover den

Mord deckte. Bondurant erfüllte Ward mit Schrecken – was, angesichts von Big Pete und der Legenden, die ihn umgaben, eine gesunde Reaktion war. Die Bodurant-Affäre musste Ward unter allen Umständen verborgen bleiben.

Bobby wusste, dass er für Jack den Zuhälter machte, indem er ihn mit Telefonnummern williger alter Flammen versorgte.

Dann wechselte er zum Frage-und-Antwort-Spiel: eine Übung, um skeptische Fragen abzuwehren.

Bobby meint, ich gehe den Spuren im Fall Anton Gretzler nach. In Wirklichkeit beschütze ich den Privatschläger von Howard Hughes.

Frage: Du scheinst darauf versessen, dir Zutritt zum innersten Kreis der Kennedys zu verschaffen.

Antwort: Ich wittere einen, der im Kommen ist, aus jeder Entfernung. Dass ich mich mit Demokraten gut stellen möchte, stempelt mich nicht zum Kommunisten. Der alte Joe Kennedy steht praktisch genauso weit rechts wie Mr Hoover.

Frage: Mit Jack bist du sehr schnell »gut ausgekommen«.

Antwort: Wenn die Umstände etwas anders gewesen wären, hätte ich Jack sein können.

Kemper warf einen Blick in sein Notizbuch.

Er musste bei Tiger Kab reinschauen. Er musste nach Sun Valley und mit dem Zeugen reden, der gesehen hatte, wie der »große Mann« in der Nähe der Schnellstraße das Gesicht weggedreht hatte, und ihm Fahndungsfotos vorlegen.

Er würde ihm *alte* Fahndungsfotos präsentieren – die mit Bondurants jetzigem Aussehen wenig Ähnlichkeit hatten. Er würde auf eine negative Antwort drängen: *Diesen* Mann haben Sie aber nicht gesehen, oder?

Ein tigergestreiftes Taxi drängte sich vor ihm in die Spur. Weiter unten an der Straße konnte er eine gelbschwarze Baracke sehen. Kemper hielt an und parkte auf der anderen Straßenseite. Ein paar Nichtsnutze am Straßenrand witterten BULLE und machten, dass sie wegkamen.

Er trat in die Baracke. Er lachte laut – die Tapeten waren aus neuem Baumwollsamt mit gelbschwarzem Tigermuster.

Vier Kubaner in Tigerhemden standen auf und stellten sich um ihn herum. Der Kreis der Tigermänner wurde enger. Ein Mann zog ein Klappmesser heraus und schabte sich mit der Klinge den Hals.

Die anderen Tigermänner lachten. Kemper stellte sich vor den, der ihm am nächsten war. »Haben Sie den gesehen?«

Der Mann reichte das Fahndungsfoto weiter. Jeder signalisierte deutlich Wiedererkennen und sagte: »Nein.«

Kemper nahm das Foto an sich. Auf dem Bürgersteig fiel ihm ein Weißer auf, der seinen Wagen überprüfte.

Der Mann mit dem Messer drängte sich an ihn ran. Die übrigen Tigermänner kicherten. Der Messermann ließ die Klinge genau vor den Augen des Gringos durch die Finger wirbeln.

Kemper verabreichte ihm einen Karatehieb. Kemper trat ihm die Knie unter dem Körper weg. Der Mann stürzte rücklings zu Boden und ließ das Messer fallen.

Kemper griff sich die Waffe. Die Tigermänner waren zurückgewichen. Kemper trat auf die Messerhand des Messermannes und stieß die Klinge hinein.

Der Messermann schrie. Die übrigen Tigermänner schnappten nach Luft und schnatterten aufgeregt durcheinander. Kemper verabschiedete sich mit einer eleganten kleinen Verbeugung.

Er fuhr auf der I-95 nach Sun Valley. Eine graue Limousine blieb dicht hinter ihm. Er wechselte die Spur und gab Gas – der Wagen folgte ihm in klassischer Beschattungsdistanz.

Kemper nahm eine Ausfahrt. Sie wurde von einer tristen Provinzhauptstraße gekreuzt – mit vier Tankstellen und einer Kirche. Er entschied sich für die Texaco-Tankstelle und stellte den Wagen ab.

Er ging ins Herrenklo. Er beobachtete, wie der Verfolgerwagen langsam zur Tanksäule rollte. Der Weiße, der bei Tiger Kab herumgelungert hatte, stieg aus und sah sich um.

Kemper zog die Tür zu und griff nach der Waffe. Der Raum war verdreckt und stank.

Er zählte die Sekunden. Bei 51 hörte er Schritte.

Der Mann öffnete vorsichtig die Tür. Kemper riss ihn herein und presste ihn an die Wand.

Er war um die vierzig, hatte sandfarbenes Haar, eine schlanke Figur. Kemper tastete ihn von den Knöcheln aufwärts ab.

Keine Erkennungsmarke, keine Waffe, kein Kunstlederetui mit Dienstausweis.

Der Mann blieb ungerührt. Der Mann ignorierte den Revolver vor seinem Gesicht.

»Ich heiße John Stanton«, sagte der Mann. »Ich vertrete eine US-Behörde und möchte mich mit Ihnen unterhalten.«

»Worüber?«

»Kuba«, sagte Stanton.

9

(Chicago, 11.12.58)

Spitzelkandidat bei der Arbeit: »Jewboy Lenny« Sands beim Spielautomatenleeren.

Littell blieb ihm auf den Fersen. Sie klapperten sechs Hyde-Park-Kneipen in einer Stunde ab – Lenny arbeitete schnell.

Lenny kibitzte. Lenny riss Witze. Lenny verteilte Minifläschchen Johnnie Walker Red Label. Lenny erzählte die Geschichte von Come-San-Chin, dem chinesischen Schwanzlutscher – und sackte die Münzen in sieben Minuten ein.

Lenny merkte nicht, dass er beschattet wurde. Lenny hatte im Top-Hoodlum-Programm Sonderstatus: Nachtclub-Entertainer, Abzocker für die Kubaner und Mob-Maskottchen.

Lenny fuhr zur Tillerman's Lounge. Littell parkte und folgte ihm nach 30 Sekunden.

Der Raum war überheizt. Ein Barspiegel zeigte ihm sein Ebenbild: Holzfällerjacke, Kakihosen und Arbeiterstiefel.

Er sah nach wie vor wie ein Universitätsprofessor aus.

Die Wände waren mit Teamsterinsignien geschmückt. Ein gerahmtes Hochglanzfoto stach hervor: Jimmy Hoffa und Frank Sinatra beim Hochheben einer Fischtrophäe.

Arbeiter standen für warmes Essen an. Lenny saß an einem der hinteren Tische, in der Gesellschaft eines untersetzten Mannes, der ein Corned-Beef-Sandwich in sich hineinschlang.

Littell identifizierte ihn: Jacob Rubenstein alias »Jack Ruby«.

Lenny hatte seine Beutel mit Münzen dabei. Ruby einen Koffer. Wahrscheinlich fand hier die Übergabe des Automatengelds statt.

Ringsum war kein Tisch frei.

Die Männer an der Bar nahmen ihren Lunch in flüssiger Form und im Stehen zu sich: Whiskey und ein Bier für den Durst. Littell forderte stumm das Gleiche – und keiner lachte oder verzog das Gesicht.

Der Barmann stellte ihm die Getränke hin und nahm das Geld. Er kippte das Mittagessen hastig runter – genau wie seine Teamsterbrüder.

Der Whiskey brachte ihn ins Schwitzen; vom Bier bekam er Gänsehaut. Die Kombination war gut für die Nerven.

Er war erst bei einem einzigen THP-Treffen dabei gewesen. Die Männer schienen ihn nicht zu mögen – hatte ihn doch Mr Hoover persönlich in die Mannschaft geholt. Nur ein Agent namens Court Meade war nett zu ihm; die anderen grüßten ihn mit Nicken und flüchtigem Händedruck.

Das war sein dritter Tag als THP-Agent. Einschließlich dreier Schichten in der Abhörstation, wo er die Stimmen der Chicagoer Unterwelt studierte.

Der Barmann kam vorbei. Littell hob zwei Finger – genauso bestellten seine Teamsterbrüder den Nachschub.

Sands und Ruby sprachen weiter. Kein Platz in der Nähe frei – er konnte nicht dicht genug ran, um sie zu belauschen.

Er trank aus und zahlte. Der Schnaps stieg ihm gleich zu Kopf.

Alkohol während der Dienstzeit verstieß gegen die Vorschriften. Obwohl es nicht *geradezu* illegal war – wie Bumsabsteigen belauschen, um Politiker reinzulegen.

Der Agent, der auf dem Shoftel-Lauschposten saß, war wohl

überlastet – denn er hatte ihm bisher kein einziges Band zugestellt. Mr Hoovers Hass auf die Kennedys schien krank.

Robert Kennedy schien ein Held. Bobbys Freundlichkeit gegenüber Roland Kirpaski ehrlich und echt.

Ein Tisch wurde frei. Littell drängte sich durch die Mittagessens-Schlange und setzte sich, Lenny und Rubenstein/Ruby saßen kaum einen Meter von ihm entfernt.

Ruby sprach. Essen bröckelte ihm auf die Serviette.

»Heshie denkt ständig, er habe Krebs oder irgendeine verkackte Krankheit. Für Heshie ist jeder Pickel gleich ein bösartiges Geschwür.«

Lenny knabberte an einem Sandwich. »Heshie hat Klasse. Als ich '54 in der Stardust Lounge aufgetreten bin, hat er sich keinen einzigen Abend entgehen lassen. Heshie hat richtige Entertainer immer mehr gemocht als die Stars der großen Bühnen. Da kannst du Jesus Christus und sämtliche Apostel auf die Bühne des Dunes' stellen, Heshie geht in die Spelunke, um sich einen unbekannten Sänger anzuhören, weil der einen Cousin hat, der was zählt in Geschäftskreisen.«

»Heshie steht auf Schwanzlutschen«, sagte Ruby. »Er lässt sich überhaupt nur noch einen blasen, weil das, wie er sagt, gut für die Prostata ist. Er hat sein Schnitzel nicht mehr paniert, seit er in den Dreißigerjahren bei den Purples war und 'ne Schickse versucht hat, ihm eine Vaterschaftsklage anzudrehen, das hab' ich von ihm selber. Ich weiß von Heshie persönlich, dass er sich über zehntausendmal hat ablutschen lassen. Dabei sieht er sich gern die ›Lawrence Welk Show‹ an. Er hält sich neun Ärzte für all die Krankheiten, an denen er zu leiden glaubt, und lässt sich von allen Krankenschwestern einen blasen. So hat er erfahren, dass es seiner Prostata guttut.«

»Heshie« – das war wahrscheinlich Herschel Meyer Ryskind: »im Heroinhandel der Golfküste aktiv«.

»Jack«, sagte Lenny, »es ist mir nicht recht, dass ich dir all die Münzen aufhalse, aber ich habe es nicht mehr zur Bank geschafft. Sam hat mir keine Wahl gelassen. Er meinte, du wärst gerade unterwegs und hättest nur beschränkt Zeit. Ich bin froh, dass wir zusammen einen Happen essen konnten, denn dir beim Essen zuzusehen ist mir immer ein Genuss.«

Ruby wischte sich den Mund ab. »Du solltest mich mal erleben, wenn das Essen besser ist. In Dallas gibt es ein koscheres Deli, für das Essen könnt' ich sterben. Guck dir die paar Spritzer auf meinem Hemd an. In dem Laden sieht das hinterher aus wie mit der Spritzpistole bearbeitet.«

»Für wen ist das Geld?«

»Für Batista und den Bart. Santo und Sam wollen politisch nichts falsch machen. Ich fliege nächste Woche runter.«

Lenny schob den Teller weg. »Ich hab eine neue Nummer, wo Castro in die Staaten kommt und einen Job als Beatnik-Dichter kriegt. Er zieht sich Marihuana rein und spricht wie ein Schwarzer.«

»Du gehörst auf die große Bühne, Lenny. Das hab ich immer gesagt.«

»Sag's weiter, Jack. Wenn du's immer wieder sagst, hört vielleicht jemand zu.«

Ruby stand auf: »Du, man kann nie wissen.«

»Genau, man kann nie wissen. Schalom, Jack, ist mir immer ein Genuss, dir beim Essen zuzusehen.«

Ruby ging mit dem Koffer raus. Jewboy Lenny zündete sich eine Zigarette an und verdrehte die Augen gen Himmel.

Nachtclubnummern. Schwanzlutschen. Schnaps und Bier zum Mittagessen.

Littell ging beschwingt zum Wagen zurück.

Lenny kam zwanzig Minuten später heraus. Littell folgte ihm zum Lake Shore Drive, Richtung Norden.

Weiße Gischt sprühte gegen die Windschutzscheibe – der Wind peitschte den See auf. Littell stellte die Heizung höher – und schwitzte nun, statt zu frieren.

Vom Alkohol hatte er ein pelziges Gefühl im Mund und fühlte sich ein bisschen beduselt. Die Straße schwankte – aber nur ganz wenig.

Lenny ordnete sich zum Abbiegen ein. Littell wechselte die Spur und folgte ihm dichtauf. Sie bogen zur Gold Coast ab – ein für Spielautomaten zu vornehmes Viertel.

Lenny bog nach links in die Rush Street. Littell erblickte vornehme Cocktailbars: braune Sandsteinfassaden mit diskreten Neonbuchstaben.

Lenny parkte und betrat Hernando's Hideaway. Littell fuhr im Kriechtempo vorbei.

Die Tür ging auf. Für einen Sekundenbruchteil glaubte er, zwei Männer wahrzunehmen, die sich küssten.

Littell parkte in der zweiten Reihe und tauschte den Holzfällerblouson gegen einen blauen Blazer. Die Kakihosen und die Stiefel mussten bleiben.

Er ging durch den heftigen Wind. In der Bar war es dunkel und nachmittäglich still. Das Dekor war gediegen: glänzendes Holz und dunkelgrünes Leder.

Der Speiseraum war mit einer Kordel abgetrennt. An den beiden Enden der Bar hatten zwei Paare Platz genommen: zwei ältere Männer sowie Lenny und ein Collegestudent.

Littell setzte sich dazwischen. Der Barmann ignorierte ihn.

Lenny sprach lupenreines Oberklassenamerikanisch – keine verschluckten Endungen mehr, keine jiddischen Einsprengsel.

»Wie sich der arme Kerl beim Essen anstellt, ist ein Schauspiel für sich, Larry.«

Der Barmann bemühte sich her. »Bier und Whiskey«, sagte Littell. Die anderen drehten sich nach ihm um.

Littell stürzte den Schnaps runter und musste husten. »Mann«, sagte der Barmann, »sind wir durstig.«

Littell griff nach der Brieftasche. Der Ausweis rutschte heraus und fiel auf die Theke, sodass man die Dienstmarke sah.

Er schnappte hastig danach und warf ein paar Münzen auf den Tresen. »Ja, was ist denn mit unserem Bier?«, fragte der Barmann.

Littell fuhr ins Büro und tippte einen Observationsbericht. Er kaute eine Rolle Clorets, um die Fahne loszuwerden.

Den Alkoholkonsum und den Schnitzer in Hernandos Hideaway erwähnte er nicht. Er betonte den Kernpunkt: dass Lenny Sands möglicherweise ein heimliches Leben als Homosexueller führte. Vielleicht ergab sich daraus ein Ansatz für eine eventuelle Rekrutierung: Denn offensichtlich hielt er dieses Leben vor seinen Gangsterbekannten verborgen.

Court Meade klopfte an die Trennwand des Kabäuschens. »Da ist ein Ferngespräch für dich. Jemand namens Boyd aus Miami auf Linie 2.«

Littell nahm ab: »Tag, Kemper. Was treibst du unten in Florida?«

»Ich bin mit entgegengesetzten Zielen für Bobby und Mr Hoover tätig, aber behalt's für dich.«

»Bringt's was?«

»Na, einerseits werde ich ständig von irgendwelchen Leuten angesprochen, andererseits pflegen Bobbys Zeugen sich ständig in Luft aufzulösen, daher dürfte es sich unterm Strich so ziemlich ausgleichen. Ward ...«

»Ich soll dir einen Gefallen tun.«

»Eigentlich zwei.«

Littell lehnte sich zurück: »Ich höre –«

»Helen fliegt heute nach Chicago«, sagte Boyd. »Mit United, Flug 84, von New Orleans nach Midway. Sie kommt um 17 Uhr 10 an. Könntest du sie abholen und ins Hotel bringen?«

»Und ob. Und ich lad' sie zum Essen ein. Jesus, das kommt auf den letzten Drücker, ist aber großartig.«

Boyd lachte: »Du kennst ja Helen, mit ihren plötzlichen Anfällen von Reiselust. Ward, kannst du dich noch an Roland Kirpaski erinnern?«

»Kemper, ich habe den Mann vor drei Tagen gesehen.«

»Ja. Nun hält er sich theoretisch in Florida auf, aber ich scheine ihn nicht ausfindig machen zu können. Er hätte bei Bobby anrufen und über Hoffas Sun-Valley-Pläne Bericht erstatten sollen, hat aber nicht angerufen und hat gestern Abend das Hotel verlassen und ist nicht zurückgekommen.«

»Soll ich bei ihm zu Hause vorbeischauen und mit seiner Frau reden?«

»Wenn es dir nichts ausmacht. Wenn du was Wichtiges findest, hinterlass mir eine verschlüsselte Nachricht bei der Washingtoner Kommunikationszentrale. Ich hab' noch kein Hotel hier, aber ich werde nachfragen, ob du angerufen hast.«

»Wo wohnt sie?«

»818 South Wabash. Roland ist wahrscheinlich mit einer Mieze abgetaucht, aber eine Nachfrage, ob er sich zu Hause gemeldet hat, kann nicht schaden. Und noch was, Ward.«

»Schon gut. Ich weiß, für wen du arbeitest, und lass' mir nicht in die Karten schauen.«

»Danke.«

»Gern geschehen. Übrigens – ich habe heute jemanden gesehen, der ein genauso guter Schauspieler ist wie du.«

»Das gibt es nicht«, sagte Boyd.

Mary Kirpaski zog ihn hastig ins Haus. Es war vollgestopft mit Möbeln und überheizt.

Littell legte den Mantel ab. Die Frau schubste ihn fast in die Küche.

»Roland ruft sonst jeden Abend an. Er hat mir gesagt, wenn er auf dieser Reise nicht anruft, soll ich mich an die Behörden wenden und ihnen sein Notizbuch zeigen.«

Littell nahm den Geruch von Kohl und Siedefleisch wahr. »Ich bin kein Mitglied des McClellan-Untersuchungsausschusses, Mrs Kirpaski. Ich habe nicht eigentlich mit Ihrem Mann zusammengearbeitet.«

»Aber Sie sind mit Mr Boyd und Mr Kennedy bekannt.«

»Ich kenne Mr Boyd. Er hat mich gebeten, bei Ihnen vorbeizuschauen.«

Sie hatte die Fingernägel bis aufs Blut abgekaut. Ihr Lippenstift war verschmiert.

»Roland hat gestern Nacht nicht angerufen. Er hat dieses Notizbuch über Mr Hoffas Aktivitäten geführt und es nicht nach Washington mitgenommen, weil er sich vor der Aussage mit Mr Kennedy unterhalten wollte.«

»Was für ein Notizbuch?«

»Darin sind Anrufe von Mr Hoffa aus Chicago verzeichnet, samt Datum und allem. Roland hat gesagt, dass er die Telefonrechnungen eines Freundes von Mr Hoffa gestohlen hat, weil Mr Hoffa Angst hatte, Ferngespräche vom Hotel aus zu führen, weil er befürchtete, sein Anschluss könnte angezapft sein.«

»Mrs Kirpaski …«

Sie schnappte ein Heft vom Frühstückstisch. »Roland wäre stinksauer, wenn ich das den Behörden nicht zeigen würde.«

Littell schlug das Heft auf. Auf Seite eins waren Namen und Telefonnummern aufgeführt, säuberlich nach Spalten geordnet.

Mary Kirpaski trat dicht vor ihn: »Roland hat die Telefonfirmen in all den Städten angerufen und rausgekriegt, wem die Nummern gehören. Ich glaube, er tat so, als ob er ein Polizist wäre oder so was Ähnliches.«

Littell blätterte das Buch ganz durch. Roland Kirpaski benutzte eine klare, gut leserliche Druckschrift.

Von den Namen der Angerufenen waren ihm einige bekannt: Sam Giancana, Carlos Marcello, Anthony Iannone, Santo Trafficante Jr. Ein Name war vertraut und furchterregend: Pete Bondurant, 949 Mapleton Drive, Los Angeles.

Hoffa hatte Big Pete in letzter Zeit dreimal angerufen: Am 25.11.58, am 1.12.58 und am 2.12.58.

Bondurant konnte Handschellen mit bloßen Händen sprengen. Für zehntausend Dollar plus Spesen war er angeblich bereit, einen Menschen umzubringen.

Mary Kirpaski ließ ihren Rosenkranz durch die Finger gleiten. Sie roch nach Mentholsalbe und Zigaretten.

»Darf ich Ihr Telefon benutzen, Mrs Kirpaski?«

Sie wies auf den Wandanschluss. Littell zog die Hörerschnur ans andere Ende der Küche.

Sie ließ ihn allein. Littell hörte, wie im anderen Zimmer ein Radio aufgedreht wurde.

Er rief die Vermittlung an. Er ließ sich zum Sicherheitsdienst des Flughafens von Los Angeles durchstellen.

Ein Mann nahm ab: »Sergeant Donaldson, was kann ich für Sie tun?«

»Hier spricht Special Agent Littell, FBI Chicago. Ich benötige eine dringliche Auskunft über Flugreservierungen.«

»Ja, Sir. Sagen Sie, was Sie brauchen.«

»Ich möchte, dass Sie eine Nachfrage bei den Fluglinien veranlassen, die Flüge von Los Angeles nach Miami und zurück anbieten. Ich bin auf der Suche nach Reservierungen für den 8., 9. oder 10. Dezember von Los Angeles nach Miami, mit einem Rückflug zu einem beliebigen späteren Datum. Ich suche nach einer Reservierung auf den Namen Pete Bondurant, ich buchstabiere B-O-N-D-U-R-A-N-T, oder Buchungen auf Rechnung der Hughes Tool Company oder von Hughes Aircraft. Wenn Sie da etwas finden und der Flug auf einen Männernamen gebucht ist, benötige ich eine genaue Beschreibung des Mannes, der das Ticket abgeholt oder das Flugzeug bestiegen hat.«

»Sir, das ist wie die Suche nach der sprichwörtlichen Nadel im Heuhaufen.«

»Nicht unbedingt. Bei dem Verdächtigen handelt es sich um einen Enddreißiger, weiß, etwa 1,95 Meter, von extrem kräftigem Körperbau. Wer ihn einmal gesehen hat, vergisst ihn so leicht nicht.«

»Ich notiere. Soll ich zurückrufen?«

»Ich bleibe am Apparat. Wenn Sie in zehn Minuten nichts rauskriegen, melden Sie sich wieder und notieren sich meine Nummer.«

»Ja, Sir. Bleiben Sie dran. Ich kümmere mich sofort darum.«

Littell behielt den Hörer in der Hand. Er war von einer Vorstellung wie besessen: Big Pete Bondurant, hilflos zappelnd auf dem Rücken liegend. Die Küche brachte ihn in die Gegenwart zurück: stickig und heiß, mit einem Kirchenkalender an der Wand, auf dem Allerseelen angestrichen war –

Acht Minuten vergingen. Dann meldete sich der Sergeant wieder – er klang aufgeregt.

»Mr Littell?«

»Ja.«

»Sir. Wir haben ihn. Ich habe nicht geglaubt, dass es klappt, aber wir haben es geschafft.«

Littell zog sein Notizbuch heraus. »Sprechen Sie.«

»American Airlines, Flug 104, von Los Angeles nach Miami. Er ist gestern um 8 Uhr in Los Angeles abgeflogen und um 16 Uhr 10 in Miami angekommen. Die Buchung lautete auf den Namen Thomas Peterson, und die Rechnung ging an Hughes Aircraft. Ich habe mich mit der Mitarbeiterin, die das Ticket ausgestellt hat, unterhalten, und sie konnte sich an den von Ihnen beschriebenen Mann erinnern. Sie hatten recht, wenn man den einmal –«

»Hat er einen Rückflug gebucht?«

»Ja, Sir. American, Flug 55. Er trifft morgen 7 Uhr in Los Angeles ein.«

Littell wurde es schwindelig. Er öffnete ein wenig das Küchenfenster und schnappte nach Luft.

»Sir, sind Sie noch am Apparat?«

Littell legte auf und wählte die Vermittlung.

»Ich brauche Washington. Die Rufnummer lautet KL 4–8801.«

»Ja, Sir. Einen Augenblick.«

Der Anruf war schnell durchgestellt. Eine Männerstimme meldete sich: »Kommunikationsabteilung, Special Agent Reynolds.«

»Hier ist Special Agent Littell, Chicago. Ich muss Special Agent Boyd in Miami eine Nachricht übermitteln.«

»Gehört er zum dortigen Büro?«

»Nein, er ist in einer unabhängigen Mission unterwegs. Sie übermitteln die Nachricht dem SAC in Miami, der Special Agent Boyd ausfindig machen soll. Ich nehme an, das bedarf bloß einer

Hotelüberprüfung, und wenn die Angelegenheit nicht so dringlich wäre, könnte ich das selber erledigen.«

»Das ist zwar nicht ganz nach den Vorschriften, aber warum nicht. Ihre Nachricht, bitte?«

Littell sprach langsam: »Mir liegen Indizien wie Verdachtsmomente – unterstreichen Sie beides – vor, dass J. H. unseren zu groß geratenen französischen Intimus engagierte, um Ausschuss-Zeugen R. K. zu liquidieren. Intimus fliegt heute Nacht mit American Airlines, Flug 55, aus Miami ab. Ruf mich in Chicago wegen Einzelheiten an. Schlage vor, dass du Robert K. umgehend informierst. Unterschreiben Sie mit W. J. L.«

Der Agent wiederholte die Nachricht. Littell hörte Mary Kirpaski vor der Küchentür schluchzen.

Helens Flug hatte Verspätung. Littell wartete in einer Cocktailbar in der Nähe des Ausgangs.

Er überprüfte noch einmal die Liste mit den Telefonanrufen. Sein Gefühl hatte ihn nicht getrogen: Pete Bondurant hatte Roland Kirpaski getötet.

Kemper hatte einen toten Zeugen namens Gretzler erwähnt. Wenn er den Mann mit Bondurant in Verbindung bringen konnte, würde dies vielleicht zu ZWEI Mordanklagen führen.

Littell trank Whiskey und Bier. Er warf gelegentlich einen Blick in den Spiegel an der Rückwand, um sein Aussehen zu prüfen.

Die Arbeiterkleidung wirkte nicht echt. Die Brille und das schüttere Haar passten nicht dazu.

Der Schnaps brannte; das Bier prickelte. Zwei Männer kamen an seinen Tisch und packten ihn.

Sie rissen ihn hoch. Sie pressten ihm die Ellbogen an den Körper. Sie führten ihn nach hinten in eine Telefonzelle.

All das so schnell und geschickt, dass keiner der Umstehenden etwas bemerkte.

Die Männer drehten ihm die Arme auf den Rücken. Chick Leahy trat aus dem Schatten dicht vor ihn hin.

Littell wurde weich in den Knien. Die Männer rissen ihn hoch, bis er den Boden nur noch mit Zehenspitzen berührte.

»Ihre Nachricht an Kemper Boyd wurde abgefangen«, sagte Leahy. »Bei Ihrem Amoklauf haben Sie seine Deckung riskiert. Mr Hoover wünscht nicht, dass Robert Kennedy unterstützt wird, und Pete Bondurant ist ein wichtiger Mitarbeiter von Howard Hughes, der ein guter Freund von Mr Hoover und dem FBI ist. Wissen Sie, was *völlig* codierte Nachrichten sind, Mr Littell?«

Littell zwinkerte. Die Brille fiel ihm von der Nase. Er nahm alles nur noch verschwommen wahr.

Leahy versetzte ihm einen schmerzhaften Rippenstoß. »Sie sind mit sofortiger Wirkung Ihrer Aufgaben beim Top-Hoodlum-Programm enthoben und erneut dem Red Squad zugeteilt. Und ich rate Ihnen dringend, sich jeglichen Widerspruchs zu enthalten.«

Einer der Männer nahm ihm das Notizbuch weg. »Du stinkst nach Schnaps«, sagte der andere.

Dann schubsten sie ihn beiseite und gingen. Das Ganze hatte kaum eine halbe Minute gedauert.

Die Arme taten ihm weh. Die Brille war verkratzt und verbogen. Er konnte weder richtig atmen, noch fühlte er sich sicher auf den Beinen.

Er schwankte an den Tisch zurück. Er würgte Whiskey und Bier hinunter und gewann allmählich seine Selbstbeherrschung zurück.

Seine Brille saß schief. Er warf erneut einen prüfenden Blick auf sein Spiegelbild: der unfähigste Arbeiter der Welt.

Der Lautsprecher erschallte: »United Flug 84 aus New Orleans ist soeben gelandet.«

Littell trank aus und steckte sich zwei Clorets in den Mund. Er drängte sich an den Passagieren vorbei.

Helen erblickte ihn und ließ ihr Gepäck fallen. Ihre Umarmung warf ihn beinahe um.

Die Leute mussten ihnen ausweichen. »Komm«, sagte Littell, »lass dich anschauen.«

Helen blickte auf. Ihr Kopf berührte sein Kinn – groß war sie geworden.

»Du siehst hinreißend aus.«

»Max Factor Rouge Nr. 4 – wirkt Wunder bei meinen Narben.«

»Welchen Narben?«

»Sehr komisch. Und was treibst *du*, bist du unter die Holzfäller gegangen?«

»Für ein paar Tage jedenfalls.«

»Susan sagt, dass dich Mr Hoover endlich Gangster jagen lässt.«

Ein Mann, der mit dem Fuß in Helens Kleidertasche hängen blieb, sah sich verärgert nach ihnen um. »Komm, ich lad' dich zum Abendessen ein«, sagte Littell.

Sie entschieden sich für Steaks im Stockyard Inn. Helen redete wie ein Wasserfall, und der Rotwein stieg ihr zu Kopf.

Sie wirkte nicht mehr staksig, sondern schlank; ihr Gesicht hatte an Ausdruck gewonnen. Sie hatte aufgehört zu rauchen – das waren Kleinmädchenallüren gewesen, sagte sie.

Sie hatte ihr Haar stets hochgesteckt getragen, um trotzig ihre Narben vorzuzeigen. Jetzt trug sie es offen – wodurch ihre Entstellung beiläufiger wirkte.

Ein Kellner rollte den Dessertwagen heran. Helen entschied sich für Pecannusstorte; Littell bestellte einen Brandy.

»Ward, warum lässt du mich ständig reden?«

»Weil ich abwarten und dir ein Resümee geben möchte.«

»Was für ein Resümee?«

»Über dich, mit einundzwanzig.«

Helen stöhnte. »Ich habe gerade angefangen, mich ein bisschen erwachsen zu fühlen.«

Littell lächelte. »Damit wollte ich sagen, dass du an Haltung gewonnen hast, aber nicht auf Kosten deiner Begeisterungsfähigkeit. Du hast dich vor Eifer gern verheddert, wenn du etwas erklären wolltest, aber jetzt denkst du nach, bevor du sprichst.«

»Jetzt verheddert man sich nur noch in meinem Gepäck, wenn ich wegen eines Mannes die Beherrschung verliere.«

»Ein Mann? Du sprichst von einem Freund, der 24 Jahre älter ist als du, der dich seit frühester Kindheit kennt.«

Sie legte ihre Hand auf seine. »Ein Mann. In Tulane hatte ich einen Professor, der behauptete, dass sich die Verhältnisse zwischen alten Freunden und Studenten und Professoren ändern. Auf ein Vierteljahrhundert mehr oder weniger kommt es da nicht an.«

»Echt? Er war fünfundzwanzig Jahre älter?«

Helen lachte. »Sechsundzwanzig. Er versuchte, den Unterschied herunterzuspielen.«

»Du hast was mit ihm gehabt?«

»Ja. Und das war nur der Fall, wenn ich mit jungen Semestern ausging, die meinten, sie könnten mich meiner Narben wegen ohne Weiteres herumkriegen.«

»Jesus Christus«, sagte Littell.

Helen drohte ihm mit der Gabel. »Jetzt bist du wirklich empört, denn im Grunde deines Herzens bist du ein Jesuitenschüler geblieben und nimmst den Namen des Herrn nur in den Mund, wenn du ernsthaft die Beherrschung verlierst.«

Littell trank einen Schluck Brandy: »Ich wollte gerade sagen,

›Jesus Christus, haben Kemper und ich dich für Kerle deiner Altersgruppe verdorben?‹ Vergeudest du deine Jugend damit, Männern in mittleren Jahren nachzustellen?«

»Du solltest mal dabei sein, wenn Susan und Claire und ich uns miteinander unterhalten.«

»Soll das heißen, dass meine Tochter und ihre besten Freundinnen fluchen wie die Zimmerleute?«

»Das nicht gerade, aber wir reden seit Jahren über Männer im Allgemeinen und über Kemper und dich im Besonderen. Jetzt weißt du, wieso dir ständig die Ohren geklungen haben.«

»Bei Kemper kann ich das nachvollziehen. Er sieht gut aus und hat Schneid.«

»Ja, und er ist ein Held. Aber auch ein Schwerenöter, das ist sogar Claire bekannt.«

Helen drückte seine Hände. Er spürte, wie sein Puls raste. Jesus Christus, scheiß drauf – die Idee wollte ihm nicht mehr aus dem Kopf.

Littell nahm die Brille ab. »Ich bin nicht so sicher, ob man Kemper wirklich als Helden bezeichnen kann. Ich glaube, dass echte Helden wahrhaft leidenschaftlich und großmütig sind.«

»Das klingt wie ein Epigramm.«

»Ist es auch. Stammt von Senator John F. Kennedy.«

»Hast du was für den übrig? Ist das nicht so ein schrecklicher Liberaler?«

»Ich hab' was für seinen Bruder Robert übrig, der ein wirklicher Held ist.«

Helen kniff sich in den Arm. »Und das sagt mir ein alter Freund der Familie, der mich schon gekannt hat, als mein Vater noch lebte.«

Seine Idee – Jesus Christus.

»Ich werde für dich zum Helden werden«, sagte Littell.

»Mir kommen gleich die Tränen«, sagte Helen.

Er fuhr sie ins Hotel und trug ihr Gepäck nach oben. Helen küsste ihn zum Abschied auf den Mund. Seine Brille verfing sich in ihrem Haar und fiel runter.

Littell fuhr nach Midway zurück und erwischte den 2-Uhr-Flug nach Los Angeles. Die Stewardess schaute überrascht auf sein Ticket: Der Rückflug ging eine Stunde nach der Landung.

Nach einem letzten Brandy konnte er einschlafen. Er kam erst bei der Landung wieder halbwegs zu sich.

Er hatte vierzehn Minuten Zeit. Flug 55 aus Miami landete pünktlich an Gate 9.

Littell wies der Wache seine Dienstmarke vor und durfte das Rollfeld betreten. Er hatte einen Kater und heftige Kopfschmerzen. Er sah aus wie ein Landstreicher.

Das Flugzeug rollte aus. Das Bodenpersonal brachte die Treppen an. Pete Bondurant stieg vorne aus. Jimmy Hoffa ließ seine Killer First Class fliegen.

Littell trat zu ihm hin. Das Herz klopfte ihm bis zum Hals, und seine Beine waren wie gelähmt. Sein Stimme zitterte und brach.

»Eines Tages krieg' ich dich. Für Kirpaski und alles andere.«

10

(Los Angeles, 14.12.58)

Freddy hatte eine Notiz unter den Scheibenwischer geklemmt:

»Ich bin was essen gegangen. Wart auf mich.«

Pete stieg in den rückwärtigen Teil des Lieferwagens. Freddy hatte ein Kühlsystem gebastelt: einen Ventilator, der auf eine große Schale voller Eiswürfel gerichtet war.

Tonbänder drehten sich. Lichter blinkten. Nadeln von Messgeräten schlugen aus. Man kam sich vor wie in einem billigen Raumschiff.

Pete öffnete das Seitenfenster, um etwas Luft hereinzulassen. Ein FBI-Typ schlenderte am Auto vorbei – wahrscheinlich einer der Männer vom Abhörposten.

Er spürte den heißen Santa-Anna-Wind.

Pete steckte sich einen Eiswürfel in den Hosenbund und lachte hell und quiekend auf. Er klang genau wie Special Agent Ward J. Littell.

Littell hatte die Warnung gequäkt. Littell hatte nach Bier und Schweiß gerochen. Littell hatte nicht den geringsten Beweis in Händen.

Er hätte ihm antworten können:

Ich habe Anton Gretzler umgelegt, aber Kirpaski wurde von Hoffa getötet. Ich habe ihm Schrotpatronen in den Mund gestopft und die Lippen zugeleimt. Wir haben Roland samt Auto auf einer

Müllhalde verbrannt. Sein Kopf ist vom Grobschrot zerfetzt – die Gebissidentifikation könnt ihr vergessen.

Littell hat keine Ahnung, dass Jacks große Klappe Roland Kirpaski das Leben gekostet hat. Vielleicht hat der Lauschposten die Bänder an ihn weitergeleitet – aber Littell ist noch nicht imstande, sich einen Überblick zu verschaffen.

Freddy stieg in den Lieferwagen. Er justierte ein Messgerät und fing gleich an, ihm was vorzujammern:

»Der FBI-Typ, der eben vorbeispaziert ist, schaut sich ständig den Lieferwagen an. Ich parke hier rund um die Uhr, und er braucht den Wagen nur einmal mit dem Scheißgeigerzähler abzutasten, und schon hat er geschnallt, dass ich die gleiche Scheiße mache wie er. Ich kann nicht auf der anderen Seite von dem Scheißblock parken, weil ich sonst das Scheißsignal verliere. Ich brauche ein richtiges Haus, weil ich dort eine Ausrüstung hinstellen kann, die stark genug ist, das Scheißsignal von dem Shoftel-Weib aufzuschnappen, aber der Scheiß-FBI-Typ ist mir bei dem letzten Scheiß-Zu-vermieten-Schild in der ganzen Nachbarschaft zuvorgekommen, und für die zweihundert am Tag, die du und Jimmy mir zahlt, ist mir die Scheißsache zu riskant.«

Pete zerdrückte einen Eiswürfel. »War's das?«

»Nein. Ich habe auch einen Scheißpickel auf meinem Scheißarsch, weil ich die ganze Zeit auf diesem Scheißboden schlafe.«

Pete ließ ein paar Knöchel knacken. »Zur Sache.«

»Ich brauche richtig *gutes* Geld. Als Gefahrenzulage und um die Operation technisch besser auszustatten. Besorg mir ein anständiges Geld, und ich schieb dir einen netten Batzen davon zu.«

»Ich rede mit Mr Hughes und sehe, was sich machen lässt.«

Howard Hughes bekam seinen Stoff von einem schwarzen Transvestiten namens Peaches. Doch als Pete auftauchte, war das Nest leer – die Schwuchtel von nebenan erzählte, dass Peaches wegen Sodomie festgenommen worden war.

Pete improvisierte.

Er fuhr zum Supermarkt, kaufte sich eine Schachtel Rice Crispies und heftete sich das Spielzeug-Polizeiabzeichen ans Hemd. Er rief Karen Hiltscher an und besorgte sich die neuesten Informationen: Der Bratkoch von Srivner's Drive-In verschob Knallbonbons und war möglicherweise erpressbar. Sie beschrieb ihn: weiß, mager, Aknenarben und Nazitätowierungen.

Pete fuhr zu Srivner's. Die Küchentür war offen; der Clown stand an der Friteuse.

Der Clown erblickte ihn.

»Das Abzeichen ist gefälscht«, sagte der Clown.

Der Clown sah zur Tiefkühltruhe – ein sicheres Zeichen, dass er da seinen Stoff aufbewahrte.

»Du kannst es auf die eine oder andere Art haben«, sagte Pete.

Der Clown zog ein Messer. Pete trat ihm in die Eier und frittierte ihm die Messerhand. Nur sechs Sekunden – das genügte für einen Pillenklau.

Das Geschrei des Typs wurde von Straßengeräuschen übertönt. Pete stopfte ihm das Maul mit einem Sandwich.

Der Stoff war in der Tiefkühltruhe neben der Eiscreme versteckt.

Der Hotelmanager hatte Mr Hughes einen Weihnachtsbaum gestiftet. Er war mit Kunstschnee bedeckt und mit Kerzen geschmückt – ein Page hatte ihn vor dem Bungalow abgestellt.

Pete trug ihn ins Schlafzimmer und steckte das Kabel in eine Steckdose. Die Lichter funkelten und glitzerten.

Hughes schaltete einen Webster-Webfoot-Cartoon aus. »Was soll denn das? Und wieso hast du ein Tonbandgerät mit?«

Pete wühlte in den Taschen und warf Pillendosen unter den Baum. »Hurra! Weihnachten ist da! Zehn Tage zu früh, hurra! Mit Codein und Dilaudid, jaja!«

Hughes arbeitete sich aus den Kissen hoch. »Nun ... ich bin hoch erfreut. Aber solltest du nicht *Hush-Hush*-Skandaljäger testen?«

Pete riss das Christbaumkabel heraus und steckte das Tonbandkabel ein. »Haben Sie immer noch einen Hass auf Senator John F. Kennedy, Boss?«

»Und ob ich das habe. Sein Vater hat mich schon 1927 bei Verträgen gelinkt.«

Pete wischte die Tannennadeln vom Hemd. »Ich glaube, wir haben die Möglichkeit, ihm in *Hush-Hush* ganz schön zuzusetzen, sofern Sie es sich leisten können, einer bestimmten Unternehmung das finanzielle Überleben zu sichern.«

»Ich kann es mir leisten, Nordamerika zu kaufen, und wenn du nicht gleich aufhörst, mich an der Nase herumzuführen, steck' ich dich in den langsamsten Frachtdampfer nach Belgisch-Kongo!«

Pete drückte die »Play«-Taste. Senator Jack und Darleen Shoftel ächzten und stöhnten. Howard Hughes verkrallte sich ekstatisch ins Leintuch.

Der Beischlaf steigerte sich zum Höhepunkt. »Mein gottverfluchter Rücken hat mich im Stich gelassen«, sagte Jack K.

»Das war guuuuut. Kurz und süß ist am schönsten«, sagte Darleen.

Pete drückte die »Stop«-Taste. Howard Hughes zuckte und zitterte.

»Wir können das in *Hush-Hush* bringen, wenn wir uns in Acht nehmen, Boss. Aber wir müssen besonders sorgfältig in der Wortwahl sein.«

»Wo ... hast ... du ... das ... her?«

»Das Mädchen ist eine Prostituierte. Das FBI hört ihre Wohnung ab, und Freddy Turentine hat sich zugeschaltet. Daher können wir nichts drucken, das dem FBI zu viel verrät. Wir können kein Material drucken, das nur vom Lauschangriff stammen kann.«

Hughes zupfte an seinen Leintüchern. »Jawohl, ich werde deine ›Unternehmung‹ finanzieren. Sorg dafür, dass Gail Hendee die Story schreibt – so was wie ›Priapischer Senator schäkert mit Hollywood-Playgirl‹. Übermorgen erscheint die neue Nummer, und wenn Gail die Story heute verfasst und am Abend in die Redaktion bringt, kann sie schon in der nächsten Ausgabe stehen. Sorg dafür, dass Gail Hendee sich umgehend dransetzt. Die Kennedy-Familie wird die Story ignorieren, doch die seriösen Zeitungen und Nachrichtendienste werden bei uns wegen Einzelheiten und Hintergrundinformationen nachfragen, und wir werden selbstverständlich gern bereit sein, unser Wissen zur Verfügung zu stellen.«

Howard der Große strahlte wie ein Kind bei der Weihnachtsbescherung. Pete schaltete den Christbaum wieder ein.

Bei Gail war einige Überzeugungsarbeit erforderlich. Pete ließ sie auf der Wachhundehütten-Veranda Platz nehmen und versuchte, sie rumzukriegen.

»Kennedy ist ein Clown. Er hat dich während seiner gottverdammten Hochzeitsreise zu sich bestellt. Er hat dich nach zwei Wochen rausgeschmissen und dich mit einem verdammten Nerzmantel verabschiedet.«

Gail lächelte. »Nett ist er allemal gewesen. Er hat mir nie vorgeschlagen: ›Schatz, wir sollten uns auf Scheidungen spezialisieren.‹«

»Wenn dein Alter hundert Millionen Dollar schwer ist, hast du das auch nicht nötig.«

Gail seufzte. »Du behältst, wie stets, das letzte Wort. Und weißt du eigentlich, wieso ich den Nerz seit Kurzem nicht mehr trage?«

»Nein.«

»Ich habe ihn Mrs Walter P. Kinnard geschenkt. Du hast dir einen so großen Anteil von ihrem Unterhalt gesichert, dass ich dachte, sie könne eine kleine Aufmunterung gebrauchen.«

Vierundzwanzig Stunden später.

Hughes rückte dreißig Riesen raus. Pete kassierte fünfzehn.

Damit kam er selbst dann auf seine Kosten, wenn die Abhöraktion wegen der *Hush-Hush*-Sudelei aufflog.

Freddy kaufte einen starken Senderempfänger und sah sich nach einem passenden Haus um.

Die FBI-Leute beäugten nach wie vor den Lieferwagen. Jack K. rief nicht an und kam nicht vorbei.

Pete blieb neben dem Wachhundehütten-Telefon. Er wurde in seinen Tagträumen immer wieder gestört.

Zwei Aspiranten auf den *Hush-Hush*-Job, ehemalige Sittenpolizisten, die auf Hollywoods Lotterleben abonniert waren. Doch fielen sie beim Stegreif-Pop-Quiz durch: Von wem lässt sich Ava Gardner ficken?

Er erledigte ein paar Telefongespräche – und brachte ein neues Hughes-Double im Beverly Hilton unter. Der Mann war von Karen Hiltscher empfohlen worden: niemand anders als ihr klappriger, versoffener Schwiegervater. Opa war bereit, die Aufgabe für drei warme Mahlzeiten am Tag und ein Bett für die Nacht zu übernehmen. Pete buchte die Präsidentensuite und gab beim

Room-Service eine Dauerbestellung auf: Billigwein und Cheeseburger zum Frühstück, zum Mittag- und zum Abendessen.

Jimmy Hoffa rief an. »Die *Hush-Hush*-Sache ist schön und gut«, sagte er, »aber ich will MEHR!« Pete behielt seine Meinung für sich: Mehr als einen Zweiminuten-Matratzen-Ritt gab Jack und Darleens Beziehung nicht her.

Er dachte weiter an Miami. An den Taxistand, die farbenfrohen Latinos, den tropischen Sonnenschein. Miami – das war Abenteuer. Miami – das war Geld.

Am Erscheinungstag wachte er früh auf. Gail war weg – sie hatte es sich angewöhnt, ihm auszuweichen, indem sie ziellose Fahrten an den Strand unternahm.

Pete ging nach draußen. Ein druckfrisches Exemplar steckte im Briefkasten.

Der Aufmacher auf der Titelseite konnte sich sehen lassen: »Der Senator, der geile Kater, knabbert an L. A.-Miezen!« Ebenso die Illustration: Ein Riesenkater mit den Gesichtszügen John Kennedys, der seinen Schwanz um eine Blondine im Bikini schlang.

Er blätterte zu dem Artikel. Gail schrieb unter dem Pseudonym Peerless Politicopundit.

> Die Vorzimmerschlaumeier des US-Senats wollen wissen, er sei bei Weitem nicht der dämonischste Don Juan der Demokraten. Nein, für dieses Amt bekommt wohl Senator L. B. (Lover Boy?) Johnson die meisten Stimmen, dicht gefolgt von Floridas George F. »Pass the Smackeroos« Smathers. Nein, Senator John F. Kennedy ist vielmehr ein aufgeplusterter Hauskater, den es zielstrebig zieht zu zartbepelzten Miezen, die nur zu gern von seinen Zärtlichkeiten zehren!

Pete überflog den Rest. Die Anschuldigungen waren bei Weitem nicht bösartig genug. Jack Kennedy starrte Frauen nach und »verhexte, verzauberte sie und verdrehte ihnen den Kopf« mit »Flitter, Fellen und faszinierenden Phrasen« und »brillanten Bostoner Plattitüden«. Keine scharfen Schmuddeleien; keine von Vögeleien; keine fiesen Sprüche über Zwei-Minuten-Jack.

Er verspürte ein heftiges Zucken in den berühmten Antennenfühlerchen –

Pete fuhr in die Innenstadt und schaute dort beim *Hush-Hush*-Vertrieb vorbei. Auf den ersten Blick wirkte alles normal.

Männer rollten auf Sackkarren zusammengebundene Zeitschriftenstapel nach draußen. An der Laderampe hatten sich Zeitungslieferwagen aufgereiht.

Alles ganz normal, aber:

Zwei Zivilstreifen parkten am Ende der Straße. Mit dem Eiswagen, der dort rumstand, stimmte was nicht – der Fahrer hielt ein Mikro in der Hand.

Pete fuhr einmal um den Block. Die Ordnungshüter hatten sich vervielfacht: vier Zivilwagen am Straßenrand und zwei schwarz-weiße Polizeiautos um die Ecke.

Er drehte noch eine Runde. Jetzt ging's los – und nicht zu knapp.

Vier Polizeiwagen mit Blaulicht und Sirenen blockierten die Laderampe. Polizisten in Zivil sprangen raus, während das Lagerhaus von einer Kette Uniformierter mit Kanthaken in der Hand gestürmt wurde.

Ein LAPD-Mannschaftswagen stellte sich vor die Zeitungslaster. Die Packer ließen ihre Stapel fallen und nahmen die Hände hoch.

Das Scheißskandalblattchaos war hereingebrochen. Der Jüngste Schmuddelblatt-Tag.

Pete fuhr zum Beverly Hills Hotel. Das sah übel aus: Irgendjemand hatte den Kennedy-Streich verpfiffen.

Er parkte und rannte zum Pool. Vor dem Hughes-Bungalow drängte sich eine große Menschenmenge.

Sie schauten bei Howard dem Großen zum Schlafzimmerfenster rein. Sie sahen aus wie die schadenfrohe Zuschauermeute bei einem Verkehrsunfall.

Er rannte hin und drängte sich durch. Billy Eckstine stieß ihn mit dem Ellbogen an: »Sieh dir das an.«

Das Fenster stand offen. Zwei Männer hatten Mr Hughes hochgerissen – und gaben ihm Saures.

Robert Kennedy und Joseph P. Kennedy senior.

Hughes hatte sich in seine Bettdecken gewickelt. Bobby fuchtelte mit einer Spritze herum. Der alte Joe tobte:

»... du widerlicher Lüstling und Drogendrücker, du kannst deinem Schutzengel danken, dass ich dich nicht gleich vor aller Welt bloßstelle. Und wenn du denkst, ich bluffe nur, dann nimm gefälligst zur Kenntnis, dass ich das Fenster aufgerissen habe, damit deine Hotelnachbarn schon mal mitkriegen, was die ganze Welt erfährt, solltest du es wagen, meine Familie in deinem dreckigen Skandalblatt auch nur mit einem Sterbenswörtchen zu erwähnen.«

Hughes krümmte sich. Sein Kopf schlug gegen die Wand, ein Bilderrahmen löste sich vom Haken.

Ein ausgesuchtes Publikum genoss die Schau: Billy, Mickey Cohen und ein schwuler Disney-Angestellter, der eine Kappe mit riesigen Micky-Maus-Ohren trug.

Howard Hughes wimmerte. »Bitte, tut mir nichts«, sagte Howard Hughes.

Pete fuhr zur Shoftel-Absteige. Da sah die Sache noch übler aus:

Entweder hatte Gail geschwatzt, oder das FBI hatte die Zuschaltung enttarnt.

Er parkte hinter Freddys Lieferwagen. Freddy kniete auf dem Pflaster – er war mit Handschellen an die vordere Stoßstange gefesselt.

Pete rannte rüber. Freddy zerrte an seinen Fesseln und versuchte aufzustehen.

Er hatte sich das Handgelenk blutig gescheuert. Seine Knie waren aufgeschrammt.

Pete kauerte sich vor ihn hin. »Was ist los? Hör auf zu zappeln, und guck mich an.«

Freddy vollführte ein paar Gymnastikübungen mit dem Arm. Pete gab ihm eine Ohrfeige. Freddy zuckte zusammen, kam halbwegs zu sich.

»Der Typ vom Abhörposten hat die Protokolle einem FBI-Mann in Chicago geschickt und ihm erzählt, dass er meinen Lieferwagen im Verdacht hat. Pete, irgendwas stinkt. Nur ein einzelner FBI-Typ auf Extratour, wie wenn er durchgeknallt wäre oder –«

Pete rannte über die Wiese und die Veranda. Darleen Shoftel wich ihm aus, brach sich einen Absatz ab und landete auf dem Hintern.

Nun sah die Sache äußerst übel aus. Das Schlussbild: verkleisterte Mikros auf dem Fußboden. Zwei ausgeweidete Telefone umgedreht auf dem Abstelltischchen.

Und daneben Special Agent Ward J. Littell im blauen Kaufhausanzug.

Eine Pattsituation. Einen FBI-Mann legte man nicht ohne Weiteres um.

Pete trat auf ihn zu. »Das ist nur ein Scheinzugriff, sonst würdest du hier nicht als Einzelkämpfer auftreten.«

Littell rührte sich nicht. Die Brille war ihm auf die Nasenspitze gerutscht.

»Ständig tauchst du in der Stadt auf, um mich zu nerven. Das nächste Mal ist das letzte Mal gewesen.«

»Mir ist jetzt alles klar«, sagte Littell. Er sprach mit zitternder Stimme.

»Ich höre.«

»Kemper Boyd sagte mir, er habe etwas im Beverly Hills Hotel zu erledigen. Dort hat er sich mit dir unterhalten, das ist dir verdächtig vorgekommen, und du hast ihn beschattet. Du hast uns bei unserem Job hier beobachtet und von deinem Freund zusätzliche Leitungen anbringen lassen. Senator Kennedy hat Miss Shoftel von Roland Kirpaskis Zeugenaussage erzählt, und das hast du mitgekriegt und dir von Jimmy Hoffa den Auftrag geben lassen.«

Er hatte sich Mut angetrunken. Die dürre Polizistenbohnenstange mit der Frühstücksfahne.

»Du hast keine Beweise, und Mr Hoover interessiert das nicht.«

»Richtig. Ich kann dich und Turentine nicht verhaften.«

Pete lächelte. »Wetten, dass Mr Hoover die Bänder gefallen haben? Wetten, er wird gar nicht erfreut sein, dass du ihm die Operation versaut hast?«

Littell gab ihm eine Ohrfeige. »Das ist für das Blut an John Kennedys Händen«, sagte Littell.

Der Schlag war schwach. Die meisten Frauen schlugen härter zu.

Er hatte gewusst, dass sie eine Nachricht hinterlassen würde. Er fand sie auf dem Bett, neben den Hausschlüsseln.

Ich weiß, Dir ist klar, dass ich den Artikel verwässert habe. Als der Redakteur keine Fragen stellte, begriff ich, dass es damit nicht getan war, und habe Bobby Kennedy angerufen. Er sagte, er könne wahrscheinlich ein paar Hebel in Bewegung setzen und die Ausgabe konfiszieren lassen. Jack hat gewiss etwas Skrupelloses, aber das, was Ihr geplant habt, hat er nicht verdient. Ich möchte nicht länger mit Dir zusammen sein. Bitte versuch nicht, mich zu finden.

Die Kleider, die er ihr gekauft hatte, hatte sie dagelassen. Pete warf sie auf die Straße und schaute zu, wie die Autos darüberrollten.

11

(Washington, D. C., 18.12.58)

»Zu unterstellen, ich sei wütend, wäre eine Verniedlichung des Begriffs Wut. Zu unterstellen, ich hielte Ihr Verhalten für empörend, wäre eine Herabsetzung des Wortes Empörung.«

Mr Hoover legte eine Pause ein. Das Kissen auf dem Stuhl ließ ihn die zwei hochgewachsenen Männer überragen.

Kemper schaute Littell an. Sie saßen Seite an Seite vor Hoovers Schreibtisch.

Littell sagte: »Das kann ich verstehen, Sir.«

Hoover tupfte sich den Mund mit dem Taschentuch ab. »Das glaube ich Ihnen nicht. Im Übrigen schätze ich die Fähigkeit der objektiven Wahrnehmung lange nicht so hoch ein wie die Tugend der Treue.«

»Ich habe unbedacht gehandelt, Sir«, sagte Littell. »Dafür möchte ich mich entschuldigen.«

»›Unbedacht‹ war Ihr Versuch, Mr Boyd zu erreichen und ihm Ihren läppischen Bondurant-Verdacht aufzudrängen. ›Treulos‹ und ›verräterisch‹ war Ihr unautorisierter Flug nach Los Angeles, um eine offizielle FBI-Aktion zu beenden.«

»Ich hielt Bondurant für einen Mordverdächtigen, Sir. Ich nahm an, er habe sich in die von Mr Boyd und mir installierte Abhöranlage zugeschaltet, und ich hatte recht.«

Hoover sagte nichts. Kemper wusste, dass er warten würde, bis das Schweigen unerträglich geworden war.

Die Operation hatte sich in doppelter Hinsicht als Fehlschlag erwiesen. Bondurants Freundin hatte Bobby einen Tipp wegen des Schmutzartikels gegeben; die Schlussfolgerungen wegen des Kirpaski-Mordes hatte Ward selbst gezogen. Sie entbehrten keineswegs der Logik: Pete hatte sich gleichzeitig mit Roland in Miami aufgehalten.

Hoover spielte mit einem Briefbeschwerer. »Ist Mord ein bundesstaatliches Vergehen, Mr Littell?«

»Nein, Sir.«

»Sind Robert Kennedy und der McClellan-Untersuchungsausschuss direkte Rivalen des FBI?«

»Meiner Einschätzung nach nicht, Sir.«

»Dann sind Sie ein verwirrter und naiver Mensch, was Sie mit Ihren jüngsten Unternehmungen überdeutlich unter Beweis gestellt haben.«

Littell saß vollkommen still. Kemper nahm wahr, wie ihm das Herz unter der Hemdbrust pochte.

Hoover faltete die Hände. »Der 16. Januar 1961 ist der 20. Jahrestag Ihres Eintritts beim FBI. An dem Tag werden Sie den Dienst quittieren. Bis dahin werden Sie im Chicagoer Büro tätig sein. Sie bleiben bis zum Tag Ihres Ausscheidens aus dem Dienst der CPUSA-Überwachungseinheit zugeteilt.«

»Ja, Sir«, sagte Littell.

Hoover stand auf. Kemper erhob sich protokollgemäß etwas später. Littell sprang zu hastig auf – sein Stuhl klapperte.

»Sie verdanken Ihre weitere Karriere und Ihre Pension Mr Boyd, der mich mit viel Überredungskunst dazu gebracht hat, Gnade vor Recht ergehen zu lassen. Ich erwarte, dass Sie meine Großmut mit absolutem Stillschweigen über Mr Boyds Einschleusung in den McClellan-Ausschuss und die Kennedy-Familie vergelten. Wollen Sie sich *dazu verpflichten*, Mr Littell?«

»Ja, Sir.«

Hoover verließ den Raum.

Kemper fiel in seinen Südstaaten-Drawl: »Jetzt atme mal tüchtig durch, Junge.«

In der Mayflower Bar gab es Nischen und hochlehnige Bänke ringsum. Kemper platzierte Littell auf eine Bank und taute ihn mit einem doppelten Scotch mit Eis auf.

Den Weg hatten sie sich durch Schneeregen erkämpfen müssen – zu einer Unterhaltung war es nicht gekommen. Ward hatte den Anschiss mit mehr Haltung hingenommen, als er ihm zugetraut hatte.

»Tut es dir leid?« wollte Kemper wissen.

»Eigentlich nicht. Ich wollte nach zwanzig Jahren ohnehin den Dienst quittieren, und das THP ist bestenfalls eine halbherzige Maßnahme.«

»Redest du dir das jetzt ein?«

»Ich glaube, nicht. Ich habe dabei ...«

»Sag, was du denkst. Lass dir nicht die Würmer aus der Nase ziehen.«

»Tja ... ich habe dabei ... etwas gespürt, ein Gefühl von Gefahr und gleichzeitig von etwas ganz Großartigem.«

»Und das magst du?«

»Ja. Mir ist beinahe, als hätte sich mir eine neue Welt aufgetan.«

Kemper rührte in seinem Martini. »Weißt du, wieso Mr Hoover dir erlaubt hat, beim FBI zu bleiben?«

»Eigentlich nicht.«

»Ich habe ihm überzeugend darlegen können, dass du labil, irrational und süchtig nach Gefahr bist. Da steckt auch ein Körnchen Wahrheit drin, und deswegen hält er es für besser, du pisst aus der Scheune heraus als hinein. Meine Anwesenheit sollte das Einschüchterungsmanöver noch wirksamer gestalten, und auf einen Wink von ihm wäre ich ebenfalls über dich hergefallen.«

Littell lächelte. »Kemper, du führst mich an der Nase herum. Du benimmst dich wie ein Rechtsanwalt, der einen Zeugen aufs Glatteis führen will.«

»Ja, und einen sehr provozierenden Zeugen dazu. Ich möchte dich mal was fragen. Was, meinst du, hat Pete Bondurant mit dir im Sinn?«

»Mich umbringen?«

»Vermutlich erst nach deiner Pensionierung. Er hat seinen eigenen Bruder ermordet, Ward. Und die Eltern haben Selbstmord begangen, als sie das rausbekamen. Das gehört zu den Bondurant-Geschichten, die ich gern zu glauben bereit bin.«

»Mein Gott«, sagte Littell.

Er war überwältigt. Wie anders hätte er reagieren können?

Kemper spießte die Olive in seinem Glas auf. »Und was die Untersuchungen angeht, die du ohne die Sanktionierung des FBI begonnen hast – machst du da weiter?«

»Ja. Es sieht so aus, als ob ich einen guten Informanten in petto hätte, und –«

»Ich will keine Einzelheiten, jedenfalls noch nicht. Ich möchte nur sicherstellen, dass du weißt, welches Risiko du eingehst, sowohl innerhalb des FBI wie außerhalb, und dass du dich zu keinen Dummheiten hinreißen lässt.«

Littell lächelte – und sah *beinahe* verwegen aus. »Hoover würde mich vierteilen. Wenn der Chicagoer Mob rauskriegt, dass ich auf eigene Rechnung hinter ihm her bin, wird man mich foltern und umbringen. Kemper, ich glaube, ich weiß, worauf du hinauswillst.«

»Sag schon.«

»Du spielst mit dem Gedanken, ernsthaft für Robert Kennedy zu arbeiten. Er imponiert dir, und du schätzt die Arbeit, die er leistet. Du kehrst die Verhältnisse einfach um, und Hoover kriegt von dir nur noch ein Minimum an Informationen und gezielte Desinformationen geliefert.«

Lyndon Johnson tanzte mit einem Rotschopf an den hinteren Nischen vorbei. Er hatte sie bereits zuvor gesehen – Jack hatte gesagt, er könne sie ihm vorstellen.

»Da hast du recht, nur dass ich lieber für den Senator arbeiten möchte. Bobby ist eher dein Typ. Er ist ebenso katholisch wie du, und wie du braucht er den Mob als Daseinsberechtigung.«

»Und du fütterst Hoover nur noch so weit mit Information, wie du es für richtig hältst.«

»Genau.«

»Das Doppelspiel lässt dich ungerührt?«

»Du sollst nicht über mich richten, Ward.«

Littell lachte. »Du hast meine Urteile gern. Du bist froh, dass es außer Mr Hoover noch einen Menschen gibt, dem du nichts vormachen kannst. Also lass *mich* zur Abwechslung einmal dich warnen. Nimm du dich vor den Kennedys in Acht.«

Kemper hob sein Glas. »Tu' ich. Und du, lass dir gesagt sein, dass Jack verdammt gute Chancen hat, in zwei Jahren zum Präsidenten gewählt zu werden. Wenn das der Fall ist, kriegt Bobby freie Hand bei der Bekämpfung des organisierten Verbrechens. Eine Kennedy-Regierung bietet uns beiden jede Menge Chancen.«

Littell hob sein Glas. »Ein Opportunist wie du kennt sich da aus.«

»Prost. Kann ich Bobby sagen, dass du deine Erkenntnisse mit dem Untersuchungsausschuss teilst? Anonym.«

»Ja. Wobei mir gerade klar wird, dass ich vier Tage vor der Vereidigung des nächsten Präsidenten aufhöre. Wenn dein lebenslustiger Freund Jack es wird, könntest du vielleicht einen tüchtigen Juristen mit einschlägigen Erfahrungen auf dem Gebiet der Verbrechensbekämpfung erwähnen, der eine passende Stelle sucht.«

Kemper zog einen Umschlag heraus. »Du hast schon immer schnell geschaltet. Aber du hast, scheint's, vergessen, dass es noch einen Menschen gibt, dem wir beide nichts vormachen können, nämlich Claire.«

»Was grinst du so, Kemper? Lies vor.«

Kemper strich ein aus einem Notizbuch herausgerissenes Blatt glatt. »Ich zitiere: ›Dad, du wirst nie darauf kommen, wieso mich Helen um ein Uhr früh angerufen hat. Zuerst musst du dich setzen. Helen hat ein Rendezvous mit Onkel Ward gehabt (geboren am 8. März 1913, Helen ist geboren am 29. Oktober 1937) und in ihrem Zimmer mit ihm rumgeknutscht. Wenn Susan davon erfährt! Helen hat stets eine Schwäche für ältere Männer gehabt, aber das hier ist so, als fiele Schneewittchen über Walt Disney her! Und ich habe immer geglaubt, sie sei in dich verknallt.‹ Zitatende.«

Littell stand auf und wurde rot. »Ich treffe sie nachher in meinem Hotel. Ich habe ihr gesagt, dass Männer es zu schätzen wissen, wenn Frauen ihretwegen eine Reise auf sich nehmen. Bis jetzt ist immer sie mir nachgelaufen.«

»Im Grunde ihres Herzens ist Helen Agee ein Collegemädchen, das sich wie ein Lastwagenfahrer gebärdet. Denk dran, wenn's zu kompliziert wird.«

Littell lachte und rückte im Hinausgehen die Kleidung zurecht. Seine Haltung war gut, aber die verbogene Brille musste verschwinden. Idealisten gaben wenig auf ihre Erscheinung. Ward hatte keinen Sinn für schöne Dinge.

Kemper bestellte einen zweiten Martini und beobachtete die hinteren Nischen. Er schnappte Gesprächsfetzen auf – die Kongressabgeordneten unterhielten sich über Kuba.

John Stanton vom Geheimdienst hatte Kuba als Krisenherd bezeichnet. Vielleicht, hatte er gesagt, können Sie da was für mich erledigen.

Jack Kennedy kam herein. Lyndon Johnsons Rotschopf schob ihm unter der Serviette eine Nachricht zu.

Jack erblickte Kemper und zwinkerte ihm zu.

ZWEITER TEIL

ABSPRACHEN

Januar 1959 bis Januar 1961

12

(Chicago, 1.1.59)

Unidentifizierter Mann Nr. 1: »Bart, Schmart. Ich weiß nur eins, Mo ist verdammt noch mal echt genervt.«

Unidentifizierter Mann Nr.2: »In Kuba ist die Firma immer auf Nummer sicher gegangen. Santo T. ist Batistas scheißbester Freund. Ich hab' vor etwa einer Stunde mit Mo gesprochen. Er holt die Zeitung und setzt sich für das Scheißendspiel vor die Glotze. Und da steht doch, ein scheißgutes neues Jahr, Kuba wird gerade von Castro übernommen, und ob der nun für die USA, die Russen oder die Marsbewohner ist, kann keiner wissen.«

Littell kippte den Stuhl nach hinten und rückte die Kopfhörer zurecht. Es war 4 Uhr nachmittags, und es schneite – aber die Klatschbasen in Celanos Schneiderei klatschten munter weiter.

Er hielt sich allein im Abhörposten des Top-Hoodlum-Kommandos auf. Gegen die FBI-Bestimmungen und Mr Hoovers ausdrückliches Verbot.

Mann Nr.1: »Santo und Sam müssen sich mit den Casinos da unten dumm und dämlich verdienen. Die sollen netto eine halbe Million pro Tag abwerfen.«

Mann Nr. 2: »Mo sagt, Santo habe ihn unmittelbar vor dem Anstoß angerufen. Den übergeschnappten Scheißkubanern in Miami knallen jetzt sämtliche Sicherungen durch. Mo ist am Taxistand beteiligt, du weißt, welchen ich meine?«

Mann Nr.1: »Ja, Tiger Kab. Ich war letztes Jahr beim Teamsterkongress und hab mir die nächsten sechs Monate orangeschwarze Fitzelchen aus dem Arsch pulen können.«

Mann Nr.2: »Die eine Affäre dieser kubanischen Scheißer ist für den Bart, die andere für Batista. Santo hat es Sam erzählt, am Taxistand geht es zu wie im Irrenhaus, wie bei den Niggern, wenn der Sozialhilfescheck nicht kommt.«

Aus der Lautsprecherbox drang Gelächter – von Statikgeräuschen durchsetzt und übersteuert. Littell nahm seine Kopfhörer ab und reckte sich.

Noch zwei Stunden bis Feierabend. Neues hatte er nicht erfahren: Kubas Innenpolitik ließ ihn kalt. Er hatte zehn Tage auf dem Lauschposten abgesessen – und keinen einzigen soliden Hinweis in Händen.

Special Agent Court Meade und er hatten heimlich den Dienst getauscht. Meades Freundin wohnte in Rogers Park, in unmittelbarer Nachbarschaft von ein paar Führern kommunistischer Zellen. So beschlossen sie einen Handel: Ich erledige deinen Job, du übernimmst meinen.

Zur Wahrung des Scheins ließen sie sich gelegentlich an ihrem offiziellen Arbeitsplatz sehen und tauschten laufend Berichte aus. Meade stellte Kommunisten und einer durch eine Versicherungsprämie reich gewordenen Witwe nach. Er belauschte Gangstergespräche.

Court war faul, hatte einen gesicherten Pensionsanspruch und gehörte dem FBI seit siebenundzwanzig Jahren an. Er war vorsichtig. Er versuchte alles in Erfahrung zu bringen, was es über Kemper Boyds verdeckte Ermittlung bei den Kennedys zu erfahren gab. Er gab detaillierte Berichte über die Roten ab und fälschte Meades Unterschrift auf den Dokumenten des Top-Hoodlum-Programms.

Er behielt ständig die Straße im Auge, ob andere Agenten auftauchten. Er betrat und verließ den Lauschposten stets ungesehen.

Es klappte – vorerst. Das nichtssagende Geplapper, das er zu hören bekam, war quälend – er musste sich einen Informanten beschaffen.

Er hatte Lenny Sands zehn Nächte hintereinander beschattet. Sands hielt sich nicht gewohnheitsmäßig an Homosexuellen-Treffpunkten auf. Seine sexuelle Orientierung war keineswegs eine Garantie dafür, dass er sich als Spitzel hergab; gut möglich, dass er sich nur darüber lustig machte, wenn man ihm mit Enthüllung drohte.

Durch die Michigan Avenue wehte Schnee. Littell sah sich das eine Foto in seiner Brieftasche an.

Ein Schnappschuss von Helen. Die Frisur hob ihre Narben besonders stark hervor.

Als er die Narben zum ersten Mal küsste, war sie in Tränen ausgebrochen. Kemper nannte sie »das Lastwagen-Mädchen«. Er hatte ihr zu Weihnachten ein Bulldoggenmaskottchen geschenkt.

Claire Boyd hatte Susan von ihrer Affäre erzählt. Susans Antwort: »Wenn ich über den Schock hinweggekommen bin, werde ich Dad gründlich die Meinung sagen.«

Sie hatte nach wie vor nicht angerufen.

Littell setzte die Kopfhörer auf. Er hörte, wie die Tür zur Schneiderei ins Schloss fiel.

Unidentifizierter Mann Nr. 1: »Sal, Sal D. Sal, wenn das kein Sauwetter ist? Gäbst du nicht alles dafür, jetzt in Havanna zu sein und mit dem Bart um die Wette würfeln zu dürfen?«

»Sal D.«: wahrscheinlich Mario Salvatore D'Onofrio, alias »Mad Sal«. Wichtigste Top-Hoodlum-Angaben: Selbstständiger Buchmacher/Kredithai. Eine Verurteilung wegen Körperverletzung mit Todesfolge 1951. Eingestuft als »Psychopath und krimineller Sadist mit unkontrolliertem psychosexuellem Drang, anderen Menschen Schmerzen zuzufügen«.

Unidentifizierter Mann Nr.2: *»Che se dice,* Salvatore? Was gibt's Neues in der Welt?«

Sal D.: »Neues? Ich habe beim Spiel der Colts gegen die Giants jede Menge Geld verloren und habe bei Sam um einen Scheißkredit anstehen müssen.«

Unidentifizierter Mann Nr. 1: »Hast du immer noch die Kirchennummer laufen, Sal? Wo du deine Landsleute nach Tahoe und Vegas schleppst?«

Ein Rauschen störte den Empfang. Littell versetzte dem Verstärker einen Schlag und entstaubte das Ansaugloch der Lüftung.

Sal D.: »... und nach Gardena und L. A. Wir schauen uns Sinatra und Dino an, und die Casinos stellen uns private Spielzimmer zur Verfügung und geben mir Prozente. So Spritztouren eben – Unterhaltung und Glücksspiel und Blödsinn. Sag mal, Lou, kennst du Lenny den Juden?«

Lou/Mann Nr. 1: »Klar, Sands. Lenny Sands.«

Mann Nr. 2: »Jewboy Lenny. Sam G.s verdammter Hofnarr.«

Nebengeräusche ließen die Stimmen unverständlich werden. Littell schlug auf die Anlage und zupfte ein paar Kabel auseinander.

Sal D.: »... sag ich, ›Lenny, ich brauche jemanden, der mitreist. Ich brauche jemanden, der meine Ausflügler in Hochstimmung kriegt, damit sie mehr Geld verlieren und ich einen größeren Anteil kriege.‹ Sagt er: ›Sal, Versprechen mach' ich nicht, aber guck doch mal beim Treffen der North Side Elks am 1. Januar rein. Ich gebe einen Unterhaltungsabend für die Teamster, und wenn du was damit anfangen kannst –‹«

Der Temperaturanzeiger zuckte in den roten Bereich. Littell

drückte den Aus-Schalter und spürte, wie der Verstärker allmählich abkühlte.

Die D'Onofrio/Sands-Verbindung klang vielversprechend. Er schaute sich Sal D.s Akte an. Die Zusammenfassung des Agenten wirkte erschreckend.

> D'Onofrio wohnt in einer italienischen Enklave der South Side, mitten in einem von Negern bewohnten Sozialwohnungsviertel. Die meisten seiner Wettkunden und Kreditnehmer leben in der Enklave, und D'Onofrio macht seine Abkassierrunde zu Fuß, wobei er kaum einen Tag auslässt. D'Onofrio betrachtet sich als einer der Honoratioren seiner Gemeinde, und die für organisiertes Verbrechen zuständige Sonderkommission der Bezirkspolizei von Cook County geht davon aus, dass er die Funktion des »Beschützers« übernimmt, indem er Italo-Amerikaner vor kriminellen Schwarzen schützt, was, in Verbindung mit seinen äußerst brutalen Eintreibungs- und Einschüchterungsmethoden, wesentlich dazu beigetragen haben dürfte, dass er derart lange und unumstritten als Buchmacher und Wucherer im Geschäft ist. D'Onofrio wird des Mordes in Verbindung mit Folter an Maurice Theodor Wilkins vom 19.12.57 verdächtigt, einem schwarzen Jugendlichen, dem ein Einbruch ins nahe gelegene Pfarrhaus angelastet wurde.

Dem Aktenordner war ein Fahndungsfoto beigeheftet. Mad Sal hatte Pockennarben im Gesicht und sah aus wie der Glöckner von Notre-Dame.

Littell fuhr zur South Side und suchte D'Onofrios Revier ab. Er fand ihn 59. Straße, Ecke Prairie.

Der Typ ging zu Fuß. Littell stellte den Wagen ab und beschattete ihn aus knapp dreißig Metern Entfernung.

Mad Sal betrat ein Mietshaus und zählte beim Rausgehen Geld. Mad Sal notierte die Transaktionen in einem Gebetbuch. Mad Sal bohrte zwanghaft in der Nase und lief im Schneesturm mit einfachen Tennisschuhen herum.

Mad Sal schaute in Fenster hinein. Mad Sal nahm Geld von einem Streifenpolizisten an: fünf Dollar auf den Ausgang des Wiederholungskampfs zwischen Moore und Durelle.

Die Straßen waren praktisch leer. Die Beschattungsaktion kam ihm vor wie ein quälend langer Wachtraum.

Ein Verkäufer im Lebensmittelgeschäft wollte es mit Sal aufnehmen. Mad Sal griff sich die Heftmaschine und heftete ihm die Hände auf den Tresen.

Mad Sal betrat ein Pfarrhaus. Littell wartete gegenüber beim Münztelefon und rief Helen an.

Sie hob beim zweiten Läuten ab: »Hallo?«

»Ich bin's, Helen.«

»Was ist das für ein Krach?«

»Der Wind. Ich rufe von einem Münzfernsprecher an.«

»Bist du jetzt im Freien?«

»Ja. Bist du am Lernen?«

»Ich lese Schadensersatzrecht und freue mich über die Ablenkung. Übrigens: Susan hat angerufen.«

»Oje. Und?«

»Und sie sagte, ich sei volljährig und du seist ungebunden, weiß und fünfundvierzig. Sie sagte: ›Ich warte mal ab, wie sich das mit euch beiden entwickelt, ehe ich es meiner Mutter erzähle.‹ Ward, schaust du heute Abend vorbei?«

Mad Sal kam heraus und rutschte auf den Treppenstufen des Pfarrhauses aus. Der Priester half ihm auf die Beine und winkte ihm zum Abschied nach.

Littell zog die Handschuhe aus und blies in die Hände. »Bei

mir wird's spät. Ich muss mir noch eine Nachtclub-Show ansehen.«

»Ich verstehe das nicht. Ständig tust du so, als ob dir Mr Hoover über die Schulter schauen würde. Kemper erzählt *seiner* Tochter alles über seine Arbeit.«

Littell lachte. »Die Freud'sche Fehlleistung lass dir mal auf der Zunge zergehen.«

Helen schrie auf. »Großer Gott, du hast recht!«

Ein schwarzer Junge ging vorbei. Mad Sal rannte ihm nach.

»Ich muss jetzt gehen«, sagte Littell.

»Komm noch bei mir vorbei.«

»Versprochen.«

Mad Sal blieb dem Burschen auf den Fersen. Wegen der Schneewehen und der Tennisschuhe kam er nur langsam vom Fleck.

Auf den Stufen der Elks Hall drängelten sie sich. Nicht-Teamstern war der Eintritt untersagt: Teamsterschläger kontrollierten die Ausweise an der Tür.

Männer mit Flaschen in Papiertüten und Sixpacks hatten sich vor dem Eingang angestellt. Sie hatten das Gewerkschaftsabzeichen an ihre Mäntel geheftet – etwa so groß wie eine FBI-Marke.

Eine neue Gruppe drängte die Treppe hinauf. Littell hielt sein FBI-Abzeichen hoch und schob sich in ihre Mitte. Er wurde mit hineingedrängt.

Als Garderobiere fungierte eine Blondine im Tangaslip. Die Eingangshalle war gesäumt von unlizenzierten Spielautomaten. Jedes Spiel brachte den Hauptgewinn – die Teamster scharrten Münzen zusammen und jauchzten.

Littell steckte seine Abzeichen ein. Er ließ sich mit der Menge in eine große Versammlungshalle treiben.

Vor der Bühne waren Kartentischchen aufgebaut. Auf jedem Tisch standen Whiskey-Flaschen, Pappbecher und Eis.

Stripperinnen verteilten Zigarren. Für ein Trinkgeld durfte man sie betatschen.

Littell setzte sich in die Nähe der Bühne. Ein Rotschopf entwand sich grabschenden Händen. Splitternackt – die Dollarscheine hatten ihr Höschen gesprengt.

Die Lichter gingen aus. Spärliches Scheinwerferlicht fiel aufs Podest. Littell machte sich einen kleinen Whiskey mit Eis.

Der Saal bebte. Der Saal zitterte. Das Getrampel brachte den Fußboden zum Schwingen.

»Mr Hoffa, Sie sind ein Nichtsnutz und Bösewicht! Wenn Sie nicht aufhören, meine sechs Kinder in die Gewerkschaft zu locken, sag' ich's meinem Daddy und meinem großen Bruder Jack! Wenn Sie nicht lieb sind, sag' ich Daddy, er soll Ihre Gewerkschaft kaufen und die bösen Lastwagenfahrer zu Dienern auf unserem Familiensitz in Hyannis Port machen!«

Der Saal tobte. Littell war heiß, schwindelig und beschwingt zumute.

Lenny verzog den Mund. Lenny zupfte die Kleider zurecht. Lenny WURDE Robert F. Kennedy. Kennedy als schwuler Kreuzritter.

»Mr Hoffa, geben Sie augenblicklich Ihren harten Verhandlungsstil auf!«

»Mr Hoffa, hören Sie auf zu brüllen, sie ruinieren mir die Frisur!«

»Mr Hoffa, wollen Sie wohl BRAAAAAV sein!«

Lenny sorgte dafür, dass kein Auge trocken blieb. Lenny mischte das Publikum auf.

»Mr Hoffa, Sie sind SOOOOO ein Pfundskerl!«

»Mr Hoffa, seien Sie nicht so kratzbürstig – ich krieg sonst eine Laufmasche!«

»Mr Hoffa, Ihre Teamster sind einfach ZUUUUU sexy! Sie verdrehen mir und dem McClellan-Ausschuss VÖLLIG den Kopf!«

Lenny blieb am Ball. Etwa nach drei Drinks fiel Littell etwas auf: Er machte sich nie über *John* Kennedy lustig. Kemper nannte das die Bobby-Jack-Dichotomie: Wer für den einen war, war gegen den anderen.

Drei andere Männer setzten sich zu ihm an den Tisch. Fremde schlugen ihm auf den Rücken.

Lenny Sands trat auf, wirbelte die Mikrofonschnur à la Sinatra durch die Luft. Lenny kopierte Sinatra – bis hin zu Schmachtlocke und Stimme:

»Flieg mich zum Mond, mein Teamstervertrag lohnt! Den Bossen tritt in den Hintern, denn mein Teamstervertrag lohnt! Mit anderen Worten: Ein Teamster ist ein King!!«

Das Publikum jubelte und johlte. Ein Mann schnappte sich eine Stripperin und zwang sie zu ein paar obszönen Tanzschritten.

Lenny Sands verbeugte sich: »Danke, danke, danke! Und ab geht die Post, Männer der Northern-Illinois-Abteilung der International Brotherhood of Teamsters!«

Die Menge applaudierte. Eine Stripperin brachte neues Eis vorbei – Littell bekam eine Brust ins Gesicht.

»Heiß hier oben«, sagte Lenny.

Die Stripperin hüpfte auf die Bühne und steckte ihm Eiswürfel in den Hosenbund. Das Publikum tobte: Der Mann neben Littell quietschte und spuckte Bourbon.

Lenny zog eine begeisterte Miene. Lenny schüttelte das Hosenbein, bis die Eiswürfel herausfielen.

Die Menge pfiff und schrie und hämmerte auf die Tische –

Die Stripperin verschwand hinter einem Vorhang. Lenny verfiel in den Bostoner Akzent – Bobby Kennedys Stimme zu einem Sopran geschraubt.

»Also wirklich, Mr Hoffa! Sie hören auf, sich mit den bösen Gangstern und schlimmen Lastwagenfahrern rumzutreiben und verpfeifen alle Ihre Freunde, oder ich sag's meinem Daddy!«

»Mr Hoffa, hören Sie endlich auf, mich mit Fakten zu verwirren.«

»Mr Hoffa, hören Sie endlich auf, mir zuzusetzen, sonst verrate ich Ihrer Frau nicht das Geheimnis meiner Frisur!«

Die Elks Hall kochte. Aus geöffneten Fenstern drang kalte Luft herein. Die Eiswürfel waren ausgegangen – die Stripperinnen füllten die Schüsseln mit Schnee.

Zwischen den Tischen spazierten Gangster herum. Littell erkannte Gesichter nach den Fotos aus der Akte.

Sam »Mo« / »Momo« / »Mooney« Giancana. Icepick Tony Iannone, der zweite Mann der Chicagoer Unterwelt. Donkey Dan Versace, Fat Bob Paolucci und Mad Sal D'Onofrio höchstselbst.

Lenny setzte zum Finale an. Die Stripperinnen tanzten auf die Bühne und verbeugten sich.

»Flieg mich zu den Sternen, mit dickem Gewerkschaftslohn! Jimmy Hoffa ist unser Tiger – Bobby eine kümmerliche Ratte! Mit anderen Worten: Ein Teamster ist immer ein King!!!!«

Beifall, Jubelgeschrei, Juchzer, Pfeifen, Brüllen –

Littell rannte zum Hinterausgang hinaus und atmete tief durch. Der Schweiß gefror ihm auf der Haut; ihm zitterten die Beine, der Scotch kam ihm nicht hoch.

Er warf einen Blick zur Tür hinein. Eine Polonaise wand sich durch den Saal – Stripperinnen und Teamster hatten einander um die Hüften gefasst. Mad Sal schloss sich ihnen an – seine durchnässten Tennisschuhe hinterließen überall schneefeuchte Abdrücke.

Littell hatte sich beruhigt und spazierte zum Parkplatz zurück.

Lenny Sands ruhte sich neben seinem Wagen aus und formte kleine Schneebälle.

Mad Sal ging auf ihn zu und umarmte ihn. Lenny verzog das Gesicht und machte sich los.

Littell ging hinter einer Limousine in Deckung. Der Wind trug ihm ihre Stimmen zu.

»Lenny, wie soll ich sagen? Du warst umwerfend.«

»Geschlossene Gesellschaften sind leicht zu handhaben, Sal. Du musst nur wissen, auf welche Knöpfe du zu drücken hast.«

»Ein Publikum, Lenny, ist ein Publikum. Die Teamster sind Arbeiter, genau wie meine Spieler. Lass die Politik weg und mach was Italienisches. Ich garantier' dir, verdammt noch mal, jedes Mal, wenn du die Italo-Nummer abziehst, hast du einen Saal voller Hyänen in der Hand.«

»Ich weiß nicht recht, Sal. Ich hab' vielleicht ein Angebot aus Vegas.«

»Scheiße, ich bitte dich darum, Lenny. Und meine Italiener sind als die wildesten Spielhöllenverlierer diesseits vom Irrenhaus bekannt. Das geht eins, zwei, drei, Lenny. Je mehr die verlieren, desto mehr verdienen wir.«

»Ich weiß nicht recht, Sal. Vielleicht kann ich als Vornummer von Tony Bennett im Dunes auftreten.«

»Lenny, ich fleh' dich an. Auf allen vieren, wie ein Scheißhund, kriechend fleh' ich dich an.«

Lenny lachte. »Dann solltest du mir, bevor du zu bellen anfängst, fünfzehn Prozent anbieten.«

»Fünfzehn? ... Du spinnst ... Das ist Wucher, du jüdischer Huren-Buckel.«

»Dann eben zwanzig. Judenhasser zahlen bei mir einen Aufschlag.«

»Scheiß drauf, Lenny. Du hast fünfzehn gesagt.«

»Scheiß *du* drauf, Sal. Ich hab's mir anders überlegt.«

Das Schweigen dehnte sich – Littell konnte sich vorstellen, wie sie einander anstarrten.

»Gut, gut, gut. Schon gut, scheißzwanzig, du jüdischer Halsabschneider.«

»Sal, du bist mir lieb und wert. Nur lass meine Hand in Frieden, zum Anfassen bist du mir zu schmuddelig.«

Autotüren schlugen zu. Littell sah, wie Mad Sal in seinen Cadillac stieg und auf die Straße schlingerte.

Lenny stellte die Scheinwerfer an und ließ den Motor laufen. Aus dem Seitenfenster stieg Zigarettenrauch.

Littell ging zu seinem Wagen zurück. Lenny parkte zwei Reihen weiter weg – er konnte ihn beobachten, wenn er losfuhr.

Doch Lenny blieb einfach in seinem Wagen sitzen. Im Licht seiner Scheinwerfer kamen Betrunkene ins Schlittern und landeten auf dem Eis.

Littell befreite die Windschutzscheibe vom Eis. Der Wagen stand bis an die Stoßstangen im Schnee.

Lenny fuhr los. Littell gab ihm eine Minute Vorsprung und folgte den Spuren im Schneematsch.

Sie führten zum Lake Shore Drive. Richtung Norden. Littell holte ihn kurz vor der Auffahrt ein.

Lenny fuhr geradeaus. Littell blieb vier Wagenlängen hinter ihm.

Eine Verfolgungsfahrt im Schneckentempo, mit Schneeketten auf vereistem Asphalt, zwei einsame Wagen auf einer verlassenen Schnellstraße.

Sie krochen an Chicago vorbei. Sie krochen an Glencoe, Evanston und Wilmette vorbei.

Dann kamen die Ortsschilder von Winnetka. Lenny zog nach rechts und bog in letzter Sekunde vom Highway ab.

Er konnte ihm nicht folgen – er wäre ins Schleudern gekommen oder an der Leitplanke gelandet.

Littell nahm die nächste Abfahrt. Um 1 Uhr nachts war Winnetka still und schön – Tudorhäuser und vom Schneepflug geräumte Straßen.

Er fuhr geradeaus über eine belebte Kreuzung. Eine ganze Reihe von Wagen parkte vor einer Cocktailbar: »Perry's Little Log Cabin«.

Lennys Packard Caribean stand quer zur Straße.

Littell parkte und betrat die Bar. Von der Decke strich ihm ein Wimpel übers Gesicht – »Welcome 1959!« in Silbersternchen.

Die Bar war ein behaglicher Ort für kalte Nächte. Die Einrichtung war rustikal: holzverkleidete Wände, Hartholztresen, kernlederbezogene große Sofas.

Die Klientel war rein männlich. An der Bar gab es nur Stehplätze. Zwei Männer schmusten auf einem Sofa – Littell schaute weg.

Er blickte starr geradeaus. Er spürte, wie man ihn musterte. In der Nähe des Hinterausgangs sah er Telefonkabinen – ein sicherer Zufluchtsort.

Sein Pistolenhalfter hatte ihm die Schulter wund gescheuert – er war verschwitzt und übernächtigt.

Er ließ sich in der ersten Zelle nieder. Er zog die Tür nicht ganz zu und konnte durch den Spalt die ganze Bar im Auge behalten.

Lenny trank Pernod. Lenny und ein blonder Mann rieben die Beine aneinander.

Littell beobachtete sie. Der Blonde steckte Lenny einen Zettel zu und verschwand. Die Jukebox spielte ein Platters-Potpourri.

Die Bar leerte sich allmählich und paarweise. Das Paar auf dem Sofa erhob sich, die Hosenschlitze offen. Der Barkeeper kündigte die letzte Runde an.

Lenny bestellte einen Cointreau. Die Vordertür ging auf. Herein kam Icepick Tony Iannone.

»Giancanas meistgefürchteter Unterboss« küsste den Barmann zärtlich auf die Wange. Der Berufskiller aus Chicago, dem neun Verstümmelungsmorde angelastet wurden, suckelte und biss am Ohr des Barmanns herum.

Littell schwindelte. Littell bekam einen trockenen Mund. Littell spürte, wie ihm das Herz immer heftiger klopfte.

Tony/Lenny/Tony/Lenny – wer ist noch alles SCHWUL?

Tony erblickte Lenny. Lenny erblickte Tony. Lenny rannte zum Hintereingang raus.

Tony setzte Lenny nach. Littell erstarrte. In der Telefonzelle war es stickig, und er bekam keine Luft mehr.

Er kriegte die Tür auf. Er stolperte ins Freie. Der eiskalte Wind traf ihn wie ein Hammerschlag.

Hinter der Bar verlief eine kleine Nebenstraße. Hinten links, hinter dem Gebäude drüben, hörte er ein Geräusch.

Tony hatte Lenny in eine Schneewehe gedrückt. Lenny biss und trat und kratzte.

Tony zog zwei Klappmesser raus. Littell zog die Pistole, fasste sie ungeschickt und ließ sie fallen. Der Warnschrei blieb ihm im Halse stecken.

Lenny stieß mit dem Knie nach Tony. Tony taumelte zur Seite. Lenny biss ihm die Nase ab.

Littell schlitterte auf dem Eis aus und schlug hin. Das Geräusch wurde vom weichen Schnee gedämpft. Fünfzehn Yards trennten ihn von den beiden – sie konnten ihn weder sehen noch hören.

Tony versuchte zu schreien. Lenny spuckte die Nase aus und stopfte sich Schnee in den Mund. Tony ließ die Messer fallen; Lenny hob sie auf.

Tony grabschte in den Schnee. Lenny stach beidhändig auf ihn ein – in die Augen, in die Wangen, in die Kehle.

Littell kroch zu seiner Pistole.

Lenny rannte davon.

Tony spuckte blutigen Schnee und starb.

Aus der Bar drang leise Musik: eine sanfte Ballade zur letzten Runde.

Die Ausgangstür blieb die ganze Zeit geschlossen. Der Klang der Jukebox überdeckte alles –

Littell kroch zu Tony hinüber. Littell fledderte die Leiche: Uhr, Brieftasche, Schlüsselring. Die Messer mit den Fingerabdrücken staken bis zum Heft im Körper – ja, tu es.

Er zog sie heraus. Er kam wieder auf die Beine. Er rannte die Straße hinunter, bis seine Lungen streikten.

13

(Miami, 3.1.59)

Pete parkte am Taxistand. Eine Mango zerplatzte auf seiner Windschutzscheibe.

Die Straße war frei von Tigerwagen und Tigerpack. Plakatträger lungerten auf den Gehwegen, bewaffnet mit Tüten überreifer Früchte.

Jimmy hatte ihn gestern in L. A. angerufen. »Verdien dir deine verdammten fünf Prozent. Die Kennedy-Sache hat was gebracht, aber wir sind noch nicht quitt. Seit Castro am Drücker ist, drehen meine Kubaner durch. Du gehst nach Miami und bringst den Scheißladen wieder auf Vordermann, Scheiße, dann kannst du deine scheißfünf–«

»Viva Fidel!«, schrie einer. *»Castro, el grande puto communisto!«*, schrie ein anderer. Zwei Türen weiter brach ein Abfallkrieg aus: Jugendliche bewarfen einander mit dicken roten Granatäpfeln.

Pete schloss den Wagen ab und rannte in die Baracke. Ein einsamer Redneck hatte die Vermittlung übernommen.

»Wo ist Fulo?«, sagte Pete.

Der Clown kicherte. »Die Hälfte der Kerle ist für Batista, die andere Hälfte für Castro, damit kann man jede ordentliche Arbeit hier vergessen. Wenn ein flotter Aufruhr im Gange ist, kommen die Kerls nie pünktlich zur Arbeit, deswegen sitze ich allein hier.«

»Ich hab' gefragt, wo Fulo ist.«

»Die Arbeit in der Vermittlung bildet. Ich krieg ständig Anrufe, wo was los ist und was die Leute mitbringen sollen. Ich habe was übrig für die Kubaner, nur scheinen sie einen ausgeprägten Hang zur Gewalttätigkeit zu haben.«

Der Clown war dünn wie ein Skelett. Er hatte einen üblen texanischen Akzent und das weltschlechteste Gebiss.

Pete ließ die Knöchel knacken. »Wieso sagst du mir nicht, wo Fulo ist?«

»Fulo guckt, wo was los ist, und ich vermute, er hat die Machete mitgenommen. Und du bist Pete Bondurant, und ich bin Chuck Rogers. Ich bin ein guter Freund von Jimmy und einigen Jungs von der Firma und ein *entschiedener* Gegner der kommunistischen Weltverschwörung.«

Eine Müll-Bombe ließ das Vorderfenster erzittern. Draußen formierten sich zwei Reihen Plakatträger zum Angriff.

Das Telefon klingelte. Rogers nahm den Anruf entgegen. Pete wischte sich Granatapfelkerne vom Hemd.

Rogers legte die Kopfhörer ab. »Das war Fulo. Wenn *›el jefe‹* Big Pete auftaucht, soll er bei ihm vorbeischauen und bei irgendwas helfen. Ich glaube, er wohnt 49. Straße, 917 Northwest. Drei Häuserblocks nach links, zwei nach rechts.«

Pete ließ seinen Koffer fallen. »Na«, fragte Rogers, »mit wem hältst du es, mit Batista oder dem Bart?«

Die angegebene Adresse war eine pfirsichfarbene Bude. Ein Tiger Kab mir vier aufgeschlitzten Reifen blockierte die Einfahrt.

Pete kletterte drüber und klopfte. Fulo öffnete die Tür einen Spalt weit und löste die Sicherheitskette.

Pete zwängte sich durch. Er sah gleich, was Sache war: zwei Spics mit Party-Papphüten, *muerto* auf dem Fußboden.

Fulo schloss hinter ihm zu. »Wir haben gefeiert, Pedro. Sie

haben meinen geliebten Fidel einen Marxisten genannt, und ich habe diese Verleumdung übel genommen.«

Er hatte sie aus nächster Nähe in den Rücken geschossen. Die Kugelaustrittswunden waren klein – es gab nicht viel aufzuräumen.

»An die Arbeit«, sagte Pete.

Fulo zerschlug die Zähne zu Pulver. Pete brannte mit einer heißen Kochplatte die Fingerabdrücke weg.

Fulo pulte die Geschosse aus der Wand und spülte sie im Klo weg. Pete fackelte die Flecken auf dem Fußboden kurz ab – jeder Spektrografentest würde negativ ausfallen.

Fulo nahm die Wohnzimmervorhänge herunter und wickelte sie um die Leichen. Die Austrittswunden waren verschorft – da sickerte kein Blut durch.

Chuck Rogers erschien. Fulo bezeichnete ihn als kompetent und vertrauenswürdig. Sie warfen die Kadaver in seinen Kofferraum.

»Wer bist du?«, fragte Pete.

»Erdöl-Geologe«, sagte Chuck. »Außerdem besitze ich eine Pilotenlizenz und bin professioneller Antikommunist.«

»Auf wessen Rechnung?«

»Der Vereinigten Staaten von Amerika«, sagte Chuck.

Chuck war nach Rumfahren zumute. Pete hielt das für eine gute Idee – er stand auf Miami genauso wie seinerzeit auf L. A.

Sie fuhren durch die Gegend. Fulo warf die Leichen an einer einsamen Stelle des Bal Harbor Causeway hinaus. Pete zündete sich eine Zigarette an der anderen an und genoss die Landschaft.

Er mochte die großen, hellen Häuser und den großen, hellen Himmel – Miami kam ihm vor wie eine riesige Wasserstoffblonde.

Er mochte den leeren Raum zwischen den eleganten Vierteln und den Slums. Er mochte die Provinzpolizisten, die hier auf Streife gingen – die Polizisten sahen aus, als ob sie ständig hinter aufsässigen Niggern her wären.

»Castros ideologische Ausrichtung ist völlig unbestimmt«, sagte Chuck. »Erst sagt er was ganz Proamerikanisches, dann was ganz Prokommunistisches. Meine Freunde im Geheimdienst bereiten sich darauf vor, ihn zu kippen, falls er sich als Roter entpuppt.«

Sie fuhren zur Flagler zurück. Der Taxistand wurde von bewaffneten Männern bewacht – Bullen außer Dienst, vollgefressene, grobschlächtige Männer.

Chuck winkte ihnen zu. »Jimmy nimmt sich der örtlichen Polizeitruppe aufs Herzlichste an. Er hat eine Phantomgewerkschaft gegründet, in der praktisch jeder zweite Bulle dieses Bezirks einen schönen Phantomjob mit einem schönen Gehaltsscheck hat.«

Ein Junge knallte ihnen ein Flugblatt auf die Windschutzscheibe. Fulo übersetzte ein paar Slogans – lauter kommunistische Plattitüden.

Steine schlugen gegen das Auto. »Das geht zu weit«, sagte Pete. »Bringen wir Fulo wo unter.«

Rogers hatte sich in einer Latinopension eingemietet. Jeder Zentimeter Boden war von Funkzubehör und Hasspamphleten bedeckt.

Fulo und Chuck entspannten sich bei einem Bier. Pete schaute sich die Titel der Pamphlete an und lachte.

»Kreml in jüdischer Hand!« – »Fluoridierung: eine Verschwörung des Vatikans?« – »Rote Gewitterwolken am Horizont – die Antwort eines Patrioten.« – »Wieso sich nichtweiße Rassen übermäßig vermehren: Eine wissenschaftliche Erklärung.« – »Proamerikanische Kontrollliste: Bist du ROT oder rot-weiß-blau?«

»Chuck«, sagte Fulo, »ein bisschen eng hier drinnen.«

Rogers spielte mit dem Kurzwellenempfänger. Eine Hasstirade brach los: jüdische Bankiers blablabla.

Pete schaltete aus. Das Gerede verlor sich.

Chuck lächelte: »Auf den Geschmack an der Politik kommst du erst allmählich. Du kannst die gesamte Weltlage nicht auf einmal begreifen.«

»Ich müsste dich mal Howard Hughes vorstellen. Der ist genauso verrückt wie du.«

»Hältst du Antikommunismus für verrückt?«

»Ich glaube, dass er gut ist fürs Geschäft, und was immer fürs Geschäft gut ist, ist mir recht und billig.«

»Keine besonders fortschrittliche Haltung, wenn du mich fragst.«

»Denk, was du willst.«

»Tu' ich. Ich weiß genau, dass du dich fragst, wer, um Himmels willen, dein Helfershelfer war. Schließlich haben wir in unserer kurzen Bekanntschaft ein paar ungewöhnliche gemeinsame Erfahrungen gemacht.«

Pete lehnte sich ans Fenster. Unten auf der Straße fiel ihm kurz ein Polizeiwagen auf.

»Ich nehme an, du bist ein CIA-Mitarbeiter. Du hast den Auftrag, dich bei den Kubanern umzuhören, solange niemand genau weiß, wie Castro sich entscheidet.«

Fulo war empört. »Fidel wird sich für die Vereinigten Staaten von Amerika entscheiden.«

Chuck lachte. »Einwanderer sind die besten Amerikaner. Das solltest du doch wissen, Pete? Du bist doch irgend so ein Franzmann, nicht?«

Pete ließ die Daumen knacken, Rogers zuckte zusammen.

»Geh du mal davon aus, dass ich ein hundertprozentiger Amerikaner bin, der weiß, was gut ist fürs Geschäft.«

»War nicht bös gemeint. An deinem Patriotismus hab' ich nie gezweifelt.«

Pete hörte ein Flüstern vor der Tür. Sie schauten sich an – Chuck und Fulo schalteten schnell. Die draußen hatten Gewehre dabei: Das hörte er an den Abzugsgeräuschen.

Er ließ seine Waffe hinter ein paar Pamphlete fallen. Fulo und Chuck hoben die Hände.

Polizisten in Zivil traten die Tür ein. Die Gewehrkolben schräg vor dem Körper, stürmten sie das Zimmer.

Pete ging bei einer leisen Berührung zu Boden. Fulo und Chuck entschieden sich für die harte Tour und wurden mit wuchtigen Hieben auf den Kopf besinnungslos geschlagen.

»Der große Kerl tut nur so«, sagte ein Bulle. »Dem können wir abhelfen«, sagte ein anderer.

Hartgummikolben droschen auf ihn ein. Pete rollte die Zunge zusammen, um sie sich nicht versehentlich abzubeißen.

Als er wieder zu sich kam, trug er Handschellen und Fußketten. Das Holz der Stuhllehne riss ihm den Rücken auf; in seinem Kopf spielte jemand ein Schlagzeugsolo.

Das Licht brannte ihm in den Augen. Dem einen Auge – herabhängende Hautfetzen raubten ihm die Hälfte der Sicht. Er konnte drei Bullen ausmachen, die um einen festverbolzten Tisch herumhockten.

Trommelwirbel gingen hinter den Ohren los. Eine Atomexplosion schoss ihm das Rückgrat rauf und runter.

Pete spannte die Arme an und zerriss die Handschellenkette.

Zwei Bullen pfiffen anerkennend. Der dritte Bullc applaudierte.

Sie hatten ihm die Beine *doppelt* gefesselt – er konnte ihnen kein da capo bieten.

Der Oberbulle schlug die Beine übereinander. »Wir haben einen anonymen Tipp bekommen, Mr Bondurant. Einer von Mr Machados Nachbarn hat gesehen, wie Mr Adolfo Herendon und Mr Armando Cruz-Martin Mr Machados Haus betreten haben, und einige Stunden später hat er Geräusche gehört, die wie Schüsse klangen. Einige Stunden später erscheinen Sie und Mr Rogers, und zwar getrennt. Sie verlassen gemeinsam mit Mr Machado das Haus, wobei sie zwei große, in Vorhänge gewickelte Bündel tragen, und der Nachbar schreibt sich Mr Rogers' Autonummer auf. Wir haben Mr Rogers' Wagen untersucht und einige Spuren sichergestellt, die wie Hautfetzen aussehen, und sind nun begreiflicherweise sehr interessiert, was Sie dazu zu sagen haben.«

Pete pappte seine Augenbraue dahin, wo sie hingehörte. »Stellen Sie mich unter Anklage, oder lassen Sie mich frei. Sie wissen, wer ich bin und wer meine Bekannten sind.«

»Wir wissen, dass Sie mit Jimmy Hoffa bekannt sind. Wir wissen, dass Sie ein Kumpel von Mr Rogers, Mr Machado und anderen Tiger-Kab-Fahrern sind.«

Pete sagte: »Stellen Sie mich unter Anklage, oder lassen Sie mich frei.« Der Bulle warf ihm Zigaretten und Zündhölzer in den Schoß.

Bulle Nr. 2 kam dicht an ihn heran: »Du denkst wahrscheinlich, dass Jimmy Hoffa jeden Polizisten in der Stadt gekauft hat, aber glaub mir, mein Sohn, dem ist nicht so.«

»Stellen Sie mich unter Anklage, oder lassen Sie mich frei.«

»Mein Sohn, du strapazierst meine Geduld.«

»Ich bin nicht dein ›Sohn‹, du schwule Sau.«

»Junge, wenn du das Mundwerk so aufreißt, hast du gleich ein paar Ohrfeigen weg.«

»Wenn du mich schlägst, ist es um deine Augen geschehen. Zwing mich nicht zum Beweis.«

Bulle Nr. 3 versuchte es auf die sanfte Tour: »Immer mit der Ruhe, immer mit der Ruhe. Mr Bondurant, Sie wissen, dass wir Sie 22 Stunden ohne Anklage festhalten können. Sie wissen, dass Sie wahrscheinlich eine Gehirnerschütterung haben und medizinische Versorgung brauchen könnten. Warum wollen Sie nicht –«

»Gestatten Sie mir meinen Anruf, stellen Sie mich unter Anklage, oder lassen Sie mich frei –«

Der Oberbulle verschränkte die Hände im Nacken. »Ihrem Freund Rogers haben wir einen Anruf gestattet. Er hat dem Gefängniswärter ein Ammenmärchen erzählt über seine ausgezeichneten Beziehungen zur Regierung und dann einen gewissen Mr Stanton angerufen. Wen wollen Sie anrufen, Jimmy Hoffa? Glauben Sie allen Ernstes, dass Onkel Jimmy Kaution für Sie stellt bei einer Anklage wegen Doppelmords und dann alle mögliche üble Publicity am Hals hat, die er gar nicht brauchen kann?«

Eine Atombombe explodierte in seinem Nacken. Pete fiel beinahe in Ohnmacht.

Bulle Nr. 2 seufzte: »Der Junge ist zu benebelt, um zu kooperieren. Gönnen wir ihm ein bisschen Ruhe.«

Er fiel in Ohnmacht, kam zu sich, fiel wieder in Ohnmacht. Sein Atombomben-Kopfschmerz flaute zu Dynamit-Kopfschmerz ab.

Er las die Kritzeleien an den Wänden. Er bewegte den Hals, um ihn beweglich zu halten. Er brach den Weltrekord im Wasserhalten.

Er analysierte die Lage.

Fulo bricht zusammen oder nicht. Chuck bricht zusammen oder nicht. Jimmy stellt Kaution oder lässt sie im Stich. Vielleicht ist der Staatsanwalt schlau: Ein Mord unter Latinos bringt einen auf der Karriereleiter nicht weiter.

Er konnte Mr Hughes anrufen. Mr Hughes konnte Mr Hoover anrufen – damit wäre er die Scheiße los.

Er hatte Hughes gesagt, er sei drei Tage weg. Hughes war mit der Reise ohne Weiteres einverstanden gewesen, weil die Kennedy-Geschichte sich als Rohrkrepierer erwiesen hatte. Bei Joe und Bobby waren ihm die Eier zu Erdnüssen geschrumpft.

Und *ihn* hatte Ward J. Littell geohrfeigt.

Womit der Arsch sein Todesurteil unterschrieben hatte.

Gail war weg. Die Jack-K.-Nummer hatte sich in nichts aufgelöst. Hoffa kochte vor Hass auf die Kennedys – und wie. Hughes war nach wie vor auf Klatsch und Tratsch versessen und drauf aus, einen neuen Skandaljäger für *Hush-Hush* zu finden.

Pete las, was so an den Wänden stand. Eindeutig bester Spruch: »Miamis Polizisten lutschen Nashornschwänze.«

Zwei Männer traten ein und zogen Stühle heran. Ein Wärter schloss ihm die Fußkette auf und verließ hastig die Zelle.

Pete stand auf und streckte sich. Die Verhörzelle schwankte und kreiste.

»Mein Name ist John Stanton«, sagte der jüngere Mann, »und das ist Guy Banister. Mr Banister war beim FBI und kurzzeitig Stellvertretender Polizeichef von New Orleans.«

Stanton war mager und hatte blassblondes Haar. Banister wirkte aufgeschwemmt und hatte einen Bierbauch.

Pete zündete sich eine Zigarette an. Das Inhalieren verstärkte das Kopfweh. »Ich höre.«

Banister grinste. »Sie haben seinerzeit dieses Bürgerrechtsproblem gehabt. Sind von Kemper Boyd und Ward Littell festgenommen worden, stimmt's?«

»Das wissen Sie verdammt gut.«

»Ich hab' mal das FBI-Büro von Chicago geleitet und Littell stets für einen Schwächling gehalten.«

Stanton hockte sich rittlings auf einen Stuhl. »Aber Kemper Boyd ist ein anderes Kaliber. Sehen Sie, Pete, er ist zum Tiger-Kab-Stand gegangen und hat dort ihr Fahndungsfoto rumgereicht. Worauf einer der Männer das Messer gezogen hat, und Boyd hat ihn ziemlich spektakulär entwaffnet.«

»Boyd hat Klasse«, sagte Pete. »Und da das immer mehr ein Einstellungsgespräch zu werden scheint, erkläre ich gern, dass ich ihn für so ziemlich alles uneingeschränkt empfehlen kann, was mit Verbrechensbekämpfung in Zusammenhang steht.«

Stanton lächelte. »Was das angeht, stehen auch Sie alles andere als schlecht da.«

Banister lächelte. »Sie haben eine Lizenz als Privatdetektiv. Sie waren mal Stellvertretender Sheriff. Sie sind Howard Hughes' rechte Hand und kennen Jimmy Hoffa, Fulo Machado und Chuck Rogers. Mit derartigen Referenzen können Sie sich sehen lassen.«

Pete drückte die Zigarette an der Wand aus. »Was Referenzen angeht, ist die CIA auch nicht zu verachten. Da kommen Sie doch her, oder?«

Stanton stand auf. »Sie können gehen. Weder gegen Sie noch gegen Rogers oder Machado wird Anklage erhoben werden.«

»Aber wir bleiben in Verbindung?«

»Nicht direkt. Aber es kann sein, dass ich Sie mal um einen Gefallen bitte. Selbstverständlich gegen angemessenes Entgelt.«

14

(New York City, 5.1.59)

Die Suite war grandios. Joe Kennedy hatte sie dem Hotel schlicht abgekauft.

Die hundert Menschen vermochten den großen Saal nur zur Hälfte zu füllen. Durch das Panoramafenster hatte man einen herrlichen Blick über den Central Park im Schneesturm.

Jack hatte ihn eingeladen. Er hatte gemeint, die Partys seines Vaters im Carlyle dürfe man sich nicht entgehen lassen – ganz abgesehen davon, dass Bobby mit ihm reden wollte.

Jack hatte gesagt, es seien Frauen da. Jack hatte gesagt, Lyndon Johnsons Rotschopf käme auch.

Kemper beobachtete, wie Cliquen zueinanderfanden und auseinandergingen. Die Party wirbelte an ihm vorbei.

Der alte Joe stand neben seinen pferdegesichtigen Töchtern. Peter Lawford dominierte eine Männergruppe. Jack spießte gemeinsam mit Nelson Rockefeller Cocktailshrimps auf Zahnstocher auf.

Bobby hatte Verspätung. Der Rotschopf war nicht erschienen – hätte Jack sie vor ihm erblickt, hätte er ihm ein Zeichen gegeben.

Kemper nippte an einem Likör. Das Smokingjackett saß lose – er hatte es so schneidern lassen, um das Schulterhalfter zu verbergen. Bei Bobby war Waffentragen strikt verboten – *seine* Männer waren Juristen, keine Bullen.

Er war in gleich *zweifacher* Hinsicht ein Bulle – doppelte Lohntüte und doppelte Pflichten.

Er hatte Mr Hoover mitgeteilt, dass Anton Gretzler und Roland Kirpaski tot waren – aber ihr »mutmaßliches Ableben« hatte Bobby Kennedy nicht demoralisiert. Bobby war fest entschlossen, Hoffa, die Teamster und das organisierte Verbrechen auch LANGE nach Abschluss der Tätigkeit des McClellan-Ausschusses zu verfolgen. Sonderkommissionen der lokalen Polizeibehörden und Untersuchungsbeauftragte der Grand Jurys, denen das Beweismaterial des Untersuchungsausschusses zur Verfügung gestellt worden war, sollten die Speerspitze der Schnappt-Hoffa-Initiative bilden. Auch wenn Bobby bald mit den Vorbereitungen zu Jacks Wahlkampf ausgelastet sein würde – die Ergreifung Jimmy Hoffas blieb sein persönliches Ziel.

Hoover wollte Genaueres über die Untersuchungen wissen. Er erzählte ihm, dass Bobby die »geisterhaften« drei Millionen Dollar zurückverfolgen wollte, mit denen Hoffas Sun-Valley-Projekt finanziert worden war. Denn Bobby war überzeugt, dass Hoffa Gelder abgezweigt hatte und dass beim Sun-Valley-Projekt Grundstücksschwindel vorlag. Bobby hatte das sichere Gefühl, dass separate, möglicherweise verschlüsselte Bücher der Teamsterpensionskasse existierten; Bücher, in denen zig Millionen Dollar Schwarzgeld verbucht waren – Geld, das zu exorbitanten Zinsen an Gangster und kriminelle Geschäftsleute ausgeliehen wurde. Angeblich, einem nie bewiesenen Gerücht zufolge, wurden sie von einem Chicagoer Gangster im Ruhestand geführt. Da war sich Bobby sicher: Über die Pensionskasse würde er Hoffa zu Fall bringen.

Kemper kassierte nun zwei Gehälter. Er hatte zwei einander

widersprechende Aufgabenbereiche. Abgesehen davon, dass ihm John Stanton Andeutungen machte – sollte das mit den Kuba-Plänen der CIA klappen.

Damit hätte er ein drittes Gehalt. Damit hätte er genug, um sich ein schönes eigenes *pied-à-terre* leisten zu können.

Peter Lawford hatte sich Leonard Bernstein gekrallt. Bürgermeister Wagner unterhielt sich angeregt mit Maria Callas.

Ein Kellner füllte Kempers Glas nach. Joe Kennedy hatte einen alten Mann untergehakt.

»Kemper, das ist Jules Schiffrin. Jules, Kemper Boyd. Ihr solltet euch mal kennenlernen. Ihr zwei Halunken seid wie füreinander geschaffen.«

Sie gaben sich die Hand. Joe verdrückte sich, um sich mit Bennet Cerf zu unterhalten.

»Wie geht es Ihnen, Mr Schiffrin?«

»Danke, bestens. Und mir ist sehr wohl bekannt, wieso ich ein Halunke bin. Aber Sie? Dafür sind Sie doch viel zu jung.«

»Ich bin ein Jahr älter als Jack Kennedy.«

»Und ich vier Jahre jünger als Joe, damit gleicht sich alles wieder aus. Sind Sie Halunke von Beruf?«

»Ich war beim FBI und habe mich pensionieren lassen. Jetzt arbeite ich für den McClellan-Untersuchungsausschuss.«

»Ein Ex-G-Man? Und bereits pensioniert?«

Kemper zwinkerte ihm zu. »Ich hatte die FBI-sanktionierten Autodiebstähle satt.«

Schiffrin zwinkerte zurück. »Satt, platt. So schlimm kann's Ihnen nicht gegangen sein, wenn Sie sich solche Maßsmokings aus Mohair leisten konnten. Ich wollte, ich hätte so einen Smoking.«

Kemper lächelte. »Und was machen Sie?«

»Wohl eher, ›was haben Sie gemacht‹? Ich war Financier und Gewerkschaftsberater. Das sind Euphemismen, falls Sie's wissen wollen. Was ich *nicht* gemacht habe, sind prächtige Kinder, an denen ich mich im Alter erfreuen kann. So prächtige Kinder, wie Joe sie hat. Nicht wahr?«

»Sie kommen aus Chicago?«, fragte Kemper.

Schiffrin strahlte. »Wie haben Sie das herausgefunden?«

»Ich habe mich eingehend mit Akzenten befasst. Da kenn ich mich ein bisschen aus.«

»Da sind Sie aber ein Tiefstapler. Und Ihren schleppenden Tonfall, haben Sie den aus Alabama?«

»Tennessee.«

»Ah, die Freiwilligen. Schade, dass mein Freund Heshie nicht hier ist. Ein Ganove aus Detroit, der seit Jahren im Südwesten wohnt. An seinem Akzent hätten Sie was zu beißen.«

Bobby betrat das Foyer. Als Schiffrin ihn erblickte, verdrehte er die Augen. »Da kommt Ihr Boss. Nehmen Sie einem alten Mann das offene Wort nicht übel, aber ist er nicht ein Ekelpaket?«

»Auf seine Art, ein bisschen.«

»Jetzt werfen *Sie* mit Euphemismen nur so um sich. Wissen Sie, Joe und ich haben mal gegrunzt vor Lachen, wie wir vor dreißig Jahren Howard Hughes bei einem Handel gestopft haben. Bobby empörte sich über das Wort ›Stopfen‹, weil die Kinder im Nebenzimmer waren. Sie konnten uns nicht mal hören, aber –«

Bobby winkte ihm zu. Kemper nickte zurück.

»Entschuldigen Sie mich, Mr Schiffrin.«

»Ab mit Ihnen. Ihr Boss ruft. Joe hat neun Kinder zustande gebracht. Da kann ein Kotzbrocken das Gesamtergebnis nicht beeinträchtigen.«

Kemper ging hinüber. Bobby dirigierte ihn direkt in die Garderobe. Nerzmäntel und Abendcapes umgaben sie.

»Jack hat gesagt, dass Sie mich sprechen wollten?«

»Richtig. Sie sollen für mich über ein paar Beweismaterialien

Akten anlegen und die Arbeit des Komitees schriftlich zusammenfassen, damit wir in der Lage sind, den Grand Jurys, die unsere Arbeit fortführen, einen Standardbericht zu schicken. Ich weiß, dass Sie Papierkram nicht mögen, aber das ist von eminenter Wichtigkeit.«

»Ich mach mich morgen früh an die Arbeit.«

»Gut.«

Kemper hüstelte. »Bob, da ist etwas, das ich mit Ihnen besprechen möchte.«

»Das wäre?«

»Ich habe einen guten Freund. Er ist Agent beim Chicagoer FBI-Büro. Ich kann Ihnen zum jetzigen Zeitpunkt den Namen nicht nennen, aber es handelt sich um einen fähigen und tüchtigen Mann.«

Bobby wischte sich Schnee vom Mantel. »Kemper, Sie versuchen, mir was unterzujubeln. Ich weiß, dass Sie gewohnt sind, Leute herumzukriegen, möchte Sie aber bitten, zur Sache zu kommen.«

»Sache ist, dass er gegen seinen Willen aus dem Top-Hoodlum-Programm versetzt wurde. Er hasst Mr Hoover und Mr Hoovers Behauptung, die Mafia gebe es nicht, und möchte Ihnen durch mich diesbezüglich nachrichtendienstliche Erkenntnisse übermitteln. Er kennt das Risiko und ist bereit, sich darauf einzulassen. Immerhin war er mal Jesuitenschüler.«

Bobby hängte den Mantel auf. »Kann man ihm trauen?«

»Unbedingt.«

»Legen wir uns damit kein Kuckucksei von Hoover ins Nest?«

Kemper lachte. »Wohl kaum.«

Bobby sah ihn an. Bobby blickte ihm drohend in die Augen, wie einem Zeugen.

»Na schön. Aber sagen Sie dem Mann, dass er keine illegalen

Schritte unternehmen soll. Ich will nicht, dass ein frei glottierender Eiferer sich in irgendwelche Abhörmaßnahmen und Gott weiß was hineinsteigert, nur weil er meint, ich würde ihm den Rücken freihalten.«

»Ich werd's ausrichten. Nun, woran sind Sie –?«

»Sagen Sie ihm, dass ich an der möglichen Existenz geheimer Pensionskassenbücher interessiert bin. Sagen Sie ihm, dass wahrscheinlich Chicagoer Gangster sie führen. Davon soll er ausgehen und zusehen, ob er dabei an weitere nachrichtendienstliche Erkenntnisse über Hoffa herankommt.«

Gäste gingen durch die Garderobe. Eine Frau schleifte ihren Nerzmantel hinter sich her. Dean Acheson war beinahe darüber gestolpert.

Bobby zuckte zusammen. Kemper beobachtete, wie sich sein Blick trübte.

»Was ist?«

»Nichts.«

»Kann ich sonst noch was für Sie –?«

»Nein, nichts. Nun, wenn Sie mich entschuldigen –«

Kemper lächelte und kehrte zur Party zurück. Der große Saal war voll von Leuten, man konnte sich nur mühsam hindurchschlängeln.

Immer wieder schauten die Leute zu der Frau mit dem Nerz hinüber.

Sie ließ den Mantel vom Butler streicheln. Sie bestand darauf, dass Leonard Bernstein ihn anprobierte. Sie schlängelte sich im Mambo-Schritt durch die Menge und stibitzte Joe Kennedys Drink.

Joe überreichte ihr ein kleines, in Geschenkpapier gepacktes Schächtelchen. Die Frau steckte es in die Handtasche. Drei Kennedy-Schwestern zogen sich beleidigt zurück.

Peter Lawford begaffte die Frau. Benett Cerf glitt vorbei und blinzelte ihr verstohlen in den Ausschnitt. Vladimir Horowitz winkte sie zum Klavier.

Kemper nahm einen Privataufzug in die Lobby. Er ging zu einem der Gästetelefone, zeigte der Telefonistin die Dienstmarke und verlangte eine Direktverbindung nach Chicago.

Sie stellte die Verbindung her. Helen nahm beim zweiten Klingeln ab.

»Hallo?«

»Ich bin's, Süße. Dein Ex-Schwarm.«

»Kemper! Wie bist du denn auf einen so klebrigen Südstaatenakzent verfallen!«

»Verdeckte Ermittlungen.«

»So? Die juristische Fakultät hat mich angenommen, und ich bin auf Wohnungssuche und habe meine liebe Mühe!«

»Die hat man mit allem, was gut ist. Frag deinen gesetzten Herrn, er wird's dir bestätigen.«

Helen flüsterte. »Ward ist in letzter Zeit so launisch und geheimnisvoll. Könntest du nicht versuchen –?«

Littell nahm den Hörer ab. »Hi, Kemper.«

Helen schickte ihm ein paar Küsse durch den Hörer. »Guten Tag, alter Junge«, sagte Kemper.

»Ich bin nicht gern so direkt, aber hast du –?«

»Hab' ich.«

»Und?«

»Und Bobby hat zugesagt. Er möchte, dass du heimlich für uns arbeitest und dass du Roland Kirpaskis Hinweis nachgehst und rauszukriegen versuchst, ob es tatsächlich geheime Pensionskassenbücher gibt, in denen die Gangstermilliarden versteckt sind.«

»Gut. Das ... freut mich sehr.«

Kemper dämpfte die Stimme. »Bobby hat noch einmal wiederholt, was ich dir gesagt habe. Geh keine unnötigen Risiken ein. Denk dran. In puncto Legalität ist Bobby pingeliger als ich, also denk dran, und nimm dich in Acht, und denk auch dran, vor wem du auf der Hut sein musst.«

»Ich passe auf«, sagte Littell. »Ich glaube, ich hab einen Gangster bei einem Mord erwischt, und vielleicht wird der mein Informant.«

Die Frau mit dem Nerz ging durch die Lobby. Ein Trupp Pagen schwärmte aus, um ihr die Tür aufzuhalten.

»Ward, ich muss gehen.«

»Vergelt's dir Gott, Kemper. Und sag Mr Kennedy, dass ich ihn nicht enttäuschen werde.«

Kemper legte auf und ging nach draußen. Ein scharfer Wind blies durch die 76. Straße und warf die am Straßenrand aufgestellten Mülltonnen um.

Die Frau im Nerz stand unter dem Hotelvordach. Sie packte Joe Kennedys Geschenk aus.

Kemper stand nur wenige Meter von ihr entfernt. Das Geschenk war eine Diamantbrosche, die in ein Bündel Tausenddollarnoten eingewickelt war.

Ein Säufer stolperte vorbei. Die Frau im Nerz gab ihm die Brosche. Der Wind blätterte das Geldbündel auf, mindestens fünfzig Riesen.

Der Trunkenbold kicherte und schaute sich die Brosche an. Kemper lachte laut auf.

Ein Taxi fuhr vor. Die Frau im Nerz beugte sich hinein und sagte: »881 Fifth Avenue.«

Kemper öffnete ihr die Tür.

»Sind die Kennedys nicht vulgär?«, sagte die Frau.

Ihre Augen waren umwerfend grün.

15

(Chicago, 6.1.59)

Eine feine Drehung, und das Schloss ging auf. Littell zog den Dietrich heraus und die Tür hinter sich zu.

Die Fenster wurden von den Scheinwerfern vorbeifahrender Wagen erhellt. Das Vorderzimmer war klein und mit Antiquitäten und Art-decó-Schnickschnack möbliert.

Seine Augen gewöhnten sich an die Dunkelheit. Von draußen kam ausreichend Licht herein – er musste nicht das Risiko eingehen, die Lampen anzudrehen.

Die Wohnung von Lenny Sands war ordentlich aufgeräumt und winterlich stickig.

Der Mord an Icepick Tony war fünf Tage her und ungelöst. Fernsehen und Presse verschwiegen, dass Iannone vor einer Schwulenkneipe zu Tode gekommen war. Court Meade zufolge hatte Giancana dafür gesorgt: Er wollte nicht, dass Tony als Schwuchtel beschimpft wurde, und weigerte sich selber, dies zu glauben. Meade hatte beängstigende Abhörmitschnitte zitiert: »Sam hat Kundschafter ausgeschickt, um stadtbekannten warmen Brüdern auf den Zahn zu fühlen«; »Mo sagt, Tonys Killer wird kastriert.«

Giancana wollte nicht an eine offensichtliche Tatsache glauben. Giancana meinte, Tony habe sich versehentlich in »Perry's Little Log Cabin« verirrt.

Littell holte Taschenlampe und Minox heraus. Seit Neuestem pflegte Lenny, bis Mitternacht Spielautomaten zu leeren. Es war 21 Uhr 20 – er hatte ausreichend Zeit.

Lennys Adressbuch lag unter dem Wohnzimmertelefon. Littell blätterte es durch und bemerkte einige auffällige Namen.

Der vielseitige Lenny kannte Rock Hudson und Carlos Marcello. Der Hollywood-Insider Lenny kannte Gail Russell und Johnnie Ray. Der Gangster Lenny kannte Giancana, Butch Montrose und Rocco Malvaso.

Nur eines war seltsam: Die Adressen und Telefonnummern der Gangster stimmten nicht mit denen auf den THP-Listen überein.

Littell blätterte weiter. Er stieß auf eigenartige Namen.

Senator John Kennedy, Hyannis Port, Mass.; Spike Knode, 114 Gardenia, Mobile, Alabama; Laura Hughes, 881 5th Ave., New York City, Paul Bogaards, 1489 Fountain, Milwaukee.

Er fotografierte das Adressbuch in alphabetischer Reihenfolge durch. Die Taschenlampe zwischen die Zähne geklemmt, knipste er ein Bild pro Seite. Bei »M« hatte er 32 Bilder verschossen.

Die Beine taten ihm weh von der Hockstellung. Ständig fiel ihm die Taschenlampe aus dem Mund.

Er hörte, wie sich ein Schlüssel im Schloss drehte. Er hörte, wie die Tür aufsprang. NEUNZIG MINUTEN VOR DER ZEIT–

Littell drückte sich an die Wand neben der Tür. Er ging in Gedanken jeden Karatehieb durch, den ihm Kemper beigebracht hatte.

Lenny Sands betrat das Zimmer. Littell packte ihn von hinten und hielt ihm den Mund zu. Daran denken: »Den Daumen auf die Halsschlagader des Verdächtigen pressen und ihn auf den Rücken werfen.«

Kemper wäre zufrieden gewesen. Lenny ging widerstandslos

zu Boden. Littell nahm die Hand von seinem Mund und trat die Tür zu.

Lenny gab keinen Laut von sich. Der Teppich hatte sich aufgebauscht und lag über seinem Gesicht.

Littell lockerte die Umklammerung. Lenny hustete und schnappte nach Luft.

Littell kniete sich neben ihn. Littell zog den Revolver und entsicherte ihn.

»Ich bin vom FBI Chicago. Ich weiß, dass du Tony Iannone umgebracht hast, und wenn du nicht kooperierst, liefere ich dich an Giancana und an die Polizei von Chicago aus. Du brauchst nicht deine Freunde zu bespitzeln. Ich will was über die Pensionskasse der Teamster erfahren.«

Lenny schnappte keuchend nach Luft. Littell stand auf und knipste das Licht an – das Zimmer erstrahlte.

Neben dem Sofa stand ein Tablett mit Getränken. Scotch, Bourbon und Brandy in Kristallkaraffen.

Lenny zog die Knie an und umklammerte sie mit beiden Armen. Littell steckte die Waffe in den Hosenbund und holte eine Zellophantüte hervor.

Sie enthielt zwei blutverkrustete Messer.

Er zeigte sie Lenny. »Ich habe sie auf Fingerabdrücke untersucht«, sagte er, »und vier Abdrücke stimmen mit deinen überein.«

Das war ein Bluff. Er hatte nur Schmierspuren gefunden.

»Du hast keine Wahl, Lenny. Du weißt, was Sam mit dir machen würde.«

Lenny schwitzte. Littell schenkte ihm einen Drink ein – schon der Schnapsgeruch ließ ihm das Wasser im Mund zusammenlaufen.

Lenny führte das Glas mit beiden Händen zum Mund. Seine Tough-guy-Stimme kam nicht ganz.

»Von der Pensionskasse hab' ich keinen Schimmer. Ich weiß nur, dass Kerle mit den richtigen Beziehungen und eine bestimmte Sorte von Geschäftsleuten hochverzinsliche Darlehen beantragen und dann irgendwie weitergereicht werden.«

»An Sam Giancana?«

»Das sagt man.«

»Erklär mir das genauer.«

»Angeblich soll sich Giancana wegen aller größeren Darlehen mit Jimmy Hoffa in Verbindung setzen. Über Zustimmung oder Ablehnung entscheiden sie gemeinsam.«

»Gibt es geheime Bücher der Pensionskasse? So was wie codierte Bücher, in denen versteckte Kapitalien verbucht sind?«

»Keine Ahnung.«

Wie sagte Kemper Boyd – DEN INFORMANTEN EINSCHÜCHTERN.

Lenny stemmte sich in einen Stuhl hoch. Lenny mit dem Doppelleben wusste, dass sich harte Jungs nicht auf dem Fußboden winden.

Littell schenkte sich einen doppelten Scotch ein. »Fühlen Sie sich ganz zu Hause«, sagte Lenny, der Nachtclubstar.

Littell steckte die Messer in die Tasche. »Ich hab' dein Adressbuch überprüft und festgestellt, dass die Adressen nicht mit den Adressen in den Akten vom Top-Hoodlum-Programm übereinstimmen.«

»Welche Adressen?«

»Die Adressen der Chicagoer Gangster.«

»Ach so, die Adressen.«

»Was stimmt da nicht?«

»Das sind die Bumsabsteigen«, sagte Lenny. »Die Absteigen,

wo die Kerle ihre Frauen betrügen. Ich hab' die Schlüssel zu einigen, weil ich dort die Einnahmen aus dem Jukebox-Geschäft abgebe. Ich war ja gerade dabei, die Gelder in der Scheißschwulenbar zu kassieren, als die Scheißschwuchtel Iannone auf mich losging.«

Littell kippte den Drink. »Ich hab' *gesehen*, wie du Iannone getötet hast. Ich *weiß*, wieso du in ›Perry's Little Log Cabin‹ warst und warum du Stammgast bei ›Hernando's Hideaway‹ bist. Ich *weiß*, dass du zwei Leben und zwei Arten zu reden hast und zwei Versionen von Gott weiß was. Ich *weiß*, dass Iannone auf dich losging, weil er nicht wollte, dass du weißt, dass das auch auf ihn zutraf.«

Lenny ZERDRÜCKTE sein Glas zwischen den Händen. Kristall splitterte in Stücke.

Whiskey ergoss sich zu Boden. Wurde zum Blut-Whiskey-Mix. Lenny gab keinen Laut von sich, verzog keine Miene und rührte sich nicht von der Stelle.

Littell warf sein Glas aufs Sofa. »Ich weiß, dass du einen Vertrag mit Sal D'Onofrio abgeschlossen hast.«

Keine Antwort.

»Ich weiß, dass du seine Touren begleiten sollst.«

Keine Antwort.

»Sal ist ein Wucherer. Ist er in der Lage, Kunden an die Pensionskasse weiterzuleiten?«

Keine Antwort.

»Los, raus mit der Sprache«, sagte Littell. »Ich geh' nicht von hier weg, ehe ich mein Ziel erreicht habe.«

Lenny wischte sich das Blut von den Händen. »Ich weiß es nicht. Vielleicht, vielleicht auch nicht. Als Kredithai ist Sal nur ein kleiner Fisch.«

»Und was ist mit Jack Ruby? Der manchmal in Dallas als Kredithai tätig ist?«

»Jack ist eine Witzfigur. Kennt viele Leute, ist aber eine Witzfigur.«

Littell dämpfte seine Stimme: »Wissen die Jungs in Chicago, dass du homosexuell bist?«

Lenny erstickte einen Schluchzer. »Antworte und leg ein Geständnis ab.«

Lenny schloss die Augen und nickte: »Nein, nein, nein.«

»Dann beantworte mir folgende Frage: *Willst du mein Informant sein?*«

Lenny schloss die Augen und nickte: »Ja, ja, ja.«

»In den Zeitungen heißt es, Iannone war verheiratet.«

Keine Antwort.

»Lenny ...«

»Ja. Er ist verheiratet gewesen.«

»Hat er eine Absteige gehabt?«

»Bestimmt.«

Littell knöpfte den Mantel zu: »Vielleicht kann ich dir mal einen Gefallen tun, Lenny.«

Keine Antwort.

»Du wirst von mir hören. Du weißt, was ich will, also sieh zu, dass du's kriegst.«

Lenny ignorierte ihn. Lenny zupfte sich die Scherben aus den Händen.

Er hatte dem toten Iannone einen Schlüsselbund abgenommen. An dem Ding waren vier Schlüssel befestigt, und eine Adresse war darauf geprägt: »Schlosserei Di Giorgio, 947 Hudnut Drive, Evanston.«

Zwei Autoschlüssel und wahrscheinlich ein Hausschlüssel. Der vierte Schlüssel passte vermutlich in die Tür einer Absteige.

Littell fuhr nach Evanston. Er hatte unverschämtes Glück. Der Schlosser wohnte über dem Laden.

Der unerwartete FBI-Besuch erschreckte den Mann. Er identifizierte die Schlüssel als von ihm hergestellt. Er sagte, er habe alle Schlösser von Iannone eingebaut – an zwei Adressen. 2409 Kenilworth in Oak Park. 84 Wolverton in Evanston. Iannone wohnte in Oak Park – das stand in den Zeitungen. Die Adresse in Evanston war vermutlich die Absteige.

Der Schlosser erklärte ihm den Weg. Littell fand in wenigen Minuten hin.

Es handelte sich um eine Garagenwohnung hinter dem Gebäude einer Verbindung der Northwestern University. Die Umgebung war dunkel und totenstill.

Der Schlüssel passte ins Schloss. Littell öffnete die Tür, den Revolver in der Hand. Die Wohnung war leer und stickig.

Er drehte in beiden Zimmern das Licht an. Er durchstöberte jeden Schrank, jede Schublade, jedes Regal und jeden Winkel. Er fand Dildos, Peitschen, Hundehalsbänder mit Stacheln, Amylnitrit-Ampullen, zwölf Dosen Gleitcreme, ein Säckchen Marihuana, eine Motorradjacke mit Messingknöpfen, eine abgesägte Flinte, neun Rollen Benzedrin, eine Nazi-Armbinde, diverse Ölbilder von Männern, die Sodomie und Neunundsechzig trieben, sowie einen Schnappschuss, der Icepick Tony und einen Collegestudenten Wange an Wange zeigte.

Wie sagte Kemper Boyd – IMMER DEN INFORMANTEN SCHÜTZEN.

Littell rief in Celanos Schneiderei an. Ein Mann nahm ab. »Ja?« Eindeutig Butch Montrose.

Littell verstellte die Stimme. »Regt euch nicht wegen der

Scheißschwuchtel Tony Iannone auf. Fahrt zur Wolverton 84 in Evanston und guckt selber nach.«

»He, was zum –«

Littell legte auf. Den Schnappschuss nagelte er unübersehbar an die Wand.

16

(Los Angeles, 11.1.59)

Hush-Hush stand kurz vor Redaktionsschluss. Die Mitarbeiter hielten sich mit Benzedrin im Kaffee in Form.

Ein paar »Künstler« gestalteten das Titelblatt: »Paul Robeson – Rubinroter Rückfalltäter.« Ein »Korrespondent« tippte: »Frauenprügler Spade Cooley – probt der Country-Musiker die Ohrfeigenpolka im eigenen Haus?« Ein »Redakteur« blätterte in Pamphleten, versuchte, gesundheitliche Daten über Neger mit Krebs in Verbindung zu bringen.

Pete sah zu.

Pete langweilte sich.

Er musste an MIAMI denken. *Hush-Hush* war wie ein Riesenkaktus im Arsch.

Sol Maltzman war tot. Gail Hendee seit Ewigkeiten weg. Die neuen *Hush-Hush*-Mitarbeiter waren durch die Bank Clowns. Howard Hughes war darauf versessen, einen neuen Skandalaufreißer zu finden.

Jeder, den er ansprach, sagte NEIN. Jeder wusste, dass die Ausgabe mit der Kennedy-Sudelei von der Polizei von L. A. konfisziert worden war. *Hush-Hush* war die Leprakolonie des Skandaljournalismus.

Hughes STAND auf Dreck. Hughes STAND darauf, Schweinkram an Mr Hoover weiterzuleiten. Worauf Hughes STAND, das KAUFTE er.

Der Schweinkram, den Pete aufgetrieben hatte, reichte gerade für eine Ausgabe. Befreundete Bullen hatten ihm eine Wochenladung flauer Sauereien verschafft.

»Spade Cooley, schnapsgetränkter Frauenhasser!« – »Sal Mineo bei Marihuana-Razzia geschnappt!« – »Beatnik-Festnahmen schocken Hermosa Beach!«

Der reine Bockmist. Alles andere als Miami.

Miami tat guuuuut. Miami war eine Droge, die Entzugserscheinungen hervorrief. Er hatte Miami mit einer kleinen Gehirnerschütterung verlassen – angesichts der Prügel, die er eingesteckt hatte, gar nicht so schlimm.

Jimmy Hoffa hatte ihn kommen lassen, um Ordnung zu schaffen. Er wurde aus dem Gefängnis entlassen und machte sich an die Arbeit.

Der Taxistand brauchte Ordnung – die politischen Zwistigkeiten brachten das Geschäft zum Erliegen. Die Schlägereien nahmen ein Ende, aber Tiger Kab war nach wie vor in heftig zerstrittene Parteien gespalten. Er musste sich um Batista-Fans und Castro-Fans kümmern – linke und rechte Schläger, die erst einmal stubenrein werden und die Regeln des weißen Mannes lernen mussten.

Er legte die Regeln fest.

Keinen Alkohol und keine Plakate oder Flugblätter im Dienst. Keine Pistolen oder Messer – Waffen sind beim Dienstleiter abzugeben. Keine politischen Verbrüderungen – rivalisierende Fraktionen müssen auf Distanz bleiben.

Ein Batista-Fan versuchte, die Regeln zu verletzen. Pete prügelte den Mann halbtot.

Er legte weitere Regeln fest.

Keine Zuhälterei im Dienst – die Nutten bleiben daheim. Keine Einbrüche oder Raubüberfälle im Dienst.

Er machte Chuck Rogers zum neuen Tagesdienstleiter. Er fand das einen geschickten politischen Schachzug.

Rogers war ein CIA-Schläger. Der andere Schichtleiter, Fulo Machado, war ebenfalls ein CIA-Mann.

John Stanton gehörte dem mittleren CIA-Kader an – und war seit Kurzem Stammgast beim Taxistand. Ein Fingerschnipsen – und die Mordanklage gegen Fulo hatte sich erledigt.

Stantons Kumpel Guy Banister hasste Ward Littell. Banister und Stanton fuhren auf Kemper Boyd ab.

Jimmy Hoffa war Eigentümer von Tiger Kab. Jimmy Hoffa besaß Anteile an zwei Casinos in Havanna.

Littell und Boyd lasteten ihm *zwei* Morde an. Davon wussten Stanton und Banister wahrscheinlich nichts. Stanton hatte ihm den Mund wässrig gemacht: »Eines Tages könnte ich dich um einen Gefallen bitten.«

Die Dinge passten gut und innig zusammen. Seine Antennen empfingen lauter Positives.

Pete klingelte die Empfangsdame an. »Donna, ich brauche eine persönliche Verbindung, Ferngespräch. Ich möchte einen Mann namens Kemper Boyd im Büro des McClellan-Untersuchungsausschusses in Washington sprechen. Sag der Telefonistin, sie soll es im Senatsgebäude versuchen.«

»Ja, Sir.«

Pete legte auf und wartete. Der Anruf war ein reines Glücksspiel – Boyd trieb sich wahrscheinlich irgendwo herum.

Die Sprechanlage leuchtete auf. Pete nahm den Hörer ab.

»Boyd?«

»Am Apparat. Und überrascht.«

»Nun, ich stehe in Ihrer Schuld und wollte mich erkenntlich zeigen.«

»Lass hören.«

»Ich bin letzte Woche in Miami gewesen. Ich bin dort zwei Männern namens John Stanton und Guy Banister begegnet, und die scheinen echt an Ihnen interessiert.«

»Mr Stanton und ich haben uns bereits unterhalten. Trotzdem, vielen Dank. Freut mich zu hören, dass sie nach wie vor interessiert sind.«

»Ich habe Ihnen gute Noten gegeben.«

»Alle Achtung. Kann ich was für dich tun?«

»Mir einen neuen Skandaljäger für *Hush-Hush* besorgen.«

Boyd legte lachend auf.

17

(Miami, 13.1.59)

Der Untersuchungsausschuss hatte ihm ein Zimmer in einem Howard Johnson reserviert. Kemper stockte das zu einer Zweizimmer-Suite im Fontainebleau auf.

Die Differenz zahlte er aus eigener Tasche. Er kassierte jetzt drei Gehälter – er konnte sich die Extravaganz leisten.

Bobby hatte ihn nach Miami zurückgeschickt. Er selbst hatte die Reise angeregt – und versprochen, mit einigen wichtigen Aussagen zu Sun Valley zurückzukehren. Von dem CIA-Angebot hatte er Bobby nichts gesagt.

Die Reise war ein kleiner Urlaub. Wenn das mit Stanton klappte, konnte er abschließen.

Kemper stellte einen Stuhl auf den Balkon. Ward Littell hatte ihm einen Bericht geschickt – der überarbeitet werden musste, ehe er an Bobby ging.

Der Bericht bestand aus zwölf Schreibmaschinenseiten. Ward hatte handschriftlich ein Vorwort hinzugefügt.

K. B.,
da wir bei dem netten Täuschungsmanöver Partner sind, kriegst du einen exakten Bericht. Angesichts von Mr Kennedys Vorbehalten solltest du ihm die offensichtlichen Gesetzesübertretungen verschweigen. Du wirst feststellen, dass ich beträchtliche Fort-

schritte gemacht habe. Und glaub mir, bei der heiklen Ausgangslage bin ich extrem vorsichtig gewesen.

Kemper las den Bericht. »Heikle Ausgangslage« klang ein bisschen untertrieben.

Littell hatte einen Mord unter Homosexuellen beobachtet. Das Opfer gehörte zum mittleren Führungskader des Chicagoer Mobs. Der Mörder war ein Gangsterfreund namens Lenny Sands.

Sands war jetzt Littells Spitzel. Sands hatte sich vor Kurzem mit einem Buchmacher und Wucherer namens »Mad Sal« D'Onofrio zusammengetan. D'Onofrio schleppte Reisegruppen von Spielern nach Las Vegas und Lake Tahoe; Sands sollte sie als »mitreisende Nachtclubnummer« begleiten. Sands hatte Schlüssel zu »Absteigen« von Gangstern. Littell hatte ihn gezwungen, Duplikate anfertigen zu lassen, und war heimlich in drei Bumsabsteigen eingebrochen, um nach Beweismaterial zu fahnden. Gefunden hatte er: Waffen, Drogen und 14 000 Dollar in bar – in einer Golftasche versteckt in der Bumsabsteige eines gewissen Butch Montrose.

Littell hatte Tony Iannones Absteige entdeckt: eine mit Schwulen-Kram vollgestopfte Garagenwohnung. Littell war entschlossen, seinen Informanten vor möglichen Racheakten zu schützen. Littell gab Chicagoer Unterweltfiguren die genaue Adresse der Absteige bekannt und beschattete die Wohnung, um zu überprüfen, ob sie dem anonymen Hinweis folgten. Was sie taten: Sam Giancana und zwei weitere Männer brachen eine Stunde später die Tür auf. Zweifellos hatten sie Iannones homosexuelle Heimlichkeiten gesehen.

Verblüffend. Bezeichnend für die Heilige Ward-Littell-Dreifaltigkeit: Glück, Instinkt, Gottvertrauen.

Littell schloss:

Mein Ziel ist es letztendlich, einen potenziellen Kreditnehmer an die Zentrale Pensionskasse der Teamster zu verweisen. Im Idealfall meinen eigenen, rechtlich kompromittierten Informanten. Lenny Sands (und vielleicht sogar »Mad Sal« D'Onofrio) könnten sich dabei als wertvolle Verbündete erweisen. Mein Idealschuldner ist ein anrüchiger Geschäftsmann mit guten Verbindungen zum organisierten Verbrechen, ein Mann, der empfänglich für physische Einschüchterung und Drohung mit dem Staatsanwalt ist. Mithilfe eines derartigen Informanten könnten wir ermitteln, ob alternative Pensionskassenbücher existieren, die verstecktes und damit illegales Kapital betreffen. Diese Vorgehensweise gibt Robert Kennedy unbegrenzte Möglichkeiten der Strafverfolgung an die Hand. Wenn solche Bücher tatsächlich existieren, lassen sich deren Verwalter wegen zahlreicher Delikte belangen, von schwerem Diebstahl bis hin zu Steuervergehen.

Ich stimme mit Mr Kennedy überein: So kann man Jimmy Hoffa und die Teamster der Zusammenarbeit mit dem organisierten Verbrechen von Chicago überführen und ihre gebündelte Macht brechen. Wenn es uns gelingt, in derartigem Maßstab geheime finanzielle Absprachen nachzuweisen, werden Köpfe rollen.

Der Plan war ehrgeizig und gigantisch riskant. Den Haken an der Sache bemerkte Kemper gleich.

Littell hatte Icepick Tonys sexuelle Neigungen publik gemacht. Hatte er *sämtliche* Folgen bedacht?

Kemper rief beim Flughafen von Miami an und buchte seinen Direktflug nach Washington auf einen Flug mit Zwischenlandung in Chicago um. Das machte Sinn: Wenn sein Verdacht sich erhärten sollte, würde er Ward tüchtig die Leviten lesen müssen.

Die Dämmerung brach an. Der Zimmerkellner kam um diese Zeit, wie stets – auf die Minute pünktlich.

Er nippte an seinem Beefeater und aß ein paar Bissen Räucherlachs. Die Collins Avenue leuchtete: Der Strand war von glitzernden Lichtern gesäumt.

Kemper spürte, wie ein warmes Behagen in ihm hochstieg. Er dachte an die Begegnung mit der Frau im Nerz und an die vielen schlagfertigen Antworten, die er sich hätte einfallen lassen können.

Es klingelte. Kemper fuhr sich mit dem Kamm durchs Haar und öffnete die Tür.

»Guten Tag, Mr Boyd«, sagte John Stanton.

Kemper führte ihn herein. Stanton ging herum und bewunderte die Suite.

»Robert Kennedy meint es aber gut mit Ihnen.«

»Das sind doch Nebensächlichkeiten, Mr Stanton.«

»Dann will ich mich direkter ausdrücken. Sie sind im Wohlstand aufgewachsen und haben Ihre Familie verloren. Jetzt holen Sie sich den Wohlstand in kleinen Raten zurück, wobei das Zimmer wirklich nicht zu verachten ist.«

Kemper lächelte: »Darf ich Ihnen einen Martini anbieten?«

»Martinis schmecken wie Feuerzeugbenzin. Ich habe Hotels stets nach ihren Weinkarten beurteilt.«

»Ich kann bestellen, was immer Sie mögen.«

»So lange werde ich nicht bleiben.«

»Was haben Sie auf dem Herzen?«

Stanton wies auf den Balkon. »Da draußen liegt Kuba.«

»Ich weiß.«

»Wir gehen davon aus, dass Castro sich als Kommunist entpuppt. Er soll im April nach Amerika kommen, um seine Freundschaft anzubieten, aber wir nehmen an, dass er sich unmöglich aufführen und eine offizielle Absage erzwingen wird. Er wird bald einige ›politisch unerwünschte‹ Kubaner deportieren lassen, und sie werden hier in Florida Asyl erhalten. Wir brauchen Männer, die sie ausbilden und zu einer Anti-Castro-Truppe drillen können. Wir bieten Ihnen 2 000 Dollar im Monat, bar, zuzüglich der Möglichkeit, Aktien von CIA-Scheinfirmen zu Vorzugspreisen zu erwerben. Das Angebot steht, und ich kann Ihnen versichern, dass die Arbeit für die CIA Ihren anderen Verpflichtungen nicht in die Quere kommt.«

»›Verpflichtungen‹? Wieso der Plural?«

Stanton trat auf den Balkon. Kemper folgte ihm an die Brüstung.

»Ihre ›Pensionierung‹ beim FBI war ein bisschen überstürzt. Sie waren Mr Hoover sehr nahe, der die Kennedy-Brüder hasst und fürchtet. *Post hoc, propter ergo hoc.* Dienstags waren Sie ein FBI-Agent, mittwochs wurden Sie ein potenzieller Zuhälter für Jack Kennedy und donnerstags Untersuchungsbeamter des McClellan-Ausschusses. Die logische Schlussfolgerung für mich ist –«

»Wie viel bekommt ein CIA-Verbindungsmann üblicherweise am Anfang?«

»850 im Monat.«

»Doch meine ›Verbindungen‹ machen mich zum Sonderfall?«

»Ja. Wir wissen, dass Sie den Kennedys nahestehen, und gehen davon aus, dass Jack Kennedy nächstes Jahr zum Präsidenten gewählt wird. Wenn das Castro-Problem sich verschärft, brauchen wir jemand, der Kennedys Kubapolitik beeinflusst.«

»Als Lobbyist?«

»Nein. Als sehr subtiler Agent Provocateur.«

Kemper genoss die Aussicht. Die Lichter schienen bis weit hinter Kuba zu schimmern.

»Ich lasse mir Ihr Angebot durch den Kopf gehen.«

18

(Chicago, 14.1.59)

Littell eilte ins Leichenschauhaus. Kemper hatte vom Flughafen aus angerufen und ihn AUF DER STELLE dorthin befohlen.

Er hatte vor einer halben Stunde angerufen. Er hatte sich nicht weiter geäußert. Nur einen scharfen Befehl erteilt und den Hörer aufgeknallt.

Mehrere Autopsieräume zweigten von der Eingangshalle ab. Leintuchbedeckte Bahren blockierten den Weg.

Littell drängte sich hindurch. Kemper stand an der hinteren Wand, neben einer Reihe von Kühlfächern.

Littell holte Luft. »Was zum Teufel –«

Kemper zog ein Fach auf. Auf der Metallschiene lag die Leiche eines weißen Jungen.

Er hatte Folterverletzungen und Brandwunden von Zigaretten. Der Penis war ihm abgeschnitten und in den Mund gestopft worden.

Littell erkannte ihn wieder: der Junge auf Icepick Tonys Aktfoto.

Kemper packte ihn im Nacken und zwang ihn dicht heran. »Der geht auf deine Rechnung, Ward. Du hättest jeden noch so entfernten Hinweis auf Bekannte Iannones vernichten müssen, *bevor* du den Gangstern einen Hinweis gegeben hast. Schuldig oder nicht, sie mussten jemanden umbringen, und so haben sie eben beschlossen, den Jungen auf dem Foto zu töten, das *du* für sie dagelassen hast.«

Littell zuckte zurück. Der Geruch von Magensaft, Blut und einem gerichtsmedizinischen Zahnputzmittel stach ihm in die Nase.

Kemper drückte ihn noch tiefer runter.

»Du arbeitest für Bobby Kennedy, und *ich* hab's arrangiert, und wenn Mr Hoover das rauskriegt, zerreißt er mich in der Luft. Du hast ein Schweineglück, dass ich beschlossen habe, ein paar Vermisstenmeldungen durchzusehen, und ich möchte absolut sichergehen, dass du nie mehr solche Scheiße baust.«

Littell schloss die Augen, aus denen ihm Tränen tropften. Kemper presste seine Wange an die des toten Jungen.

»Wir treffen uns um 10 Uhr in Lenny Sands' Wohnung. Wir bringen alles in Ordnung.«

Arbeit half nicht.

Er verfolgte Kommunisten und schrieb ein langes Observationsprotokoll. Seine Hände zitterten; seine Schrift war fast unleserlich.

Helen half nicht.

Er rief sie an, um ihre Stimme zu hören. Ihr Juristengeplapper brachte ihn beinahe zum Schreien.

Court Meade half nicht.

Sie trafen sich auf einen Kaffee und tauschten Berichte aus. Court fand, dass er miserabel aussah. Court sagte, dass sein Bericht dürftig wirkte – als ob er nicht besonders viel Zeit auf dem Lauschposten verbracht hätte.

Er konnte nicht sagen, ich nehm's jetzt leichter, weil ich einen Spitzel gefunden habe. Er konnte nicht sagen, ich hab Scheiße gebaut und einen Jungen in den Tod geschickt.

Die Kirche half ein bisschen.

Er zündete eine Kerze für den toten Jungen an. Er betete um Kompetenz und Mut. Er putzte das Badezimmer und erinnerte sich an etwas, das Lenny gesagt hatte: Sal D. wollte heute Abend in Saint Vibiana Opfer für die Spritztour ködern.

Ein Zwischenstopp in der Kneipe half.

Suppe und Cracker beruhigten den Magen. Whiskey und Bier befreiten den Kopf.

Die Pfarrei von Saint Vib hatte Sal und Lenny ihren Versammlungssaal überlassen. Ein Dutzend Columbusritter hatte sich eingefunden, um sich von den beiden einwickeln zu lassen.

Die Gruppe hatte an Bingo-Tischen in der Nähe der Bühne Platz genommen. Sie sahen nach Säufern und Frauenprüglern aus.

Littell trieb sich vor einem Notausgang herum. Er öffnete die Tür einen Spalt, damit er sehen und hören konnte, was vor sich ging.

»Wir fahren in zwei Gruppen«, sagte Sal. »Viele meiner Stammkunden konnten nicht freinehmen, daher mach' ich euch einen Sonderpreis von 950, inklusive Flug. Zuerst geht's nach Lake Tahoe, dann nach Vegas und Gardena, bei L. A. Sinatra tritt in der Cal-Neva Lodge in Tahoe auf, wo ihr erste Reihe Mitte sitzt. Und jetzt wird euch Lenny Sands, ehemals Lenny Sanducci, der bekannte Vegas-Star, einen Sinatra aufs Parkett legen, der besser ist als Sinatra selbst. Los, Lenny! Leg los, Landsmann!«

Lenny blies Rauchringe à la Sinatra in die Luft. Die Columbusritter klatschten Beifall. Lenny schnippte die Zigarette weg und starrte sie an.

»Nicht klatschen, bevor ich zu Ende bin! Was seid Ihr mir für Sinatra-Fans? Dino, her mit den Blondinen! Sammy, bring mir eine Kiste Gin und zehn Stangen Zigaretten, oder ich stech dir dein anderes Auge aus! Mach flott, Sammy! Wenn die Ritter des Columbus, Filiale 384, mit den Fingern schnipsen, hat Frank Sinatra zu springen!«

Die Ritter glucksten. Eine Nonne huschte an der Gruppe vorbei, ohne ein einziges Mal aufzuschauen. »Flieg mit auf die Tour, da genießt du immer nur! Bei Sal bist du King des Spielsaal-Vergnügungs-Swing! Ab nach Vegas, ab nach Vegas – gib Gas!«

Die Ritter applaudierten. Sal schüttete einen Papiersack vor ihnen aus.

Sie durchstöberten den Ramsch und fischten sich eifrig Sächelchen heraus. Littell bemerkte Poker-Chips, Kondome mit Noppen und Playboy-Schlüsselringe.

Lenny hielt einen Spezialkugelschreiber hoch, der wie ein Penis geformt war. »Na, wer von euch großschwänzigen Gavonen will als Erster unterschreiben?«

Sie stellten sich an zur Unterschrift. Littell spürte, wie sich ihm der Magen umdrehte.

Er ging zum Straßenrand und übergab sich. Schnaps und Bier verbrannten ihm die Kehle. Er kauerte sich hin und kotzte, bis er nichts mehr im Magen hatte.

Ein paar Spieler spazierten vorbei und wirbelten ihre Schlüsselringe durch die Luft. Einige lachten ihn aus.

Littell suchte Halt an einem Laternenpfahl. Er beobachtete Sal und Lenny im Pfarreikorridor.

Sal drängte Lenny an die Wand und stieß ihn in die Brust. Lennys Lippen formten ein einziges Wort: »Okay.«

Die Tür stand offen. Littell drückte sie ganz auf.

Kemper blätterte in Lennys Adressbuch. Er hatte alle Lichter im Wohnzimmer angedreht.

»Nur mit der Ruhe, Junge.«

Littell zog die Tür zu. »Wer hat dich reingelassen?«

»Ich hab' dir doch beigebracht, wie man einbricht, oder?«

Littell schüttelte den Kopf. »Ich will, dass er mir traut. Dein Auftauchen könnte ihm Angst einjagen.«

»Du musst ihm Angst einjagen«, sagte Kemper. »Du darfst ihn nicht unterschätzen, nur weil er schwul ist.«

»Ich hab gesehen, was er mit Iannone angestellt hat.«

»Da ist er durchgedreht, Ward. Wenn er noch einmal durchdreht, sind vielleicht wir dran. Ich möchte heute Nacht einiges klarstellen.«

Littell hörte Schritte vor der Tür. Es war zu spät, die Lichter auszudrehen und ihn zu überraschen.

Lenny kam herein. Er mimte den Überraschten, guckte zweimal hin.

»Wer ist denn das?«

»Das ist Mr Boyd. Ein Freund von mir.«

»Und wo ihr gerade in der Nähe wart, habt ihr euch gedacht, ihr könntet mal kurz bei mir einbrechen und ein paar Fragen stellen.«

»Du solltest das nicht so sehen.«

»Wieso nicht? Wir wollten uns angeblich nur telefonisch unterhalten, und die Geschichte sollte nur uns beide angehen.«

»Lenny –«

»Ich habe tatsächlich eine Frage«, sagte Kemper.

Lenny hakte die Daumen in die Gürtelschlaufen. »Dann tun Sie sich keinen Zwang an. Und nehmen Sie sich einen Drink. Das tut Mr Littell jedes Mal.«

Kemper wirkte amüsiert. »Ich habe in deinem Adressbuch geblättert, Lenny.«

»Warum nicht? Das tut Mr Littell auch jedes Mal.«

»Sie kennen Jack Kennedy und eine Menge Hollywood-Leute.«

»Ja. Und ich kenne Sie und Mr Littell, was beweist, dass ich mich auch in weniger feinen Kreisen herumtreibe.«

»Wer ist Laura Hughes? Die Adresse ist auffällig – 881 Fifth Avenue.«

»Laura fällt vielen Männern auf.«

»Du zitterst, Lenny. Dein Verhalten hat sich auf einmal völlig verändert.«

»Worauf willst du –«, sagte Littell.

Kemper schnitt ihm brüsk das Wort ab. »Anfang dreißig? Groß, brünett, Sommersprossen?«

»Das klingt nach Laura, ja.«

»Ich habe gesehen, wie Joe Kennedy ihr eine Diamantbrosche und mindestens fünfzigtausend Dollar überreicht hat. Sieht fast so aus, als schläft sie mit ihm.«

Lenny lachte. Ein amüsiert-besserwisserisches Lachen.

»Erzähl mir etwas über sie«, sagte Kemper.

»Nein. Sie hat nichts mit der Pensionskasse der Teamster oder anderen illegalen Geschichten zu tun.«

»Du hast einen Rückfall, Lenny. Du bist nicht mehr der harte Bursche, der Tony Iannone umgenietet hat. Du klingst immer mehr wie die kleine Schwuchtel mit der quiekenden Stimme.«

»Zufrieden, Mr Boyd?« Lenny ging in einen Bariton über.

»Spar dir den Witz für die Nachtclubs auf. Wer ist sie?«

»Das brauche ich Ihnen nicht zu sagen.«

Kemper lächelte. »Du bist homosexuell und ein Mörder. Du hast keinerlei Rechte. Du bist ein Spitzel und gehörst dem FBI Chicago.«

Littell wurde schwindelig. Sein Puls spielte verrückt.

»Wer ist sie?«, sagte Kemper.

Lenny markierte den Starken. »Das hier ist keine offizielle FBI-

Operation. Sonst wären da Stenografen und jede Menge Akten. Das ist die Privatmacke von euch beiden. Und ich werde gottverdammt nichts sagen, was Jack Kennedy schaden könnte.«

Kemper zog ein Foto heraus und hielt es Lenny vor die Augen. Littell erkannte den toten Jungen.

Lenny schüttelte sich. Lenny setzte gleich wieder die harte, abgebrühte Miene auf.

»Und? Das soll mir wohl Angst einjagen, wie?«

»Das war Giancana, Lenny. Er hielt den Jungen für Tony Iannones Mörder. Ein Wort von uns, und du siehst aus wie der auf dem Bild.«

Littell griff nach dem Schnappschuss. »Lass gut sein. Er weiß jetzt Bescheid.«

»Widersprich mir nicht vor einem Verdächtigen.«

»Kemper ...«

»Schlag ihn.«

»Kemper –«

»*Schlag ihn*. Mach ihm Angst.«

»Ich kann nicht«, sagte Littell. »Gott verdammt noch mal, tu mir das nicht an.«

»Schlag ihn, oder ich rufe Giancana an und verpfeif' ihn auf der Stelle.«

»Nein. Komm ... bitte.«

Kemper reichte ihm einen Messingschlagring. Kemper zwängte ihm die Finger hinein.

»Schlag ihn, Ward. Schlag ihn, oder ich lasse ihn von Giancana umbringen.«

Littell zitterte. Kemper ohrfeigte ihn. Littell stolperte zu Lenny hinüber und wankte vor ihm hin und her.

Lenny hatte erneut sein unverschämtes Grinsen aufgesetzt. Littell ballte die Faust und schlug zu.

Lenny warf ein Beisteiltischchen um und ging zähnespuckend zu Boden. Kemper warf ihm ein Sofakissen zu.

»Wer ist Laura Hughes? Erzähl mir alles.«

Littell ließ den Schlagring fallen. Seine Hand schmerzte heftig, und er verlor jedes Gefühl darin.

»Ich habe gefragt, wer Laura Hughes ist.«

Lenny umarmte das Kissen. Lenny spuckte Teile einer Goldbrücke aus.

»Ich habe gefragt, wer Laura Hughes ist.«

Lenny hustete und räusperte sich. Lenny holte Luft und gab einen tiefen Seufzer von sich, als ob er es hinter sich bringen wollte.

»Sie ist Joe Kennedys Tochter«, sagte er. »Ihre Mutter ist Gloria Swanson.«

Littell schloss die Augen. Das Verhör ergab überhaupt keinen –

»Weiter«, sagte Kemper.

»Was weiter? Außer mir weiß nur die Familie Bescheid.«

»Weiter«, sagte Kemper.

Lenny holte nochmals Luft. Seine Oberlippe war bis zu den Nasenlöchern gespalten.

»Mr Kennedy unterstützt Laura. Laura liebt ihn und hasst ihn. Gloria Swanson hasst Mr Kennedy, weil er sie um viel Geld betrogen hat, als er noch Filmproduzent war. Sie hat Laura schon vor Jahren enterbt, und das ist alles, was ich weiß, du gottverdammtes Schwein.«

Littell öffnete die Augen. Lenny hob das Tischchen auf und fiel in einen Stuhl.

Kemper wirbelte den Schlagring um den Finger. »Wo hat sie den Namen Hughes her?«

»Von Howard Hughes. Mr Kennedy hasst Hughes, also hat Laura den Namen angenommen, um ihn zu kränken.«

Littell schloss die Augen.

»Stell Mr Sands eine Frage, Ward.«

Ein Bild war ihm im Gedächtnis geblieben – Lenny mit einem phallusförmigen Kugelschreiber.

»Ward, mach die Augen auf und stell Mr Sands eine –«

Littell machte die Augen auf und nahm die Brille ab.

»Ich habe gesehen, wie du dich mit Mad Sal vor der Kirche gestritten hast. Was war los?«

Lenny zog einen Zahn aus dem Gaumen. »Ich wollte die Tour absagen.«

»Wieso?«

»Weil Sal Gift ist. Weil er Gift ist wie ihr.«

Er schien sich damit abgefunden zu haben, dass er von nun an ein Spitzel war.

»Aber er hat dich nicht gehen lassen?«

»Nein. Ich hab' ihm gesagt, ich würde noch sechs Monate weitermachen, wenn er ...«

Kemper ließ den Schlagring kreisen. »Wenn er was?«

»Wenn er bis dahin noch gottverdammt am Leben ist.«

Er sprach ganz ruhig, wie ein Schauspieler, der seine Rolle begriffen hatte.

»Wieso sollte das nicht der Fall sein?«

»Weil er ein hoffnungsloser Zocker ist. Weil er Sam G. zwölf Riesen schuldet und weil jemand auf ihn angesetzt wird, wenn er nicht zahlen kann.«

Littell setzte die Brille wieder auf. »Ich möchte, dass du bei Sal bleibst und sein Schuldenproblem mir überlässt.«

Lenny wischte den Mund am Kissen ab. Von dem einen Schlag mit dem Ring hatte er jetzt eine Hasenscharte.

»Antworte Mr Littell«, sagte Kemper.

»Aber ja, gewiss, Mr Littell, Sir«, sagte Lenny mit betont hoher Stimme.

Kemper steckte den Schlagring in den Hosenbund. »Dass du Laura Hughes ja nichts sagst. Dass du niemandem was über unsere Abmachung sagst.«

Lenny stand auf. Ihm zitterten die Knie. »Nicht im Traum.«

Kemper zwinkerte ihm zu. »Du hast Mut, Junge. Und ich kenne einen Zeitungsmann in Los Angeles, der einen Insider wie dich brauchen kann.«

Lenny hielt die Fetzen seiner Lippe zusammen. Littell sandte ein Stoßgebet zum Himmel: »Bitte, lieber Gott, lass mich diese eine Nacht traumlos durchschlafen.«

DOKUMENTENEINSCHUB: 16.1.59. Offizielles FBI-Telefontranskript. »Aufgenommen auf Anweisung des Direktors.« »Vertraulichkeitsstufe 1-A: Nur für den Direktor bestimmt.« Teilnehmer: Direktor Hoover, Special Agent Kemper Boyd.

JEH: Guten Morgen, Mr Boyd.

KB: Guten Morgen, Sir.

JEH: Wir haben eine ausgezeichnete Verbindung. Sind Sie in der Nähe?

KB: Ich bin in einem Restaurant in der »I« Street.

JEH: Aha. Die Büros des Untersuchungsausschusses sind ganz in der Nähe, was darauf schließen lässt, dass Sie fleißig für Kleinen Bruder arbeiten.

KB: Tue ich, Sir. Zumindest dem Anschein nach.

JEH: Bitte bringen Sie mich auf den neuesten Stand.

KB: Ich habe Kleinen Bruder überzeugt, mich nach Miami zurückzuschicken. Ich gab ihm zu verstehen, dass ich gewisse Zeugenaussagen über Grundstücksschwindel bekommen

könnte, und habe tatsächlich einige nichtssagende Erklärungen mitgebracht.
JEH: Fahren Sie fort.
KB: Der eigentliche Grund meiner Reise nach Florida war, Informationen für Sie über die Fälle Gretzler und Kirpaski zu beschaffen. Sie werden sich freuen zu hören, dass sowohl die Polizeibehörden von Miami wie die von Lake Weir auf meine Anfrage hin mitgeteilt haben, beide Fälle seien bis auf Weiteres zu den Akten gelegt. Ich betrachte dies als stillschweigendes Eingeständnis, dass beide Mordfälle ungelöst bleiben.
JEH: Vorzüglich. Und wie sieht es bei den Brüdern aus?
KB: Das Mandat des Ausschusses zur Untersuchung von Gewerkschaftskriminalität läuft in neunzig Tagen aus. Zur Zeit werden die Akten kompiliert für die Überstellung an die Anklagejurys, und von jeder Aktennotiz, die an die von uns ausgewählten Grand Jurys geht und nur halbwegs interessant ist, bekommen Sie von mir eine Kopie. Und was Jimmy Hoffa betrifft, glaube ich nach wie vor, dass er zur Zeit juristisch unantastbar ist, Sir.
JEH: Fahren Sie fort.
KB: Großer Bruder hat sich mit Gewerkschaftsfunktionären, die mit der Demokratischen Partei verbündet sind, in Verbindung gesetzt, um ihnen zu versichern, dass die Auseinandersetzung zwischen Kleinem Bruder und Hoffa keineswegs bedeutet, dass er gegen die Gewerkschaften ist. Soviel ich weiß, wird er die Kandidatur Anfang Januar nächsten Jahres bekannt geben.
JEH: Und Sie sind sicher, dass die Brüder das FBI in keiner Weise der Beteiligung im Fall Darleen Shoftel verdächtigen?
KB: Ganz sicher, Sir. Pete Bondurants Freundin hat Kleinen Bruder über den Hush-Hush-Artikel informiert, und Ward Lit-

tell hat unabhängig von ihr sowohl unsere wie Bondurants Abhöreinrichtung enttarnt.

JEH: Ich habe gehört, dass der Vater der Brüder Howard Hughes öffentlich gedemütigt hat.

KB: Das stimmt, Sir.

JEH: Hush-Hush macht in letzter Zeit einen matten Eindruck. Was mir Mr Hughes an Vorabinformationen schickte, war recht flau.

KB: Ich habe eine gewisse Verbindung zu Pete Bondurant aufrechterhalten und glaube, einen Mann mit Hollywood-Beziehungen aufgetrieben zu haben, der als freier Mitarbeiter in Betracht kommt.

JEH: Wenn meine Gutenachtlektüre besser wird, weiß ich, dass Sie Erfolg hatten.

KB: Ja, Sir.

JEH: Den Betriebsunfall mit Großem Bruder haben wir ausschließlich Ward Littell zu verdanken.

KB: Ich bin durch Chicago gekommen und habe Littell vor zwei Tagen getroffen, Sir.

JEH: Fahren Sie fort.

KB: Anfangs befürchtete ich, der Rausschmiss aus dem Top-Hoodlum-Programm könnte ihn dazu bringen, auf eigene Faust gegen das organisierte Verbrechen vorzugehen, und so beschloss ich, mal nach dem Rechten zu schauen.

JEH: Und?

KB: Meine Befürchtungen waren unbegründet. Littell scheint sich widerstandslos in seine Tätigkeit in der Überwachung zu fügen. Die einzige Veränderung, die ich entdecken konnte, ist, dass er eine Affäre mit Helen, der Tochter von Tom Agee, angefangen hat.

JEH: Eine sexuelle Affäre?

KB: Ja, Sir.

JEH: Ist das Mädchen volljährig?

KB: Sie ist einundzwanzig, Sir.

JEH: Ich will, dass Sie Littell im Auge behalten.

KB: Das werde ich, Sir. Und Sir, dürfte ich auf eine etwas abseitige Angelegenheit zu sprechen kommen?

JEH: Selbstverständlich.

KB: Es betrifft die politische Situation in Kuba.

JEH: Fahren Sie fort.

KB: Während meines Florida-Besuchs bin ich verschiedenen Exilkubanern begegnet, die teils Batista- und teils Castro-Anhänger waren. Nun scheint sich Castro für den Kommunismus entschieden zu haben. Ich habe gehört, dass unerwünschte Personen unterschiedlichster politischer Schattierungen aus Kuba ausgewiesen werden und in den USA Asyl erhalten sollen, wobei die meisten sich in Miami niederlassen dürften. Wünschen Sie diesbezüglich Informationen?

JEH: Haben Sie eine Quelle?

KB: Ja, Sir.

JEH: Die Sie aber nicht nennen möchten?

KB: Nein, Sir.

JEH: Ich hoffe, dass die Ihnen was zahlen.

KB: Eine vielschichtige Situation, Sir.

JEH: Sie sind ein vielschichtiger Mann. Ja, was immer Sie an nachrichtendienstlichen Informationen über Kuba bekommen können, interessiert mich. Noch etwas? Ich muss in eine Konferenz.

KB: Ein Letztes, Sir. Wussten Sie, dass der Vater der Brüder eine illegitime Tochter mit Gloria Swanson hat?

JEH: Nein, das wusste ich nicht. Sind Sie sich da sicher?

KB: So ziemlich. Soll ich der Angelegenheit nachgehen?

JEH: Ja. Aber vermeiden Sie irgendwelche persönlichen Verwicklungen, die Ihre Ermittlungen beeinträchtigen könnten.
KB: Ja, Sir.
JEH: Gefahr bekannt, Gefahr gebannt. Sie neigen dazu, Menschen unter Ihre Fittiche zu nehmen, wie zum Beispiel den moralisch schwachen Ward Littell. Hüten Sie sich, diese Ihre Neigung bei den Kennedys auszuleben. Ich fürchte, deren Verführungskraft dürfte sogar die Ihre übertreffen.
KB: Ich werde mich in Acht nehmen, Sir.
JEH: Auf Wiederhören, Mr Boyd.
KB: Auf Wiederhören, Sir.

19

(Los Angeles, 18.1.59)

»Wenn Mr Hughes sich so gut mit J. Edgar Hoover versteht«, sagte Dick Steisel, »warum stellt der dann die gottverdammten Vorladungen nicht ab?«

Pete schaute sich im Büro um. Die Fotos von Steisels Klienten waren zum Quieken – Hughes teilte sich die Wand mit südamerikanischen Diktatoren und einem Bongospieler namens Preston Epps.

»Er mag Hoover nicht um einen Gefallen bitten. Er glaubt, er ist ihm noch nicht genug in den Arsch gekrochen.«

»Er kann doch nicht ewig vor Vorladungen davonrennen. Er sollte TWA abstoßen, seine drei- oder vierhundert Millionen einstecken und sich an die nächste Eroberung machen.«

Pete kippte den Stuhl nach hinten und legte die Füße auf Dick Steisels Schreibtisch. »So sieht er das eben nicht.«

»Und Sie?«

»Ich werde von ihm bezahlt.«

»Das heißt?«

»Das heißt, ich werde das Besetzungsbüro anrufen, ein halbes Dutzend Schauspieler auftreiben, sie auf Mr Hughes trimmen und in Hughes-Aircraft-Limousinen verfrachten. Sie sollen ein paar heiße Nightclubs besuchen, mit Geld um sich werfen und von ihren Reiseplänen reden. Timbuktu, Nairobi, scheißegal. Damit gewinnen wir ein bisschen Zeit.«

Steisel wühlte in dem Chaos auf seinem Schreibtisch. »Von TWA abgesehen, bitte ich Sie zur Kenntnis zu nehmen, dass die meisten *Hush-Hush*-Artikel, die Sie uns vorgelegt haben, den Tatbestand der Beleidigung erfüllen. Zum Beispiel vorliegender Ausschnitt aus einem Artikel über Spade Cooley: ›Trägt Ella Mae Cooley einen ›Für-immer‹-Stempel auf dem Leib? Das wäre angebracht, weil Spade seine Bluegrass-Balladen auf ihrer schon arg lädierten Dekolletage spielt! Ella Mae scheint Spade gesagt zu haben, dass sie sich einem Kult der freien Liebe hingeben will! Spade antwortete mit fiedelgestärkten Fäusten, und jetzt trägt Ella Mae einen blauschwarz getigerten Ausschnitt zur Schau.‹ Sehen Sie Peter, da fehlt jedes Schlupfloch sowie –«

Steisel hörte nicht auf zu schimpfen und zu jammern. Pete ließ ihn reden und geriet ins Sinnen.

Gestern hatte ihn Kemper Boyd angerufen. »Ich habe einen freien Mitarbeiter für dich in petto. Er heißt Lenny Sands und tritt für irgendwelche Ausflügler aus Chicago in der Cal Neva Lodge in Lake Tahoe auf. Red mal mit ihm – ich glaube, der ist wie geschaffen für *Hush-Hush. Aber* – er ist ganz eng mit Ward Littell, und ich weiß, dass du rauskriegen wirst, dass er Beziehungen zum FBI hat. Und du solltest auch wissen, dass Littell einen Augenzeugen in der Gretzler-Sache hat. Mr Hoover hat ihm befohlen, das alles zu vergessen, aber Littell ist ein impulsiver Typ. Ich will nicht, dass du Littell Lenny gegenüber je erwähnst.«

Das mit Lenny Sands hörte sich ganz gut an. Das mit dem »Augenzeugen« war Quatsch.

»Ich guck' mir Sands an«, sagte Pete. »Aber wir sollten noch über was anderes Tacheles reden.«

»Kuba?«

»Genau, Kuba. Ich hab immer mehr das Gefühl, dass dort für uns Ex-Polizisten einiges zu holen ist.«

»Das stimmt. Ich spiel selber mit dem Gedanken, dort einzusteigen.«

»Ich will mit von der Partie sein. Howard Hughes macht mich noch verrückt.«

»Dann tu mir einen Gefallen. Tu John Stanton einen Gefallen.«

»Das wäre?«

»Schlag meine Adresse im Washingtoner Telefonbuch nach und schick mir ein paar Spielsachen.«

Steisel weckte ihn aus dem Tagtraum. »Sorgen Sie dafür, dass diese College-Kids die Wörter ›angeblich‹ und ›angenommen‹ einschieben und die Geschichten mehr nach Vermutung klingen. Pete, hören Sie mir zu?«

»Wir sehen uns noch, Dick«, sagte Pete. »Ich hab' zu tun.«

Er fuhr zu einem Münzfernsprecher und ließ Beziehungen spielen. Er rief Mickey Cohen, einen alten Kumpel bei den Bullen, und Fred Otash, den »Detektiv der Stars«, an. Sie erklärten, sie könnten ein paar »Spielsachen« auftreiben, anschließende Lieferung nach Washington garantiert.

Pete rief Spade Cooley an. »Ich habe gerade eine neue Schmuddelei über dich gekippt«, sagte er. »Was kann ich für *dich* tun?«, sagte der dankbare Spade.

»Ich brauche sechs Mädchen aus deiner Band«, sagte Pete. »Sie sollen mich in einer Stunde vor dem Besetzungsbüro treffen.«

»Aber klar doch«, sagte Spade.

Pete rief das Besetzungsbüro und Hughes Aircraft an. Die beiden Mitarbeiter versprachen umgehende Erledigung: In einer

Stunde würden ihn beim Besetzungsbüro sechs Howard-Hughes-Doubles und sechs Limousinen erwarten.

Pete traf sich mit den Lockvögeln und stellte die Paare zusammen: sechs Howards, sechs Frauen, sechs Limousinen. Die Howards erhielten präzise Anweisungen: bis zur Morgendämmerung auf die Pauke hauen und überall rumerzählen, dass ihr nach Rio verschwindet!

Die Limousinen fuhren los. Spade brachte Pete zum Flughafen Burbank.

Er erwischte einen Flug nach Tahoe. Der Pilot setzte genau über der Cal Neva Lodge zur Landung an.

Lenny, zeig was du kannst.

Das Casino bot Spielautomaten, Würfeltische, Roulette, Blackjack, Poker und die dicksten Teppiche der Welt. Die Eingangshalle war ein Urwald von Papp-Frank-Sinatras.

Den Sinatra bei der Tür musste man gesehen haben – jemand hatte Frankie einen Schwanz in den Mund gemalt.

Die winzige Pappfigur auf dem Tresen musste man gesehen haben: »Lenny Sands in der Swingeroo Lounge!«

»Pete! Das ist doch Pete der Franzmann!« Laut und deutlich. Entweder einer von der Firma – oder ein potenzieller Selbstmörder.

Pete sah sich um. Er sah, wie ihn Johnny Rosselli aus einer Nische bei der Bar zu sich winkte.

Er ging hin. In der Nische saßen lauter Stars: Rosselli, Sam G., Heshie Ryskind, Carlos Marcello.

Rosselli zwinkerte ihm zu: »Frenchman Pete, che se dice?«

»Gut, Johnny. Und du?«

»Ça va, Pete, *ça* va. Kennst du die Jungs? Carlos, Mo und Heshie?«

»Nur dem Namen nach.«

Pete gab ihnen die Hand und blieb stehen – er wusste, was sich gehört.

Rosselli sagte: »Pete ist Frankokanadier, mag aber nicht, dass man's ihm unter die Nase reibt.«

»Wir kommen alle irgendwoher«, sagte Giancana.

»Außer mir«, sagte Marcello. »Ich hab' keine Scheißgeburtsurkunde. Ich bin entweder in Tunis, Nordafrika, oder in Guatemala geboren. Meine Eltern waren sizilianische Greenhorns ohne Scheißpässe. Hätte sie fragen müssen, wo ich eigentlich auf die Welt gekommen bin, als das noch möglich war.«

»Na«, sagte Ryskind, »ich bin Jude mit Prostata-Problemen. Meine Leute kommen aus Russland. Und das kriegst du in der Firma ganz schön zu spüren ...«

»Pete geht Jimmy seit Kurzem in Miami zur Hand«, sagte Marcello. »Am Taxistand, wie ihr wisst.«

»Und glaub nicht, dass wir das nicht zu schätzen wissen«, sagte Rosselli.

»Kuba muss es noch schlechter gehen, bevor es mit Kuba aufwärtsgeht«, sagte Giancana. »Jetzt hat der Scheißbart unsere Casinos ›verstaatlicht‹. Er hält Santo T. fest und kostet uns täglich Hunderttausende von Dollar.«

»Als ob Castro jedem anständigen Amerikaner eine Atombombe in den Arsch geschoben hätte«, sagte Rosselli.

Sam G. deutete auf einen Spieler, der im Vorbeigehen Münzen abzählte. »Solches Pack schleppt uns D'Onofrio an. Sie stinken die Räume voll und verlieren nie so viel, dass es sich lohnt. Vierzig Prozent der Lodge gehören Frank und mir. Das ist eine Spitzenanlage, kein Reiseziel für Sonntagsausflügler.«

Rosselli lachte. »Dein Lenny arbeitet gerade mit Sal zusammen.«

Giancana tat, als lege er auf den Spießer an, und betätigte einen imaginären Abzug. »Mad Sal D'Onofrio gehört mal ordentlich der Kopf gewaschen. Buchmacher, die mehr Schulden haben, als sie einnehmen, sind wie Scheißkommunisten, die ständig bei der Wohlfahrt anstehen.«

Rosselli nippte an seinem Highball. »Also, Pete, was führt dich hierher?«

»Ich hab' ein Einstellungsgespräch mit Lenny Sands zu führen. Ich dachte, er könnte einen guten freien Mitarbeiter für *Hush-Hush* abgeben.«

Sam G. zog ein paar Chips raus. »Da, Franzmann, verlier einen Tausender auf meine Kosten. Aber lass mir Lenny in Chicago, ja? Ich hab' ihn ganz gern in der Nähe.«

Pete lächelte. Die »Jungs« lächelten. Kapiert? Du hast gekriegt, was du ihnen wert bist.

Pete ging. Er erwischte noch die Nachzügler – ärmliche Spieler auf dem Weg in die Billig-Lounge.

Er folgte ihnen. Der Raum war rappelvoll: jeder Tisch besetzt, Zuspätkommende drängten sich an den Wänden.

Lenny Sands war auf der Bühne, von einem Piano und einem Schlagzeug begleitet.

Der Pianospieler klimperte einen Blues. Lenny stupste ihn mit dem Mikro an den Kopf.

»Lew, Lew, Lew. Sind wir denn Maulesel? Wie, was spielst du? ›Reich mir die Wassermelone, Mama‹?«

Das Publikum kicherte. »Spiel was von Frankie«, sagte Lenny.

Piano-Lew legte ein Vorspiel hin. Lenny sang, halb Sinatra, halb schwuler Falsett.

»I've got you under my skin. Ich hab' dich tief in mir drin. Tief im Hintern drin. Die Hämorrhoiden zucken, kriegen was zu schlucken. Ich hab' dich – WOW! – tief in mir drin!«

Die Spießer heulten. Lenny verzog den Mund.

»Ich hab' dich festgebunden am Bett. Gleitcreme am Po macht sich so nett! Ich geh' tief in dich rein, du kannst gern schrein! Jetzt bin ich tief in dir drin!«

Die Clowns kicherten und gluckten. Peter Lawford kam herein und wollte nach dem Rechten sehen – der Chefarschkriecher von Frank Sinatra.

Der Trommler schlug einen Wirbel. Lenny strich sich mit dem Mikro über den Hosenschlitz.

»Ihr tollen Kerle von den Chicagoer Columbusrittern, ich finde euch einfach geil!«

Das Publikum jubelte –

»Und ich will, dass ihr wisst, dass ich all meine Weibergeschichten nur habe, damit niemand erfährt, dass ich auf EUCH scharf bin, auf euch Männer von der Filiale 384 der Columbusritter, ihr tollen Manicotti mit euren Riesen-Braciolas, die ich nur zu gern sautieren und frikassieren und tief, tief in meine entzückenden Tetrazzini stopfen möchte!«

Lawford war offensichtlich kurz davor, zu explodieren. Er war ohne Weiteres bereit, jemanden umzulegen, nur um ein paar Punkte bei Sinatra zu schinden, das war allgemein bekannt.

Die Ausflügler tobten. Ein Clown fuchtelte mit der Columbusritter-Flagge.

»Ich liebe euch, ich liebe euch, ich liebe euch! Ich kann's gar nicht erwarten, mir Weiberkleider anzuziehen und euch alle zu meiner Rat-Pack-Pyjamaparty einzuladen!«

Lawford stürzte auf die Bühne.

Pete stellte ihm das Bein.

Der Arschkriecher machte eine Bauchlandung – und erntete einen gigantischen Lacherfolg.

Frank Sinatra stürzte in den Saal. Die Ausflügler gerieten völlig aus dem Häuschen.

Sam G. hielt ihn auf. Sam G. flüsterte ihm etwas zu, freundlich, sanft und ENTSCHIEDEN.

Pete verstand, worum es ging.

Lenny gehört zur Firma. Lenny gehört nicht zu denen, die man zu seinem Privatvergnügen zusammenschlägt.

Sam lächelte. Sam machte Lennys Nummer Spaß.

Sinatra machte kehrt. Er war von Verehrern umgeben.

Lenny ließ seine Stimme ganz hoooooch hinaufgleiten. »Frankie, komm zurück! Peter, du schnuckeliges Volltrottelchen, steh doch auf!«

Lenny Sands war ein Spitzen-Giftzwerg.

Er hatte dem Chefcroupier beim Blackjack eine Nachricht für Lenny Sands übergeben. Lenny erschien auf die Minute pünktlich im Coffee Shop.

»Danke, dass Sie gekommen sind«, sagte Pete.

Lenny setzte sich. »Sie erwähnten Geld. Dafür bin ich stets zu haben.«

Eine Kellnerin brachte Kaffee. Ringsum schepperten Jackpot-Gongs – an jeden Tisch war eine kleine Spielmaschine geschraubt.

»Kemper Boyd hat Sie empfohlen. Er sagte, Sie seien ideal für den Job.«

»Sind Sie für ihn tätig?«

»Nein. Wir sind nur Bekannte.«

Lenny rieb an einer Narbe auf der Oberlippe. »Worin genau würde meine Aufgabe bestehen?«

»Es geht um den Posten des Stringers für *Hush-Hush*. Dessen

Aufgabe besteht darin, Geschichten und Skandälchen zu beschaffen und sie an die Autoren weiterzugeben.«

»Das heißt, ich wäre ein Spitzel.«

»Gewissermaßen. Sie halten Ihre Augen in L. A., Chicago und Nevada offen und geben Bericht.«

»Was ist für mich drin?«

»Ein Riese pro Monat, cash.«

»Sie sind auf Skandalgeschichten über Filmstars aus, richtig? Sie wollen geilen Klatsch über Leute aus der Unterhaltungsbranche.«

»Genau. Und über liberale Politiker.«

Lenny goss sich Sahne in den Kaffee. »Da kenn' ich mich nicht aus, außer bei den Kennedys. Mit Bobby kann ich wenig anfangen, aber für Jack hab' ich was übrig.«

»Sie sind mit Sinatra recht hart ins Gericht gegangen. Ist das nicht ein Kumpel von Jack?«

»Er ist ein Zuhälter von Jack und kriecht der ganzen Familie in den Arsch. Peter Lawford ist mit einer von Jacks Schwestern verheiratet und der Verbindungsmann für Franks Arschkriecherei. Jack meint, bei Frank gebe es manchmal was zu lachen, zu viel mehr tauge er nicht, und das haben Sie nicht von mir gehört.«

Pete nahm einen Schluck Kaffee. »Erzählen Sie mir mehr.«

»Nein, Sie fragen.«

»Okay. Ich bin auf dem Sunset Strip und möchte einen Hunderter für einen Fick springen lassen. Wie gehe ich vor?«

»Sie wenden sich an Mel, den Parkplatzwächter von Dino's Lodge. Für ein paar Cents schickt er Sie zu einem Puff in der Havenhurst, Ecke Fountain.«

»Wenn ich was Schwarzes will?«

»Fahren Sie zum Drive-in Washington, Ecke La Brea, und sprechen die schwarzen Kellner an.«

»Angenommen ich steh' auf Jungs?«

Lenny zuckte zusammen. »Ich weiß, dass Sie Schwule hassen«, sagte Pete, »aber beantworten Sie mir die Frage.«

»Scheiße, tu' ich nicht ... warten Sie ... der Türsteher des Largo leitet einen Callboy-Ring.«

»Gut. Dann erzählen Sie mir was über Mickey Cohens Geschlechtsleben.«

Lenny lächelte. »Der tut nur so, als ob. Er steht gar nicht auf Weiber, wird aber gerne mit schönen Frauen gesehen. Seine gegenwärtige Scheinfreundin heißt Sandy Hashhagen. Manchmal geht er mit Candy Barr und Liz Renay aus.«

»Wer hat Tony Trombino und Tony Brancato umgelegt?«

»Entweder Jimmy Frattiano oder ein Bulle namens Dave Klein.«

»Wer hat den größten Schwanz in Hollywood?«

»Steve Cochran oder John Ireland.«

»Was ist Spade Colleys Zeitvertreib?«

»Aufputschmittel schlucken und die Ehefrau verhauen.«

»Mit wem würde Ava Gardner Sinatra betrügen?«

»Mit jedermann.«

»An wen würden Sie sich wegen einer Abtreibung wenden?«

»An Freddy Otash.«

»Jayne Mansfield?«

»Nymphomanin.«

»Dick Contino?«

»Mösenleckerchampion.«

»Gail Russell?«

»Säuft sich in einer billigen Absteige in West Los Angeles zu Tode.«

»Lex Barker?«

»Schürzenjäger mit Neigung zu Käfigfleisch.«

»Johnnie Ray?«

»Schwul.«

»Art Pepper?«

»Drogensüchtig.«

»Lore Schiff?«

»Lesbe.«

»Billy Eckstine?«

»Mag Muschis.«

»Tom Neal?«

»Schnapsleiche in Palm Springs.«

»Anita O'Day?«

»Drogen.«

»Cary Grant?«

»Schwul.«

»Randolph Scott?«

»Schwul.«

»Senator William F. Knowland?«

»Trinkt.«

»Chief Parker?«

»Trinkt.«

»Bing Crosby?«

»Betrunkener Ehefrauenschläger.«

»Desi Arnaz?«

»Nuttensüchtig.«

»Scott Brady?«

»Hascht.«

»Grace Kelly?«

»Frigid. Ich hab' sie mal selber gebumst und mir fast den Pimmel abgefroren.«

Pete lachte. »Ich?«

Lenny grinste. »Erpresser. Zuhälter. Killer. Und falls du das gemeint hast, so bin ich viel zu gerissen, um mich je mit dir anzulegen.«

»Du hast den Job«, sagte Pete.

Sie schüttelten sich die Hand.

Mad Sal D. kam herein, zwei Pappbecher schwenkend, aus denen Münzen purzelten.

20

(Washington, D. C., 20.1.59)

United Parcel lieferte ihm drei große Kisten ins Haus. Kemper trug sie in die Küche und machte sie auf.

Bondurant hatte das Zeug in Öltuch gewickelt. Bondurant hatte begriffen, was es mit den »Spielsachen« auf sich hatte.

Bondurant schickte ihm zwei MPs, zwei Handgranaten und neun .45er-Automatics mit Schalldämpfern.

Bondurant hatte eine eindeutige, nicht unterschriebene Nachricht beigelegt.

»Du und Stanton seid am Zug.«

Die MPs kamen mit Munition und Gebrauchsanweisung. Die .45er passten genau in sein Schulterhalfter.

Kemper schnallte sich eine der Waffen um und fuhr zum Flughafen. Er erwischte ohne Weiteres den 13-Uhr-Shuttle nach New York.

881 Fifth Avenue war eine Tudorfestung. Kemper schlich am Doorman vorbei und drückte in der Lobby den Klingelknopf von »L. Hughes«.

Eine Frauenstimme sagte über die Gegensprechanlage: »Nehmen Sie bitten den zweiten Aufzug links. Die Lebensmittel können Sie im Eingang abstellen.«

Er stieg in den Aufzug und fuhr zwölf Stockwerke hoch. Die Tür öffnete sich direkt in ein Vestibül.

Das Vestibül war so groß wie sein Wohnzimmer. Die Frau mit dem Nerz lehnte an einer griechischen Säule und hatte einen karierten Bademantel und Slipper an.

Das Haar hatte sie zurückgebunden. Die Spuuuuur eines Lächelns im Gesicht.

»Ich kenne Sie von der Kennedy-Party. Jack sagte, Sie seien einer von Bobbys Polizisten.«

»Ich heiße Kemper Boyd, Miss Hughes.«

»Aus Lexington, Kentucky?«

»Beinahe richtig. Nashville, Tennessee.«

Sie faltete die Arme. »Sie haben gehört, wie ich dem Taxifahrer meine Adresse gab, und haben mich dem Doorman beschrieben. Er hat Ihnen meinen Namen gesagt, und Sie haben bei mir geklingelt.«

»Beinahe richtig.«

»Sie haben gesehen, wie ich die vulgäre Diamantbrosche verschenkt habe. Ein elegant gekleideter Mann wie Sie weiß eine derartige Geste zu schätzen.«

»Nur eine sehr gut versorgte Frau kann sich eine solche Geste leisten.«

Sie schüttelte den Kopf. »Keine besonders scharfsinnige Feststellung.«

Kemper trat auf sie zu. »Dann mal anders herum. Sie haben das getan, weil Sie wussten, dass Sie Publikum hatten. Das ist Kennedy-Stil, und wie käme ich dazu, Sie dafür zu kritisieren?«

Laura zog den Bademantel zusammen. »Nehmen Sie sich vor den Kennedys in Acht. Seien sie nicht anmaßend, reden Sie nicht einmal anmaßend über sie, denn ganz plötzlich, wenn Sie am wenigsten darauf gefasst sind, fallen sie Ihnen in den Rücken.«

»Haben Sie das schon einmal selbst erlebt?«

»Ja.«

»Ist Ihnen das selbst passiert?«

»Nein.«

»Weil man nicht verleugnen kann, was man nicht anerkennt.«

Laura zog ein Zigarettenetui heraus. »Ich habe zu rauchen angefangen, weil fast alle Schwestern rauchen. Sie hatten alle solche Etuis, also hat mir Mr Kennedy eins geschenkt.«

»Mr Kennedy?«

»Oder Joe. Oder Onkel Joe.«

Kemper lächelte. »Mein Vater machte Bankrott und hat sich umgebracht. Er hat mir 91 Dollar hinterlassen und die Pistole, mit der er es getan hat.«

»Onkel Joe wird mir einiges mehr hinterlassen.«

»Wie viel kriegen Sie jetzt?«

»Hunderttausend Dollar im Jahr plus Spesen.«

»Haben Sie Ihre Wohnung absichtlich wie die Suite der Kennedys im Carlyle eingerichtet?«

»Ja.«

»Sie ist wunderschön. Manchmal glaube ich, ich könnte ewig in Hotelsuiten leben.«

Sie ließ ihn stehen. Sie machte auf dem Absatz kehrt und entschwand durch einen Flur von Museumsausmaß.

Kemper ließ fünf Minuten verstreichen. Die Wohnung war riesig und still – er kannte sich nicht aus.

Er hielt sich links und verirrte sich. Drei Korridore brachten ihn jedes Mal zur selben Anrichte zurück; die vier Türen zum Esszimmer führten ihn im Kreis herum. Er ging durch Flure, eine Bibliothek, *Seitenflügel* –

Verkehrslärm gab ihm die Orientierung zurück. Auf der Terrasse hinter dem Konzertflügel hörte er Schritte.

Er ging hinüber. Die Terrasse war zweimal so groß wie seine Küche.

Laura stand gegen die Brüstung gelehnt. Ein Windstoß spielte mit ihrem Bademantel.

»Hat Jack es Ihnen gesagt?«, sagte sie.

»Nein. Das hab ich selber rausgekriegt.«

»Sie lügen. Außer den Kennedys und einem Freund in Chicago weiß niemand Bescheid. Hat Mr Hoover es Ihnen gesagt? Bobby behauptet, er wisse von nichts, aber das habe ich ihm nie abgenommen.«

Kemper schüttelte den Kopf. »Mr Hoover hat keine Ahnung. Lenny Sands hat es einem FBI-Mann aus Chicago gesagt, der mit mir befreundet ist.«

Laura zündete sich eine Zigarette an. Kemper schützte die Streichholzflamme mit seinen Händen.

»Ich hätte nie gedacht, dass Lenny es einer Menschenseele erzählt.«

»Ihm blieb kaum etwas anderes übrig. Falls das ein Trost –«

»*Nein*, ich will nichts wissen. Lenny kennt böse Menschen, und böse Menschen bringen einen dazu, Dinge zu sagen, die man gar nicht sagen will.«

Kemper berührte ihren Arm. »Bitte verraten Sie Lenny nicht, dass Sie mir begegnet sind.«

»Wieso, Mr Boyd?«

»Weil er über einschüchternd gute Beziehungen verfügt.«

»Nein, Sie verstehen nicht. Ich will wissen, was Sie hergeführt hat.«

»Ich bin Ihnen bei Joe Kennedys Party begegnet. Ich bin sicher, dass Sie sich den Rest denken können.«

»Das ist keine Antwort.«

»Ich konnte nicht gut Jack oder Bobby um Ihre Telefonnummer bitten.«

»Wieso nicht?«

»Weil auch ich über einschüchternd gute Beziehungen verfüge.«

Laura erschauderte. Kemper legte ihr sein Jackett um die Schultern.

Sie deutete auf sein Pistolenhalfter. »Bobby hat mir gesagt, dass die Leute vom McClellan-Ausschuss keine Waffen tragen.«

»Ich bin nicht im Dienst.«

»Haben Sie gedacht, ich sei derart gelangweilt und träge, dass Sie einfach bei mir klingeln und mich verführen könnten?«

»Nein, ich habe gedacht, ich könnte Sie vorher zum Abendessen ausführen.«

Laura lachte und verschluckte sich am Rauch. »Ist Kemper der Mädchenname Ihrer Mutter?«

»Ja.«

»Lebt sie noch?«

»Sie ist '49 in einem Altersheim gestorben.«

»Was haben Sie mit der Waffe getan, die Ihr Vater Ihnen hinterlassen hat.«

»Ich habe Sie einem Kommilitonen verkauft.«

»Trägt er sie?«

»Er ist auf Iwo Jima gefallen.«

Laura ließ die Zigarette in die Kaffeetasse fallen. »Ich kenne derart viele Waisenkinder.«

»Ich auch. In gewissem Sinne gehören Sie ja dazu.«

»*Nein*. Das ist nicht wahr. Das sagen Sie nur, weil Sie sich einschmeicheln wollen.«

»Ich glaube, dass das so ziemlich auf dasselbe hinausläuft.«

Sie hüllte sich in sein Jackett. Die Ärmel flatterten im Wind hin und her.

»Schlagfertigkeit ist das eine, Mr Boyd. Wahrheit das andere. Wahr ist, dass mein Finanzmogulvater meine Filmstarmutter gefickt und geschwängert hat. Meine Filmstarmutter hatte bereits drei Abtreibungen hinter sich und wollte keine vierte. Meine Filmstarmutter hat mich verleugnet, aber mein Vater genießt es, mich einmal im Jahr der legitimen Familie vorzuführen. Die Jungs mögen mich, weil ich provokativ bin, und finden mich scharf, weil sie mich nicht ficken können, denn ich bin ja ihre Halbschwester. Die Mädchen hassen mich, weil ich für sie so etwas wie eine verschlüsselte Botschaft ihres Vaters bin, dass Männer herumficken können, Frauen aber nicht. Verstehen Sie, Mr Boyd? Ich habe eine Familie. Mein Vater unterstützt mich. Mein Vater hat die Familie über mich aufgeklärt, als Jack mich von einer Harvard-Party nach Hause brachte, ohne zu ahnen, dass er damit nur die ihm zugedachte Rolle in dem kleinen, gemeinen Intrigenspiel erfüllte, das ich mir ausgedacht hatte, um in die Familie reinzukommen. Stellen Sie sich die Überraschung vor, als Daddy ihm sagte: ›Jack, die kannst du nicht ficken, sie ist deine Halbschwester.‹ Der kleine Bobby, zwanzig und frömmlerischer, hat das mitgekriegt und herumerzählt. Mein Vater dachte, was soll's, jetzt wissen's eh alle, und hat mich zum Dinner eingeladen. Mrs Kennedy reagierte recht verschreckt. Unser ›über einschüchternd gute Beziehungen verfügende‹ Freund Lenny Sands gab Jack Sprechunterricht für seinen ersten Kongresswahlkampf und war zum Abendessen da. Er sorgte dafür, dass Rose keine Szene machte, und seitdem haben wir keine Geheimnisse voreinander. *Ich habe eine Familie,* Mr Boyd. Mein Vater ist böse und besitzgierig und rücksichtslos und bereit, jeden zu vernichten, der die Kinder, zu denen er sich bekennt, auch nur schief ansieht. Und ich hasse alles an ihm, außer dem Geld, das er mir gibt, und der Tatsache, dass er wahrscheinlich auch jeden vernichten würde, der versuchen sollte, mir wehzutun.«

Autos hupten, lang und schrill. Laura wies auf einen Taxistand. »Da lauern sie wie die Aasgeier. Sie hupen am lautesten, wenn ich Rachmaninow spiele.«

Kemper zog die Waffe aus dem Halfter. Er legte auf das Schild »Nur für Taxis« an.

Er stützte den Arm auf der Brüstung ab und feuerte. Zwei Schüsse trennten das Schild vom Mast. Außer einem dumpfen Schlaggeräusch war durch den Schalldämpfer nichts zu hören – Pete war ein guter Waffenlieferant.

Laura jubelte. Die Taxifahrer deuteten nach oben, wild gestikulierend, erschreckt und verdutzt.

»Ich mag dein Haar«, sagte Kemper.

Laura löste es aus dem Band. Es flatterte im Wind.

Sie redeten. Er erzählte ihr, wie sich das Boyd-Vermögen in nichts aufgelöst hatte. Sie erzählte ihm, wie sie aus dem Juillard-Konservatorium geflogen war und als Dame der Gesellschaft versagte.

Sie bezeichnete sich als musikalische Dilettantin. Er bezeichnete sich als ehrgeiziger Bulle. Sie ließ auf eigene Kosten ihre Chopin-Darbietungen auf Platte aufnehmen. Er schickte den von ihm festgenommenen Dieben Weihnachtskarten.

Er sagte, dass er Jack mochte, aber Bobby nicht ausstehen konnte. Sie verglich Bobby mit tiefstem Beethoven und Jack mit glattestem Mozart. Sie bezeichnete Lenny Sands als ihren einzigen wahren Freund und kam nicht mehr auf seinen Verrat zu sprechen. Er sagte, dass er vor seiner Tochter Claire keine Geheimnisse habe.

Der »Advocatus Diaboli« schaltete sich automatisch ein. Er wusste exakt, was er wann sagen und was er auslassen musste.

Er bezeichnete Mr Hoover als rachsüchtige alte Schwuchtel. Er stellte sich als liberalen Pragmatiker dar, der dem Kennedy-Stern verfallen war.

Sie kam nochmals auf Waisen zu sprechen. Er beschrieb die Freundschaft der drei Töchter.

Susan Littell war besserwisserisch und schrill. Helen Agee mutig und ungestüm. Seine eigene Tochter Claire zu verschlossen, als dass man bereits hätte wissen können, woran man war.

Er erzählte ihr von seiner Freundschaft mit Ward. Er gestand ihr seine Sehnsucht nach einem jüngeren Bruder ein und dass das FBI ihm einen geschenkt hatte. Er sagte, dass Ward Bobby verehrte. Sie sagte, dass Bobby das Böse in Onkel Joe spürte und Gangster jagte, um sich die Last des väterlichen Erbes erträglicher zu machen.

Er spielte auf den eigenen verlorenen Bruder an. Er sagte, der Verlust bringe ihn dazu, Ward in eigenartige Richtungen zu drängen.

Sie redeten bis zur physischen Erschöpfung. Laura rief das »21« an und ließ ein Dinner hochschicken. Chateaubriand und Wein machten sie schläfrig.

Über eine Sache verloren sie kein Wort.

Nicht heute Nacht – das nächste Mal.

Laura schlief ein. Kemper spazierte durch die Wohnung.

Zwei Runden, und er kannte sich aus. Laura behauptete, dass das Dienstmädchen einen Plan brauchte. Im Esszimmer konnte man eine kleine Armee verpflegen.

Er rief die Miami-Außenstelle der CIA an. John Stanton nahm sofort ab.

»Ja?«

»Hier spricht Kemper Boyd. Ich möchte Ihnen mitteilen, dass ich Ihr Angebot annehme.«

»Das freut mich aber. Wir bleiben in Verbindung, Mr Boyd. Wir haben viel zu besprechen.«

»Eine gute Nacht noch.«

»Gute Nacht.«

Kemper ging ins Wohnzimmer zurück. Er ließ die Terrassenvorhänge offen – die Wolkenkratzer auf der anderen Seite des Parks warfen ihr Licht auf Laura.

Er beobachtete ihren Schlaf.

21

(Chicago, 22.1.59)

Lennys Zweitschlüssel öffnete ihm die Tür der Absteige. Um eine beweistaugliche Einbruchsspur vorzutäuschen, hackte Littell den Türpfosten bis zum Riegel auf.

Die Klinge des Taschenmessers brach ab. Er war in der Aufregung zu heftig geworden.

Seit dem Probeeinbruch kannte er sich in der Wohnung aus. Er wusste, wo was war.

Littell zog die Tür zu und ging schnurstracks zur Golftasche. Die 14 000 Dollar steckten nach wie vor im Ballfach.

Er legte Handschuhe an. Er hatte sieben Minuten für die Vortäuschung von Einbruchsspuren vorgesehen.

Er zog den Stecker des Hi-Fi-Geräts raus.

Er leerte Schubladen und plünderte den Arzneischrank.

Er schleppte den Fernseher, den Toaster und die Golftasche zur Tür.

Ein klassischer Junkie-Einbruch. Butch Montrose würde nie etwas anderes vermuten.

Wie sagte Kemper Boyd – IMMER DEN INFORMANTEN SCHÜTZEN.

Er steckte das Geld ein. Er trug das Diebesgut zum Wagen, fuhr damit zum See und warf es in einen müllverkrusteten Tümpel am Strand.

Als Littell nach Hause kam, war es schon spät. Helen schlief, und zwar auf seiner Seite des Betts.

Ihre Seite war kalt. Er konnte nicht einschlafen – er musste immer wieder an den Einbruch denken und was er vielleicht falsch gemacht hatte.

Im Morgengrauen dämmerte er weg. Er träumte, dass er an einem Dildo erstickte.

Er wachte spät auf. Helen hatte ihm eine Nachricht hinterlassen.

> Ich muss zur Uni. Wann bist du nach Hause gekommen? Für einen (erschreckend) liberalen FBI-Mann bist du ein eifriger Kommunistenjäger. Was treiben Kommunisten um Mitternacht?
> Alles, alles Liebe
> H

Littell würgte Kaffee und Toast herunter. Er schrieb die Nachricht auf einfaches Schreibmaschinenpapier.

> Mr D'Onofrio,
> Sam Giancana hat jemanden auf Sie angesetzt. Wenn Sie ihm die 12 000 Dollar, die Sie ihm schulden, nicht zahlen können, sind Sie ein toter Mann. Ich biete Ihnen einen Ausweg. Treffen Sie mich heute Nachmittag um 4 Uhr. »The Kollege Klub«, 58. Straße, Hyde Park.

Littell steckte die Nachricht in einen Umschlag und legte fünfhundert Dollar bei. Er wusste von Lenny, dass die Spritztour zu Ende war – Sal war zu Hause.

Wie sagte Kemper Boyd – INFORMANTEN MIT GELD KÖDERN.

Littell rief beim Speedy-King-Kurierdienst an. Der Mann in der Zentrale versicherte, sie würden umgehend einen Kurier vorbeischicken.

Mad Sal war pünktlich. Littell schob Whiskey und Bier zur Seite.

Sie hatten die ganze Tischreihe für sich. Die College-Kids an der Bar konnten nichts hören.

Sal nahm ihm gegenüber Platz. Seine Fettwülste schwappten auf und ab und schoben ihm das Hemd bis über den Bauchnabel hoch.

»Also?«, sagte er.

Littell holte die Waffe heraus und legte sie im Schoß bereit. Der Tisch gab ihm Deckung.

»Was haben Sie mit den fünfhundert gemacht?«

Sal bohrte in der Nase. »Auf die Blackhawks gegen die Kanadier gesetzt. Bis 22 Uhr sind aus den fünfhundert tausend geworden.«

»Sie schulden Giancana elftausend Dollar mehr.«

»Wo, zum Teufel, haben Sie das her?«

»Von einem zuverlässigen Informanten.«

»Von so einem ekligen Scheiß-FBI-Spitzel, was? Sie sind vom FBI, nicht? Sie sehen viel zu spießig aus für was anderes. Wenn Sie nämlich von der Chicagoer Polizei oder von der Bezirkspolizei von Cook County kämen, hätte ich Sie schon ewig gekauft und Ihnen, während Sie Schicht schieben, die Frau durchgefickt und das Arschloch des Rotzbengelchens entjungfert.«

»Sie schulden Giancana zwölftausend Dollar, die Sie nicht haben. Er wird Sie umbringen.«

»Ich dachte, Sie wollten mir was Neues erzählen.«

»Sie haben den schwarzen Jungen, Maurice Theodore Wilkins, umgebracht.«

»Mit der Anschuldigung brauchen Sie mir nicht zu kommen. Das ist ein scheißunbestätigtes Gerücht aus irgendeiner Akte.«

»Ich habe jetzt einen Augenzeugen.«

Sal putzte sich die Ohren mit einer Büroklammer. »Quatsch mit Soße. Das FBI untersucht keine Niggermorde, und ein kleines Singvögelchen hat mir ins Ohr geflüstert, dass der Junge von einem unbekannten Täter im Keller der Pfarrei, die er ausgeraubt hat, umgebracht worden ist. Das Vögelchen hat mir geflüstert, dass der Täter gewartet hat, bis der Priester zum Match ging, und den Niggerjungen mit der Kettensäge massakriert hat, nachdem er den Niggerjungen dazu gebracht hat, ihm einen zu blasen. Das Vögelchen hat mir geflüstert, dass enorm viel Blut geflossen ist und der Täter den Messwein ausgekippt hat, damit der Gestank weniger penetrant war.«

Wie sagte Kemper Boyd – NIE ANGST ODER EKEL ZEIGEN.

Littell legte zweitausend Dollar auf den Tisch. »Ich bin bereit, Ihre Schulden zu bezahlen. In zwei oder drei Raten, damit Giancana nicht Verdacht schöpft.«

Sal griff nach dem Geld. »Mir ist das so was von egal. Mo kann mich auch umnieten lassen, weil ich ihm zu gut aussehe.«

Littell entsicherte den Revolver. »Leg das Geld hin.«

Sal gehorchte. »Also?«

»Also ja oder nein?«

»Was, wenn ich nein sage?«

»Legt Giancana dich um. Lass ich die Leute wissen, dass du Tony Iannone umgebracht hast. Du kennst die Gerüchteküche – Tony ist vor einer Schwulenkneipe erledigt worden. Sal, mir machst du nichts vor. Jesus! ›Einen blasen‹ und ›Arschloch entjungfern‹. Du hast dich im Gefängnis von Joliet scheint's an einiges gewöhnt.«

Sal beäugte den Kies. Sal stank nach Tabak und Aqua Velva Lotion.

»Du bist ein Kredithai, Sal. Ich will von dir nur, was du auch sonst treibst.«

»A-a-also?«

»Also, ich will Zugang zur Pensionskasse der Teamster. Du sollst mir jemanden dorthin vermitteln. Ich treibe den potenziellen Gläubiger mit entsprechender Vorgeschichte auf, und du stellst die Verbindung zu Sam und zur Pensionskasse her. Das ist alles. Verpfeifen brauchst du niemanden.«

Sal beäugte das Geld.

Sal lief der Schweiß übers Gesicht.

Littell ließ weitere dreitausend Dollar auf das Geldbündel fallen.

»Okay«, sagte Sal.

»Bring's Giancana. Verspiel es nicht.«

Sal winkte lässig ab. »Die Sprüche kannst du dir sonst wohin stecken. Denk dran, ich hab deine Mutter gefickt, somit bin ich dein Daddy.«

Littell stand auf und holte mit dem Revolver aus. Der Lauf traf Mad Sal voll in die Zähne.

Wie sagte Kemper Boyd – DEN INFORMANTEN EINSCHÜCHTERN.

Sal spuckte Blut und Goldfüllungen. Ein paar Kids an der Bar glotzten.

Littell glotzte sie nieder.

22

(Miami, 4.2.59)

Das Schiff hatte Verspätung.

Auf dem Anleger drängten sich Beamte des US-Zolls. Die US-Gesundheitsbehörde hatte auf dem Parkplatz ein Zelt aufgestellt.

Die Flüchtlinge sollten geröntgt, und Bluttests sollten gemacht werden. Wer eine ansteckende Krankheit hatte, kam in ein Staatliches Krankenhaus bei Pensacola.

Stanton überprüfte die Passagierliste. »Einer von unseren Leuten auf der Insel hat uns die Daten zugespielt. Alle Deportierten sind männlich.«

Wellen schlugen gegen die Poller. Guy Banister schnippte den Zigarettenstummel ins Wasser.

»Das heißt, das sind Kriminelle. Castro wird ganz gewöhnliche ›unerwünschte Elemente‹ los, indem er so tut, als ob sie ›politisch unerwünscht‹ wären.«

Die Landungsbrücke war von Verhörbaracken flankiert. Dahinter waren Scharfschützen des US-Grenzschutzes in Deckung gegangen. Sie hatten Befehl, beim geringsten Anzeichen von Unruhe scharf zu schießen.

Kemper stand beim vordersten Poller. Die Gischt schlug hoch und sprühte ihm die Hosenbeine nass.

Er hatte Auftrag, Teofilio Paez, den ehemaligen Sicherheitschef der United Fruit Company, zu vernehmen. Einem CIA-Memorandum zufolge handelte es sich bei United Fruit um »das größte, älteste und profitabelste amerikanische Unternehmen auf Kuba und um den größten Arbeitgeber der Insel für ungelernte und angelernte kubanische Arbeitskräfte. Sicherer Hort des kubanischen Antikommunismus. Kubanische Sicherheitsfachleute im Dienst der Firma rekrutieren seit langem antikommunistische Jugendliche, die begierig sind, sich in linke Arbeitergruppen und kubanische Lehranstalten einschleusen zu lassen.«

Banister und Stanton suchten den Horizont ab. Kemper ließ sich den Wind durchs Haar wehen.

Seit zehn Tagen war er nun Agent – und bloß zweimal zu Institutionen nach Langley und heute hierherbeordert worden. Er hatte zehn Tage mit Laura Hughes verbracht – dank des Shuttle nach La Guardia konnte sich ihr Verhältnis ungestört entfalten.

Bei Laura fühlte er sich gesellschaftlich anerkannt. Laura flippte aus, wenn er sie anfasste. Laura machte brillant Konversation und spielte Chopin con brio.

Laura war eine Kennedy. Laura erzählte liebend gern Kennedy-Anekdoten.

Davon berichtete er Mr Hoover nichts.

Er fand sich beinahe loyal. Er fand sich beinahe heroisch – und er war ein Hoover-Spitzel.

Er war auf Mr Hoover angewiesen. Er gab ihm weiterhin telefonische Berichte durch, wobei er sich auf die Arbeit des McClellan-Ausschusses beschränkte.

Er mietete eine Suite im St. Regis, unweit von Lauras Wohnung. Die Monatsrechnung war brutal.

Manhattan machte süchtig. Seine drei Gehälter beliefen sich auf insgesamt neunundfünfzigtausend Dollar im Jahr – bei weitem nicht genug für den von ihm angestrebten Lebensstil.

Bobby hielt ihn ständig mit langweiligem Bürokram für den

Ausschuss auf Achse. Jack hatte ihm zu verstehen gegeben, dass die Familie daran dachte, ihn auch nach Auflösung des Untersuchungsausschusses weiterzubeschäftigen. Wahrscheinlich als Sicherheitschef im Wahlkampf.

Jack hatte ihn gern um sich. Bobby hatte das Misstrauen ihm gegenüber nie ganz abgelegt.

Bobbys Vertrauen war nicht leicht zu gewinnen – das war auch Ward Littell bekannt.

Mit Ward sprach er zweimal in der Woche. Ward lobte den neuen Spitzel – einen Buchmacher und Wucherer namens Sal D'Onofrio.

Ward, der Umsichtige, sagte, dass Mad Sal in seiner Hand war. Ward, der Verärgerte, sagte, dass Lenny Sands jetzt für Pete Bondurant arbeitete.

Ward, der Verärgerte, sagte, dass *er* das veranlasst habe.

Ward schickte ihm Ermittlungsberichte. Er strich die Gesetzesübertretungen raus und reichte sie an Bobby Kennedy weiter. Bobby kannte Littell nur als das »Phantom«. Bobby betete für ihn und bewunderte seinen Mut.

Hoffentlich war der Mut mit Umsicht gepaart. Hoffentlich war der tote Junge in der Leichenhalle Ward eine Lehre gewesen.

Ward war elastisch und lernwillig. Auch Ward war ein Waisenkind – das in Waisenhäusern der Jesuiten aufgewachsen war.

Ward hatte eine gute Spürnase. Ward war überzeugt, dass die »alternativen« Pensionskassenbücher tatsächlich existierten.

Lenny Sands nahm an, dass die Bücher von einem älteren Gangster geführt wurden. Er hatte gehört, dass für die Vermittlung von profitablen Darlehensgesuchen Provisionen gezahlt wurden.

Vielleicht war Littell hinter dem *großen* Geld her. Derartige

Informationen waren äußerst gewinnversprechend und mussten Bobby vorenthalten bleiben.

Und dafür sorgte er denn auch. Er strich sämtliche Hinweise auf die Pensionskasse aus den Berichten des »Phantoms«.

Dafür, dass Littell ein ausgesprochener Eiferer war, ließ er sich verhältnismäßig gut steuern. Fraglich war nur, wie lange seine Geheimuntersuchungen Mr Hoover verborgen bleiben konnten.

Auf dem Wasser tanzte ein dunkler Fleck. Banister richtete das Fernglas drauf. »Allzu brav sehen die nicht aus. Sie zocken auf dem Bootsdeck.«

Zollbeamte drängten auf den Steg. Sie hielten Revolver, Keulen und Handschellen in Bereitschaft.

Stanton zeigte Kemper ein Foto: »Das ist Paez. Den schnappen wir uns gleich, damit ihn der Zoll nicht kassieren kann.«

Paez sah wie ein magerer Xavier Cugat aus. »Ich seh ihn«, sagte Banister. »Er steht am Bug und hat Schnittverletzungen und Platzwunden.«

Stanton zuckte zusammen. »Castro hasst United Fruit. Unsere Propagandaabteilung hat eine neun Monate alte Hetzrede von ihm aufgetrieben. Ein erster Hinweis auf seine kommunistische Zukunft.«

Matrosen holten die Barkasse ein. Die Männer rauften sich darum, wer als Erster an Land gehen konnte.

Kemper entsicherte den Revolver. »Wo halten wir sie fest?«

Banister wies nach Norden. »Die Agency besitzt ein Motel in Boynton Beach. Wir haben eine Geschichte zusammengedichtet, dass die Zimmer ausgeräuchert werden müssen, und alle Gäste rausgeschmissen. Wir stecken die Latinos zu sechst in ein Zimmer und sehen zu, wen wir brauchen können.«

Die Flüchtlinge brüllten und wedelten mit kleinen Flaggen. Teo Paez war in Absprungposition.

»Auf die Plätze!« schrie der Chef der Zollbehörde.

Die Barkasse berührte den Anleger. Paez sprang rüber. Kemper und Stanton packten ihn und umarmten ihn.

Sie griffen ihn an den Armen und rannten mit ihm weg. Banister besorgte das Ablenkungsmanöver: »CIA-Verwahrung. Er gehört uns!«

Die Scharfschützen feuerten Warnschüsse. Die Flüchtlinge wichen zurück und gingen in Deckung. Die Leute vom Zoll enterten die Barkasse und machten sie an den Pollern fest.

Kemper trieb Paez durch die Menge. Stanton rannte voran und schloss eine Verhörbaracke auf.

Jemand schrie: »Auf dem Boot ist eine Leiche!«

Sie brachten ihren Mann ins Barackeninnere. Banister schloss die Tür zu. Paez warf sich auf den Boden und bedeckte ihn mit Küssen.

Zigarren fielen ihm aus den Taschen. Banister hob eine hoch und schnüffelte an der Verpackung.

Stanton kam zu Atem. »Willkommen in Amerika, Mr Paez. Wir haben viel Gutes über Sie gehört und freuen uns, Sie hier begrüßen zu können.«

Kemper öffnete das Fenster einen Spalt weit. Auf einer Bahre wurde der Tote vorbeigetragen – er hatte Messerstiche am ganzen Körper.

Banister stellte das Tonbandgerät auf den Tisch. »Sie hatten unterwegs einen Todesfall?«

Paez ließ sich in einen Stuhl fallen. »Nein. Das war eine politische Hinrichtung. Wir sind davon ausgegangen, dass der Mann deportiert worden ist, um als antiamerikanischer Spion tätig zu sein. Im Verhör hat er uns dies bestätigt. Wir haben die Konsequenzen gezogen.«

Kemper setzte sich. »Sie sprechen hervorragend englisch, Teo.«

»Ich spreche das langsame und übertrieben formale Englisch derjenigen, die sich die Sprache mühsam selbst beibringen mussten. Von Amerikanern bin ich wiederholt darauf hingewiesen worden, dass mir gelegentlich komische Wortverdrehungen und -verstümmelungen unterlaufen.«

Stanton setzte sich zu ihm. »Würde es Ihnen etwas ausmachen, sich mal mit uns zu unterhalten? Wir haben eine nette Wohnung für Sie vorbereitet, wohin Sie Mr Boyd bald bringen wird.«

Paez verbeugte sich: »Ich stehe Ihnen zur Verfügung.«

»Ausgezeichnet. Übrigens – ich heiße John Stanton. Und das sind meine Kollegen Kemper Boyd und Guy Banister.«

Paez schüttelte allen in der Runde die Hand. Banister sackte die restlichen Zigarren ein und stellte das Tonbandgerät an.

»Können wir Ihnen etwas besorgen, bevor wir anfangen?«

»Nein. Mein erstes amerikanisches Mahl soll aus einem Sandwich in Wolfie's Delicatessen in Miami Beach bestehen.«

Kemper lächelte. Banister lachte laut auf. »Teo, ist Fidel Castro ein Kommunist?«, sagte Stanton.

Paez nickte. »Ja. Zweifellos. Er ist ein Kommunist in Geist und Tat, und meine ehemaligen studentischen Informanten haben mich wissen lassen, dass seit Neuestem spätnachts Flugzeuge mit russischen Diplomaten in Havanna landen. Mein Freund Wilfredo Olmos Delsol, der mit mir auf dem Boot gewesen ist, hat sich die Flugnummern eingeprägt.«

Banister zündete eine Zigarette an. »Che Guevara ist schon immer ein Roter gewesen.«

»Ja. Und Fidels Bruder Raúl ist ein kommunistisches Schwein.

Und ein Heuchler. Nach dem, was mein Freund Tomás Obregón sagt, verkauft Raúl konfisziertes Heroin an reiche Drogensüchtige, während er gleichzeitig kommunistische Parolen von sich gibt.«

Kemper überprüfte die Liste. »Tomás Obregón war mit Ihnen auf dem Boot.«

»Ja.«

»Wie ist er an die Informationen über den kubanischen Heroinhandel rangekommen?«

»Weil, Mr Boyd, er selber am Heroinhandel beteiligt war. Sehen Sie, bei den meisten meiner Mitpassagiere handelt es sich um kriminellen Abschaum. Fidel wollte sie loswerden und hat sie nach Amerika geschickt, weil er hofft, dass sie an Ihren Küsten ihr Geschäft weiter betreiben werden. Er hat dabei allerdings übersehen, dass Kommunismus ein weit größeres Verbrechen ist als Rauschgifthandel oder Raub oder Mord und dass sogar Kriminelle die patriotische Sehnsucht empfinden, ihr Heimatland zu befreien.«

Stanton schaukelte in seinem Stuhl vor und zurück. »Wir haben gehört, dass Castro die Hotels und Casinos der Mafia übernommen hat.«

»Das stimmt. Dies bezeichnet Fidel als ›Nationalisierung‹. Er hat die Casinos und Millionen Dollar von der Mafia gestohlen. Tomás Obregón hat mir mitgeteilt, dass der berühmte amerikanische Gangster Santo Trafficante Jr. gegenwärtig im Hotel Nacional festgehalten wird.«

Banister seufzte. »Das Arschloch Castro muss lebensmüde sein. Er legt sich gleichzeitig mit den Vereinigten Staaten von Amerika *und* der Mafia an.«

»Es gibt keine Mafia, Guy. Zumindest hat das Mr Hoover immer behauptet.«

»Selbst Gott irrt manchmal, Kemper.«

»Schluss«, sagte Stanton. »Welchen Status haben amerikanische Bürger, die in Kuba bleiben?«

Paez kratzte sich und stand auf. »Fidel will human erscheinen. Er hätschelt die in Kuba verbliebenen einflussreichen Amerikaner, wobei er sie nur das angeblich Gute sehen lässt, das die Revolution hervorgebracht hat. Er will sie erst nach und nach gehen lassen, damit sie als übertölpelte Instrumente zur Verbreitung kommunistischer Propaganda nach Amerika zurückkehren. Und in der Zwischenzeit hat Fidel viele Zuckerrohrfelder meiner lieben United Fruit verbrannt und viele meiner studentischen Informanten gefoltert und umgebracht, indem er sie der Spionage für die ›imperialisto y fascisto‹ La United bezichtigt hat.«

Stanton blickte auf die Uhr. »Guy, bringen Sie Teo zur ärztlichen Untersuchung. Teo, folgen Sie Mr Banister. Mr Boyd wird Sie bald nach Miami fahren.«

Banister führte Paez raus. Kemper beobachtete, wie sie zur Röntgenbaracke gingen.

Stanton zog die Tür zu. »Schaffen Sie uns den Toten vom Hals, Kemper. Ich werde alle Besatzungsmitglieder, die ihn gesehen haben, entsprechend instruieren. Und gehen Sie mit Guy pfleglich um, er hat schwache Sicherungen.«

»Davon hab ich gehört. Angeblich soll er sich zehn Minuten nach seinem Amtsantritt als Stellvertretender Polizeichef von New Orleans betrunken und in einem gut besuchten Restaurant mit der Pistole herumgeballert haben.«

Stanton lächelte. »Und angeblich sollen Sie seinerzeit schon mal die eine oder andere heiße Corvette verschoben haben.«

»Gut gegeben. Und wo wir beim Thema sind – was halten Sie von Pete Bondurants Waffenspende?«

»Hat mich beeindruckt. Wir denken darüber nach, Pete ein

Angebot zu machen, und ich werde bei unserem nächsten Treffen den Stellvertretenden Direktor darauf ansprechen.«

»Pete ist ein guter Mann«, sagte Kemper. »Er kann Rowdys prima in Schach halten.«

»Ja, das kann er. Jimmy Hoffa setzt ihn sehr wirkungsvoll bei Tiger Kab ein. Lassen Sie hören, Kemper. Ich spüre, dass Sie was im Schilde führen.«

Kemper stellte das Tonbandgerät ab.

»John, früher oder später werden Sie feststellen, dass ein Gutteil der Leute da draußen Psychopathen sind, die Sie nicht unter Kontrolle kriegen können. Sie glauben, sie indoktrinieren und als potenzielle Anti-Castro-Guerillas ausbilden zu können. Das wird nicht unbedingt klappen. Wenn sie, wie vorgesehen, bei stabilen kubanischen Einwandererfamilien untergebracht sind und einen Arbeitsplatz zugewiesen bekommen haben, werden sie, sobald der Aufenthalt in unserem Land den Reiz des Neuen verloren hat, zunehmend in ihre alten kriminellen Gewohnheiten zurückverfallen.«

»Wollen Sie damit sagen, dass wir sie gründlicher überprüfen sollten?«

»Nein, ich will damit sagen, dass *ich* das tun sollte. Wir sollten die Quarantäne im CIA-Motel verlängern, wobei die endgültige Entscheidung darüber, wen wir rekrutieren, bei mir liegt.«

Stanton lachte. »Darf ich fragen, was für Qualifikationen Sie für diesen Job haben?«

Kemper zählte es ihm an den Fingern auf. »Ich habe neun Jahre verdeckt ermittelt. Ich kenne die Kriminellen und mag sie. Ich war V-Mann in Autodiebesbanden, habe die Mitglieder festgenommen und mit dem Justizministerium zusammengearbeitet, um die Anklagen vorzubereiten. Ich verstehe das Bedürfnis bestimmter Krimineller, sich einer Autorität unterzuordnen. John, einigen Autodieben habe ich so nahegestanden, dass sie ihr Geständnis nur vor mir ablegen wollten – vor dem Agenten, der sie verraten und festgenommen hat.«

Stanton pfiff durch die Zähne – für ihn völlig ungewöhnlich. »Wollen Sie damit sagen, dass Sie Ihren Zuständigkeitsbereich erweitern und als Stabsoffizier bei den Leuten bleiben möchten? Angesichts Ihrer sonstigen Verpflichtungen scheint mir das wenig realistisch.«

Kemper hieb mit der flachen Hand auf den Tisch. »*Nein*. Dafür schlage ich nachdrücklich Pete Bondurant vor. Ich meine: Eine Truppe hartgesottener Krimineller, die richtig indoktriniert und geführt wird, kann eine unglaubliche Schlagkraft entwickeln. Mal angenommen, das Castro-Problem wird größer. Man kann doch bereits jetzt mit einiger Wahrscheinlichkeit davon ausgehen, dass der CIA in Zukunft jede Menge deportierter und legal ausgewanderter Kubaner zur Verfügung stehen werden. Bilden wir diesen ersten Kader zur Elitetruppe aus. Es ist *unser Kader*, John. Er soll der beste sein.«

Stanton tippte sich ans Kinn. »Mr Dulles hatte sich schon darauf eingestellt, für alle die Green Card zu beantragen. Es wäre ihm nur recht, wenn wir uns zu einem so frühen Zeitpunkt schon so wählerisch zeigen. Er bittet die Einwanderungsbehörde höchst ungern um einen Gefallen.«

Kemper streckte eine Hand aus. »Aber deswegen brauchen Sie die Männer, die wir ablehnen, nicht gleich zurückzuschicken. Banister kennt doch ein paar Kubaner in New Orleans, nicht?«

»Ja, dort gibt es eine Gemeinde von Batista-Anhängern.«

»Dann soll Guy die abgelehnten Männer kriegen. Sie können in Louisiana selber auf Arbeitssuche gehen und selber die Aufenthaltsgenehmigung beantragen.«

»Und wie viele Männer werden Ihren Auswahlkriterien genügen?«

»Keine Ahnung.«

Stanton wirkte interessiert. »Was unser erstes Übungsgelände betrifft, hat Mr Dulles dem Ankauf von billigem Land im Süden Floridas zugestimmt. Ich kann ihm bestimmt vorschlagen, es zur Basis unseres ständigen Kaders zu machen, das wir klein und separiert halten, wenn Sie dafür sorgen, dass die von Ihnen ausgewählten Leute in der Lage sind, künftige Ankömmlinge anzulernen, bevor wir sie auf die anderen Camps verteilen, die zweifellos entstehen werden!«

Kemper nickte. »Ich werde auf Ausbilderfähigkeiten achten. Wo befindet sich das Gelände?«

»An der Küste, bei einem Städtchen namens Blessington.«

»Von Miami aus erreichbar?«

»Ja. Wieso?«

»Ich überlege, ob wir Tiger Kab zum Rekrutierungszentrum umfunktionieren können.«

Stanton wirkte beinahe erschöpft und besorgt. »Wenn ich von den Verbindungen zum organisierten Verbrechen absehe, könnte ich mir durchaus vorstellen, den Tiger-Kab-Stand sinnvoll einzusetzen. Da arbeitet bereits Chuck Rogers, daher sind wir dort bereits vertreten.«

»John« – sagte Kemper langsam und nachdrücklich.

»Die Antwort auf alle Ihre Vorschläge lautet Ja, vorausgesetzt, der Stellvertretende Direktor sagt zu. Bravo, Kemper. Sie übertreffen meine Erwartungen.«

Kemper stand auf und verbeugte sich. »Danke. Und ich glaube, wir werden dafür sorgen, dass Castro den Tag verflucht, an dem er dieses Boot losgeschickt hat.«

»Ihr Wort in Gottes Ohr. Was, meinen Sie, würde wohl Ihr Freund Jack zu unserem Freiheitsschiffchen sagen?«

Kemper lachte. »Jack würde sich erkundigen, wo die Weiber abgeblieben sind.«

Paez wollte nicht aufhören zu plappern. Kemper machte das Fenster auf, um sich ein bisschen Ablenkung durch den Straßenlärm zu verschaffen.

Sie kamen mitten in der Stoßzeit in Miami an. Paez schnatterte und schnatterte. Kemper trommelte mit den Fingern aufs Armaturenbrett und dachte an die Unterhaltung mit Stanton.

»... und Mr Thomas Gordean war mein *pátron* bei der La United. Er mochte Muschis, bis seine Schwäche für I. W. Harper's Bourbon ihn diesbezüglich entmächtigte. Die meisten der Direktoren von La United haben nach Castros Machtergreifung die Insel verlassen, aber Mr Gordean blieb. Er trinkt noch mehr als früher. Er hat einige tausend United-Fruit-Aktien und weigert sich zu gehen. Er hat Miliz-Soldaten als Privatleibwächter angeheuert und ergeht sich immer mehr in kommunistischen Äußerungen. Ich fürchte sehr, Mr Gordean wird ebenso zum Kommunisten werden wie der Fidel, den ich einst liebte. Ich fürchte, er wird sich durch seine exzentrische Art zum Propagandainstrument hergeben und ...«

»Aktien« –

»Thomas Gordean« –

Kemper ging ein solches Licht auf, dass er beinahe von der Straße abkam.

DOKUMENTENEINSCHUB: 10.2.59. Hush-Hush-Mitarbeiterbericht: Lenny Sands an Pete Bondurant.

Pete,

ich hab' was rausgekriegt: 1. Mickey Cohen scheint entdeckt zu haben, dass Kleinvieh auch Mist macht. Er hat offenbar zwei Schläger (George Piscatelli & Sam Lo Cigno) abgestellt, um eine Sexerpressung abzuziehen. Das weiß ich von Dick Contino, der für einen Akkordeonabend in Chicago war. Mickey ist auf den Geschmack gekommen, als er Lana Turners Liebesbriefe an Johnny Stompanato las, nachdem Johnny von Lanas Tochter abgestochen worden ist. Johnny hat reiche Witwen gebumst und sich dabei von einem arbeitslosen Kameramann filmen lassen. Mickey besitzt ein paar erstklassige Aufnahmen. Sag Mr Hughes, dass er sie für drei Riesen abstoßen will.

Gruß
Lenny

DOKUMENTENEINSCHUB: 24.2.59. Hush-Hush-Mitarbeiterbericht: Lenny Sands an Pete Bondurant.

Pete,

ich war mit Sal D'Onofrios Tour auf Achse. Ein paar Skandälchen: 1. Sämtliche Kellnerinnen der Mitternachtsschicht im Dunes in Vegas sind Nutten. Sie haben Eisenhowers Secret Service Crew bedient, als Ike vor der Abgeordnetenkammer von Nevada eine Rede hielt. 2. Rock Hudson fickt den Oberkellner vom Cal-Neva-Restaurant. 3. Lenny Bruce ist dilaudidsüchtig. Die Bezirkspolizei von Los Angeles hat eine ganze Abteilung eingesetzt, um ihn beim nächsten Besuch auf dem Strip zu überführen. 4. Freddy Otash hat Jayne Mansfield eine Abtreibung vermittelt. Daddy war ein schwarzer

Tellerwäscher mit 30-Zentimeter-Pimmel. Peter Lawford hat Fotos, wo der Kerl sein Gemächt streichelt. Eines habe ich Freddy O. abgekauft. Ich schick's dir, damit du es Mr Hughes geben kannst.
5. Bing Crosby lässt sich in der Nähe von 29 Palms in einem Institut für alkoholabhängige Priester & Nonnen trockenlegen. Dort hat ihn Kardinal Spellman besucht. Sie haben gemeinsam einen zur Brust genommen und sind stockblau nach L. A. gefahren. Spellman fuhr einen Wagen mit Mexikanern an, und drei mussten ins Spital. Bing hat sich ihr Schweigen mit Autogrammfotos und ein paar hundert Dollar erkauft. Als Spellman nach New York zurückflog, war er im Delirium tremens. Bing blieb lange genug in L. A., um seine Ehefrau zu verprügeln, und kehrte daraufhin in die Ausnüchterungsklinik zurück.

Gruß
Lenny

DOKUMENTENEINSCHUB: 4.3.59. Persönliches Schreiben: J. Edgar Hoover an Howard Hughes.

Lieber Howard,

ich wollte nicht versäumen, Sie schriftlich wissen zu lassen, wie sehr sich Hush-Hush zum Guten verändert hat, seit Mr Bondurant Ihren neuen freien Mitarbeiter engagiert hat. Ein Mann nach meinem Herzen, der das Zeug zum ausgezeichneten FBI-Agenten hätte! Ich freue mich stets auf die Abschriften der Berichte, die Sie mir zukommen lassen! Wenn Sie deren Übermittlung beschleunigen wollen, soll Mr Bondurant sich mit Special Agent Rice im FBI-Büro Los Angeles in Verbindung setzen. Danke auch für den Amateur-Film über Stompanato und das Foto des beeindruckend ausgestatteten Negers. Gefahr bekannt, Gefahr gebannt: Man muss einen Feind kennen, bevor man ihn bekämpfen kann.

Mit den besten Wünschen
Edgar

DOKUMENTENEINSCHUB: 19.3.59. Persönlicher Brief: Kemper Boyd an J. Edgar Hoover. STRENG VERTRAULICH.

Sir,

unter Bezugnahme auf unser voriges Gespräch möchte ich Ihnen einige pikante Informationen über die Kennedy-Familie übermitteln, die ich von Laura (Swanson) Hughes erhalten habe.

Gestützt auf eine flüchtig-freundschaftliche Beziehung, ist es mir gelungen, ein gewisses Vertrauensverhältnis zu Miss Hughes aufzubauen. Meine Beziehung zu den Kennedys verleiht mir Glaubwürdigkeit, und Miss Hughes war beeindruckt, dass ich das Geheimnis ihrer Abstammung zu ergründen vermochte, ohne mich dieses Wissens vor Mitgliedern der Kennedy-Familie oder ihren Freunden zu rühmen.

Miss Hughes erzählt gerne von ihrer Familie, aber über John, Robert, Edward, Rose und die Schwestern äußert sie sich nur sehr allgemein. Ihr Zorn auf Joseph P. Kennedy Sr. ist allerdings bemerkenswert. Sie weist auf seine Verbindungen zum Bostoner Gangster Raymond L. S. Patriarca sowie einem ehemaligen »Alkoholschmuggler und Financier« aus Chicago namens Jules Schiffrin hin und kennt zahlreiche Anekdoten über die Rivalität zwischen Mr Kennedy und Howard Hughes. (Miss Hughes hat an ihrem achtzehnten Geburtstag den Nachnamen »Hughes« angenommen, statt des ihr von Kennedy und Swanson zugedachten »Johnson«, offensichtlich um ihren Vater zu ärgern, den schärfsten Feind von Howard Hughes.)

Miss Hughes zufolge sollen Joseph P. Kennedys Beziehungen zu Gangstern um einiges weitergegangen sein als der übliche »Alkoholschmuggel«, den ihm die Presse im Zusammenhang mit seinem vor der Prohibition so erfolgreichen Scotch-Importgeschäft gerne unterstellt.

Namen kennt sie keine, und irgendwelche Vorfälle von Belang hat sie weder selbst miterlebt noch indirekt erfahren; doch ihr Gefühl, dass Joseph P. Kennedy über »weitgehende Beziehungen zum organisierten Verbrechen« verfügt, ist bemerkenswert ausgeprägt.

Ich werde meine freundschaftliche Beziehung zu Miss Hughes weiter pflegen, und alle brauchbaren Informationen über die Kennedy-Familie an Sie weitergeben.

Hochachtungsvoll
Kemper Boyd

DOKUMENTENEINSCHUB: 21.4.59. Zusammenfassender Bericht: Special Agent Ward J. Littell an Kemper Boyd »Zur Überarbeitung und Weiterleitung an Robert F. Kennedy«.

Lieber Kemper,

hier in Chicago geht es langsam, aber sicher voran. Gemäß Dienstauftrag beschatte ich immer noch die hiesige Kommunistenszene, obwohl sie mir täglich bemitleidenswerter und harmloser erscheint. Und damit zu unserem eigentlichen Anliegen.

Sal D'Onofrio und Lenny Sands sind nach wie vor, ohne dass der eine vom anderen weiß, als Informanten für mich tätig. Sal hat selbstverständlich die 12 000 Dollar zurückgezahlt, die er Sam Giancana schuldete; Giancana hat ihn zusammenschlagen und laufen lassen. Offensichtlich wurde der Diebstahl der 14 000 Dollar von Butch Montrose nie mit Sals plötzlichem Reichtum in Verbindung gebracht. Ich habe Sal aufgetragen, Giancana das Geld in drei Raten zurückzuzahlen, und er hat sich daran gehalten. Meine anfängliche Brutalität ihm gegenüber hat sich langfristig als sehr nützlich erwiesen: Ich glaube, ich habe den Mann gründlich eingeschüchtert. Bei einer gelegentlichen Unterhaltung habe ich ihm zu verstehen gegeben, dass ich das Jesuitenseminar besucht habe. Damit habe ich D'Onofrio, der sich als »frommen Katholiken« bezeichnet, wohl ziemlich beeindruckt; er betrachtet mich seitdem als eine Art Beichtvater. Er hat mir sechs Foltermorde gestanden, und natürlich habe ich nun mit den (scheußlich detaillierten) Geständnissen weiteres Material gegen ihn in der Hand. Abgesehen von den Albträumen, die ich gelegentlich wegen der Geständnisse bekomme, scheint es zwischen Sal und mir gut zu klappen. Ich habe ihm gesagt, dass er, solange er unter meiner Führung steht, gefälligst auf Morde und selbstzerstörerische Spiele zu verzichten hat, und er hat sich bisher offensichtlich daran gehalten. Sal hat mir ein paar eher harmlose Informationen über den Mob geliefert (nicht wert, an Dich oder Mr Kennedy weitergeleitet zu werden), mir aber noch keinen Darlehenssucher vermittelt, den man an die Teamsterpensionskasse hätte verweisen können. Einzig deswegen habe ich ihn als Informanten angestellt, und in der Hinsicht hat er mich enttäuscht. Ich fürchte, einen Beweis für die Existenz »alternativer« Pensionskassenbücher zu erbringen, wird eine mühsame und langwierige Angelegenheit werden.

Lenny Sands scheint fast so vielen Herren zu dienen wie Du. Er ist freier Mitarbeiter von Hush-Hush (Gott, was muss das für eine hässliche Arbeit sein!), Sals Partner bei den Spritztouren und insgesamt ein Nutznießer des organisierten Verbrechens von Chicago. Er behauptet, er sammle gerade Informationen darüber, wie der Pensionsfonds funktioniert, und hält die Gerüchte, Sam Giancana zahle einen Bonus für die Vermittlung von Darlehensgesuchen, für glaubhaft. Er glaubt außerdem, dass es »alternative«, möglicherweise codierte Pensionskassen gibt. Kurz, ich habe weder von Sands noch von D'Onofrio irgendwelche konkreten Informationen bekommen.

Andererseits sieht es so aus, als habe Mr Hoover auf eine Möglichkeit, gegen das Chicago-Syndikat vorzugehen, verzichtet. Court Meade schnappte beim Abhören der Schneiderei einen (vorsichtig formulierten) Hinweis auf einen Raubüberfall auf. Die Chicagoer Mob-Soldaten Rocco Malvaso und Dewey Di Pasquale haben offenbar bei einem (nicht vom Chicagoer Mob kontrollierten) Würfelspiel mit sehr hohen Einsätzen in Kenilworth 80 000 Dollar geraubt. Die Agenten des Top-Hoodlum-Programms haben die Information umgehend per Telex an Mr Hoover durchgegeben, und wurden von ihm angewiesen, diese nicht an die für eine eingehendere Untersuchung zuständigen Behörden weiterzuleiten. Mein Gott, was für verdrehte Prioritäten dieser Mann hat!

Damit will ich schließen. Lass mich Dir zum Schluss gestehen, dass Du mich nach wie vor in Erstaunen versetzt, Kemper. Gott, Du ein CIA-Mann! Und jetzt, wo der McClellan-Untersuchungsausschuss aufgelöst wird, wirst Du wohl für die Kennedys tätig sein?

Mach's gut!
WJL

DOKUMENTENEINSCHUB: 26.4.59. Persönliches Schreiben: Kemper Boyd an J. Edgar Hoover. STRENG VERTRAULICH.

Sir,

ich wollte Ihnen ein paar Zeilen schreiben, um Sie über Ward Littell auf dem Laufenden zu halten. Littell und ich telefonieren regelmäßig, und ich bin nach wie vor überzeugt, dass er nicht auf eigene Faust offen oder verdeckt gegen das organisierte Verbrechen ermittelt.

Sie haben erwähnt, dass Littell in der Nähe von Celanos Schneiderei und beim Lauschposten des Top-Hoodlum-Programms gesehen wurde. Ich habe Littell darauf angesprochen und seine Erklärung hat mich überzeugt: Er und Special Agent Court Meade waren zum Mittagessen verabredet.

Littells Privatleben scheint um seine Affäre mit Helen Agee zu kreisen. Diese Affäre belastet seine Beziehung zu seiner Tochter Susan, die gegen die Liaison ist. Sonst steht Helen meiner Tochter Claire sehr nah, doch jetzt, wo die beiden verschiedene Colleges besuchen, ist die Verbindung etwas lockerer geworden. Die Littell-Agee-Romanze scheint sich auf drei oder vier gemeinsame Nächte pro Woche zu beschränken. Beide wohnen nach wie vor getrennt, und ich gehe davon aus, dass das so bleiben wird. Ich werde Littell weiter im Auge behalten.

Hochachtungsvoll
Kemper Boyd

DOKUMENTENEINSCHUB: 30.4.59. Persönliches Schreiben: Kemper Boyd an Ward J. Littell

Ward,

ich rate Dir dringend, Dich von Celanos Schneiderei und der Gegend um den Lauschposten fernzuhalten und darauf zu achten, dass Du nicht mehr mit Court Meade gesehen wirst. Ich glaube, ich habe den leisen Verdacht, den Mr Hoover gegen Dich hätte hegen können, besänftigt, aber man kann nicht vorsichtig genug sein. Ich rate dir dringend, Deine Beziehungen zu Meade abzubrechen. Vernichte diesen Brief umgehend.

KB

DOKUMENTENEINSCHUB: 4.5.59. Zusammenfassender Bericht: Kemper Boyd an John Stanton. PERSÖNLICH/VERTRAULICH IN VERSCHLOSSENER DOKUMENTENMAPPE ZU ÜBERGEBEN

John,

hier das Update, das Sie in Ihrer letzten Mitteilung angefordert haben. Bitte entschuldigen Sie die Verspätung, aber wie Sie selbst gesagt haben, bin ich »vielfältig beschäftigt«.

1. Ja, das Mandat des McClellan-Ausschusses zur Untersuchung krimineller Umtriebe in Zuammenhang mit gewerkschaftlicher Tätigkeit ist ausgelaufen. Nein, die Kennedys haben mir keinen neuen Job angeboten, aber ich denke, das werden sie bald tun. Es gibt zahlreiche Möglichkeiten, da ich sowohl Anwalt wie Polizist bin. Ja, ich habe mich mit Jack über Kuba unterhalten. Er ist ausgesprochen antikommunistisch, seinem Ruf als Liberaler zum Trotz. Ich bin optimistisch.

2. Das »Vorsprechen« im Boynton Beach Motel ist beendet. Heute ist die vom Stellvertretenden Direktor Bissell geforderte 90-tägige Quarantäne abgeschlossen, und morgen werden die meisten der Männer nach Louisiana geschickt. Guy Banister hat ein Netzwerk legal ausgewanderter Kubaner, die sie aufnehmen.

Sie verschaffen ihnen Unterkunft, Arbeit und Referenzen, damit sie ein Visum bekommen. Guy wird die Männer durch sein eigenes Schulungs- und Ausbildungsprogramm schleusen.

Für den Kern unseres Blessington-Kaders habe ich vier Männer ausgewählt. Sie sind in meinen Augen die besten der 53 Männer des »Bananenboots« vom 4.2.59. Da ich »vielfältig beschäftigt« bin, konnte ich während der Quarantänezeit nicht allzu oft anwesend sein, aber fähige Ausbildungsoffiziere haben sie anhand der von mir festgelegten Schulungsrichtlinien überprüft und psychologische Tests durchgeführt.

Diese Richtlinien waren äußerst streng. Ich habe die Lügendetektortests persönlich überwacht, um festzustellen, ob sich unter unseren Kandidaten ein von Castro eingeschleuster Informant befindet. Alle 53 Männer haben bestanden (ich nehme an, dass der auf dem Boot umgebrachte Mann der Spitzel war). Dann wurden sie noch einmal unter Zuhilfenahme von Pentothal überprüft. Auch da haben alle bestanden. Danach wurden sie verhört. Wie ich vermutete, haben alle 53 Männer in Kuba ein langes Vorstrafenregister aufzuweisen. Zu ihren Vergehen gehören unter anderem Raub, Einbruch, Brandstiftung, Heroinschmuggel, Mord sowie unterschiedliche »politische Verbrechen«. Einer der Männer erwies sich als pervers; er hat in Havanna sechs kleine Kinder vergewaltigt und umgebracht. Ein anderer war ein homosexueller Zuhälter, der von den übrigen Flüchtlingen verachtet wurde. Ich stufte beide Männer als gefährlich labil ein und habe sie entsprechend den vom Stellvertretenden Direktor festgelegten Schulungsrichtlinien ausgeschaltet.

Sämtliche Männer wurden strengen Verhören unterzogen, am Rande der Folter. Fast alle haben mutig Haltung bewahrt. Sämtliche Männer wurden, wie in den Ausbildungscamps der Marine Corps, einer Kombination von scharfem körperlichem Drill und verbaler Beleidigung unterzogen. Fast alle haben mit der idealen Mischung aus Zorn und Unterwürfigkeit reagiert. Die von mir ausgewählten vier Männer sind intelligent, auf kontrollierte Weise gewalttätig, streitlustig (sie werden in Miami gute Anwerber sein), autoritätsgläubig und durch und durch proamerikanisch, antikommunistisch und gegen Castro. Dabei handelt es sich um:

A) TEOFILIO PAEZ selbst. Geboren am 6.8.21. Früherer Sicherheitschef für United Fruit. Verfügt über eine Ausbildung in Waffen- und Verhörtechnik. Ehemaliger kubanischer Marinetaucher. Fähiger Anwerber von V-Männern.

B) TOMAS OBREGON. Geboren am 17.1.30. Ehemaliger Castro-Guerilla. Ehemaliger Rauschgiftschmuggler und Bankräuber in Havanna. Jiu-Jitsu-Kämpfer und im Umgang mit Sprengstoff geübt.

C) WILFREDO OLMOS DELSOL. Geboren am 9.4.27. Cousin von OBREGON. Ehemaliger fanatischer Linker, der zum rechten Eiferer wurde, als man seine Bankkonten »nationalisierte«. Ehemaliger Drillsergeant der kubanischen Armee. Experte für Handfeuerwaffen.

D) RAMON GUTIERREZ. Geboren am 24.10.19. Pilot. Fähiger Verfasser von Propagandaschriften. Ehemaliger Folterknecht für Batistas Geheimpolizei. Experte in Abwehrtechnik.

3. Ich habe mir die Gegend um das Gelände herum angeschaut, das die CIA für das Blessington-Camp erworben hat. Sie ist verarmt und wird von weißem Pack bewohnt, ein Großteil davon sind Ku-Klux-Klan-Mitglieder. Ich glaube, dass wir eine weiße Respektsperson brauchen, um das Camp zu leiten, einen Mann, der den Rednecks, denen es nicht passt, dass Exilkubaner in ihre Gegend ziehen, Furcht einjagen kann. Ich empfehle Pete Bondurant. Ich habe seine Akte als Marine im Zweiten Weltkrieg überprüft und bin beeindruckt: Er hat 14 Nahkampfangriffe auf Saipan

überlebt, das Navy Cross erhalten und ist vom einfachen Soldaten zum Captain befördert worden. Ich rate Ihnen dringend, Bondurant als CIA-Mitarbeiter einzustellen.

Das wär's fürs Erste. Wenn Sie mich brauchen, bin ich im St. Regis in New York zu erreichen.

Gruß
KB

PS: Sie haben recht gehabt mit Castros Amerikareise. Er hat sich geweigert, in einem Hotel abzusteigen, das Negern den Zutritt verwehrte, ging anschließend nach Harlem und gab antiamerikanische Statements ab. Sein Verhalten vor der UNO spottet jeder Beschreibung. Ich beglückwünsche Sie zu Ihrer Vorahnung: Der Typ hat es »auf eine Zurückweisung« angelegt.

DOKUMENTENEINSCHUB: 12.5.59. Aktennotiz: John Stanton an Kemper Boyd:

Kemper,

der Stellvertretende Direktor hat der Einstellung von Pete Bondurant zugestimmt. Ich bin mir noch nicht sicher und will, dass Sie ihn einen Probelauf machen lassen, bevor wir mit ihm Kontakt aufnehmen. Denken Sie sich was aus.

JS

23

(Chicago, 18.5.59)

Helen strich Butter auf eine Scheibe Toast. »Susans stille Wut macht mir zu schaffen. Seit sie von uns weiß, haben wir kaum mehr als drei- oder viermal miteinander gesprochen.«

Littell wartete auf den Anruf von Mad Sal. Er schob das Frühstück weg – er hatte einfach keinen Appetit.

»Ich habe mich genau zweimal mit ihr unterhalten. Manchmal kommt mir alles wie ein Tauschhandel vor – eine Freundin bekommen und eine Tochter verloren.«

»Das scheint dir nichts auszumachen.«

»Susan lebt von Ressentiments. Da ist sie genau wie ihre Mutter.«

»Claire hat mir erzählt, dass Kemper eine Affäre mit einer reichen New Yorkerin hat, wollte mir aber nichts Genaueres sagen.«

Laura Hughes war eine halbe Kennedy. Kempers Kennedy-Vorstoß hatte sich zum Zweifrontenkrieg entwickelt.

»Ward, wo bist du in Gedanken?«

»Es ist der Job. Er nimmt mich völlig in Anspruch.«

»Da bin ich mir nicht so sicher.«

Es war fast 9 Uhr – 7 Uhr in Gardena. Sal war ein eingefleischter Morgen-Spieler.

Helen wedelte mit der Serviette. »Huhu, Ward! Hörst du mir überhaupt zu?«

»Was meinst du damit? Du bist dir nicht so sicher?«

»Ich glaube, dass dich deine Arbeit beim Red Squad langweilt und bedrückt. Du redest nur verächtlich darüber, und seit Monaten willst Du dich nur darauf konzentriert haben?«

»Und?«

»Und du hast Albträume und murmelst etwas auf Latein im Schlaf.«

»Und?«

»Und du ziehst dich immer mehr zurück, sogar wenn wir zusammen sind. Du benimmst dich zusehends so, als ob du sechsundvierzig bist und ich einundzwanzig und es Dinge gibt, die du mir nicht sagen kannst, weil ich sie doch nicht verstehen würde.«

Littell ergriff ihre Hände. Helen machte sich los und schlug dabei einen Serviettenständer vom Tisch.

»Kemper erzählt Claire alles. Ich wollte, du würdest dir daran ein Beispiel nehmen.«

»Kemper ist Claires Vater. Ich bin nicht dein Vater.«

Helen stand auf und griff nach ihrer Handtasche. »Ich denk auf dem Nachhauseweg darüber nach.«

»Was ist denn mit deiner Vorlesung um 9 Uhr 30?«

»Es ist Samstag, Ward. Dein Job nimmt dich so in Anspruch, dass du nicht einmal weißt, welchen Tag wir heute haben.«

Sal rief um 9 Uhr 35 an. Er klang aufgeregt.

Littell raspelte Süßholz, um ihn zu beruhigen. Sal plauderte gern.

»Was macht die Reise?«

»Eine Spritztour ist eine Spritztour. Gardena ist gut, weil es nahe bei L. A. liegt, aber der verdammte Jewboy Lenny nimmt immer wieder frei, um irgendwelche Scheiße für *Hush-Hush* auszugraben, und kommt zu spät zu seinen Auftritten. Ich sollte ihn einfach aufschlitzen, wie seinerzeit den Burschen, der –«

»Keine Beichten am Telefon, Sal.«

»Vergib mir Vater, denn ich habe gesündigt.«

»Lass das. Du weißt, was ich wissen will, also raus mit der Sprache, oder mach Schluss.«

»Schon gut, schon gut. Ich war in Vegas und hab' mich mit Heshie Ryskind unterhalten. Hesh sagt, dass die Jungs sich wegen Kuba Sorgen machen. Er sagt, dass die Firma dem Bart jede Menge Geld in den Arsch geschoben hat, weil er versprochen hat, die Scheißcasinos könnten weiterlaufen, wenn er das Scheißland übernimmt. Aber jetzt ist er ein Roter geworden und hat die Scheißcasinos verstaatlicht. Die Jungs sind im Augenblick nicht gut zu sprechen auf den Bart. Hesh sagte, dem Bart wird's noch gehen wie dem Untermann beim mongolischen Rudelfick. Früher oder später wird der *richtig* durchgefickt.«

»Und?«, sagte Littell.

»Und vor meiner Abreise aus Chicago habe ich mal mit Jack Ruby telefoniert. Jack war ein bisschen knapp bei Kasse, also habe ich ihm eine Stange Geld gepumpt, damit er seinen Strip-Club loswerden und sich einen anderen kaufen kann, das ›Carousel‹ oder so. Was die Rückzahlung angeht, kann man sich auf Jack immer verlassen, weil er selber in Dallas ein Nebengeschäft mit Krediten laufen hat, und –«

»Sal, du willst auf irgendwas hinaus. Raus mit der Sprache.«

»Na, na, – ich hab' immer geglaubt, ihr Bullen steht auf Rückbestätigung.«

»Sal –«

»Kommt ja schon. Jack hat bestätigt, was Heshie gesagt hat. Er hat mit Carlos Marcello und Johnny Rosselli geredet, und beide haben gesagt, der Bart kostet die Firma 75 000 am Tag an Bankzinsen, nicht zu vergessen die Casino-Gewinne, die ihnen entgehen. Stellen sie sich das mal vor, Padre. Stellen Sie sich vor, was die Kirche mit 75 Riesen am Tag anstellen könnte.«

Littell seufzte. »Kuba interessiert mich nicht. Ist Ruby irgendwie auf die Pensionskasse zu sprechen gekommen?«

»Nuuuuuuun ...«, sagte Mad Sal.

»Gottverdammtnochmal, Sal –«

»Eijeijei, Padre. Gleich zehn Aves beten und gut zuhören. Jack hat mir gesagt, dass er mal einen Ölmann aus Texas wegen eines Pensionskassendarlehens an Sam G. verwiesen hat, vor etwa einem Jahr. Wenn das kein Eins-a-Tipp ist, für den mir eine Extravergütung zusteht, weil ich nämlich dringend auf irgendwelche Scheißgelder angewiesen bin, um meine Wetten zu bezahlen, weil nämlich Buchmacher und Wucherer ohne Kapitaldecke bös auf die Schnauze fallen und nichts mehr an schnuckelige Polizeiheinis wie Sie verpfeifen können.«

Laut Top-Hoodlum-Klassifizierung war Ruby: »Geldbote/Gelegenheits-Kredithai«.

»Padre, Padre, Padre. Vergib mir, denn ich habe gewettet. Vergib mir, denn –«

»Ich versuch', ein bisschen Geld für dich aufzutreiben, Sal. *Wenn* ich einen passenden Schuldner finde, den du an Giancana verweisen kannst. Damit wir uns richtig verstehen: jemanden, den du direkt an Sam verweist.«

»Padre ... Jesus.«

»Sal ...«

»Padre, das tut bitter weh.«

»Ich hab' dir das Leben gerettet, Sal. Anders kriegst du keinen Cent mehr von mir.«

»Schon gut, schon gut. Vergib mir, Vater, denn ich bin 'nem ehemaligen Seminaristen und Bullen in den Arsch ge –«

Littell legte auf.

Bei der Sondereinheit war nichts los, wie stets am Wochenende. Der Agent, der Telefondienst hatte, ignorierte ihn.

Littell setzte sich ans Telexgerät und gab eine Anfrage an das Büro in Dallas durch.

Die Antwort würde mindestens zehn Minuten auf sich warten lassen. Er rief Midway an wegen Fluginformationen – und hatte Glück.

Der Pan-Am-Zubringer ging mittags nach Dallas. Der Rückflug brachte ihn kurz nach Mitternacht zurück.

Das Telexgerät spuckte die Antwort aus: Jacob Rubenstein/ alias Jack Ruby, geboren am 24.3.11.

Der Mann hatte drei Festnahmen wegen Erpressung, war aber nie schuldig gesprochen worden: '47, '49 und '53.

Der Mann war der Zuhälterei verdächtig und als Informant für die Polizei von Dallas tätig.

Gegen den Mann wurde 1956 aufgrund einer Anzeige des Tierschutzvereins ermittelt. Der Mann wurde nachhaltig verdächtigt, Hunde sexuell zu belästigen. Der Mann war dafür bekannt, gelegentlich Geld zu Wucherzinsen an Geschäftsleute und verzweifelte Ölsucher zu verleihen.

Littell zerriss das Telex. Jack Ruby war die Reise wert.

Das Brummen des Flugzeugs und drei Scotch wiegten ihn in den Schlaf. Mad Sals Beichten flossen ineinander wie ein Hitparaden-Medley.

Sal lässt den Negerjungen um sein Leben flehen. Sal gibt dem Mann, der seine Wetten nicht bezahlt hat, Abflussreiniger zu schlucken. Sal köpft zwei Jungs, die einer Nonne nachgepfiffen haben.

Er hatte die Todesfälle überprüft. Alle vier galten als »ungelöst«. Alle Opfer waren nach Eintritt des Todes rektal vergewaltigt worden.

Littell wachte schweißgebadet auf. Die Stewardess reichte ihm unaufgefordert einen Drink.

Der »Carousel-Club« war ein Striptease-Schuppen im Rotlichtbezirk. Auf dem Plakat waren üppige Mädchen im Bikini zu sehen.

Auf einem Schild stand: Geöffnet ab 18 Uhr.

Littell parkte hinter dem Gebäude und wartete ab. Der Mietwagen roch durchdringend nach Sex und Haarpomade.

Ein paar Bullen fuhren vorbei. Ein Mann winkte ihm zu. Littell begriff: Die denken, du bist ein Kollege, der ebenfalls bei Jack abkassiert.

Um 17 Uhr 15 fuhr Ruby vor. Er war allein.

Ein Hundeficker und Zuhälter. Da durfte man nicht zimperlich sein.

Ruby stieg aus dem Wagen und schloss die Hintertür zum Club auf. Littell rannte ihm nach und holte ihn ein.

»FBI«, sagte er. »Hände nach oben.« Kemper Boyd hätte das nicht besser machen können.

Ruby schaute ihn skeptisch an. Er trug einen komischen kleinen, runden Filzhut.

»Taschen ausleeren«, sagte Littell. Ruby tat wie geheißen. Ein Banknotenbündel, Hundekuchen und eine kurzläufige .38er fielen zu Boden.

Ruby spuckte darauf. »Mit geldhungrigen Gesetzesvertretern aus der Vorstadt kenne ich mich bestens aus. Ich weiß, was sich für billige Bullen in billigen blauen Anzügen mit Schnapsfahnen gehört. Bedien dich, und dann hau verdammt noch mal ab.«

Littell hob einen Hundekuchen auf. »Iß das, Jack.«

Rubys Haltung straffte sich – er wiegte sich auf den Zehenspitzen wie ein kampfbereiter Leichtgewichtsboxer. Littell ließ Pistole und Handschellen aufblitzen.

»Du sollst den Hundekuchen essen.«

»Was soll das ...«

»›Was soll das, Sir.‹«

»Was soll das, Sir, was zum Teufel denken Sie denn –«

Littell stopfte ihm den Hundekuchen in den Mund. Ruby fing unwillkürlich an zu kauen, um nicht daran zu ersticken.

»Du kriegst Aufträge von mir, Jack. Wenn du nicht mitmachst, werden dich die Steuerbehörden überprüfen, FBI-Agenten werden deine Kunden nach Waffen abtasten und die Dallas Morning News deinen Hang zu Hunden publik machen.«

Ruby kaute. Ruby spuckte Krümel. Littell trat ihm die Beine weg.

Ruby fiel auf die Knie. Littell stieß die Tür auf und Ruby ins Innere.

Ruby wollte aufstehen. Littell stieß ihn erneut zu Boden.

Der Raum war zehn Quadratmeter groß und voller Striptease-Klamotten.

Littell trat Ruby einen Kleiderhaufen ins Gesicht. Littell warf ihm einen weiteren Hundekuchen in den Schoß.

Ruby steckte ihn in den Mund. Ruby gab scheußliche Laute von sich.

»Beantworte mir eine Frage«, sagte Littell. *»Hast du je Schuldner an finanzkräftigere Wucherer verwiesen?«*

Ruby nickte – ja ja ja ja ja.

»Sal D'Onofrio hat dir das Geld geliehen, um den Laden hier zu kaufen. Nick mit dem Kopf, wenn's stimmt.«

Ruby nickte. Er hatte sich mit den Füßen in schmutzigen Büstenhaltern verfangen.

»Sal bringt laufend Leute um. Weißt du das?«

Ruby nickte. Im anderen Raum hörte man Hunde bellen.

»Er foltert gerne, Jack. Es macht ihm Spaß, anderen Menschen wehzutun.«

Ruby bewegte den Kopf heftig auf und ab. Seine Wangen blähten sich wie bei dem toten Jungen im Leichenschauhaus.

»Sal hat einen Mann mit dem Schweißbrenner getötet. Da kam die Frau des Mannes unerwartet nach Hause. Sal hat ihr einen benzingetränkten Lappen in den Mund gestopft und ihn angezündet. Er sagte, dass sie gestorben ist wie ein feuerspeiender Drache.«

Ruby machte sich in die Hosen. Littell sah, wie der Flecken im Schoß sich ständig vergrößerte.

»Sal will, dass du ein paar Dinge schnallst. Erstens: Deine Schulden bei ihm sind gestrichen. Zweitens: Wenn du nicht mit mir zusammenarbeitest oder mich an die Firma oder irgendwelche Bullenfreunde verpfeifst, kommt er nach Dallas und vergewaltigt dich und bringt dich um. Hast du kapiert?«

Ruby nickte – ja ja ja. Hundekuchenkrümel kamen ihm zur Nase heraus.

Wie sagte Kemper Boyd – NIE SCHWACH WERDEN.

»Du wirst keinerlei Kontakt zu Sal aufnehmen. Meinen Namen erfährst du nicht. Du sagst keinem Menschen was. Du rufst mich jeden Dienstag um 11 Uhr morgens an einem öffentlichen Fernsprecher in Chicago an. Ich ruf' dich an und geb' dir die Nummer. Hast du kapiert?«

Ruby nickte – ja ja ja ja ja ja. Die Hunde heulten und kratzten an der Tür.

»Ich will, dass du für Sal einen wichtigen Schuldner auftreibst.

Einen, den Sal an Giancana und die Pensionskasse weiterverweisen kann. Nick, wenn du mit allem einverstanden bist, nick zweimal, wenn du alles kapiert hast.«

Ruby nickte dreimal.

Littell ging.

Der Hundelärm wurde zur Kakophonie.

Das Flugzeug landete um Mitternacht. Er fuhr nach Hause, in gehobener Stimmung und völlig erschöpft.

Helens Wagen stand vor dem Haus. Sie war bestimmt wach; in ernster Stimmung; auf Versöhnung bedacht.

Littell fuhr zu einem Schnapsladen und kaufte sich eine kleine Flasche. Ein Säufer bettelte ihn an. Er gab ihm einen Dollar – das arme Schwein sah ein bisschen aus wie Jack Ruby.

Es war Sonntag. Ein Uhr morgens. Vielleicht hatte Court Meade Lauschpostendienst.

Er rief an. Niemand antwortete. Ein Top-Hoodlum-Mitarbeiter schwänzte die Schicht.

Kemper hatte ihm nahegelegt, sich nicht bei dem Posten blicken zu lassen. Gegen einen allerletzten Besuch dürfte er wohl nichts einzuwenden haben.

Littell fuhr hin und schloss die Tür auf. Der Empfangskasten war aus der Leitung gezogen, der Raum geputzt und aufgeräumt. Eine

Mitteilung:
Celanos Schneiderei wird zum 17.5. bis 20.5.59 ausgeräuchert. Die Schichten werden solange ausgesetzt.

Littell öffnete die Flasche. Er brauchte nur ein paar Drinks, um wieder frisch zu sein, vor Einfällen sprühend.

Sein Verstand lief auf Hochtouren.

Sal brauchte Geld. Court Meade hatte was von einem Überfall auf eine Zockerparty gesagt. Mr Hoover hatte angeordnet, die Angelegenheit auf sich beruhen zu lassen.

Littell überprüfte die Transkripte der Abhörstation. Er fand das Gespräch über den Überfall, das Special Agent Russ Davis vergangenen Monat abgelegt hatte.

18.4.59. 22 Uhr. Allein in der Schneiderei:

Rocco Malvaso und Dewey »The Duck« Di Pasquale. Gläserklingen. Durch Presslufthammer- und allgemeine Baugeräusche auf der Michigan Avenue übertönt. Zwei Minuten verstrichen, in denen beide Männer offensichtlich das Klo aufsuchten. Dann fand folgendes Gespräch statt:

Malvaso: *Te salud*, Ente.

Di Pasquale: Quak, quak. Und das Schönste dran ist, dass die das nie anzeigen können.

Malvaso: Die Bullen von Kenilworth würden sich in die Hosen machen. Ein spießigeres Nest gibt's nicht. Wohl das einzige Mal in seiner Geschichte, dass zwei Kerle wie wir bei einem Würfelspiel achtzig Riesen eingesackt haben.

Di Pasquale: Quak, quak. Schau, das waren Leute, die auf eigene Rechnung gearbeitet und nichts anderes verdient haben. Schau, wenn du dich nicht mit Momo verbündest, bist du keinen Entenfurz wert. Du, wir haben Masken getragen und die Stimmen verstellt. Dabei wissen diese Bauerntölpel nicht mal, dass wir Leute mit Beziehungen sind. Ich bin mir vorgekommen wie Super Duck. Ich glaube, ich sollte mir ein Super-Duck-Kostüm zulegen, und das nächste Mal, wenn ich die Kids nach Disneyland mitnehme, zieh' ich's mir an. Malvaso: Quatsch, Scheißquatsch, du flossenfüßiger Entenbürzel. Du musstest natürlich rumballern. Als ob ein Scheißüberfall kein Scheißüberfall wäre, wenn so ein erpeliger Enterich nicht auf den Abzug drückt.

(Hinweis: Die Polizei von Kenilworth berichtet von ungeklärten Schüssen, die am 16.4.59 um 23 Uhr 40 in der Westmoreland Avenue, Block 2600, abgegeben wurden.)

Di Pasquale: Na und, quak, quak. Hat doch geklappt. Wir haben die Sore schön und sicher verstaut und –

Malvaso: – zu scheißöffentlich für meinen Geschmack.

Di Pasquale: Quak, quak. Was sind schon sechzig Tage Warten, wenn's ums Verteilen geht. Donald wartet jetzt schon zwanzig Jahre darauf, Daisy zu bumsen, nur weil Walt Disney ihn nicht lässt. Weißt du noch, letztes Jahr? Wo Jewboy Lenny bei meiner Geburtstagsparty aufgetreten ist? Die Nummer, wo Daisy Donald mit ihrem Entenschnabel den Schwanz lutscht? Haben wir gelacht.

Malvaso: Quak, quak, du Entenbürzel.

(Hinweis: Baugeräusche übertönten den Rest des Gesprächs. Türenschlagen um 23 Uhr 10.)

Littell überprüfte die Top-Hoodlum-Akte. Malvaso und Di Pasquale wohnten in Evanston.

Er spielte das Band vom 18.4.59 ab und verglich es mit dem Transkript. Russ Davis hatte den Schluss weggelassen.

»Chattanooga Choo Choo«, summte Dewey The Duck.

»Ich hab' den Schlüssel zu deinem Herzen«, sang Malvaso.

»Zu öffentlich«, »Schlüssel« und »Choo Choo«. Zwei *Vorstadt-Gangster*, die sich mit der Aufteilung der Beute sechzig Tage Zeit ließen.

Es gab über vierzig Vorstadt-Bahnhöfe mit Anschlüssen nach Chicago.

Mit über vierzig Warteräumen mit Gepäckaufbewahrungsfächern.

Die Fächer wurden für einen Monat vermietet. Nur gegen bar, kein Registereintrag, kein Name auf der Quittung.

Zwei Räuber. Zwei verschiedene Schlüssel pro Tür.

Laut Gesetz des Staates Illinois wurden die Schlösser alle neunzig Tage ausgetauscht.

Tausende von Schließfächern. Unmarkierte Schlüssel. Sechzig Tage bis zur Aufteilung der Beute – von denen dreiunddreißig verstrichen waren.

Die Schließfächer waren mit Stahl ausgekleidet. Die Warteräume wurden rund um die Uhr bewacht.

Littell dachte zwei ganze Tage nach. Mit dem Ergebnis:

Er konnte sie beschatten. Aber wenn sie das Geld abholten, stand er hilflos da.

Er konnte nur einen Räuber auf einmal verfolgen. Ergebnis: Die ohnehin schlechten Chancen standen noch mal so schlecht.

Er versuchte es trotzdem. Er beschloss, die Red-Squad-Berichte zu türken und die Männer eine Woche lang abwechselnd zu beschatten.

Erster Tag: Er beschattet Rocco Malvaso von 8 Uhr früh bis Mitternacht. Rocco fährt zu Spelunken, Gewerkschaftsbüros und zur Wohnung seiner Freundin in Glencoe.

Rocco kommt nie auch nur in die Nähe eines Bahnhofs.

Zweiter Tag: Er verfolgt Dewey The Duck von 8 Uhr früh bis Mitternacht. Dewey holt an verschiedenen Sammelstellen Nuttengelder ab.

Dewey kommt nicht mal in die Nähe eines Bahnhofs.

Dritter Tag: Er verfolgt Rocco Malvaso von 8 Uhr bis Mitternacht. Rocco fährt nach Milwaukee, wo er widerborstige Zuhälter mit der Pistole zusammenschlägt.

Rocco kommt nicht mal in die Nähe eines Bahnhofs.

Vierter Tag: Er verfolgt Dewey The Duck von 8 Uhr bis Mitternacht. Dewey, als Donald Duck verkleidet, unterhält die Kleinen bei Dewey juniors Geburtstagsparty im Garten.

Dewey kommt nicht mal in die Nähe eines Bahnhofs.

Fünfter Tag: Er verfolgt Rocco Malvaso von 8 Uhr bis Mitternacht. Rocco verbringt die Zeit mit einem Callgirl im Blackhawk Hotel in Chicago.

Rocco kommt nicht mal in die Nähe eines Bahnhofs.

Sechster Tag, 8 Uhr: Beginn der Beschattung von Dewey The Duck. 9 Uhr 40: Das Auto von Dewey springt nicht an. Mrs Duck bringt Dewey zum Bahnhof von Evanston.

Dewey lässt sich im Warteraum viel Zeit.

Dewey guckt sich die Schließfächer an.

Schließfach Nummer 19 hat einen Donald-Duck-Aufkleber.

Littell kippt fast aus den Latschen.

Sechste, siebte, achte Nacht: Er beschattet den Bahnhof. Kriegt raus, dass der Wachmann um 3 Uhr 10 Kaffeepause macht.

Der Mann geht ein paar Häuser weiter zu einem rund um die Uhr offenen Café. Der Warteraum bleibt mindestens achtzehn Minuten unbewacht.

Neunte Nacht: Er schlägt zu. Er ist mit Brechstange, Blechschneider, Hammer und Meißel bewaffnet. Er bricht die Tür des Schließfachs Nummer 19 auf und stiehlt vier Einkaufstüten mit Geld.

Insgesamt 81 492 Dollar.

Jetzt hat er einen Informantenfonds. Die Scheine sind alt und gebraucht.

Er gibt Mad Sal fürs Erste zehntausend Dollar.

Er findet den Säufer, der Jack Ruby gleicht, und gibt ihm fünfhundert.

Bei der Leichenhalle von Cook County besorgt er sich einen Namen. Icepick Tony Iannones Liebhaber war ein gewisser Bruce William Sifakis. Er schickt den Eltern anonym zehntausend Dollar.

Er gibt fünftausend Dollar in die Kollekte von Saint Anatole und betet.

Er bittet um Vergebung für seine Hybris. Er sagt Gott, dass er sein wahres Selbst auf Kosten anderer entdeckt hat. Er sagt Gott, dass er jetzt die Gefahr liebt. Und dass sie ihn mehr begeistert als abschreckt.

24

(Havanna, 28.5.59)

Das Flugzeug rollte aus. Pete zog den Pass und ein dickes Bündel Zehndollarnoten heraus.

Ein kanadischer Pass, von der CIA gefälscht.

Milizsoldaten stürmten die Rollbahn. Die kubanischen Gesetzeshüter zapften alle Flüge aus Key West auf Schmiergeld an.

Vor zwei Tagen hatte Boyd angerufen. John Stanton und Guy Banister, sagte er, hätten sich vom guten alten Big-Pete-Schneid beeindruckt gezeigt. Boyd hatte soeben bei der CIA unterschrieben. Nun könne er ihm eine Aufgabe anbieten, die wie für ihn gemacht sei und womöglich so was wie ein Test für die CIA werden könne.

»Du fliegst mit kanadischem Pass von Key West nach Havanna«, sagte er. »Du sprichst englisch mit französischem Akzent. Du kriegst raus, wo Santo Trafficante ist, und lässt dir von ihm eine Erklärung geben. Die Erklärung soll sich an Carlos Marcello, Johnny Rosselli und Sam Giancana und die anderen richten. Trafficante soll seinen Mitgangstern ausdrücklich davon abraten, sich für die Nationalisierung der Casinos an Castro zu rächen. Außerdem sollst du einen hochverängstigten United-Fruit-Manager namens Thomas Gordean ausfindig machen und ihn herbringen, damit er Bericht erstatten kann. All das muss sehr schnell erledigt werden – Castro und Ike werden bald alle Flüge zwischen den USA und Kuba streichen.«

»Wieso ich?«, fragte Pete.

»Weil du auf dich aufpassen kannst«, sagte Boyd. »Weil deine Erfahrungen beim Taxistand dich zum Spezialisten im Umgang mit Kubanern gemacht haben. Weil du kein bekannter Gangster bist, über den die kubanische Geheimpolizei eine Akte angelegt haben könnte.«

»Wie viel?«, fragte Pete.

»Fünftausend Dollar«, sagte Boyd. »Und solltest du festgenommen werden, wird derselbe diplomatische Kurier, der für die Freilassung von Trafficante und der anderen Amerikaner sorgt, auch dich rausholen. Castro wird alle Ausländer laufen lassen. Das ist nur eine Frage der Zeit.«

Pete wusste nicht recht. »Ich geb' dir mein Wort«, sagte Boyd, »dass Ward Littell – ein gestörter und gefährlicher Mann – dich in Ruhe lassen wird. Ich hab' dich ja gerade deswegen mit Lenny Sands zusammengebracht, damit er als Puffer zwischen euch wirkt.«

Pete lachte.

»Sollten dich die kubanischen Bullen schnappen«, sagte Boyd, »sagst du die Wahrheit.«

Die Türen gingen auf. Pete legte eine Zehndollarnote in den Pass. Die Miliz kam an Bord.

Die Pistolengürtel passten nicht, und jeder hatte eine andere Waffe drinstecken. Die Abzeichen auf den Hemden hatten sie aus irgendwelchen Corn-Flakes-Schachteln gefischt.

Pete drängte sich zum Ausgang. Das gleißende Licht von Bogenlampen strahlte durch Türen und Fenster. Als er die Flugzeugtreppe herunterging, zog er unwillkürlich den Kopf ein, um sich gegen die gottverdammte blendende Helligkeit zu schützen.

Ein Wachsoldat riss ihm den Pass aus der Hand. Der Zehner verschwand. Der Wachsoldat verbeugte sich und reichte ihm ein Bier.

Die anderen Passagiere kamen zur Tür raus. Die Miliz-Clowns überprüften die Pässe auf Schmiergeld und fanden keines.

Der Chef der Wache schüttelte den Kopf. Seine Untergebenen sammelten Geldbeutel und Brieftaschen ein. Ein Mann protestierte und wollte das Portemonnaie nicht hergeben.

Die Latinos warfen ihn flach auf die Rollbahn. Sie schnitten ihm die Hosen mit Rasierklingen ab und leerten ihm die Taschen.

Die anderen Passagiere hörten auf zu meckern. Der Chef der Wache durchwühlte ihre Sachen.

Pete nippte an seinem Bier. Einige Wachen kamen mit ausgestreckten Händen auf ihn zu.

Er schmierte sie mit je einem Zehner. Die Uniformen machten ihm Spaß: jede Menge ausgefranstes Kaki und Epauletten wie die Platzanweiser in Grauman's Chinese Theatre.

Ein kleiner Latino fuchtelte mit der Kamera herum. »Spielst du Football, *hombre*? He, Großer, spielst du Football?«

Jemand warf ihm einen Football zu. Pete fing ihn mit einer Hand auf. Ein Blitzlicht explodierte ihm dicht vor den Augen.

Kapiert? Die wollen, dass du für sie posierst.

Er ging in die Hocke und schwenkte den Ball hin und her wie Johnny Unitas. Er spielte einen Pass, blockierte einen unsichtbaren Linienmann und köpfte den Ball weg wie das schwarze südamerikanische Fußball-As, das er mal im Fernsehen gesehen hatte.

Die Spics applaudierten. Die Spics jubelten. Die Blitzlichter bli-bli-blitzten.

»He«, rief jemand, »das ist Robert Mitchum!«

Bauerntölpel rannten auf die Rollbahn und wedelten mit ihren Autogrammbüchern. Pete rannte zu einem Taxistand am Eingang.

Kleine Jungs versuchten, ihn zu einem Taxi zu zerren. Taxitüren öffneten sich, Wechseln, *presto chango.*

Pete wich einem Ochsenkarren aus und stieg in einen alten Chevy. »Sie sind nicht Robert Mitchum«, sagte der Fahrer.

Sie fuhren durch Havanna. Tiere und Straßengesindel verstopften den Verkehr. Mehr als zehn Meilen die Stunde schafften sie nicht.

Es war 10 Uhr abends und immer noch fast 30 Grad. Die Hälfte der Clowns auf der Straße trug Kampfanzug und Christusbart.

Die weiß getünchten Häuser im spanischen Stil musste man gesehen haben. Ebenso die Plakate an den Fassaden: ein lächelnder Fidel Castro, ein schäumender Fidel Castro, Fidel Castro mit Zigarre.

Pete zog den Schnappschuss raus, den Boyd ihm mitgegeben hatte. »Kennen Sie den Mann?«

»Si«, sagte der Fahrer. »Das ist Mr Santo junior. Er ist in Schutzhaft im Hotel Nacional.«

»Dann bringen Sie mich dahin.«

Pancho wendete auf die Gegenspur. Pete erblickte die Hotelreihe vor sich – eine Reihe halbgarer Wolkenkratzer mit Strandblick.

Die Lichter spiegelten sich schimmernd im Wasser. Das Leuchten verlieh den Wellen einen türkisblauen Glanz.

Das Taxi fuhr beim Nacional vor. Pagen schwärmten aus – Clowns in abgewetzten Abendanzügen. Pete steckte dem Fahrer eine Zehndollarnote zu – dem Kerl kamen fast die Tränen.

Pagen streckten die Hände aus. Pete füllte sie zehndollarweise. Der Begleittrupp schob ihn ins Casino.

Die Bude war gerammelt voll. Die Kommunisten standen auf kapitalistische Spiele.

Die Croupiers trugen Schulterhalfter. Der Blackjack-Tisch wurde von Milizangehörigen betrieben. Die Kundschaft war hundertprozentig südamerikanisch.

Ziegen strichen umher. Hunde planschten auf einem wassergefüllten Würfeltisch herum. Die Unterhaltungsshow bei den Spielautomaten musste man gesehen haben: ein Airedale und ein Chihuahua beim Ficken.

Pete packte einen Pagen und schrie ihm ins Ohr: »Santo Trafficante. Bekannt?«

Drei Hände streckten sich ihm entgegen. Drei Zehner wechselten den Besitzer. Jemand schubste ihn in einen Lift.

Fidel Castros Kuba – ein Nigger-Himmel.

Der Lift fuhr hinauf. Ein Milizsoldat öffnete die Tür mit der Pistole in der Hand.

Dollarnoten purzelten ihm aus den Taschen. Pete fügte einen Zehner hinzu. Die Pistole verschwand, *rápidamente.*

»Wollen Sie in Schutzhaft, Señor? Kostet fünfzig Dollar am Tag.«

»Was krieg' ich dafür?«

»Ein Zimmer mit Fernsehapparat, Gourmetessen, Glücksspiel und Frauen. Leute mit amerikanischem Pass werden nun mal bis auf Weiteres in Kuba festgehalten, und Havanna ist im Augenblick etwas unsicher. Warum den Zwangsaufenthalt nicht genießen?«

Pete zeigte seinen Pass vor. »Ich bin Kanadier.«

»Ja. Und zwar französischer Abstammung, wie ich höre.«

Der Korridor war von dampfenden Servierwagen gesäumt. Pagen schoben Cocktailwagen vorbei. Zwei Türen weiter schiss eine Ziege auf den Teppich.

Pete lachte. »Euer Castro ist mir vielleicht ein Hoteldirektor.«

»Ja. Selbst Mr Santo Trafficante hat einräumen müssen, dass es in Amerika keine Vier-Sterne-Gefängnisse gibt.«

»Ich möchte zu Mr Trafficante.«

»Wenn Sie mir bitte folgen wollen.«

Pete schloss sich ihm an. Volltrunkene Gringos schwankten durch den Korridor. Der Wächter machte ihn auf die Highlights der Schutzhaft aufmerksam.

In Suite 2314 konnte man sich Pornofilme angucken, die Leinwand war ein Betttuch. In Suite 2319 konnte man sich mit Roulette, Würfeln und Baccarat vergnügen. Suite 2329 bot nackte Nutten auf Abruf. Suite 2333 eine Lesben-Liveshow. In Suite 2341 gab es Spanferkel vom Rost. Die Suiten 2350 bis 2390 waren zu einem Golfübungsplatz zusammengelegt. Ein Latino-Caddy quetschte sich an ihnen vorbei und schleppte Golfschläger. Der Wächter schlug vor der Tür Nr. 2394 die Hacken zusammen.

»Mr Santo, ein Besucher für Sie!«

Santo Trafficante Jr. öffnete.

Er war um die vierzig, untersetzt. Er trug rohseidene Bermudashorts und eine Brille.

Der Wächter zog sich zurück. »Die beiden Dinge, die ich am meisten hasse«, sagte Trafficante, »sind Kommunisten und Chaos.«

»Mr Trafficante, ich bin –«

»Ich habe Augen im Kopf. Und eine Brille dazu. Sie sind Pete Bondurant, der für Jimmy Leute umlegt. Da kommt so ein Zwei-Meter-Gorilla an meine Tür und macht seinen Diener. Ich kann zwei und zwei zusammenzählen.«

Pete trat ins Zimmer. Trafficante lächelte.

»Kommen Sie, um mich zurückzubringen?«

»Nein.«

»Jimmy hat Sie geschickt, nicht?«

»Nein.«

»Mo? Carlos? Ich langweile mich derart, dass ich mit einem Riesengorilla Ratespiele spiele. He, was ist der Unterschied zwischen einem Gorilla und einem Neger?«

»Es gibt keinen?«, sagte Pete.

Trafficante seufzte. »Er kennt ihn schon, der Trampel. Mein Vater hat mal jemanden umgelegt, nur weil der ihm eine Pointe versaut hat. Mal was von meinem Vater gehört?«

»Von Santo Trafficante senior?«

»*Salud*, Franzmann. Jesus, ich langweile mich derart, dass ich mit einem Gorilla Witze reiße.«

Aus einem Kühlungsschlitz triefte Schweinefett. Die Suite war widerlich modern eingerichtet – jede Menge Farben, die nicht zueinander passten.

Trafficante kratzte sich an den Eiern. »Also, wer hat dich geschickt?«

»Ein CIA-Mann namens Boyd.«

»Ich kenn' nur einen CIA-Mann, einen Redneck namens Chuck Rogers.«

»Ich kenne Rogers.«

Trafficante zog die Tür zu. »Ich weiß, dass du ihn kennst. Ich weiß alles über dich und den Taxistand und über dich und Fulo und Rogers, und ich weiß Dinge, von denen du dir wünschst, dass ich sie nicht wüsste, da gehe ich jede Wette ein. Weißt du, *wieso* ich das weiß? Weil man in unserer Branche liebend gern klatscht. Nur ein Scheißgutes hat die Sache, nämlich, dass keiner von uns mit Leuten außerhalb der Branche tratscht.«

Pete blickte zum Fenster hinaus. Der Ozean schimmerte türkisblau.

»Boyd wünscht, dass Sie Carlos Marcello, Sam Giancana und Johnny Rosselli eine Nachricht schicken. Sie sollen ihnen mitteilen, dass Sie nicht möchten, dass wegen der Nationalisierung der Casinos etwas gegen Castro unternommen wird. Ich nehme an, die CIA hat Schiss, die Firma könnte durchdrehen und der CIA das Konzept vermasseln.«

Trafficante nahm Block und Stift vom Fernseher. Er schrieb zügig, während er klar und deutlich verkündete:

»Sehr geehrter Herr Premierminister Castro, Sie kommunistische Hundescheiße. Ihre Revolution ist ein roter Scheißdreck. Wir haben Ihnen gutes Geld gezahlt, damit wir, nachdem Sie die Macht übernommen haben, unsere Casinos behalten können, aber Sie haben unser Geld genommen und uns in den Arsch gefickt, bis uns das Blut rauslief. Sie sind ein größeres Stück Scheiße als die Tunte Bobby Kennedy und sein tuntiger McClellan-Untersuchungsausschuss. Ich wünsche Ihnen höchstpersönlich die Syphilis an Gehirn und Schwanz, Sie kommunistisches Arschloch, weil Sie unser schönes Hotel Nacional versaut haben.«

Golfbälle prallten den Korridor hinunter. Trafficante zuckte zusammen und hielt die Nachricht hoch.

Pete las. Santo juniors Botschaft hätte nicht besser sein können – klar, eindeutig, grammatikalisch korrekt.

Pete steckte die Nachricht in die Tasche. »Danke, Mr Trafficante.«

»Scheißgern geschehen, und ich sehe, dass du überrascht bist, dass ich was schreiben und gleichzeitig was anderes sagen kann. Jetzt geh und sag deinem Mr Boyd, die Zusage gilt nur auf ein Jahr und nicht länger. Sag ihm, was Kuba betrifft, sitzen wir alle im gleichen Boot, daher sei es in unserem ureigensten Interesse, das Boot nicht zu sehr ins Schaukeln zu bringen.«

»Das wird er zu schätzen wissen.«

»Schätzen – Scheißdreck. Wenn er das zu schätzen wüsste, würdest du mich hier rausholen.«

Pete sah auf die Uhr. »Ich habe nur zwei kanadische Pässe dabei und soll einen United-Fruit-Mann rausbringen.«

Trafficante hob einen Golfschläger auf. »Dagegen ist nichts einzuwenden. Geld ist Geld, und die United Fruit hat mehr aus Kuba rausgeholt als die Firma in ihren besten Zeiten.«

»Sie kommen bald hier weg. Ein Kurier ist schon dabei, alle Amerikaner rauszuholen.«

Trafficante übte einen Putt. »Gut. Und ich sorg' dafür, dass du einen Führer kriegst. Er kutschiert dich rum und schafft dich und den United-Fruit-Mann zum Flughafen. Bevor er dich rauslässt, beklaut er dich bestimmt, aber jetzt, wo die Scheißroten an der Macht sind, ist nun mal nichts Besseres zu kriegen.«

Ein Croupier hatte ihnen den Weg zum Haus erklärt – Tom Gordean hatte dort vergangene Woche eine Fackelparty gefeiert. Jesús, der Führer, berichtete, dass Mr Tom ein Zuckerrohrfeld abgefackelt hatte – er war darauf versessen, sein Image als *fascisto* aufzumöbeln.

Jesús trug einen Dschungelkampfanzug und eine Baseball-Kappe. Auf die Haube seines Volkswagens war ein Maschinengewehr montiert.

Sie verließen Havanna auf Feldwegen. Jesús hielt mit der einen Hand das Lenkrad, und mit der anderen feuerte er auf Palmen. Brennende Zuckerrohrfelder färbten den Himmel orange-pink – Fackelpartys waren seit Batistas Abgang in Kuba große Mode.

Telefonsäulen huschten am Fenster vorbei. Jede mit Fidel Castros Konterfei versehen.

Pete sah in der Ferne die Lichter eines Hauses – etwa zweihundert Yards entfernt. Jesús fuhr auf eine Lichtung mit Palmstrünken zu.

Er bog ein, als wisse er genau, wo er hinfahre. Er gestikulierte nicht und sagte kein Sterbenswort.

Da stimmte was nicht. Das war *arrangiert.*

Jesús bremste und stellte die Scheinwerfer ab. In dem Augenblick, da sie erloschen, flammte eine Fackel auf.

Die Lichtung wurde hell. Pete erblickte ein Cadillac Cabriolet, sechs Spics und einen sturzbetrunkenen Weißen.

»Das ist Señor Tom«, sagte Jesús.

Die Spics hatten abgesägte Schrotflinten. Der Cadillac war mit Gepäck und Nerzmänteln vollgestopft.

Jesús sprang aus dem Wagen und quatschte auf die Spics ein. Die Spics winkten dem Gringo im VW zu.

Die Mäntel stapelten sich über Türhöhe. Aus einem Koffer quollen US-Dollars.

Pete kapierte, todsicher.

Thomas Gordean wand sich hin und her. Er winkte mit einer Flasche Demerara-Rum. Er stieß kommunistische Parolen hervor.

Er lallte. Er war stockbesoffen und dabei, noch stockbesoffener zu werden.

Pete sah die Fackeln, die nun darauf warteten, angezündet zu werden. Pete sah den Benzinkanister auf dem Baumstrunk.

Gordean schnatterte weiter. Ein Kommunisten-Klischee nach dem anderen.

Jesús hockte sich zu den Spics. Wieder winkten sie dem Gringo zu. Gordean kotzte auf die Haube des Cadillac.

Pete glitt neben das Maschinengewehr. Die Spics wandten sich ab und langten sich an den Hosenbund.

Pete feuerte. Ein kleiner Schwenk mähte sie hinterrücks um. Das *Ack-ack* erschreckte die Vögel, die kreischend aufflatterten.

Gordean plumpste zu Boden und krümmte sich wie ein Fötus zusammen. Die Kugeln verfehlten ihn nur knapp.

Pete goss Benzin über die Toten und den Volkswagen und verbrannte alles. Eine Schachtel Kaliber-.50-Patronen explodierte.

Señor Tom Gordean war bewusstlos.

Pete warf ihn auf den Rücksitz des Cadillac. Die Nerzmäntel waren ein weiches Bettchen.

Er überprüfte das Gepäck. Er fand eine Riesenladung Geld und Aktien.

Ihr Rückflug ging am frühen Morgen. Pete fand eine Straßenkarte im Handschuhfach und markierte den Rückweg nach Havanna.

Er setzte sich in den Cadillac und gab Vollgas. Frittierte Palmen leuchteten ihm den Weg.

Er schaffte es, noch vor Anbruch der Morgendämmerung am Flughafen zu sein. Freundliche Milizsoldaten umschwärmten El Señor Mitchum.

Tom Gordean wachte auf und hatte das Zittern. Pete verabreichte ihm Rum-Cola, um ihn bei Laune zu halten. Die Spics nationalisierten das Geld und die Pelze – nicht besonders überraschend.

Pete gab Robert-Mitchum-Autogramme. Ein Kommunisten-Kommissar begleitete sie zum Flugzeug.

»Sie sind nicht Robert Mitchum«, sagte der Pilot.

»Was du nicht sagst, Sherlock«, sagte Pete.

Gordean schlief ein. Die anderen Passagiere starrten sie an – sie stanken nach Benzin und Alkohol.

Das Flugzeug landete 7 Uhr. Sie wurden von Kemper Boyd erwartet. Er übergab Pete einen Umschlag mit fünftausend Dollar.

Boyd war ein biiiiiißchen zu nervös. Boyd war mehr als ein bisschen zu hochnäsig.

»Danke, Pete«, sagte er. »Sei so gut und steig zu den anderen in den Bus. Ich ruf' dich in ein paar Tagen in L. A. an.«

Er kriegte fünf Riesen. Boyd kriegte Gordean und einen Koffer voller Aktien. Gordean sah verwirrt aus. Boyd entschieden anders als sonst.

Pete stieg in den Bus. Er sah, wie Boyd Gordean zu einem Frachthangar führte.

Ein verlassener Provinzflughafen. Ein CIA-Mann und ein Besoffener, ganz allein.

Seine Fühlerchen zuckten auf Hochtouren.

25

(Key West, 29.5.59)

Die Baracke war nicht größer als eine Streichholzschachtel. Er hatte den Tisch und die zwei Stühle hineinzwängen müssen.

Kemper fasste Gordean mit Samthandschuhen an. Das Verhör schleppte sich dahin – sein Gegenüber war im Delirium tremens.

»Weiß Ihre Familie, dass Sie United-Fruit-Aktien besitzen?«

»Welche ›Familie‹? Ich bin öfter verheiratet gewesen als Artie Shaw und Mickey Rooney *zusammen*. Ich hab' ein paar Vettern in Seattle, aber mehr als der Weg zur Bar im Woodhaven Country Club ist denen nicht bekannt.«

»Wer außer Ihnen weiß noch, dass Sie diese Aktien haben?«

»Meine Leibwächter. Wir waren gerade dabei, einen zu trinken und ein paar imperialistische Zuckerrohrfelder zu vernichten, und dann finde ich mich auf dem Rücksitz meines Wagens wieder, mit Ihrem Kumpel am Steuer. Ich gebe gern zu, dass ich gewaltig einen sitzen hatte und etwas die Orientierung verloren habe. Hat Ihr Kumpel ein Maschinengewehr?«

»Ich glaube kaum.«

»Aber einen VW?«

»Mr Gordean ...«

»Mr Boyce, oder wie immer Sie heißen, was geht hier vor? Sie sperren mich in diesen Schuppen und wühlen in meinem Koffer rum. Sie stellen mir Fragen. Sie meinen, nur weil ich ein reicher amerikanischer Geschäftsmann bin, muss ich auf Ihrer Seite stehen. Glauben Sie, ich wüsste nicht, wie das CIA-Pack die Wahlen in Guatemala getürkt hat? Ich war auf dem Weg zu einer Cocktailparty bei Premier Castro, als Ihr Kumpel mich entführt hat. *Fidel Castro* heißt der Mann. Er ist der Befreier Kubas. Ein netter Mann und ein großartiger Basketballspieler.«

Kemper legte ihm die Aktienübertragungsformulare vor. Sie waren vorzüglich gefälscht – von einem befreundeten Geldfälscher.

»Wenn Sie das bitte unterschreiben würden, Mr Gordean. Die Rückerstattungsbescheinigungen für Ihren Flug.«

Gordean unterschrieb, in dreifacher Ausführung. Kemper unterschrieb die notarielle Beglaubigung und versah alle drei Unterschriften mit einem Siegel.

Der Freund hatte auch das Siegel gefälscht, ohne was extra zu verlangen.

Gordean lachte. »CIA-Mann und Notar. Was für eine Mischung.«

Kemper zog die .45er und schoss ihm in den Kopf.

Gordean flog vom Stuhl. Aus einem Ohr spritzte Blut. Kemper stellte ihm den Fuß auf den Kopf, um den Blutstrom zu stillen.

Draußen raschelte etwas. Kemper stieß die Tür mit dem Revolver auf.

Pete Bondurant stand vor der Tür. Die Hände in den Hosentaschen.

Pete lächelte. Er lächelte zurück.

Pete malte ein Fifty-Fifty-Zeichen in die Luft.

DOKUMENTENEINSCHUB: 11.6.59. Zusammenfassender Bericht: Kemper Boyd an John Stanton. PERSÖNLICH/VERTRAULICH IN VERSCHLOSSENER DOKUMENTENMAPPE ZU ÜBERGEBEN

John,

ich habe mit der Niederschrift meines Berichts aus zwei Gründen gewartet. Erstens wollte ich eine verpfuschte Geschichte zu Ende bringen, bevor ich mich mit Ihnen in Verbindung setze. Zweitens habe ich von einer Mission zu berichten, die ich (ehrlich gesagt) versaut habe.

Sie haben mich aufgefordert, mir was auszudenken und Pete Bondurant probeweise einzusetzen, um ihn auf seine Eignung für eine CIA-Tätigkeit zu testen. Das habe ich getan und Bondurant nach Kuba geschickt, um einen United-Fruit-Direktor namens Thomas Gordean herauszuholen, einen Mann, den Teofilio Paez als »impulsiv« und »zum Kommunismus neigend« beschrieben hat. Bondurant hat den ersten Teil der Aufgabe erfolgreich durchgeführt. Wir haben Mr Gordean im Rusty-Scupper-Motel in Key West untergebracht, um uns von ihm Bericht erstatten zu lassen, und ihn leider allein gelassen, damit er sich ausruhen konnte. Gordean hat mit einer versteckten .45er-Automatic Selbstmord begangen. Ich habe die Polizei von Key West eingeschaltet, und Bondurant und ich sind als Zeugen aufgetreten. Ein gerichtsmedizinisches Gutachten hat auf Selbstmord als Todesursache erkannt. Bondurant bezeugte außerdem Gordeans offensichtlichen Alkoholismus und seine depressive Stimmung. Die Autopsie bestätigte, dass Gordean Anzeichen von fortgeschrittenem Leberschaden zeigte. Die Leiche wurde einem entfernten Vetter in Seattle überstellt. (Gordean hatte keine näheren Verwandten.)

Sollten Sie eine Bestätigung verlangen, nehmen Sie bitte mit Captain Hildreth von der Polizei von Key West Verbindung auf. Natürlich möchte ich mich für den Schnitzer entschuldigen. Und Ihnen versichern, dass dergleichen nicht mehr vorkommen wird.

Mit freundlichen Grüßen
Kemper Boyd

DOKUMENTENEINSCHUB: 19.6.59. Persönliches Schreiben: John Stanton an Kemper Boyd.

Lieber Kemper,

natürlich bin ich stinksauer. Und natürlich hätten Sie mich auf der Stelle von dem Schlamassel in Kenntnis setzen müssen. Gott sei Dank hatte Gordean keine näheren Verwandten, die der CIA Ärger machen könnten. Aber schließlich sollte man auch in Betracht ziehen, dass Sie bis zu einem gewissen Grad Opfer einer Verkettung unglücklicher Umstände geworden sind. Wie Sie einmal sagten, sind Sie Rechtsanwalt und Polizist, kein Spion.

Sie werden sich freuen zu hören, dass der Stellvertretende Direktor Bissell Ihrem Vorschlag, Blessington Camp von einem Elitekader führen zu lassen, positiv gegenübersteht. Das Ausbildungscamp wird gerade gebaut; die von Ihnen persönlich ausgewählten Rekruten (Paez, Obregón, Delsol, Gutiérrez) werden in Langley weiter ausgebildet und schneiden gar nicht schlecht ab. Der Stellvertretende Direktor wäre, wie gesagt, damit einverstanden, das Camp Pete Bondurant zu unterstellen. Das war natürlich vor dem Mist mit Gordean. Fürs Erste möchte ich abwarten und die Sache mit Bondurant noch einmal überdenken.

Kurz, ich bin über den Zwischenfall mit Gordean nicht gerade begeistert, aber meine Begeisterung für Sie als CIA-Mitarbeiter bleibt davon unberührt. Missionen auf eigene Verantwortung sollten Sie bis auf Weiteres unterlassen.

John Stanton

DOKUMENTENEINSCHUB: 28.6.59. Persönliches Schreiben: Special Agent Ward J. Littell an Kemper Boyd. »Zur Überarbeitung und Weiterleitung an Robert F. Kennedy.«

Kemper,

ich komme mit meinen Ermittlungen gegen das organisierte Verbrechen allmählich voran. Ich bin auf einige voneinander unabhängige Hinweise gestoßen, dass die alternativen (wahrscheinlich codierten) Bücher der Teamsterpensionskasse tatsächlich existieren. Lenny Sands glaubt, dass es sie gibt. Sal D'Onofrio hat entsprechende Gerüchte gehört. Weitere Gerüchte aus anderen Quellen: Ein Chicagoer Gangster im Ruhestand soll die Bücher verwalten; Sam Giancana soll der »Hauptbevollmächtigte für die Gewährung von Darlehen« sein. So verbreitet die Gerüchte sind, ich habe bisher nicht den geringsten Beweis in der Hand. Und werde natürlich so lange keinen haben, bis ich einen passenden Schuldner aufgetrieben und mir nachweislich Zugang zur Pensionskasse verschafft habe.

Am 18. Mai habe ich einen dritten Informanten in meinen Stall gezwungen. Der Mann (ein in Dallas ansässiger Strip-Club-Betreiber und Kredithai) hält Ausschau nach einem Schuldner, den ich an Sal D'Onofrio verweisen kann, damit der ihn zu Sam Giancana schickt. Ich betrachte den Mann als wichtigen Informanten, denn er hat bereits einen Schuldner an Giancana und die Pensionskasse vermittelt. Er ruft mich jeden Dienstagvormittag an einem öffentlichen Telefon in unmittelbarer Nähe meiner Wohnung an; ich habe ihm mehrmals Geld gegeben. Er fürchtet und respektiert mich genau im richtigen Maße. Wie Sal D'Onofrio befindet er sich ständig in Geldnöten. *Ich bin überzeugt, dass er mir früher oder später zu einem geeigneten Schuldner verhelfen wird.*

Ich verfüge jetzt über einen eigenen Fonds, d. h. einen Informanten-Fonds. Ende Mai habe ich die 81 000-Dollar-Beute aus einem Raubüberfall sichergestellt, der niemals zur Anzeige kam. Ich habe Sal D'Onofrio 32 000 Dollar aus dem Fonds gegeben und ihn damit noch abhängiger von mir gemacht. Eigenartig, ursprünglich habe ich immer geglaubt, Lenny Sands werde sich als mein wertvollster Informant erweisen, aber sowohl Sal als auch der Mann aus Dallas waren schließlich kompetenter (oder dringender aufs Geld angewiesen?). Daran bist du schuld, Kemper. Dass du Lenny mit Pete Bondurant und Hush-Hush zusammengebracht hast, schadete meinen Absichten sehr. Lenny wirkt in jüngster Zeit etwas zurückhaltend. Er begleitet Sals Spritztouren und ist nebenbei für Hush-Hush tätig und scheint vergessen zu haben, was ich gegen ihn in der Hand habe. Spricht er je mit deiner Freundin Miss Hughes? Da wäre ich neugierig.

Wie befohlen, meide ich Court Meade und den Lauschposten. Court und ich haben nun auch endgültig mit der Diensttauscherei Schluss gemacht. Ich bin äußerst vorsichtig, aber für meine Träume kann ich nichts. Mein schönster Traum? John F. Kennedy wird Präsident, und Robert unternimmt im Auftrag seines Bruders einen Kreuzzug gegen das organisierte Verbrechen. Gott, Kemper, wäre das nicht himmlisch? Sag Mr Kennedy, dass ich für ihn bete.

Gruß
WJL

DOKUMENTENEINSCHUB: 3.7.59. Persönliches Schreiben: Kemper Boyd an Robert F. Kennedy.

Lieber Bob,

nur eine kurze Notiz, um Sie über die Arbeit Ihres anonymen Kollegen, des »Phantoms von Chicago«, auf dem Laufenden zu halten.

Er arbeitet hart, und ich hoffe, Sie empfinden eine gewisse Befriedigung bei dem Gedanken, dass es zumindest einen Menschen auf Erden gibt, der das organisierte Verbrechen ebenso sehr hasst, wie Sie es tun. Aber sosehr er sich abmüht – stets innerhalb der von Ihnen festgesetzten Grenzen der Legalität –, die Jagd nach möglicherweise vorhandenen alternativen Pensionskassenbüchern ist bis jetzt praktisch ergebnislos verlaufen. Chicagos Unterwelt ist ein geschlossener Zirkel, und er hat sich bis jetzt nicht die Insider-Informationen verschaffen können, auf die er gehofft hat.

Themawechsel. Haben Sie und Jack für die Zeit nach dem McClellan-Ausschuss nicht eine Aufgabe für mich?

Mit freundlichen Grüßen
Kemper

DOKUMENTENEINSCHUB: 9.7.59. Persönlicher Brief: Robert F. Kennedy an Kemper Boyd.

Lieber Kemper,

danke für Ihre Mitteilungen über das Phantom. Gut zu wissen, dass ein ehemaliger Seminarist und FBI-Mann meinen Eifer in der Gangsterbekämpfung teilt und, was mich besonders beeindruckt, gar nichts dafür zu fordern scheint. (Jesuiten sind in Selbstverleugnung geschult.) Sie dagegen wollen alles. Und sollen daher von Jack und mir ein Angebot bekommen. (Über Geld und Einzelheiten später mehr.)

Wir wollen, dass Sie bei unserer Organisation bleiben und zwei Positionen erfüllen. Vorerst: Koordinator für den juristischen Papierkram des McClellan-Ausschusses. Der ist zwar aufgelöst, aber mein Eifer ist ebenso wenig erlahmt wie der des Phantoms. Der Schwung, mit dem wir das organisierte Verbrechen und Hoffa bekämpft haben, darf nicht verpuffen. Sie können dazu Ihren Beitrag leisten, indem Sie sich darum kümmern, dass unsere Beweismaterialien an die richtigen Untersuchungsbehörden gelangen. Zweitens: Jack wird im Januar seine Kandidatur bekannt geben. Er will, dass Sie bei den Vorwahlen und anschließend hoffentlich bis November für die Sicherheit zuständig sind. Was halten Sie davon?

Bob

DOKUMENTENEINSCHUB: 13.7.59. Persönliches Schreiben: Kemper Boyd an Robert F. Kennedy.

Lieber Bob,

ich nehme das Angebot an. Ja, anders als das Phantom will ich alles. Machen wir Jimmy Hoffa dingfest und Jack zum Präsidenten.

Kemper

DOKUMENTENEINSCHUB: 27.7.59. Offizielles FBI-Telefontranskript. »Aufgenommen auf Anweisung des Direktors.« – »Vertraulichkeitsstufe 1-A. Nur für den Direktor bestimmt.« Teilnehmer: Direktor Hoover, Special Agent Kemper Boyd.

JEH: Guten Morgen, Mr Boyd.

KB: Guten Morgen, Sir.

JEH: In Ihrer Botschaft haben Sie etwas von guten Nachrichten erwähnt.

KB: Ausgezeichnete Nachrichten, Sir. Die Brüder haben mich mehr oder weniger fest angestellt.

JEH: Für welche Tätigkeit?

KB: Ich habe die Weitergabe von Beweismaterialien des McClellan-Untersuchungsausschusses an diverse Grand Jurys und Untersuchungsbehörden zu überwachen und bin für die Sicherheit im Wahlkampf von Großem Bruder zuständig.

JEH: Das heißt, Kleiner Bruder bleibt hartnäckig an der Hoffa-Front.

KB: Früher oder später nagelt er den Kerl ans Kreuz.

JEH: Was das Kreuzigen betrifft, können sich die Katholiken bekanntlich ganz schön in was reinsteigern.

KB: Ja, Sir.

JEH: Wo wir gerade von katholischen Rückfalltätern sprechen: Wandelt Mr Littell nach wie vor auf dem schmalen Pfad der Redlichkeit?

KB: Ja, Sir.

JEH: SAC Leahy hat mir seine Red-Squad-Berichte telegrafiert. Er scheint zufriedenstellende Arbeit zu leisten.

KB: Sie haben ihm letztes Jahr einen gehörigen Schrecken eingejagt, Sir. Er hat nur noch seinen Pensionsanspruch im Sinn. Wie ich Ihnen sagte, trinkt er ziemlich viel und wird von der Affäre mit Helen Agee stark in Anspruch genommen.

JEH: Apropos »Affären«: Wie geht Ihre Liaison mit Miss Laura Hughes voran?

KB: Ich würde das kaum als Liaison bezeichnen, Sir.

JEH: Mr Boyd, Sie sprechen mit dem größten Bluffkünstler und

Fintenerfinder der Welt. So gut Sie auf diesem Gebiet sind, und Sie sind brillant, ich bin besser. Sie ficken Laura Hughes, und ich bin überzeugt, Sie würden sämtliche Kennedy-Schwestern und die alte Rose selber ficken, wenn Sie auch nur ansatzweise der Überzeugung wären, Sie könnten sich damit bei Jack einschmeicheln. Also. Und nun würde mich interessieren, was Miss Hughes über die Familie zu berichten weiß.

KB: Sie beschränkt ihre Anekdoten auf ihren Vater, Sir. Was ihren Vater und seine Freunde angeht, kann sie recht ausfällig werden.

JEH: Weiter.

KB: Offensichtlich haben Joe und sein alter Freund Jules Schiffrin in den Zwanzigerjahren illegale Einwanderer aus Mexiko über die Grenze geschmuggelt. Als Joe das RKO-Studio gehörte, setzten sie die Männer als Hilfskräfte beim Kulissenbau ein. Joe und Schiffrin missbrauchten die Frauen sexuell, vermittelten ihnen Domestikenjobs, nahmen ihnen die Hälfte ihres Arbeitslohns für Pension und Unterkunft ab und zeigten sie daraufhin bei der Grenzpolizei an, um sie depostieren zu lassen. Schiffrin nahm einige der Frauen nach Chicago mit und eröffnete dort ein Bordell, das ausschließlich Gangster und Politiker bediente. Laura sagt, dass Joe in dem Puff heimlich einen Film drehte, der Senator Huey Long zeigt und zwei mexikanische Zwerginnen mit Riesenbrüsten.

JEH: Miss Hughes erzählt sehr anschaulich. Was sagt sie über die Brüder?

KB: Da hält sie sich sehr zurück.

JEH: Genau wie Sie.

KB: Ich mag die beiden, das stimmt.

JEH: Ich fürchte, Sie haben Ihrem Verrat Grenzen gesetzt. Ich fürchte, Sie wissen gar nicht, wie sehr Sie von der Familie eingenommen sind.

KB: Ich halte die Dinge getrennt, streng separiert, Sir.

JEH: Ja, das glaube ich Ihnen gern. Kommen wir zur Abteilung kubanische Emigranten. Sie haben mir seinerzeit zu verstehen gegeben, dass Sie Zugang zu geheimdienstlichen Informationen über Exilkubaner haben?

KB: Allerdings, Sir. Ich schicke Ihnen bald einen ausführlichen Bericht.

JEH: Laura Hughes muss ganz schön kostspielig sein.

KB: Sir?

JEH: Tun Sie nicht so naiv, Kemper. Die CIA hat Sie rekrutiert, das liegt auf der Hand. Drei Gehaltsschecks, du lieber Gott.

KB: Sir, ich halte das alles getrennt.

JEH: Das tun Sie sicherlich, und ich will Ihnen gewiss nicht Ihre Schubfächer durcheinanderbringen. Schönen Tag, Mr Boyd.

KB: Schönen Tag, Sir.

DOKUMENTENEINSCHUB: 4.8.59. Hush-Hush-Mitarbeiter-Bericht. Lenny Sands an Pete Bondurant:

Pete,

eigenartig, aber jeder Homo im Lande scheint mir heutzutage in den Hintern kneifen zu wollen, was umso bemerkenswerter ist, als ich auf einigen ziemlich spießigen Bühnen aufgetreten bin. Wie du weißt, habe ich für Sal D'Onofrio meine Italo-Nummer abgezogen. Wir sind in Reno, Vegas, Tahoe, Gardena und sogar auf einigen Vergnügungsdampfern mit Glücksspielbetrieb auf dem Lake Michigan aufgetreten. Mir sind jede Menge Schwuchteln über den Weg gelaufen, eine Schwadron von Schwuchteln. 1. Delores'

Drive-In, Ecke Wilshire/La Cienega in L. A., stellt ausschließlich schwule Kellner ein, die sich als männliche Prostituierte was dazuverdienen. Ein häufiger Kunde ist Adlai (Lay?) Stevenson, zweimaliger Präsidentschaftskandidat mit rötlicher (rosa?) Gesinnung, was Mr Hughes wahrscheinlich missbilligt. 2. Dave Garroway von der »Today Show« ist kürzlich hopsgenommen worden, weil er am Times Square junge Burschen aufgerissen hat. Die Geschichte wurde vertuscht, aber »Dave The Slave«, wie er in Schwulenkreisen genannt wird, ist kürzlich in einem Männerbordell bei Vegas gesehen worden. 3. Ich habe in Tahoe die Bekanntschaft eines ehemaligen Gefreiten der Marines gemacht. Er behauptet, einen Artillerie-Sergeanten zu kennen, der von Camp Pendleton aus ein Schwuchtelerpresserunternehmen betreibt. Das funktioniert so: Gutaussehende junge Uniformträger schwärmen in Silverlake (in den lauen Bergen?) & am Sunset Strip aus, um Homos anzulocken. Erstens läuft nichts, & zweitens lassen sie sich ihr Schweigen von den Tunten mit Dollars honorieren. Ich habe den Sergeant angerufen & ihm telegrafisch einen Hunderter überwiesen. Er hat mir die Namen einiger Promis genannt, die den Tuntenfängern ins Netz gegangen sind. Was sagst du dazu: Walter Pidgeon (25-Zentimeter-Kaliber) bumst Jungs in einem plüschigen Schwulenpuff in Los Feliz. Das britische Matinee-Idol Larry (The Fairy?) Olivier hat jüngst das Gesetz in die eigene Hand genommen & im Wiltern Theatre einen Militärpolizisten der Marines abgetatscht. Außerdem hat das Schwulenabzockercorps Danny Kaye, Liberace (was für eine Überraschung), Monty Clift & den Dirigenten Leonard Bernstein als Homos identifiziert. He, ist dir aufgefallen, dass ich schon im Hush-Hush-Stil schreibe? Demnächst mehr.

Bis bald
Lenny

DOKUMENTENEINSCHUB: 12.8.59. Vertrauliche Aktennotiz: Kemper Boyd an John Stanton. PERSÖNLICH/VERTRAULICH IN VERSCHLOSSENER DOKUMENTENMAPPE ZU ÜBERGEBEN

John

noch einige Überlegungen zu Pete Bondurant, dem Tiger-Kab-Stand und unserem Elitekader.

Je länger ich darüber nachdenke, desto sinnvoller erscheint es mir, Tiger Kab zur Drehscheibe unserer Aktivitäten in Miami zu machen. Ich habe Fulo Machado (einen ehemaligen Castro-Anhänger, der zum grimmigen Castro-Gegner geworden ist) darauf angesprochen, den Leiter des Taxistands und engen Freund von CIA-Agent Chuck Rogers. Machado ist ebenso begeistert wie ich. Er wäre damit einverstanden, Rogers als ständigen Leiter und Chef des Taxistands operieren zu lassen. Fulo hat sich das Placet von Jimmy Hoffa geholt, der ganz offen Weiße in Führungspositionen bevorzugt.

Fulo wirbt jetzt Rekruten für uns an, auf die Payroll des Taxistands. Hoffa weiß, dass die Zusammenarbeit mit der CIA geschäftlich Sinn macht. Er betrachtet Kuba als unser aller Problem, ziemlich weitsichtig für einen derart brutalen und fanatischen Mann.

Ich möchte Fulo Machado als fünftes Mitglied unseres Kaders vorschlagen. Ich bitte Sie, Rogers zu gestatten, Tomas Obregón, Wilfredo Olmos Delsol, Teofilio Paez und Ramon Gutiérrez als Fahrer einzustellen. Obwohl das Ausbildungslager Blessington fast fertiggestellt ist, mangelt es uns noch an auszubildenden Rekruten. Solange keine neuen Deportierten eintreffen, setzen wir unsere Männer meiner Meinung nach am besten zur Nachwuchsanwerbung in der kubanischen Gemeinde von Miami ein.

Zu Bondurant. Ja, er hat (zusammen mit mir) die Thomas-Gordean-Geschichte versaut. Aber Bondurant ist bereits Jimmy Hoffas starker Mann am Taxistand. Er hat außerdem Santo Trafficante dazu gebracht, eine schriftliche Aufforderung an seine Kollegen zu verfassen, dass sie allfällige Mafia-Racheakte gegen Castro wegen der Nationalisierung der Casinos unterlassen. Bondurant hat die Anweisung an S. Giancana, C. Marcello und J. Rosselli weitergegeben. Alle drei schließen sich Trafficantes Überlegungen an. Auch hier arbeiten brutale, kurzsichtige Männer mit der CIA zusammen, aus einem Gefühl für die gemeinsame Sache.

Bondurant ist bereits de facto Chefredakteur eines Skandalmagazins, das wir zum Zweck der Gegenspionage einsetzen können. Und soweit es mich angeht, ist er der beste Mann für die Leitung des Camps. An Härte übertrifft ihn so leicht keiner, das werden die Rednecks vor Ort, die es mit ihm aufnehmen wollen, bald genug merken.

Was halten Sie von meinen Vorschlägen?

Kemper Boyd

DOKUMENTENEINSCHUB: 19.8.59. Vertrauliche Aktennotiz: John Stanton an Kemper Boyd.

Kemper,

Sie haben in allen Punkten gewonnen. Ja, Machado kann sich dem Kader anschließen. Ja, Rogers kann Delsol, Obregón, Paez und Gutiérrez als Fahrer einstellen. Ja, sie sollen in Miami Rekruten anwerben. Ja, engagieren Sie Pete Bondurant als Leiter von Blessington, aber sehen Sie zu, dass er seinen Job bei Howard Hughes behält. Hughes ist ein potenziell wertvoller Verbündeter, und wir wollen ihn der CIA nicht entfremden.

Gute Arbeit, Kemper
John

DOKUMENTENEINSCHUB: 21.8.59. Telexbericht: Nachrichtendienstliche Abteilung, Los Angeles Police Department, an Special Agent Ward J. Littell, FBI Chicago. Als »private Verschlusssache« an Special Agent Littells Wohnung.

Mr Littell,

bezüglich Ihrer telefonischen Anfrage über die jüngsten Aktivitäten von Sal D'Onofrio in Los Angeles haben wir Folgendes mitzuteilen:

Der Betreffende ist als bekannte Unterweltpersönlichkeit stichprobenweise überwacht worden.

Er wurde beobachtet, wie er bei unabhängigen Wucherern Geld borgte. Die spätere Befragung besagter Wucherer ergab, dass der Betreffende ihnen »hohe Provisionen« versprach, wenn sie ihm »hochklassige« Schuldner vermittelten. Der Betreffende wurde beobachtet, wie er an der Rennbahn von Santa Anita hohe Wetten abschloss. Die Überwachungsbeamten hörten, wie er einer neuen Bekanntschaft mitteilte: »Die Hälfte vom Päckchen meines guten Onkels habe ich bereits durchgebracht.«

Der Betreffende wurde dabei beobachtet, dass er sich während seiner Spritztour im Lucky Nugget Casino in Gardena recht eigenartig aufführte. Sein Compagnon, Leonard Joseph Seidelwitz (Lenny Sands), bei dem es sich ebenfalls um eine bekannte Unterweltfigur handelt, wurde mehrfach beim Betreten von Homosexuellen-Bars beobachtet. Dabei ist zu bemerken, dass die Parodien von Seidelwitz immer obszöner und homosexuellenfeindlicher werden.

Sollten Sie weitere Informationen benötigen, geben Sie mir bitte Bescheid.

James E. Hamilton
Captain, Nachrichtendienstliche Abteilung, Los Angeles Police Department

26

(Chicago, 23.8.59)

Durch den Verstärker wurde Geplauder zu Dröhnen. Littell lauschte Gangsterartigkeiten.

Er hatte das Wohnzimmer von Mad Sal mit der Ankleidekammer im hinteren Teil des Schlafzimmers verkabelt. Die Wände hallten stark, und er empfing ein übertriebenes Vibrato.

In dem Kämmerchen war es heiß und eng. Littell hatte den Kopfhörer nass geschwitzt.

Es sprachen: Mad Sal und »Filmproduzent« Sid Kabikoff.

Sal war in einen Spielrausch geraten. Littell konfrontierte ihn mit einem LAPD-Telex über seine Missetaten. Sal gestand, dass er die gut fünfzig Riesen von Littell verjuxt hatte.

Der Raubzug auf das Bahnhofsschließfach galt nach wie vor als ungelöst – Sal wusste nicht, wo das Geld herkam. Aus der Schneiderei war zu hören, dass es in der Gerüchteküche brodelte – aber Malvaso und die Ente tappten weiterhin im Dunkeln.

Dann rief ihn Jack Ruby an.

Und sagte: »Ich hab' endlich einen Burschen, den Sal D. an die Pensionskasse verweisen kann.«

Das Zusammenspiel der Informanten klappte hervorragend – wenn man von Lenny Sands absah.

Littell wischte die Kopfhörer ab. Kabikoff sprach, stark übersteuert: »... und Heshie sagt, demnächst kommt er auf zwanzigtausend, so oft hat er sich den Schwanz lutschen lassen.«

Mad Sal: »Sid, Sid-du-Jid. Du willst mir doch nicht erzählen, dass du den ganzen Scheißweg von Texas heraufgeflogen bist, bloß um mit mir zu tratschen.«

Kabikoff: »Da hast du nicht so unrecht, Sal. Ich hab' in Dallas vorbeigeschaut und mich mit Jack Ruby unterhalten. Sagt Jack: ›Sprich mal mit Sal D. in Chicago. Sal ist der Richtige, wenn du ein anständiges Darlehen von der Pensionskasse brauchst.‹ Sagt Jack: ›Sal ist der Mittelsmann. Er kann dir Zugang zu Momo und anderen Größen verschaffen. Sal ist der Mann, der ans Geld rankommt.‹«

Mad Sal: »Du sprichst von ›Momo‹, als ob du zur Firma gehörst.«

Kabikoff: »Das ist so, wie du jiddisch sprichst. Tut doch jeder so, als ob er gute Beziehungen hätte. Will doch jeder dazugehören.«

Mad Sal: »Hier läuft das Geschäft, du dicker Bagelknicker.«

Kabikoff: »Sal, Sal.«

Mad Sal: »Du Lachsfresser. Raus mit der Sprache, raus mit dem Plan, du musst was auf der Platte haben, denn die Pensionskasse zapfst du nicht wegen der Bar Mitzwa deines Bagelbeißerchens an.«

Kabikoff: »Pornofilme. Das liegt an, Sal. Seit einem Jahr drehe ich in Mexiko Pornos. In Tijuana, Juarez, wo du billige Talente finden kannst.«

Mad Sal: »Sag schon, was Sache ist. Die Reisewerbung kannst du dir schenken.«

Kabikoff: »Ich versuch' bloß, dich ein bisschen in Stimmung zu bringen.«

Mad Sal: »Ich werd' dich gleich in Stimmung bringen, du Mameluck.«

Kabikoff: »Sal, Sal. Ich drehe Pornos. Davon verstehe ich was. Schau, in ein paar Tagen drehe ich in Mexiko wieder einen Film. Ich arbeite mit ein paar Stripperinnen aus Jacks Club. Das wird großartig – Jack hat nämlich ein paar ganz scharfe Weiber unter Vertrag. Sal, Sal, guck mich nicht so an. Was ich will, ist Folgendes: Ich will mit meinen Pornodarstellern richtige Horror- und Actionfilme drehen. Ich will die richtigen Filme in der zweiten Hälfte von Doppelprogrammen unterbringen und die Pornoscheiße nebenbei drehen, um die Gesamtkosten zu senken. Sal, Sal, jetzt verzieh nicht das Gesicht. Das ist eine Goldgrube. Ich biete Sam und der Pensionskasse 50 Prozent meiner Gewinne *plus* Rückzahlung, und das nicht zu knapp. Sal, kapier doch. Das Geschäft trägt in riesigen Neonbuchstaben die Aufschrift ›Goldgrube‹.«

Schweigen – etwa zwanzig Sekunden.

Kabikoff: »Sal, hör schon auf, mich so böse anzustarren, und hör mir zu. Das Geschäft bringt Geld, und das soll in der Branche bleiben. Eigentlich hab' ich in gewisser Weise schon seit ewigen Zeiten mit der Pensionskasse zu tun. Ich habe gehört, dass Jules Schiffrin ihr Buchhalter ist. Für die richtigen Bücher natürlich, von der die Leute außerhalb der Branche nichts wissen. Schau, ich kenne Jules schon seit ewigen Zeiten. Stell dir vor, ich habe ihn schon in den Zwanzigerjahren gekannt, als er mit Drogen handelte und aus dem Geschäft RKO-Filme finanzierte, als RKO noch Joe Kennedy gehörte. Sag Sam einfach, er soll Jules von mir grüßen, okay? Sag ihm nur, dass man sich auf mich verlassen kann und dass ich nach wie vor dabei bin.«

Littell rückte die Kopfhörer zurecht. Jesus Christus, Gott verdammt –

»Jules Schiffrin« – »Buchhalter der Kasse« – »Richtige Bücher«.

Der Schweiß floss ihm in die Kopfhörer – die Stimmen verloren sich zu einem unverständlichen Zischen. Littell hielt das Gehörte wörtlich an der Wand des Kämmerchens fest.

Kabikoff: »... in ein paar Tagen fliege ich nach Texas zurück. Hier hast du meine Karte, Sal. Nein, hier sind zwei, und gib eine Momo. Visitenkarten machen immer einen guten Eindruck.«

Littell hörte, wie sie sich verabschiedeten und wie eine Tür zuschlug. Er nahm die Kopfhörer ab und starrte auf die Worte an der Wand.

Mad Sal kam herein. Das Fett wabbelte unter dem T-Shirt.

»Na, wie war ich? Ich musste ihm ein bisschen grob kommen, sonst hätte er nicht geglaubt, dass er's wirklich mit mir zu tun hat.«

»Du warst hervorragend. Gib aber auf dein Geld acht. Ehe wir nicht an die Pensionskasse gekommen sind, kriegst du keinen Cent mehr.«

»Was mache ich mit Kabikoff?«

»Ich ruf' dich in spätestens einer Woche an und sag' dir, ob du ihn an Giancana weiterreichen sollst oder nicht.«

Sal rülpste. »Ruf mich in L. A. an. Ich begleite eine weitere Spielertour nach Gardena.«

Littell starrte auf die Wand. Er lernte jedes Wort auswendig und übertrug es in sein Notizbuch.

27

(Gardena, 25.8.59)

Lenny stolzierte umher und warf Küsse ins Publikum. Die Spieler tobten – los, Lenny, los, los, los.

Lenny hasste Schwuchteln. Lenny verleibte sich Schwuchteln zum Frühstück ein, wie Godzilla sich Tokio einverleibte. Lenny hatte die ganze Lucky Nugget Lounge in der Tasche.

Pete schaute zu. Showman Lenny war auf Hochtouren – Schwuchtel Castro betatscht Schwuchtel Ike beim Schwuchtelgipfeltreffen!!!!

»Fidel! Nimm auf der Stelle deinen Bart aus meinem Hosenschlitz! Fidel! Was hast du nur für eine riiiiiesige Havannazigarre!«

Die Ausflügler jubelten. Die Ausflügler empfanden das als hochklassige Politsatire.

Pete langweilte sich. Faule Witze und abgestandenes Bier – das Lucky Nugget war eine üble Kaschemme.

Dick Steisel hatte ihn hierhergeschickt. Dick hatte ein Problem: Lennys jüngster Schmutzkram war zu schmutzig, um gedruckt zu werden. Hughes und Hoover waren zwar begeistert – aber wahllose Homo-Beleidigungen konnten *Hush-Hush* Kopf und Kragen kosten.

»Fidel! Reich mir die Gleitcreme, und wir nehmen wieder diplomatische Beziehungen auf! Fidel! Meine Hämorrhoiden brennen wie ein United-Fruit-Zuckerrohrfeld!«

Kemper Boyd hielt Lenny für talentiert. Kemper hatte einen Einfall: *Hush-Hush* sollte gegen Castro Stimmung machen!

Lenny konnte das Zeugs zusammenschreiben. Lenny hatte öfter den Geldboten für Batista abgegeben – er kannte den Turf und beherrschte den Stil, und kubanische Kommunisten konnten niemanden verklagen.

Lenny zog seine Nummer durch. Pete erging sich in Tagträumen. Wobei er immer wieder, in Technicolor, den ENTSCHEIDENDEN AUGENBLICK durchlebte.

Der tote Tom Gordean. Ein lächelnder Boyd. Ein Koffer voller United-Fruit-Aktien.

Sie schlossen das Geschäft gleich neben der Leiche ab. Sie mieteten ein Motelzimmer, gaben einen Schuss ab und arrangierten Gordeans Leiche in einer Selbstmörderpose. Die blöden Key-West-Bullen fielen auf das Affentheater herein.

Boyd verkaufte die Aktien. Sie kassierten 131 000 Dollar pro Nase.

Sie trafen sich in Washington, um das Geld zu teilen. »Ich kann dich an der Kubasache beteiligen«, sagte Boyd. »Allerdings wird es ein paar Monate dauern. Ich muss die Gordean-Unternehmung als Pleite darstellen.«

»Was heißt das?«, fragte Pete.

»Geh nach L. A. zurück«, sagte Boyd. »Mach deine Arbeit bei *Hush-Hush*, und gib auf Howard Hughes acht. Ich glaube, bei den Verbindungen, über die wir beide verfügen, kann Kuba uns reich machen.«

Er flog zurück und hielt sich daran. Er teilte Howard Hughes mit, dass er vielleicht bald auf Urlaub gehen müsse.

Hughes war sauer. Pete besänftigte ihn mit einer Riesenportion Codein.

Die Kubasache brannte ihm unter den Nägeln. Er wollte unbedingt mit von der Partie sein. Santo Trafficante war vergangenen Monat aus Kuba ausgewiesen worden und verkündete weit und breit, dass Castro für seine Verbrechen gegen das Casinogeschäft in den Arsch gefickt gehörte.

Boyd bezeichnete den Taxistand als »potenzielle Abschussrampe«. Boyds Wunschtraum: Jimmy Hoffa verkauft Tiger Kab an die CIA.

Chuck Rogers rief einmal in der Woche an, um mitzuteilen, dass der Taxibetrieb problemlos lief. Jimmy Hoffa schickte ihm jeden Monat seine fünf Prozent – und er brauchte keinen Finger dafür krumm zu machen.

Boyd wies Rogers an, seine Lieblingskubaner einzustellen: Obregón, Delsol, Paez und Gutiérrez. Chuck feuerte sechs Clowns, die *für* Castro waren – die Ärsche stießen Todesdrohungen aus und verschwanden.

Damit war Tiger Kab 100 Prozent anti-Castro.

Lenny beendete seinen Auftritt mit einem Witz über Ad*lay* Stevenson, König der Arschkriecher. Das Publikum gab Standing Ovations, und Pete ging dahinter in Deckung.

Die Spieler liebten ihren Lenny. Lenny, die Primadonna, ließ sie eiskalt abblitzen.

Seine Fühlerchen zuckten heftig. Sein Gefühl und sein Verstand sagten ihm: Der Giftzwerg gehörte beschattet.

Sie fuhren nach Norden, drei Wagenlängen lagen zwischen ihnen. Lennys Packard hatte eine große Peitschenantenne – sie diente Pete als Wegzeichen.

Sie nahmen die Western Avenue nach L. A. Lenny bog auf den Wilshire Boulevard nach Westen ab und fuhr dann die Doheny in nördlicher Richtung hoch. Der Verkehr nahm ab – Pete ließ sich zurückfallen und gab dem Jungen ein bisschen Spiel.

Lenny bog nach rechts auf den Santa Monica Boulevard ab. Pete genoss den Anblick der Tuntenbars: das »4-Star«, das »Klondike« und ein paar Neugründungen. Hier kannte er sich aus. In seinen Tagen als Sheriff hatte er bei jedem Schuppen abkassiert.

Lenny hielt sich ganz rechts und fuhr ausgesprochen laaaaangsam. Am »Tropics«, am »Orchid« und an »Larry's Lasso Room« vorbei.

Lenny, du solltest den Schwulenhass nicht so krass übertreiben.

Pete hielt sich zwei Wagenlängen hinter ihm. Lenny bog auf den Parkplatz hinter »Nat's Nest« ein.

Big Pete hat Röntgenaugen. Big Pete Superman.

Pete fuhr einmal um den Block und über den Parkplatz. Lennys Wagen stand vor der Hintertür.

Pete schrieb ihm einen Zettel.

> Wenn du wen gefunden hast, schick ihn heim. Du findest mich im »Stan's Drive-In«, Sunset, Ecke Highland. Ich warte dort, bis die Bars schließen.
> Pete B.

Er klemmte den Zettel an Lennys Windschutzscheibe. Eine Schwuchtel fuhr vorbei und musterte ihn von Kopf bis Fuß.

Pete aß im Wagen. Er verdrückte zwei Chili-Burger, Pommes frites und Kaffee.

Kellnerinnen fuhren auf Rollschuhen vorbei. Sie trugen Gymnastikanzüge, Push-up-BHs und Strumpfhosen.

Gail Hendee hatte ihn einen Voyeur genannt. Er sah nun mal gern scharfe Weiber.

Die Kellnerinnen sahen spitze aus. Auf Rollschuhen zu servieren hielt offensichtlich gut in Form. Die Blondine, die die Eisbecher servierte, würde einen hervorragenden Lockvogel für eine Erpressung abgeben.

Pete bestellte Pfirsichtorte. Die Blondine brachte sie ihm. Da sah er Lenny auf sich zukommen.

Er öffnete die Beifahrertür und glitt neben ihn.

Er wirkte völlig ungerührt. Die Primadonna war eine zähe kleine Schwuchtel.

Pete zündete sich eine Zigarette an. »Du hast mir mal gesagt, du seist zu schlau, dich mit mir anzulegen. Gilt das noch?«

»Ja.«

»Haben dich Kemper Boyd und Ward Littell damit in der Hand?«

»›Damit?‹– Ja, ›damit‹.«

»Das nehm' ich dir nicht ab, Lenny. Und ich kann mir auch nicht denken, dass das Sam Giancana groß interessiert. Ich glaube, ich könnte Sam auf der Stelle anrufen und ihm sagen, Lenny Sands fickt Jungs. Schön, er wäre zunächst ein bisschen schockiert, aber damit hätte es sich auch. Du bist zu schlau und zu gerissen, um dich von Boyd und Littell damit drankriegen zu lassen.«

Ein Achselzucken. »Littell sagte, er würde es Sam *und* den Bullen sagen.«

Pete ließ die Zigarette ins Wasserglas fallen. »Das nehm' ich dir nicht ab. Pass auf, siehst du dort die Brünette auf Rollschuhen?«

»Seh' ich.«

»Ich will, dass du mir sagst, womit dich Boyd und Littell im Schwitzkasten haben, ehe sie den blauen Chevy erreicht hat.«

»Und angenommen, ich hab's vergessen?«

»Dann geh davon aus, dass alles, was du über mich gehört hast, zutrifft.«

Lenny lächelte. Es war das Lächeln einer Primadonna. »Ich habe Tony Iannone getötet, und Littell hat mich dabei erwischt.«

Pete pfiff durch die Zähne. »Alle Achtung. Tony war ein harter Bursche.«

»Treib keine Spielchen mit mir, Pete. Sag mir einfach, was du damit anzufangen gedenkst.«

»Nichts. Deine schmutzigen Geheimnisse sind bei mir bestens aufgehoben.«

»Schön wär's.«

»Du kannst mir ruhig glauben. Littell kenne ich schon lange und kann ihn nicht ausstehen. Mit Boyd komme ich klar, aber das hat mit Littell nichts zu tun. Ich kann ihm nicht an den Kragen, weil ich sonst Boyd vergrätze, aber wenn er dir je zusetzt, gib mir Bescheid.«

Lenny schüttelte erregt den Kopf und krampfte alle Muskeln zusammen. »Ich brauche keinen Beschützer. Ich bin nicht so einer ...«

Kellnerinnen flitzten vorbei. Pete drehte das hintere Seitenfenster runter, um ein bisschen Luft hereinzulassen.

»Du bist jemand, Lenny. Was du privat treibst, ist deine Sache.«

»Du bist ein aufgeklärter Bursche.«

»Danke. Und würdest du mir vielleicht verraten, wen oder was du für Littell ausspähst?«

»Nein.«

»Schlicht und einfach ›nein‹?«

»Ich möchte weiter für dich arbeiten. Gib mir irgendwas mit auf den Weg, ja?«

Pete entriegelte die Beifahrertür. »Schluss mit dem Schwulenklatsch für *Hush-Hush*. Von jetzt an schreibst du ausschließlich gegen Castro und gegen die Roten. Ich will, dass du die Artikel direkt fürs Magazin schreibst. Ich besorg' dir Informationen, dann bist du dran. Du bist in Kuba gewesen, Mr Hughes' politische Ansichten sind dir bekannt, alles Weitere denkst du dir aus.«

»Ist das alles?«

»Ja, außer du hast Lust auf Kaffee und Kuchen.«

Lenny Sands fickt Jungs. Howard Hughes leiht Dick Nixons Bruder Geld.

Schmutzige Geheimnisse.

Big Pete will eine Frau. Erfahrung in Erpressung erwünscht, aber nicht unbedingt erforderlich.

Das Telefon klingelte beschissen früh.

Pete nahm ab. »Ja?«

»Ich bin's, Kemper.«

»Kemper, verdammt noch mal, wie viel Uhr ist es denn?«

»Du bist engagiert, Pete. Stanton nimmt dich ab sofort unter Vertrag. Du leitest das Ausbildungslager in Blessington.«

Pete rieb sich die Augen. »Das ist der offizielle Auftrag, aber um was geht es uns?«

»Wir leiten die Zusammenarbeit zwischen CIA und organisiertem Verbrechen ein.«

28

(New York City, 26.8.59)

Joe Kennedy verteilte Krawattennadeln mit dem Siegel des Präsidenten. Ein falscher Glanz erfüllte die Carlyle-Suite.

Bobby wirkte gelangweilt. Jack amüsiert. Kemper heftete sich mit der Nadel die Krawatte ans Hemd.

»Kemper ist ein Dieb«, sagte Jack.

»Wir wollten über den Wahlkampf sprechen«, sagte Bobby. »Oder?«

Kemper wischte sich einen Fussel von der Hose. Er trug einen Seersucker-Anzug und weiße Lederschuhe – Joe hatte ihn als Eiscremeverkäufer a. D. bezeichnet.

Laura liebte den Anzug. Er hatte ihn sich von dem Geld aus dem Aktiendiebstahl gekauft. Ein idealer Anzug für eine Hochzeit im Sommer.

»Die Krawattennadeln hat mir FDR geschenkt«, sagte Joe. »Ich habe sie behalten, weil ich wusste, dass ich eines Tages so was wie das hier veranstalten würde.«

Joe hatte auf einer Party bestanden. Der Butler hatte die Horsd'œuvres auf einem Buffet in der Nähe der Stühle arrangiert.

Bobby nahm die Krawatte ab. »Mein Buch kommt im Februar als Hardcover heraus, etwa einen Monat nachdem Jack seine Kandidatur angekündigt hat. Die Taschenbuchausgabe kommt im Juli auf den Markt, genau um die Zeit ist der Parteikongress. Ich hoffe, das Buch macht deutlich, worum es bei dem Anti-Hoffa-Kreuzzug geht. Jacks Verbindung mit dem McClellan-Untersuchungsausschuss soll ja nicht seine Beziehungen zu den Gewerkschaften belasten.«

Jack lachte. »Das gottverfluchte Buch frisst deine ganze Zeit. Mach's wie ich, leg dir einen Ghostwriter zu. So hab' ich mir den Pulitzer-Preis geholt.«

Joe häufte Kaviar auf einen Cracker. »Kemper hat darauf bestanden, dass sein Name nicht genannt wird. Ein Jammer, sonst hättest du das Buch ›Ein Eiscremeverkäufer im Team‹ nennen können.«

Kemper spielte mit seiner Krawattennadel. »Ich werde von so vielen Autodieben gehasst, Mr Kennedy. Mir ist lieber, sie erfahren nicht, was ich tue.«

»Kemper gehört zu den stillen Wassern«, sagte Jack.

»Ja, da könnte Bobby sich eine Scheibe von abschneiden«, sagte Joe. »Ich hab' es schon tausendmal gesagt und sag' es noch tausendmal. Dieser verbissene Hass auf Jimmy Hoffa und die Mafia ist Scheiße. Vielleicht bist du eines Tages auf diese Leute angewiesen, um irgendwo gewählt zu werden – und jetzt setzt du noch eins drauf. Wo du ihnen schon mit dem gottverfluchten Untersuchungsausschuss auf die Pelle gerückt bist. Und jetzt gehst du hin und schreibst ein Buch darüber. Kemper lässt sich nie in die Karten blicken, Bobby. Von dem könntest du was lernen.«

Bobby kicherte. »Streichen Sie sich den Tag im Kalender an, Kemper. Dass Dad sich in Anwesenheit Fremder gegen seine eigenen Kinder stellt, kommt nur alle zehn Jahre einmal vor.«

Jack zündete sich eine Zigarre an. »Sinatra hat gute Beziehungen zu Gangstern. Wenn wir auf sie angewiesen sind, kann er den Mittler spielen.«

Bobby hieb ins Stuhlkissen. »Frank Sinatra ist eine feige,

heimtückische Kreatur, und mit Gangsterabschaum lasse ich mich auf gar nichts ein.«

Jack verdrehte die Augen. Kemper fand es an der Zeit, sich als Vermittler einzuschalten.

»Ich glaube, das Buch hat Möglichkeiten. Ich glaube, wir können während der Vorwahlen Exemplare an Gewerkschaftsmitglieder verteilen und damit ein paar Punkte gutmachen. Ich habe durch meine Arbeit für den Untersuchungsausschuss Beziehungen zu Polizeikreisen aufgebaut, und ich glaube, wenn wir Jacks Leistungen auf dem Gebiet der Verbrechensbekämpfung betonen, könnten wir nominell republikanische Staatsanwälte als Verbündete gewinnen.«

Jack blies Rauchringe in die Luft. »Bobby ist der Gangsterjäger, nicht ich.«

»Sie haben dem Untersuchungsausschuss angehört«, sagte Kemper.

Bobby lächelte. »Ich werde dich als Held darstellen, Jack. Ich erzähle bestimmt nicht, dass du und Dad Hoffa gegenüber viel zu viel Nachsicht an den Tag gelegt habt.«

Alle lachten. Bobby schnappte sich eine Handvoll Kanapees.

Joe hüstelte. »Kemper, wir haben Sie vor allem dazugebeten, weil wir uns über J. Edgar Hoover unterhalten wollten. Wir sollten es jetzt tun, denn ich gebe heute Abend im Pavillon ein Dinner und muss mich fertig machen.«

»Sie meinen die Akten, die Hoover über Sie alle angelegt hat?«

Jack nickte. »Ich dachte insbesondere an eine Liaison, die ich während des Krieges hatte. Angeblich soll Hoover überzeugt sein, dass die Dame eine Nazispionin war.«

»Sie meinen Inga Arvad?«

»Ja.«

Kemper nahm eines von Bobbys Kanapees. »Mr Hoover hat

die Liaison tatsächlich dokumentiert. Er hat schon vor Jahren in meiner Gegenwart damit geprahlt. Gestatten Sie mir einen Vorschlag zur Klärung der Lage?«

Joe nickte. Jack und Bobby rutschten auf die Kante ihrer Stühle.

Kemper wandte sich ihnen zu. »Ich bin sicher, Mr Hoover weiß, dass ich für den Untersuchungsausschuss arbeite. Ich bin sicher, er ist enttäuscht, dass ich keinen Kontakt zu ihm aufgenommen habe. Gestatten Sie mir, wieder in Verbindung mit ihm zu treten und ihm mitzuteilen, dass ich für Sie arbeite.

Lassen Sie mich ihm versichern, dass Jack, wenn er die Wahl gewinnt, ihn als FBI-Direktor behält.«

Joe nickte. Jack und Bobby nickten.

»Das scheint mir ein kluger Schritt. Und wenn ich schon am Reden bin, möchte ich auf Kuba zu sprechen kommen. Eisenhower und Nixon haben sich als Castro-Gegner profiliert, und meiner Ansicht nach sollte auch Jack klarstellen, dass er gegen Fidel ist.«

Joe spielte mit seiner Krawattennadel. »Castro hasst doch jeder. Kuba ist meiner Meinung nach keineswegs parteigebunden.«

»Da hat Dad recht«, sagte Jack. »Nur habe ich mir überlegt, ein paar Marines runterzuschicken, wenn ich gewählt werde.«

»*Sobald* du gewählt bist«, sagte Joe.

»Richtig. Ich schicke ein paar Marines runter, damit sie die Hurenhäuser befreien. Kemper kann die Truppen führen. Er soll unsere Lanzenspitze in Havanna sein.«

Joe zwinkerte. »Vergessen Sie Ihre Lanze nicht, Kemper.«

»Bestimmt nicht. Im Ernst, was Kuba betrifft, kann ich Sie auf dem Laufenden halten. Ich kenne ein paar ehemalige FBI-Leute, die gute Geheimdienstinformationen über Castro haben.«

Bobby wischte sich das Haar aus der Stirn. »Wo wir vom FBI sprechen, was macht das Phantom?«

»Nun, es ist hartnäckig wie immer. Es ist den Büchern der Pensionskasse auf der Spur, kommt aber nicht recht weiter.«

»Der arme Kerl scheint sich vergeblich abzustrampeln.«

»Glauben Sie mir, das ist nicht der Fall.«

»Kann ich den Mann sprechen?«

»Nicht vor seiner Pensionierung. Er hat Angst vor Mr Hoover.«

»Das haben wir alle«, sagte Joe.

Alle lachten.

Das St. Regis hatte nicht ganz die Klasse des Carlyle. Kempers Suite war nur ein Drittel von der Suite der Kennedys. Ein Zimmer in einem bescheidenen Hotel auf der Westside hatte er behalten – dort pflegten Jack und Bobby ihm ihre Nachrichten zu hinterlassen.

Draußen war es drückend heiß. In der Suite exakt 18 Grad kühl.

Kemper schrieb einen Bericht an Mr Hoover: Ich habe die Bestätigung – wenn er die Wahl gewinnt, wird Jack Kennedy Sie nicht feuern. Danach spielte er sein Advocatus-Diaboli-Spiel – wie nach jeder Zusammenkunft mit den Kennedys.

Zweifler wollten Genaueres über seine Reisen wissen. Zweifler hinterfragten sein komplexes Beziehungsgeflecht.

Er legte sich selber gefährliche Fallstricke, um sich ihnen umso brillanter zu entwinden.

Heute Abend traf er Laura – zum Dinner mit anschließendem Klavierkonzert in der Carnegie Hall. Danach würde sie sich über den Stil des Pianisten lustig machen und endlos dessen Glanznummer üben. Getreu der Kennedy-Maxime: Kämpfe immer, aber in der Öffentlichkeit nur, wenn du gewinnen kannst. Laura war eine halbe Kennedy und eine Frau – sie hatte den kämpferischen Geist, doch nicht die offizielle Anerkennung der Familie. Ihre Halbschwestern hatten Schürzenjäger geheiratet und waren ihnen treu ergeben; Laura hatte Affären. Laura behauptete, dass Joe seine Töchter liebte, aber tief im Innern waren sie wie Nigger für ihn.

Er und Laura waren nun schon sieben Monate zusammen. Die Kennedys wussten nichts von der Liaison. Er hatte vor, sie aufzuklären, sobald die Verlobung offiziell feststand.

Zunächst würden sie bestimmt schockiert sein, dann aber erleichtert. Sie wussten, dass man sich auf ihn verlassen konnte und dass er die Dinge zu trennen verstand.

Laura liebte Draufgänger und die Kunst. Sie war eine einsame Frau – und hatte außer Lenny Sands keinen wirklichen Freund. Sie war ein Musterbeispiel dafür, wie weit die Kennedy-Einflusssphäre reichte: Ein Nachtclub-Entertainer aus Verbrecherkreisen erteilte Jack Sprechunterricht und freundete sich mit seiner Halbschwester an.

Die Freundschaft war alles andere als ungefährlich. Vielleicht erzählte Lenny Laura einiges. Vielleicht erzählte ihr Lenny Gräuelgeschichten.

Laura erwähnte Lenny mit keinem Wort – obwohl sie sich ohne ihn kaum gefunden hätten.

Wahrscheinlich telefonierte sie mit Lenny.

Lenny war unberechenbar. Ein zorniger oder verschreckter Lenny erzählte ihr vielleicht:

»Mr Boyd hat Mr Littell angestiftet, mich zu schlagen. Mr Boyd und Mr Littell sind miese Erpresser. Mr Boyd hat mir den Job bei *Hush-Hush* angedreht – ein wirklich mieser Job.«

Ende April hatten seine Lenny-Ängste ihren vorläufigen Höhepunkt erreicht.

Bei den Überprüfungen in Boynton Beach hatten sich zwei potenzielle Sicherheitsrisiken ergeben: ein Pädophiler und ein schwuler Zuhälter. Sie mussten gemäß CIA-Richtlinien ausgeschaltet werden. Er brachte sie in die Everglades, wo er sie erschoss.

Der Zuhälter sah sein Ende kommen und flehte um sein Leben. Er schoss ihm in den Mund, damit das Gewinsel endlich aufhörte.

Er berichtete Claire, dass er zwei Männer kaltblütig erschossen hatte. Sie antwortete mit antikommunistischen Plattitüden.

Der Zuhälter erinnerte ihn an Lenny. Der Zuhälter feuerte ihn zu Advocatus-Diaboli-Fragen an, auf die ihm keine Lügen mehr einfielen.

Wenn Lenny bei Laura auspackte, war er geliefert. Noch mehr Druck konnte sich als kontraproduktiv erweisen – Lenny war unberechenbar.

Das Problem Lenny ließ sich nicht einfach abstellen. Vielleicht ließ es sich etwas entschärfen, wenn er dafür sorgte, dass Laura weniger einsam war. Dann hätte sie nicht so oft Lust, mit Lenny zu sprechen.

Mitte Mai holte er Claire aus Tulane und stellte sie Laura vor. Claire war von Laura fasziniert – von der zehn Jahre älteren, gebildeten Großstädterin. Die beiden schlossen Freundschaft und sprachen häufig am Telefon miteinander. Claire besuchte Laura gelegentlich für ein Wochenende mit Konzerten und Museumsbesuchen.

Er reiste viel, um sein dreifaches Monatseinkommen zu verdienen. Unterdessen leistete seine Tochter seiner künftigen Verlobten Gesellschaft.

Laura erzählte Claire ihre ganze Geschichte. Claire brachte andere Menschen dazu, ihr gegenüber ganz offen zu sein.

Claire war hingerissen – Dad als heimlicher Schwager des künftigen Präsidenten.

Er machte den Zuhälter für den künftigen Präsidenten. Jack arbeitete sich durch sein schwarzes Büchlein hindurch und hakte in knapp sechs Monaten gut hundert Frauen ab. Sally Lefferts hatte Jack als verkappten Vergewaltiger bezeichnet. »Er drängt dich in eine Ecke und setzt dir mit seinem Charme zu, bis du einfach nicht mehr kannst. Er vermittelt dir allen Ernstes das Gefühl, dass du als Frau versagt hast, wenn du ihn abblitzen lässt.«

Das schwarze Büchlein war beinahe erschöpft. Demnächst befahl ihm Mr Hoover womöglich, Jack mit FBI-Nutten zusammenzubringen.

Ausgeschlossen war das nicht. Wenn Jacks Wahlkampf lief, war Mr Hoover durchaus der Mann, ihm schlicht zu befehlen – TU ES.

Das Telefon klingelte. Kemper nahm bereits beim zweiten Läuten ab.

»Ja?«

In der Leitung knisterte es, offensichtlich ein Ferngespräch.

»Kemper? Ich bin's, Chuck Rogers. Ich rufe vom Taxistand an. Es ist etwas passiert, das du, denke ich, wissen solltest.«

»Was?«

»Die Pro-Castro-Kerle, die ich rausgeschmissen habe, sind letzte Nacht aufgekreuzt und haben den Parkplatz beschossen. Wir haben ein Schweineglück, dass keinem was passiert ist. Fulo meint, sie hätten sich wo ganz in der Nähe verschanzt.«

Kemper streckte sich auf der Couch aus. »Ich bin in ein paar Tagen unten. Dann nehmen wir uns der Sache an.«

»Nehmen uns der Sache wie an?«

»Ich will Jimmy nahelegen, den Taxistand an die CIA zu verkaufen. Das wird schon klappen. Wir werden uns mit ihm einigen.«

»Ich meine, wir müssen auf den Tisch hauen. Ich meine, wir können es uns nicht leisten, in der kubanischen Gemeinde das Gesicht zu verlieren, weil wir hinnehmen, dass die Scheißkommunisten auf uns schießen.«

»Dafür kriegen sie die Quittung, Chuck. Da mach dir mal keine Gedanken.«

Kemper öffnete mit seinem Schlüssel. Laura hatte die Terrassentüren offen gelassen – der Central Park funkelte im Schein der Konzertbeleuchtung.

Es sah zu einfach und zu nett aus. Er hatte Luftaufnahmen aus Kuba gesehen, die das hier in den Schatten stellten.

Gebäude der United Fruit, die wie Fackeln brannten vor dem dunklen Nachthimmel. Die Bilder ließen ihn nicht mehr los.

Etwas in ihm sagte:

Guck dir Lauras Telefonrechnungen an.

Er durchsuchte die Schubladen im Arbeitszimmer und wurde fündig. Sie hatte Lenny Sands in den vergangenen drei Monaten elfmal angerufen.

Etwas in ihm sagte: Geh der Sache auf den Grund.

Wahrscheinlich steckte nichts dahinter. Laura hatte Lenny nie erwähnt oder sich irgendwie verdächtig benommen.

Etwas in ihm sagte: Sorg dafür, dass sie es zugibt.

Sie tranken Martinis. Laura war sonnengebräunt von einem langen Einkaufstag.

»Wie lange hast du auf mich gewartet?«, fragte sie.

»Etwa eine Stunde«, sagte Kemper.

»Ich hab' dich im St. Regis angerufen, aber der Mann in der Vermittlung sagte, du seist schon weg.«

»Mir war nach einem Spaziergang zumute.«

»Wo es draußen derart heiß ist?«

»Ich musste nachschauen, ob im anderen Hotel Nachrichten auf mich warteten.«

»Du hättest beim Portier anrufen und dich erkundigen können.«

»Von Zeit zu Zeit zeige ich mich ganz gern persönlich.«

Laura lachte. »Mein Liebhaber ist ein Spion.«

»Nicht ganz.«

»Was würde meine Pseudofamilie denken, wenn sie wüsste, dass du eine Suite im St. Regis hast?«

Kemper lachte. »Sie empfänden das als billige Kopie und würden sich fragen, wie ich mir das leisten kann.«

»Das habe ich mich auch schon gefragt. Die FBI-Pension und das Gehalt, das dir die Familie bezahlt, sind so großartig nicht.«

Kemper legte ihr die Hand aufs Knie. »Ich hab' Glück gehabt an der Börse. Das habe ich dir doch schon gesagt, Laura. Im Übrigen kannst du mich alles fragen.«

»Schön, ich nehme dich beim Wort. Du hast niemals was von Spaziergängen erwähnt, und jetzt, auf einmal, am heißesten Tag des Jahres, läufst du einfach los?«

Kemper ließ seine Augen feucht schimmern. »Ich hab' an meinen Freund Ward gedacht und an unsere gemeinsamen Spaziergänge am See in Chicago. Ich habe ihn vermisst in letzter Zeit und wohl das Chicagoklima mit dem Manhattans verwechselt. Was ist mit dir, du siehst traurig aus?«

»Ach, nichts.«

Sie hatte den Köder geschluckt. Die Sprüche über Freundschaft und Chicago hatten gewirkt.

»Unsinn. ›Ach, nichts‹? Komm, Laura ...«

»Nein, wirklich, es ist nichts.«

»Laura ...«

Sie entzog sich ihm. »Kemper, *es ist nichts.*«

Kemper seufzte. Kemper setzte eine vollkommen bekümmerte und verdrossene Miene auf.

»Nein, das stimmt nicht, es ist Lenny Sands. Irgendetwas, das ich gesagt habe, muss dich an ihn erinnert haben.«

Sie entspannte sich. Sie kaufte ihm alles ab.

»Weißt du, als du gesagt hast, dass du Lenny kennst, wolltest du nicht recht mit der Sprache heraus, und ich habe das Thema nie mehr erwähnt, weil ich fürchtete, es könne dich belasten.«

»Hat Lenny dir gesagt, dass er mich kennt?«

»Ja, dich und einen anderen FBI-Mann, dessen Namen er nicht weiß. Er wollte mir keine Einzelheiten nennen, aber ich habe gespürt, dass er vor euch beiden Angst hat.«

»Wir haben ihm aus einer Patsche geholfen, Laura. Das hatte seinen Preis. Soll ich dir sagen, was der Preis war?«

»Nein. Ich will es nicht wissen. Lenny lebt in einer hässlichen Welt ... und ... schau, *du* wohnst in Hotelsuiten und arbeitest für meine sogenannte Familie und Gott weiß für wen noch. Ich wünschte, wir könnten ein bisschen offener miteinander sein.«

Ihre Blicke brachten ihn dazu. Es war tollkühn, aber aus solchem Stoff sind Legenden.

»Zieh das grüne Kleid an, das ich dir geschenkt habe«, sagte Kemper.

Im Pavillon schien alles Seidenbrokat und Kerzenlicht. Die Gäste, die anschließend ins Theater wollten, waren hoch elegant.

Kemper schob dem Oberkellner eine Hundertdollarnote zu. Ein Kellner führte sie in den Privatraum der Familie.

Die Zeit schien stillzustehen. Kemper zog Laura neben sich und öffnete die Tür.

Joe und Bobby schauten auf und erstarrten. Ava Gardner stellte ihr Glas im Zeitlupentempo ab.

Jack lächelte.

Joe ließ die Gabel fallen. Das Soufflé explodierte. Ava Gardners Dekolleté wurde mit Schokoladensoße bespritzt.

Bobby stand auf und ballte die Fäuste. Jack packte ihn am Kummerbund und zog ihn zurück auf den Stuhl.

Jack lachte.

Jack sagte etwas wie: »Mehr Schneid als Hirn.«

Joe und Bobby strahlten mühsam verhaltenen Zorn aus – sie waren offensichtlich stinksauer.

Die Zeit schien stillzustehen. Ava Gardner wirkte winzig, viel kleiner als im Film.

29

(Dallas, 27.8.59)

Er mietete eine Suite im Adolphus. Vom Schlafzimmer sah man auf die Commerce Street und auf Jack Rubys »Carousel Club«.

Wie sagte Kemper Boyd – BEIM BESCHATTEN NIE AN DER UNTERKUNFT SPAREN.

Littell beobachtete die Tür durch das Fernglas. Es war jetzt 4 Uhr nachmittags, Striptease-Tänzerinnen waren nicht vor 6 Uhr zu erwarten.

Er hatte die Flugverbindungen von Chicago nach Dallas überprüft. Sid Kabikoff war gestern in Dallas eingeflogen. Er hatte nach der Landung einen Mietwagen genommen.

Sein Ziel war McAllen, Texas – dicht an der Grenze zu Mexiko.

Er war hinuntergeflogen, um einen Pornofilm zu produzieren. Mad Sal hatte er gesagt, dass er ihn mit Jack Rubys Stripperinnen drehen wollte.

Littell meldete sich krank. Er hustete, als er mit dem Leitenden Sonderagenten Leahy sprach. Er kaufte das Flugticket unter einem falschen Namen. Wie sagte Kemper Boyd – VERWISCH DEINE SPUREN.

Kabikoff hatte Mad Sal von »richtigen« Pensionskassenbüchern erzählt. Kabikoff hatte Mad Sal von Jules Schiffrins Bekanntschaft mit Joe Kennedy erzählt.

Bestimmt eine harmlose Geschäftsbeziehung. Joe Kennedys Geschäftsbeziehungen waren weit gespannt.

Littell behielt die Tür ständig im Auge. Von der Anstrengung bekam er einen Kopfwehanfall. Allmählich fand sich vor dem »Carousel Club« eine Gruppe von Leuten ein.

Drei muskulöse junge Männer und drei billig aussehende Mädchen. Und Sid Kabikoff höchstselbst, dick und verschwitzt.

Jack Ruby öffnete die Tür. Ein Dackel rannte raus und kackte aufs Trottoir.

Die Gruppe ging rein. Littell konnte sich genau vorstellen, wie sie einander an der Hintertür begrüßten.

Die Hintertür hatte ein Sicherheitsschloss, doch zwischen Tür und Türrahmen war ein Spalt. Dahinter befand sich eine Garderobe, die zum eigentlichen Clubraum führte.

Er ging über die Straße und schaute sich auf dem Parkplatz um. Er konnte nur einen Wagen entdecken: einen 56er Ford Cabriolet mit offenem Verdeck.

Der Fahrzeugschein war an die Lenkradsäule geklebt. Er gehörte einem gewissen Jefferson Davis Tippit.

Hunde kläfften. Ruby hätte den Schuppen »Carousel Zwinger Club« nennen sollen. Littell ging zur Tür und öffnete das Schnappschloss mit dem Taschenmesser.

In der Garderobe war es finster. Bis auf einen schmalen Lichtstreifen.

Er ging auf Zehenspitzen auf das Licht zu. Er roch Parfüm und Hundegestank. Die Verbindungstür war nur angelehnt.

Er hörte Stimmengewirr. Er identifizierte Ruby, Kabikoff und eine tiefe Männerstimme mit schwerem texanischem Akzent.

Er spähte ins Licht. Er erblickte Ruby, Kabikoff und einen uniformierten Dallas-Bullen. Sie schienen neben einer Striptease-Bühne zu stehen.

Die Bühne war rappelvoll. Er zählte drei Mädchen und drei Jungs, alle splitternackt.

»Na, J. D.«, sagte Ruby, »gib zu, dass die toll sind.«

»Ich steh' zwar nur auf Weiber«, sagte der Bulle, »aber wo du recht hast, hast du recht.«

Die Burschen streichelten ihre erigierten Schwänze. Die Mädchen machten Ah und Oh. Drei Dackel tollten auf der Bühne herum.

Kabikoff kicherte: »Jack, du hast eine bessere Nase für Talente als Major Bowes und Ted Mack zusammen. Absolut, Jack. Bei einem solchen Prachtangebot hörst du von mir kein Nein.«

»Wann treffen wir uns?«, fragte J. D.

»Morgen Nachmittag, sagen wir, um zwei«, sagte Kabikoff. »Wir treffen uns im Coffee Shop des Sagebrush Motels in McAllen und fahren von da zum Drehort. Wenn das kein Spitzenvorsprechen war! Ich wünschte, alle Vorsprechen gingen so glatt über die Bühne.«

Einer der Jungen hatte Tätowierungen auf dem Penis. Zwei Mädchen hatten Narben von Messerverletzungen und blaue Flecken. Zwischen den Hunden brach ein Kampf aus. »Nein, Kinder, nein!«, schrie Ruby.

Littell bestellte sich das Abendessen aufs Zimmer: Steak, Caesar Salad und Glenlivet. Er ließ es sich von geraubtem Geld gut gehen – was eigentlich mehr Kempers Stil entsprach.

Drei Drinks schärften seinen Instinkt. Nach einem vierten war er sicher. Nach einem Gutenachtschluck rief er Mad Sal in L. A. an.

Sal hatte einen hysterischen Anfall: »Ich brauche Geld, Geld, Geld.«

»Ich seh' zu, dass ich was für dich auftreiben kann«, sagte Littell.

»Strengen Sie sich an«, sagte Sal.

»Wir sind so weit«, sagte Littell. »Du verweist Kabikoff an die Pensionskasse. Ruf Giancana an und mach einen Termin aus. Ruf Sid in anderthalb Tagen an und bestätige den Termin.«

Sal schluckte. Sals Wahnsinnsangst war durchs Telefon zu spüren. »Ich versuch', etwas Geld für dich lockerzumachen«, sagte Littell.

Sal erklärte sich einverstanden. Littell legte auf, bevor er erneut zu betteln anfing.

Er sagte Sal nicht, dass die Beute aus dem Raub auf achthundert Dollar geschrumpft war.

Littell bestellte einen Weckruf für 2 Uhr. Er betete lange – Bobby Kennedy hatte eine Riesenfamilie.

Die Fahrt dauerte elf Stunden. Als er in McAllen ankam, hatte er nur noch sechzehn Minuten Zeit.

Der Süden von Texas war heiß und feucht. Littell bog von der Schnellstraße ab und überprüfte, was er auf den Rücksitz gepackt hatte.

Ein Album mit leeren Seiten, zwölf Rollen Klebeband und eine Polaroid-Kamera, mit einer Rolleiflex-Zoomlinse mit extralanger Brennweite. Vierzig Farbfilme, eine Ski-Mütze und ein geklautes FBI-Blinklicht.

Eine komplette mobile Ausrüstung zur Beweisaufnahme.

Littell ordnete sich wieder in den Verkehr ein. Er erkannte das Sagebrush Motel: eine hufeisenförmige Anordnung von Bungalows, direkt an der Hauptstraße.

Er fuhr rechts raus und parkte genau vor dem Coffee Shop. Er ließ Motor und Klimaanlage weiterlaufen.

J. D. Tippit traf um 2 Uhr 16 ein. Sein Cabriolet war über und über beladen: sechs Porno-Kids, und aus dem Kofferraum quoll die Kamera-Ausrüstung.

Sie gingen in den Coffee Shop. Littell hielt den Augenblick durch die Zoomlinse fest.

Die Kamera surrte. Das Bild fiel heraus und war in einer knappen Minute entwickelt.

Erstaunlich –

Kabikoff fuhr vor und hupte. Littell fotografierte das rückwärtige Nummernschild.

Tippit und die Kids kamen mit Soft Drinks aus dem Coffee Shop. Sie verteilten sich auf beide Wagen.

Littell zählte bis zwanzig und folgte ihnen. Es herrschte kaum Verkehr – sie fuhren fünf Minuten über Schotterstraßen und waren im Nu an der Grenze.

Ein Grenzbeamter winkte sie durch. Littell fotografierte sie am Tatort: zwei Wagen, unterwegs, Bundesgesetze zu übertreten.

Mexiko war eine staubige Fortsetzung von Texas. Sie fuhren an einer endlosen Reihe von Wellblechdörfern vorbei.

Sie kamen in mit Gestrüpp bewachsenes Hügelland. Littell orientierte sich an dem Fuchsschwanz, den J. D. an seiner Antenne befestigt hatte.

Bei einem Schild bog Kabikoff rechts ab: »Domicilio de Estado Policía«, »Staatliche Polizeikaserne« – die Übersetzung war nicht weiter schwer.

Tippit folgte Kabikoff. Die Straße war zum Feldweg geworden – die Wagen wirbelten Staubwolken auf. Sie schlängelten sich einen felsigen Hügel hinauf.

Littell blieb auf der Hauptstraße und fuhr geradeaus. Etwa fünfzig Meter weiter sah er Bäume auf dem Bergkamm – dichtes Nadelgehölz, hinter dem er in Deckung gehen konnte.

Er parkte den Wagen. Er packte die Gerätschaften in den Seesack und bedeckte den Wagen mit Ästen und Buschwerk.

Echos wiesen ihm den Weg. Der »Drehort« war direkt jenseits des Kamms.

Er folgte den Geräuschen. Er schleppte sein Zeug einen Steilhang hoch.

Vom Bergkamm sah man auf eine schmutzbedeckte Lichtung hinab. Sein Aussichtspunkt war großartig, gottverdammt.

Die »Kaserne« war eine Baracke mit Blechdach. Daneben parkten Polizeiwagen – Chevys und Hudson Hornets.

Tippit schleppte Filmdosen. Fat Sid schmierte mexikanische Bullen. Die Porno-Kids beäugten ein paar Frauen in Handschellen.

Littell kauerte hinter einem Busch und legte sich seine Ausrüstung zurecht. Dank des Zooms spielte die Entfernung keine Rolle.

Er sah weit offene Barackenfenster, dahinter lagen Matratzen bereit. Er sah die schwarzen Hemden und Armbinden der Bullen.

Die Wagen der Bullen hatten Leopardenfell-Bezüge. Die Frauen trugen Armbänder mit Gefängnismarken.

Die Menge zerstreute sich. Die Schwarzhemden schlossen den Frauen die Handschellen auf. Kabikoff schleppte Ausrüstung in die Kaserne.

Littell machte sich ans Werk. Es war derart heiß, dass ihm die Knie zitterten. Die Zoomlinse rückte alles ganz nahe heran.

Er schoss Bilder und beobachtete, wie sie entwickelt wurden. Er stapelte sie säuberlich nebeneinander in den Seesack.

Er schoss Bilder von Pornomädchen, auf einer Matratze ineinander verknäult. Er hielt fest, wie Sid Kabikoff sie zu lesbischen Szenen antrieb.

Er fotografierte obszöne Zwischenszenen. Er hielt fest, wie die

Gruppe mit einem Dildo eine Frau vergewaltigte. Er fotografierte die Pornojungs, wie sie eine Mexikanerin blutig peitschten.

Die Polaroid spuckte laufend Nahaufnahmen aus. Fat Sid war auf Hochglanz und in Farbe überführt:

Der Anstiftung zur Unzucht. Der vorsätzlichen Körperverletzung. Des filmischen Festhaltens pornografischer Vorgänge zum Zweck gewerblicher Verbreitung, in Übertretung neun bundesstaatlicher Gesetze.

Littell verschoss die vierzig Filme. Der Boden ringsum war mit seinem Schweiß getränkt.

Sid Kabikoff war per Fotobeweis überführt:

Des Menschenhandels. Der Beihilfe zu Menschenraub und Vergewaltigung.

Aufnahme! Eine Essenspause. Bullen, die auf dem Dach ihres Streifenwagens Tortillas backen.

Aufnahme! Eine Gefangene, die zu fliehen versucht. Sie wird von zwei Bullen erwischt und vergewaltigt.

Littell ging zum Wagen zurück. Erst hinter der Grenze begann er zu schluchzen.

Er klebte die Bilder ins Album und kam mithilfe von Gebeten und einem kleinen Bier zur Ruhe. Er fand eine gute Stelle, um sich auf die Lauer zu legen: am Rand einer Zufahrtsstraße, eine halbe Meile nördlich der Grenze.

Es war eine Einbahnstraße. Der einzige Zubringer zur Interstate. Gut beleuchtet: Man konnte praktisch die Nummernschilder lesen.

Littell wartete. Ein gelegentlicher Schwall eisiger Luft aus der Klimaanlage hinderte ihn daran, einzunicken. Mitternacht kam. Mitternacht ging vorüber.

Scheinwerfer glitten vorüber. Littell überprüfte jedes Mal die

Nummernschilder. In der kalten Luft der Air Condition wurde ihm allmählich übel.

Kabikoffs Cadillac fuhr vorbei –

Littell klemmte das Blinklicht aufs Dach und zog die Ski-Maske über.

Das Licht wirbelte leuchtend rot auf. Littell blendete die Scheinwerfer auf und drückte auf die Hupe.

Kabikoff fuhr an den Straßenrand. Littell schnitt ihm den Weg ab und ging zur Tür.

Kabikoff schrie auf – die Maske war feuerrot mit weißen Teufelshörnern.

Littell glaubte, sich an Drohungen erinnern zu können.

Littell erinnerte sich daran, dass er ihn schließlich angeschrien hatte: DU GEHST ZU GIANCANA MIT EINEM MIKRO AM LEIB.

Er erinnerte sich an einen Wagenheber.

Er erinnerte sich an Blut auf dem Armaturenbrett.

Er erinnerte sich an sein Flehen. LIEBER GOTT, LASS MICH IHN NICHT UMBRINGEN.

30

(Miami, 29.8.59)

»Scheißkommunistenschweine, schießen mir meinen Taxistand zusammen! Zuerst Bobby Kennedy, und jetzt diese roten kubanischen Schufte!«

Leute drehten sich nach ihnen um – Jimmy Hoffa tat sich, was seine Lautstärke anging, keinen Zwang an. Ein Essen mit Jimmy war stets riskant – der Knilch verteilte jedes Mal Essen und Kaffee um sich herum.

Pete hatte Kopfweh. Der Tiger-Kab-Schuppen war schräg gegenüber – ständig tanzten ihm die Scheißtigerstreifen vor den Augen.

Er wandte sich vom Fenster ab. »Jimmy, wir sollten vom –«

Hoffa fiel ihm ins Wort. »Bobby Kennedy hetzt mir jede beschissene Grand Jury Amerikas auf den Hals. Jeder Scheißstaatsanwalt der Welt will Jimmy Hoffa an die Wäsche.«

Pete gähnte. Der Jetlag war brutal.

Boyd hatte ihn hierher geschickt. Boyd hatte befohlen: »Mit Jimmy über den Taxistand ins Geschäft kommen. Ich brauche in Miami eine Anlaufstelle für Rekrutenanwerbung und Informationen. Bald treffen weitere Bananenboote ein. Wenn Blessington funktioniert, werden wir unsere Jungs als Taxifahrer unterbringen müssen.«

Eine Kellnerin brachte frischen Kaffee – Hoffa hatte die Tasse leergespritzt. »Jimmy, wir sollten was Geschäftliches besprechen«, sagte Pete.

Hoffa schüttete Sahne und Zucker in den Kaffee. »Ich habe nicht angenommen, dass du wegen dem Roastbeefsandwich aufgekreuzt bist.«

Pete zündete sich eine Zigarette an. »Die CIA möchte mit einer Fünfzig-Prozent-Beteiligung beim Taxistand einsteigen. In der CIA und in der Firma sind immer mehr Leute wegen Kuba immer saurer, und die CIA glaubt, dass sich der Taxistand prima eignet als Rekrutierungsposten. Bald treffen Massen von Exilkubanern in Miami ein, und das bedeutet gigantische Geschäftsmöglichkeiten, sofern der Taxistand in Sachen Castro früh genug Flagge zeigt.«

Hoffa rülpste. »Was verstehst du unter ›einsteigen‹?«

»Das bedeutet, Sie garantieren dir 5 000 Dollar im Monat, bar, dazu bekommst du die Hälfte der Reineinnahmen plus eine CIA-Intervention beim Finanzamt, für alle Fälle. Davon gehen meine 5 Prozent ab, der Taxistand wird nach wie vor von Chuck Rogers und Fulo geleitet, und ich schaue regelmäßig vorbei, sobald ich mit dem Job in Blessington angefangen habe.«

Jimmys Augen glitzerten – Dollars! Dollars! Dollars! »Könnte mir gefallen. Aber Fulo hat gesagt, Kemper Boyd steckt mit den Kennedys unter einer Decke, und das passt mir ganz und gar nicht.«

Pete zuckte die Achseln. »Da hat Fulo recht.«

»Könnte Boyd mir Bobby vom Hals schaffen?«

»Ich glaube, das wäre zu viel verlangt. Bei Boyd musst du mit dem Angenehmen das Unangenehme in Kauf nehmen.«

Hoffa tupfte einen Fleck von der Krawatte. »Unangenehm sind mir die Kommunistenärsche, die mir den Taxistand zusammenschießen. Solltest du dich ihrer annehmen, wäre mir das derart angenehm, dass ich geneigt wäre, das Angebot zu akzeptieren.«

Pete rief die Crew in der Taxibaracke zusammen. Handfeste Burschen: Chuck, Fulo und Boyds Mann Teo Paez.

Sie rückten ihre Stühle vor die Klimaanlage. Chuck ließ eine Flasche herumgehen.

Fulo wetzte die Machete an einem Stein. »Soweit ich weiß, haben sämtliche sechs Verräter ihre Wohnungen verlassen. Ich habe gehört, dass sie in ein sogenanntes sicheres Haus gezogen sind. Es soll ganz in der Nähe liegen und wird wohl von den Kommunisten finanziert.«

Chuck wischte den Speichel von der Flasche. »Ich habe gestern beobachtet, wie Rolando Cruz den Taxistand ausgespäht hat, daher kann man mit einiger Wahrscheinlichkeit davon ausgehen, dass sie uns ständig überwachen. Ein befreundeter Bulle hat ihre Autonummern notiert, und das hilft uns bestimmt, wenn wir beschließen, uns auf die Suche nach ihnen zu machen.«

»Tod den Verrätern«, sagte Paez.

Pete riss die Klimaanlage aus der Wand. Dampfwolken stiegen auf.

»Kapiert«, sagte Chuck. »Du willst ihnen ein Ziel bieten.«

Pete machte den Taxistand dicht – für jedermann deutlich sichtbar. Fulo rief beim Klimaanlagen-Reparaturdienst an. Chuck wies die Fahrer über Funk an, ihre Wagen *auf der Stelle* zurückzubringen.

Der Monteur erschien und schraubte das Wandgerät ab. Die Fahrer ließen ihre Taxen stehen und gingen nach Hause. Fulo hängte ein Schild an die Tür: »Tiger Kab – vorübergehend geschlossen.«

Teo, Chuck und Fulo machten sich auf die Suche. Sie fuhren

ihre mit Taxifunk ausgerüsteten Privatwagen, ohne Tigerstreifen oder ähnliche Tiger-Kab-Insignien.

Pete schlich in die Baracke zurück. Er drehte das Licht nicht an und ließ die Fenster geschlossen. Drinnen herrschte eine Affenhitze.

Sie waren über Funk verbunden: die drei Wagen und die Zentrale von Tiger Kab. Fulo war in Coral Gables unterwegs; Chuck und Teo hatten Miami übernommen. Pete stellte mit Kopfhörern und Handmikro die Verbindung her.

Ein mühsamer Job, der eisernes Sitzfleisch verlangte. Chuck nutzte die Gelegenheit, ihm über Funk einen nicht enden wollenden Vortrag über die Weltverschwörung der Juden und Nigger zu halten.

Drei Stunden verstrichen mühsam. Der Suchtrupp gab laufend Meldungen durch. Die Scheiß-Castro-Anhänger waren wie vom Erdboden verschluckt.

Pete döste mit den Kopfhörern auf den Ohren. Von der Hitze und der stickigen Luft wurde ihm schwindelig. Das gelegentliche Geplapper über Funk stürzte ihn in Zwei-Sekunden-Albträume.

Die *üblichen* Albträume: der Sturmangriff auf die japanische Infanteriestellung und Ruth Mildred Cressmeyers Gesicht.

Pete nickte über dem Rauschen der Radiofrequenzen und den Rückkoppelungen ein. Ihm war, als hörte er Fulos Stimme: »Wagen zwei an Zentrale, dringend. Ende.«

Er schreckte auf und schaltete das Mikro ein: »Fulo, was gibt's?«

Fulo ging auf Sendung. Im Hintergrund war Verkehrslärm zu hören.

»Ich habe Rolando Cruz und César Salcido vor mir. Sie haben bei einer Texaco-Tankstelle angehalten und zwei Coca-Cola-Flaschen mit Benzin gefüllt. Sie fahren mit hoher Geschwindigkeit auf den Taxistand zu.«

»Über die Flagler oder die 46. Straße?«

»Die 46. Pete, ich glaube sie –«

»*Sie wollen die Taxis abfackeln.* Fulo, bleib an ihnen dran, und mach die Ausfahrt dicht, sobald sie auf den Parkplatz eingebogen sind. *Und keine Schusswaffen, kapiert?«*

»*Sí, comprende.* Alles klar. Ende.«

Pete setzte die Kopfhörer ab. Auf einem Bord über dem Schaltkasten bemerkte er Jimmys nagelgespickten Baseballschläger.

Er ergriff ihn und rannte auf den Parkplatz hinaus. Der Himmel war pechschwarz und die Luftfeuchtigkeit enorm.

Pete schwang den Schläger hin und her und lockerte die Schultern. Über die 46. Straße hüpften ein paar Wagenlichter, und zwar ganz dicht über dem Boden, offensichtlich tiefergelegte Wagen, wie die meisten frisierten Kubanerkutschen.

Pete kauerte neben einem tigergestreiften Mercury.

Der Latino-Schlitten bog in den Parkplatz ein.

Fulos Chevy rollte hinterher, ohne Licht, mit abgeschaltetem Motor.

Rolando Cruz stieg aus. Er hatte einen Molotowcocktail und Zündhölzer in der Hand. Fulos Wagen bemerkte er nicht.

Pete schlich sich hinter ihn. Fulo blendete die Scheinwerfer auf, und Cruz erschien in taghellem Licht.

Pete schlug mit voller Kraft zu. Der Schläger drang in Cruz' Körper ein und verhakte sich in den Rippen.

Cruz schrie.

Fulo stieg aus. Die Scheinwerfer strahlten Cruz an, der Blut und Knochensplitter spuckte. Cesar Salcido stieg aus dem Latino-Karren, machte fast in die Hosen vor Angst.

Pete riss den Schläger los. Der Molotow-Cocktail fiel zu Boden UND ZERBRACH NICHT.

Fulo ging auf Salcido los. Der Motor des Latino-Wagens lief auf vollen Touren im Leerlauf – eine hervorragende Geräuschkulisse.

Pete zog die Waffe und schoss Cruz in den Rücken. Im Licht der Scheinwerfer begann Fulos Teil der Show.

Er klebte Salcido die untere Gesichtshälfte mit Lassoband zu. Hatte den Kofferraum des Wagens weit aufgerissen. Und wie ein Derwisch entrollte er den Wasserschlauch des Parkplatzes.

Pete warf Cruz in den Kofferraum. Fulo spülte Cruz' Eingeweide mit dem Schlauch in den Gully.

Es war stockfinster. Autos fuhren die Flagler entlang, offensichtlich nahm niemand die geringste Notiz von der Scheiße.

Pete griff sich den Molotowcocktail. Fulo parkte seinen Chevrolet. Er murmelte ständig irgendwelche Zahlen vor sich hin – Salcido schien die Adresse des Unterschlupfs preisgegeben zu haben.

Der Kubaner-Wagen hatte eine purpurfarbene Metallic-Lackierung und Fellsitze – ein brandneuer 58er Impala, niggermäßig frisiert.

Fulo setzte sich ans Steuer. Pete nahm hinten Platz. Salcido versuchte, durch seinen Knebel zu brüllen.

Sie fuhren die Flagler hinab. Fulo schrie ihm eine Adresse zu: 1809 Northwest 53 rd Street. Pete drehte das Radio voll auf.

Bobby Darin sang »Dream Lover« – dass einem die Ohren wehtaten. Pete schoss Salcido in den Hinterkopf – die explodierenden Zähne rissen ihm das Klebeband vom Mund.

Fulo fuhr GANZ, GANZ LANGSAM. Vom Armaturenbrett und von den Sitzen tropfte Blut.

Sie erstickten fast am Pulverdampf. Doch hielten sie die Fenster geschlossen, damit der Gestank nicht aus dem Wagen drang.

Fulo bog nach links und nach rechts ab. Fulo setzte rechtzeitig den Blinker. Sie fuhren in ihrem Leichenwagen auf den Coral Gables Causeway – GANZ, GANZ LANGSAM.

Sie fanden einen einsamen Bootssteg. Er ragte fast dreißig Meter in die Bucht.

Die Bucht war menschenleer. Keine Betrunkenen, keine Liebespaare, keine Nachtfischer.

Sie stiegen aus. Fulo schaltete in den Leerlauf und schob das Auto auf die Planken. Pete zündete den Molotowcocktail an und warf ihn in den Wagen.

Sie rannten los.

Die Flammen erfassten den Tank. Der Impala explodierte. Die Planken brannten lichterloh.

Der Steg floss zu einem einzigen riiiiiesigen Feuerball zusammen. Die Wellen schlugen zischend dagegen.

Pete hustete sich fast die Lungen aus dem Leib. Er hatte den Geschmack von Pulverdampf und vom Blut der toten Männer im Mund.

Der Steg brach ein. Der Impala sackte auf Felsklippen. Eine ganze Minute lang stieg Dampf aus dem Wasser.

Fulo kam wieder zu Atem. »Chuck wohnt hier in der Nähe. Ich habe den Schlüssel zu seinem Zimmer und weiß, dass er die nötige Ausrüstung besitzt.«

Sie fanden Revolver mit Schalldämpfern und kugelsichere Westen. Sie fanden Chucks Tiger Kab am Straßenrand.

Sie nahmen die Pistolen und zogen die Westen an. Pete schloss die Zündung des Taxis kurz.

Fulo fuhr einen Hauch zu schnell. Pete musste die ganze Zeit an die alte Ruth Mildred denken.

Das Haus wirkte baufällig. Die Tür hundertprozentig einbruchsicher. Das Haus war von Palmhainen umgeben – und die einzige heruntergekommene Hütte in der Gegend.

Die Vorderzimmer waren erleuchtet. Die Fenster von Gazevorhängen verhüllt. Darauf zeichneten sich exakte Schattenrisse ab.

Sie kauerten neben der Veranda, genau unter dem Fenstersims. Pete konnte vier Schatten erkennen und vier Stimmen unterscheiden. Er stellte sich vier Männer vor, die sich volllaufen ließen, auf einem Sofa GEGENÜBER DEM FENSTER.

Fulo schien seine Gedanken lesen zu können. Sie überprüften Westen und Pistolen – vier Revolver mit insgesamt vierundzwanzig Schuss.

Pete zählte. Sie standen auf und feuerten bei »drei« – durch die Scheibe hindurch.

Glas zerbarst. Der dumpfe Klang der Schalldämpfer ging in Schreien über.

Das Fenster stürzte ein. Die Vorhänge stürzten herab. Jetzt hatten sie *reale* Ziele – kubanische Kommunistenschweine vor einer blutbespritzten weißen Wand.

Die Latinos griffen hastig nach ihren Waffen. Die Latinos trugen Schulterhalfter und kreuzweise um die Hüfte gegürtete Patronengürtel.

Pete schwang sich über die Fensterbrüstung. Kugeln hämmerten gegen die Weste und warfen ihn rücklings um.

Fulo griff ein. Die Roten feuerten ungenau; die Roten ballerten fast unkontrolliert. Sie verwendeten großkalibrige Pistolen ohne Schalldämpfer – gottverdammt irrsinnig laut.

Ein ungeheurer Abpraller wirbelte Fulo um die eigene Achse.

Pete stolperte zur Couch und schoss beide Pistolen aus allernächster Nähe leer. Er erzielte Kopf- und Halstreffer, erstickte beinahe an etwas Grauem, Glibberigem –

Ein Diamantring rollte über den Boden. Fulo ergriff ihn und küsste ihn.

Pete wischte sich das Blut aus den Augen. Neben dem Fernseher erblickte er einen Haufen in Plastikfolie eingewickelter Barren.

Weißes Pulver rieselte heraus. Er war sicher, dass es sich um Heroin handelte.

31

(Miami, 30.8.59)

Kemper lag am Swimmingpool des Eden Roc und las. Ein Kellner schenkte ihm alle paar Minuten Kaffee nach.

Es war die Schlagzeile des Herald: »Vier Tote in kubanischem Drogenkrieg.«

Die Zeitung berichtete weder von Zeugen noch von Hinweisen. Bei den mutmaßlichen Tätern handelte es sich um »rivalisierende kubanische Banden«.

Kemper zählte zwei und zwei zusammen.

Vor drei Tagen hatte ihm John Stanton einen Bericht geschickt. Darin stand, dass das von Präsident Eisenhower den kubanischen Operationen zugeteilte Budget weit unter den Erwartungen lag. Darin stand auch, dass Raúl Castro seinen kubanischen Propagandafeldzug mit Heroin-Handel finanzierte. Und darin stand, dass ein als Verteilungsstelle und Unterschlupf dienendes »sicheres Haus« bereits eingerichtet war. Und darin stand, dass der Heroin-Bande zwei ehemalige Tiger-Kab-Leute angehörten: Cesar Salcido und Rolando Cruz.

Er hatte Pete gesagt, dass er einen Vertrag zwischen der CIA und dem Taxiunternehmen abschließen solle. Er nahm an, dass Jimmy Hoffa sich nur darauf einließ, wenn Rache geübt wurde an den Männern, die ihm den Taxistand zusammengeschossen hatten. Er wusste, dass Pete dies auf die ihm eigene energische Art erledigen würde.

Er hatte mit John Stanton zu Abend gegessen. Sie sprachen den Bericht ausführlich durch.

Es mit Kommunisten aufzunehmen, die Heroin schmuggelten, hielt John für alles andere als leicht. Später würde Ike wohl mehr Geld lockermachen, aber heute ist heute.

Weitere Bananenboote werden erwartet. Eifrige Castro-Gegner werden in Florida einfallen. Hitzköpfige Ideologen werden sich der Sache annehmen und darauf drängen, dass endlich etwas unternommen wird.

Nicht auszuschließen, dass alles im Fraktionenstreit untergeht. Das Ausbildungscamp Blessington ist noch nicht funktionsbereit, der Elitekader nach wie vor unerprobt. Nicht auszuschließen, dass die Rauschgiftclique den strategischen Vorteil und ihre finanzielle Überlegenheit ausspielt.

»Kommunisten, die Heroin schmuggeln, *sind* harte Gegner«, sagte Kemper. »Gegen Männer, die so weit gehen, ist man praktisch machtlos.«

Er legte Stanton die Worte in den Mund. Er brachte Stanton dazu, es auszusprechen: »Es sei denn, wir gehen noch weiter als sie.«

Die Unterhaltung wurde immer zweideutiger. Abstraktionen wurden zu Tatsachen. Euphemismen beherrschten ihrer beider Rede.

»Eigenfinanzierung«, »autonom« und »separiert«. »Minimale Wissensbasis« und »unmittelbare Nutzung von CIA-Hilfsquellen«.

»Miteinbeziehung CIA-freundlicher Lieferquellen pharmakologischer Produkte auf Cash-and-Carry-Basis.«

»Unter Nichtangabe des Warenbestimmungsorts.«

Die Entscheidung war von zahlreichen Andeutungen und Auslassungen bestimmt. Er brachte Stanton so weit, dass dieser zuletzt glaubte, das Ganze sei hauptsächlich seine Idee gewesen.

Kemper blätterte die Zeitung durch. Auf Seite vier sprang ihm eine Schlagzeile ins Auge:

»Schreckliche Entdeckung am Causeway.«

Ein in Brand gesetzter Chevy bringt einen wackligen Holzsteg zum Einsturz. Rolando Cruz und César Salcido gehen mit in die Tiefe.

»Von behördlicher Seite wird angenommen, der Mord an Cruz und Salcido könne mit den vergangene Nacht erfolgten Morden an vier weiteren Kubanern in Coral Gables zusammenhängen.«

Kemper schlug erneut die Titelseite auf. Ein Absatz sprang ihm ins Auge.

»Obwohl es sich bei den Toten angeblich um Heroin-Händler handelt, sind in der Wohnung keinerlei Drogen gefunden worden.«

Beeil dich, Pete. Und zeig, dass du so gerissen und weitsichtig bist, wie ich annehme.

Pete erschien früh, eine große Papiertüte im Arm. Er würdigte die Damen am Pool keines Blickes und gockelte nicht wie sonst um sie herum.

Kemper rückte ihm einen Stuhl zurecht. Pete bemerkte den *Herald* auf dem Tisch, auf die Seite-1-Schlagzeile zurechtgefaltet.

»Du?«, fragte Kemper.

Pete stellte die Tüte auf dem Tisch ab. »Fulo und ich.«

»Alle sechs?«

»Richtig.«

»Was ist in der Tüte?«

»Vierzehnkommasechs Pfund unverschnittenes Heroin und ein Diamantring.«

Kemper fischte den Ring heraus. Die Steine und die Goldfassung waren wunderschön.

Pete schenkte sich eine Tasse Kaffee ein. »Behalt ihn. Er soll meine Ehe mit der CIA besiegeln.«

»Danke. Kann gut sein, dass ich damit bald jemandem einen Antrag mache.«

»Ich hoffe, sie sagt ja.«

»Zieht Hoffa mit?«

»Ja, das tut er. Unter einer Bedingung, die ich, wie dir sicher bekannt ist, bereits erfüllt habe.«

Kemper tippte die Papiertüte an. »Du hättest das Zeug auf eigene Rechnung vertreiben können. Ich hätte nichts gesagt.«

»Ich bin nun mal bei dir eingestiegen. Und augenblicklich macht mir die Angelegenheit zu viel Spaß, als dass ich dir bei deinen Bestrebungen ins Gehege kommen möchte.«

»Was für Bestrebungen?«

»Interessenseparation.«

Kemper lächelte. »Das ist der komplizierteste Ausdruck, den ich dich je habe benutzen hören.«

»Ich lese Bücher, um mir Englisch beizubringen. Ich muss Webster's Dictionary mindestens zehnmal durchgelesen haben.«

»Du bist ein Einwanderer, der's zu was gebracht hat.«

»Scheiß drauf – aber du solltest mir noch meine offiziellen Aufgaben für die CIA nennen.«

Kemper drehte den Ring hin und her. Der Diamant blitzte im Sonnenlicht.

»Du bist offizieller Leiter des Blessington-Camps. Sie ziehen gerade zusätzliche Gebäude hoch und legen eine Landebahn an, und du überwachst die Bauarbeiten. Du hast den Auftrag, kubanische Flüchtlinge für Sabotage-Expeditionen zu Land und auf See auszubilden und sie an andere Trainingscamps weiterzuvermitteln oder ihnen am Taxistand oder sonst wo in Miami eine sinnvolle Beschäftigung zu verschaffen.«

»Klingt mir zu offiziell«, sagte Pete.

Wasser plätscherte zu ihren Füßen im Swimmingpool. Die Suite oben hatte fast schon Kennedy-Format.

»Boyd –«

»Eisenhower hat die CIA stillschweigend damit beauftragt, Castro insgeheim zu unterminieren. Die Firma will ihre Casinos zurück. Niemand will, dass neunzig Meilen vor der Küste von Florida eine kommunistische Diktatur entsteht.«

»Erzähl mir was Neues.«

»Ike hat kaum Mittel dafür freigegeben.«

»Erzähl mir was Interessantes.«

Kemper versetzte der Tüte einen Schubs. Ein kleines weißes Pulverwölkchen stob empor.

»Ich habe mir was ausgedacht, um unseren Teil der Kubasache zu finanzieren. Die CIA hat mir *indirekt* Rückendeckung erteilt, und ich denke, es könnte klappen.«

»Ich kann mir vorstellen, worauf du hinauswillst, aber ich will es von dir hören.«

Kemper dämpfte die Stimme. »Wir tun uns mit Santo Trafficante zusammen. Mithilfe seiner Kontakte zur Drogenszene und meines kubanischen Kaders setzen wir dieses Rauschgift, Santos Rauschgift und alles Rauschgift, das wir kriegen können, in Miami ab. Die CIA hat Zugang zu einem Mohnanbaugebiet in Mexiko, wo wir uns frisch aufbereitete Ware besorgen können, und Chuck Rogers fliegt sie ein. Damit finanzieren wir die Sache, wobei ein gewisser Prozentsatz für Vertriebskosten an Trafficante geht. Ein bisschen Stoff schicken wir mit unseren Blessington-

Männern nach Kuba. Sie geben ihn an unsere Kontaktleute auf der Insel weiter, die den Stoff verkaufen und vom Erlös Waffen erwerben. Du bist dafür verantwortlich, dass mein Kader keine Dummheiten macht, und sorgst dafür, dass sie nur an Neger verkaufen. Du sorgst dafür, dass meine Männer selber das Zeug nicht anrühren und sich ihre Gewinnanteile auf ein Minimum beschränken.«

»Wie viel Prozent kriegen wir?«, fragte Pete. Die Reaktion war unschwer vorherzusehen.

»Null. Wenn Trafficante mitmacht, kriegen wir was viel Tolleres.«

»Worüber du jetzt nicht reden willst.«

»Ich treffe Trafficante heute Nachmittag. Ich lasse dich wissen, wie er sich entscheidet.«

»Und bis dahin?«

»Wenn Trafficante zusagt, sind wir in etwa einer Woche startklar. Bis dahin fährst du nach Blessington, lernst den Kader kennen und teilst Mr Hughes mit, du hättest einen längeren Florida-Urlaub vor.«

Pete lächelte. »Das wird ihm ganz schön stinken.«

»Du weißt sehr gut, wie du damit fertig wirst.«

»Und wer kümmert sich ums Camp, wenn ich in Miami tätig bin?«

Kemper holte sein Adressbuch hervor. »Nimm mit Guy Banister in New Orleans Verbindung auf. Sag ihm, wir brauchen einen knallharten Weißen, der auf das Ausbildungslager aufpasst, einen scharfen Hund, der mit den Spinnern in der Gegend fertig wird. Guy kennt jeden rechten Fanatiker an der Golfküste. Sag ihm, wir brauchen einen Mann, der nicht allzu übergeschnappt ist und bereit wäre, nach Südflorida umzuziehen.«

Pete schrieb Banisters Telefonnummer auf eine Serviette. »Bist du sicher, dass das alles hinhaut?«

»Absolut sicher. Drück du nur die Daumen, dass Castro nicht plötzlich amerikafreundlich wird.«

»Und das sagt ein Kennedy-Mann.«

»Jack würde die feine Ironie zu schätzen wissen.«

Pete ließ die Knöchel knacken. »Jimmy meint, du sollst Jack ausrichten, dass er Bobby zurückpfeifen soll.«

»Bestimmt nicht. Ich will ja, dass Jack Präsident wird, und ich werde mich bei den Kennedys keinesfalls für Hoffa verwenden. Bei mir bleibt –«

»– alles streng separiert, ich weiß.«

Kemper hielt den Ring hoch. »Stanton will, dass ich mithelfe, Jacks Kubapolitik zu prägen. Wir wollen, dass das Kubaproblem andauert, Pete. Hoffentlich bis in eine Kennedy-Regierung hinein.«

Pete ließ die Daumen knacken. »Jack hat einen prächtigen Haarschopf, aber als Präsidenten der Vereinigten Staaten sehe ich ihn nicht.«

»Mit Qualifikationen hat das nichts zu tun. Alles, was Ike vorzuweisen hat, ist die Invasion in Europa und dass er aussieht wie der gute Onkel.«

Pete reckte sich. Der Hemdzipfel rutschte ihm über zwei Revolver.

»Egal, was passiert, ich bin dabei. Eine solche verdammte Riesengelegenheit lass' ich mir nicht entgehen.«

Am Armaturenbrett seines Mietwagens war diskret ein kleiner Jesus angebracht. Kemper streifte ihm den Ring über.

Hinter Miami streikte die Klimaanlage. Ein Radiokonzert lenkte ihn von der Hitze ab.

Ein Virtuose spielte Chopin. Kemper dachte an die Szene im Pavillon.

Jack hatte den Friedensstifter gespielt und die Wogen geglättet. Der alte Joe war allmählich aus seiner Starre aufgetaut. Sie blieben auf einen etwas verkrampften Drink.

Bobby schmollte, Ava Gardner war total verblüfft. Sie hatte schlicht keine Ahnung, was es mit der Szene auf sich hatte.

Joe schickte ihm am nächsten Tag eine Botschaft. Der Schlusssatz lautete: »Laura verdient einen Kerl mit Schneid.«

Am gleichen Abend sagte Laura zu ihm: »Ich liebe dich.« Er war nun entschlossen, Weihnachten um ihre Hand anzuhalten.

Er konnte sich Laura jetzt leisten. Er kassierte drei Gehälter und hatte zwei Hotelsuiten angemietet. Er hatte über 100 000 auf dem Konto.

Und wenn Trafficante Ja sagte …

Trafficante verstand abstrakte Ideen.

Begriffe wie »Eigenfinanzierung«, »Autonomie« und »Separierung« amüsierten ihn.

Bei den »CIA-freundlichen Lieferquellen pharmakologischer Produkte« lachte er laut auf.

Er trug einen rohseidenen Anzug. Das Büro war modern in skandinavischem Stil mit hellem Holz möbliert.

Er fand Kempers Plan ausgezeichnet. Er hatte den politischen Zusammenhang sogleich verstanden.

Die Unterhaltung dauerte länger als vorgesehen. Ein höflicher Mitarbeiter servierte Anisette und Kuchen.

Das Gespräch nahm unerwartete Wendungen. Trafficante kritisierte den Mythos, der Big Pete Bondurant umgab. Die Papiertüte zu Kempers Füßen wurde nicht erwähnt.

Der Mitarbeiter servierte Espresso und Courvoisier. Kemper machte eine Verbeugung, um den Augenblick zu würdigen.

»Das kommt von Raúl Castro, Mr Trafficante. Pete und ich möchten es Ihnen als ein Unterpfand unserer ernsthaften Absichten übergeben.«

Trafficante hob die Tüte hoch. Er lächelte über das Gewicht und quetschte sie ein bisschen zusammen.

Kemper ließ seinen Cognac im Glas kreisen. »Sollten unsere Bemühungen direkt oder indirekt zu Castros Sturz führen, werden Pete und ich dafür sorgen, dass Ihr Beitrag gewürdigt wird. Wichtiger noch, wir werden uns bemühen, den neuen kubanischen Machthaber zu überzeugen, dass er Ihnen, Mr Giancana, Mr Marcello und Mr Rosselli gestattet, wieder die Kontrolle über Ihre Casinos zu übernehmen und neue zu errichten.«

»Und wenn er nicht will?«

»Bringen wir ihn um.«

»Und was wollen Sie und Pete für Ihre Bemühungen?«

»Wenn Kuba befreit wird, steht uns ein ständiger Anteil von fünf Prozent an allen Profiten der Casinos der Hotels Capri und Nacional zu.«

»Und wenn Kuba kommunistisch bleibt?«

»Kriegen wir nichts.«

Trafficante verbeugte sich. »Ich werde mit den anderen Jungs reden, und was mich angeht, natürlich lautet meine Antwort ›Ja‹.«

32

(Chicago, 4.9.59)

Littell empfing statische Störungen. Ein Haus vom Wagen aus abzuhören war stets eine knifflige Angelegenheit.

Die Signalquelle war 45 Meter entfernt. Sid Kabikoff trug das Mikrofon mit Heftpflaster am Oberkörper befestigt.

Mad Sal hatte das Treffen arrangiert. Sam G. hatte auf seiner Wohnung bestanden – dort oder nirgendwo. Butch Montrose hatte Sid an der Vordertür abgepasst und ihn in den linken hinteren Raum geführt.

Im Wagen war es kochend heiß. Littell hatte die Fenster aus Schallschutzgründen hochgedreht.

Kabikoff: »Das ist aber eine schöne Wohnung, Sam. Wirklich, ein Schmuckstück von Wohnung.«

Littell hörte ein schabendes Geräusch – dicht am Mikro. Er konnte sich genau vorstellen, woher das stammte.

Von Sid, der am Pflaster spielte. Der sich die Prellungen massierte, die ich ihm in Texas verpasst habe.

Giancanas Antwort war praktisch unverständlich. Littell glaubte, den Namen Mad Sal herauszuhören.

Er hatte heute früh versucht, Sal zu finden. Er hatte das ganze Viertel abgesucht und ihn nicht auftreiben können.

Montrose: »Wir wissen, dass du seinerzeit Jules Schiffrin gekannt hast. Wir wissen, dass du einige der Jungs kennst, und wissen durchaus, wen wir vor uns haben.«

Kabikoff: »Dabei sein ist alles. Bist du dabei, bist du dabei. Und wer dabei ist, weiß auch, dass ich der beste Pornograf im ganzen Westen bin. Weiß doch jeder, dass Sid der Jid die Mädchen mit den schnuckligsten Muschis und die Jungs mit den prächtigsten Pimmeln hat.«

Giancana: »Hat dir Sal gesagt, du sollst ausdrücklich um ein Pensionskassendarlehen bitten?«

Kabikoff: »Ja, genau.«

Montrose: »Ist Sal in irgendwelchen Geldschwierigkeiten, Sid?«

Verkehrslärm übertönte den Empfang. Littell stoppte die Störung auf exakt sechs Sekunden.

Montrose: »Ich weiß, dass Sal dabei ist, und wer dabei ist, der ist dabei, aber ich weiß auch, dass man im Januar in meinen höchsteigenen kleinen Unterschlupf eingebrochen und vierzehn Riesen aus meiner Scheißgolftasche geklaut hat.«

Giancana: »Und im April sind einige unserer Freunde um achtzig Riesen erleichtert worden, die sie in einem Schließfach verstaut hatten. Und direkt nach den Einbrüchen hat Sal wieder angefangen, Geld auszugeben. Butch und ich haben gewissermaßen ein Indiz ans andere gereiht.«

Littell wurde schwindelig. Sein Herz raste.

Kabikoff: »Nein. So was würde Sal nie tun. Nein ... bestimmt nicht ...«

Montrose: »Die Firma ist die Firma und die Pensionskasse die Pensionskasse, aber das sind zwei Paar Stiefel. Jules Schiffrin hat mit der Pensionskasse zu tun, aber dass ihr zwei mal vor Urzeiten Schweine zusammen gehütet habt, heißt noch lange nicht, dass er mit einem Darlehen rüberkommt.«

Giancana: »Wir haben uns halt gedacht, dass da jemand probiert, durch so einen gottverdammt getürkten Darlehensantrag an Jimmy Hoffa und die Pensionskasse heranzukommen. Wir haben versucht, Sal darauf anzusprechen, aber der hatte uns nichts zu sagen.«

Littell keuchte. Vor seinen Augen tanzten Punkte.

Montrose: »Also. Ist wer auf dich zugekommen? Das FBI oder die Bezirkspolizei von Cook County?«

Dumpfe Schläge erschütterten das Mikrofon. Das musste Sids pochender Herzschlag sein. Die Schläge wurden von Zischgeräuschen überlagert – Sids Schweiß hatte die Kontakte verklebt.

Der Empfang stotterte und brach ab. Littell drehte an der Lautstärke und empfing nur noch ein von feinen Störsignalen begleitetes Rauschen.

Er kurbelte die Fenster herunter und zählte langsam bis sechsundvierzig. In der frischen Luft konnte er wieder denken.

Er kann mich nicht verpfeifen. Die beiden Male, wo wir uns unterhalten haben, habe ich die Maske getragen.

Kabikoff taumelte auf den Bürgersteig. Hinten aus seinem Hemd baumelten Drähte raus. Er stieg ins Auto und raste mit Vollgas über eine rote Ampel.

Littell schaltete die Zündung ein. Der Wagen rührte sich nicht – das Empfangsgerät hatte die Batterie lahmgelegt.

Er wusste, was er in Sals Haus vorfinden würde. Nach vier Whiskeys war er in der Lage, einzubrechen und nachzusehen.

Sie hatten Sal im Keller gefoltert. Sie hatten ihn ausgezogen und an ein Deckenrohr gefesselt. Sie hatten ihn mit dem Schlauch abgespritzt und ihm mit Starthilfekabeln Stromschläge versetzt.

Sal hatte geschwiegen. Giancana kannte den Namen Littell

nicht. Der dicke Sid wusste weder, wie er hieß, noch, wie er aussah.

Es war nicht ausgeschlossen, dass sie Sid nach Texas zurückkehren ließen. Um ihn irgendwann später umzubringen – oder auch nicht.

An Sals Zunge klemmte noch immer ein Kabel. Die Stromspannung hatte das Gesicht zu einer glänzend schwarzen Masse verbrannt.

Littell rief in Fat Sids Hotel an. Der Mann an der Rezeption sagte, Mr Kabikoff sei auf seinem Zimmer – vor einer knappen Stunde habe er zwei Besucher gehabt.

»Stören Sie ihn nicht«, sagte Littell. Er genehmigte sich in einer Kneipe noch zwei weitere Whiskeys und fuhr dann im Hotel vorbei, um selber nachzusehen.

Sie hatten die Tür unverschlossen gelassen. Sie hatten Sid in eine überlaufende Badewanne gesteckt. Sie hatten einen laufenden Fernsehapparat auf ihn geworfen.

Das Wasser war noch immer am Kochen. Der Stromschlag hatte Kabikoffs Schädel kahlgesengt.

Littell versuchte zu weinen. Doch der Whiskey hatte ihn zu sehr betäubt.

Wie sagte Kemper Boyd – SIEH DICH NIE UM.

33

(New Orleans, 20.9.59)

Banister legte ihm Akten- und Lebensläufe vor. Pete strich die Liste auf drei Kandidaten zusammen.

Das Hotelzimmer quoll über von Akten. Er versank unter Vorstrafenregistern und FBI-Berichten – dem bürokratischen Niederschlag des gesamten rechtsradikalen Südens.

Er hatte Insiderinfos über Ku-Klux-Klan-Clowns und Neonazis. Er erfuhr von der Existenz einer Nationalen Partei für die Rechte der Einzelstaaten. Er war verblüfft über die vielen Spinner auf der FBI-Gehaltsliste – die Klans im Süden mussten zur Hälfte aus FBI-Agenten bestehen.

Spitzel in Staatsdiensten, die kastrierten und lynchten. Wobei Hoover sich allenfalls für die Verstöße gegen das Postrecht interessierte.

Lose Akten flatterten im Luftstrom des Ventilators. Pete streckte sich auf dem Bett aus und blies Rauchringe in die Luft.

Aktennotiz an Kemper Boyd:

Die CIA soll einen Ableger des Ku-Klux-Klans bei Blessington finanzieren. Rings um das Lager wohnt bitterarmes weißes Pack, allesamt Ausländerfresser. Die Klan-Spielchen würden sie ablenken.

Pete sah die Vorstrafenregister durch. Da war er sich nach wie vor sicher – die weniger durchgedrehten Typen waren noch am ehesten geeignet.

Seine Wahl war gefallen auf diese drei:

Reverend Wilton Tompkins Evans, ein ehemaliger Knacki, der sich zum Rundfunkmessias gemausert hatte. Prediger des »Radiokreuzzugs gegen die Kommunisten«, einer einmal wöchentlich ausgestrahlten Kurzwellentirade. Spricht fließend spanisch; ehemaliger Fallschirmjäger; dreimal verurteilt wegen Vergewaltigung. Banisters Beurteilung: »Intelligent und zäh, aber vielleicht zu antikatholisch, um mit Kubanern zusammenarbeiten zu können. Er dürfte einen hervorragenden Ausbildungsoffizier abgeben und wäre, da er seine Sendungen von überall ausstrahlen kann, bestimmt ohne Weiteres zum Umzug bereit. Enger Freund von Chuck Rogers.«

Douglas Frank Lockhart, FBI-Informant/Klan-Mitglied. Ex-Feldwebel bei den Panzertruppen; Ex-Polizist in Dallas; Ex-Waffenschmuggler für den rechten Diktator Trujillo. Banisters Einschätzung: »Der wohl bedeutendste Klan-Informant der Südstaaten und selber ein begeisterter Klan-Anhänger. Hart und mutig, nimmt ohne Weiteres Befehle entgegen, obwohl er gelegentlich zur Unberechenbarkeit neigt. Scheint nichts gegen Latinos zu haben, vor allem, wenn sie ausgesprochene Antikommunisten sind.«

Henry Davis Hudspeth, größter Verbreiter von Hetzpropaganda im Süden. Spricht fließend spanisch, ist ein Meister im Hapkido Jiu-Jitsu. Flieger-As im Zweiten Weltkrieg, mit dreizehn Abschüssen im pazifischen Raum. Banisters Einschätzung: »Ich mag Hank, aber er kann störrisch und ungemein bösartig sein. Er fungiert gegenwärtig als mein Verbindungsmann zwischen meinem Exilkubanerlager bei Lake Ponchartrain und Dougie Frank Lockharts nahe gelegenem Klan-Treff. (Die Grundstücke beider

Einrichtungen gehören mir.) Hank ist ein guter Mann, aber nicht unbedingt zum zweiten Mann in der Befehlshierarchie geeignet.«

Alle drei Männer waren ganz in der Nähe. Alle drei hatten heute Nacht etwas vor – der Klan zündete bei Guys Lager ein Kreuz an.

Pete versuchte, sich vor der Kreuzverbrennung etwas hinzulegen. Er litt an Schlafmangel – die letzten drei Wochen waren hektisch und anstrengend gewesen.

Boyd hatte ihm diskret ein bisschen Morphium von der CIA-freundlichen Rauschgiftfarm besorgt. Er flog damit nach L. A. und übergab es Mr Hughes.

Mr Hughes wusste das Geschenk zu schätzen. Mr Hughes gab ihm seinen Segen und schickte ihn nach Miami zurück.

Er sagte Mr Hughes nicht, dass er sich zum Kreuzritter gegen die rote Gefahr gewandelt hatte. Dem auf ewig ein 5-Prozent-Anteil an zwei Casinos garantiert war – sobald Kuba Rot gegen Rot-Weiß-Blau eingetauscht hatte.

Boyd hatte Trafficante den Handel vorgeschlagen. Marcello, Giancana und Rosselli hatten sich einverstanden erklärt. Boyd hatte ausgerechnet, dass sie dabei pro Jahr mindestens fünfzehn Millionen Dollar pro Mann einstreichen würden.

Er hatte Lenny aufgetragen, *Hush-Hush* mit Anti-Castro-Propaganda vollzuschreiben. Er hatte ihm befohlen, mit dem Sexklatsch, auf den Hughes und Hoover so standen, aufzuhören. Er sagte ihm, er solle irgendwelche Sauereien erfinden, um die beiden bei Laune zu halten.

L. A. war das Gefangenencamp. Florida war sein Feriencamp.

Er flog umgehend nach Miami zurück. Boyd hatte mit der mexikanischen Drogenfarm abgeschlossen, die nun zum Hauptlieferanten des Kaders wurde. Chuck brachte die ursprünglich vierzehn Pfund zum Verschneiden hinunter und kam mit dem

Sechsfachen des Gewichts zurück. Trafficante zahlte allen Kadermitgliedern Prämien.

Er schenkte ihnen kugelsichere Westen und brandneue Dope-Mobile.

Fulo entschied sich für einen 59er Eldo. Chuck wählte einen herzigen Ford Vicky. Delsol, Obregón, Paez und Gutiérrez waren allesamt Chevy-Männer. Ein Spic bleibt nun mal ein Spic – sie frisierten die Schlitten von vorn bis hinten auf kubanisch um.

Er traf sich mit den Männern und lernte sie näher kennen.

Gutiérrez war zuverlässig und still. Delsol berechnend und gerissen. Sein Cousin Obregón wirkte etwas übergeschnappt – Boyd vermutete allmählich, dass er nicht ganz auf Draht war.

Santo junior strukturierte das Rauschgiftgeschäft in Miami um. Für die Geschäfte mit den Niggern war nun einzig und allein der Kader zuständig.

Boyd entschied, dass sämtliche Junkies vor Ort eine Probe bekommen sollten. Der Kader verteilte eine ganze Ladung Stoff gratis. Chuck nannte die Niggerviertel den »siebten Himmel«.

Dann gingen sie vom Philanthropentum zum Geschäft über. Sie fuhren durch die Gegend und verkauften ihren Stoff aus stets mit zwei Männern besetzten Wagen – wobei sie offen ihre Gewehre zeigten. Ein Junkie versuchte, Ramón Gutiérrez auszurauben. Teo Paez schoss ihn mit einer Ladung Schrot, mit Rattengift versetzt, über den Haufen.

Santo junior war zufrieden. Santo erließ das Erste Kadergebot: »Du sollst nicht von der Ware kosten.« Pete erließ das Zweite Gebot: »Wenn du ›H‹ nimmst, bring' ich dich um.«

Miami war der Verbrecherhimmel. Blessington das Tor zum Paradies.

Das Lager umfasste vierzehn Morgen Land. Zur Einrichtung gehörten zwei Bunker, ein Waffenschuppen, eine Befehlsbaracke, ein Exerzierfeld und eine Landebahn. Ein Dock und ein Anleger für Schnellboote waren noch im Bau.

Die Rekrutenanwerber preschten vor und schickten einige Kandidaten. Das örtliche Pack regte sich über die Latinosiedlung vor der Haustür auf. Pete stellte einige arbeitslose Klan-Mitglieder für die Arbeit am Bootssteg ein.

So kam ein vorläufiger Burgfrieden zustande – Klan-Angehörige und Exilkubaner strengten sich gemeinsam an.

Vierzehn Rekruten waren bereits im Camp untergekommen. Täglich kamen mehr Flüchtlinge aus Kuba herüber. Weitere CIA-Camps wurden errichtet – bis Mitte der Sechzigerjahre sollten es gut vierzig sein.

Castro würde überleben – gerade lang genug, um Boyd und ihn reich zu machen.

Das brennende Kreuz war weithin sichtbar. Pete nahm den Feuerschein aus einer halben Meile Entfernung wahr.

Ein Feldweg bog von der Schnellstraße ab. Schilder wiesen den Weg: »Nigger haben draußen zu bleiben!« – »KKK – Weiße Männer aller Länder, vereinigt euch!«

Durch die Lüftungsschlitze wurden ständig Insekten ins Wageninnere geweht. Pete klatschte sie tot. Er erblickte einen Stacheldraht und Klan-Mitglieder in voller Montur, die es sich vor der Parade gemütlich machten.

Sie trugen weiße Kutten und purpurgesäumte Kapuzen. Ihre Hunde musste man gesehen haben: in Leintücher gehüllte Dobermänner.

Pete zeigte Banisters Passierschein vor. Die Kapuzenmänner überprüften ihn und winkten ihn durch.

Er parkte neben ein paar Lastwagen und wanderte herum. Der Feuerschein des Kreuzes fiel auf eine umzäunte Pinienlichtung.

Auf der einen Seite trieben sich Kubaner herum. Auf der anderen vergnügten sich die Weißen. Sie waren durch eine Reihe plakatbepflasterter Wohnwagen voneinander getrennt.

Zu seiner Linken: ein Klan-Kuchenverkaufsstand, eine Klan-Schießbude, Verkäufer, die Klan-Kostüme und -Insignien an den Mann zu bringen versuchten. Zu seiner Rechten: ein Abklatsch des Blessington-Camps.

Pete sah sich bei den Rednecks um. Kapuzenhäupter zogen an ihm vorbei – he, Mann, die Robe zu Hause vergessen?

Insekten klatschten gegen das Kreuz. Das Geräusch von Gewehrschüssen und das Peng der Zieleinschläge überlagerten einander. Die Luftfeuchtigkeit betrug annähernd 100 Prozent.

Nazi-Armbinden kosteten 2,99 Dollar. Rabbiner-Voodoo-Puppen gab es im Sonderangebot – drei Stück für 5 Dollar, praktisch geschenkt.

Pete spazierte an den Wohnwagen vorbei. An einem alten Airstream lehnte die Plakattafel: »WKKK – Rev. Evans' Kreuzzug wider die Kommunisten«.

Ein Hi-Fi-Lautsprecher war auf die Achse geschweißt. Und spuckte total übergeschnapptes Kauderwelsch aus.

Pete guckte zum Fenster rein. Er erblickte an die zwanzig Katzen, die pissten, schissen und fickten. Ein langer Lulatsch brüllte was ins Mikrofon. Eine Katze kratzte an Kurzwellendrähten herum, offensichtlich darauf erpicht, sich umgehend in den Katzenhimmel frittieren zu lassen.

Pete strich einen Kandidaten von der Liste und ging weiter. Alle Weißen hatten Kapuzen auf – er konnte Hudspeth oder Lockhart nicht mit ihren Fahndungsfotos vergleichen.

»Bondurant! Hierher!«

Das war die Stimme von Guy Banister, die tief unten aus dem Erdreich drang.

Im Dreck öffnete sich eine Falltür. Ein periskopisches Irgendwas fuhr aus und wackelte hin und her.

Guy hatte sich einen Scheißluftschutzkeller eingerichtet.

Pete sprang zu ihm runter. Banister machte hinter ihm die Klappe dicht.

Der Raum maß 12 Quadratmeter. Die Wände waren mit *Playboy*-Pin-ups tapeziert. Guy hatte einen Riesenvorrat von Van-Camps-Bohnen mit Speck und Bourbon angelegt.

Banister zog das Teleskop ein. »Du hast einsam gewirkt, so mutterseelenallein in deinem Räuberzivil unter all den Roben.«

Pete reckte sich. Er berührte mit dem Kopf die Decke.

»Wirklich gemütlich, Guy.«

»Dachte, dass es dir gefällt.«

»Wer bezahlt das Ganze?«

»Alle.«

»Wie meinst du das?«

»Das heißt, dass der Grund und Boden mir gehört und dass die Bauten von der CIA errichtet worden sind. Carlos Marcello hat dreihunderttausend für Waffen gestiftet, und Sam Giancana hat was springen lassen, um die Staatspolizei zu schmieren. Der Klan zahlt Eintritt und Standgebühren, und die Flüchtlinge arbeiten vier Stunden am Tag im Straßenbau und stiften die Hälfte ihres Lohns der kubanischen Sache.«

Die Klimaanlage lief auf Hochtouren. In dem Luftschutzkeller herrschte eine gottverfluchte Eiseskälte.

Pete erschauerte. »Du hast gesagt, Hudspeth und Lockhart wären da.«

»Hudspeth ist heute früh wegen Autodiebstahls verhaftet worden. Da das sein drittes Vergehen ist, kann er keine Kaution stellen. Evans dagegen ist hier. Und solange du die Religion aus dem Spiel lässt, ist der gar nicht so übel.«

»Der muss am Durchdrehen sein«, sagte Pete. »Und Boyd und ich wollen keine durchgeknallten Typen im Team.«

»Aber ich denke, ihr seid gerade darauf aus, vorzeigbare Spinner einzustellen.«

»Nenn es, wie du willst. Wenn ich mich wohl oder übel für Lockhart entscheiden muss, möchte ich vorher ein paar Minuten mit ihm allein sein.«

»Warum?«

»Bei einem, der in 'nem Leintuch rumspaziert, muss ich ganz sicher sein, dass er sich darauf versteht, die Dinge voneinander zu separieren.«

Banister lachte: »›Separieren‹ ist ein großes Wort für einen Burschen wie dich, Pete.«

»Das hör' ich in letzter Zeit öfter.«

»Weil du jetzt, wo du bei der CIA bist, mit feinen Leuten Umgang hast.«

»Mit Evans zum Beispiel?«

»Ein Punkt für dich. Unentschieden. Aber, ganz im Vertrauen, der Mann hat bessere antikommunistische Referenzen als du.«

»Kommunismus ist schlecht fürs Geschäft. Tu nicht so, als ob mehr dahinterstecken würde.«

Banister hakte die Daumen in den Gürtel. »Wenn du glaubst, das sei besonders schlau von dir, hast du dich geschnitten.«

»So.«

Etwas Selbstzufriedeneres als Banisters Lächeln gab es nicht. »Wer den Kommunismus akzeptiert, verbreitet ihn. Dein alter Intimfeind Ward Littell akzeptiert den Kommunismus, und ein Freund aus Chicago hat mir gesteckt, dass Mr Hoover ihn als Kommunistenfreund überführen will, was sich weit mehr auf seine Unterlassungssünden als auf seine Taten stützt. So weit kommt's, wenn man besonders schlau sein und den Kommunismus hinnehmen will. Kapiert? Irgendwann geht's hart auf hart.«

Pete ließ ein paar Knöchel knacken. »Hol mir Lockhart her. Du weißt, was Boyd will, und das erklärst du ihm. Deine Predigten steckst du dir in Zukunft sonst wohin.«

Banister zuckte zusammen. Banister wollte etwas sagen.

»Buh!«, machte Pete.

Banister kletterte, so schnell er konnte, zur Falltür hinaus.

Die Stille und die kalte Luft taten gut. Die Dosenvorräte und der Schnaps sahen verlockend aus. Die Tapete bot einen entzückenden Anblick – insbesondere Miss July.

Mal angenommen, die Russen werfen die Atombombe. Mal angenommen, man sitzt in diesem Loch. Vielleicht kriegt man den Hüttenkoller und bildet sich ein, die Frauen wären echt.

Lockhart schwang sich durch die Falltür. Er trug eine Kutte mit schwarzen Rußflecken, die von einem doppelt bestückten Pistolengürtel zusammengehalten war.

Er hatte feuerrotes Haar und Sommersprossen. Und einen schweren Mississippi-Akzent.

»Das Geld mag ich, und der Umzug nach Florida macht mir nichts aus. Aber das Lynch-Verbot muss weg.«

Pete knallte ihm eine. Dougie Frank blieb stehen – A-plus für Gleichgewichtsgefühl.

»Mann, ich hab' zu groß geratenen weißen Abschaum schon für weniger umgelegt!«

Großkotzerei. Das gab ein C-minus.

Pete versetzte ihm noch eine Ohrfeige. Lockhart zog die rechte Waffe – legte aber nicht an.

Nerven: A-plus. Gefahrensinn: B-minus.

Lockhart wische sich das Blut vom Kinn. »Ich mag Kubaner.

Wenn ich bei der Rassenlehre ein Auge zudrücke, kann ich mich ja beim Klan für die Aufnahme eurer Jungs verwenden.«

Sinn für Humor: A-plus.

Lockhart spuckte einen Zahn aus: »Ihr müsst *mir* auch was bieten. Oder bin ich nur euer Punchingball?«

Pete zwinkerte ihm zu. »Mr Boyd und ich beteiligen dich möglicherweise an einem Prämienplan. Und die CIA könnte dir unter Umständen zu einem eigenen Ku-Klux-Klan verhelfen.«

Lockhart führte einen kleinen Negertanz auf. »Danke, Massah! Wären Sie ein Mann des Klans wie ein echter Weißer, würde ich den Saum Ihrer Robe küssen.«

Pete trat ihm in die Eier.

Er ging zu Boden – aber ohne Stöhnen und Wimmern. Er entsicherte die Waffe – aber er feuerte nicht.

Insgesamt hatte der Mann bestanden.

34

(New York City, 29.9.59)

Das Taxi kroch im Schneckentempo durch die Stadt. Kemper balancierte Papiere auf seiner Aktentasche.

Eine Grafik zeigte die Staaten, in denen Vorwahlen stattfanden, nach Counties gegliedert. Diesen waren Tabellen zugeordnet mit den Namen ihm bekannter Strafverfolgungsbeamter.

Mutmaßliche Demokraten markierte er farbig. Die eingefleischten Republikaner strich er durch.

Eine langweilige Tätigkeit. Warum konnte Joe seinem Jack das Weiße Haus nicht einfach kaufen?

Der Verkehr staute sich. Der Taxifahrer drückte auf die Hupe. Kemper spielte eine Runde Advocatus Diaboli – ein bisschen Übung in Heuchelei konnte nie schaden.

Bobby wollte wissen, was es mit den ständigen Reisen nach Florida auf sich hatte. Seine Antwort war am Rande der Empörung.

»Bin ich nun beauftragt, Beweismaterial des McClellan-Untersuchungsausschusses weiterzuleiten, oder nicht? Jedenfalls mag ich mich nicht damit abfinden, dass im Sun-Valley-Fall alles so bleibt, wie es ist, und Florida muss sich bei den allgemeinen Wahlen für Jack entscheiden. Ich habe mich da unten mit ein paar unzufriedenen Teamstern unterhalten.«

Das Taxi fuhr durch Slums. Auf einmal musste er an Ward Littell denken.

Sie hatten sich seit einem Monat weder gesprochen noch geschrieben. Der Mord an D'Onofrio hatte kurz Schlagzeilen gemacht und blieb ungelöst. Ward äußerte sich weder mündlich noch schriftlich dazu.

Er musste mit Ward Verbindung aufnehmen. Er musste rauskriegen, ob der Tod von Mad Sal etwas mit seiner Tätigkeit als Informant für Ward zu tun hatte.

Der Fahrer hielt vor dem St. Regis. Kemper zahlte und ging rasch zur Rezeption.

Ein Hotelangestellter sah ihn erwartungsvoll an. »Wenn Sie in meiner Suite anrufen«, sagte Kemper, »und Miss Hughes zu mir herunterbitten würden?«

Der Angestellte setzte Kopfhörer auf und machte sich an der Schalttafel zu schaffen.

»Sie telefoniert gerade, Mr Boyd. Sie ist mitten in einem Telefongespräch.«

Kemper lächelte. »Bestimmt mit meiner Tochter. Die beiden tratschen stundenlang zum Hoteltarif miteinander.«

»Miss Hughes spricht mit einem Mann, Sir.«

Kemper spürte, wie er zusammenzuckte. »Reichen Sie mir mal kurz Ihre Kopfhörer rüber.«

»Tjjjjja ...«

Kemper legte ihm zehn Dollar hin.

»Tjjjjja ...«

Kemper erhöhte auf fünfzig. Der Hotelangestellte steckte sie ein und übergab ihm die Kopfhörer.

Kemper setzte sie auf. Das war Lenny Sands Stimme, und sie klang hoch und zitterig.

»... so schrecklich er war, er ist tot, und er hat, genau wie ich, für den Säufer gearbeitet. Der eine ist ein Säufer und der andere ein Schläger, und der Schläger lässt mich andauernd schwachsinnige Artikel über Kuba schreiben. Namen darf ich dir keine nennen, aber mein Gott, Laura …«

»Du meinst aber nicht meinen Freund Kemper Boyd?«

»Vor dem hab' ich keine Angst. Ich meine den Schläger und den Säufer. Du weißt nie, was der Säufer sich als Nächstes ausdenkt, und seit Sal umgebracht wurde, habe ich nichts mehr von ihm gehört, was mich noch in den Wahnsinn …«

Interessenkonflikte. Hier war Eingreifen geboten.

35

(Chicago, 1.10.59)

Die Wellen hatten Abfall an den Strand gespült. Pappbecher und Reste von Vergnügungsdampferprogrammen lagen im Weg.

Littell stieß sie beiseite. Er kam an der Stelle vorbei, wo er die Beute aus dem Montrose-Einbruch losgeworden war.

Damals Müll, heute Müll.

Nun hatte er Kerzen für drei tote Männer anzuzünden. Jack Ruby war wahrscheinlich in Sicherheit – er rief einmal die Woche im »Carousel Club« an, um seine Stimme zu hören.

Sal hatte der Folter widerstanden. Sal hatte nie »Littell« oder »Ruby« gesagt. Kabikoff hatte ihn nur als den Bullen mit der Maske gekannt.

»Mad Sal« und »Sid the Yid« – Namen, über die er sich köstlich amüsiert hatte. Es hieß, dass Bobby Kennedy Gangsterspitznamen mochte.

Er ließ die Phantom-Berichte schleifen. Er ließ die Arbeit bei der Roten Staffel schleifen. Dem Leitenden Sonderagenten Leahy erklärte er, dass Gott und Jesus Christus Linke gewesen seien.

Mit Helen traf er sich nur noch eine Nacht in der Woche. Er rief nicht mehr bei Lenny Sands an. Er hatte zwei ständige Begleiter: Old Overholt und Pabst Blue Ribbon. Whiskey und Bier.

Eine aufgeweichte Zeitschrift wurde ans Ufer geschwemmt. Er erkannte ein Bild von Jack Kennedy und Jackie.

Kemper hatte behauptet, der Senator sei ein unverbesserlicher Schürzenjäger. Kemper hatte behauptet, Bobby sei die Ehe heilig.

Fat Sid hatte behauptet, ihr Vater habe Jules Schiffrin gekannt. Schiffrin führte die richtigen Pensionskassenbücher – diese Tatsache konnte noch so viel Alkohol nicht wegspülen.

Littell betrat den Lake Shore Drive. Die Füße taten ihm weh, und die Hosenumschläge waren voller Sand.

Es dämmerte. Er war seit Stunden nach Süden gewandert.

Auf einmal fand er sich wieder zurecht. Er erkannte, dass er nur drei Blocks von einem wirklichen, leibhaftigen Ziel entfernt war.

Er ging hinüber und klopfte an Lenny Sands Tür. Lenny öffnete und blieb einfach stehen.

»Das war's«, sagte Littell. »Ich verlange nie mehr was von dir.«

Lenny trat auf ihn zu. Er stieß einen gewaltigen Wortschwall hervor.

Littell verstand »idiotisch« und »nichtswürdig« und »Feigling«. Er blickte Lenny in die Augen und rührte sich nicht, während der andere sich heiser schrie.

36

(Chicago, 2.10.59)

Kemper öffnete das Schloss mit seiner Diners-Karte. Lenny hatte nie begriffen, dass gegen schurkische Polizisten allenfalls Bolzen halfen.

Littell hatte nie begriffen, dass INFORMANTEN NIE IN DEN RUHESTAND GEHEN. Er hatte der Abschiedsgala von der Straße aus zugesehen – und beobachtet, wie Ward Beleidigungen auf sich niederprasseln ließ, wie ein Flagellant.

Kemper zog die Tür zu und blieb im Dunkeln stehen. Lenny war vor zehn Minuten zum Lebensmittelladen gegangen und dürfte in der nächsten halben Stunde zurückkommen.

Laura hatte gelernt, ihm keine peinlichen Fragen zu stellen. Den Anruf im St. Regis hatte sie nicht einmal erwähnt.

Kemper hörte Schritte und einen Schlüssel im Schloss. Er ging zum Lichtschalter und schraubte den Schalldämpfer auf seine Waffe.

Lenny kam herein. »Es ist keineswegs vorbei«, sagte Kemper.

Eine Einkaufstüte fiel zu Boden. Glas zerbrach.

»Kein Wort mehr zu Laura oder zu Littell. Du bleibst bei *Hush-Hush* und arbeitest für Pete. Du kriegst raus, was du über die Pensionskassenbücher rauskriegen kannst, und erstattest nur noch mir Bericht.«

»Nein«, sagte Lenny.

Kemper schaltete das Licht ein. Im Wohnzimmer wurde es hell – ein mit Antiquitäten überladener Raum von erlesenem, fast übertrieben raffiniertem Geschmack.

Lenny blinzelte. Kemper schoss die Beine einer Vitrine weg. Porzellan und Kristall zersplitterte.

Er zerschoss einen Bücherschrank. Er verwandelte einen Louis-XIV-Diwan in Polsterwatte und Holzspäne. Er durchlöcherte einen handbemalten Chippendale-Schrank.

Sägemehl und Pulverdampf schwebten in der Luft. Kemper holte ein frisches Magazin heraus.

»Ja«, sagte Lenny.

DOKUMENTENEINSCHUB: 5.10.59. Hush-Hush-Artikel. Verfasst von Lenny Sands unter dem Pseudonym Peerless Politicopundit.

KOMMUNIST CASTRO KASTRIERT KUBA, WÄHREND HEROISCHE HERMANOS VOR HEIMWEH HEULEN!

Keine zehn Monate ist er im Amt, und doch ist der phrasenspuckende, zigarrenpaffende Fidel Castro für die freie Welt schon viel zu lange Kubas Fronvogt gewesen!

Castro hat den demokratisch gewählten Premierminister Fulgencio Batista, einen überzeugten Antikommunisten, an Neujahr gestürzt. Der Beatnik mit Vollbart und dem übervollen Maul hat seinen Landsleuten Landreform, soziale Gerechtigkeit und das Blaue vom Himmel versprochen – der Köder, mit dem die Roten Kommissare überall auf der Welt ihre Schäflein zur Schur locken. Er hat sich eine kleine Bastion der Freiheit, 90 Meilen vor der amerikanischen Küste, unterworfen, die Taschen ihrer patriotischen Patriarchen geplündert, die amerikanischen Hotels und Casinos mir nichts, dir nichts nationalisiert, die blühenden Plantagen der

United Fruit Company in verbrannte Erde verwandelt und sich Amerikas solidestes Exportgut, Amerikas mächtigsten Kommunistenschreck in astronomischer Höhe unter den Nagel gerissen: Geld!!!

Jawohl, meine Lieben, letztlich läuft alles auf eines hinaus: auf Riesenbatzen einer Landeswährung, die den göttlichen Segen fälschungssicher auf dem grünen Rücken trägt – auf unsere braven, herrlich geschmückten US-Dollars natürlich, wo bereits die Porträts unserer prächtigen Präsidenten durch ihren bloßen Anblick jeden Kommunisten das Fürchten lehren!!!

Sache ist: Der Beatnik-Barde hat die Pagen der ehemals eleganten Hotels Nacional und Capri in Havanna aufs Hinterfotzigste um ihr Trinkgeld beschwindelt und sie durch eine Bande roher Roter ersetzt – krummbeinige Bantamgewicht-Bandidos, die auch als Würfelwerfer in den Casinos ihr widerlich verdorbenes Treiben treiben!

Sache ist: Fruchtfelder von Fanatikern frittiert! Tagelöhner, bis dato als Schutzbefohlene von Amerikas selbstlos egalitärer Wirtschaftsform auf starken eigenen Füßen stehend, sind zu wohlfahrtsgeschädigten Almosenempfängern geworden, die am kommunistischen Tropf hängen und sich kriecherisch im roten Staub winden!

Sache ist: Raúl »Halt's Maul« Castro hat Florida aufs Fatalste mit herzzerreißend hohen Mengen eines menschenmörderischen Höllengifts überschwemmt: mit Heroin!!! Der Fürchterliche ist darauf versessen, seine flinken Fangnadeln in so viel fleißige Einwanderer aus Kuba wie möglich zu versenken, um sie als Zombies zu versklaven, die unablässig das Krebsgeschwür des Castro-Evangeliums verbreiten, sofern sie sich nicht gerade, euphorisch heulend, immer wieder aufs Neue dem hautdurchlöchernden Heroinrausch hingeben!

Sache ist: Es gibt immer mehr kubanische Flüchtlinge und amerikanische Patrioten, denen die Heimtücke des Beatnik-Bruders heftig aufstößt. Sie sind dabei, in Miami und im südlichen Florida Mitkämpfer zu rekrutieren. Männer wie Tiger, zäh und behände, die sich ihre orange-schwarzen – nicht roten – Streifen in den Dschungeln von Castros Gefängnissen verdient haben, von denen ein jedes ebenso überfüllt wie miserabel zusammengepfuscht ist. Und mit jedem Tag sind es mehr, die wie sie das Meer durchqueren, um die amerikanische Küste mit dem tief empfundenen Ausruf »Gott und Vaterland!« zu grüßen.

Der Berichterstatter hat sich mit einem Amerikaner namens »Big Pete« unterhalten, einem überzeugten Antikommunisten, der gerade castrofeindliche Guerillas ausbildet. »Alles eine Frage des Patriotismus«, sagte Big Pete. »Sind Sie etwa bereit, 90 Meilen vor unserer Küste eine kommunistische Diktatur zu dulden? Ich nicht, deswegen habe ich mich der Freiheit-für-Kuba-Sache angeschlossen. Und das gilt für alle kubanischen Flüchtlinge und alle Männer kubanischer Abstammung: Macht mit. Hört euch in Miami um. Kubaner vor Ort sagen euch, wo's langgeht.«

Sache ist: Mit Männern wie Big Pete als Gegner sollte Castro sich einen Berufswechsel angelegen sein lassen. Ich kenne ein paar Kaffeehäuser im tiefsten Venice West, in L. A., die einen abgenudelten Beatnik-Dichter wie Fidel brauchen könnten. Wär' doch was, Fidel! Keine Lust, alter Knabe? Denk dran, lieber Leser, hier hast du's zuerst gelesen: diskret, unter uns und *absolut* Hush-Hush.

DOKUMENTENEINSCHUB: 19.10.59. Persönliches Schreiben: J. Edgar Hoover an Howard Hughes.

Lieber Howard,

der Peerless-Politicopundit-Bericht in der Hush-Hush-Ausgabe vom 5. Oktober hat mir wirklich gefallen. Selbstverständlich ist das alles weit hergeholt, aber unter der blumigen Sprache steckt ein politischer Kern.

Lenny Sands hat sich den Hush-Hush-Stil hervorragend angeeignet. Ein vielversprechendes junges Propaganda-Talent. Die feinsinnig eingesetzte Werbung für Tiger Kab war ein Leckerbissen für Kenner, wobei mich besonders die hehren Gedanken, die er unserem pragmatischen Freund Pierre Bondurant zuschrieb, sehr erheitert haben.

Alles in allem eine höchst ersprießliche Nummer.

Herzliche Grüße
Edgar

DOKUMENTENEINSCHUB: 30.10.59. Zusammenfassender Bericht: John Stanton an Kemper Boyd.
PERSÖNLICH/VERTRAULICH IN VERSCHLOSSENER DOKUMENTENMAPPE ZU ÜBERGEBEN

Lieber Kemper,

ein paar Zeilen, um Sie über die jüngsten Richtlinienbeschlüsse auf dem Laufenden zu halten. Sie sind nach wie vor schwer zu erreichen, daher schicke ich dies per Kurier.

Erstens sind unsere Vorgesetzten jetzt mehr denn je überzeugt, dass das Castro-Problem größere Kreise zieht. Obwohl die jüngsten Zuwendungen des Präsidenten besonders niedrig ausgefallen sind, gehen wir zuversichtlich davon aus, dass Castros

Hartnäckigkeit die Brieftaschen im Weißen Haus lockern wird. Wie schreibt doch unser Freund Peerless Politicopundit so schön: »Niemand ist bereit, 90 Meilen vor unserer Küste eine kommunistische Diktatur zu dulden.« (Ich wollte, ich könnte Berichte schreiben, wie er knallige Reportagen schreibt.)

Mr Dulles, der Stellvertretende Direktor Bissell und einige auserwählte Kubaexperten haben mit der Planung einer für Ende 1960 oder Anfang 1961 vorgesehenen Invasion Kubas durch Flüchtlinge begonnen. Wir gehen davon aus, dass die CIA dann über ein Reservistenheer von mindestens zehntausend gut ausgebildeten, in den USA stationierten Exilkubanertruppen verfügen und in völliger Übereinstimmung mit der öffentlichen Meinung handeln wird. Wir denken an einen von den Ausbildungslagern an der Golfküste aus startenden Angriff zu Land und zur See mit Luftunterstützung. Über die weitere Planung halte ich Sie auf dem Laufenden. Sie kümmern sich nach wie vor um unseren Freund Jack. Wenn sich die Ausführung des Plans bis zum 20. Januar 1961 verzögert, kann er sehr wohl der Mann sein, der über Zustimmung oder Ablehnung entscheidet.

Seit unserer letzten Unterhaltung sind elf weitere »Bananendampfer« in Florida und Louisiana eingetroffen. Unsere Mitarbeiter mussten sich alle einer bestimmten Flüchtlingsquote annehmen und die Männer auf die verschiedenen Ausbildungslager verteilen. Viele Flüchtlinge, die reguläre CIA-Hilfe ablehnen, werden nach Miami weiterreisen. Da bin ich gespannt, ob unser Kader welche keilen wird. Wie Sie sicher wissen, kann das Ausbildungslager Blessington nun offiziell Rekruten aufnehmen. Ich habe der Einstellung von Douglas Frank Lockhart als stellvertretendem Camp-Kommandanten zugestimmt und denke, dass wir sicherstellen sollten, dass sich unser Kader bei der unternehmerischen Tätigkeit in Miami und der Ausbildung in Blessington abwechselt.

Setzen Sie umgehend Pete Bondurant und Chuck Rogers darauf an, wobei mir Bondurant innerhalb von sechs Wochen einen schriftlichen Bericht per Boten übermitteln soll.

Was die »Unternehmungen« unseres Kaders in Miami betrifft, möchte ich, entsprechend unserem bisherigen delikaten Verhandlungsstil, nur anmerken, dass ich mich freue, dass sich die Profite so offensichtlich steigern und dass die Übereinkunft, die Sie mit unseren CIA-freundlichen Quellen in Mexiko getroffen haben, sich derart gedeihlich zu entwickeln scheint. Ich denke mir, dass unsere Vorgesetzten unsere »Unternehmung« einmal als Ausdruck unseres gesunden Menschenverstands belobigen werden, aber ehe der Widerwille gegen Castro nicht den zu erwartenden Siedepunkt erreicht hat, muss ich auf strikter Interessentrennung und Geheimhaltung bestehen. Die Beteiligung von Mr Trafficante muss geheim bleiben, und ich wünsche auch nicht, dass allgemein bekannt wird, dass Mr S. Giancana und Mr C. Marcello einen Beitrag zu unserer Sache geleistet haben.

Halten Sie mich auf dem Laufenden, und verbrennen Sie diese Mitteilung.

Mit den besten Grüßen
John

DOKUMENTENEINSCHUB: 1.11.59. Zusammenfassender Bericht: Kemper Boyd an Robert F. Kennedy.

Lieber Bob,

ich habe mich mit James Dowd, dem Chef der Abteilung für organisiertes Verbrechen im Justizministerium, unterhalten. (Ich habe seine Bekanntschaft gemacht, als er für die Bundesstaatsanwaltschaft tätig war.) Ich habe Mr Dowd aus Gefälligkeitsgründen Durchschläge der Akten zugeschickt, die ich an alle Grand Jurys weitergeleitet habe, die an Beweismaterial gegen Hoffa interessiert waren, und nun scheint die Gefälligkeit Früchte zu tragen.

Wie Ihnen bekannt ist, hat das Landrum-Griffin-Reformgesetz den Kongress passiert, und somit hat das republikanisch dominierte Justizministerium ein klares Mandat zur »Erledigung« von Hoffa erhalten. Dowd hat Untersuchungsbeamte und stellvertretende Staatsanwälte an die Untersuchungsbehörden diverser Grand Jurys in Ohio, Louisiana und Florida geschickt. Der McClellan-Ausschuss hat, wie allgemein bekannt, die Landrum-Griffin-Reform in die Wege geleitet. Dowd ist zur politischen Einsicht gelangt und hat beschlossen, sich nun mit allen Kräften unserem Sun-Valley-Beweismaterial zu widmen. (Für sein Empfinden verleihen die beiden verschollenen Zeugen – Gretzler und Kirpaski – der Sache ein besonderes moralisches Gewicht.) Er hat seit dem 25.10.59 sechs Männer abgestellt, die mit drei Grand Jurys in Südflorida zusammenarbeiten. Sie suchen aktiv nach verärgerten Teamstern, die in Sun Valley Eigentum erworben haben. Dowd meint, die »Erledigung« von Hoffa werde sich als mühsame und langwierige Angelegenheit erweisen, was uns, jedenfalls bis zu einem bestimmten Grad, hervorragend ins politische Konzept passt.

Ich bin ganz entschieden der Meinung, dass wir *vermeiden müssen, die »Erledigung« Hoffas zu einer überparteilichen Angelegenheit zu machen*, und dass wir *unbedingt* anstreben sollten, Jack als *den* Feind der Gewerkschaftskorruption schlechthin zu präsentieren. Dowd zufolge wird Hoffa bei den Vorwahlen heftig Stimmung gegen die Kennedys zu machen versuchen, und ich denke, damit könnte er uns bei den Stimmberechtigten in die Hände spielen. Sosehr er sich bemüht, dies zu verbergen, unter Stress kommt bei Hoffa stets der psychopathische Schläger zum Vorschein. Sollen die Teamster den republikanischen Kandidaten unterstützen. Soll Nixon Hoffas Geld einstecken und im Wahlkampf jedes Mal passen, wenn von Gewerkschaftskorruption die Rede ist. Umso entscheidender ist für Jack, dass er sein Bestreben, gesetzestreue Gewerkschaftsführer für seine Sache zu gewinnen, verstärkt und ihnen klarmacht, dass er sie sehr wohl von den Hoffa-Leuten zu unterscheiden weiß.

Und nun zu den Vorwahlen. Der Kampf der Kennedys gegen das organisierte Verbrechen hat viele meiner Bekannten bei der Polizei beeindruckt, die von Haus aus Republikaner sind, und ich arbeite mich von Wahlbezirk zu Wahlbezirk durch Wisconsin, New Hampshire und West Virginia hindurch. Die örtlichen Kennedy-Organisationen machen einen guten Eindruck, und ich habe jeden einzelnen Freiwilligen, mit dem ich zu tun hatte, aufgefordert, die Ohren offen zu halten, falls irgendwelche Gerüchte über Hoffa kursieren.

Bis bald. Schreiben Sie Ihr Buch; ich bin überzeugt, dass es ein wertvoller Beitrag zum Wahlkampf sein wird.

Mit freundlichen Grüßen
Kemper

DOKUMENTENEINSCHUB: 9.11.59. Aktennotiz: Robert F. Kennedy an Kemper Boyd.

Kemper,

danke für Ihren Bericht. Sie fangen an, politisch zu denken, wobei ich Ihre Analyse der Beziehungen zwischen Hoffa und den Republikanern für recht scharfsinnig halte. Ich freue mich, dass sich das

Justizministerium nun auf die Sun-Valley-Geschichte konzentriert, die ich stets für unsere Trumpfkarte im Kampf gegen Hoffa gehalten habe.

Ich bin immer davon ausgegangen, dass Hoffas Sun-Valley-Investitionen durch illegal beschafftes Pensionskassengeld (die drei »geisterhaften« Millionen) finanziert wurden und dass Hoffa ein Gutteil davon für sich abgezweigt hat. Einige Hinweise auf die Pensionskasse und/oder nachrichtendienstliche Informationen über die Existenz »wirklicher« Pensionskassenbücher könnten uns dabei sehr zustatten kommen. Wie geht es dem Phantom von Chicago? Sie haben mir den anonymen Jesuiten-Kreuzritter stets als bienenfleißig beschrieben, aber mir seit Monaten keinen Phantom-Bericht mehr vorgelegt.

Bob

DOKUMENTENEINSCHUB: 17.11.59. Mitteilung: Kemper Boyd an Robert F. Kennedy.

Lieber Bob,

nur zu wahr. Wir können jetzt wahrhaftig einige Hinweise auf die Pensionskasse gebrauchen. Das Phantom arbeitet angestrengt, rennt aber gegen eine Mauer nach der anderen an. Und bedenken Sie, dass er FBI-Agent ist und nebenbei zahlreiche Pflichten zu erledigen hat. Er bleibt am Ball, aber wie gesagt, das dauert.

Kemper

DOKUMENTENEINSCHUB: 4.12.59. FBI-Überwachungsbericht. SAC Chicago Charles Leahy an J. Edgar Hoover. ÄUSSERST VERTRAULICH/NUR FÜR DEN DIREKTOR BESTIMMT.

Sir,

entsprechend Ihren Anweisungen sind Agenten des Büros Sioux-City hinzugezogen worden, die Special Agent Ward J. Littell seit dem 15.9.59 rund um die Uhr überwacht haben. Er wurde nicht in der Nähe von Celanos Schneiderei gesehen und hat, soweit erkennbar, keine geheimen Eigenaktivitäten gegen das organisierte Verbrechen entwickelt. Er ist nicht mit Special Agent Kemper Boyd gesehen worden, und die (am 20.11.59) eingeleitete Überwachung seines Privattelefons belegt, dass er sich, wenn man von einigen wenigen Anrufen bei seiner Ex-Frau Margaret absieht, ausschließlich mit Helen Agee unterhält. Weder ruft er seine Tochter Susan an, noch wird er von ihr angerufen, und seit Beginn der am 20.11.59 eingeleiteten Überwachung hat Special Agent Boyd nicht bei ihm angerufen.

Littells Arbeitsleistung hat kontinuierlich abgenommen. Dieser Niedergang war bereits ersichtlich, ehe der Beschattungsauftrag erfolgte. Littell, der Auftrag hat, Mitglieder der kommunistischen Partei im Hyde Park und Rogers Park zu beschatten, verlässt ständig seinen Überwachungsposten, um in Kneipen zu trinken oder um diverse katholische Kirchen aufzusuchen.

Littells Überwachungsberichte sind ausgesprochen schlampig. Die Stundenzahl seiner Aufträge gibt er regelmäßig falsch an, und was seine Beschreibungen von Mitgliedern der kommunistischen Partei angeht, so können sie bestenfalls als übertrieben nachsichtig bezeichnet werden.

Am 26.11.59 hat Special Agent W. R. Hinckle beobachtet, wie

Littell vom CPUSA-Zellenleiter Malcolm Chamales vor dessen Wohnblock angesprochen wurde. Chamales hielt Littell »FBI-Schikanen« vor und forderte eine Antwort. Littell bat Chamales in eine Kneipe. Special Agent Hinckle beobachtete sie bei einer politischen Diskussion. Am 29.11. und am 1.12. trafen sie sich erneut. Special Agent Hinckle hat beide Treffen beobachtet und nimmt an, dass sich die beiden Männer angefreundet haben oder zumindest Trinkkumpane geworden sind.

FBI-freundliche Quellen der Universität von Chicago haben berichtet, dass Special Agent Littell und Helen Agee auf dem Campus bei einem heftigen Streit beobachtet wurden. Die Beziehung wirkt belastet, und Miss Agee wurde dabei gehört, wie sie Littell drängte, sich wegen seiner Alkoholprobleme behandeln zu lassen. Am 3.11.59 beobachtete Special Agent J. S. Burtler eine Auseinandersetzung zwischen Littell und Miss Agee. Miss Agee gab ihrer Bewunderung für Vizepräsident Richard Nixon Ausdruck. Littell nannte Mr Nixon »Tricky Dick« und bezeichnete ihn als einen »aus unlauteren Geldquellen finanzierten Kryptofaschisten und Kommunistenfresser«.

Abschließend weise ich darauf hin, dass wir nun ein Profil von Littell als Kommunistenfreund erstellen. Ich gehe davon aus, dass seine subversiven Äußerungen zusammen mit seinen lückenhaften Berichten und seiner Freundschaft mit Malcolm Chamales umfassende Rückschlüsse auf das gefährliche Sicherheitsrisiko zulassen, das er darstellt.

Mit vorzüglicher Hochachtung
Charles Leahy
SAC Chicago

DOKUMENTENEINSCHUB: 21.12.59. Einsatzbericht: Pete Bondurant an Kemper Boyd. »Zur Weiterleitung an John Stanton«. KB – AUFPASSEN BEIM WEITERLEITEN.

KB,

tut mir leid, dass der Bericht für Stanton so spät kommt. Ich schreibe nicht gern was auf, also streich, was du willst, und gib den Rest weiter. Sorg dafür, dass Stanton das vernichtet. Ich weiß, er meint, irgendwann werde die CIA uns hundertprozentig decken, aber das kann dauern.

1. Meine Klan-Arbeiter sind mit dem Dock und dem Schnellbootsteg fertig. Blessington ist jetzt 100 Prozent einsatzfähig.

2. Dougie Frank Lockhart ist in Ordnung. In mancher Hinsicht spinnt er total, wie alle Klan-Leute, aber so ist es nun mal und stört mich weiter nicht, solange das mit der Arbeit klappt. Sein FBI-Kontaktmann war sauer, dass er nicht bereit war, die konkurrierenden Ku-Klux-Klan-Gruppen in Louisiana zu bespitzeln, ist aber schlagartig stinkfreundlich geworden, als Lockhart ihm gezwitschert hat, dass du der Chef des Ganzen bist. Ich vermute, er hat bei Hoover nachgefragt und rausgekriegt, dass der dir carte blanche gibt. Lockhart hat bis jetzt ganz ordentliche Arbeit geleistet. Trafficante hat mir ein paar Dollar für ihn rübergeschoben, und damit hat er bei Blessington seinen eigenen Klan gegründet. Er hat Unterschriftsprämien bezahlt, und alle hiesigen Klan-Leute haben ihre alten Klans verlassen, um sich bei Dougie Frank einzuschreiben. Ich habe ihm gesagt, dass es bei dir kein Lynchen, keine Brandbomben in Kirchen und keine Schlägereien gibt. Er ist enttäuscht, hält sich aber dran. Lockhart kommt mit den Kubanern gut zurecht und hat die Klan-Mitglieder angewiesen, den Kader

und die Rekruten wegen ihrer Rasse in Ruhe zu lassen. Bis jetzt haben die Leute sich dran gehalten.

3. Unsere Geschäfte in Miami gehen gut und immer besser. Letzten Monat haben wir in einem Monat im Booker T. Washington Housing Project 14 Prozent mehr verdient als die Trafficante-Organisation in ihren besten Zeiten. Die Oktobereinnahmen im George Washington Carver Project haben STs Einnahmerekord um 9 Prozent übertroffen. Chuck Rogers sagt, die Männer in der mexikanischen Farm seien zuverlässig. Sie haben was gedreht, damit er rein- und rausfliegen kann, ohne der mexikanischen Polizei Flugberichte vorlegen zu müssen. Wir haben jetzt in Blessington eine Landebahn, weswegen Chuck die Ware noch unbehelligter abliefern kann. Ich habe ST jede Woche seinen Anteil nach Tampa gebracht. Er freut sich über den Profit und zahlt regelmäßig Prämien an den Kader. Er gibt mir 15 Prozent für die Sache und 5 Prozent für den Waffenfundus, den Guy Banister in New Orleans eingerichtet hat. Fulo, Paez, Obregón, Delsol und Guiterrez sind vorläufig absolut ehrlich gewesen. Weder bei der Ware noch bei dem Geld hat je was gefehlt.

4. Stanton hat Führungszeugnisse über die Männer verlangt. Was mich betrifft, verdienen sie alle, solange keiner Ware oder Geld stiehlt oder bei einer Mission durchdreht, ein dickes A-plus. Obregón ist ein bisschen ängstlich, was Schnellbootfahrten nach Kuba angeht, und bei seinem Cousin Delsol hapert es ein bisschen mit der Zuverlässigkeit, aber vorläufig sind das alles Kleinigkeiten. Was zählt, ist, dass sie alle für Amerika und gegen Castro sind und Trafficante nicht beklauen. Sollen Sie ruhig ein paar Schwarzfahrten mit ihren Taxis machen und sich mit Schnaps und Nutten entspannen. Man darf Männer nicht an eine zu kurze Leine legen, sonst werden sie kribbelig.

5. Als Anwerber sind sie gar nicht schlecht. Die 44 Kojen in

Blessington sind ständig besetzt. Chuck, Fulo, Lockhart und ich haben die Männer in zweiwöchigen Kursen ausgebildet. Wir bringen ihnen den Umgang mit Handfeuerwaffen und mit Gewehren bei, Nahkampf sowie Sabotagetechnik beim Schnellbooteinsatz und schicken dann die Männer, mit Stellenangeboten versehen, nach Miami zurück. Dort werben die Männer weitere Rekruten an und schicken sie zu einem Sachbearbeiter mit dem Codenamen HK/Cougar, der sie, je nachdem, wo Betten frei sind, in eines der CIA-finanzierten Ausbildungslager schickt. Wenn die Invasion, von der du mir erzählt hast, mal zustande kommen sollte, verfügen wir bestimmt über mehr als genug gut ausgebildete Soldaten, unter denen wir eine Auswahl treffen können.

6. Paez, Obregón, Delsol, Gutiérrez, Fulo und ich haben alle nächtliche Schnellbootfahrten nach Kuba unternommen. Wir haben dabei unseren Kontaktleuten auf der Insel Ware übergeben und einige Miliz-Patrouillenboote abgeschossen. Fulo und Gutiérrez haben bei einer Fahrt ein paar Milizsoldaten am Strand im Schlaf überrascht. Sie haben alle 30 mit MPs erledigt. Fulo hat den Führungsoffizier skalpiert und den Skalp an die Antenne unseres Flaggboots gebunden.

7. Auftragsgemäß pendle ich jetzt zwischen Blessington, unserem Geschäft in Miami und dem Taxistand hin und her. Dass du ein Kennedy-Freund bist, schmeckt Jimmy Hoffa überhaupt nicht, aber mit der Beteiligung ist er mehr als einverstanden, und je mehr Kubaflüchtlinge nach Miami kommen, desto häufiger klingelt bei Tiger Kab die Kasse. Und besten Dank auch für die Ware, die du mir für H. H. übergeben hast. Seit ich mich andauernd in Florida aufhalte, krieg' ich wahrscheinlich nur deswegen weiter mein Gehalt. Von mir aus würde ich kündigen, aber ich weiß, dass du wegen der CIA die Verbindung zu ihm aufrechterhalten möchtest. Einmal die Woche rufe ich bei ihm an, um nicht ganz von der

Bildfläche zu verschwinden. H. H. sagt, er lässt sich jetzt von Mormonen betreuen. Sie helfen ihm, die Vorladungen wegen TWA zu unterlaufen, und tun alles, was ich getan habe, wenn man vom Beschaffen von Stoff absieht. Ich nehme an, solange ich den liefern kann, krieg' ich weiter meinen Gehaltsscheck aus L. A.

8. Lenny Sands schreibt Hush-Hush im Alleingang voll. Mir hat der Artikel, den er über Kuba geschrieben hat, gut gefallen, er hat damit auch was Gutes für die Sache getan.

Das wär's. Ich geb' nicht gern was schriftlich, also sag Stanton, er soll das vernichten.

Viva La Causa!
PB

37

(Blessington, 24.12.59)

Lockhart schwang die Füße aufs Armaturenbrett. Er schwitzte in dem mit Kunstfaser ausgestopften Santa-Claus-Kostüm.

»Kirchen darf ich keine anzünden, Nigger umlegen ebenfalls nicht. Was dagegen, wenn ich den Klan-Moralkodex durchsetze?«

Pete spielte mit – Dougie Frank war ein Scherzkeks. »Das wäre?«

»Also, du kriegst spitz, dass Sally, die Schwester von Joe Redneck, auf Leroy mit dem 30-Zentimeter-Pimmel scharf ist, und ertappst sie auf frischer Tat. Du machst das KKK-Brandeisen heiß und drückst Sally das Zeichen für Rassenschande auf.«

»Und Leroy?«

»Du fragst ihn, wo er ihn herhat und ob sie in der Größe auch in Weiß hergestellt werden.«

Pete lachte. Dougie Frank rotzte aus dem Fenster.

»Jetzt mal ehrlich, Pete. Ich bin der Imperial Wizard of the South Florida Royal Knights of the Ku Klux Klan und hab' bis jetzt nichts anderes getan, als CIA-Prämien zu verteilen und ein Softballteam aufzustellen, das gegen deine gottverfluchten kryptofarbigen Flüchtlinge antritt.«

Pete wich einem streunenden Hund aus. Der Lastwagen geriet in ein Schlagloch; die in Geschenkpapier eingepackten Truthähne auf der Ladefläche hüpften auf und ab.

»Erzähl mir nicht, dein FBI-Führungsoffizier hätte dir das Lynchen erlaubt.«

»Nein, das nicht. Aber er hat mir auch gesagt: ›Dougie Frank, dass du mir ja keine Nigger umlegst, solang du Geld vom Staat kassierst.‹ Kapiert? Du verbietest das *ausdrücklich* und lässt einem nichts durch.«

Pete sah ein paar Hütten weiter vorn – ein guter Ort, die Truthähne loszuwerden. Santo junior hatte gesagt, sie sollten die Leute vor Ort schmieren – er hatte von einem Lastwagendiebstahl einen Geflügelüberschuss und beschlossen, mit einer Gratis-Weihnachtsgeflügel-Aktion für guten Willen zu werben.

»Du mach deinen Job. Wir haben hier was Wichtiges vor, also reiß dich zusammen.«

»Tu' ich ja«, sagte Lockhart. »Ich mach' meinen Job und guck' nicht hin, wenn Chuck Rogers weißes Pulver einfliegt, alles klar. Ich sag' ja nur, dass meine Jungs ein bisschen Entspannung brauchen.«

»Ich red' mal mit Jimmy Hoffa. Vielleicht kann er deine Jungs zum Haifisch-Schießen mitnehmen.«

»Ich hab' eher daran gedacht, den Paragrafen neunundsechzig des Klan-Moralkodex durchzusetzen.«

»Der wäre?«

»Angenommen, du ertappst Leroys Brüder Tyrone und Rufus, die an Sallys Tür klopfen.«

»Was dann?«

»Sally wird geteert und gefedert.«

»Und was ist mit Tyrone und Rufus?«

»Du ziehst ihnen die Hosen runter und schaust nach, ob's in der Familie liegt.«

Pete lachte. Dougie Frank kratzte sich den schneeweißen Bart. »Wieso muss gerade ich mich als Weihnachtsmann verkleiden?«

»Ich hab' keinen roten Anzug finden können, der mir passt.«

»Du hättest auch einen der Kubaner nehmen können.«

»Na. Ein Spic-Santa Claus?«

»Ich finde diesen Job entwürdigend.«

Pete bog in einen armseligen, schmutzigen Spielplatz ein. Ein paar farbige Kinder sahen den Weihnachtsmann und gerieten aus dem Häuschen.

Dougie Frank stieg aus und warf ihnen Truthähne zu. Die Kinder rannten zu ihm und zogen ihn am Bart.

Die Weißen bekamen Truthähne. Die Schwarzen bekamen Truthähne. Die Bullen von Blessington bekamen Truthähne und geklauten Jim Beam.

Die Rekruten bekamen Truthahndinner und Präservative. Santo junior schickte ihnen ein Weihnachtsgeschenk: eine Busladung Huren aus Tampa. Vierundvierzig Männer stimmten mit vierundvierzig Nutten in vierundvierzig Schlafkojen ein Stöhnkonzert an.

Pete schickte die Mädchen um Mitternacht nach Hause. Pete bekam auf einmal Lust, gegen Kuba loszuschlagen und Kommunisten umzulegen.

Er rief Fulo in Miami an. Fulo versprach, ein paar Jungs zusammenzutrommeln und zu ihm rauszufahren.

Chuck Rogers flog eine Ladung Stoff ein. Pete machte das Schnellboot klar.

Lockhart schaute mit Schwarzgebranntem vorbei. Pete und Chuck nahmen jeder einen Schluck. Keiner rauchte – das Zeug konnte explodieren.

Sie saßen auf dem Steg. Das ganze Lager wurde von Scheinwerferlicht erhellt.

Fulos Wagen kurvte über die Rollbahn. Chuck schichtete MPs und Munition neben die Vertäuung.

Delsol, Obregón und Fulo stiegen aus dem Chevy. Sie schwankten ein bisschen – zu viel Bier und Truthahn.

Sie schlurften über den Landungssteg. Tomás Obregón trug eine Sonnenbrille – um 2 Uhr nachts. Sonnenbrille *und* lange Ärmel – in einer geradezu idiotisch milden Nacht.

Draußen im Sumpf bellte ein Hund. Chuck Rogers jaulte zurück – genau wie der Diskjockey seines Lieblingsnachtprogramms.

Pete schlug Obregón die Sonnenbrille von der Nase. Der Arsch hatte stecknadelkopfkleine Pupillen vom Heroin – das war im Scheinwerferlicht klar und deutlich zu erkennen.

Obregón erstarrte. Rogers nahm ihn von hinten in den Schwitzkasten.

Niemand sagte ein Wort. War auch nicht nötig – die Sachlage stand *rápidamente* fest.

Obregón zappelte hilflos im Würgegriff. Fulo riss ihm die Ärmel hoch. Sie waren mit hässlichen roten Einstichnarben übersät.

Alle schauten auf Delsol – den Scheißcousin von Obregón. Da gab's nicht viel zu überlegen: Das musste *er* erledigen.

Chuck ließ Obregón los. Pete reichte Delsol die Pistole.

Obregón zitterte am ganzen Leib und stürzte fast vom Steg. Delsol schoss ihm sechsmal in die Brust.

Er kippte ins Wasser. Fulo sprang hinterher und skalpierte ihn.

Delsol schaute weg.

38

(Hyannis Port, 25.12.59)

Der Weihnachtsbaum reichte bis zur Decke. Die übereinandergetürmten Geschenke waren mit künstlichem Schnee besprüht.

Kemper nippte an einem Eierpunsch. »Feiertage stimmen Sie offensichtlich traurig«, sagte Jack.

»Nicht wirklich.«

»Meine Eltern haben es mit dem Kinderkriegen übertrieben, aber Ihre hätten die Voraussicht haben sollen, Ihnen ein oder zwei Geschwister zu schenken.«

»Ich hatte mal einen jüngeren Bruder. Er starb bei einem Jagdunfall.«

»Das habe ich nicht gewusst.«

»Mein Vater und ich waren auf Rotwildjagd bei unserem Sommerhaus. Wir bekamen immer wieder kurz was vor die Flinte und feuerten ständig durchs Buschwerk. Vor die Flinte lief uns auch Compton Wickwire Boyd, acht Jahre alt. Er hatte eine beigefarbene Jacke und eine Mütze mit weißen Ohrenklappen an. Das war am 19. Oktober 1934.«

Jack schaute weg. »Das tut mir leid, Kemper.«

»Ich hätte das nicht erzählen sollen. Sie wollten mir was sagen, und in einer Stunde muss ich nach New York. Meine Geschichte bringt garantiert jedes Gespräch zum Erliegen.«

Der Raum war überheizt. Jack rückte den Stuhl vom Feuer weg.

»Treffen Sie sich mit Laura?«

»Ja. Meine Tochter feiert mit ein paar Freunden in South Bend Weihnachten, bevor sie in Ski-Urlaub fährt. Sie, Laura und ich wollen uns in New York treffen.«

Petes Ring war frisch poliert. Er hatte sich vorgenommen, sie heute Abend um ihre Hand zu bitten.

»Sie und Laura – das war ein herber Schock.«

»Doch Sie verkraften ihn allmählich?«

»Das tut wohl jeder auf seine Weise, denke ich.«

»Sie sind nervös, Jack.«

»In acht Tagen gebe ich meine Kandidatur bekannt. Ständig tauchen neue Hindernisse auf, und ich frage mich, wie ich damit fertigwerden soll.«

»Zum Beispiel?«

»West Virginia. Was antworte ich einem Minenarbeiter, der mir sagt: ›Junge, ich habe gehört, dass dein Daddy einer der reichsten Männer Amerikas ist, und du hast keinen Tag in deinem Leben arbeiten müssen.‹«

Kemper lächelte. »Sie sagen: ›Das stimmt.‹ Und ein ergrauter Charakterdarsteller, den wir in die Menge schmuggeln, ergänzt: ›Und Junge, da hast du nicht das Geringste verpasst.‹«

Jack brüllte vor Lachen. Kemper fiel ein: Giancana und Trafficante kontrollierten große Teile West Virginias.

»Ich kenne da ein paar Leute, die Ihnen vielleicht behilflich sein könnten.«

»Dann sorgen Sie dafür, dass ich denen einen Riesengefallen schulde, damit ich endlich mein genetisch vorbestimmtes Schicksal als korrupter irischer Politiker erfüllen kann.«

Kemper lachte. »Sie sind nach wie vor nervös. Und Sie sagten,

Sie hätten etwas mit mir zu besprechen, was auf etwas Ernsthaftes hindeutete.«

Jack schaukelte mit dem Stuhl vor und zurück und wischte sich ein Flöckchen Kunstschnee vom Pullover.

»Wir haben über Mr Hoover nachgedacht. Wir denken, dass er über Lauras Abstammung Bescheid weiß.«

Der Advocatus Diaboli schaltete sich automatisch ein. »Das weiß er seit Jahren. Er weiß, dass ich mit Laura liiert bin, und hat mir von ihrer Abstammung erzählt, ehe Sie es taten.«

Bobbys Kinder tollten durchs Zimmer. Jack scheuchte sie raus und trat die Tür zu.

»Die widerliche voyeuristische Schwuchtel.«

Kemper improvisierte. »Er weiß auch alles über Ihre Vaterschaftszahlungen und kennt die meisten ihrer längerfristigen Affären. Jack, Ihr bester Schutz gegen Hoover bin ich. Er mag mich und vertraut mir und will nichts als seinen Job behalten, wenn Sie gewählt werden.«

Jack hob eine Zigarrenschachtel ans Kinn. »Dad überlegt ernsthaft, ob Sie nicht von Hoover geschickt worden sind, um uns auszuhorchen.«

»Ihr Vater ist alles andere als dumm.«

»Wie bitte?«

»Hoover hat mich ertappt, als ich bei der Untersuchung eines Autodiebstahls was abgezweigt habe, und mich vorzeitig in Pension geschickt. Ich habe daraufhin beschlossen, mich beim McClellan-Ausschuss zu bewerben, doch Hoover hat mich nicht aus den Augen gelassen. Er hat erfahren, dass ich mich mit Laura treffe, und verlangte Informationen über Sie. Ich lehnte rundweg ab, woraufhin Hoover mir andeutete, dass ich ihm noch was schulde.«

Jack nickte. Er schien überzeugt.

»Dad hat Sie in Manhattan von einem Privatdetektiv überwachen lassen. Der Typ sagte, dass Sie eine Suite im St. Regis haben.«

Kemper zwinkerte ihm zu. »Ihr Lebensstil färbt ab, Jack. Ich habe eine Pension, ein Gehalt und Dividenden, und ich werbe um eine teure Frau.«

»Sie sind sehr oft in Florida.«

»Hoover lässt mich castrofreundliche Gruppen ausspionieren. Das ist der ›Gefallen‹, den ich ihm schulde.«

»Darum wollen Sie unbedingt Kuba zu einem Wahlkampfthema machen.«

»Richtig. Ich halte Castro für eine gottverdammte Bedrohung und meine, Sie sollten ihm gegenüber einen harten Kurs einschlagen.«

Jack zündete sich eine Zigarre an. Er wirkte erleichtert.

»Ich werde Dad sagen, dass alles in Ordnung ist. Aber er will, dass Sie was versprechen.«

»Das wäre?«

»Dass Sie Laura nicht so bald heiraten werden. Er fürchtet, das könnte die Reporter neugierig machen.«

Kemper überreichte ihm den Ring. »Bewahren Sie den für mich auf. Ich wollte Laura heute Abend um ihre Hand bitten, aber ich werde wohl warten müssen, bis Sie gewählt sind.«

Jack steckte den Ring in die Tasche. »Danke. Heißt das, dass Sie ohne Weihnachtsgeschenk dastehen?«

»Ich besorg' was in New York.«

»Dort unter dem Baum liegt eine Smaragdnadel. Laura steht Grün besonders gut, und Jackie wird sie nicht vermissen.«

39

(South Bend, 25.12.59)

Littell stieg aus dem Zug und sah sich nach Verfolgern um.

Die ankommenden und abfahrenden Passagiere wirkten normal – nur Kids vom Notre Dame College und besorgte Eltern. Einige der Cheerleader bibberten vor Kälte – in ihren kurzen Röckchen bei minus zehn Grad ins Freie gehetzt.

Die Menge zerstreute sich. Niemand lungerte auf dem Bahnsteig herum, niemand hängte sich an ihn dran. Mit einem Wort: Das Phantom sah Gespenster.

Dass er immer wieder Verfolger hinter sich erblickte, war wahrscheinlich auf seinen Alkoholkonsum zurückzuführen. Das Klicken in seinem Telefon auf seine überreizten Nerven.

Er hatte beide Telefone auseinandergenommen. Keine Spur von Abhörgeräten. Gangster konnten keine Außen-Wanzen anbringen – das konnte nur die Polizei. Der Mann, der ihn und Mal Chamales vergangene Woche beobachtet hatte, war wahrscheinlich bloß ein Stammgast gewesen, den die linkslastige Diskussion neugierig gemacht hatte.

Littell ging ins Bahnhofsrestaurant und kippte drei Bier und drei Whiskey. Er hatte ein Weihnachtsessen mit Susan vor sich und konnte eine Stärkung gebrauchen.

Die Nettigkeiten schleppten sich dahin. Das Gespräch pendelte zwischen ungefährlichen Themen hin und her.

Susan erstarrte, als er sie umarmte. Helen hatte sich ihm gleich entzogen. Claire hatte sich zu einem weiblichen Kemper entwickelt – die Ähnlichkeit war nun verblüffend ausgeprägt.

Susan sprach ihn nie mit Namen an. Claire nannte ihn »Ward Baby« – Helen sagte, sie spiele derzeit das coole Biest. Susan rauchte genau wie ihre Mutter – sie fuchtelte sogar wie sie mit dem Streichholz und pustete den Rauch weg.

Auch ihre Wohnung war ein Abklatsch von Margarets Wohnung: zu viel Nippes und zu viele Stilmöbel.

Claire legte Sinatra-Platten auf. Susan servierte verwässerten Eierpunsch – Helen hatte ihr wohl berichtet, dass ihr Vater zu viel trank.

Er sagte, er habe seit Monaten nichts von Kemper gehört. Claire lächelte – sie kannte sämtliche Geheimnisse ihres Vaters. Susan servierte das Essen. Margarets langweiliger glasierter Schinken mit Süßkartoffeln.

Sie setzten sich. Littell neigte den Kopf und sprach ein Gebet.

»Vater im Himmel, wir bitten Dich um Deinen Segen für uns alle und für alle unsere Freunde, die nicht bei uns sein können. Erbarme Dich gnädig der Seelen dreier kürzlich verstorbener Männer, deren Tod durch hochmütige, aber reinen Herzens betriebene Bemühung um Gerechtigkeit verursacht wurde. Segne uns alle an diesem heiligen Tag und in dem Jahr, das kommen wird.«

Susan verdrehte die Augen und sagte: »Amen.« Claire servierte den Schinken; Helen schenkte den Wein ein.

Die Mädchen kriegten volle Gläser. Er kriegte ein winziges Schlückchen. Billiger Cabernet Sauvignon.

»Mein Vater wird heute seiner Geliebten einen Heiratsantrag

machen«, sagte Claire. »Stoßen wir auf meinen Vater und meine schicke neue Mom an, die nur neuneinhalb Jahre älter ist als ich.«

Littell verschluckte sich beinahe. Der Aufsteiger Kemper als heimlicher Kennedy-Schwager –«

»Nicht doch, Claire«, sagte Susan. »›Geliebte‹ und ›schick‹ im selben Atemzug?«

Claire bog ihre Hände zu Krallen. »Und was ist mit dem Altersunterschied? Den hast du nicht erwähnt. Wo Altersunterschiede doch dein Lieblingsthema sind.«

Helen gab ein Stöhnen von sich. Susan schob ihren Teller weg und zündete sich eine Zigarette an.

Littell schenkte sich nach. »Ward Baby«, sagte Claire, »sag, was für Juristinnen wir drei werden.«

Littell lächelte. »Aber gern. Susan verfolgt als Staatsanwältin mindere Vergehen und geringfügige Übertretungen, Helen verteidigt abgestürzte FBI-Männer, und Claire spezialisiert sich auf Handelsrecht, um den teuren Geschmack ihres alten Vaters finanzieren zu können.«

Helen und Claire lachten. »Ich mag nicht als engstirnig beschrieben werden«, sagte Susan.

Littell trank das Glas leer. »Bewirb dich beim FBI, Susie. In einem Jahr und einundzwanzig Tagen lasse ich mich pensionieren, und dann kannst du mich ablösen und an meiner statt für Mr Hoover arme Linke piesacken.«

»Ich würde Kommunisten nicht als arm bezeichnen, Vater. Und ich glaube nicht, dass die Pension, die du nach zwanzig Jahren kriegst, deine Bar-Rechnungen deckt.«

Claire zuckte zusammen. »Bitte, Susan«, sagte Helen.

Littell schnappte sich die Flasche. »Wer weiß, kann ja sein, dass ich für John F. Kennedy arbeiten werde. Kann ja sein, dass er Präsident wird. Sein Bruder hasst das organisierte Verbrechen nämlich noch mehr als die Kommunisten, kann ja sein, dass das in der Familie liegt.«

»Ich kann nicht begreifen«, sagte Susan, »wie du gewöhnliche Gauner auf eine Stufe zu stellen vermagst mit einem politischen System, das die halbe Welt versklavt hat. Ich kann nicht begreifen, wie du auf einen blöden liberalen Politiker hereinfallen kannst, dessen Vater ihm die Präsidentschaft kaufen will.«

»Kemper Boyd mag ihn.«

»Entschuldige, Vater, und entschuldige, Claire, aber wenn Kemper was verehrt, dann ist es das Geld, und dass John F. Kennedy mehr als genug davon hat, ist uns allen bekannt.«

Claire rannte aus dem Zimmer. Littell schüttete Wein in sich rein.

»Kommunisten kastrieren keine unschuldigen Männer. Kommunisten schließen keine Autobatterien an Genitalien an und ermorden keine Menschen durch Stromschlag. Kommunisten schmeißen keine Fernsehgeräte in Badewannen oder –«

Helen rannte hinaus. »Vater«, sagte Susan, »Gott verdamm dich für deine Schwäche.«

Er ließ sich krankschreiben und verkroch sich bis Neujahr. Der Lebensmittelladen lieferte Essen und Schnaps.

Helen war mit ihrer Abschlussprüfung beschäftigt. Sie telefonierten miteinander – meist nur oberflächliches Geplauder, von gelegentlichen Seufzern unterbrochen. Er hörte manchmal ein Klicken in der Leitung und führte das auf seine schwachen Nerven zurück.

Kemper rief nicht an und schrieb nicht. Der Typ ignorierte ihn.

Er las Bobby Kennedys Buch über den Krieg gegen Hoffa. Die Geschichte faszinierte ihn. Kemper Boyd kam darin nicht vor.

Er schaute sich die Rose Bowl und die Cotton Bowl im Fernsehen an. Er dachte sich einen Nachruf auf Icepick Tony Iannone aus – nun seit genau einem Jahr tot.

Exakt vier Bier und vier Whiskey versetzten ihn in einen euphorischen Zustand. Er stellte sich vor, wie er seinen Mut wirklich unter Beweis stellen konnte: indem er beschloss, gegen Jules Schiffrin vorzugehen und die Bücher zu holen.

Noch mehr Whiskey, und er mochte nicht mehr. Mit einer solchen Aktion würde er nur weitere Menschenleben aufs Spiel setzen. Sein Mut war letztlich nichts als ins Grandiose aufgeblasene Schwäche.

Er schaute sich an, wie John Kennedy seine Präsidentschaftskandidatur bekannt gab. Im Caucus Room des Senats drängten sich die Anhänger.

Die Kameras gingen über auf die Demonstranten draußen. Teamster skandierten im Chor: »He he, ho ho, Kennedy sagt, ›Gewerkschaft NO!‹«

Der Reporter kommentierte: »Eine Anklagejury in Florida führt zur Zeit eingehende Untersuchungen gegen den Teamster-Vorsitzenden J. R. Hoffa durch. Er wird des Grundstücksschwindels in Zusammenhang mit der Sun-Valley-Siedlung der Teamster verdächtigt.«

Ein Zwischenschnitt zeigte einen lachenden Jimmy Hoffa, der jegliche Probleme mit Sun Valley bestritt.

Littell formte Sätze:

Pete, sei so gut, ein paar Menschen für mich umzulegen, ja?

Vater, Gott verdamm dich für deine Schwäche.

40

(Tampa, 1.2.60)

»Ich bin am Ende«, sagte Jack Ruby. »Der bekannte Bankrotteur Sal D. schuldete mir zum Zeitpunkt seines Todes eine Stange Geld, und nun rückt mir die Steuerbehörde auf den Pelz, um angebliche Steuerschulden einzutreiben, ich weiß nicht, woher nehmen. Ich hab' mich mit meinem Club zu sehr engagiert, Sam hatte mir bereits eine Abfuhr erteilt, und Ihr wisst doch, dass ich ein großer Freund der kubanischen Sache bin. Ich habe zusammen mit einem Freund Stripperinnen nach Blessington runtergefahren, um die Burschen ein bisschen zu unterhalten, was völlig freiwillig war und nicht das Geringste mit meiner Anfrage von eben zu tun hat.«

Santo junior saß an seinem Schreibtisch. Ruby stand davor. Auf dem Sofa lümmelten sich drei fette Schäferhunde.

Pete schaute zu, wie Ruby Männchen machte. Das Büro stank: Santos Hunde durften alles.

»Ich bin am Ende«, sagte Ruby. »Ich stehe vor dir wie ein armer Bittsteller vor seinem Bischof.«

»Nein«, sagte Trafficante. »Du hast mir einige Mädchen vorbeigebracht, als ich in Havanna festsaß, aber das ist keine zehn Riesen wert. Ich geb' dir einen Tausender aus eigener Tasche, aber mehr ist nicht drin.«

Ruby streckte die Hand aus. Santo zählte ihm von einem dicken Bündel die Hunderternoten in die Hand. Pete stand auf und öffnete die Tür.

Ruby ging, das Geld befummelnd, hinaus. Santo besprühte die Stelle, wo er gestanden hatte, mit Eau de Cologne.

»Der Mann soll eigenartige sexuelle Vorlieben haben. Der kann dich mit Krankheiten anstecken, gegen die Krebs eine Kinderkrankheit ist. Jetzt erzähl mir ein paar gute Nachrichten, ich fange meinen Tag ungern mit Bettlern an.«

»Die Gewinne sind Dezember und Januar um 2 Prozent gestiegen«, sagte Pete. »Ich glaube, dass Wilfredo Delsol das mit seinem Cousin weggesteckt hat, und ich glaube nicht, dass er den Kader je verpfeifen wird. Niemand stiehlt was, und ich denke sogar, die Sache mit Obregón hat den Leuten einen heilsamen Schrecken eingejagt.«

»Jemand hat was versaut, sonst würdest du nicht mit mir reden wollen.«

»Fulo betätigt sich als Zuhälter. Die Nutten schieben eine Nummer für einen Fünf-Dollar-Schuss. Er liefert das ganze Geld bei uns ab, aber ich glaube, dass das langfristig schlecht fürs Geschäft ist.«

»Sorg dafür, dass er das bleiben lässt«, sagte Trafficante.

Pete setzte sich auf die Sofakante. König Tut ließ ein grollendes Knurren hören.

»Lockhart und seine Klan-Kumpel haben in der Nähe des Ausbildungsplatzes einen Club eingerichtet und spielen mit dem Gedanken, mal ein paar Neger aufzuhängen. Außerdem hat sich Lockhart mit J. D., dem Bullen aus Dallas, angefreundet, der mit Ruby zu uns runtergefahren ist. Chuck Rogers will J. D. im Flugzeug mitnehmen und Hetzschriften abwerfen. Er will ganz Südflorida damit eindecken.«

Trafficante schlug auf die Schreibtischunterlage. »Sorg dafür, dass der Unsinn aufhört.«

»Wird gemacht.«

»Du hättest damit nicht bei mir anfragen müssen.«

»Kemper meint, für Disziplin sollst du zuständig sein. Er will die Männer glauben machen, wir alle zusammen seien so was wie die Arbeiter und du der Manager.«

»Kemper ist ein raffinierter Kerl.«

Pete streichelte König Faruk und König Artus. Scheißkönig Tut schaute ihn böse an.

»Das kannst du laut sagen.«

»Castro hat meine Casinos in Schweineställe verwandelt. Er lässt seine Ziegen auf die Teppiche kacken, die meine Frau persönlich ausgewählt hat.«

»Er wird dafür büßen«, sagte Pete.

Er fuhr nach Miami zurück. Am Taxistand drängten sich die Nichtstuer: Lockhart, Fulo und der ganze Scheißkader.

Bis auf Chuck Rogers – der saß im Flugzeug und warf Hassbomben ab.

Pete schloss den Taxistand und stellte etwas klar. Er nannte es die Abhängigkeitserklärung des Kaders und die Bill of Non-Rights des Ku-Klux-Klan.

Keine Zuhälterei. Keine Raubüberfälle. Kein Trickbetrug. Keine Einbrüche. Keine Erpressung. Keine Entführung.

Kein Lynchen. Keine Angriffe auf Nigger. Kein Anzünden von Kirchen. Kein Rassismus gegen Kubaner.

Dagegen waren dem Blessington-Klan besondere Aufgaben zugeteilt:

Alle Kubaner lieben. Sie in Ruhe lassen. Jeden anmachen, der versucht, die neuen kubanischen Brüder anzumachen.

Lockhart nannte das einen Quasi-Genozid. Pete ließ die Knöchel knacken. Lockhart hielt die Klappe.

Die Versammlung zerstreute sich. Jack Ruby erschien und verlangte einen Fahrer – sein Vergaser war im Eimer, und er musste die Mädchen nach Blessington fahren.

Pete erklärte sich dazu bereit. Die Mädchen hatten hautenge Dreiviertelhosen und BHs an – es gab unangenehmere Aufgaben. Ruby setzte sich neben ihn. J. D. Tippit und die Stripperinnen nahmen hinten auf der Ladefläche Platz. Regenwolken ballten sich zusammen – wenn ein Sturm losbrach, waren sie schön blöd dran.

Pete fuhr Richtung Süden. Er drehte das Radio an, damit Ruby nicht ständig quasselte. Chuck Rogers tauchte unvermittelt am Himmel auf und gab dicht über den Baumwipfeln Rollen rückwärts zum Besten.

Die Mädchen jubelten. Chuck warf ihnen einen Sixpack herunter; J. D. fing ihn auf. Hasspamphlete wehten durch die Luft – Pete grabschte sich eins.

»Sechs Gründe, wieso Jesus ein Klan-Mann war.« Mit Nummer eins war man bedient: weil die Kommunisten das Rote Meer fluoridiert hatten.

Ruby guckte in die Landschaft. Tippit und die Mädchen schluckten Bier. Chuck unterbrach die Show und deckte eine Niggerkirche gleich packenweise mit Flugblättern ein.

Der Radiosender verlor sich. Und Ruby fing an zu klagen.

»Ein besonders tolles Gedächtnis hat Santo ja nicht. Santo findet mich mit zehn Prozent ab, weil sein Gedächtnis einen neunzigprozentigen Ausfall hat. Santo hat schlicht keine Ahnung, was ich auf mich genommen habe, um ihm die Damen nach Havanna zu schaffen. Klar, er hatte Ärger mit dem Bart. Aber keinen übergeschnappten FBI-Mann aus Chicago im Nacken.«

Pete war auf einmal hellwach: »Was für einen FBI-Mann aus Chicago?«

»Ich weiß nicht, wie er heißt. Ich bin ihm, gepriesen sei Allah, nur einmal von Angesicht zu Angesicht begegnet.«

»Beschreib ihn.«

»Gut 1,80 Meter groß, sechsundvierzig oder siebenundvierzig Jahre alt. Brille, schütteres graues Haar und meiner unmaßgeblichen Meinung nach ein Säufer, weil er das eine Mal, als ich ihn traf, eine Whiskeyfahne hatte.«

Die Straße fiel steil ab. Pete trat so heftig auf die Bremse, dass der Laster fast zum Stehen kam.

»Erzähl mir, wie er sich an dich rangemacht hat.«

»Wieso? Sag mir einen guten Grund, wieso ich dir von der Scheiße erzählen soll.«

»Ich geb dir tausend Dollar, wenn du mir die Geschichte erzählst. Wenn ich sie mag, kriegst du noch vier.«

Ruby zählte an den Fingern ab – eins bis fünf, ein halbes Dutzend Mal.

Pete klopfte rhythmisch aufs Steuerrad. Immer wieder den gleichen Takt: 1–2–3–4–5.

Ruby zählte lautlos vor sich hin: 1–2–3–4–5, 1–2–3–4–5.

Pete hielt fünf Finger hoch. Ruby zählte sie laut ab.

»Fünftausend, wenn du die Geschichte magst?«

»Richtig, Jack. Und tausend, wenn nicht.«

»Ich gehe ein Wahnsinnsrisiko ein, wenn ich's dir erzähle.«

»Dann lass es.«

Ruby spielte mit dem Davidstern an seiner Halskette. Pete spreizte fünf Finger auf dem Armaturenbrett. Ruby küsste den Stern und holte tiiiiief Luft.

»Vergangenen Mai macht sich der Scheiß-FBI-Kerl in Dallas an mich ran. Er droht mir mit allem und jedem, und ich nehm ihn ernst, weil ich weiß, dass das so ein verrückter gojischer Eiferer ist, der nichts mehr zu verlieren hat. Er weiß, dass ich Leuten in Dallas und Chicago Geld geliehen hab, er weiß, dass ich Leute, die Großkredite wollten, zu Sam Giancana geschickt habe. Und darauf fährt er voll ab. Er will ums Verrecken an die Teamsterpensionskasse ran.«

Littell, wie er leibte und lebte: kühn *und* blöd.

»Er bringt mich dazu, dass ich ihn einmal die Woche an einem Münzfernsprecher in Chicago anrufe. Er schiebt mir ein paar Dollar rüber, wenn ich ihm sage, dass ich auf dem Zahnfleisch gehe. Er bringt mich dazu, dass ich ihm von meinem Bekannten, dem Filmproduzenten Sid Kabikoff berichte, der zu einem Kredithai namens Sal D'Onofrio will, damit der ihn wegen eines Pensionskassendarlehens an Momo weitervermittelt. Was dann passiert ist, weiß ich nicht. Aber ich hab' in der Chicagoer Zeitung gelesen, dass Kabikoff und D'Onofrio ermordet worden sind, ›zu Tode gefoltert‹, wie man sagt, und dass beide Fälle ungelöst sind. Ich bin nicht Einstein, aber ›Folter‹ bedeutet in Chicago Sam G. Und ich weiß, dass Sam nicht weiß, dass ich was damit zu tun hatte, sonst hätte wer bei mir vorbeigeschaut. Und es braucht keinen Einstein, um messerscharf zu schließen, dass hinter all dem Kummer der verrückte FBI-Typ steckt.«

Littell arbeitete auf eigene Faust. Littell war der beste Freund von Boyd. Lenny Sands arbeitete mit Littell *und* D'Onofrio zusammen.

Ruby zupfte sich ein Hundehaar vom Schoß. »Ist die Geschichte fünftausend Dollar wert?«

Die Straße war kaum zu erkennen. Pete fuhr beinahe einen Alligator über den Haufen.

»Hat sich der FBI-Typ bei dir gemeldet, seit Sal D. und Kabikoff umgekommen sind?«

»Gepriesen sei Allah, nein. Und was ist jetzt mit meinen fünf–?«

»Die sollst du haben. Und drei mehr, wenn er sich wieder bei dir meldet und du mir Bescheid gibst. Und wenn du mir schließlich hilfst, an ihn ranzukommen, erhöhe ich auf weitere fünf.«

Ruby wurde fast hysterisch. »Wieso? Wieso zum Teufel ist dir das so wichtig, dass du mir so wahnsinnig viel Geld zahlst?«

Pete lächelte. »Das geht nur uns beide was an, klar?«

»Wenn du was für dich behalten willst, brauchst du's nur mir zu sagen. Ich bin bekannt für mein eisernes Schweigen. Ich plaudere nie was aus, das ist allgemein bekannt.«

Pete zog die Magnum und steuerte mit den Knien. Ruby lächelte – ho ho, was wird denn das?

Pete öffnete die Trommel, ließ fünf Patronen rausfallen und die Trommel kreisen.

Ruby lächelte – ho ho, Junge, mal nicht übertreiben.

Pete zielte auf seinen Kopf. Die Fünf-zu-eins-Chance bewährte sich: Der Hammer schlug auf einer leeren Kammer auf.

Ruby wurde weiß wie eine Klan-Robe.

»Hör dich um«, sagte Pete. »Was die Leute so über mich sagen.«

Als sie in Blessington ankamen, dämmerte es schon. Ruby und Tippet bereiteten ihre Stripshow vor.

Pete rief den Flughafen Midway an und gab sich als Polizist aus. Ein Angestellter bestätigte Rubys Geschichte: Ein Ward J. Littell war am 18. Mai des vergangenen Jahres nach Dallas und wieder zurückgeflogen.

Er legte auf und rief im Eden Roc an. Das Mädchen an der Rezeption sagte, Kemper Boyd sei »tagsüber ausgegangen«.

Pete hinterließ ihm eine Nachricht: »Heute Abend, 10 Uhr, Luau Lounge – dringend.«

Boyd reagierte lässig. »Ich weiß, dass Ward hinter der Pensionskasse her ist.« Selbst das Atmen schien ihn zu langweilen.

Pete blies Rauchringe in die Luft. Boyds Ton nervte ihn gewaltig – er war schließlich nicht achtzig Meilen gefahren, um sich Scheißblasiertheiten vorführen zu lassen.

»Das scheint dir egal zu sein.«

»Was Littell angeht, bin ich ein bisschen überfordert, aber abgesehen davon besteht meiner Meinung nach kein Anlass zur Sorge. Möchtest du mir deine Quelle nennen?«

»Nein. Er kennt Littells Namen nicht und weiß, womit er bei mir zu rechnen hat.«

»Ich sehe nicht, was dich das angehen könnte, Pete.«

»Es geht Jimmy Hoffa an. Er hängt bei unserem Kubading mit drin, und Jimmy ist die Scheißpensionskasse.«

Boyd trommelte auf den Tisch. »Littell ist auf die Unterwelt von Chicago und die Scheißpensionskasse fixiert. Unser Kuba-Job bleibt davon unberührt, und ich denke nicht, dass wir Jimmy eine Warnung schulden. Ich will auch nicht, dass du dich mit Lenny Sands darüber unterhältst. Er hat mit der Angelegenheit nichts zu tun und soll sich darüber nicht den Kopf zerbrechen.«

Klassischer Boyd: »So wenig mitteilen wie nötig« – konsequent bis zum Letzten.

»Wir brauchen Jimmy nicht zu warnen, aber eines will ich hier klarstellen. Jimmy hat mich beauftragt, Anton Gretzler umzulegen, und ich will nicht, dass Littell mich dafür drankriegt. Er hat mich bereits in Verdacht und ist verrückt genug, das an die große Glocke zu hängen, Mr Hoover hin, Mr Hoover her.«

Boyd spielte mit dem Martini-Sticker. »Du hast auch Roland Kirpaski umgelegt.«

»Nein. Den hat Jimmy selber umgelegt.«

Boyd pfiff durch die Zähne – sehr, sehr lässig.

Pete erhob sich und schnaubte Kemper ins Gesicht. »Du lässt Littell zu viel Freiraum. Du lässt ihm viel zu viel durchgehen.«

»Wir beide haben Brüder verloren, Pete. Lassen wir es dabei bewenden.«

Eine unverständliche Bemerkung. Manchmal war Boyd auf einem völlig anderen Dampfer.

Pete lehnte sich zurück. »Gibst du genug auf Littell acht? Wie sicher hast du ihn im Griff?«

»Ich habe seit Monaten nichts mehr mit ihm zu tun. Ich bin auf Distanz gegangen zu ihm und Mr Hoover.«

»Wieso das?«

»Instinkt.«

»Überlebensinstinkt?«

»Wohl eher Jagdinstinkt. Man löst sich von gewissen Menschen, um auf die Menschen zuzugehen, auf die es im Augenblick ankommt.«

»Auf die Kennedys?«

»Genau.«

Pete lachte. »Ich hab dich kaum zu sehen gekriegt, seit Jack seine Kandidatur angekündigt hat.«

»Du wirst mich überhaupt nicht mehr zu sehen kriegen bis zur Wahl. Stanton weiß, dass ich für nichts anderes mehr Zeit habe.«

»Er *muss* es ja wissen. Er hat dich ja geholt, damit er an die Kennedys rankommt.«

»Das wird er nicht bedauern.«

»Ich tu's bestimmt nicht. Das heißt nämlich, dass ich den Kader im Alleingang leiten kann.«

»Kommst du damit klar?«

»Können Nigger tanzen?«

Pete nippte an seinem Bier. Abgestanden – er hatte vergessen, dass er es bestellt hatte.

»Du hörst dich an, als ob du davon ausgehst, dass bis November alles klappt.«

»Da bin ich mir einigermaßen sicher. Jack liegt in New Hampshire und Wisconsin vorn, und wenn wir West Virginia packen, glaube ich, dass er's schafft.«

»Na, dann will ich mal hoffen, dass er ein Castro-Gegner ist.«

»Ist er. Er macht nicht so viel Getue wie Richard Nixon, aber Dick ist seit Menschengedenken ein Kommunistenfresser.«

»Präsident Jack. Jesus Christus.«

Boyd winkte dem Kellner. Der Martini war im Eiltempo zur Stelle.

»Die Kunst der Verführung, Pete. Er wird Amerika mit seinem Charme gnadenlos zusetzen, als wär's eine Frau. Wenn Amerika mal begriffen hat, dass es sich zwischen Jack und dem krampfigen Dick Nixon entscheiden muss, mit wem wird es da wohl lieber unter die Bettdecke kriechen?«

Pete hob das Bierglas. »Viva La Causa. Viva Bad-Back-Jack, Jack mit dem kaputten Rücken.

Sie stießen miteinander an. »Er wird sich hinter die Sache stellen«, sagte Jack. »Und wenn es zu einer Invasion kommen sollte, dann, bitte sehr, in seiner Amtsperiode.«

Pete zündete sich eine Zigarette an. »Da mache ich mir keine Sorgen. Abgesehen von Littell haben wir nur ein einziges Problem.«

»Du fragst dich, was geschieht, wenn die oberen Etagen der CIA unser Kader-Geschäft spitzkriegen.«

»Genau.«

»Ich will, dass sie's rausfinden«, sagte Boyd. »Ich werde sie schon vor November informieren. Irgendwann kommen die zwangsläufig dahinter, aber dann bin ich wegen der Kennedy-Verbindung schon viel zu wertvoll, um entlassen zu werden. Der Kader wird zu viel gute Männer engagiert und zu viel Geld verdient haben, und was allfällige moralische Bedenken betrifft – was ist unmoralischer: Heroinverkauf an Neger oder die illegale Invasion einer Insel?«

Klassischer Boyd: »Eigenfinanzierung«, »Autonomie« –

»Und mach dir wegen Littell keine Sorgen. Er versucht, an Beweismaterial ranzukommen, weil er es an Bobby Kennedy weiterreichen will. Doch laufen sämtliche Informationen über mich, und ich lasse nicht zu, dass Littell dir schadet oder dass Jimmy wegen des Kirpaski-Mordes Ärger kriegt oder wegen sonst was, was mit dir oder der Sache zu tun hat. Aber früher oder später *wird* Bobby Hoffa drankriegen, und ich will nicht, dass du dich da einmischst.«

Pete spürte, wie sich ihm der Kopf drehte. »Da komme ich nicht gegen an. Aber Littell habe ich jetzt am Haken, und wenn ich der Meinung bin, dass dein Schützling mal eine Lehre braucht, so werde ich sie ihm erteilen.«

»Da komme ich nicht gegen an. Du kannst mit ihm anstellen, was immer du für nötig hältst, solange du ihn am Leben lässt.«

Sie schüttelten sich die Hand. *»Les gens que l'on comprend«*, sagte Boyd, *»ce sont eux que l'on domine.«*

En français, Pierre, souviens-toi:

Wen wir verstehen, den beherrschen wir.

41

(New York City/Hyannis Port/New Hampshire/ Wisconsin/ Illinois/West Virginia, 4.2. bis 4.5.60)

Seit Weihnachten war er überzeugt. Seitdem war seine Überzeugung mit jedem Tag gewachsen.

Jack hatte Lauras Ring eingesteckt. Kemper hatte Jackies Smaragdnadel an sich genommen. Sein Wagen hatte Startschwierigkeiten – ein Kennedy-Chauffeur bemühte sich, ihn in Gang zu setzen. Kemper ging spazieren und überraschte Jack mitten in der Verwandlung.

Jack stand am Strand mutterseelenallein. Er probte mit lauter Stimme seine Selbstdarstellung in der Öffentlichkeit.

Kemper stellte sich so, dass er nicht gesehen werden konnte.

Jack verwandelte sich. Er wirkte nicht mehr bloß hochgewachsen, sondern groß. Der bräsige Tonfall ging in einen männlich festen Ton über. Die Gesten saßen.

Jack lachte. Jack hob den Kopf, um zuzuhören. Jack fasste meisterhaft zusammen: Russland, die Bürgerrechte, den Wettlauf im All, Kuba, den Katholizismus, seine offensichtliche Jugend und Richard Nixon, schleimiger, unfähiger Reaktionär, nicht in der Lage, die größte Nation der Welt sicher durch gefahrvolle Zeiten zu führen.

Er sah wie ein Held aus. Er ergriff den Augenblick und legte alle Jungenhaftigkeit ab.

Die Selbstbeherrschung war stets da gewesen. Er hatte seinen Anspruch zu verheimlichen gewusst, bis ihm die Welt zu Füßen lag.

Jack war sich seines Sieges gewiss. Kemper wusste, er würde mit der Kraft eines Rätsels, dem Gestalt anzunehmen vergönnt ist, zu der ihm eigenen Größe finden. Und dank seiner neugewonnenen Freiheit würde ihm die Liebe der Menschen zufliegen.

Laura fand die Brosche wunderschön.

Jack gewann in New Hampshire und in Wisconsin.

Jimmy Hoffa führte sich in beiden Staaten wie ein Schmierendarsteller auf. Jimmy mobilisierte die Teamster und schäumte in landesweit ausgestrahlten Fernsehsendungen. Jimmy brauchte nur den Mund aufzumachen, und sein Irrsinn lag klar zutage.

Kemper organisierte den Gegenangriff. Pro-Jack-Demonstranten prügelten sich mit Pro-Teamster-Demonstranten. Die Pro-Jack-Jungs hatten die lauteren Stimmen und wussten mit ihren Plakattafeln umzugehen.

Bobbys Buch schaffte es auf die Bestsellerlisten. Kemper verteilte Gratisexemplare in Gewerkschaftshäusern. Nach vier Monaten herrschte Übereinstimmung: Jimmy Hoffa war erledigt.

Jack sah hinreißend gut aus. Hoffa aufgeschwemmt und abgekämpft. Bei jeder seiner Kennedy-Beschimpfungen wurde eingeblendet: »Des betrügerischen Grundstückhandels verdächtig.«

Die Leute liebten Jack. Die Leute wollten ihn anfassen. Kemper gestattete den Leuten, den Sicherheitsabstand zu durchbrechen.

Kemper gestattete den Fotografen jede Nahaufnahme. Er wollte die Leute glauben machen, Jacks Belustigung sei wahre, erwiderte Liebe.

In Nebraska gab es keinen Mitbewerber. In sechs Tagen fanden die Vorwahlen von West Virginia statt – Jack dürfte Hubert Humphrey aus dem Rennen werfen.

Frank Sinatra warb um die Hinterwäldler. Jemand aus seinem Gefolge komponierte eine Jack-Hymne. Dank Schmiergeldern wurde sie von den Sendern ständig gespielt.

Laura hatte Sinatra als kleinen Schwanz mit großer Stimme bezeichnet.

Jacks Aufstieg vergrätzte sie. Sie war eine Blutsverwandte und eine Ausgestoßene. Kemper Boyd ein Insider.

Er rief jeden Abend von unterwegs an. Laura empfand das als bloße Pflichtübung.

Er wusste, dass sie Lenny Sands vermisste. Was sie nicht wusste, war, dass er ihn verbannt hatte.

Lenny änderte seine Chicagoer Telefonnummer – Laura konnte nicht mehr bei ihm anrufen. Kemper ließ Lennys Telefonrechnungen überprüfen, um sicherzugehen, dass er nicht bei ihr angerufen hatte.

Bobby erinnerte sich an den »Voice Coach« Lenny Sands. Ein paar Mitarbeiter entschieden, dass ein Wiederholungskurs fällig war, und luden Lenny nach New Hampshire ein.

Jack stellte Lenny Kemper vor. Lenny spielte mit und ließ sich nicht das Geringste anmerken – weder Wut noch Angst.

Lenny brachte Jacks Rednerstimme in Bestform. Bobby engagierte ihn für Wisconsin, um die Menge anzuheizen. Lenny trommelte mit einem kleinen Budget Riesenmengen zusammen – Bobby war begeistert.

Claire verbrachte die meisten Wochenenden mit Laura. Sie berichtete, Jacks Halbschwester sei ein begeisterter Nixon-Fan.

Wie Mr Hoover.

Sie unterhielten sich Mitte Februar. Mr Hoover hatte bei ihm angerufen, im harmlosesten Konversationston: »Nein, das ist aber lange her!«

Kemper brachte ihn wieder auf den neuesten Stand und beschrieb ausführlich Joe Kennedys alten Verdacht. »Ich lasse eine Akte zusammenstellen, die Ihre Legende stützt«, sagte Hoover. »Wir erwecken den Anschein, Sie seien ausschließlich meinetwegen nach Florida gereist. Ich werde Sie zum obersten Kuba-Beobachter des FBI ernennen.«

Kemper übermittelte die wichtigsten Daten seiner Florida-Aufenthalte. Hoover schickte ihm falsche Reisepläne zum Auswendiglernen.

Über den Wahlkampf verlor Hoover kein Wort. Kemper wusste, dass er einen Kennedy-Sieg ahnte.

Über Jack und die Weiber verlor Hoover kein Wort. Hoover schlug ihm nicht vor, Abhörwanzen bei Prostituierten zu installieren. Hoover berührte nie den wunden Punkt, weswegen Kemper Boyd auf Distanz gegangen war.

An einem zweiten Sexskandal wollte er nicht schuld sein. Auf einem Gebiet wenigstens wollte er sich absolut loyal zeigen.

Zuhälterei und Erpressung? – nein. Zuhälter-*Service* – jederzeit.

Er besorgte Jack ein Callgirl pro Nacht. Er rief Bekannte bei der Sitte an – und filzte jedes Mädchen, das Jack fickte, bis auf die blanke Haut.

Die Mädchen liebten Jack.

Wie Special Agent Ward Littell ihn liebte.

Sie hatten seit sechs Monaten nicht mehr miteinander gesprochen. Bei Jacks Großwahlveranstaltung in Milwaukee tauchte er auf – das alte Phantom von Chicago, das zum leibhaftigen Gespenst geworden war.

Er wirkte abgezehrt und ungepflegt. Er sah ganz und gar nicht wie ein G-Man aus.

Ward weigerte sich, über Gangsterklatsch oder Pensionskassen-Strategien zu reden. Ward weigerte sich, über den Mord an D'Onofrio mit ihm zu sprechen.

Wie Ward sagte, hatte er seine Pflichten beim Red Squad schleifen lassen. Er hatte sich mit einem Linken angefreundet, den er eigentlich hätte beschatten sollen.

Die Kennedy-Kampagne begeisterte ihn. Er trug Kennedy-Buttons zur Arbeit und machte eine Szene, als ihn SAC Leahy anwies, sie abzunehmen.

Littells Kreuzzug gegen das organisierte Verbrechen war am Ende. Mr Hoover konnte ihnen nichts anhaben. Die Boyd/Littell-Verbindung war null und nichtig.

Kemper teilte Bobby mit, dass das Phantom wacker weiter forschte. »Kommen Sie mir jetzt nicht mit Kinderkram«, sagte Bobby.

Littell hatte noch acht Monate bis zur Pensionierung. In seinen trunkenen Träumen schwebte ihm ein Amt in der Kennedy-Administration vor.

Ward liebt Jack.

New Hampshire liebt Jack.

Wisconsin liebt Jack.

West Virginia stand auf der Kippe. Greenbrier County war wahlentscheidend und fest in Gangsterhand.

Er beschloss, die Jungs nicht um Hilfe zu bitten. Wozu sollte Jack in der Schuld von Männern stehen, die Bobby hasste?

Amerika liebt Jack.

Sinatra hatte das am besten erfasst:

»That old Jack Magic ... Jacks Zauber hält mich im Bann.«

42

(Blessington/Miami, 4.2. bis 4.5.60)

Die Bemerkung über die »verlorenen Brüder« wollte ihm nicht aus dem Sinn. Pete musste immer wieder daran denken.

John Stanton sah sich Mitte März das Ausbildungslager an. Pete erkundigte sich nach Kemper Boyds Vergangenheit.

Wie Stanton sagte, hatte die CIA den Mann überprüft. Die Geschichte mit dem Jagdunfall war ihm hoch angerechnet worden – Kemper war nicht der Mann, der sich durch private Scheiße unterkriegen ließ.

Boyd konnte Französisch. Boyd war in der Lage, große Sprüche mit Leben zu erfüllen. Boyd hatte Petes bisherige Welt in schwindelerregendem Maße durcheinandergebracht –

Allein die letzten drei Monate: »autark« – geradewegs aus Webster's Wörterbuch.

Kemper hatte auf seiner Stechkarte nur KENNEDY stehen. Auf Petes Stechkarte stand nur KUBA.

Fulo schickte keine Weiber mehr auf den Strich. Lockhart stellte sich voll und ganz hinter den neuen Klan-Code. Sechs Zweiwochenkurse wurden durch Blessington geschleust – insgesamt 746 Mann.

Sie lernten, mit Waffen umzugehen und mit Schnellbooten und einfache Sprengungen durchzuführen. Chuck Rogers trichterte ihnen die proamerikanische Doktrin ein.

Der Kader warb in Miami laufend neue Rekruten an. Ständig meldeten sich weitere kubanische Hitzköpfe.

Die CIA verfügte jetzt über sechs Ausbildungslager. Sie richtete in Guatemala eine »Fortbildungsklasse« für Exilkubaner ein: eine vollständig ausgerüstete militärische Einrichtung.

Ike machte Geld locker. Ike erklärte sich mit einer geplanten Invasion durch Exilkubaner einverstanden. Das bedeutete eine große politische Veränderung, denn drei Versuche, Fidel umzulegen, waren schiefgegangen und hatten die Leute im CIA-Hauptquartier in Langley umdenken lassen.

Scharfschützen waren nicht nah genug an ihn rangekommen. Mit Sprengstoff versehene Zigarren wurden von Mitarbeitern geraucht. Irgendwann bekamen sie es in Langley satt – und beschlossen, das Kuba-Problem mit einer Invasion zu lösen.

Vielleicht Anfang nächsten Jahres. Vielleicht unter der Präsidentschaft von Bad-Back-Jack.

Boyd zufolge würde Jack den Plan absegnen. Boyd wirkte scheißüberzeugend. Santo junior gab allgemein bekannt: Kemper Boyd hat bei Jack was zu melden.

Die Firma ließ sich Jacks Wahlkampf was kosten – still und diskret. Getrennte Interessensphären: dicke, fette Wahlkampfspenden.

Davon hatte Jimmy Hoffa keine Ahnung. Davon hatte Jack keine Ahnung – und würde es auch erst erfahren, wenn der bestmögliche Augenblick gekommen war, die Schuld einzutreiben.

Sam G. erklärte, er könne Illinois für Jack kaufen. Lenny Sands behauptete, Sam gebe in Wisconsin ein Vermögen aus. Dito in West Virginia – das Geld der Chicagoer Unterwelt spielte den Staat Jack in die Hände.

Pete wollte von Lenny wissen, ob die Mogeleien Boyd bekannt waren. »Wohl kaum«, antwortete Lenny. »Lassen wir es dabei bewenden«, entschied Pete – Kemper wäre nicht wohl bei dem Gedanken, dass er Jack zum Schuldner machte.

Boyd erweckte Vertrauen. Trafficante hatte etwas für ihn übrig. Santo sammelte für die kubanische Sache – Giancana, Rosselli und Marcello mochten sich nicht lumpen lassen.

Klassische Trennung von Interessensphären.

Die CIA-Oberen segneten die Spenden ab. Und sie erfuhren vom Kader-Rauschgiftgeschäft – noch bevor Kemper sie informiert hatte.

Sie nahmen es hin. Sie bewerteten den Vorgang als glaubhaft bestreitbar und wiesen John Stanton an weiterzumachen. Sie wiesen Stanton an, sein Wissen vor Nicht-CIA-Angehörigen geheim zu halten.

Wie zum Beispiel vor uneingeweihten Polizisten. Oder moralistischen Politikern.

Stanton war erleichtert. Kemper amüsiert. Ihm zufolge machte die Geschichte den Unterschied zwischen Jack und Bobby deutlich: Rauschgifthandel als moralische Scheidemarke.

Großer Bruder würde das Gesicht verziehen und den Zusammenhang zu ignorieren versuchen. Kleiner Bruder würde Gott spielen wollen und sämtliche Kontakte zwischen organisiertem Verbrechen und der CIA untersagen.

Großer Bruder war weltläufig, wie sein Vater. Kleiner Bruder spießig, wie ein trockengelegter Ward Littell mit Schneid.

Bobby hatte das Geld seines Vaters und das Charisma seines Bruders. Littell hatte Schnaps und Religion. Jack Ruby eine Spitzelprämie von fünf Riesen – sollte sich Littell noch mal an ihn heranmachen, wollte er Big Pete Bescheid geben.

Boyd hatte ihn angewiesen, Littell nicht umzubringen. Hinter der Pensionskasse war Boyd genauso her wie Littell – und das bedeutete zumindest eine Außenseiterchance, ans wirklich große Geld ranzukommen.

Littell liebte Bad-Back-Jack.

Wie Darleen Shoftel. Wie Gail Handee.

Wie er selber.

He, Jack – du hast meine frühere Freundin gefickt. Ist schon in Ordnung – Kemper Boyd sagt, du seist ein ganzer Kerl.

Ich verkaufe Rauschgift für dich. Ich geb einem Mann namens Banister Geld – der DICH für Teil einer jüdisch-papistischen Verschwörung hält, Amerika aufs Kreuz zu legen.

Fort Blessington würde dir Spaß machen, Jack. Ist jetzt ein Gangsterferienlager – die Jungs von der Firma kreuzen auf, um die Anti-Castro-Show zu genießen. Santo junior hat vor der Stadt ein Motel gekauft. Könntest gratis drin wohnen – wenn du deinen kleinen Bruder in den Everglades deponierst.

Sam G. ist Stammgast. Carlos Marcello kommt zu Besuch. Johnny Rosselli bringt Dick Contino und sein Akkordeon mit. Lenny Sands tritt auf – die Fidel-Transvestitennummer kriegt regelmäßig donnernden Applaus.

Die Rauschgiftprofite waren gestiegen. Die Moral des Kaders könnte besser nicht sein. Ramón Gutiérrez führte über die bei Schnellbootfahrten Skalpierten Buch. Heshie Ryskind setzte Prämien aus für Skalps.

Lenny Sands mühte sich mit Hetzpropaganda ab: der Bart als Prügelknabe der Skandalpresse. Die politische Stoßrichtung war ganz in Mr Hughes' Sinn, doch wäre es ihm lieber gewesen, wenn sich *Hush-Hush* ausschließlich mit Sexskandalen befasst hätte.

Pete rief Hughes einmal die Woche an. Der Typ hörte nicht auf zu quatschen.

Die TWA-Angelegenheit schleppte sich dahin. Dick Steisel hielt Hughes-Doppelgänger auf Vorrat. Hughes war der Überzeugung, dass Schwarze Krebs auslösten – und bedrängte Ike andauernd, die Sklaverei wieder einzuführen.

Bazillenbesessene mormonische Knallköpfe leisteten Howard dem Großen Gesellschaft. Sie hielten den Bungalow bazillenfrei: Ein Insektenspray in Atombombenstärke wirkte Wunder. Ein Wesen namens Duane Spurgeon kommandierte die Mitarbeiter herum. Er streifte angefeuchtete Kondome über sämtliche Türklinken, die unter Umständen von einem Neger angefasst worden waren.

Hughes hatte einen neuen Tick: wöchentliche Bluttransfusionen. Er saugte sich reines Mormonenblut in die Adern – das er bei einer Blutbank in der Nähe von Salt Lake City orderte.

Hughes bedankte sich jedes Mal artig für den Stoff. Pete gab stets zur Antwort: »Da müssen Sie sich bei der CIA bedanken.«

Er kassierte nach wie vor sein Hughes-Gehalt. Er kassierte nach wie vor dreiundzwanzig Unterhalts-Anteile. Er kassierte fünf Prozent von Tiger Kab und sein Gehalt als CIA-Agent.

Er war einmal ein Zuhälter und Erpresser gewesen. Jetzt galoppierte er an vorderster Front der Geschichte mit.

Alle paar Tage ließ sich Jimmy Hoffa beim Taxistand blicken. Und ging regelmäßig auf nicht englischsprechende Taxifahrer los. Wilfredo Delsol bediente die Telefonanlage – dass er seinen Cousin hatte umlegen müssen, hatte ihm die Freude an Gewalttaten verdorben.

Wilfredo verstand Englisch. Ihm zufolge fing Jimmy stets an, hielt aber nie lange durch. Wer immer die ersten paar »Arschficker« abkriege, habe bald seine Ruhe. Hoffa konnte keinen Satz brüllen, der nicht auf »Kennedy« endete.

Pete sah Jack und Jimmy hintereinander im Fernsehen. Kennedy antwortete einem Zwischenrufer so charmant, dass dem die

Sprache wegblieb. Hoffa hatte weiße Socken an und eine mit Eigelb befleckte Krawatte umgebunden.

Schon gut, ich weiß Bescheid – Gewinner und Verlierer kann auch ich unterscheiden.

Manchmal konnte er nicht schlafen. Das schwindelerregende Sausen in seinem Kopf hatte die Wucht einer Wasserstoffbombe angenommen.

43

(Greenbrier, 8.5.60)

Zwei Gruppen drängten sich von zwei Seiten zum Rednerpult. Pro-Jack- und Pro-Teamster-Demonstranten – alles harte Jungs.

Die Hauptstraße war für den Verkehr gesperrt. Die Menschenmenge, die auf den Auftritt wartete, zog sich über drei Blocks: Mindestens sechstausend Menschen standen dicht an dicht.

Sie unterhielten sich ungeniert und laut. Plakate schwebten 3 Meter hoch über den Köpfen.

Jack war als Erster dran. Humphrey war beim Münzenwerfen gelinkt worden – und sprach als Letzter. Jacks sichtbare Anhängerschaft war dreimal so stark wie die von Hubert – eine Kurzfassung des Wahlkampfs in West Virginia.

Teamsterschläger brüllten in Megafone. Ein paar Rednecks hissten eine Fahne mit einer Karikatur: Jack mit Dracula-Zähnen und einer Papstkrone.

Kemper hielt sich die Ohren zu – der Lärm der Menge war fast nicht auszuhalten. Steinwürfe zerrissen das Plakat – er hatte ein paar Jugendliche bezahlt, damit sie tüchtig mitmischten.

Jack war gleich dran. Wegen der schlechten Akustik und der Beschimpfungen der Hoffa-Leute würde die Rede wohl kaum zu verstehen sein.

Das machte nichts – die Leute konnten ihn jedenfalls *sehen*. Wenn Humphrey aufkreuzte, würde die Menge bereits auseinanderlaufen – in einigen Kneipen der Innenstadt wurde Gratisschnaps ausgeschenkt.

Kemper-Boyd-Schnaps. Ein alter Kumpel hatte einen Schenley-Laster überfallen und ihm die Ladung verkauft.

Die Straße war gerammelt voll. Ebenso die Bürgersteige. Peter Lawford warf einer Gruppe von Nonnen Krawattennadeln zu.

Kemper mischte sich unter die Menge und beobachtete das Rednerpult. Er bemerkte zwei völlig aus dem Rahmen fallende Gesichter, die nur wenige Meter voneinander entfernt waren: Lenny Sands und eine typische Gangstervisage.

Der Gangster gab Lenny ein »Daumen-nach-oben«-Zeichen. Lenny gab das Zeichen mit beiden Daumen zurück.

Lenny stand *nicht* auf der Payroll. Lenny hatte hier keinerlei *offizielle* Pflichten zu erledigen.

Der Gangster wandte sich nach rechts. Lenny drängte sich links durch die Menge und verschwand in einer von Mülltonnen gesäumten Gasse.

Kemper folgte ihm. Fremde Ellbogen und Knie hinderten ihn am Vorwärtskommen.

Highschool-Kids drängten ihn vom Bürgersteig. Lenny unterhielt sich mit zwei Bullen.

Der Lärm der Menge verlor sich. Kemper kauerte hinter einer Mülltonne und belauschte die drei.

Lenny wedelte mit einem Geldscheinbündel. Der eine Bulle bediente sich vorsichtig. »Für zweihundert extra«, sagte sein Kumpel, »können wir den Humphrey-Bus zum Stehen bringen und ein paar Jungs herschaffen, die ihn niederbrüllen.«

»Macht das«, sagte Lenny. »Wobei das ausschließlich auf Mr G. geht, das brauchen die vom Wahlkampfkomitee nicht zu wissen.«

Die Bullen schnappten sich das ganze Geld und verschwanden

durch eine Seitentür. Lenny lehnte an einer Wand und zündete sich eine Zigarette an.

Kemper ging auf ihn zu. »Na?«, sagte Lenny, der Lässige.

»Na, rück mal raus mit der Sprache.«

»Womit?«

»Sag mir, was ich nicht weiß.«

»Was gibt's da zu sagen? Wir sind beide Kennedy-Männer.«

Lenny verstand es zu taktieren. An Kaltblütigkeit nahm er es mit jedem auf.

»Giancana hat auch in Wisconsin gezahlt. Stimmt's? Mit dem Geld, das Bobby dir gezahlt hat, hättest du nie solche Auftritte zustande gebracht.«

Lenny zuckte mit den Schultern. »Sam und Hesh Ryskind.«

»Wer hat ihnen dazu geraten? Du?«

»So viel hab' ich nicht zu sagen. Das weißt du genau.«

»Spuck's schon aus, Lenny. Du zierst dich, und das geht mir auf die Nerven.«

Lenny drückte die Zigarette an der Wand aus. »Sinatra hat mit seinem Einfluss bei Jack geprahlt. Er hat behauptet, ein Präsident Jack wäre nicht der Jack aus dem McClellan-Ausschuss, wenn du verstehst, was ich meine.«

»Und darauf ist Giancana eingestiegen?«

»Nein. Ich glaube, dass Frank seinen Erfolg vor allem dir zu verdanken hat. Was du an der Kubafront geleistet hast, finden die alle echt gut, und da haben sie eben gemeint, wenn du was für Jack übrighast, kann der so übel nicht sein.«

Kemper lächelte. »Ich will nicht, dass Bobby und Jack davon erfahren.«

»Das will keiner.«

»Bis die Schulden eingetrieben werden.«

»Sam ist nicht jemand, der mit so was leichtfertig umgeht.

Und falls du mich an meine Schulden erinnern möchtest, so sag' ich dir gleich, dass ich in Sachen Pensionskasse nicht das Geringste herausbekommen habe.«

Kemper hörte Schritte. Er sah Teamster zur Linken und Teamster zur Rechten – kettenschwingende Männer, die an beiden Enden der Gasse lauerten.

Sie hatten es auf Lenny abgesehen. Auf Lenny, den Kleinen, Lenny, den Juden, Lenny, den Kennedy-Gefolgsmann –

Lenny bemerkte sie nicht. Lenny, das Ekel, war zu sehr auf seinen Auftritt als eiskalter Engel konzentriert.

»Wir bleiben in Verbindung«, sagte Kemper.

»Wir sehen uns in der Synagoge«, sagte Lenny.

Kemper ging raus und schloss die Seitentür zweimal hinter sich ab. Er hörte Ketten rasseln und dumpfe Schlaggeräusche.

Lenny stöhnte nicht und schrie nicht. Kemper nahm die Zeit auf seiner Uhr: Das Ganze dauerte eine Minute und sechs Sekunden.

44

(Chicago, 10.5.60)

Die Arbeit trieb Littell in den Wahnsinn. Er musste es dem FBI recht machen *und* sein Tun vor dem eigenen Gewissen verantworten.

Chick Leahy hasste Mal. Der Ausschuss gegen unamerikanische Umtriebe hatte Mal mit sechzehn kommunistischen Gruppen in Verbindung gebracht. Leahys Mentor beim FBI war der frühere Leitende Sonderagent von Chicago, Guy Banister, gewesen.

Banister hatte Mal gehasst. Mals Red-Squad-Akte war achtzig Seiten dick.

Er mochte Mal. Sie tranken öfter einen Kaffee miteinander. Mal hatte von 1946 bis 1948 in Lewisburg gesessen – Banister behauptete, ihm aufwieglerische Aktivitäten nachweisen zu können, und hatte dem Staatsanwalt eine Anklageerhebung abgeschwatzt.

Leahy hatte ihn heute früh angerufen. »Ich will eine lückenlose Überwachung von Mal Chamales, Ward. Ich will, dass du in jede Versammlung gehst, wo er auftritt, und ihm aufrührerische Aussagen nachweist, die wir verwerten können.«

Littell hatte Chamales angerufen, um ihn zu warnen. Mal sagte, dass er vor Mitgliedern der Socialist Labor Party einen Vortrag halten werde. »Tun wir doch einfach so, als ob wir einander nicht kennen.«

Littell machte sich einen Whiskey-Soda. Es war 17 Uhr 40 – er konnte vor den Nachrichten noch etwas arbeiten.

Er schmückte den Bericht mit unnützen Einzelheiten aus. Mals Tirade gegen das FBI erwähnte er nicht. Er schloss mit unverbindlichen Bemerkungen.

»Die SLP-Rede des Betreffenden war eine harmlose Aneinanderreihung nebulöser Klischees mit deutlicher Linkstendenz, doch keineswegs aufwieglerischer Art. Seine Antworten auf Fragen können weder als hetzerisch noch als in irgendeiner Weise provokativ bezeichnet werden.«

Mal hatte Mr Hoover als »degenerierten Faschisten in Lederstiefeln und rosa Lederhose« bezeichnet. Eine hetzerische Aussage? – wohl kaum.

Littell schaltete den Fernseher ein. John Kennedy erschien auf dem Bildschirm – er hatte gerade die Vorwahlen in West Virginia gewonnen.

Es klingelte an der Haustür. Littell drückte den Knopf und legte das Geld für den Boten vom Lebensmittelladen zurecht.

Aber rein kam Lenny Sands. Das Gesicht verschorft, voller Platzwunden und chirurgischer Nähte. Seine Nase war geschient.

Lenny schwankte. Lenny grinste. Lenny winkte zum Fernseher – »Hallo, Jack, du prachtvoller irischer Satansbraten!«

Littell stand auf. Lenny schwankte gegen ein Bücherregal.

»Ward, du siehst spitzenmäßig aus! Die abgetragenen Hosen aus dem Sonderangebot und das billige weiße Hemd stehen dir wirklich.«

Kennedy sprach über die Bürgerrechte. Littell schaltete ihn mitten im Satz aus.

Lenny winkte ihm nach. »Ciao, Jack, der du mein Schwager wärst, wenn wir in einer besseren Welt lebten und ich auf Mädchen stehen würde und du wirklichen Mut zeigen und dich zu meiner lieben Freundin Laura bekennen würdest, die Mr Boyd in seiner prachtvollen Grausamkeit aus meinem Leben verbannt hat.«

Littell trat auf ihn zu. »Lenny ...«

»Dass du es nicht wagst, mir näher zu kommen oder mich anzufassen, oder deine erbärmlichen Schuldgefühle an mir auszulassen versuchst oder sonst irgendwie meinen prächtigen Percodanrausch störst, sonst verrat' ich dir nicht, was ich schon die ganze Zeit über die Teamsterpensionskassenbücher weiß, du traurige Ausrede von einem Polizisten.«

Littell suchte an einer Stuhllehne Halt. Seine Finger zerrissen den Stoff. Er war nun genauso unsicher auf den Beinen wie Lenny.

Das Büchergestell wankte. Lenny wankte – berauscht von Medikamenten und von Faustschlägen betäubt.

»Jules Schiffrin bewahrt die Bücher irgendwo in Lake Geneva auf. Er besitzt dort eine Villa und bewahrt die Bücher in Tresoren oder in Schließfächern in der Gegend auf. Ich weiß das, weil ich mal dort aufgetreten bin und mitgekriegt habe, wie Jules und Johnny Rosselli sich unterhielten. Frag mich nicht nach Einzelheiten, weil ich keine weiß und weil mein Kopf schmerzt, wenn ich mich konzentriere.«

Der Arm rutschte weg. Der Stuhl mit. Littell stolperte gegen die Fernsehkonsole. »Warum sagst du mir das?«

»Weil du ein winziges Stückchen besser bist als Mr Biest und Mr Boyd und weil Mr Boyd meiner Meinung nach die Informationen nur will, um daraus Profit zu schlagen, abgesehen davon, dass ich verprügelt worden bin, als ich was für Mr Sam getan habe –«

»Lenny –«

»– und Mr Sam hat gesagt, dafür werde er einen mächtigen Mann zu Kreuze kriechen lassen, worauf ich ihn dringend bat, das bitte nicht zu tun –«

»Lenny –«

»– und Jules Schiffrin war bei ihm, und sie sprachen von einem Mann, der in den Zwanzigerjahren ›Joe der Ire‹ genannt wurde, und wie sie damals die Filmstatistinnen aufs Kreuz gelegt haben –«

»Lenny, nun komm –«

»– und das war alles so ekelhaft, dass ich noch ein paar Percs einwarf, und da stehe ich nun, und mit etwas Glück habe ich morgen früh beim Aufwachen alles vergessen.«

Littell ging auf ihn zu. Lenny schlug um sich und kratzte und fuchtelte und trat ihn beiseite.

Das Büchergestell fiel um. Lenny stolperte und schwankte zur Tür hinaus.

Gesetzbücher polterten zu Boden. Ein gerahmtes Foto von Helen Agee zerbrach.

Littell fuhr nach Lake Geneva. Er kam um Mitternacht an und buchte im Motel neben der Interstate ein Zimmer. Er zahlte bar und im Voraus und trug sich unter einem falschen Namen ein.

Im Telefonbuch war ein Jules Schiffrin mit Adresse eingetragen. Littell schaute auf einem Plan nach und fand den Ort: ein Waldgebiet an einem See.

Er fuhr hin und parkte abseits der Straße. Mit dem Fernglas war er nahe genug dran.

Das Grundstück war mindestens zehn Morgen groß. Der Besitz war von Bäumen umstanden. Mauern oder Zäune gab es keine.

Keine Flutlichter. Knapp zweihundert Meter zwischen Tür und Straße. Alarmanlagen an den Vorderfenstern.

Kein Wächterhaus und kein Tor. Wahrscheinlich sah die Polizei von Wisconsin zwischendurch nach dem Rechten.

Lenny hatte von »Tresoren oder Schließfächern« gesprochen. Lenny hatte von »Mr Boyd« / »Informationen« / »daraus Profit schlagen« gesprochen.

Lenny hatte unter Drogen gestanden, war aber geistig klar gewesen. Die Bemerkungen über Mr Boyd ließen sich ohne Weiteres entschlüsseln.

Kemper war unabhängig von ihm hinter der Pensionskasse her.

Littell fuhr zum Hotel zurück. Er schaute in den Gelben Seiten nach und fand neun Banken aufgeführt.

Der Mangel an offizieller Rückendeckung ließ sich durch besonders diskretes Auftreten wettmachen. Kemper Boyd legte stets Wert auf Kühnheit *und* Diskretion.

Kemper nahm Lenny auf eigene Faust in die Zange. Eine Offenbarung, die ihn völlig ungerührt ließ.

Er schlief bis zehn. Er schaute auf dem Plan nach und stellte fest, dass sämtliche Banken zu Fuß erreichbar waren.

Die ersten vier Direktoren waren kooperativ. Ihre Antwort war eindeutig: Mr Schiffrin hat kein Schließfach bei uns. Die nächsten zwei Direktoren schüttelten den Kopf. Ihre Antwort war eindeutig: Unser Institut verfügt über keine Schließfächer.

Direktor Nummer sieben wollte die gerichtliche Verfügung sehen. Machte nichts: Den Namen Schiffrin hatte er offensichtlich noch nie gehört.

Banken Nummer acht und neun: Keine Schließfächer.

Es gab mehrere größere Städte in der Nähe. Es gab zwei Dutzend kleinere Städte in hundert Meilen Umkreis. Da an ein Schließfach herankommen zu wollen, konnte er vergessen.

»Tresor« – das hieß im Haus. Alarmanlagenfirmen bewahrten

die Pläne auf – und gaben sie aus Haftungsgründen niemals ohne Gerichtsbeschluss frei.

Lenny war im Haus aufgetreten. Nicht ausgeschlossen, dass er den Tresor oder die Tresore mit eigenen Augen gesehen hatte.

Lenny war zu reizbar, als dass man hätte nachfragen können.

Aber –

Vielleicht war Jack Ruby mit Schiffrin bekannt. Jack Ruby war bestechlich und ansprechbar.

Ruby nahm beim dritten Klingeln ab: »Sie sprechen mit dem Carousel Club, wo Ihr Dollar für Unterhaltung am meisten –«

»Ich bin's, Jack. Dein Freund aus Chicago.«

»Scheiße ... das ist Kummer, den ich ...«

Er wirkte verwirrt, fassungslos und völlig vor den Kopf geschlagen.

»Wie gut kennst du Jules Schiffrin, Jack?«

»Flüchtig. Ich kenne Jules bestenfalls flüchtig. Wieso? Wieso? Wieso?«

»Ich will, dass du nach Wisconsin fliegst und unter irgendeinem Vorwand bei ihm daheim in Lake Geneva vorbeischaust. Ich muss wissen, wie das Haus innen ausschaut, und ich geb' dir meine gesamten Ersparnisse, wenn du's tust.«

»Scheiße. Der Kummer hat mir –«

»Viertausend Dollar, Jack.«

»Scheiße. Der Kummer hat mir gerade –«

Hundekläffen schnitt Ruby das Wort ab.

45

(Blessington, 12.5.60)

»Jetzt weiß ich, wie Jesus zumute war«, sagte Jimmy Hoffa, »als die Scheißpharaonen über seine Leiche an die Macht gelangen wollten, wie die Scheißkennedybrüder über meine.«

»Schlag mal im Geschichtsbuch nach«, sagte Heshie Ryskind. »Jesus ist von Julius Cäsar umgelegt worden.«

»Mit Joe Kennedy lässt sich reden«, sagte Santo junior. »Nur Bobby schlägt aus der Art. Joe wird Jack schon beibringen, wie der Hase läuft, wenn's mal so weit ist.«

»J. Edgar Hoover hasst Bobby«, sagte Johnny Rosselli. »Der weiß, dass man sich nicht mit der Firma anlegen und gewinnen kann. Wenn der Bursche gewählt wird, schmeißen kühlere Köpfe als Klein-Bobby den Laden.«

Die Jungs hatten es sich in Liegestühlen auf dem Schnellbootanleger bequem gemacht. Pete sorgte dafür, dass die Gläser nachgefüllt wurden und der Gesprächsstoff nicht ausging.

»Jesus hat Scheißfische in Brot verwandelt, und das ist so ziemlich das Einzige, was ich noch nicht probiert habe«, sagte Hoffa. »Ich habe bei den Vorwahlen sechshundert Riesen hingeblättert und jeden Scheißbullen, jeden Land- und Bezirksrat und jeden Bürgermeister und jeden Ankläger und Senator und Richter und Staatsanwalt und Untersuchungsbeamten geschmiert, an den ich herankam. Ich fühle mich wie Jesus, der das Rote Meer zu teilen versucht und es nur bis zum Strandmotel schafft.«

»Jetzt beruhige dich mal, Jimmy«, sagte Ryskind. »Lass dir anständig einen blasen, und entspann dich. Ich kenn' ein paar zuverlässige Nummern in der Gegend. Mädchen, die ihr Handwerk verstehen und es sich zur Ehre anrechnen würden, einen so berühmten Kerl wie dich befriedigen zu dürfen.«

»Wenn Jack gewählt wird«, sagte Rosselli, »geht Bobby zurück in die Wälder. Wetten, dass er sich um den Posten des Gouverneurs von Massachusetts bewerben wird? Dann haben Raymond Patriarca und die Jungs in Boston ihn am Hals.«

»Bestimmt nicht«, sagte Santo junior. »Dafür kennen sich der alte Joe und Raymond viel zu lange. Wenn's wirklich hart auf hart geht, hat Joe das Sagen – nicht Jack oder Bobby.«

»Was mir ernsthaft Sorgen macht«, sagte Hoffa, »sind die Anklageerhebungen. Mein Anwalt meint, dass ich in der Valley-Sache kaum mit einer günstigen Entscheidung rechnen kann, und das heißt, dass noch dieses Jahr Anklage erhoben wird. Also tu nicht so, als ob Joe Kennedy Herr Jesus persönlich wäre, der dem lieben Gott auf dem Scheißvesuv die Zehn Gebote überreicht.«

»Santo versucht doch nur, was klarzustellen«, sagte Ryskind.

»Du meinst Ararat, Jimmy«, sagte Rosselli. »Der Vesuv steht im Scheiß-Yellowstone-Park.«

»Ihr Burschen kennt Jack Kennedy nicht«, sagte Hoffa. »Der verfluchte Kemper Boyd hat euch allen eingeredet, Jack sei ein knallharter Castro-Gegner, wo er in Wirklichkeit ein rosa Kommunisten-Küsser ist, eine Schwuchtel, die auf Nigger scharf ist, der tut nur so, als ob er auf Mösen steht.«

Gischt schäumte auf den Steg. Aus 50 Metern Entfernung waren scharfe Kommandos zu hören – Lockhart, der die Rekruten schliff.

»Also ich könnte jetzt einen Blowjob vertragen«, sagte Ryskind.

»Auf wie viel Mal hast du es inzwischen gebracht, Hesh?«, sagte Rosselli.

»Irgendwas um die siebzehntausend«, sagte Ryskind.

»Übertreib mal nicht«, sagte Santo junior. »Maximal achttausend. Mehr als das, und du wärst so scheißausgelastet, dass du kein Geld mehr verdienen könntest.«

Das Telefon klingelte. Pete kippte den Stuhl nach hinten und angelte sich den Hörer.

»Bondurant.«

»Schön, dass du's bist, aber sagt ihr harten Kerls einem denn nicht guten Tag?«

Jack Ruby – einwandfrei.

Pete deckte den Hörer ab. »Was ist los? Ich hab dir doch gesagt, dass du nicht anrufen sollst, wenn es nicht ganz wichtig ist.«

»Los ist der verrückte FBI-Typ. Er hat mich gestern angerufen, und ich halte ihn hin.«

»Was wollte er?«

»Er hat mir vier Riesen geboten, wenn ich nach Wisconsin fliege und in Lake Geneva Jules Schiffrins Haus ausbaldowere. Scheint mit der Scheißpensionskasse –«

»Sag ihm, dass du mitmachst. Bestell ihn in zwei Tagen an einen abgelegenen Ort, und ruf mich zurück.«

Ruby schluckte und wollte etwas sagen. Pete legte auf und ließ einen Fingerknöchel nach dem anderen knacken.

Das gottverdammte Telefon klingelte noch einmal –

Pete riss es vom Haken. »Jack, was ist denn?«

»Hier ist nicht Jack«, sagte eine Männerstimme. »Hier ist ein gewisser Mr Giancana, der einen gewissen Mr Hoffa sucht, der sich, wie mir ein kleines Vögelchen geflüstert hat, gerade bei dir aufhält.«

Pete wedelte mit dem Telefon: »Für dich, Jimmy. Mo am Apparat.«

Hoffa rülpste. »Schalt den Lautsprecher dort auf dem Pfosten ein. Sam und ich haben nichts vor euch Jungs zu verbergen.«

Pete drückte auf den Schalter. Hoffa brüllte direkt ins Mikrofon: »Ja, Sam?«

»Deine Kerle in West Virginia haben meinen Jungen Lenny Sands verprügelt, Jimmy. Dass mir so was nicht noch einmal vorkommt, sonst sorge ich dafür, dass du dich vor Publikum entschuldigst. Ich sag dir nur eins: Lass die Finger von der Scheißpolitik, und kümmere dich gefälligst darum, dass du nicht in den Knast wanderst.«

Giancana knallte den Hörer auf die Gabel. Das Geräusch ließ den ganzen Steg erbeben. Heshie, Johnny und Santo schauten alle gleich belämmert drein.

Hoffa fing an zu fluchen. Vögel stoben aus den Bäumen empor und verdunkelten den Himmel.

46

(Lake Geneva, 14.5.60)

Die Straße führte zwischen zwei eingezäunten Weiden hindurch. Der Mond war hinter Wolken verschwunden – die Sicht war gleich null.

Littell fuhr an den Straßenrand und stopfte das Geld in eine Einkaufstüte. Es war 22 Uhr 16 – Ruby hatte Verspätung.

Littell stellte die Scheinwerfer ab. Wolken trieben über den Himmel. Mondlicht fiel auf ein riesiges Etwas, das auf den Wagen zukam.

Die Windschutzscheibe explodierte. Das Armaturenbrett fiel ihm in den Schoß. Eine Stahlstange zerbrach das Lenkrad und riss den Schaltknüppel heraus.

Hände zerrten ihn über die Kühlerhaube. Glas riss ihm die Wangen auf und drang ihm in den Mund.

Hände warfen ihn in einen Graben.

Hände hoben ihn auf und pressten ihn gegen einen Stacheldrahtzaun.

Er baumelte in der Luft. Stahlstacheln drangen in seine Kleider und hielten ihn aufrecht.

Das Monstrum riss ihm das Pistolenhalfter weg. Das Monstrum schlug ihn und schlug ihn und schlug ihn.

Der Zaun schwankte. Verbogene Metallteile rissen ihm den

Rücken bis auf die Knochen auf. Er spuckte Blut und Glassplitter und ein großes Bruchstück des Chevrolet-Kühlerzeichens.

Er roch Benzin. Sein Wagen explodierte. Ein Hitzeschwall versengte ihm das Haar.

Der Zaun kippte. Er blickte nach oben und sah, wie die Wolken Feuer fingen.

DOKUMENTENEINSCHUB: 19.5.60. FBI-Aktennotiz: Milwaukee SAC John Campion an Direktor J. Edgar Hoover.

Sir,

unsere Untersuchung des Überfalls, bei dem Special Agent Ward Littell beinahe ums Leben kam, geht zwar voran, aber einen wirklichen Fortschritt in der Sache gibt es nicht, was vor allem auf die negative Haltung und mangelnde Kooperationsbereitschaft von Special Agent Littell zurückzuführen ist.

Sowohl Agenten aus Milwaukee wie aus Chicago haben in Lake Geneva nach Augenzeugen für den Überfall und nach Zeugen allgemein gesucht, die sachdienliche Hinweise über Littells Aufenthalt in der Gegend hätten geben können, und haben keine gefunden. Wie mich SAC Leahy aus Chicago informiert hat, stand Littell wegen sicherheitsspezifischer FBI-Interna unter Beobachtung, und in jüngster Zeit haben die Agenten, die Littell beschatteten, ihn zweimal (am 10. und 14. Mai) auf einer nördlich zur Grenze von Wisconsin führenden Straßen aus den Augen verloren. Was Littell in der Gegend im Lake Geneva vorhatte, ist bis dato unbekannt. Einzelergebnisse der Untersuchung:

1.) Der Überfall erfolgt auf einer ländlichen Zufahrtsstraße südöstlich von Lake Geneva. 2.) Astspuren am Boden bei den Überresten von Littells Wagen deuten darauf hin, dass der Angreifer sämtliche eigenen Reifenspuren verwischt hat, was die Sicherung beweistauglicher Abdrücke hinfällig werden ließ. 3.) Littells Wagen wurde mit einem hochentflammbaren Nitro-Gemisch in Brand gesteckt, das für militärische Explosivstoffe charakteristisch ist. Derartige Mischungen brennen sehr schnell aus und werden eingesetzt, weil sich dadurch das Risiko einer Beschädigung der Umgebung des Überfallziels erheblich vermindert. Der Angreifer hatte offensichtlich Militärerfahrung und/oder Zugang zu militärischen Explosivstoffen. 4.) Die forensische Analyse wies Aschereste von US-Währung nach sowie Fragmente einer Papiertüte. Das Gesamtgewicht der Aschereste lässt darauf schließen, dass Littell eine größere Menge Geldes in einer Papiertüte mit sich führte. 5.) Farmer kamen Littell zu Hilfe, der an einem umgekippten Stacheldrahtzaun hing. Er wurde ins Overlander-Krankenhaus bei Lake Geneva gebracht, wo man ihn wegen zahlreicher Schnittverletzungen und Fleischwunden im Rücken sowie wegen gebrochener Rippen, Prellungen, einer gebrochenen Nase, eines gebrochenen Schlüsselbeins, innerer Blutungen und der von den Windschutzscheibensplittern hervorgerufenen Gesichtsverletzungen behandelt hat. Entgegen ärztlichem Rat verließ Littell vierzehn Stunden später das Krankenhaus und ließ sich von einem Taxifahrer nach Chicago fahren. Agenten des Chicagoer Büros, die zu seiner Beobachtung abgestellt waren, sahen, wie Littell sein Wohnhaus betrat. Er brach im Eingang zusammen, und die Agenten griffen in Eigeninitiative ein und überführten ihn ins St. Catherine's Hospital. 6.) Littell befindet sich nach wie vor im Krankenhaus. Sein Zustand wird als »gut« bezeichnet, und mit seiner Entlassung ist in einer Woche zu rechnen. Ein leitender Arzt teilte den Agenten mit, dass die Narben im Gesicht und auf dem Rücken bleiben werden, er sich jedoch von den übrigen Verletzungen erholen wird. 7.) Littell wurde von Agenten mehrfach zu drei Fragenkomplexen verhört: über seinen Aufenthalt in Lake Geneva, den Ursprung des verbrannten Geldes und Existenz möglicher Feinde, die ihm unter Umständen Schaden zufügen wollten. Littell behauptete, er habe sich in Lake Geneva aufgehalten, um sich nach einem geeigneten Wohnsitz für die Zeit nach seiner Pensionierung umzusehen, und bestritt das Vorhandensein des Geldes. Er erklärte, keine Feinde zu haben, und führte den tätlichen Überfall auf eine Verwechslung zurück. Als Littell nach CPU-SA-Mitgliedern befragt wurde, die sich möglicherweise wegen seiner Arbeit in der Roten-Staffel des FBI an ihm rächen wollten, antwortete er: »Spinnt Ihr? Die Kommunisten sind alles nette Leute.« 8.) Agenten gehen davon aus, dass Littell wenigstens zwei Reisen nach Lake Geneva unternahm. Sein Name wurde in keinem Hotel- oder Motel-Gästeverzeichnis gefunden, somit gehen wir davon aus, dass er sich entweder unter einem falschen Namen eingetragen hat oder bei Freunden oder Bekannten übernachtete. Littells Antwort – er habe sich zwischendurch immer wieder im Wagen ausgeruht – war nicht überzeugend.

Die Untersuchung dauert an.

Hochachtungsvoll
John Campion
Leitender Sonderagent, Büro Milwaukee

DOKUMENTENEINSCHUB: 3.6.60. FBI-Aktennotiz. Chicago SAC Charles Leahy an Direktor J. Edgar Hoover.

Sir,

in Sachen Special Agent Ward J. Littell liegen uns folgende Erkenntnisse vor:

Special Agent Littell hat nun leichteren Dienst aufgenommen und wurde im Rahmen der Zusammenarbeit mit der Bundesanwaltschaft zur Durchsicht bundesstaatlicher Anweisungsschriftsätze eingeteilt, eine Aufgabe, die ihm gestattet, seine während des Jurastudiums erworbenen Fähigkeiten zur Analyse juristischer Schriftsätze einzusetzen. Er lehnt es ab, sich anderen Agenten gegenüber zu dem tätlichen Überfall zu äußern, und wie Sie SAC Campion möglicherweise bereits wissen ließ, sind wir bei unserer Suche nach Zeugen seines Aufenthalts in Lake Geneva nach wie vor erfolglos geblieben. Helen Agee teilte den sie befragenden Agenten mit, dass Littell sich ihr gegenüber zu dem tätlichen Überfall nicht geäußert habe. Ich selber habe Special Agent Court Meade, Littells einzigen Freund im Chicagoer Büro, einer Befragung unterzogen und bin zu folgenden Erkenntnissen gelangt:

A) Meade erklärt, Littell habe sich Ende 1958 und Anfang 1959, nach seinem Ausschluss aus dem Top-Hoodlum-Programm, in der Nähe des THP-Abhörpostens »herumgetrieben« und Interesse an der Arbeit der Einheit gezeigt. Meade zufolge hat sich das Interesse anschließend verloren, und er hält es für äußerst unwahrscheinlich, dass Littell eigenständig gegen das organisierte Verbrechen vorging. Dass für den tätlichen Überfall Chicagoer Gangster verantwortlich sein könnten, hält Meade für ebenso abwegig wie den Gedanken, die von Littell überwachten Linken könnten sich für seine Arbeit in der Roten-Staffel rächen wollen. Meade nimmt an, dass Littells »ausgesprochener Hang« zu jüngeren Frauen, ersichtlich an seiner Affäre mit Helen Agee, Motiv des tätlichen Überfalls sei. In Meades plastischen Worten: »Schaut euch mal oben in Wisconsin nach einem idealistischen Mädchen mit bösen Brüdern um, die das gar nicht lustig finden, wenn sich Schwesterchen mit einem siebenundvierzigjährigen Säufer abgibt, ob der nun G-Man ist oder nicht.« Ich halte dies für eine plausible Theorie.

B) Wir haben Littells FBI-Festnahmen bis zum Jahr 1950 im Hinblick auf kürzlich entlassene Kriminelle überprüft, die eventuell ein Rachebedürfnis haben könnten. Wir haben zwölf Männer eruiert, und alle zwölf hatten ein Alibi. Ich selbst konnte mich an die 1952 erfolgte Festnahme eines gewissen Pierre »Pete« Bondurant erinnern und an die höhnischen Beleidigungen, die der Mann während der Festnahme gegen Littell ausgestoßen hat. Agenten haben den Aufenthalt von Bondurant zu der Zeit des Überfalls überprüft und bestätigt, dass er sich in Florida aufhielt.

Die prokommunistische Haltung Littells wird immer deutlicher. Littell hält an seiner Freundschaft mit dem einschlägig bekannten subversiven Element Mal Chamales fest, und Transkripte der abgehörten Telefongespräche weisen insgesamt neun Gespräche zwischen Littell und Chamales nach, die alle ausführliche Sympathiebekundungen Littells gegenüber den Linken und verächtliche Bemerkungen über FBI-»Hexenjagden« enthalten. Am 10. Mai rief ich Littell an und wies ihn an, umgehend eine lückenlose Beschattung von Mal Chamales einzuleiten. Fünf Minuten später rief Littell Chamales an, um ihn zu warnen. Chamales hielt am selben Nachmittag eine Rede vor einer Versammlung der Sozialistischen Arbeiterpartei. Sowohl Littell als auch ein zuverlässiger FBI-Informant nahmen, ohne einander zu erkennen, an der Versammlung teil. Der Informant übergab mir eine wörtliche Mitschrift von Chamales aufwieglerischen, virulent FBI-feindlichen, Hoover-feindlichen Bemerkungen. In Littells Bericht zu der Versammlung vom 10. Mai wurde der Rede »kein aufrührerischer Charakter« attestiert. Der Bericht steckte voller expliziter Lügen und verräterischer Verzerrungen.

Sir, ich halte es nun für angebracht, Littell sowohl wegen Verweigerung der Zusammenarbeit in Bezug auf den tätlichen Überfall wie wegen seiner jüngsten aufwieglerischen Handlungen zur Rede zu stellen. Darf ich Sie um Antwort bitten? Ich halte umgehendes Eingreifen für geboten.

Mit vorzüglicher Hochachtung
Charles Leahy

DOKUMENTENEINSCHUB: 11.6.60. FBI-Aktennotiz. Direktor J. Edgar Hoover an SAG Gharles Leahy.

Mr Leahy,

Ward Littell betreffend: Unternehmen Sie bis auf Weiteres nichts. Teilen Sie Littell wieder zur CPUSA-Überwachung ein, heben Sie die Überwachung seiner Person weitgehend auf und halten Sie mich bezüglich der Untersuchungen des tätlichen Überfalls auf dem Laufenden.

JEH

DOKUMENTENEINSCHUB: 9.7.60. Offizielles FBI-Telefontranskript. »Aufgenommen auf Anweisung des Direktors.« – »Vertraulichkeitsstufe 1-A: Nur für den Direktor bestimmt«. Teilnehmer: Direktor Hoover, Special Agent Kemper Boyd.

KB: Guten Tag, Sir.
JEH: Kemper, ich bin verärgert über Sie. Sie haben mich eine ganze Weile gemieden.
KB: Ich würde das so nicht ausdrücken, Sir.
JEH: Selbstverständlich nicht. Sie würden das auf eine Art und

Weise ausdrücken, die meinen Ärger beschwichtigen soll. Doch hätten Sie mit mir Kontakt aufgenommen, wenn ich mich nicht mit Ihnen in Verbindung gesetzt hätte?
KB: Ja, Sir. Gewiss.
JEH: Vor oder nach der Krönung König Jacks des Ersten?
KB: Ich halte die Krönung keineswegs für derart gesichert, Sir.
JEH: Ist die Mehrheit der Delegierten auf seiner Seite?
KB: Fast. Ich nehme an, er wird im Wahlgang nominiert.
JEH: Und Sie glauben, er gewinnt.
KB: Ja, da bin ich mir ziemlich sicher.
JEH: Dem kann ich nicht widersprechen. Großer Bruder und Amerika zeigen alle Anzeichen einer albernen Liebesaffäre.
KB: Er wird Sie im Amt belassen, Sir.
JEH: Selbstverständlich wird er das. Das hat jeder Präsident seit Calvin Coolidge getan, und was Ihre Ablösungstendenzen angeht, täten Sie gut daran, zu bedenken, dass König Jack maximal acht Jahre im Amt bleibt, ich dagegen bis zum Ende des Millenniums.
KB: Ich werde daran denken, Sir.
JEH: Das möchte ich Ihnen geraten haben. Sie sollten auch bedenken, dass mein Interesse an Großem Bruder sich keineswegs darauf beschränkt, dass ich im Amt bleibe. Im Unterschied zu Ihnen denke ich altruistisch, mir liegt die innere Sicherheit der Nation am Herzen. Im Unterschied zu Ihnen gilt meine erste Sorge nicht der Selbsterhaltung und dem finanziellen Weiterkommen. Im Unterschied zu Ihnen halte ich mein Talent zur Verstellung nicht für meine einzige und wichtigste Eigenschaft.
KB: Ja, Sir.
JEH: Sie werden mir gestatten, Ihr Zögern, sich mit mir in Verbindung zu setzen, zu interpretieren. Haben Sie befürchtet, ich

könne Sie auffordern, Großem Bruder FBI-freundliche Damen vorzustellen?

KB: Ja und nein, Sir.

JEH: Das heißt?

KB: Das heißt, dass mir Kleiner Bruder nicht ganz traut. Das heißt, dass die Vorwahlen derart hektisch waren, dass ich nur die örtlichen Callgirls besorgen konnte. Das heißt, dass ich zwar in der Lage gewesen wäre, Großen Bruder in Hotelzimmern mit festinstallierten FBI-Abhöreinrichtungen unterzubringen, dass aber Kleiner Bruder seit Jahren mit polizeilichen Ermittlungen vertraut ist und vielleicht weiß, dass derartige ständige Abhöreinrichtungen existieren.

JEH: Ich gelange bei Ihnen regelmäßig an einen bestimmten Punkt.

KB: Das heißt?

JEH: Das heißt, dass ich nicht weiß, ob Sie lügen oder nicht, und dass es mir bis zu einem gewissen Grad egal ist.

KB: Danke, Sir.

JEH: Bitte, bitte. Ein abscheuliches Kompliment, aber es kommt von Herzen. Nun, werden Sie zum Parteikongress nach Los Angeles fliegen?

KB: Ich reise morgen ab. Ich wohne im Hotel Statler in der Innenstadt.

JEH: Man wird Verbindung mit Ihnen aufnehmen. Sollte sich König Jack zwischen Applausrunden langweilen, wird es ihm an weiblicher Zuwendung nicht mangeln.

KB: Gefährtinnen mit Elektronik am Leib?

JEH: Nein, einfach gute Zuhörerinnen. Wir werden uns über den anderen Teil während der Herbstkampagne unterhalten, wenn Kleiner Bruder Ihnen genügend traut, um Sie verreisen zu lassen.

KB: Ja, Sir.

JEH: Wer hat Ward Littell überfallen?

KB: Das weiß ich nicht genau, Sir.

JEH: Haben Sie sich mit Littell unterhalten?

KB: Helen Agee hat mich angerufen und mir von dem Anschlag erzählt. Ich habe Ward im Krankenhaus angerufen, aber er weigerte sich, mir zu sagen, wer es war.

JEH: Das Ganze sieht nach Pete Bondurant aus. Er ist an Ihren kubanischen Eskapaden beteiligt, nicht wahr?

KB: Ja.

JEH: Ja, und?

KB: Und wir pflegen uns gelegentlich über die anstehenden CIA-Aufgaben zu unterhalten.

JEH: Das Chicagoer Büro hat Bondurant sein Alibi abgenommen. Das Alibi stammt von einem gerichtsnotorischen Heroin-Händler, der in Kuba wiederholt wegen Vergewaltigung verurteilt wurde, aber wie sagte Al Capone: Ein Alibi ist ein Alibi.

KB: Ja, Sir. Und wie Sie einmal sagten: Der Kampf gegen den Kommunismus schafft seltsame Bettgenossen.

JEH: Auf Wiedersehen, Kemper. Ich hoffe sehr, dass unsere nächste Unterhaltung auf Ihre Initiative hin erfolgt.

KB: Auf Wiederhören, Sir.

47

(Los Angeles, 13.7.60)

Der Portier überreichte ihm einen vergoldeten Schlüssel. »Es gab Probleme mit Ihrer Reservierung, Sir. Ihr Zimmer wurde versehentlich weggegeben, dafür stellen wir Ihnen eine Suite zum normalen Zimmerpreis zur Verfügung.«

Ankommende Gäste drängten zur Rezeption. »Danke«, sagte Kemper. »Ein Versehen, mit dem ich leben kann.«

Der Portier legte ein paar Papiere zusammen. »Darf ich Sie etwas fragen?«

»Lassen Sie mich raten. Mein Zimmer geht zu Lasten der Kennedy-Kampagne. Wieso steige ich dann bei Ihnen ab und nicht wie die übrigen Mitarbeiter im Biltmore?«

»Ja, Sir. Genau das wollte ich Sie fragen.«

Kemper zwinkerte ihm zu. »Weil ich ein Spion bin.«

Der Portier lachte. Einige Gäste, die wie Delegierte wirkten, versuchten, ihn auf sich aufmerksam zu machen.

Kemper drängte sich durch die Menge und nahm den Lift in den zwölften Stock. Man hatte ihm die Präsidentensuite mit doppelten Türen, goldenem Siegel und antiken Möbeln gegeben.

Zwei Schlafzimmer, drei Fernseher und drei Telefone. Eine Flasche Champagner zum Empfang, in einem mit dem Siegel des Präsidenten der Vereinigten Staaten verzierten Eiskübel.

Ihm war gleich klar, wer hinter der »Panne« steckte: J. Edgar Hoover höchstpersönlich.

Er will dich einschüchtern. Er zeigt dir, dass du ihm gehörst. Er macht sich über deine Kennedy-Manie und deinen Hotelsuiten-Tick lustig.

Er will potenzielles Abhörmaterial.

Kemper drehte den Fernseher im Esszimmer an.

Kommentare über den Parteikongress liefen.

Er stellte die anderen Fernseher an – und drehte den Ton ganz laut auf.

Er durchsuchte die Suite systematisch. Er fand Mikrofone in fünf Tischlampen und hinter falschen Paneelen.

Kemper versuchte, sich in Hoovers Lage zu versetzen.

Wir haben kürzlich über »fest eingebaute Mikrofone« gesprochen. Er weiß, dass ich Jack nicht mit »FBI-freundlichen Damen« zusammenbringen will.

Er sagt, dass er Jacks Sieg für unvermeidlich hält. Möglicherweise tut er nur so. Er kann hinter Beweisen für Ehebruch her sein – um seinem guten Freund Dick Nixon zu helfen.

Er weiß, dass du auf die »Reservierungs-Panne« nicht hereinfällst. Er nimmt an, du wirst deine vertraulichen Anrufe von öffentlichen Fernsprechern führen. Er nimmt an, du wirst darauf achten, was du in der Suite sagst oder in deiner Wut die Abhörwanzen zerstören.

Er weiß, dass dir Littell die Grundlagen des Abhörens beibrachte. Dass Littell dich auch in die höhere Schule des Belauschens eingeführt hat, weiß er nicht.

Er weiß, dass du die *Hauptwanzen* finden wirst. Er nimmt nicht an, dass du die Reservewanzen findest – die, mit denen er dich reinlegen will.

Kemper schaltete die Fernsehapparate ab. Kemper mimte einen Wutausbruch – »Hoover, gottverdamm dich!« – und der saftigeren Schimpfworte mehr.

Er riss die Hauptwanzen heraus.

Er suchte die Suite noch einmal systematisch ab – sorgfältiger als zuvor.

Er fand die sekundären Telefonwanzen. Er entdeckte Mikro-Perforationen auf zwei Matratzenetiketten und drei Stuhlkissen.

Er ging in die Hotelhalle und reservierte unter einem Decknamen Zimmer 808. Er rief John Stantons Auftragsdienst an und hinterließ den falschen Namen und die Zimmernummer.

Pete war in L. A., wo er sich mit Howard Hughes traf. Er rief in der Wachhundehütte an und hinterließ beim Swimmingpool-Reiniger eine Nachricht.

Nun hatte er frei. Bobby brauchte ihn erst um 17 Uhr.

Er ging in einen Eisenwarenladen. Er kaufte Drahtschneider, eine Flachzange, einen Kreuzschraubenzieher, drei Rollen Isolierband und zwei kleine Magnete. Dann ging er ins Statler zurück und machte sich ans Werk.

Er drahtete die Klingeln um. Er schaltete die Zuleitungskabel neu. Er dämpfte die Klingeln mit Kissenwatte. Er schabte die Isolation der Hauptkabel ab – was immer an Gesprächen hereinkam, konnte von den sekundären Abhörwanzen nur als unzusammenhängendes Gebrabbel registriert werden.

Er legte sich die einzelnen Teile zurecht, um alles mühelos wieder in den früheren Zustand versetzen zu können. Er rief beim Room Service an und bestellte Beefeater und Räucherlachs.

Er erhielt Anrufe. Das Verzerrersystem funktionierte perfekt.

Er konnte die Anrufer fast nicht hören. Das Leitungsgeknister übertönte alle Anrufer – die Abhörwanzen konnten nur *seine* Stimme empfangen.

Sein LAPD-Verbindungsmann rief an. Alles wie geplant: Eine Motorrad-Eskorte würde Senator Kennedy zum Kongress begleiten.

Bobby rief an. Er brauchte ein paar Taxis, um Mitarbeiter ins Biltmore zurückzubringen.

Kemper rief bei einem Taxiunternehmen an und gab Bobbys Auftrag durch. Er musste sich anstrengen, damit er den Mann in der Taxizentrale verstand. Auf dem Wilshire Boulevard erklangen Autohupen. Kemper blickte auf die Uhr und schaute zum Wohnzimmerfenster hinaus.

Die Autokolonne der »Protestanten-für-Kennedy« fuhr vorbei. Auf die Minute pünktlich – und mit fünfzig Dollar pro Wagen im Voraus bezahlt.

Kemper schaltete die Fernseher an und ging von einem Gerät zum anderen. In scharfem Schwarz-Weiß war ein historischer Augenblick zu sehen.

CBS hielt Jack für den sicheren Gewinner des ersten Wahlgangs. ABC blendete Totalen ein – soeben war eine große Stevenson-Demonstration vonstattengegangen. NBC zeigte eine verkniffene Eleanor Roosevelt: »Senator Kennedy ist einfach zu jung!«

ABC pries Jackie Kennedy. NBC zeigte Frank Sinatra, der die Delegierten bearbeitete. Frankie war eitel – Jack zufolge hatte er eine kahle Stelle mit Farbspray besprüht, damit sie im hellen Licht der Kameras weniger auffiel.

Kemper ging auf und ab und schaltete zwischen den Programmen hin und her. Er empfing einen spätnachmittäglichen Mischmasch.

Analysen des Parteikonvents und ein Baseball-Spiel. Interviews vom Parteikonvent und ein Marilyn-Monroe-Film. Bilder vom Parteikonvent, Bilder vom Parteikonvent, Bilder vom Parteikonvent.

Er sah ein paar nette Aufnahmen aus Jacks Hauptquartier. Er erkannte Ted Sorensen, Kenny O'Donnel und Pierre Salinger.

Salinger und O'Donnel war er nur einmal begegnet. Jack hatte auf Sorensen gedeutet: »Der Bursche, der *Profiles in Courage* für mich geschrieben hat.«

Ein klassisches Beispiel für »Interessenseparierung«. Jack und Bobby kannten ihn – aber sonst kaum jemand. Er war bloß der Bulle, der einsprang, wenn etwas nicht klappte, und der Jack die Weiber beschaffte.

Kemper rollte die Fernseher nebeneinander. Er schuf ein Tableau: Jack in Nahaufnahmen und Halbtotalen.

Er schaltete das Licht im Zimmer aus und stellte den Ton leiser.

Jacks Haar wurde vom Wind zerzaust. Pete war der Meinung, dass Jack seine Attraktivität vor allem seinem Haar zu verdanken hatte.

Pete weigerte sich, über die Attacke gegen Littell zu reden. Pete wich aus und redete stattdessen vom Geld.

Pete rief ihn an, als Littell noch im Krankenhaus war. Pete kam gleich auf den Punkt.

»Du bist auf die Pensionskassenbücher versessen, genau wie Littell. Du stachelst ihn auf, weil du was rausschlagen möchtest. Ich sag' dir was: Nach der Wahl nehmen wir *beide* Littell in die Zange. Wenn was dabei rausspringt, machen wir halbe-halbe.«

Pete hatte Ward die Flügel gestutzt. Pete hatte ihm die angedrohte »Lehre« erteilt.

Er rief Littell im Krankenhaus an. Es war Ward, der bei der Antwort auf Interessentrennung achtete.

»Ich trau' dir nicht, Kemper. Die forensischen Details kannst du dir beim FBI besorgen, aber das WER oder WARUM geht dich nichts an.«

WO – das war Lake Geneva, Wisconsin. Der Ort *musste* was mit dem Pensionsfonds zu tun haben. »Ich trau' dir nicht« konnte nur eines bedeuten: Lenny Sands hatte Littell irgendwelche Scheiße erzählt.

Mit Interessenseparierung kannte sich Pete aus. Genau wie Ward und Lenny. John Stanton behauptete, die CIA habe das Konzept erfunden.

John hatte ihn Mitte April in Washington angerufen. Um ihm mitzuteilen, dass sich Langley gerade dazu entschlossen hatte, die Interessensphären strikt zu trennen.

»Sie sondern uns ab, Kemper. Sie wissen über unser Kadergeschäft Bescheid, sind damit einverstanden, teilen uns aber keinerlei Budget zu. Wir kriegen unser Gehalt als Mitarbeiter des Ausbildungslagers Blessington, aber die eigentliche Kader-Tätigkeit ist exkommuniziert.«

Das bedeutete: kein CIA-Geheimname. Keine CIA-Abkürzung. Kein CIA-Codewort und keine unverständlichen, schwachsinnigen CIA-Initialen.

Der Kader war absolut separiert.

Kemper drehte den Ton ab und wechselte die Programme. Er erhielt eine wunderbare Gegenüberstellung: Jack und Marilyn Monroe, Fernsehschirm an Fernsehschirm.

Er lachte. Ihm war eingefallen, wie er Hoover einen wunderbaren Streich spielen konnte.

Er hob den Hörer ab und wählte die Nummer des Wetterberichts. Ein monotones Summen am anderen Ende – kaum hörbar.

»Kenny«, sagte er. »Tag, ich bin's, Kemper Boyd.« Er wartete vier Sekunden. »Nein, ich muss mit dem Senator sprechen.«

Er wartete vierzehn Sekunden. »Wie geht es Ihnen, Jack?« – fröhlich und schwungvoll gefragt.

Er wartete fünf Sekunden, um Zeit für eine plausible Antwort zu lassen. Er sagte: »Ja, was die Hostessen angeht, ist alles organisiert.«

Zweiundzwanzig Sekunden. »Ja. Klar. Ich weiß, dass Sie zu tun haben.«

Acht Sekunden. »Ja. Sie können Bobby ausrichten, ich hätte die Sicherheitsleute beim Haus entsprechend instruiert.«

Zwölf Sekunden. »Richtig, ich rufe Sie an, *um rauszukriegen,* ob Ihnen nach einer Nummer zumute ist, wenn ja, so wollten gerade ein paar Mädels bei mir anrufen, die darauf brennen, Ihre Bekanntschaft zu machen.«

Vierundzwanzig Sekunden. »Das glaub' ich nicht.«

Neun Sekunden. »Von Lawford eingefädelt?«

Acht Sekunden. »Das glaub' ich nur, wenn Sie mir sagen, dass ich meine Mädels nicht rüberzuschicken brauche.«

Sechs Sekunden. »Jesus Christus.«

Acht Sekunden. »Die werden enttäuscht sein, aber ich werde die Schlechtwetter-Zulage erhöhen.«

Acht Sekunden. »Klar. Selbstverständlich will ich Einzelheiten. Klar. Auf Wiederhören, Jack.«

Kemper legte auf. Jack und Marilyn stießen mit ihren Bildschirmköpfen zusammen.

Er hatte die Voyeure und Lauschangreifer dieser Welt in den siebten Himmel versetzt. Hoover machte vor Wonne bestimmt in die Hosen, und, wer weiß, vielleicht hatte er damit eine grandiose Legende in die Welt gesetzt.

48

(Beverly Hills, 14.7.60)

Wyoming entschied sich für Bad-Back-Jack. Die Delegierten gerieten völlig aus dem Häuschen.

Hughes stellte den Ton leiser und schüttelte die Kissen auf. »Nominiert ist er. Aber das heißt noch lange nicht, dass er gewählt wird.«

»Ja, Sir«, sagte Pete.

»Du drückst dich bewusst unklar aus. ›Ja, Sir‹ ist nicht die richtige Antwort, und auch die Art und Weise, wie du mir auf dem Stuhl gegenübersitzt, ist absolut respektlos.«

Eine Werbesendung flimmerte über die Mattscheibe: »Yeakel Oldsmobile – des Wählers Wahl.«

»Wie Sie wünschen. ›Ja, Sir, Jack hat zwar einen prächtigen Haarschopf, aber gegen Ihren Mann Nixon keine Chance.‹«

»Schon besser«, sagte Hughes. »Aber ich meine dennoch eine gewisse Impertinenz herauszuhören.«

Pete ließ die Daumenknöchel knacken. »Ich bin hergeflogen, weil Sie mich sehen wollten. Ich habe Ihnen einen Dreimonatsvorrat Stoff mitgebracht. Sie wollten mit mir eine neue Ausweichstrategie wegen der Vorladung besprechen, aber bis jetzt haben Sie nur über die Kennedys geschimpft.«

»Eine Riesenimpertinenz«, sagte Hughes.

Pete seufzte. »Lassen Sie mich von Ihren Mormonen rausschmeißen. Soll doch Duane Spurgeon den Stoff für Sie beschaffen und die scheißsechsbillionen staatlichen und bundesstaatlichen Gesetze übertreten.«

Hughes zuckte zusammen. Die Schläuche, die in seinen Körper führten, spannten sich; die Blutflasche wackelte. Howard der Vampir: der sich Transfusionen reinzog, um sich ein langes keimfreies Leben zu sichern.

»Du bist ein sehr grausamer Mann, Pete.«

»Nein. Wie ich Ihnen schon mal gesagt habe, bin ich *Ihr* sehr grausamer Mann.«

»Deine Augen sind noch kleiner und grausamer geworden. Du siehst mich andauernd so eigentümlich an.«

»Ich warte andauernd darauf, dass Sie mich in den Hals beißen. Ich hab' in meinem Leben schon einiges mitgemacht, aber Ihre neue Dracula-Masche muss man wirklich gesehen haben.«

Hughes verzog das Gesicht zu einem *Scheiß-Lächeln.* »Nicht weniger erstaunlich ist, dass *du* Fidel Castro bekämpfst.«

Pete lächelte. »Sie wollten was Wichtiges mit mir besprechen?«

Der Parteikonvent war auf den Bildschirm zurückgekehrt. Die Anhänger von Bad-Back-Jack johlten und vergingen fast vor Freude.

»Du sollst die Ausweichstrategien für die Vorladung überprüfen, die sich die mormonischen Kollegen ausgedacht haben. Sie sind mit ein paar äußerst raffinierten –«

»Das hätten wir telefonisch erledigen können. Seit '57 sorgen Sie dafür, dass man in Sachen TWA nicht vorankommt, und ich glaube, dass der Fall dem Justizministerium inzwischen scheißegal ist.«

»Dem mag sein, wie es will, ich habe jetzt einen speziellen

Grund, die Abstoßung von TWA so lange wie möglich hinauszuzögern.«

Pete seufzte. Pete sagte: »Ich höre.«

Hughes klopfte an die Tropfapparatur. Eine rote Blutflasche erblasste allmählich zu rosa.

»Wenn ich die Akten schließlich abstoße, will ich das Geld benutzen, um in Las Vegas Hotel-Casinos zu erwerben. Ich will große, nicht nachweisbare Barprofite anhäufen und die gesunde, bazillenfreie Wüstenluft atmen. Ich werde die Hotels von den mormonischen Kollegen verwalten lassen, um sicherzustellen, dass umweltgefährdenden Negern höflich, aber entschieden der Eintritt verwehrt wird, und ich werde eine Cash-Flow-Basis schaffen, von der aus ich in verschiedene Verteidigungsindustrien diversifizieren kann, ohne meine Ursprungsinvestitionen versteuern zu müssen. Ich –«

Pete schaltete ab. Hughes gab laufend Zahlen von sich: Millionen, Milliarden, Billionen. Auf dem Fernseher erschien Jack K. – was er von sich gab, war auch ohne Ton zu verstehen: »Wählt mich!«

Pete überschlug ein paar Dinge im Kopf.

Da ist Littell in Lake Geneva – und steigt der Pensionskasse nach. Da ist Jules Schiffrin – ein wohlgeachteter älterer Gangster aus Chicago. Nicht *ganz* auszuschließen, dass Jules die Pensionskassenbücher in seiner Bleibe aufbewahrt.

»Du hörst mir nicht zu, Pete«, sagte Hughes. »Hör auf, andauernd diesen puerilen Politiker anzustarren, und nimm dich zusammen.«

Pete stellte den Fernseher ab. Haarschopf-Jack verschwand.

Hughes hustete. »Schon besser. Du hast das Bürschchen mit einer gewissen Bewunderung angesehen.«

»Wegen seiner Frisur, Boss. Ich hab' mich gefragt, wie er es schafft, dass ihm die Haare so hochstehen.«

»Du hast ein kurzes Gedächtnis. Und ich eine schwache Sicherung, wenn es um ironische Antworten geht.«

»Echt?«

»Jawohl. Denk gefälligst dran, dass ich dir vor zwei Jahren dreißigtausend Dollar bezahlt habe, um das Bürschchen mit einer Prostituierten zu kompromittieren.«

»Ich weiß.«

»Das ist keine vollständige Antwort.«

»Die vollständige Antwort lautet: ›Nichts bleibt, wie es ist.‹ Oder glauben Sie wirklich, dass Amerika mit Dick Nixon ins Bett steigt, wenn es sich an Jack kuscheln kann?«

Hughes richtete sich auf. Die Bettstangen zitterten; die Bluttransfusionsapparatur schwankte.

»Richard Nixon gehört mir.«

»Das weiß ich ja«, sagte Pete. »Und ich bin sicher, dass er Ihnen echt dankbar für das Darlehen ist, das Sie seinem Bruder gewährt haben.«

Dracula fing an zu zittern. Draculas Dritte verhedderten sich im Mund.

Dracula brachte ein paar Worte zustande. »Ich-ich-ich habe vergessen, dass du das gewusst hast.«

»Ein so beschäftigter Mann wie Sie kann nicht an alles denken.«

Dracula griff nach einer frischen Spritze. »Dick Nixon ist ein guter Mann und die Kennedy-Familie faul bis ins Mark. Joe Kennedy hat seit den Zwanzigerjahren Gangstern Geld geliehen, und ich weiß, dass der berüchtigte Raymond L. S. Patriarca ihm das Hemd am Leibe schuldet.«

Er hatte Dokumente über die Nixon-Anleihe. Er konnte die Information an Boyd weiterleiten und Jack einen wirklichen Gefallen tun.

»Wie ich Ihnen alles schulde.«

Hughes strahlte: »Ich hab' gewusst, dass du noch zur Einsicht gelangst.«

49

(Chicago, 15.7.59)

Littell studierte sein neues Gesicht.

Seine schwache Kinnlinie war mit Klammern und Knochensplittern rekonstruiert worden. Das fliehende Kinn war durch die Schläge gespalten. Die Nase, die er immer gehasst hatte, war verbreitert und hatte einen Höcker.

Helen meinte, er sehe jetzt gefährlich aus. Helen meinte, seine Narben würde die ihren in den Schatten stellen.

Littell trat vom Spiegel zurück. In veränderter Beleuchtung boten sich ihm andere faszinierende Perspektiven.

Er hinkte. Er hatte im Krankenhaus zwanzig Pfund zugenommen.

Pete Bondurant war ein Schönheitschirurg.

Er hatte ein kühnes neues Gesicht. Die alte Psyche aus der Vor-Phantom-Zeit war dem nicht gewachsen.

Er hatte Angst, bei Jules Schiffrin weiterzusuchen. Er hatte Angst, Kemper die Meinung zu sagen. Er hatte Angst zu telefonieren – ständig hörte er in der Leitung ein feines Klicken.

Das Klicken konnte von losen Klammern im Kiefer herrühren. Das Klicken konnte eine Sinnestäuschung sein, durch Delirium tremens hervorgerufen.

Er hatte noch sechs Monate bis zur Pensionierung. Mal Chamales meinte, die Partei würde Rechtsanwälte brauchen.

Im Zimmer nebenan lief ein Fernseher auf voller Lautstärke. John Kennedys Dankesrede ging im Applaus unter.

Das FBI hatte die Untersuchung des tätlichen Angriffs eingestellt. Hoover wusste, dass er Boyds verdeckte Ermittlung bei den Kennedys sabotieren konnte.

Littell trat dicht vor den Spiegel. Die Narben über den Augenbrauen bildeten Furchen.

Er konnte nicht aufhören hinzusehen.

50

(Miami/Blessington, 16.7. bis 12.10.60)

Pete feierte seinen vierzigsten Geburtstag auf einem Schnellboot, unterwegs nach Kuba. Er leitete einen Überfall auf einen Milizposten und nahm sechzehn Skalps.

Ramón Gutiérrez entwarf ein Kadermaskottchen: einen Pitbull mit der Schnauze eines Krokodils und Rasierklingenzähnen. Ramóns Freundin nähte Schulterklappen mit dem Maskottchen.

Ein Drucker lieferte ihnen Visitenkarten mit dem Maskottchen. Aus dem Maul des Biests drang »BEFREIT KUBA«.

Carlos Marcello hatte stets eine dabei. Genau wie Sam G. Santo junior verschenkte er Dutzende an Freunde und Bekannte.

Das Biest war blutgierig. Das Biest wünschte sich Castros Bart an einer Fahnenstange.

Rekrutentrupps lösten einander ab in Blessington. Der Invasionsplan machte den Erwerb neuer Geräte erforderlich. Dougie Frank Lockhart kaufte ausgemusterte Landungsboote und führte einmal im Monat eine »Invasion« Alabamas durch.

Die Golfküste stellte Kuba dar. Die Rekruten stürmten den Strand und erschreckten nichtsahnende Sonnenanbeter zu Tode.

Dougie Frank bildete die Truppen hauptberuflich aus. Pete zeitweise. Chuck, Fulo und Wilfredo Delsol leiteten den Taxistand.

Pete leitete die Schnellbootfahrten nach Kuba. An denen jeder teilnahm – abgesehen von Delsol.

Obregóns Hinrichtung hatte ihm ziemlich zugesetzt. Pete nahm es ihm nicht übel – einen Blutsverwandten so plötzlich zu verlieren war keine Kleinigkeit.

Am Verkauf des Stoffs beteiligten sich alle.

Der Kader verkaufte ausschließlich an Nigger. Die Polizei von Miami hatte offensichtlich nichts dagegen. Die Bestechungsgelder, die an das Drogendezernat flossen, waren die Versicherung gegen Missfallensbekundungen.

Die Profite stiegen in schwindelnde Höhen. Das Prozentesystem funktionierte astrein – Blessington und Guy Banister erhielten dicke Stipendien. Lenny Sands führte den *Hush-Hush*-Propagandakrieg. Woche für Woche wurde der Bart mit Salven blühender Prosa eingedeckt.

Einmal die Woche rief Dracula an. Er gab schwachsinnige Scheiße von sich: »Ich will Las Vegas aufkaufen und bazillenfrei machen!« Drac war halb bei Sinnen und halb übergeschnappt – nur da umsichtig und klar, wo es um Bares ging.

Boyd rief zweimal die Woche an. Boyd war der Sicherheitschef und Oberzuhälter von Bad-Back-Jack.

Mr Hoover stellte ihm mit Telefonanrufen nach. Kemper wich ihnen andauernd aus. Hoover beabsichtigte, Jack mit seiner Hilfe eine mikrofonbestückte Möse unterzuschieben.

Boyd nahm es von der sportlichen Seite: sich den Obermacker so lange vom Leib halten, bis Jack selber zum Obermacker geworden war.

Hoover hörte Boyds Hotelsuite ab. Kemper band ihm eine saftige Desinformation auf: Jack K. bumst Marilyn Monroe!

Hoover fiel auf die Lüge herein. Ein Agent in L. A. ließ Boyd wissen, dass die Monroe nun intensiv überwacht wurde: Sie wurde abgehört und rund um die Uhr von sechs Männern überwacht.

Die Agenten waren verblüfft. Haircut-Jack und MM hatten keinerlei Verbindung zueinander.

Pete lachte sich krank. Dracula bestätigte die Gerüchte: Marilyn und Jack waren ein heißes Paar!!!!

Boyd behauptete, dass er alle von Jacks Mädels bis auf die blanke Haut filzte.

Boyd zufolge lieferten sich Kennedy und Nixon ein Kopf-an-Kopf-Rennen.

Pete sagte nicht: »*Ich* weiß, was für Dreck Nixon am Stecken hat. Ich kann die Information Jimmy Hoffa VERKAUFEN; ich kann sie dir SCHENKEN.«

Jimmy war ein Kumpel. Boyd ein Partner. Wer stand mehr hinter der Sache – Jack oder Nixon?

Tricky Dick war ein fanatischer Bartgegner. Jack gab sich entschieden, aber nicht geradezu tollwütig.

John Stanton nannte Nixon »Mr Invasion«. Kemper behauptete, Jack würde allen Invasionsplänen zustimmen.

Boyd war während des Wahlkampfs vor allem an einem gelegen – an der SEPARIERUNG von Interessensphären.

Ike und Dick wussten, dass die CIA und das organisierte Verbrechen in Sachen Kuba zusammenarbeiteten. Die Kennedys wussten es nicht – und würden es allenfalls erfahren, wenn Jack ins Weiße Haus einzog.

Wer entscheidet, ob man quatschen soll? – Kemper Cathcart Boyd. Entscheidender Faktor: der Einfluss des Moralisten Bobby auf den Großen Bruder.

Bobby konnte sämtliche Beziehungen zwischen Gangstern und CIA kappen. Bobby konnte die Casino-Beteiligung von Boyd & Bondurant zunichtemachen.

Jack oder Dick – eine äußerst schwere Entscheidung.

Die kluge Entscheidung: den erfahrenen Kommunistenfresser Nixon nicht belasten. Weniger klug, aber sexy – belaste ihn und schick Jack ins Weiße Haus.

Wählt Boyd. Wählt das Biest. Wählt Fidel Castros Bart an einer Fahnenstange.

DOKUMENTENEINSCHUB: 13.10.60. FBI-Aktennotiz. Chicago SAC Charles Leahy an Direktor J. Edgar Hoover. VERTRAULICH/NUR FÜR DEN DIREKTOR BESTIMMT.

Sir,

Special Agent Ward J. Littells unwürdige kommunistenfreundliche Haltung ist jetzt dokumentiert. Vorliegende Akte ersetzt alle vorherigen vertraulichen Berichte über Littell, wobei die einzeln aufgeführten Beweisdokumente unter separatem Aktenzeichen anhängig sind.

Anbei eine kurze Zusammenfassung der jüngsten Entwicklungen.

1. Claire Boyd (Tochter von Special Agent Kemper C. Boyd und seit langem Freundin der Familie) wurde kontaktiert und erklärte sich einverstanden, ihrem Vater nichts über die Befragung mitzuteilen. Miss Boyd teilte mit, dass Special Agent Littell vergangene Weihnachten obszön abschätzige Bemerkungen über das FBI im Allgemeinen und Mr Hoover im Besonderen machte und außerdem die kommunistische Partei von Amerika pries.

2. Was die Untersuchung des Angriffs auf Littell betrifft, liegen keinerlei Hinweise vor. Wir wissen nach wie vor nicht, was Littell nach Lake Geneva, Wisconsin, geführt hat.

3. Die Freundin von Special Agent Littell, Helen Agee, wurde

vergangenen Monat zwei Wochen lang überwacht. Mehrere von Miss Agees Professoren an der Juristischen Fakultät der Universität von Chicago wurden über ihre politische Haltung befragt. Uns liegen nun vier bestätigte Berichte vor, denen zufolge Miss Agee das FBI öffentlich kritisiert hat. Ein Professor (Chicagoer Büro, Informant Nr. 179) teilte mit, dass Miss Agee das FBI beschimpfte, weil es nicht imstande sei, »einen einfachen Überfall in Wisconsin« aufzuklären, und fortfuhr, das FBI als »amerikanische Gestapo, die meinen Vater zu Tode kommen ließ und meinen Freund zum Krüppel gemacht hat«, zu verunglimpfen. (Ein Dekan der Universität von Chicago wird empfehlen, Miss Agee unter Berufung auf eine von allen Studenten der Juristischen Fakultät bei Beginn des Studiums unterzeichnete Loyalitätserklärung das Doktorandenstipendium zu entziehen.)

Fazit: Ich halte es für an der Zeit, gegen Special Agent Littell vorzugehen. In Erwartung weiterer Anweisungen

Mit vorzüglicher Hochachtung
Charles Leahy
SAC Chicago

DOKUMENTENEINSCHUB: 15.10.60. FBI-Aktennotiz. Direktor J. Edgar Hoover an SAC Charles Leahy.

Mr Leahy,

kein Vorgehen gegen Special Agent Littell ohne meine ausdrückliche Anordnung.

JEH

51

(Chicago, 16.10.60)

Er hatte einen grauenvollen Kater. Die Albträume machten ihn fast verrückt – jeder Gast im Diner sah aus wie ein Bulle.

Littell rührte seinen Kaffee um. Ihm zitterten die Hände. Mal Chamalcs spielte mit einem Biskuit und zitterte fast genauso.

»Mal, du führst was im Schilde.«

»Ich bin nicht in der Position, um einen Gefallen zu bitten.«

»Wenn es sich um einen offiziellen FBI-Gefallen handeln sollte, ich gehe in genau drei Monaten in Pension, das solltest du wissen.«

Mal lachte. »Ich hab' dir ja gesagt, dass die Partei immer Rechtsanwälte brauchen kann.«

»Zuerst muss ich die Zulassung für Illinois bekommen. Wenn nicht, ziehe ich nach Washington um, um dort Bundesrecht zu praktizieren.«

»Du bist nicht gerade ein ausgeprägter Sympathisant der Linken.«

»Und auch kein Apologet des FBI. Mal –«

»Ich habe Aussicht auf einen Lehrauftrag. Die hiesigen Erziehungsbehörden sollen angeblich die Schwarze Liste ignorieren. Ich möchte ganz sichergehen und habe mir überlegt, ob du in deinem Bericht nicht erwähnen könntest, ich sei aus der Partei ausgetreten.«

Der große Mann am Tresen kam ihm bekannt vor. Ebenso der Mann, der draußen herumlungerte.

»Ward …«

»Klar, Mal. In meinem nächsten Bericht. Ich behaupte, du seist aus der Partei ausgetreten, um einen Posten im Nixon-Wahlkampf anzunehmen.«

Mal kämpfte mit den Tränen. Beim Versuch, ihn zu umarmen, warf Mal fast den Tisch um.

»Mach, dass du rauskommst«, sagte Littell. »Ich pflege Kommunisten nur ungern in aller Öffentlichkeit zu umarmen.«

Das Lokal lag direkt gegenüber von seiner Wohnung. Littell schnappte sich einen Fensterplatz.

Helen rannte die Stufen zu seiner Wohnung hoch. Sie wirkte gehetzt – kein Make-up, kein Mantel, Bluse und Rock passten nicht zueinander.

Sie bemerkte seinen Wagen. Sie schaute über die Straße und sah ihn im Fenster.

Sie rannte zu ihm rüber. Aus ihrer Handtasche flatterten Vorlesungsnotizen.

Littell ging zur Tür. Helen *stieß* sie mit beiden Händen auf.

Er versuchte, sie zu fassen. Sie zog ihm die Pistole aus dem Halfter und schlug damit auf ihn ein.

Sie schlug ihn auf die Brust. Sie schlug ihn auf die Arme. Sie versuchte, obwohl die Waffe gesichert war, den Abzug zu betätigen. Sie schlug mit wirbelnden Mädchenschlägen auf ihn ein – zu schnell, als dass er sie hätte stoppen können.

Wimperntusche lief ihr über die Wangen. Ihre Handtasche kippte um, und Bücher fielen heraus. Sie schrie Unverständliches: »Entzug des Stipendiums« und »Loyalitätserklärung« und »FBI« und »DU DU DU«.

Man drehte sich nach ihnen um. Die beiden Männer am Tresen zogen *ihre* Pistolen.

Helen hörte auf, ihn zu schlagen. »Gottverdammt«, sagte Helen, »das hat mit DIR zu tun, das weiß ich ganz genau.«

Er fuhr ins Büro. Er versperrte Leahys Wagen die Ausfahrt und rannte in den Aufenthaltsraum.

Leahys Tür war geschlossen. Court Meade sah ihn und wandte sich ab.

Zwei Männer in Hemdsärmeln mit Schulterhalftern gingen vorbei. Littell erkannte sie: die Monteure, die vor seiner Wohnung Telefonleitungen verlegt hatten.

Leahys Tür öffnete sich. Ein Mann steckte den Kopf heraus. Littell erkannte ihn: der Kerl gestern auf der Post.

Die Tür schloss sich. Er konnte Stimmen ausmachen: »Littell«, »das Agee-Mädchen«.

Er trat die Tür aus den Angeln. Er nahm die Szene mit den Augen von Mal Chamales wahr.

Vier Faschisten in Anzügen, die die Köpfe zusammensteckten. Vier ausbeuterische, blutsaugerische Rechtsextremisten –

»Denkt daran, was ich weiß«, sagte Littell. »Denkt daran, wie sehr ich dem FBI schaden kann.«

Er kaufte sich eine Drahtschere, eine Sicherheitsbrille, Magnetstreifen, einen Glasschneider, Gummihandschuhe, eine großkalibrige Flinte, Schrotpatronen, eine Packung industrielles Dynamit, dreihundert Meter Dämmmaterial, einen Hammer, Nägel und zwei große Seesäcke.

Er stellte den Wagen in einem Parkhaus ab.

Er mietete einen 57er Ford Victoria mit einem gefälschten Ausweis.

Er kaufte eine Flasche Scotch – gerade genug, um sich nüchtern zu trinken.

Er fuhr Richtung Süden, nach Sioux-City, Iowa.

Er gab den Mietwagen zurück und nahm einen Zug Richtung Norden, nach Milwaukee.

DOKUMENTENEINSCHUB: 17.10.60. Vertrauliche Mitteilung: John Stanton an Kemper Boyd.

Kemper,

ich habe einen beunruhigenden Anruf von Guy Banister erhalten und halte es für angebracht, die Information an dich weiterzuleiten. Du bist zur Zeit schwer zu erreichen, und ich kann nur hoffen, dass dich vorliegendes Schreiben halbwegs rechtzeitig erreicht.

Guy ist mit dem SAC Miami befreundet, der sich gut mit dem Leiter der Nachrichtendienstlichen Abteilung der dortigen Polizei versteht. Die Abteilung behält castrofreundliche Gruppen im Auge, wobei die Nummernschilder aller männlichen Lateinamerikaner, die mit ihnen gesehen werden, routinemäßig überprüft werden. Unser Mann Wilfredo Olmos Delsol wurde zweimal mit *Gaspar Ramon Blanco* gesehen, 37, bekanntes prokommunistisches Mitglied des *Komitees Verständnis für Kuba*, einer von Raúl Castros finanzierten Propagandaorganisation. Das macht mir Sorgen, hauptsächlich, weil PB mit Delsols Cousin Tomás Obregón aneinandergeraten ist. Lass das von PB überprüfen, ja? Unsere Separierungsvorgaben machen es mir unmöglich, mich direkt mit ihm in Verbindung zu setzen.

Mit den besten Wünschen

John

52

(Miami, 20.10.60)

Der Pilot kündigte eine Verspätung an. Kemper schaute auf die Uhr – die Pete zugestandene Zeit verflüchtigte sich.

Pete hatte ihn heute früh in Omaha erreicht. »Ich habe was für dich«, sagte er – »was du *gesehen haben musst.*«

Er hatte ihm versprochen, der Aufenthalt würde nicht länger als zwanzig Minuten dauern. »Ich setz' dich ins nächste Flugzeug und schick' dich zurück zu Jack.«

Nun funkelte Miami unter ihm. Er hatte in Omaha Wichtiges zu erledigen – aufgrund des Sechs-Stunden-Umwegs mit erheblicher Verspätung.

Das Rennen war derart knapp, dass der Ausgang nicht vorhersehbar war. *Möglicherweise* lag Nixon knapp vorn – doch noch hatten sie achtzehn Tage Zeit.

Er hatte Laura vor dem Abflug angerufen. Sie belastete seine Beziehungen zu den Kennedys. Claire zufolge hoffte Laura sehnlichst auf einen Sieg Nixons.

Claire sagte, sie sei vor einem Monat von FBI-Leuten befragt worden. Sie hatten sie ausschließlich über Ward Littells politische Ansichten befragt.

Die Agenten hatten sie eingeschüchtert. Sie hatten sie ermahnt, ihrem Vater nichts von der Unterhaltung zu sagen.

Claire hatte ihr Versprechen gebrochen und ihn vor drei Tagen angerufen. Er hatte umgehend bei Ward angerufen.

Er hatte das Telefon lange klingeln lassen. Das Klingelzeichen schien eindeutig auf eine Abhörschaltung hinzuweisen.

Er rief Court Meade an, um Wards Aufenthalt zu erkunden. Meade zufolge hatte Ward die Tür zum Büro des Leitenden Sonderagenten eingetreten und war daraufhin verschwunden.

Claire hatte ihn gestern Abend in Omaha angerufen. Sie erzählte, das FBI habe Helen das Stipendium entziehen lassen.

Seit zwei Tagen rief Mr Hoover nicht mehr bei ihm an. Irgendwie hing das alles zusammen. Der Wahlkampf nahm ihn zu sehr in Beschlag, als dass er sich hätte fürchten können.

Bei der Landung wurden sie von Seitenwinden durchgerüttelt. Das Heck schwankte, als das Flugzeug zum Stehen kam.

Kemper schaute durchs Fenster. Er sah Pete draußen neben der Bodenmannschaft stehen. Die Männer steckten Geldbündel ein und scharwenzelten um den großen Kerl herum.

Der Co-Pilot öffnete die Tür. Da war Pete – auf einem Gepäcktransporter an der Rollbahn, direkt unter ihm.

Kemper nahm drei Stufen auf einmal. Pete packte ihn und schrie ihm ins Ohr: »Dein Weiterflug hat Verspätung. Wir haben eine halbe Stunde!«

Kemper sprang auf den Gepäckwagen. Pete gab Vollgas. Sie kurvten um Gepäckstapel herum und hielten bei einer Wachbaracke.

Ein Gepäckverlader öffnete ihnen die Tür. Pete schob ihm zwanzig Dollar zu.

Über eine Drehbank war ein Tischtuch gebreitet. Darauf befanden sich eine Flasche Gin, Wermut, ein Glas und sechs Blatt Papier.

»Lies das«, sagte Pete.

Kemper überflog das erste Blatt. Er spürte, wie sich ihm die Nackenhaare sträubten.

Howard Hughes hatte Dick Nixons jüngerem Bruder 200 000 Dollar geliehen. Das wurde durch Fotokopien von Schecks, durch Buchführungs-Notizen und Kontoauszüge belegt. Jemand hatte eine detaillierte Liste erstellt: von Nixon eingebrachte Gesetze und Regierungsaufträge an Hughes.

Kemper machte sich einen Drink. Ihm zitterten die Hände. Er bekleckerte die ganze Werkbank mit Gin.

Er schaute Pete an: »Du hast kein Geld verlangt.«

»Wenn ich Geld gewollt hätte, wäre ich zu Jimmy gegangen.«

»Ich werde Jack sagen, dass er in Miami einen Freund hat.«

»Sag ihm, er soll die Invasion genehmigen, und wir sind quitt.«

Der Martini war wunderbar trocken. Die Wachbaracke strahlte wie das Carlyle.

»Pass auf Wilfredo Delsol auf. Das klingt jetzt nebensächlich, aber ich glaube, der könnte Ärger machen.«

»Ruf Bobby an«, sagte Pete. »Ich möchte mit eigenen Ohren hören, wie du mir den kleinen Scheißer verpflichtest.«

DOKUMENTENEINSCHUB: 23.10.60. Schlagzeile des *Cleveland Plain Dealer:*

OFFENLEGUNG DES HUGHES-NIXON-DARLEHENS ERSCHÜTTERT WAHLKAMPF

DOKUMENTENEINSCHUB: 24.10.60. Unterzeile der *Chicago Tribune:*

KENNEDY ATTACKIERT NIXON WEGEN »ABSPRACHE« MIT HUGHES

DOKUMENTENEINSCHUB: 25.10.60. Schlagzeile und Unterzeile des *Los Angeles Herald-Express:*

NIXON WEIST VERDACHT DER EINFLUSSNAHME ZURÜCK

AUFRUHR UM HUGHES-DARLEHEN VERRINGERT FÜHRUNG DES VIZEPRÄSIDENTEN IN MEINUNGSUMFRAGEN

DOKUMENTENEINSCHUB: 26.10.60. Unterzeile des *New York Journal-American:*

NIXON BEZEICHNET AUFREGUNG UM DARLEHEN ALS »STURM IM WASSERGLAS«

DOKUMENTENEINSCHUB: 28.10.60. Schlagzeile des *San Francisco Chronicle:*

NIXONS BRUDER NENNT HUGHES-DARLEHEN »UNPOLITISCH«

DOKUMENTENEINSCHUB: 29.10.60. Unterzeile des *Kansas City Star:*

KENNEDY ATTACKIERT NIXON WEGEN HUGHES-DARLEHEN

DOKUMENTENEINSCHUB: 3.11.60. Schlagzeile des *Boston Globe:*

GALLUP - UMFRAGE: PRÄSIDENTSCHAFTSRENNEN VÖLLIG OFFEN!

53

(Lake Geneva, 5.11.60)

Littell ging die Liste durch.

Schutzbrille, Ohrstöpsel, Drahtschere, Glasschneider – überprüft. Magnetstreifen, Handschuhe, Schrotflinte, Munition – überprüft.

Dynamit mit wasserdichtem Zünder – überprüft.

Überprüfen: Ist wirklich jeder Fingerabdruck im Hotelzimmer abgewischt?

Überprüfen: Liegt der Scheck für die Rechnung auf der Garderobe?

Überprüfen: Wurde wirklich jeder Kontakt mit anderen Motelgästen vermieden?

Er ging die Sicherheitsvorkehrungen durch, die er sich in den letzten drei Wochen auferlegt hatte.

Alle zwei Tage das Motel gewechselt – im Zickzackkurs durch Südwisconsin.

Ständig falsche Bärte und falsche Schnurrbärte getragen.

Mietwagen unregelmäßig gewechselt. Zwischen Autovermietungen den Bus genommen. Fragliche Wagen an weit entfernten Orten zurückgegeben: Des Moines, Minneapolis und Green Bay.

Wagen unter falscher Identität gemietet.

Bar gezahlt.

Wagen nie in der Nähe der Motels abgestellt.

Keine Anrufe vom Moteltelefon aus. Sämtliche für Fingerabdrücke empfänglichen Flächen abgewischt.

Stets darauf geachtet, allfällige Verfolger abzuschütteln. Alkoholkonsum eingeschränkt: sechs Drinks pro Nacht, um ruhig zu bleiben.

Keine Verfolger bemerkt.

Einzelpersonen angestarrt, Reaktionen überprüft und nichts bemerkt, was auf Polizei oder Gangster hätte schließen lassen können. Die meisten Männer zeigten Unbehagen: Er sah jetzt ziemlich wild aus.

Jules Schiffrins Anwesen ausgekundschaftet: Weder Hilfspersonal noch Wächter wohnten auf dem Anwesen.

Schiffrins Tagesablauf studiert:

Samstagabend Dinner und Kartenspiel im »Badger Glen Country Club«. Sonntagvormittag im Hause einer gewissen Gelda Rae Mattson.

Jules Schiffrin war jeden Samstag zwischen 19 Uhr und 2 Uhr von zu Hause abwesend. Das Anwesen wurde alle zwei Stunden von der Polizei überprüft – die sich auf oberflächliche Kontrollen beschränkte.

Er wusste, wo der Safe stand und wie das Alarmsystem funktionierte. Nachdem er in siebzehn Betrieben nachgeforscht hatte. Er hatte sich als Polizeileutnant aus Milwaukee ausgegeben und jedes Mal sein Äußeres verändert. Zwei stahlgepanzerte Tresore waren im Haus eingebaut. Sie wogen jeder 95 Pfund. Der genaue Aufstellungsort war ihm bekannt.

Letzte Überprüfungen:

Das neue Motelzimmer bei Beloit: Reservierung okay.

Der Zeitungsartikel über Schiffrins Kunstsammlung: ausgeschnitten. Um am Tatort zurückgelassen werden zu können.

Littell atmete tief durch und nahm drei Schluck hintereinander. Die Nervosität wich allmählich, und er fühlte sich *beinahe* ausgeglichen.

Er überprüfte sein Gesicht im Badezimmerspiegel: ein letzter Blick, um sich Mut zu machen –

Der Mond war hinter tief hängenden Wolken verschwunden. Littell näherte sich dem Zielobjekt bis auf eine halbe Meile.

Es war 23 Uhr 47. Er hatte zwei Stunden und dreizehn Minuten.

Ein Polizeiauto kam ihm in östlicher Richtung entgegen. Pünktlich: 23-Uhr-45-Routine-Überprüfung der Umgebung.

Littell bog von der Straße ab. Der schwere Boden nahm die Reifenspuren auf. Er stellte die Scheinwerfer ab und fuhr in Schlangenlinien bergab.

Der Abhang flachte aus. Er ließ die Hinterreifen durchdrehen, um Reifenspuren zu verwischen.

Die Lichtung war dicht von Bäumen umstanden – von der Straße aus konnte man den Wagen nicht sehen.

Er schaltete das Licht aus und holte den Seesack. Er konnte oben auf dem Berg, in westlicher Richtung, die Lichter des Hauses erkennen – eine schwache, aber wahrnehmbare Richtungsangabe.

Er ging darauf zu. Das feuchte Laub machte die Spuren unkenntlich. Das Licht wurde immer heller.

Er erreichte die Einfahrt neben der Garage. Schiffrins Eldorado Brougham war weg.

Er rannte zum Bibliotheksfenster und kauerte sich hin. Eine Lampe drinnen spendete düsteres Arbeitslicht.

Er holte die Werkzeuge raus und schnitt zwei Drähte durch, die am Abflussrohr der Dachrinne befestigt waren. Die Bogenlampe an der Außenwand verglühte. Er erkannte die Alarmanlagendrähte, die um das äußere Sicherheitsfenster herumführten – zwischen zwei dicken Glasscheiben angebracht.

Er schätzte die Breite ab.

Er schnitt Magnetbandstreifen zurecht, um sie abzudecken.

Er klebte sie beinahe deckungsgleich auf die Glasaußenseite.

Die Beine taten ihm weh. Der kalte Schweiß brannte, wo er sich beim Rasieren verletzt hatte.

Er führte den Magneten über das Band. Mit dem Glasschneider setzte er zu einem Kreis an.

Das Glas war DICK – nur mit beiden Händen und seiner ganzen Kraft konnte er eine Rille hineinkratzen.

Kein Alarm erklang. Keine Lichter blitzten auf.

Er schnitt Kreise ins Glas. Keine heulenden Sirenen; keine akustischen Anzeichen einer plötzlich einsetzenden Menschenjagd.

Der Arm tat ihm weh. Die Klinge wurde stumpf. Der Schweiß gefror auf der Haut und ließ ihn frösteln.

Die äußere Glasscheibe brach. Er stopfte die Ärmel in die Handschuhe und ging noch entschlossener zur Sache. NEUNUNDZWANZIG MINUTEN VERGANGEN.

Er drückte die innere Scheibe der Sicherheitsverglasung mit dem Ellbogen heraus. Und brach das Glas vom Rahmen, um sich ein Loch zum Durchkriechen zu verschaffen.

Er kroch ins Innere. Er passte nur knapp durch die Öffnung – die Glasscherben ritzten ihm die Haut.

Die Bibliothek war eichengetäfelt und mit grünen Ledersesseln ausgestattet.

An den Wänden hing Kunst: ein Matisse, ein Cezanne, ein Van Gogh.

Stehlampen gaben ihm Licht – gerade genug, um seine Arbeit tun zu können.

Er legte die Geräte zurecht.

Er fand die Tresore: hinter den Wandpaneelen, in 60 Zentimeter Abstand.

Er bedeckte jeden Zentimeter der Wand mit dickem Schalldämmmaterial. Er hämmerte es fest – Fünf-Penny-Nägel in poliertes Eichenholz.

Er markierte die Stelle, wo sich die Panzerschränke befanden, mit einem X. Er legte die Schutzbrille an und tat sich die Stöpsel in die Ohren. Er lud die Flinte und feuerte los.

Eine Runde, zwei Runden – riesige, gedämpfte Explosionen. Drei Runden, vier Runden – Fetzen von Dämmmaterial und Splittern von Hartholz.

Littell lud nach und feuerte, lud nach und feuerte, lud nach und feuerte.

Holzsplitter zerfetzten ihm das Gesicht. Der Pulverdampf verursachte ihm Übelkeit. Die Sicht war gleich null: Seine Brille war von einer dicken Staubschicht belegt.

Littell lud nach und feuerte, lud nach und feuerte, lud nach und feuerte. Gut vierzig Runden brachten die Wand und die hinteren Deckenträger zum Einsturz.

Holz barst, Gips krachte zusammen. Möbel aus dem Stockwerk darüber stürzten herunter und zersplitterten. Zwei Safes fielen aus dem Schutt.

Littell trat sie frei – bitte, lieber Gott, lass mich atmen.

Er erbrach Splitter und Scotch. Er hustete Pulverdampf und schwarzen Schleim. Er wühlte sich durch Holzhaufen und schleppte die Safes zum Seesack.

ZWEIUNDSIEBZIG MINUTEN VERGANGEN.

Die Bibliothekswand war zum Esszimmer durchgesprengt. Gut vierzig Explosionen hatten die Kunstwerke von den Wänden gerissen.

Der Cézanne war intakt. Der Matisse ein wenig am Rahmen beschädigt. Vom Van Gogh hatten die Schrotpatronen nichts übrig gelassen.

Littell ließ den Zeitungsausschnitt fallen.

Littell befestigte den Seesack mit Vorhangschnur auf seinem Rücken.

Littell griff sich die Gemälde und hastete zur Vordertür raus.

Die reine Luft stieg ihm zu Kopf. Er saugte sie japsend ein und rannte los.

Er rutschte auf Blättern aus und prallte von Bäumen ab. Er pinkelte sich in die Hosen – ein herrlich befreiendes Gefühl. Er stolperte, tief vornübergebeugt – zweihundert Pfund Stahl trieben ihn wie rasend nach unten.

Er stürzte. Sein Körper gab nach – er konnte weder aufstehen noch den Seesack hochheben.

Er kroch auf allen vieren weiter und schleppte ihn den Rest des Weges hinter sich her. Er belud den Wagen und schlitterte die Zufahrtsstraße hoch, während er ständig nach Luft schnappte.

Er betrachtete sein Gesicht im Rückspiegel. Der Ausdruck »heroisch« erschien ihm zu matt.

Er fuhr eine Achterbahn-Strecke Richtung Nord-Nordost. Er fand die für die Sprengung vorgesehene Stelle: eine Waldlichtung bei Prairie du Chien. Er verbrannte die Bilder und zerstreute die Asche.

Er drückte das hintere Ende von sechs Dynamitstangen flach und legte sie am Gehäuse des Kombinationsschlosses an.

Er rollte die Zündschnüre gut hundert Meter aus und zündete ein Streichholz an.

Die Panzerschränke explodierten. Die Türen flogen bis in die Baumwipfel. Ein Windstoß ergriff angekokelte Geldbündel.

Littell ließ sie zwischen den Fingern zerbröseln. Die Sprengung hatte mindestens hunderttausend Dollar vernichtet.

Unbeschädigt:

Drei große, in Plastikfolie eingewickelte Bücher.

Littell vergrub die Geldreste und warf die Safeteile in einen Abwassergraben, der an der Lichtung vorbeiführte. Er fuhr zu seinem neuen Motel, wobei er sämtliche Geschwindigkeitsbegrenzungen penibel beachtete.

Drei Bücher. Jeder Band zweihundert Seiten dick. Jedes Blatt mit Quereintragungen, der Buchhaltungspraxis entsprechend durch senkrechte und horizontale Striche unterteilt.

Hohe Summen, die von links nach rechts stetig zunahmen.

Littell legte die Bücher aufs Bett. Sein erster Gedanke: Die Zahlen überstiegen bei weitem die mögliche Gesamtsumme der monatlichen oder jährlichen Pensionskassen-Beiträge.

Die beiden in braunes Leder gebundenen Bücher waren codiert. Die Länge der Zahlen-Buchstaben-Kombinationen in der Spalte entsprach in etwa der eines Namens.

AH795/WZ458YX

Ein Vorname mit fünf Buchstaben und ein Nachname mit sieben.

VIELLEICHT.

Das schwarze Buch war unverschlüsselt. Es enthielt ebenso hohe Summen – und in der Spalte ganz links standen jeweils zwei oder drei Buchstaben.

Möglicherweise waren das die Initialen von Gläubigern oder Schuldnern.

Das schwarze Buch war in vertikale Spalten unterteilt. Sie waren mit »Darlehensverzinsung« und »Überweisungsnummer« bezeichnet.

Littell legte das schwarze Buch weg. Sein zweiter Gedanke: Den Code zu knacken war alles andere als leicht.

Er wandte sich erneut den braunen Büchern zu.

Er ging Symbole und Ziffern durch und stellte fest, dass das Geld in der horizontalen Spalte immer mehr zunahm. Exakt verdoppelte Summen ließen einen Rückschluss auf die Rückzahlungsrate der Pensionskasse zu: ein Wucherzins von 50 Prozent.

Er entdeckte Buchstabenwiederholungen – Gruppen von vier bis sechs Zeichen – die wahrscheinlich einen einfachen Datencode darstellten. A für 1, B für 2 – er hatte das sichere Gefühl, dass es so einfach war.

Er wandelte die Buchstaben in Zahlen um und EXTRAPOLIERTE:

Die Profite aus der Pensionskasse reichten dreißig Jahre zurück. Die Buchstaben- und Zahlenwerte nahmen von links nach rechts ständig zu – lückenlos bis Anfang 1960.

Die durchschnittliche Darlehenshöhe betrug 1,6 Millionen Dollar. Mit Zinsen ergab das eine Durchschnittssumme von 2,4 Millionen.

Das kleinste Darlehen betrug 425 000 Dollar. Das größte 8,6 Millionen.

Von links nach rechts stiegen die Zahlen stetig an. In der Spalte rechts außen wurden Multiplikationen und Divisionen durchgeführt – eigentümliche Prozentrechnungen.

Er EXTRAPOLIERTE:

Die Zahlen bezeichneten den Nettoprofit eines Darlehens für die Pensionskasse, nach Abzug der Rückzahlungszinsen an den Gläubiger.

Er hielt inne, seine Augen waren überanstrengt. Drei hastige Schlucke Scotch gaben ihm die Energie zurück.

Er hatte die zündende Idee:

Das Geld ausfindig machen, das Hoffa für Sun Valley abgezweigt hat.

Er ging die Spalten mit dem Bleistift durch. Er markierte den Zeitraum zwischen Mitte '56 und Mitte '57 und brachte ihn mit zehn Zeichen in Verbindung, die »Jimmy Hoffa« bedeuten konnten.

Er fand 1,2 und 1,8 Millionen – möglicherweise Bobby Kennedys »geheimnisvolle« drei Millionen. In einer anderen Spalte entdeckte er in exakt gleicher Höhe fünf, sechs und noch einmal fünf Symbole.

5 Zeichen, 6 Zeichen, 5 Zeichen = James Riddle Hoffa.

Hoffa nahm die Anklage wegen Sun Valley auf die leichte Schulter. Aus gutem Grund: Die Dreistigkeit war bestens getarnt.

Littell überflog die Bücher und pickte aufs Geratewohl Gesamtsummen heraus. Winzige Nullen vermehrten sich sprunghaft – die Pensionskasse war milliardenschwer.

Er sah doppelt. Und behalf sich mit einem Vergrößerungsglas.

Er überflog die Bücher nochmals. Er entdeckte, dass sich vierstellige Zahlengruppen wiederholten.

Immer wieder die »1408«.

Littell ging die braunen Bücher Seite um Seite durch. Er fand die »1408« einundzwanzigmal – wobei sie auch bei den geheimnisvollen drei Millionen angeführt wurde. Er überschlug die Gesamtsumme: Im Zusammenhang mit der »1408« waren neunundvierzig Millionen ge- oder verliehen worden. Mr 1408 war so oder so ein gut betuchter Mann.

Er ging die erste Spalte im schwarzen Buch durch. Die alphabetisch geordneten Eintragungen waren alle in Jules Schiffrins sauberen Druckbuchstaben.

Es war 9 Uhr morgens. Nun brütete er schon seit fünf Stunden darüber.

Die Spalte »Darlehensverzinsung« gab ihm zu denken. Sie enthielt die Buchstabenkombination »BE« – decodiert bedeutete das 25 Prozent.

Er EXTRAPOLIERTE:

Die Initialen bezeichneten die Gläubiger der Pensionskasse – die ihr Geld zu einem saftigen, aber nicht horrend hohen Zinssatz *zurückgezahlt* bekamen.

Er überprüfte die Spalte der »Überweisungsnummern«. Die Zeichen sahen alle gleich aus: eine Buchstabenkombination, gefolgt von sechs Ziffern.

Er EXTRAPOLIERTE: Die Buchstaben standen für Kontonummern – zurückgezahltes Gangstergeld, das nun gewaschen war. Sie endeten alle mit einem »B« – wahrscheinlich für »Branch« – »Bankfiliale«.

Littell übertrug die Buchstaben auf einen Notizblock.

BOABHB = Bank of America, Beverly Hills Branch. HSALMBB = Home Savings & Loan, Miami Beach Branch.

Es klappte.

Er konnte nun aus jeder Buchstabengruppe bekannte Bankennamen bilden.

Er übersprang Spalten und verfolgte die 1408. Jawohl, da war sie: JPK, SR/SFNBB/811512404.

SFN bedeutete Security-First National. BB konnte Buffalo Branch, Boston Branch oder eine andere Filiale in einer Stadt mit »B« bedeuten.

Das SR bedeutete wahrscheinlich »Senior«. Wieso die zusätzliche Bezeichnung?

Genau über dem JPK, SR: JPK [1693] BOABD. Verglichen mit Nr. 1408, war der Mann ein Anfänger: Er borgte der Kasse lächerliche 6,4 Millionen Dollar.

Das zusätzliche SR hatte den Zweck, den Gläubiger von jemandem mit denselben Initialen zu unterscheiden.

JPK, SR [1408] SFNBB/811512404. Ein stinkreicher Geldverleiher –

Halt.

Augenblick.

JPK, SR.

Joseph P. Kennedy, Senior.

BB für »Boston Branch« – die Bostoner Bankfiliale.

August '59 – Sid Kabikoff zu Mad Sal:

»Ich kenne Jules schon seit ewigen Zeiten.« »Als er DROGEN VERSCHOB und MIT DEN EINNAHMEN Filme bei der RKO finanzierte, die damals noch JOE KENNEDY gehörte.«

Stop. Ruf an. Gib dich als eifriger FBI-Mann aus, und suche nach Bestätigungen oder Widerlegungen.

Littell rief die Vermittlung an. Der Apparat war nass von seinem Schweiß.

Eine Stimme meldete sich: »Die gewünschte Rufnummer, bitte?«

»Ich möchte die Security-First National Bank in Boston, Massachusetts.«

»Augenblick, Sir.«

Littell wartete. Der Adrenalin-Stoß warf ihn fast um. Ihm schwindelte, er bekam einen trockenen Mund.

Ein Mann nahm ab. »Security-First National«.

»Special Agent Johnson, FBI. Ich möchte mit dem Direktor sprechen.«

»Bleiben Sie am Apparat. Ich verbinde Sie weiter.«

Littell hörte ein Knacken. Eine Männerstimme antwortete: »Hier ist Mr Carmody. Was kann ich für Sie tun?«

»Hier ist Special Agent Johnson, FBI. Mir liegt eine Kontonummer Ihrer Bank vor, und ich muss herausfinden, wem sie gehört.«

»Ist das eine *offizielle* Anfrage? Heute ist Sonntag, und ich kümmere mich gerade um unsere Monatsinventur.«

»Dies ist eine offizielle Anfrage. Ich kann einen Gerichtsbeschluss gegen Sie bewirken, möchte Sie aber lieber nicht persönlich behelligen.«

»Ich verstehe. Nun … ich glaube …«

Littell ging energisch dazwischen. »Die Nummer lautet 8111512404.«

Der Mann seufzte. »Nun, äh, die Endung 404 deutet auf Schließfachkonten hin, und sofern Sie an Kontobewegungen interessiert sind, fürchte ich –«

»Wie viele Schließfächer sind unter dieser Kontonummer vermietet?«

»Nun, ich bin mit dem Konto wegen seines Umfangs recht vertraut. Sehen Sie –«

»Wie viele Schließfächer?«

»Ein Tresor mit neunzig Schließfächern.«

»Lassen sich Wertgegenstände oder Geld direkt in den Tresor transferieren?«

»Selbstverständlich. Sie können unbesehen in die Schließfächer gebracht werden, auch von Zweitpersonen, die über das Passwort des Kontoinhabers verfügen.«

Neunzig vollgestopfte Schließfächer. Millionen von gewaschenem Verbrechergeld, BAR – »Wer ist der Kontoinhaber?«

»Nun …«

»Soll ich eine Vorladung besorgen?«

»Nun, ich …«

Littell brüllte beinahe. »Handelt es sich bei dem Kontoinhaber um Joseph P. Kennedy Sr.?«

»Nun … äh … ja.«

»Der Vater des Senators?«

»Ja, der Vater –«

Das Telefon rutschte ihm aus der Hand. Littell kickte es durchs Zimmer.

Das schwarze Buch. Mr 1408, der Wucherermillionär.

Er überprüfte die Zahlen ein zweites Mal zur Bestätigung. Er überprüfte jede einzelne Zahl ein drittes Mal, bis ihm die Augen brannten.

Jawohl: Joe Kennedy hatte der Kasse das Grundkapital zum Sun-Valley-Projekt geliehen. Jawohl: Die Kasse hatte das Geld an James Riddle Hoffa weiterverliehen.

Sun Valley bedeutete betrügerischen Grundstückshandel. Sun Valley hatte zu zwei Pete-Bondurant-Morden geführt: an Anton Gretzler und Roland Kirpaski.

Littell spürte der 1408 durch alle Bücher nach. Er sah nur Kommata – und keinen endgültigen Barprofit.

Joe nahm nur die Zinsen. Joes ursprüngliches Darlehen blieb stets in der Pensionskasse verfügbar.

Wo es sich ständig mehrte.

Gewaschen, versteckt, spurlos untergebracht, steuerfrei und zinsbringend angelegt – indem es Gewerkschaftsschlägern, Rauschgifthändlern, Wucherern und dem organisierten Verbrechen hörigen faschistischen Diktatoren zur Verfügung gestellt wurde.

Das völlig codierte Buch betraf die Einzelheiten. Er konnte den Code knacken und exakt nachweisen, wohin das Geld gegangen war.

Dein Geheimnis ist bei mit gut aufgehoben, Bobby – ich werde nie zulassen, dass du deinen Vater hasst.

Littell ging acht Drinks über sein Limit. Er brüllte Zahlen, als er zusammenklappte.

54

(Hyannis Port, 8.11.60)

Jack hatte eine Million Stimmen Vorsprung und eine große Mehrheit unter den Wahlmännern. Doch Nixon rückte immer dichter auf – der Mittlere Westen schien problematisch.

Kemper sah sich drei Fernsehprogramme an und jonglierte mit vier Telefonen. Sein Motelzimmer war eine einzige riesige Steckdose – der Geheimdienst hatte mehrere offene Leitungen verlangt.

Das rote Telefon war sein persönlicher Anschluss. Die beiden weißen Telefone verbanden ihn unmittelbar mit dem Kennedy-Anwesen. Über den blauen Apparat kommunizierte der Geheimdienst mit dem Beinahe-Präsidenten.

Es war 23 Uhr 45.

CBS zufolge wurde es in Illinois eng. NBC sprach von einem »Kopf-an-Kopf-Rennen!« Laut ABC hatte Jack mit 51 Prozent der Stimmen gewonnen.

Kemper schaute durchs Fenster. Draußen liefen Geheimdienstmänner herum – sie hatten das ganze Motel gepachtet.

Das weiße Telefon Nr. 2 klingelte. Bobby, mit Beschwerden.

Ein Journalist war per Stabhochsprung in das Anwesen gelangt. Eine aufgemotzte Rostlaube mit Nixon-Flaggen fuhr den Rasen vor dem Eingang zuschanden.

Kemper beorderte zwei Bullen zur Villa. Er befahl ihnen, alle

Eindringlinge zu verprügeln und ihre Fahrzeuge zu beschlagnahmen.

Das rote Telefon klingelte. Santo junior, mit dem Neuesten aus der Unterwelt.

»Illinois steht auf der Kippe«, sagte er. »Sam G. hat sich für Jack ins Zeug gelegt.«

Lenny Sands war auf Wahlurnen-Nachfülltour. Hundert Stadträte gingen ihm beim Urnenstopfen zur Hand. Damit hatte Jack Cook County im Sturm genommen und konnte den Staat gerade eben so um Schamhaaresbreite auf seine Seite ziehen.

Kemper legte auf. Das rote Telefon klingelte erneut. Diesmal war Pete dran, mit weiteren Gerüchten.

Er behauptete, Mr Hoover hätte bei Mr Hughes angerufen. Mr Hughes hatte Pete erzählt, dass Marilyn Monroe ein recht ungezogenes Mädchen sei.

Das FBI hörte sie ab. In den letzten beiden Wochen hatte sie es mit dem Discjockey Allen Freed getrieben, mit Billy Eckstine, mit Freddy Otash, mit Rin Tin Tins Trainer, mit Jon »Ramar of the Jungle« Hall, ihrem Swimmingpoolreiniger, zwei Pizzalieferanten, dem Talkmaster Tom Duggan und mit dem Ehemann ihrer Hausangestellten – aber nicht mit Senator John F. Kennedy.

Kemper lachte und legte auf. CBS bezeichnete das Rennen als »zu knapp, um eine Prognose zu wagen«.

Weißes Telefon Nr. 1.

Kemper nahm ab: »Bob?«

»Ja. Ich rufe nur an, um zu sagen, dass wir im Wahlmännergremium über einen Riesenvorsprung verfügen, und wenn es in Illinois und Michigan klappt, haben wir es wahrscheinlich geschafft. Die Affäre um das Hughes-Darlehen hat uns geholfen. Ihre ›unbekannte Quelle‹ sollte wissen, dass der Hinweis mit ins Gewicht fiel.«

»Besonders begeistert klingen Sie nicht.«

»Ich mag es erst glauben, wenn es offiziell ist. Und Vater hat gerade einen Freund verloren. Er war jünger als er, daher geht ihm der Verlust recht nahe.«

»Jemand, den ich kenne?«

»Jules Schiffrin. Ich glaube, Sie sind ihm vor ein paar Jahren einmal begegnet. Er starb in Wisconsin an einem Herzschlag. Er kam nach Hause, sah, dass bei ihm eingebrochen war, und fiel einfach um. Ein Freund von Vater in Lake Geneva, namens –«

»Lake Geneva?«

»Richtig. Nördlich von Chicago. Kemper ...«

Wo Littell zusammengeschlagen worden war. Schiffrin: ein Ganove aus Chicago.

»Kemper ...«

»Tut mir leid, ich war zerstreut.«

»Ich wollte Ihnen was sagen ...«

»Wegen Laura?«

»Wie kommen Sie darauf?«

»Sie zögern niemals mit einer Äußerung, es sei denn, es betrifft Laura.«

Bobby räusperte sich. »Rufen Sie bei ihr an. Sagen Sie ihr, wir wären ihr sehr verbunden, wenn sie sich ein Weilchen von der Familie fernhält. Ich bin überzeugt, sie wird das verstehen.«

Court Meade hatte behauptet, Littell sei verschwunden. Das konnte ein Zufall sein, aber –

»Kemper, hören Sie mir zu?«

»Ja.«

»Rufen Sie Laura an. Seien Sie freundlich, aber entschieden.«

»Wird erledigt.«

Bobby legte auf. Kemper griff zum roten Telefon und verlangte eine Nummer: Chicago, BL 8–4908.

Er wurde durchgestellt. Er hörte es zweimal klingeln und dann ganz schwach das doppelte Klicken der Abhörvorrichtung.

»Hallo?«, sagte Littell.

Kemper hielt die Hand über die Muschel.

»Bist du's, Boyd?«, sagte Littell. »Meldest du dich bei mir, weil du die Hosen voll hast oder weil du meinst, ich hätte was, was du haben möchtest?«

Kemper hängte ab.

Ward J. Littell – Jesus Christus, scheiß drauf.

55

(Miami, 9.11.60)

Guy Banister brüllte ins Telefon. Pete spürte, wie ihm die Ohren klangen.

»Wir stehen kurz vor einer neuen Ära papistischer Hegemonie. Er mag Nigger und Juden und ist schon als Kongressabgeordneter ein verkappter Kommunistenfreund gewesen. Ich kann einfach nicht glauben, dass so einer gewonnen hat. Ich kann einfach nicht glauben, dass das amerikanische Volk auf so einen Scheiß –«

»Zur Sache, Guy. Also J. D. Tippit soll was rausgekriegt haben.«

Banister drosselte seine Erregung. »Ich hab' völlig vergessen, dass ich dir was sagen wollte. Und ich hab' völlig vergessen, dass du ein verkappter Kennedy-Freund bist.«

»Ich steh' auf seine Frisur«, sagte Pete. »Da krieg' ich jedes Mal 'nen Steifen.«

Banister legte erneut los. Pete schnitt ihm das Wort ab.

»Es ist 8 Uhr früh, verdammt noch mal. Ich habe mehrere Taxibestellungen auf Halde, und drei Fahrer sind krankgeschrieben. Komm endlich zur Sache.«

»Ich will, dass sich Dick Nixon durchsetzt, dass noch mal gezählt wird.«

»Guy –«

»Dann eben nicht. Boyd hätte dir ausrichten sollen, dass du dir Wilfredo Delsol vorknöpfen sollst.«

»Hat er auch.«

»*Hast* du dir ihn vorgeknöpft?«

»Nein. Ich hatte zu tun.«

»Tippit hat mitgekriegt, dass Delsol mit ein paar Castro-Leuten gesehen worden ist. Er ist uns jedenfalls eine Erklärung schuldig.«

»Ich schau' mal bei ihm vorbei.«

»Tu das. Und wo du schon dabei bist, besorg dir gefälligst ein bisschen politischen Grips.«

Pete lachte. »Jack ist ein ganzer Kerl. Ich krieg' schon einen Steifen, wenn ich nur an sein Haar denke.«

Pete fuhr zu Wilfredos Wohnung und klopfte an die Tür. Delsol öffnete im Unterhemd.

Er hatte Ringe unter den Augen. Er war abgemagert. Er wirkte derart übernächtigt, als könne er sich kaum aufrecht halten.

Er erschauerte und griff sich an die Eier. Er bemühte sich, einen klaren Kopf zu kriegen, und war auf einmal hellwach.

»Jemand hat dir was Schlimmes über mich erzählt.«

»Weiter.«

»Du kommst nur, um Leute einzuschüchtern.«

»Richtig. Oder um sie dazu zu bringen, etwas zu erklären.«

»Frag.«

»Du wurdest mit ein paar Castro-Anhängern gesehen.«

»Das stimmt.«

»Und?«

»Und sie haben gehört, wie mein Cousin Tomás gestorben ist. Die Castro-Leute haben gemeint, sie könnten mich dazu bringen, den Kader zu verraten.«

»Und?«

»Und ich habe ihnen gesagt, ich fände das, was Tomás passiert ist, abscheulich, aber Fidel Castro fände ich noch abscheulicher.«

Pete lehnte sich an die Tür. »Für Schnellbootfahrten hast du nicht viel übrig.«

»Ein paar Milizsoldaten zu töten bringt doch nichts.«

»Und wenn du einer Invasionseinheit zugeteilt wirst?«

»Bin ich dabei.«

»Und wenn ich dir befehle, einen der Burschen umzulegen, mit denen du gesehen wurdest?«

»Sag' ich dir, dass Gaspar Blanco zwei Häuser weiter wohnt.«

»Töte ihn«, sagte Pete.

Pete fuhr durch Niggertown – ausschließlich zu seinem eigenen Scheißvergnügen. Im Radio liefen nur Wahlnachrichten.

Nixon gestand seine Niederlage ein. Madame Nixon verkündete irgendwelchen Schwachsinn. Bad-Back-Jack dankte seinen Mitarbeitern und gab bekannt, dass Mrs Bad-Back schwanger war.

Jack sprach von den neuen Herausforderungen. Fulo wurde beim Schuhputzmann eine Riesenladung Stoff los.

Eine elektronische Anzeigetafel brachte neueste Nachrichten.

Schüsse vor Coral Gables Bodega! Toter von der Polizei als Gaspar Ramón Blanco identifiziert!

Pete lächelte. Der 8. November 1960 war ein wahrhaft toller Tag.

Er schaute nach dem Mittagessen bei Tiger Kab vorbei. Teo Paez verscherbelte auf dem Parkplatz Fernseher: heiße Ware für zwanzig Eier das Stück.

Die Geräte waren an einen Stapel Batterien angeschlossen. Jack K. strahlte auf zwei Dutzend Bildschirmen.

Pete mischte sich unter die Interessenten. Jimmy Hoffa drängte sich durch die Menge, an dem schönen, kühlen Tag war er schweißgebadet.

»Tag, Jimmy.«

»Grins nicht so blöd. Ich weiß genau, dass du und Boyd für die mösenleckende Schwuchtel wart.«

»Mach dir keine Sorgen. Der legt den Kleinen Bruder an die ganz kurze Leine.«

»Als ob das meine einzige Sorge wäre.«

»Was willst du damit sagen?«

»Dass Jules Schiffrin tot ist. In seine Villa in Lake Geneva wurde wegen irgendwelcher scheißunbezahlbarer Bilder eingebrochen, dabei sind irgendwelche scheißunbezahlbaren Dokumente draufgegangen. Jules hat einen Herzschlag gekriegt, und unser Zeugs ist wahrscheinlich im Scheißkeller irgendeines Scheißdiebs abgefackelt worden.«

LITTELL. Ganz klar hundertprozentig übergeschnappt.

Pete fing an zu lachen.

»Was ist daran so scheißkomisch?«, sagte Hoffa.

Pete brüllte vor Lachen.

»Hör auf zu lachen, Scheißfranzmann«, sagte Hoffa.

Pete konnte nicht aufhören. Hoffa zog die Waffe und schoss Haarschopf-Jack auf sechs Fernsehern über den Haufen.

56

(Washington, D. C., 13.11.60)

Der Postbote brachte einen eingeschriebenen Eilbrief. Er trug den Poststempel Chicago und wies keinen Absender auf.

Kemper öffnete den Umschlag. Die eine Seite war sauber getippt.

Ich habe die Bücher. Sie sind für den Fall meines Todes oder meines Verschwindens auf ein Dutzend verschiedener Weisen gesichert. Ich werde sie nur Robert Kennedy persönlich aushändigen, sofern ich in den nächsten drei Monaten einen Posten in der Kennedy-Regierung erhalte. Die Bücher sind sicher versteckt. Mit ihnen versteckt ist eine 83-seitige notariell beglaubigte Erklärung, in der alles festgehalten ist, was ich über deine verdeckte Tätigkeit als Ermittler beim McClellan-Ausschuss und bei den Kennedys weiß. Ich werde die Erklärung nur vernichten, wenn ich einen Posten in der Kennedy-Regierung erhalte. Ich bleibe dir nach wie vor gewogen und bin dir dankbar für das, was du mir beigebracht hast. Gelegentlich hast du dich ganz entgegen deinem Charakter selbstlos verhalten und die Aufdeckung deiner zahlreichen doppelzüngigen Beziehungen riskiert, um mir zu dem zu verhelfen, was ich etwas hilflos als mein Mannestum bezeichnen muss. Das heißt jedoch nicht, dass ich dir traue, wenn es um die Bücher geht.

Ich betrachte dich nach wie vor als Freund, traue dir aber nicht ein bisschen.

Kemper verfasste eine hastige Nachricht an Pete Bondurant.

Vergiss die Teamsterbücher. Littell hat uns reingelegt, und ich bereue allmählich den Tag, an dem ich ihm was beibrachte. Ich habe bei der Polizei von Wisconsin diskrete Nachforschungen angestellt, sie stehen vor einem Rätsel. Die forensischen Details später mündlich. Ich glaube, du wirst wider Willen beeindruckt sein. Schluss mit dem Gezeter und Gejammer. Stoßen wir Fidel Castro vom Thron!

57

(Chicago, 8.12.60)

Wind rüttelte den Wagen hin und her. Littell drehte die Heizung auf und schob den Sitz zurück, um sich auszustrecken.

Die Beschattung war pure Kosmetik. Vielleicht trat er selber der Partei bei – Mal hätte seinen Riesenspaß daran.

Sie feierten den ersten Sieg über die Schwarze Liste. Die Schulbehörde von Chicago hatte Mal Chamales als Hilfslehrer für Mathematik eingestellt.

Gäste gingen zum Haus. Littell erkannte Linke, deren Red-Squad-Akte eine halbe Meile lang war.

Einige winkten ihm zu. Mal wollte vielleicht seine Frau mit Kaffee und Kuchen vorbeischicken.

Littell beobachtete das Haus. Mal zündete die Weihnachtsbaum-Lichter an – der Baum auf der Veranda erstrahlte blau und gelb.

Er würde bis halb zehn bleiben. Er würde die Feier als gewöhnliche Weihnachtsfeier beschreiben. Leahy würde so tun, als ob er die Einschätzung akzeptierte – ihr Patt verhinderte jegliche direkte Konfrontation.

Noch neununddreißig Tage bis zur Pension. Dem FBI war auch weiterhin daran gelegen, Konflikte zu vermeiden und ihn ins Zivilleben zu entlassen.

Er hatte die Pensionskassenbücher in einem Banktresor in Duluth untergebracht. Er hatte zwei Dutzend Texte über Geheimschriften zu Hause rumliegen. Er hatte siebzehn Tage ohne einen Tropfen Alkohol hinter sich.

Er konnte Bobby die Pensionskassenbücher jederzeit zuschicken. Er konnte den Namen Joe Kennedys mit ein paar Bleistiftstrichen unkenntlich machen.

Welke Blätter fielen auf die Windschutzscheibe. Littell stieg aus und vertrat sich die Beine.

Er sah Männer Mals Auffahrt hinaufrennen. Er hörte ein metallisches Geräusch wie das Laden einer Schrotflinte.

Hinter sich vernahm er Schritte. Er wurde gepackt, über die Kühlerhaube geworfen, und der Pistolengürtel wurde ihm vom Leib gerissen.

Er schürfte sich an einem Chromstreifen das Gesicht auf. Er sah, wie Chick Leahy und Court Meade Mals Tür eintraten.

Große Männer in Anzügen und Mänteln warfen sich über ihn. Die Brille fiel ihm herunter. Er fühlte verschwommen eine erdrückende Ausweglosigkeit.

Er wurde auf die Straße gezerrt. Bekam Handschellen und Fußketten angelegt.

Eine mitternachtsblaue Limousine fuhr vor.

Er wurde gepackt. Auge in Auge J. Edgar Hoover gegenübergestellt.

Bekam den Mund zugeklebt.

Die Limousine fuhr los. »Mal Chamales«, sagte Hoover, »wird gerade wegen Hochverrats und Aufrufs zum gewalttätigen Umsturz der Vereinigten Staaten von Amerika verhaftet. Ihr FBI-Dienst endet mit dem heutigen Tag, Ihr Pensionsanspruch ist erloschen, und ein detailliertes Profil Ihrer Person und Ihres Sympathisantentums mit den Kommunisten ist an das Justizministerium, die Anwaltskammern aller fünfzig Staaten und an die Dekane sämtlicher juristischen Fakultäten des Kontinents herausgegangen. Sollten Sie mit Ihren Informationen über Kemper Boyds verdeckte Ermittlungen an die Öffentlichkeit gehen, so garantiere ich Ihnen, dass weder Ihre Tochter Susan noch Helen Agee jemals Recht praktizieren werden und dass die zufällige Übereinstimmung Ihrer dreiwöchigen Absenz mit dem Zeitpunkt des schweren Einbruchs in Jules Schiffrins Villa bei Lake Geneva Schlüsselfiguren des organisierten Verbrechens mitgeteilt wird, die besagter Zufall nachdenklich stimmen dürfte. Wie es Ihren linken Sympathien und Ihrer Betroffenheit angesichts der finanziell Ruinierten und moralisch Geschädigten entspricht, werden Sie nun an einem Ort ausgesetzt, wo Sie mit Ihrem Hang zur Selbstverleugnung und Selbstkasteiung und Ihrem Sinneswandel vollkommenes Verständnis finden werden. Fahrer, halten Sie an.«

Die Limousine verlangsamte die Fahrt. Die Handschellen und Fußketten wurden gelöst.

Er wurde zur Tür hinausgezerrt. In einen Straßengraben in der South Side geworfen.

Säufer kamen herbei und guckten ihn sich an. Was nun, weißer Mann?

DOKUMENTENEINSCHUB: 18.12.60. Persönliches Schreiben. Kemper Boyd an den designierten Justizminister Robert F. Kennedy.

Lieber Bob,

zunächst einmal möchte ich Ihnen gratulieren. Sie werden bestimmt ein großartiger Justizminister, und ich sehe schon, wie Jimmy Hoffa und gewisse andere Leute endlich ihr verdientes Schicksal ereilt.

Apropos Hoffa: Ich schreibe Ihnen, um den ehemaligen FBI-

Agenten Ward J. Littell für eine Stelle im Justizministerium zu empfehlen. Littell (das Phantom von Chicago, das seit Anfang 1959 unter der Hand für uns gearbeitet hat) hat eine bundesstaatliche Zulassung als Anwalt. Er wird neues Beweismaterial gegen das organisierte Verbrechen und die Teamster in sein Amt mitbringen.

Ich weiß, dass Littell seit einiger Zeit nicht mehr mit Ihnen Verbindung aufgenommen hat, hoffe aber, dass dies Ihre Begeisterung für ihn nicht mindern wird. Er ist ein hervorragender Jurist und ein erbitterter Kämpfer gegen das organisierte Verbrechen.

Mit freundlichen Grüßen
Kemper

DOKUMENTENEINSCHUB: 21.12.60 Persönliches Schreiben: Robert F. Kennedy an Kemper Boyd.

Lieber Kemper,

was Ward Littell betrifft, ist meine Antwort ein entschiedenes »Nein«. Ich habe einen Bericht von Mr Hoover erhalten, der, einseitig, wie er ist, Littell überzeugend als Alkoholiker mit ultralinken Tendenzen charakterisiert. Mr Hoover legte außerdem Beweismaterialien bei, die den Schluss zulassen, dass Littell Bestechungsgelder von Mitgliedern der Chicagoer Unterwelt entgegennahm. Damit ist sein vermeintliches Beweismaterial gegen Gangster und Teamster in meinen Augen hinfällig geworden.

Mir ist klar, dass Littell Ihr Freund ist und dass er zeitweilig sehr eifrig für uns gearbeitet hat. Doch, um das klarzustellen, wir können es uns nicht leisten, neue Mitarbeiter einzustellen, die auch nur im Geringsten belastet sind.

Betrachten wir die Angelegenheit Littell als beendet. Ihnen bleibt die Möglichkeit eines Postens in der Kennedy-Administration unbenommen, und ich denke, Sie werden mit der Tätigkeit zufrieden sein, die der gewählte Präsident und ich für Sie vorgesehen haben.

Gruß
Bob

DOKUMENTENEINSCHUB: 17.1.61. Persönliches Schreiben: J. Edgar Hoover an Kemper Boyd.

Lieber Kemper,

einen dreifachen Glückwunsch.

Erstens waren Ihre jüngsten Ausweichmanöver hervorragend. Zweitens hat mich Ihr Marilyn-Monroe-Streich eine ganze Weile auf Trab gehalten. Sie haben damit einen regelrechten Mythos geschaffen! Mit etwas Glück wird er, mit Hush-Hush zu reden, ins »Pantheon des Schlüssellochs« eingehen!

Drittens, meinen Glückwunsch zu Ihrer Ernennung als Justitiar mit wechselnden Funktionen im Justizministerium. Meine Informanten teilen mir mit, Sie würden sich nun auf Wahlrechtsmissbrauch in den Südstaaten konzentrieren. Wie passend! Jetzt können Sie sich mit der gleichen Energie, mit der Sie sich der rechtslastigen Kubaner angenommen haben, für linkslastige Neger verwenden.

Mir scheint, Sie haben Ihr Metier gefunden. Ich kann mir kaum eine Tätigkeit denken, die für einen Mann mit derart unterentwickeltem Loyalitätsempfinden passender wäre.

Ich hoffe, wir werden bei Gelegenheit wieder zusammenarbeiten können.

Ihr Ihnen stets verbundener
JEH

58

(New York City, 20.1.61)

Sie hatte geweint. Tränenspuren hatten ihr Make-up ruiniert.

Er hielt ihr einen kleinen Blumenstrauß entgegen. »Ich gehe zur Inaugurationsfeier. In ein paar Tagen bin ich wieder da.«

Die Blumen übersah sie. »Das hab' ich mir gedacht. Ich habe keineswegs angenommen, dass du dir einen Smoking anziehst, um mich zu beeindrucken.«

»Laura ...«

»Ich bin nicht eingeladen worden. Einige meiner Nachbarn schon. Sie haben zehntausend Dollar für Jacks Wahlkampf gestiftet.«

Die Wimperntusche war völlig verschmiert. Ihr Gesicht wirkte wie aus den Fugen geraten.

»In ein paar Tagen bin ich wieder da. Dann reden wir über alles.«

Laura deutete auf eine Kommode. »In der obersten Schublade liegt ein Scheck über drei Millionen Dollar. Wenn ich mich für immer von der Familie fernhalte, gehört er mir.«

»Zerreiß ihn.«

»Würdest du ihn zerreißen?«

»Das kann ich dir nicht sagen.«

Sie hatte Nikotinflecke an den Fingern.

Überquellende Aschenbecher standen herum.

»Sie oder ich?«, sagte Laura.

»Sie«, sagte Kemper.

DRITTER TEIL

SCHWEINE

Februar bis November 1961

DOKUMENTENEINSCHUB: 7.2.61. Aktennotiz: Kemper Boyd an John Stanton. PERSÖNLICH/VERTRAULICH IN VERSCHLOSSENER DOKUMENTENMAPPE ZU ÜBERGEBEN.

John,

ich habe versucht, bei Kleinem Bruder und ein paar zuständigen Mitarbeitern im Weißen Haus auf den Busch zu klopfen, und muss zu meinem Bedauern mitteilen, dass sich der Präsident, was unsere Invasionspläne angeht, nach wie vor nicht entschließen kann. So dringlich der Vorgang ist, er möchte sich nicht festlegen. Offensichtlich will er zu Beginn seiner Amtszeit nicht gleich eine derart schwerwiegende Entscheidung treffen.

Direktor Dulles und Stellvertretender Direktor Bissell haben dem Präsidenten und Justizminister Kennedy ihren Standpunkt vorgetragen. Kleiner Bruder nimmt an vielen wichtigen Besprechungen des Präsidenten teil; er wird offensichtlich zum wichtigsten Berater des Präsidenten. Er ist nach wie vor (zur Bestürzung gewisser gemeinsamer Freunde) auf das organisierte Verbrechen fixiert und zeigt sich an Kuba kaum interessiert. Meine Verbindungsleute haben mich wissen lassen, dass ihn der Präsident bisher noch nicht über unsere nun mehr erreichte Invasionsbereitschaft informiert hat.

Das Lager in Blessington ist in Bereitschaftszustand. Die Rekrutenausbildung wurde ausgesetzt; seit dem 30.1.61 sind die vierundvierzig Kojen mit ausgebildeten Truppen belegt, die aus anderen Ausbildungslagern zusammengezogen worden sind: Männer, die eine Spezialausbildung in Kriegsführung (zu Land und auf See) hinter sich haben. Sie stellen die Blessington-Invasionsarmee dar. Pete Bondurant und Douglas Frank Lockhart nehmen sie täglich scharf ran und haben die hervorragende Moral der Truppe bestätigt.

Ich bin letzte Woche in Blessington gewesen, um vor Mr Bissells Inspektion am 10.2.61 den Bereitschaftszustand persönlich in Augenschein zu nehmen, und freue mich, melden zu können, dass Pete und Lockhart alles auf Hochform gebracht haben.

Die Landungsboote sind nun in getarnten Buchten verankert, die von Mitgliedern von Lockharts Klan-Truppe ausgebaut worden sind. Chuck Rogers hat Ramon Gutiérrez einen Auffrischungsfluglehrgang erteilt, damit er, im Sinne eines von Bondurant erdachten Plans, als Castro-Flüchtling auftreten kann, der am Invasionstag mit gefälschten castrofeindlichen Gräuelaufnahmen in Blessington einfliegt, die wir als echt an die Presse geben werden. Waffen und Munitionsvorräte sind inventarisiert und voll einsatzbereit. Eine halbe Meile vom Lager entfernt wird eine Bucht zum Anlegen des Truppentransporters für die Blessington-Invasionsstreitmacht ausgebaut. Der Hafen soll bis zum 16.2.61 einsatzbereit sein.

Ich kann mich jetzt öfter in Florida aufhalten, was hauptsächlich darauf zurückzuführen ist, dass mir die Brüder die Legende abgenommen haben, an der ich seit einem Jahr arbeite: Ich sei von Mr Hoover gezwungen worden, in der Gegend um Miami castrofeindliche Gruppierungen auszuspähen. Der mir gegenwärtig vom Justizministerium erteilte Auftrag (Überprüfung von Fällen, in denen Neger das Stimmrecht verweigert wurde) dürfte mich noch einige Zeit im Süden festhalten. Ich habe ausdrücklich um den Auftrag ersucht, weil ich damit in die Nähe von Miami und Blessington komme. Kleiner Bruder hat mir den Job vor allem gegeben, weil ich aus dem Süden stamme, und mir erlaubt, mir selber auszusuchen, wo ich mit meiner Arbeit beginne. Ich habe mich für die Gegend um Anniston, Alabama, entschieden, von dort gehen täglich acht Flüge nach Miami, sodass ich mit einem neunzigminütigen Flug zwischen meinen Arbeitsstätten hin und her pendeln kann. Wenn Sie mich brauchen, rufen Sie einfach meinen Auftragsdienst in Washington an, oder nehmen Sie direkt mit mir im Wigwam-Motel bei Anniston Kontakt auf. (Ich weiß, was Sie denken; eine Bleibe unter meinem Niveau.)

Ich möchte noch einmal darauf hinweisen, dass alle Beziehungen zwischen CIA und Firma vor Kleinem Bruder unbedingt geheimzuhalten sind. Dass Großer Bruder ihn zum Justizminister ernannt hat, hat mich ebenso verblüfft und enttäuscht wie unsere sizilianischen Kollegen. Sein verbissener Kampfeseifer gegen die Firma hat sich, sofern dies möglich ist, noch gesteigert, und er darf keinesfalls erfahren, dass die Herren C. M., S. G. und J. R. Geld gespendet haben für die Sache, und von den Kadergeschäften darf er schon gar nicht erfahren.

Damit möchte ich schließen. Wir sehen uns am 10.2. in Blessington.

KB

DOKUMENTENEINSCHUB: 9.2.61. Aktennotiz: John Stanton an Kemper Boyd. PERSÖNLICH/VERTRAULICH IN VERSCHLOSSENER DOKUMENTENMAPPE ZU ÜBERGEBEN.

Kemper,

Ihre Aktennotiz habe ich erhalten. Hört sich alles ausgezeichnet an, obwohl Großer Bruder für meinen Geschmack nicht weiß, was er will. Ich habe unseren alten Blessington-Plan überarbeitet. Wir sehen uns bei der Inspektion, und ich bin gespannt zu hören, was Sie von meinen Vorschlägen halten.

1. Ich habe Pete Bondurant und Chuck Rogers beauftragt, die Leitung von Blessington und die Kommunikation zwischen Blessington und anderen Angriffsbasen in Nicaragua und Guatemala zu koordinieren. Rogers kann zwischen den Camps hin und her fliegen, und Pete wird sich als mobiler Friedensstifter besonders bewähren.

2. Teo Paez hat einen neuen Rekruten angeworben: Néstor Javier Chasco, geboren am 12.4.23. Teo hat ihn in Havanna kennengelernt, als er bei United Fruit eine Gruppe von Informanten führte. Chasco hat zahlreiche linke Gruppen infiltriert und unter anderem ein Attentat auf einen United-Fruit-Direktor verhindert.

Nach Castros Machtübernahme hat Chasco Raúl Castros Heroinoperationen auf der Insel unterwandert und Rauschgift für castrofeindliche Rebellen abgezweigt, die den Stoff natürlich verkauft und mit dem Erlös Waffen erworben haben. Chasco hat Erfahrungen als Rauschgifthändler, ist ein erstklassiger Verhörspezialist und in der kubanischen Armee zu einem Scharfschützen ausgebildet worden, den Präsident Batista an diverse südamerikanische Regierungschefs ausgeliehen hat. Teo zufolge hat

Chasco zwischen 1951 und 1958 mindestens vierzehn linke Rebellen ausgeschaltet.

Chasco, der seinen Lebensunterhalt mit Marihuanahandel bestritt, ist vergangenen Monat in einem Schnellboot von der Insel geflohen. Er hat mit Paez in Miami Kontakt aufgenommen und ihn dringend gebeten, ihn für die Sache tätig werden zu lassen. Teo hat ihn Pete Bondurant vorgestellt und mir das Treffen als »Liebe auf den ersten Blick« geschildert.

Ich habe Sie nicht erreichen können, daher hat sich Pete mit mir in Verbindung gesetzt und Néstor Chasco für Blessington und *für den Kader* empfohlen. Ich habe Chasco kennengelernt und war *sehr* beeindruckt. Ich habe den Mann auf der Stelle unter Vertrag genommen und ihn von Pete den anderen Kaderangehörigen vorstellen lassen. Paez zufolge sind die Begegnungen freundschaftlich verlaufen. Chasco lernt das Kadergeschäft und ist außerdem Drillsergeant in Blessington. Er pendelt zwischen Blessington, Miami und unseren offiziellen Einrichtungen in Guatemala und Nicaragua hin und her; einem Offizier, der zufällig Blessington besuchte, sind seine Ausbilderfähigkeiten aufgefallen, woraufhin er ihn umgehend bei Mr Bissell als Mitarbeiter anforderte.

Sie werden Chasco bei der Inspektion kennenlernen. Ich bin sicher, dass er auch Sie beeindrucken wird.

3. Unmittelbar vor der Invasion sollen Sie gemeinsam mit Chasco in unserem Geschäftsviertel in Miami auf Patrouille gehen. Unsere Nachrichtenquellen auf der Insel halten es für sehr wahrscheinlich, dass gewisse Informationen über die Invasionspläne nach Kuba durchsickern, und ich will sicherstellen, dass die Castro-Anhänger vor Ort nicht gerade dann losschlagen, wenn wir uns ausschließlich auf die Invasionslogistik konzentrieren müssen. Dafür sollten Sie sich ohne Weiteres freinehmen können. Miami ist von Anniston gut erreichbar, und Sie können Kleinem

Bruder erzählen, dass Sie von Mr H. hinbeordert wurden, um Pro-Castro-Aktivitäten zu überwachen.

Ich muss mit einer etwas peinlichen Anfrage schließen.

Carlos M. hat Guy Banister 300 000 Dollar *zusätzlich* für Waffen zur Verfügung gestellt. Der Mann ist ein großer Freund der Sache und macht sich (meiner Ansicht nach berechtigte) Sorgen in Bezug auf Kleinen Bruder. Können Sie rauskriegen, was Bobby in Sachen Carlos vorhat?

Besten Dank im Voraus. Bis morgen in Blessington.

John

59

(Blessington, 10.2.61)

Die Augen links, die Augen rechts! Präsentiert das Gewehr!

Der Exerzierplatz funkelte. Die Rekruten bewegten sich wie eine lateinamerikanische Revuetruppe – jede Bewegung im Takt.

Lockhart bellte die Kommandos. Néstor spielte den Fahnenträger. Das Sternenbanner und das Pitbull-Monster flatterten im Wind.

Ein weißbehandschuhter Pete nahm die Parade ab. Ihm folgten Richard Bissell und John Stanton – zivile Spießer in Tweedanzügen.

Die Rekruten trugen frisch gestärkte Drillichanzüge und Chromhelme. Fulo, Paez, Delsol und Gutiérrez bildeten die Führungsflanke.

Boyd schaute vom Bootssteg aus zu. Er wollte nicht, dass ihn die gewöhnlichen Rekruten kennenlernten.

Pete inspizierte die Waffen und reichte sie zurück. Bissell klopfte auf Schultern und lächelte. Stanton unterdrückte ständig ein Gähnen – er wusste, dass das alles nur PR-Masche war.

»Gewehrrrrr über! Standarrrrrtenträger vor!«

Vierundvierzig Läufe hoben sich. Chasco marschierte zehn Schritt vor und machte auf dem Absatz kehrt.

Chasco salutierte. Chasco streckte den Arm mit der Flagge.

»Rührt euch!«, brüllte Lockhart. Die Männer ließen die Gewehre nacheinander fallen und brachten eine beeindruckende Wellenbewegung zustande.

Bissell staunte. Stanton klatschte.

Boyd schaute sich Chasco an. Stanton hatte den kleinen Scheißer zum gnadenlosen Rächergott aufgebaut.

Chasco fraß Tarantelfleisch und trank Pantherpisse. Chasco killte Rote von Rangoon bis Rio.

Chasco hustete und spuckte auf den Boden. »Es ist mir eine Freude, heute bei euch in Amerika sein zu dürfen. Es ist mir eine Ehre, den Tyrannen Fidel Castro bekämpfen zu können, und eine Ehre, euch Señor Richard Bissell vorzustellen.«

Jubelgeschrei aus fünfzig Kehlen. Es klang wie eine Lokomotive. CHOO – CHOO – CHOO –

Bissell bedeutete Schweigen: »Señor Chasco hat recht. Fidel Castro ist ein mörderischer Tyrann, der ein bisschen gedeckelt gehört. Ich bin hier, um euch zu sagen, dass wir das tun werden und zwar in nicht allzu ferner Zukunft.«

CHOO – CHOO – CHOO – CHOO – CHOO –

Bissell wedelte mit der Hand durch die Luft à la Kennedy. »Eure Moral ist gut, und das ist verdammt gut so. Und Leute mit verdammt hoher Moral sind auch in Kuba zu finden, und was mich angeht, würde ich sie gegenwärtig der Kampfkraft von drei oder vier Brigaden gleichsetzen. Ich meine die Kubaner auf der Insel, die nur darauf warten, dass Ihr einen Brückenkopf bildet und ihnen den Weg zu Fidel Castros Unterschlupf zeigt.«

CHOO – CHOO – CHOO – CHOO – CHOO –

»Jawohl Männer, Ihr werdet gemeinsam mit vielen anderen als Invasionsstreitmacht in eurer Heimat landen und sie befreien. Ihr werdet euch mit Castro-Gegnern auf der Insel vereinigen und Fidel Castro stürzen. Wir haben fast sechzehnhundert Mann in Guatemala, Nicaragua und an der Golfküste stationiert, allesamt in Hochform und marschbereit. Ihr gehört zu diesen Truppen. Ihr seid eine Eliteeinheit, die in vorderster Front kämpfen wird. Ausgemusterte B-26 werden euch unterstützen, und eine Nachschubeinheit der US-Navy wird eure Boote in eure Heimat geleiten. Ihr werdet siegen. Weihnachten werdet ihr mit euren Lieben im befreiten Kuba feiern.«

Pete gab das Zeichen. Ein Salut aus vierundvierzig Gewehren verschlug Bissell die Sprache.

Stanton lud im Breakers Motel zum Lunch. Nur für Weiße – Pete, Bissell, Boyd, Chuck Rogers.

Der Schuppen gehörte Santo junior. Die Blessington-Leute hatten unbegrenzten Kredit. Im Coffee Shop wurde klebriger Italofraß serviert – das Letzte.

Sie hatten den Tisch mit der besten Aussicht besetzt. Bissell übernahm das Gespräch – außer ihm kam niemand zu Wort. Pete hatte sich neben Boyd gesetzt und stocherte lustlos in einem Teller Linguine herum.

Chuck verteilte Flaschenbier. Boyd schob Pete einen Zettel zu.

Ich mag Chasco. Einer von den Kleinen, die ums Verrecken nicht unterschätzt werden wollen, genau wie W. J. Littell. Können wir ihn beauftragen, Fidel umzulegen?

Pete antwortete ihm auf seiner Serviette.

Fidel und WJL gleich mit. Jimmy hat die Hosen gestrichen voll, weil die Pensionskassenbücher geklaut wurden, und nur wir wissen, wer's war. Lässt sich da nichts machen?

Boyd kritzelte ein großes NEIN auf die Speisekarte. Pete lachte laut auf.

Bissell war pikiert. »Habe ich etwas Komisches gesagt, Mr Bondurant?«

»Nein, Sir. Durchaus nicht.«

»Das will ich meinen. Ich habe gerade gesagt, dass sich Präsident Kennedy mehrmals Bericht erstatten ließ, aber über das Invasionsdatum nach wie vor zu keinerlei Entscheidung gelangt ist, was ich entschieden nicht zum Lachen finde.«

Pete schenkte sich ein Bier ein. »Mr Dulles beschreibt den Präsidenten als ›enthusiastisch, aber vorsichtig‹«, sagte Stanton.

Bissell lächelte. »Dann werden wir eben unsere Geheimwaffe einsetzen, nämlich Mr Boyd. Er ist unser Mann bei Kennedy, und wenn es wirklich hart auf hart geht, kann er immer noch seine Geheimverbindung zur CIA offenbaren und direkt und unverblümt für unseren Invasionsplan eintreten.«

Pete versuchte, sich den Anblick einzuprägen: Boyd, der auf einmal alle seine Felle davonschwimmen sah.

Stanton griff ein. »Mr Bissell macht nur Spaß, Kemper.«

»Das weiß ich doch. Und ich weiß, dass er begreift, wie komplex unser Beziehungsgeflecht unterdessen geworden ist.«

Bissell spielte mit seiner Serviette. »Ich bin mir dessen durchaus bewusst, Mr Boyd und auch der Generosität, die Mr Hoffa, Mr Marcello und ein paar andere italienische Gentleman der Sache gegenüber bewiesen haben, und ich bin mir auch des Einflusses bewusst, über den Sie im Kennedy-Lager verfügen. Und als Hauptverbindungsmann des Präsidenten in Sachen Kuba weiß ich auch, dass Fidel Castro und der Kommunismus wesentlich schlimmer sind als die Mafia, obwohl ich selbstverständlich nicht einmal im Traum daran denken würde, Sie zu ersuchen, sich für unsere Freunde zu verwenden, weil Sie dies eventuell ein Stückchen Glaubwürdigkeit bei Ihren angebeteten Kennedys kosten könnte.«

Stanton ließ den Suppenlöffel fallen. Pete atmete vooooorsichtig aus.

Boyd grinste übers ganze Gesicht. »Bin ich froh, dass Sie das so sehen, Mr Bissell. Denn wenn Sie mich darum hätten ersuchen wollen, hätte ich mich zu meinem Bedauern gezwungen gesehen, Ihnen mitteilen zu müssen, dass Sie mich am Arsch lecken können.«

60

(Washington, D. C., 6.3.61)

Er genehmigte sich drei Gläser pro Nacht – nicht mehr, nicht weniger.

Er war von Whiskey auf Gin umgestiegen. Der Mangel an Quantität wurde durch das intensivere Brennen wettgemacht. Drei Glas, und sein Hass erstarkte. Vier und mehr, und der Hass war erlahmt.

Er trank stets vor dem Dielenspiegel. Der war angelaufen und gesprungen – seine neue Wohnung war billig möbliert.

Littell trank die Gläser in einem Zug aus – eins, zwei, drei. Er glühte – und ging mit sich selber ins Gericht.

In zwei Tagen wirst du achtundvierzig. Helen hat dich verlassen. J. Edgar Hoover hat dich beschissen – du hast ihn beschissen, und er hat es dir mit Zinseszinsen heimgezahlt.

Du hast dein Leben umsonst aufs Spiel gesetzt. Robert F. Kennedy hat dich abblitzen lassen. Du bist zu Fuß in die Hölle und wieder zurück, nur um einen Standard-Absagebrief zu bekommen.

Du hast versucht, mit Bobby direkt in Verbindung zu treten. Wurdest von Assistenten weggescheucht. Du hast Bobby vier Briefe geschrieben. Keine Antwort.

Kemper hat versucht, dir Arbeit im Justizministerium zu besorgen. Bobby hat abgelehnt – der angebliche Hoover-Hasser kriecht Hoover in den Arsch. Hoover hat ganze Arbeit geleistet: Keine Kanzlei oder Universität wird dich beschäftigen.

Kemper weiß, dass du die Pensionskassenbücher hast. Eure Beziehung wird nun von seiner Angst bestimmt.

Du hast dich in ein Jesuiten-Refugium in Milwaukee zurückgezogen. Die Zeitungen haben deinen wagemutigen Einbruch gelobt: VILLA IN LAKE GENEVA VON GEHEIMNISVOLLEM KUNSTDIEB AUSEINANDERGENOMMEN!

Du hast den Schnaps ausgeschwitzt. Dir ein paar Muskeln zugelegt. Du hast Geheimschriften studiert. Das Gebet hat dich gelehrt, wen du hassen und wem du vergeben sollst.

Du hast die Todesanzeige in der *Chicago Tribune* gelesen: Court Meade an plötzlichem Herzversagen gestorben. Hast dich an vertrauten Orten umgesehen. Die Waisenhäuser, in denen du aufgewachsen bist, erzeugen nach wie vor fleißig Jesuitenroboter.

Du bist berechtigt, in Washington Bundesrecht zu praktizieren. Den einen Notausgang hat dir Hoover offen gelassen – in seinem eigenen Hinterhof.

Der Umzug nach Osten hat dir neue Kraft geschenkt. Doch deine Akte hat die Washingtoner Anwaltskanzleien abgeschreckt, die neue Mitarbeiter suchten.

Auftritt Kemper. Umtriebiger Tausendsassa, der über gute Kontakte zu alten Freunden aus der Autodiebszene verfügte. Autodiebe haben ständig Bundesklagen am Hals und sind immer wieder auf billigen Rechtsbeistand angewiesen.

Autodiebe geben dir gelegentlich Arbeit – genügend, um dir eine Wohnung und drei Glas Schnaps pro Nacht leisten zu können.

Kemper ruft an, um zu plaudern. Die Pensionskassenbücher erwähnt er nicht. Einen Mann, der so weit oben steht, kannst du nicht hassen. Einen Mann, der selber gegen Hassgefühle derart immun ist, kannst du nicht hassen.

Er hat dir viel beigebracht. Das gleicht seinen Verrat aus.

Kemper bezeichnet seine Bemühungen im Kampf um Bürgerrechte als »bewegend«. Noblesse oblige, die gleiche billige Attitüde, die die Kennedys so herablassend an den Tag legen.

Du hasst die von Joe Kennedy finanzierte Massenverführung. Deine Ziehväter haben dir zu Weihnachten ein billiges Spielzeug gekauft. Joe hat seinen Söhnen die Welt gekauft – mit verkrebstem Geld.

Das Beten hat dich gelehrt, Falschheit zu hassen. Das Beten hat dich gelehrt, dir von niemandem etwas vormachen zu lassen.

Du siehst das Gesicht des Präsidenten – und blickst hindurch. Du siehst, wie Jimmy Hoffa die Sun-Valley-Anklagen wegwischt – ein Reporter hat ungenügendes Beweismaterial erwähnt.

Du verfügst über die Zahlen, die die Ungerechtigkeit wiedergutmachen könnten. Du verfügst über die Zahlen, die die Kennedy-Verführung zunichtemachen könnten.

Du kannst die restlichen Eintragungen im Pensionskassenbuch entschlüsseln. Du kannst den Räuberbaron und seinen Sohn, den priapischen Jungscharführer, als die entlarven, die sie sind.

Littell holte seine Kryptografie-Bücher hervor. Drei Gin pro Nacht gaben ihm das Gefühl:

Du bist tief gefallen, aber zu allem fähig.

61

(Washington, D. C., 14.3.61)

Bobby sprach. Vierzehn Juristen hatten sich um ihn herumgesetzt und balancierten Notizbücher und Aschenbecher auf ihren Knien.

Im Besprechungsraum zog es. Kemper hatte sich an die Wand gelehnt und den Mantel um die Schultern gelegt.

Der Justizminister hatte eine schneidende Stimme – man verstand ihn auch von Weitem. Er hatte frei – der Flug nach Alabama war wegen eines Sturms verspätet.

»Sie wissen, wieso ich Sie habe kommen lassen«, sagte Bobby, »und Sie wissen, wie Ihr Auftrag lautet. Ich habe seit der Inauguration Verwaltungskram erledigen müssen und mich daher nicht mit dem entsprechenden Aktenmaterial befassen können, und Sie sollen daher auf eigene Faust ermitteln. Sie sind die Sonderkommission für organisiertes Verbrechen und wissen, was Sie zu tun haben. Und ich will verdammt sein, wenn ich länger herumtrödele.«

Die Männer holten Notizblock und Bleistift hervor. Bobby nahm rittlings vor ihnen Platz.

»Wir haben unsere eigenen Juristen und Detektive, und ein Staatsanwalt, der sein Gehalt wert ist, kann ohnehin jederzeit als Detektiv einspringen. Wir haben FBI-Agenten, die wir bei Bedarf anfordern können, sofern es mir gelingt, Mr Hoover davon zu überzeugen, dass er seine Prioritäten ein wenig verschiebt. Er ist immer noch der Meinung, der Kommunismus stelle eine größere Gefahr dar als das organisierte Verbrechen, und das FBI zu einer verbesserten Zusammenarbeit zu bewegen wird eine unserer schwersten Aufgaben sein.«

Die Männer lachten. »We shall overcome«, sagte ein ehemaliger McClellan-Bulle.

Bobby lockerte seine Krawatte. »Allerdings. Und unser fliegender Rechtsberater Kemper Boyd, der uns von den billigen Plätzen aus belauscht, wird die rassistischen Wahlrechtspraktiken im Süden zu überwinden helfen. Ich werde Mr Boyd nicht auffordern, sich uns anzuschließen, weil Schmollen im Winkel zu seinen Arbeitsmethoden gehört.«

Kemper winkte ihm zu. »Ich bin ein Spion.«

Bobby winkte zurück. »Das hat der Präsident schon immer behauptet.«

Kemper lachte. Bobby fing halbherzig an, ihn zu mögen – die Trennung von Laura hatte für klare Verhältnisse gesorgt. Claire und Laura waren in Verbindung geblieben – er erhielt regelmäßig die neuesten Nachrichten aus New York.

»Schluss mit lustig«, sagte Bobby. »Dank der Anhörungen des McClellan-Ausschusses haben wir eine klare Hitliste, mit Jimmy Hoffa, Sam Giancana, Johnny Rosselli und Carlos Marcello an der Spitze. Fordern Sie die Steuerunterlagen der Männer an, und gehen Sie die nachrichtendienstlichen Akten der Polizeibehörden von Chicago, New York, Los Angeles, Miami, Cleveland und Tampa auf allfällige Hinweise durch. Strengen Sie Anklagen auf hinreichenden Verdacht hin an, damit wir ihre Bücher und persönlichen Notizen beschlagnahmen können.«

»Was ist mit Hoffa?«, sagte ein Mann. »Im Fall Sun Valley konnten sich die Geschworenen nicht einig werden, aber irgendwie muss er doch zu kriegen sein.«

Bobby rollte die Ärmel hoch. »Unentschiedene Geschworene im ersten Verfahren bedeuten Freispruch im zweiten. Ich habe es aufgegeben, nach den geheimnisvollen drei Millionen zu suchen, und glaube allmählich, dass es sich bei den sogenannten echten Pensionskassenbüchern um ein Luftschloss handelt. Ich denke, wir sollten Anklage-Jurys zusammenstellen und sie mit Hoffa-Beweismaterial eindecken. Und wo wir gerade dabei sind, möchte ich Sie darauf hinweisen, dass ich ein Bundesgesetz in Vorbereitung habe, das alle städtischen Polizeibehörden verpflichtet, sich Abhöraktionen vom Justizministerium genehmigen zu lassen, damit *uns* endlich jedes Fitzelchen Abhörmaterial zur Verfügung steht, das im Land aufgenommen wird.«

Die Männer jubelten. Ein alter McClellan-Kämpe hob die geballte Faust.

Bobby stand auf. »Ich habe einen alten Ausweisungsbescheid gegen Carlos Marcello gefunden. Er ist in Tunis, Nordafrika, als Sohn italienischer Eltern geboren worden, verfügt aber über eine gefälschte Geburtsurkunde aus Guatemala. Ich will ihn nach Guatemala abschieben lassen, und zwar verdammt bald.«

Kemper spürte, wie er, trotz der Kälte, ins Schwitzen kam –

62

(Ländliches Mexiko, 22.3.61)

Mohnfelder bis an den Horizont. Mohnpflanzen, die klebriges Rauschgift ausschieden, bedeckten ein Tal, halb so groß wie Rhode Island.

Gefängnisinsassen fungierten als Pflücker. Die mexikanischen Bullen schwangen die Peitsche und führten die chemischen Arbeiten durch.

Heshie Ryskind leitete die Besichtigung. Pete und Chuck Rogers trabten mit und überließen ihm das Reden.

»Die Farm versorgt Santo und mich seit Jahren. Hier wird »O« auch zu Morphium für die CIA verarbeitet, weil die ständig irgendwelche rechten Aufständischen unterstützen, die andauernd beschossen und verwundet werden und laufend Morphium brauchen. Die meisten der Zombies, die hier schuften, bleiben nach Verbüßung ihrer Strafe da, weil die dann nichts weiter wollen als an ihrer Pfeife nuckeln und nebenbei ein paar Tortillas naschen. Ich wollte, ich wäre so bedürfnislos. Ich wollte, ich brauchte keine zehn Ärzte auf Abruf, weil ich so ein Scheißhypochonder bin, und ich wollte, ich hätte nicht die Chuzpe – das könnt ihr Gojim euch mit ›Kühnheit‹ übersetzen –, den Blow-Job-Weltrekord brechen zu wollen, weil ich an dem Punkt angelangt bin, wo die Blaserei meiner Prostata mehr schadet als nützt. Abgesehen davon, dass ich nicht mehr der Magnet bin, der ich mal war. Ich bin jetzt auf einen guten Mösenjäger angewiesen, wenn ich überhaupt was erleben will. Seit Neuestem lasse ich Dick Contino für mich die Vögelchen jagen. Ich guck' mir alle seine Nachtclubauftritte an, und er überlässt mir die paar Lutschmädchen, die ich noch abfertigen kann.«

Die Sonne brannte. Sie fuhren in Rikschas durch die Gegend, vor die sich süchtige Gefangene gespannt hatten.

»Der Kader braucht zehn Pfund vorgeschnitten«, sagte Pete. »Vor der Invasion komm' ich nicht mehr her.«

Chuck lachte. »Falls dein Schwarm Jack grünes Licht gibt.«

Pete schnippte eine Knospe an – aus der klebriger weißer Saft drang. »Und ich will einen anständigen Morphiumvorrat für die Sanitäter in Blessington. Das dürfte für eine ganze Weile unser letzter Besuch gewesen sein.«

Heshie lehnte sich in seiner Rikscha zurück. Der Fahrer trug einen Lendenschurz und eine Dodgers-Kappe.

»Das lässt sich alles arrangieren. Weit weniger kompliziert, als bei irgendeinem beschissenen Teamsterkongress Bläserinnen für sechzig Teilnehmer zu organisieren.«

Pete lachte. »Ich bin müde«, sagte Heshie. »Ich fahr' zurück, sorg dafür, dass euer Zeug eingeladen wird, und hau' mich ein bisschen aufs Ohr.«

Chuck schwang sich in die Rikscha. Sein Fahrer sah wie Quasimodo aus.

Pete stellte sich auf die Zehenspitzen. Mohn, so weit man sah.

Etwa tausend Reihen. Etwa zwanzig Sklaven pro Reihe. Minimale Arbeitskosten: Pritschen, Reis und Bohnen waren billig.

Chuck und Heshie lieferten sich ein Rikscha-Rennen.

Boyd zitierte gern Mr Hoover: Der Kampf gegen den Kommunismus schafft seltsame Bettgenossen.

Sie flogen von Mexiko nach Guatemala. Die zweimotorige Piper lag unruhig in der Luft – Chucky hatte die Kiste überladen.

Mit Gewehren, Hasspamphleten, Heroin, Morphium, Tortillas, Tequila, ausgemusterten Armeespringerstiefeln, Martin-Luther-King-Voodoo-Puppen, alten Ausgaben von *Hush-Hush* und fünfhundert Kopien eines von Guy Banister entwendeten Geheimberichts des FBI-Büros L. A., dem zufolge Mr Hoover zwar genau wusste, dass Präsident Kennedy mit Marylin Monroe *kein* Techtelmechtel hatte, dieselbe aber gleichwohl intensiv observieren ließ, womit er den Nachweis erbrachte, dass Miss Monroe in den letzten sechs Wochen Louis Prima, zwei Marines auf Urlaub, Spade Cooley, Franchot Tone, Yves Montand, Stan Kenton, David Seville von »David Seville and the Chipmunks«, vier Pizzalieferanten, den Federgewichtsboxer Fighting Harada sowie den Disk-Jockey einer schwarzen Radiosendung vernascht hatte.

Chuck bezeichnete das als »Grundausrüstung«.

Pete versuchte zu dösen. Doch ihm wurde vom Fliegen schlecht. Das Lager kam pünktlich hinter einer Wolkenbank zum Vorschein.

Es sah gewaaaaaltig aus. Aus der Vogelperspektive zehnmal so groß wie Blessington.

Chuck stellte die Landeklappen auf und ging runter. Pete kotzte kurz vor der Rollbahn zum Fenster raus.

Sie kamen zum Stehen. Pete gurgelte mit Tequila, um den üblen Geschmack loszuwerden. Kubanische Rekruten stürzten sich auf den Frachtraum und luden die Gewehre ab.

Ein diensthabender Offizier trabte mit Lieferscheinen auf die Rollbahn. Pete stieg aus und gab an: Gewehre, Schnaps, *Hush-Hush*-Anti-Bart-Propaganda.

»Sie können gleich jetzt was essen«, sagte der Bursche, »oder auf Mr Boyd oder Mr Stanton warten.«

»Ich möchte mich mal umsehen. Ich war noch nie hier.«

Chuck pinkelte aufs Rollfeld. »Irgendwas von einem Termin gehört?«, sagte Pete.

Der Bursche schüttelte den Kopf. »Kennedy ist unentschlossen. Mr Bissell meint allmählich, dass wir froh sein können, wenn wir vor dem Sommer losschlagen.«

»Irgendwann zieht Jack mit. Der wird einfach einsehen müssen, dass man sich ein so gutes Angebot nicht entgehen lassen kann.«

Pete schaute sich um. Das Camp war ein Disneyland für Killer.

Sechshundert Kubaner. Fünfzig Weiße, die auf sie aufpassten. Zwölf Baracken, ein Exerzierfeld, ein Schießstand für Gewehre, einer für Pistolen, eine Landebahn, ein Offiziers-Casino und ein Tunnel zur Simulation chemischer Kriegsführung.

Drei Hafenanlagen am Golf eine Meile südwärts. Vier Dutzend Amphibienfahrzeuge mit Kaliber-.50-Maschinengewehren.

Ein Munitionslager. Ein Feldspital. Eine katholische Kapelle mit zweisprachigem Kaplan.

Pete schaute sich um. Ehemalige Blessington-Absolventen winkten ihm zu. Offiziere führten ihm ein paar Sehenswürdigkeiten vor.

Néstor Chasco – beim Üben von Mordanschlägen.

Der Indoktrinations-Workshop.

Der Schimpfkanonaden-Drill – um den Gehorsam der Truppe zu steigern.

Der Amphetaminvorrat des Sanitätercops – Mut in Tablettenform für die Invasion.

Die Spics im Stacheldrahtverhau – die eine Droge namens LSD genommen hatten.

Einige schrien. Einige weinten. Einige grinsten, als ob man

auf LSD abfahren könne. Einem diensthabenden Offizier zufolge war das John Stantons Idee – Kuba mit dem Stoff überschwemmen, bevor wir einfallen.

Langley zog mit. Sie setzen noch eins drauf: Massenhalluzinationen auslösen und die Auferstehung Christi vortäuschen!!!!!

Sie trieben ein paar selbstmörderische Schauspieler auf. Staffierten sie aus, bis sie wie Jesus Christus aussahen. Man hielt sie in Bereitschaft, um sie vor der Invasion, zusammen mit dem Rauschgift, nach Kuba zu schicken.

Pete heulte vor Lachen. »Das ist nicht lustig«, sagte der Diensthabende. Ein vollgeknalltes Versuchskaninchen holte den Schwanz raus und fing an zu wichsen.

Pete spazierte weiter. Alles blitzte und glitzerte.

Bajonettdrill. Hochglanzpolierte Jeeps. Ein rumgetränkter Priester, der die heilige Kommunion im Freien erteilte.

Aus Lautsprechern ertönte der Befehl zum Essenfassen. Es war 5 Uhr und noch lange nicht dunkel – Soldaten aßen früh zu Abend.

Pete ging zur Aufenthaltsbaracke. Zwei Drittel der Fläche wurden von einem Billardtisch und einer Bar eingenommen.

Boyd und Stanton kamen rein. Ein Kerl wie ein Klotz füllte den Eingang aus – in prächtiger französischer Fallschirmjägeruniform.

»*Entrez*, Laurent«, sagte Kemper.

Er hatte abstehende Ohren und war gewaltig groß. Und hochmütig wie nur irgendein Kämpe der Grande Nation.

Pete machte einen Diener. »*Salut, capitaine.*«

Der Froschfresser schlug die Hacken zusammen. »*Monsieur Bondurant. C'est un grand plaisir de faire votre connaissance. On dit que vous êtes un grand patriote.*«

Pete gab ein bisschen Québecois zum besten. »*Tout le plaisir est à moi, capitaine. Mais je suis beaucoup plus profiteur que patriote.*«

Froschfresser lachte. »Übersetz mal, Kemper«, sagte Stanton. »Ich komm' mir allmählich wie ein Hinterwäldler vor.«

»Du hast nichts verpasst«.

»Willst du damit sagen, dass Pete einfach mit dem einzigen Zwei-Meter-Franzmann auf Erden Höflichkeiten austauscht?«

Froschfresser zuckte mit den Schultern – *Quoi? Quoi? Quoi?*

Pete zwinkerte ihm zu. »*Vous êtes quoi donc, capitaine? Etes-vous un* rechtsextremer Spinner? *Etes-vous un* Söldner, der in Kuba absahnt?«

Froschfresser zuckte mit den Schultern – *Quoi? Quoi? Quoi?*

Boyd führte Pete zur Veranda. Spics marschierten im Schnellschritt vom Exerzierplatz zum Essenfassen.

»Sei nett, Pete. Er kommt von der Agency.«

»Was hat er dort verloren?«

»Er erschießt Menschen.«

»Dann sag ihm, dass er Fidel umlegen und Englisch lernen soll. Sag ihm, wenn er nichts Besseres vorzuweisen hat, kommt er mir wie ein hundsgewöhnlicher französischer Schnösel vor.«

Boyd lachte. »Er hat letztes Jahr im Kongo einen Mann namens Lumumba erledigt.«

»Na und?«

»Er hat eine ganze Menge frech gewordener Algerier erledigt.«

Pete zündete sich eine Zigarette an. »Dann sag Jack, er soll ihn nach Havanna schicken. Und Néstor mit ihm. Und sag Jack, dass er mir für die Hughes-Sache noch was schuldig ist und dass, soweit es mich betrifft, das alles viel zu langsam geht. Sag ihm, er soll uns endlich sagen, wann wir losschlagen, oder ich schiffe mich selber nach Kuba ein, um Fidel höchstpersönlich umzulegen.«

»Geduld«, sagte Boyd. »Jack muss sich noch einarbeiten, und die Invasion eines kommunistischen Landes ist kein Pappenstiel. Dulles und Bissell setzen ihm andauernd zu, und ich bin ganz sicher, dass er in nicht allzu ferner Zukunft seine Zustimmung erteilt.«

Pete stieß eine Blechdose von der Veranda. Boyd zog seine Waffe und schoss das Magazin leer. Die Blechbüchse tanzte über den ganzen Exerzierplatz.

Die Futter-Schlange applaudierte. Wegen der wuchtigen Detonationen hielten sich einige die Ohren zu.

Pete kickte die Patronenhülsen fort. »Sprich *du* mit Jack. Sag ihm, die Invasion sei gut fürs Geschäft.«

Boyd wirbelte die Pistole um den Finger. »Ich kann nicht offen für die Invasion Stimmung machen, ohne meine Deckung zu gefährden, und habe ein Schweineglück, dass ich überhaupt in Florida arbeiten kann.«

»Mit der Bürgerrechtsgeschichte hast du dir einen netten Drückebergerposten angeschafft. Du tust so, als ob, und wenn dir die Nigger auf die Nerven gehen, hebst du nach Miami ab.«

»So ist es nicht.«

»Ach nein?«

»Nein. Ich schätze die Neger, mit denen ich zusammenarbeite, wie du deine Kubaner, wobei ihre Probleme um einiges gravierender sind.«

Pete schnippte die Zigarette weg. »Wie auch immer. Ich sag' dir *eins:* Du lässt den Leuten zu viel durchgehen.«

»Du meinst, ich lasse mich durch nichts erschüttern.«

»Nein, das meine ich nicht. Du siehst den Leuten zu viel nach, und das ist, soweit es mich betrifft, so eine Herrensöhnchenattitüde, die du dir bei den Kennedys abgeguckt hast.«

Boyd legte ein neues Magazin ein. »Das mag bei Jack der Fall sein, aber nicht bei Bobby. Bobby urteilt messerscharf und ist zäh in seinem Hass.«

»Er hasst ein paar ganz gute Freunde von uns.«

»Allerdings. Und er hasst Carlos Marcello mehr, als mir lieb ist.«

»Hast du Carlos informiert?«

»Noch nicht. Aber wenn die Dinge sich noch ein bisschen zuspitzen, werde ich dich möglicherweise bitten, ihm aus der Patsche zu helfen.«

Pete ließ ein paar Knöchel knacken. »Meine Zusage hast du bereits. Jetzt sag *du* was.«

Boyd legte auf einen Dreckhaufen in zwanzig Yards Entfernung an. »Nein, du darfst Ward Littell nicht umlegen.«

»Warum nicht?«

»Weil er die Bücher gegen alle Eventualitäten gesichert hat.«

»Dann foltere ich ihn eben, bis er auspackt, und lege ihn anschließend um.«

»Das klappt nicht.«

»Warum nicht?«

Boyd schoss einer Klapperschlange den Kopf ab.

»Ich habe dich gefragt, warum nicht.«

»Weil der lieber sterben würde, nur um zu beweisen, dass er dazu fähig ist.«

63

(Washington, D. C., 26.3.61)

Auf seiner Visitenkarte stand:

> Ward J. Littell
> Rechtsanwalt
> Bundesstaatliche Lizenz
> OL 6-4809

Keine Adresse – er wollte nicht, dass die Klienten erfuhren, dass er in seiner Wohnung arbeitete.

Littell trieb sich auf dem Flur im dritten Stock herum. Die Angeklagten nahmen das Kärtchen entgegen und guckten ihn misstrauisch an.

Winkeladvokat. Rechtsverdreher. Ein nicht mehr ganz taufrischer Anwalt, mit dem es bergab ging.

Das Bundesgericht war fleißig. Sechs Abteilungen und volle Anklage-Terminkalender – und jeder Kleinkriminelle ohne Begleitung ein potenzieller Kunde. Littell verteilte Visitenkarten. Ein Mann schnippte seine Zigarettenkippe nach ihm.

Auftritt Kemper Boyd. Kemper der Strahlemann – derart gestriegelt und gespornt, dass er beinahe zu leuchten schien.

»Darf ich dich zu einem Drink einladen?«

»Ich trinke nicht mehr wie früher.«

»Und zum Abendessen?«

»Gern.«

Vom Speisesaal des Hay-Adams sah man aufs Weiße Haus. Kemper schaute andauernd durchs Fenster.

»... meine Arbeit beinhaltet die Aufnahme eidesstattlicher Erklärungen und deren Vorlage beim Federal District Court. Wir versuchen sicherzustellen, dass die Neger, denen bisher das Wahlrecht verweigert wurde, nicht durch illegale Kopfsteuern oder durch Analphabetentests von der Stimmabgabe abgehalten werden.«

Littell lächelte. »Wobei die Kennedys bestimmt per Gesetz sicherstellen werden, dass sich jeder Neger in Alabama als Demokrat einzutragen hat. Wer eine Dynastie aufbauen will, kann sich nicht früh genug absichern.«

Kemper lachte. »Die Bürgerrechtspolitik des Präsidenten ist so zynisch nicht.«

»Und die Art und Weise, wie du sie durchsetzt?«

»Auch nicht. Unterdrückung habe ich stets für falsch und sinnlos gehalten.«

»Und du magst die Leute?«

»Ja, das tue ich.«

»Dein Südstaatenakzent hilft dir bestimmt.«

»Er entwaffnet die Leute, mit denen ich zu tun habe. Sie wissen es zu schätzen, dass ein weißer Südstaatler auf ihrer Seite ist. Du grinst, Ward. Was findest du daran so komisch?«

Littell nippte am Kaffee. »Mir ist eingefallen, dass Alabama ziemlich nah bei Florida liegt.«

»Du hast schon immer schnell geschaltet.«

»Weiß der Justizminister von deiner Nebentätigkeit?«

»Nein. Aber meine Floridabesuche sind bis zu einem bestimmten Grad sanktioniert.«

»Lass mich raten. Mr Hoover gibt dir Deckung, und sosehr Bobby ihn zu hassen vorgibt, er würde *nie* etwas tun, was Mr Hoover vergrätzen könnte.«

»Aus dir spricht dein Hass, Ward.«

»Mr Hoover hasse ich nicht. Man kann nicht jemanden hassen, dessen Tun so genau seinem Wesen entspricht.«

»Bobby jedoch –«

Littell senkte die Stimme zu einem Flüstern. »Du weißt, was ich für ihn riskiert habe. Und du weißt, welchen Dank ich bekam. Und ich kann nicht ertragen, dass die Kennedys vorgeben, besser zu sein, als sie sind.«

»Du hast die Bücher«, sagte Kemper. Er schob die Manschetten zurück und ließ eine massiv goldene Rolex hervorblitzen.

Littell deutete aufs Weiße Haus. »Allerdings. Und sie sind zigfach gesichert. Ich habe im Suff ein Dutzend Vollmachtserklärungen bei einem Dutzend Anwälte hinterlegt und kann mich nicht mal selber an alle erinnern.«

Kemper faltete die Hände. »Nebst eidesstattlichen Erklärungen über meinen Kennedy-Job, die im Falle deines Todes oder deines längeren Verschwindens ans Justizministerium gehen würden?«

»Nein. Nebst eidesstattlichen Erklärungen über deine verdeckte Ermittlung und über die ungeheuer lukrativen finanziellen Schweinereien von Joseph P. Kennedy in Verbindung mit dem organisierten Verbrechen, die an alle städtischen Sonderkommissionen zur Gangsterbekämpfung sowie an jeden Republikaner im Kongress und im Senat gehen.«

»Bravo«, sagte Kemper.

»Vielen Dank«, sagte Littell.

Ein Kellner stellte ihnen ein Telefon auf den Tisch. Kemper legte einen Aktenordner daneben.

»Bist du pleite, Ward?«

»Mehr oder weniger.«

»Du hast mir nicht den leisesten Vorwurf gemacht.«

»Das würde auch nichts ändern.«

»Was hältst du nun vom organisierten Verbrechen?«

»Da bin ich vergleichsweise milde gestimmt.«

Kemper tippte auf den Aktenordner. »Das ist eine aus der Einwanderungsbehörde geklaute Akte. Und du bist der größte Spezialist für Deportationsrecht auf Gottes weiter Flur.«

Littells Manschetten waren dreckig und abgewetzt. Kemper trug Manschettenknöpfe aus Gold.

»Zehntausend Dollar für den Anfang, Ward. Ich bin sicher, dass ich dir den Auftrag verschaffen kann.«

»Und was willst du dafür? Die Bücher?«

»Vergiss die Bücher. Ich will nur nicht, dass du sie jemand anderem aushändigst.«

»Kemper, was soll –«

»Der Klient heißt Carlos Marcello. Und Bobby Kennedy will ihn abschieben lassen.«

Das Telefon klingelte. Littell ließ die Kaffeetasse fallen.

»Das ist Carlos«, sagte Kemper. »Streich ihm ein bisschen Honig um den Bart, Ward. Er erwartet ein bestimmtes Maß an Unterwürfigkeit.«

DOKUMENTENEINSCHUB: 2.4.61. Wörtliches FBI-Telefontranskript: »AUFGENOMMEN AUF ANWEISUNG DES DIREKTORS.« – »NUR FÜR DEN DIREKTOR BESTIMMT.« Teilnehmer: Direktor Hoover, Justizminister Robert F. Kennedy.

RFK: Bob Kennedy am Apparat, Mr Hoover. Ich hoffe, Sie haben ein paar Minuten Zeit für mich.

JEH: Selbstverständlich.

RFK: Ich würde gerne ein paar offizielle Angelegenheiten mit Ihnen besprechen. Fangen wir mit dem Kommunikationsproblem an. Ich habe Sie aufgefordert, uns Kopien sämtlicher Berichte ihrer Top-Hoodlum-Staffeln vorzulegen. Die Anweisung erfolgte am 17. Februar. Heute haben wir den 2. April, und ich habe noch keinen einzigen Bericht gesehen.

JEH: Die Erfüllung derartiger Direktiven erfordert Zeit.

RFK: Sechs Wochen scheinen mir Zeit genug.

JEH: Sie empfinden dies als unangebrachte Verzögerung. Ich nicht.

RFK: Wird die Angelegenheit nun zügig erledigt werden?

JEH: Selbstverständlich. Wenn Sie so liebenswürdig wären, mir noch einmal die Begründung darzulegen?

RFK: Ich will alles, was an nachrichtendienstlichem Wissen über das organisierte Verbrechen vorliegt, überprüfen und den verschiedenen Anklage-Jurys zukommen lassen, die ich einzuberufen gedenke.

JEH: Sie handeln da vielleicht etwas unüberlegt. Die Verbreitung von Informationen, die nur aus THP-Quellen stammen können, stellt eine mögliche Gefährdung der THP-Informanten und Überwachungseinrichtungen dar.

RFK: Sämtliche weitergegebenen Informationen werden auf Sicherheitsfragen überprüft.

JEH: Derartige Entscheidungen sollten ausschließlich dem FBI vorbehalten bleiben.

RFK: Da muss ich entschieden widersprechen. Sie werden Ihre Informationen weitergeben müssen, Mr Hoover. Die bloße Erhebung nachrichtendienstlicher Erkenntnisse wird das organisierte Verbrechen nicht in die Knie zwingen.

JEH: Das Mandat des Top-Hoodlum-Programms sieht keinerlei

Weitergabe von Informationen zur Beförderung von Anklageerhebungen durch Grand Juries vor.
RFK: Dann wird das Mandat eben revidiert werden müssen.
JEH: Mir erscheint ein solches Vorgehen überstürzt.
RFK: Halten Sie das, wie Sie wollen, aber halten Sie sich daran. Gehen Sie davon aus, dass das Mandat des Top-Hoodlum-Programms durch meine direkte Anweisung aufgehoben ist.
JEH: Auf eines möchte ich Sie doch hinweisen: Man kann nicht gegen die Mafia vorgehen und gewinnen.
RFK: Ich möchte Sie darauf hinweisen, dass Sie jahrelang bestritten haben, dass die Mafia existiert. Ich weise Sie darauf hin, dass das FBI nur ein Rädchen im Getriebe des Justizministeriums ist. Dass das FBI nicht die Politik des Justizministeriums bestimmt. Dass der Präsident und ich 99 Prozent aller linken Gruppierungen, die das FBI routinemäßig überwacht, für harmlos, wenn nicht irrelevant halten und für schlichtweg lächerlich unschuldig im Vergleich mit dem organisierten Verbrechen.
JEH: Gestatten Sie mir die Bemerkung, dass ich Ihren beleidigenden Ausbruch in historischer Hinsicht als unbegründet und irrelevant empfinde.
RFK: Wenn Sie zur Kenntnis nehmen wollen, dass ich in Sachen Lauschangriff eine einschränkende Gesetzgebung vorzulegen gedenke. Ich erwarte, dass das Justizministerium über jede einzelne Abhörmaßnahme jedweder städtischen Polizeibehörde informiert wird.
JEH: Das werden manche als ungehörige bundesstaatliche Einmischung und offensichtliche Mißachtung der Rechte der einzelnen Staaten empfinden.
RFK: Mit den Rechten der Einzelstaaten lässt sich alles ver-

schleiern, von Rassentrennung bis zur veralteten Abtreibungsgesetzgebung.
JEH: Dies weise ich entschieden zurück.
RFK: Wenn Sie gefälligst zur Kenntnis nehmen würden, dass Sie mich mit augenblicklicher Wirkung über jegliche elektronische Abhöraktion zu informieren haben, die seitens des FBI unternommen wird. Und ich will, dass Sie persönlich den FBI-Chef von New Orleans anrufen und ihn beauftragen, vier Agenten abzustellen, um Carlos Marcello festzunehmen. Ich will, dass dies innerhalb von 72 Stunden erfolgt. Sagen Sie dem FBI-Chef vor Ort, dass ich Marcello nach Guatemala abzuschieben gedenke. Sagen Sie ihm, dass sich die Grenzpolizei wegen der Einzelheiten mit ihm in Verbindung setzen wird.
JEH: Jawohl.
RFK: Zur Kenntnis genommen?
JEH: Jawohl.
RFK: Auf Wiederhören, Mr Hoover.
JEH: Auf Wiederhören.

64

(New Orleans, 4.4.61)

Er kam zu spät – um ein paar Sekunden.

Vier Männer zerrten Carlos Marcello in einen FBI-Wagen. Direkt vor seiner Haustür – während Mrs Marcello auf der Veranda einen hysterischen Anfall bekam.

Pete fuhr an den Straßenrand und konnte nur noch zusehen. Seine Rettungsmission kam eine halbe Minute zu spät.

Marcello trug Unterhosen und Strandschuhe. Marcello sah aus wie die Billigausgabe des Duce selig.

Boyd hatte Mist gebaut.

Bobby wollte Carlos ausweisen lassen. Er sollte dem zusammen mit Chuck zuvorkommen. Keine Warnungen, einfach losfahren.

Das bürokratische Hickhack würde ihnen Zeit geben. Boyd hatte sich verrechnet.

Die FBI-Leute zogen ab. Madame Carlos stand händeringend auf der Veranda, ganz das kummervolle Eheweib.

Pete hängte sich an den FBI-Wagen dran. Frühmorgendlicher Berufsverkehr drängte sich dazwischen. Er behielt die Antenne des FBI-Wagens im Auge und klemmte sich an die Stoßstange eines purpurfarbenen Ford Lincoln.

Chuck wartete am Flughafen Moisant und tankte die Piper auf. Die FBI-Männer fuhren in exakt die Richtung.

Entweder flogen sie Carlos mit einem Linienflug aus, oder sie übergaben ihn der Grenzpolizei. Jedenfalls wurde er nach Guatemala geschickt – und Guatemala war ausgesprochen CIA-freundlich.

Der FBI-Wagen fuhr nach Osten. Pete sah eine Brücke – mit Mautstelle und zwei Fahrspuren Richtung Osten, die über den Fluss führten. Beide Spuren waren von Leitplanken eingefasst. Enge Fußgängerstege führten am Rand der Brücke entlang.

Vor der Mautstelle stauten sich die Wagen – mindestens zwanzig pro Spur.

Pete scherte aus und drängte sich vor den FBI-Wagen. Zwischen dem linken Schalter und der Leitplanke war eine schmale Lücke.

Er gab Gas und hielt darauf zu. Ein Stützpfeiler riss ihm den Seitenspiegel weg.

Hupen lärmten. Seine linken Radkappen gingen drauf. Ein Kassierer drehte sich nach ihm um und verschüttete seinen Kaffee auf eine alte Dame.

Pete QUETSCHTE sich an den Kassenhäuschen vorbei und hatte auf der Brücke schon vierzig Meilen pro Stunde drauf. Der FBI-Wagen steckte noch weit hinten im Stau.

Er war schnell in Moisant. Der Mietwagen war verbeult und verkratzt.

Er stellte ihn in einer Tiefgarage ab. Er schmierte einen Uniformträger und ließ sich Flughafeninformationen geben.

Linienflüge nach Guatemala? Nein, Sir, heute nicht. Das Büro der Grenzpolizei? Gleich neben dem Trans-Texas-Schalter.

Pete schlenderte vorbei und las angelegentlich die Zeitung. Die Bürotür ging auf und zu.

Männer trugen Handschellen hinein. Männer trugen Flugschreiber hinaus. Männer standen vor der Tür und kiebitzten.

»Sie sollen ihn in Unterhosen geschnappt haben«, sagte einer.

»Der Pilot hat einen echten Hass auf Ithaker«, sagte ein anderer.

»Sie fliegen um 8 Uhr 30«, sagte ein dritter.

Pete rannte zum Privatflugzeug-Hangar. Chucky hockte auf der Schnauze seiner Piper und las ein Hassmagazin.

Pete versuchte, zu Atem zu kommen. »Sie haben Carlos. Wir müssen vor ihnen in Guatemala City sein und zusehen, was wir machen können.«

»Das ist gottverdammtes Ausland«, sagte Chuck. »Wir haben nur Auftrag, den Mann nach Blessington zurückzubringen. Wir haben kaum das Benzin, ihn –«

»Los. Wir machen schnell ein paar Anrufe und lassen uns etwas einfallen.«

Chuck erhielt Start- und Landeerlaubnis. Pete rief Guy Banister an und erklärte die Sachlage.

Guy sagte, dass er sich mit John Stanton in Verbindung setzen und einen Plan aus dem Boden stampfen wollte. Er hatte in Lake Pontchartrain einen Kurzwellensender und konnte auf Chucks Frequenz senden.

Sie hoben um 8 Uhr 16 ab. Chuck setzte die Kopfhörer auf und hörte den Flugfunkverkehr ab.

Das Flugzeug der Grenzpolizei startete mit Verspätung. Theoretisch hätten sie 46 Minuten nach ihnen in Guatemala City eintreffen sollen.

Chuck flog in mittlerer Höhe und behielt die Kopfhörer auf. Pete blätterte aus Langeweile Hassmagazine durch.

Die Titel waren zum Heulen. Der schärfste: »KKK: Kommunisten-Kreuzigungs-Kreuzzug!«

Unter dem Sitz lag eine Mischung aus Tittenmagazin und Hasspamphlet. Die dralle Blondine mit den Hakenkreuzohrringen musste man gesehen haben.

Big Pete sucht eine Frau. Erfahrung in Erpressungen erwünscht, aber nicht Bedingung.

Die Armaturen blinkten. Chuck bekam eine Mitteilung vom Flugzeug zur Basis mit und trug sie ins Logbuch ein.

> Die Grenzpolizisten machen sich über Carlos lustig. Sie haben dem Hauptquartier gemeldet, dass sie an Bord kein Klo haben und dass Carlos sich weigert, in eine Blechbüchse zu pinkeln. (Sie meinen, er habe einen kleinen.)

Pete lache. Pete pinkelte in einen Becher und begoss den Golf von Mexiko aus 2 000 Meter Höhe.

Die Zeit schleppte sich. Er hatte mal mehr, mal weniger Bauchkribbeln. Er spülte ein Dramamin mit warmem Bier herunter.

Lichter blinkten. Chuck bestätigte eine Meldung aus Pontchartrain und notierte:

> Guy hat sich mit JS in Verbindung gesetzt. JS hat Beziehungen spielen lassen und sich mit Kontaktadressen in Guat. kurzgeschlossen. Wir haben Genehmigung, ohne Passkontrolle zu landen, und wenn wir CM in die Finger kriegen, ist im G. C. Hilton unter dem Namen Jose Garcia alles für ihn vorbereitet. Wir sollen noch heute Abend den Rechtsanwalt von CM in Washington anrufen – Telefonnummer OL 6-4809.

Pete steckte die Nachricht ein. Das Dramamin wirkte: Gute Nacht, kleiner Prinz.

Er wurde durch einen Krampf im Bein geweckt. Vor ihnen lag der Dschungel und ein großes, schwarzes Rollfeld.

Chuck brachte das Flugzeug runter und stellte die Motoren ab. Ein paar Spics rollten buchstäblich den roten Teppich aus. Etwas abgetreten, aber gut gemeint.

Die Muchachos sahen wie rechtsextreme Arschkriecher aus. Die CIA hatte einmal ihren Arsch gerettet – indem sie mit einem gut platzierten Coup ein rotes Nest ausgeräuchert hatten.

Pete sprang heraus und stampfte auf, um wieder Leben in seine Beine zu bringen. Chuck und die Latinos unterhielten sich in Schnellfeuerspanisch.

Sie waren wieder in Guatemala angelangt – nur allzu bald.

Das Gespräch wurde noch schneller. Pete spürte, wie ihm die Ohren klangen. Sie hatten sechsundvierzig Minuten, sich *irgendetwas* auszudenken.

Pete ging zur Zollbaracke. Er hatte einen jähen Gedankenblitz: Carlos Marcello muss pinkeln.

Das Klo lag neben dem Zollschalter. Pete schaute es sich an.

Etwa 2,50 auf 2,50 Meter groß. Ein Fliegengitter vor dem Hinterfensterchen. Man sah mehrere Rollbahnen und eine Reihe heruntergekommener Doppeldecker.

Carlos war untersetzt. Chuck spindeldürr. Eigentlich nur Haut und Knochen.

Chuck kam rein und öffnete den Hosenschlitz. »Wieder was schiefgegangen. Das kann gut oder schlecht sein.«

»Was willst du damit sagen?«

»Dass die Grenzpolizei in siebzehn Minuten hier landet. Sie tanken auf und fliegen dann zu einem sechzig Meilen entfernten

Flughafen weiter. *Dort* wird Carlos vom Zoll erwartet. Die wahrscheinliche Ankunftszeit, die ich über Funk reinbekommen habe, gilt für den gottverdammten *anderen* Flug –«

»Wie viel Geld haben wir dabei?«

»Sechzehntausend. Von Santo für Banister.«

Pete schüttelte den Kopf. »Wir schmieren die Leute vom Zoll. Wir überschütten sie mit Geld, damit sie das Risiko eingehen. Wir brauchen bloß einen Wagen und einen Fahrer draußen vor dem Fenster und dich, um Carlos durchzuschieben.«

»Kapiert«, sagte Chuck.

»Wenn er nicht pinkeln muss, haben wir Pech gehabt«, sagte Pete.

Die Spics fuhren voll auf den Plan ab. Chuck drückte jedem zweitausend Dollar in die Hand. Sie wollten die Grenzer ablenken, während Carlos Marcello den Pinkelpausenweltrekord brach.

Pete löste das Fliegengitter aus der Halterung. Chuck parkte die Piper zwei Hangars weiter.

Die Spics beschafften einen 49er Mercury als Fluchtwagen. Die Spics stellten auch einen Fahrer – eine muskelbepackte Schwuchtel namens Luis.

Pete manövrierte den Mercury rückwärts vors Fenster. Chuck nahm, mit der letzten Ausgabe von *Hush-Hush* bewaffnet, auf dem Klodeckel Platz.

Das Grenzpolizeiflugzeug landete. Die Bodenmannschaft schaffte Benzinpumpen ran. Pete kauerte sich hinter die Zollbaracke und wartete ab.

Die Spics rollten den roten Teppich aus.

Zwei Grenzpolizisten stiegen aus dem Flugzeug. »Lasst ihn doch«, sagte der Pilot. »Wo soll er denn hin?«

Carlos purzelte aus dem Flugzeug. Carlos rannte mit zusammengeklemmten Knien in der zu knappen Unterhose zum Schuppen.

Luis wartete mit laufendem Motor. Pete hörte, wie die Klotür zugeschlagen wurde.

»ROGERS, WAS SOLL DER SCHEISS –?«, rief Carlos.

Das Fliegengitter fiel raus. Carlos Marcello quetschte sich durch die Öffnung – und legte dabei seinen Hintern bloß.

Die Fahrt zum Hilton dauerte etwa eine Stunde. Wobei Marcello unablässig Bobby Kennedy verwünschte.

Auf Englisch. Auf Italienisch. In sizilianischem Dialekt. In New-Orleans-Cajun-Patois mit für einen Itaker durchaus passablem Akzent.

Luis fuhr bei einem Herrenausstatter vorbei. Chuck schätzte Marcellos Größe und kaufte ihm etwas zum Anziehen.

Carlos zog sich im Wagen an. Die kleinen Schnittwunden vom Fensterrutsch versauten ihm das Hemd.

Der Hotelmanager erwartete sie am Lieferanteneingang. Der Lastenaufzug brachte sie diskret ins Penthouse.

Der Hotelmanager schloss ihnen auf. Stanton hatte offensichtlich *zugeschlagen.*

Das Apartment verfügte über drei Schlaf- und ebenso viele Badezimmer und über ein Wohnzimmer mit Spielautomaten. Der Salon hätte selbst Kemper Boyd beeindruckt.

Die Bar war bestens ausgestattet. Ein prächtiges kaltes Buffet angerichtet. Ein Umschlag neben dem Käsetablett enthielt zwanzig Riesen und eine Nachricht.

Pete & Chuck,

ich setze darauf, dass ihr es schafft. Passt gut auf Mr Marcello auf.

Er ist ein wertvoller Freund der Sache.

JS

Marcello schnappte sich das Geld. Der Hoteldirektor katzbuckelte. Pete wies ihm die Tür und steckte ihm einen Hunderter zu.

Marcello schlang Salami und Salzstangen in sich rein. Chuck mixte sich eine steife Bloody Mary.

Pete schritt die Suite ab. 35 Meter – nicht schlecht!

Chuck legte sich mit einem Hassheftchen aufs Ohr. »Ich musste tatsächlich pinkeln«, sagte Marcello. »Mit dem Pinkeln so lange zu warten tut echt nicht gut.«

Pete zog sich ein Bier und ein paar Cracker rein. »Stanton hat dir einen Rechtsanwalt in Washington besorgt. Den sollst du anrufen.«

»Mit dem hab' ich schon mal gesprochen. Ich habe die besten jüdischen Anwälte, die für Geld zu kriegen sind, und jetzt noch den dazu.«

»Ruf ihn an und bring's hinter dich.«

»Ruf du ihn an. Und bleib in der Leitung, falls ich dich zum Übersetzen brauche. Das Anwaltsgerede ist manchmal nur schwer zu verstehen.«

Pete nahm das Zweitgerät auf dem Kaffeetischchen ab. Die Hotelvermittlung stellte den Anruf durch.

Marcello nahm das Telefon an der Bar ab.

»Hallo?«, sagte eine Männerstimme.

»Wer ist dran?«, sagte Marcello. »Sind Sie der Bursche, mit dem ich im Hay-Adams gesprochen habe?«

»Ja, Ward Littell hier. Spreche ich mit Mr Marcello?«

Pete machte sich fast in die Hosen –

Carlos ließ sich in einen Stuhl plumpsen. »Ja, wobei ich aus Guatemala City, Guatemala, anrufe, wo ich ganz und gar nicht gerne bin. Und wenn ich Ihnen zuhören soll, sagen Sie gleich was Schlechtes über den Mann, der mich dahin geschickt hat.«

In Pete krampfte sich alles zusammen. Ihm wurde fast übel. Er deckte die Sprechmuschel ab, damit ihn die anderen nicht keuchen hörten.

»Ich hasse den Mann«, sagte Littell. »Er hat mir einmal wehgetan, und es gibt kaum was, was ich nicht tun würde, um ihm Unannehmlichkeiten zu bereiten.«

Carlos kicherte, für einen Bariton hoch und hell. »Ich höre. Und jetzt Schluss mit den Artigkeiten, und spucken Sie was aus, das mich überzeugt, dass Sie für Ihre Aufgabe taugen.«

Littell hüstelte. »Ich bin auf Ausweisungsbescheide spezialisiert. Ich bin fast zwanzig Jahre lang FBI-Agent gewesen. Ich bin ein guter Freund von Kemper Boyd und bin, bei aller Skepsis hinsichtlich seiner Kennedy-Verehrung, fest davon überzeugt, dass seine Bindung an die kubanische Sache tiefer geht. Er will Sie sicher und legal mit Ihrer Familie vereint wissen, und ich werde dafür sorgen, dass das glatt über die Bühne geht.«

Pete wurde schwindelig. BOYD, DU SCHEISS–

Marcello zerbrach Salzstangen. »Kemper sagte, Sie sind zehn Riesen wert. Also, wenn Sie liefern, wie Sie schwatzen, sind zehn Riesen nur der Anfang.«

Littell liebdienerte. »Es ist mir eine Ehre, mit Ihnen zusammenarbeiten zu dürfen. Und Kemper bittet, die Unannehmlichkeiten zu entschuldigen. Er hat erst in letzter Sekunde von dem Vorgang erfahren und dachte nicht, dass die zuständigen Beamten derart schnell reagieren würden.«

Marcello kratzte sich mit einer Salzstange am Hals. »Kemper leistet immer ganze Arbeit. Ich habe keine Klagen über ihn, nichts was nicht warten könnte, bis mir seine allzu gut aussehende Visage wieder vor die Augen kommt. Und was die Kennedys betrifft, so haben die 49,8 Prozent der amerikanischen Wähler reingelegt, einschließlich einiger sehr guter Freunde von mir, und von mir aus kann er sie verehren, so viel er will, solang's mir nicht an Leib und Leben geht.«

»Das wird ihn freuen«, sagte Littell. »Ich möchte Sie darauf hinweisen, dass ich einen vorläufigen Aufhebungsbescheid beantrage, der von drei Bundesrichtern geprüft werden wird. Ich rufe Ihren Anwalt in New York an, damit wir gemeinsam eine langfristige Strategie erarbeiten können.«

Marcello streifte die Schuhe ab. »Tun Sie das. Rufen Sie meine Frau an, und richten Sie ihr aus, dass es mir gut geht, und sorgen Sie dafür, dass ich verdammt noch mal hier rauskomme.«

»Gewiss. Ich werde Ihnen einige Dokumente zur Unterschrift vorlegen. Sie können mich in etwa zweiundsiebzig Stunden erwarten.«

»Ich will heim«, sagte Marcello.

Pete legte den Hörer auf. Die Ohren qualmten ihm, wie in einem Scheißtrickfilm.

Sie vertrieben sich die Zeit. In dem Riesenapartment jeder auf seine Weise und völlig ungestört.

Chucky guckte sich in der Glotze das Kanakenprogramm an. König Carlos brachte seine Sklaven mit Ferngesprächen zum Rotieren. Pete dachte sich neunundneunzig Todesarten für Ward Littell aus.

John Stanton meldete sich. Pete ergötzte ihn mit der Geschichte vom Klo-Klau. Stanton buchte die Bestechungsgelder auf CIA-Spesen.

Pete sagte, dass Boyd Carlos einen Anwalt besorgt habe. Stanton sagte, er habe gehört, dass der einen ganz guten Ruf habe.

Pete verkniff sich den Satz, dass er ihn nun nicht mehr umlegen konnte.

BOYD, DU ARSCH.

Stanton behauptete, die Geschichte im Griff zu haben. Für zehn Riesen bekam Carlos ein vorläufiges Visum. Der Außenminister von Guatemala gab eine öffentliche Erklärung ab:

Mr Marcello *sei* in Guatemala geboren. Seine Geburtsurkunde legal. Justizminister Kennedy irre. Mr Marcellos Herkunft sei keineswegs ungewiss.

Mr Marcello sei nach Amerika ausgewandert – *legal*. Bedauerlicherweise verfüge sein Land über keinerlei entsprechende Dokumente. Womit die Beweislast bei Mr Kennedy liege.

Laut Stanton hatte der Minister einen Hass auf Jack K.

Laut Stanton hatte Jack sowohl seine Ehefrau wie seine beiden Töchter gefickt.

Pete erzählte ihm, dass Jack seine ehemalige Freundin gefickt habe. Stanton war verblüfft. Und *da* habe er mitgeholfen, ihn zu wählen.

Stanton sagte, Chuck solle den Minister bestechen. Und übrigens vögele sich Jack nach wie vor munter durch die Weltgeschichte.

Pete legte auf und schaute zum Fenster hinaus. Guatemala City bei Nacht – das allerletzte Rattenloch.

Alle gingen früh zu Bett. Pete erwachte früh – er hatte einen Albtraum gehabt und sich in die Betttücher verwickelt und bekam keine Luft mehr.

Chuck war auf Bestechungstour. Carlos bei der zweiten Zigarre.

Pete öffnete die Wohnzimmervorhänge. Und sah den Riesenkrawall vor dem Hotel.

Er sah Transporter auf dem Bürgersteig. Männer mit Kameras. Kabel, die in die Lobby führten.

Er sah, wie Leute zu ihm hinaufgestikulierten.

Er sah eine große Filmkamera, die genau auf ihre Fensterfront gerichtet war.

»Jemand hat uns verpfiffen«, sagte Pete.

Carlos ließ seine Zigarre in die Bratkartoffeln fallen und rannte zum Fenster.

»Eine Flugstunde von hier gibt es ein CIA-Lager. Wenn wir Chuck auftreiben und rausfliegen können, ist es zu schaffen.«

Carlos schaute nach unten. Carlos sah den Aufruhr. Carlos schob den Servierwagen durchs Fenster und beobachtete, wie er, achtzehn Stockwerke tiefer, exakt ins Ziel traf.

65

(Ländliches Guatemala, 8.4.61)

Sengende Hitze stieg von der Rollbahn auf. Ein Schmelzofen – Kemper hätte ihn vorwarnen können. Er hätte sich möglichst leicht anziehen sollen.

Kemper hatte ihn wegen Bondurant vorgewarnt. Der Marcello vor drei Tagen aus Guatemala City herausgeschmuggelt und dafür gesorgt hatte, dass die CIA ihn aufnahm.

Kemper hatte beim Abschied leichthin bemerkt: Pete wisse, dass er die Pensionskassenbücher habe.

Littell trat aus dem Schatten des Flugzeugs heraus. Ihm schwindelte. Von Houston aus war er mit einem Truppentransporter aus dem Zweiten Weltkrieg geflogen.

Die Propeller machten die Hitze noch unerträglicher. Das Camp war groß und staubig – ein Sammelsurium eigenartiger Gebäude, die man in einer Dschungellichtung mit rotem Lehmboden hochgezogen hatte.

Ein Jeep bremste scharf. Der Fahrer salutierte.

»Mr Littell.«

»Ja.«

»Ich bin Ihr Fahrer, Sir. Ihre Freunde erwarten Sie.«

Littell stieg ein. Im Rückspiegel konnte er einen Blick auf sein verwegenes neues Gesicht erhaschen.

Er hatte in Houston drei Schnäpse gekippt. *Tagsüber*, um der cinmaligen Gelegenheit gerecht zu werden.

Sie fuhren in einen Kasernenhof. Der Fahrer hielt vor einer kleinen Baracke. Littell griff sich seinen Koffer und ging kerzengerade hinein.

Der Raum hatte eine Klimaanlage. Bondurant und Carlos Marcello standen an einem Billardtisch.

Pete zwinkerte ihm zu. Littell zwinkerte zurück. Dabei zog sich sein ganzes Gesicht zusammen.

Pete ließ die Knöchel knacken – die alte Einschüchterungsmasche. »Seid ihr Schwuchteln«, sagte Marcello, »zwinkert ihr euch darum zu?«

Littell stellte den Koffer ab. Die Schlösser ächzten. Er hatte sich mit dem Packen überstürzt und zu viel reingeworfen.

»Wie geht es Ihnen, Mr Marcello?«

»Ich verliere Geld. Jeden Tag behandeln mich Pete und meine CIA-Freunde besser, als stifte ich jeden Abend mehr Geld für die Sache. Ich glaube, der Aufenthalt in dem Hotel hier hat mich täglich fünfundzwanzig Riesen gekostet.«

Pete rieb die Spitze eines Billardqueues mit Kreide ein. Marcello steckte die Hände in die Taschen.

Kemper hatte ihn gewarnt: Der Mann reicht niemandem die Hand.

»Ich habe mich vor wenigen Stunden mit Ihren Anwälten in New York unterhalten. Sie lassen fragen, ob Sie was brauchen?«

Marcello lächelte. »Ich brauche einen Kuss von meiner Frau und einen Fick von meiner Freundin. Ich brauche eine Ente Rochambeau im Galatoire, und all das kann ich hier nicht kriegen.«

Bondurant legte die Kugeln auf dem Tisch zurecht. Littell schwang seinen Koffer hoch und stellte ihn mitten auf den grünen Filz.

Marcello kicherte: »Alte Feindschaft rostet nicht.«

Pete zündete sich eine Zigarette an. Littell bekam den Rauch voll ins Gesicht.

»Ich habe Ihnen einige Akten mitgebracht, Mr Marcello. Wir müssen uns zusammensetzen und die Geschichte Ihrer Einwanderung in allen Einzelheiten absprechen, damit Mr Wasserman etwas in den Händen hat, wenn er seinen Antrag auf Aufhebung der Ausweisung stellt. Einigen äußerst einflussreichen Leuten liegt an Ihrer Repatriierung, und auch sie sind zur Zusammenarbeit mit mir bereit. Mir ist durchaus bewusst, dass eine derart unerwartete Reise sehr anstrengend sein muss, weswegen Kemper Boyd und ich Sie in ein paar Tagen von Chuck Rogers nach Louisiana zurückfliegen lassen, wo wir Sie verstecken.«

Marcello vollführte einen kleinen Freudentanz. Der Mann war geschickt und flink auf den Beinen.

»Was ist nur mit deinem Gesicht passiert, Ward?«, sagte Pete.

Littell öffnete den Koffer. Pete nahm die schwarze Acht und zerdrückte sie mit den bloßen Händen.

Holz brach und splitterte. »Ich weiß nicht«, sagte Marcello, »ob mir diese Wendung der Unterhaltung recht ist.«

Littell zog die Pensionskassenbücher heraus. Er beruhigte sich mit einem kurzen Gebet.

»Ich bin sicher, dass Ihnen beiden bekannt ist, dass letzten November in die Villa von Jules Schiffrin eingebrochen wurde. Dabei kam es zum Diebstahl gewisser Bilder sowie gewisser Bücher, in denen angeblich die Gelder der Teamsterpensionskasse verbucht waren. Der Dieb war als Informant für einen Chicagoer Agenten des Top-Hoodlum-Programms namens Court Meade tätig und hat die Bücher Meade übergeben, sobald er begriff, dass die Bilder zu bekannt waren, um verkäuflich zu sein. Meade ist im Januar an einem Herzschlag verstorben und hat die Bücher mir vermacht. Er hat mir mitgeteilt, dass er sie niemand anderem gezeigt hat, und meiner Meinung nach wollte er sie bei Gelegenheit einem Mitglied der Giancana-Organisation verkaufen. Einige Seiten sind herausgerissen, aber abgesehen davon scheinen sie intakt zu sein. Ich habe sie Ihnen gebracht, weil ich weiß, wie nahe Sie Mr Hoffa und den Teamstern stehen.«

Marcello fiel der Unterkiefer runter. Pete brach das Billardqueue entzwei.

Er hatte in Houston vierzehn Seiten herausgerissen. Sämtliche Kennedy-Eintragungen beseitigt.

Marcello reichte ihm die Hand. Littell küsste den großen Diamantring, als handele es sich um den Papst.

66

(Anniston, 11.4.61)

Wählerregister und Steuerbescheide. Analphabetentests und Zeugenaussagen.

Vier mit Papieren zugekleisterte Pinnwände – systematische Unterdrückung schwarz auf weiß, in Schreibmaschinenschrift.

Das Zimmer war klein und armselig. Das Wigwam Motel war nicht gerade das St. Regis.

Kemper arbeitete eine Klage wegen Stimmrechtsverweigerung aus. Auf der Grundlage eines Analphabetentests und einer Zeugenaussage.

Delmar Herbert Bowen war ein Neger, am 14.6.19 in Anniston, Alabama geboren. Er konnte lesen und schreiben, und war, eigenen Angaben zufolge, eine »leidenschaftliche Leseratte«.

Am 15.6.40 wollte sich Mr Bowen als Wähler eintragen lassen. Der Beamte wollte wissen, ob er lesen und schreiben könne.

Mr Bowen bewies, dass er das sehr wohl konnte. Woraufhin ihm der Beamte, in der ausdrücklichen Absicht, ihn durchfallen zu lassen, Fragen über Differentialrechnung stellte.

Mr Bowen konnte die Fragen nicht beantworten. Woraufhin Mr Bowen das Stimmrecht verweigert wurde.

Er hatte den Schreibtest von Mr Bowen beschlagnahmt. Er war zu dem Schluss gekommen, dass der Beamte in Anniston die Ergebnisse gefälscht hatte.

Der Mann behauptete, Mr Bowen wisse nicht, wie man »Hund« und »Katze« buchstabiere. Mr Bowen sei nicht bekannt, dass Geschlechtsverkehr zur Schwangerschaft führen könne.

Kemper heftete Seiten zusammen. Die Arbeit langweilte ihn. Das Bürgerrechtsmandat der Kennedys war für seinen Geschmack nicht mutig genug.

Er war mehr für Kanonenbootdiplomatie.

Er hatte sich gestern in der Kantine ein Sandwich gekauft. Aus purem Übermut im Teil für Farbige.

Darauf hatte ihn so ein Kerl als »Niggerfreund« beschimpft. Er hatte ihn mit ein paar Karatehieben zu Brei verwandelt.

Gestern Nacht hatte man seine Tür beschossen. Einem Schwarzen zufolge hatte der Klan einen Häuserblock weiter ein Kreuz angezündet.

Kemper schloss die Bowenakte. In fliegender Eile – er musste in drei Stunden bei John Stanton in Miami sein.

Den ganzen Vormittag über brachten Anrufe seinen Terminplan durcheinander. Bobby rief an und wollte eine Klage vorgezogen haben; Littell ließ seine neueste Atombombe platzen.

»Ich habe Kopien gemacht, Kemper«, sagte Ward. »Und die eidesstattlichen Erklärungen über deine verdeckte Ermittlung und Joe Kennedys Missetaten bleiben gegen alle Eventualitäten gesichert. Und ich würde es zu schätzen wissen, wenn du Pierre Le Grand vermitteln könntest, dass er mich besser nicht tötet.«

Er rief Pete auf der Stelle an. »Dass du ja nicht Littell umlegst«, sagte er, »oder Carlos sagst, dass seine Geschichte Quatsch ist.«

»Ich bin doch nicht blöd«, sagte Pete. »Ich bin so lang im Geschäft wie du.«

Littell hatte sie beide hereingelegt. Na und – aus den Büchern ließ sich allenfalls langfristig Profit schlagen.

Kemper ölte die .45er. Bobby wusste, dass er sie trug – und lachte ihn deswegen aus.

Er hatte sie auch zu den Inaugurationsfeierlichkeiten getragen. Er hatte Bobby auf dem Weg zur Parade abgefangen und erklärt, dass er mit Laura Schluss gemacht habe.

Auf Jack stieß er bei einem Empfang im Weißen Haus. Das war das erste Mal, dass er ihn »Mr President« nannte. Jacks erstes Dekret als Präsident: »Für heute Nacht ein paar Mädchen auftreiben.«

Kemper fand zwei Studentinnen aus Georgetown. Präsident Jack wies ihn an, die Mädchen für spätabendliche Quickies bereitzuhalten.

Kemper brachte sie in einem der Gästezimmer des Weißen Hauses unter. Jack überraschte ihn, als er gähnte und sich Wasser ins Gesicht spritzte.

Es war 3 Uhr früh, wobei die Feierlichkeiten bis weit in den Morgen hinein dauern sollten.

Jack schlug eine kleine Stärkung vor. Sie gingen ins Oval Office, wo ein Arzt Ampullen und Spritzen vorbereitete.

Der Präsident rollte einen Ärmel hoch. Der Doktor gab ihm eine Injektion. John F. Kennedy sah aus, als hätte er einen Orgasmus.

Kemper rollte einen Ärmel hoch. Der Arzt verabreichte ihm eine Injektion. Es war wie ein Raketenantrieb.

Der Trip dauerte vierundzwanzig Stunden.

Jacks Aufstieg wurde zu seinem eigenen. Das empfand er mit geradezu magischer Deutlichkeit. Zeit und Raum waren ihm, Kemper Cathcart Boyd, untertan. So gesehen waren Jack und er eins.

Er trieb eine von Jacks alten Flammen auf, um es mit ihr im

Willard zu treiben. Er erzählte Senatoren und Taxifahrern von dem AUGENBLICK. Judy Garland brachte ihm Twist bei.

Der Trip ging vorüber und machte Appetit auf mehr. Doch er wusste, dass dies nur eine Entweihung des AUGENBLICKS bedeuten würde.

Das Telefon klingelte. Kemper schloss die Reisetasche und nahm ab.

»Kemper Boyd.«

»Bob hier, Kemper. Der Präsident ist bei mir.«

»Soll ich ihm meinen letzten Bericht wiederholen?«

»Nein. Sie sollen uns helfen, ein Kommunikationsproblem auszubügeln.«

»In welcher Hinsicht?«

»Kuba. Mir ist klar, dass Sie nur informell mit den jüngsten Entwicklungen vertraut sind, ich halte Sie aber gleichwohl für den besten Mann.«

»Wofür? Was meinen Sie?«

Bobby reagierte verärgert. »Die vorgesehene Invasion durch Exilkubaner, von der Sie vielleicht gehört haben. Richard Bissell war gerade in meinem Büro und behauptet, dass die CIA vor Ungeduld schäumt und dass die Kubaner kaum mehr zu halten sind. Selbst der Ort der Landung steht bereits fest. Playa Giron oder die Schweinebucht.«

Das waren NEUE Neuigkeiten. Stanton hatte ihm nie gesagt, dass sie in Langley bereits den Ort für die Landung festgelegt hatten.

Kemper schützte Verwirrung vor. »Was kann ich da für Sie tun? Sie wissen, dass ich keine Verbindungen zur CIA habe.«

Jack schaltete sich ein. »Bobby wusste nicht, dass die Dinge derart weit gediehen sind, Kemper. Allen Dulles hat uns vor meinem Amtsantritt darüber referiert, aber seitdem haben wir nie mehr davon gesprochen. Was die verdammte Angelegenheit angeht, sind meine Berater ganz unterschiedlicher Meinung.«

Kemper legte sein Schulterhalfter an. »Und jetzt sind wir auf eine unabhängige Einschätzung des tatsächlichen Bereitschaftszustands der Exilkubaner angewiesen«, sagte Bobby.

Kemper lachte. »Denn falls die Invasion schiefgeht und bekannt wird, dass Sie die sogenannten Rebellen unterstützt haben, sind Sie vor der Weltöffentlichkeit scheißgründlich blamiert.«

»Das kann man so sagen«, sagte Bobby.

»Zur Sache«, sagte Jack. »Ich hätte die Angelegenheit schon vor Wochen mit Bobby besprechen sollen, aber er war so verdammt mit seiner Gangsterjagd beschäftigt. Kemper ...«

»Jawohl, Mr President?«

»Was das Datum angeht, bin ich mir alles andere als sicher, und Bissell macht ständig Druck. Ich weiß, dass Sie unter Hoover castrofeindliche Aktionen unternommen haben und sich daher wenigstens ein bisschen ...«

»Ich bin mit den kubanischen Angelegenheiten bis zu einem gewissen Grad vertraut, jedenfalls was die Aktivitäten von Castro-Anhängern betrifft.«

Bobby verlor die Geduld. »Sie haben uns doch andauernd wegen Kuba zugesetzt, also sehen Sie zu, dass Sie sich nach Florida aufmachen, und schauen Sie sich um. Besuchen Sie die Ausbildungslager der CIA, und fahren Sie durch Miami. Rufen Sie an, wenn Sie meinen, dass das Unternehmen eine Chance auf Erfolg hat, und machen Sie sich verdammt noch mal auf die Socken.«

»Ich reise umgehend ab«, sagte Kemper. »In achtundvierzig Stunden kriegen Sie einen Bericht.«

John starb fast vor Lachen.

Sie saßen auf Stantons Privatterrasse. Die CIA hatte ihm den

Umzug ins Fontainebleau gestattet – das Leben in Hotelsuiten war ansteckend.

Eine Brise ging durch die Collins Avenue. Kemper tat der Hals weh – er hatte ihm das ganze Telefongespräch zitiert und ihm Jacks Bostoner Akzent nicht vorenthalten.

»John …«

Stanton kam zu Atem. »Tut mir leid, aber ich habe nie gedacht, dass die Unentschlossenheit eines Präsidenten derart gottverdammt komisch sein kann.«

»Was soll ich ihm denn sagen?«

»Wie wär's mit ›Die Invasion ist die Garantie für Ihre Wiederwahl‹?«

Kemper lachte. »Ich muss in Miami Zeit totschlagen. Irgendwelche Vorschläge?«

»Ja, zwei.«

»Lassen Sie hören. Und sagen Sie mir, wieso Sie mich sehen wollten, wo Sie doch wussten, dass ich in Alabama mit Arbeit eingedeckt bin.«

Stanton goss sich einen kleinen Scotch ein und verdünnte ihn mit Wasser. »Der Bürgerrechtsjob muss recht belastend sein.«

»Eigentlich nicht.«

»Ich empfinde das Stimmrecht für Neger als durchaus zwiespältigen Segen. Sind die nicht sehr autoritätsgläubig?«

»Eindeutig weniger fügsam als unsere Kubaner. Und bei weitem nicht so kriminell.«

Stanton lächelte. »Aufhören. Bringen Sie mich nicht wieder zum Lachen.«

Kemper schwang die Füße aufs Geländer. »Ich glaube, dass Ihnen ein bisschen Lachen guttut. Die CIA hält Sie ganz schön auf Trab, und Sie trinken schon mittags um eins Scotch.«

Stanton nickte. »Allerdings. Jeder, von Mr Dulles angefangen, möchte genau wie ich in den nächsten fünf Minuten mit der Invasion beginnen. Und um auf Ihre erste Frage zurückzukommen, so stellen Sie bitte in den nächsten achtundvierzig Stunden realistisch klingende Informationen über die Bereitschaft unserer Truppen zusammen, die dem Präsidenten vorgelegt werden können, und fahren Sie mit Fulo und Néstor Chasco durch unser Kadergebiet. In Miami können wir am ehesten feststellen, was man auf den Straßen so redet, und Sie sollen herausfinden, wie weit und wie genau sich die Gerüchte über eine bevorstehende Invasion unter den Kubanern verbreitet haben.«

Kemper mixte sich einen Gin Tonic. »Ich mache mich gleich an die Arbeit. Noch was?«

»Ja. Die CIA will eine ›Exilregierung‹ einsetzen, die wir während der eigentlichen Invasion in Blessington unterbringen wollen. Es geht hauptsächlich um die Wahrung des Scheins, aber wir sollten zumindest so tun, als ob wir eine allgemein akzeptierte Führung präsentieren könnten, wenn wir Castro in, sagen wir, drei oder vier Tagen nach Invasionsbeginn gestürzt haben.«

»Und ich soll Ihnen sagen, wer dafür meiner Meinung nach infrage kommt?«

»Genau. Ich weiß, dass Sie sich mit kubanischer Exilpolitik nicht speziell auskennen, aber Sie werden im Kader dies und das gehört haben.«

Kemper tat, als versinke er in tiefes Nachdenken. Ruhig bleiben, soll er warten –

Stanton warf die Hände nach oben. »Na, kommen Sie schon, ich habe nicht verlangt, dass Sie gleich in eine gottverdammte Trance versinken müssen –«

Kemper blickte auf – hellwach und präsent. »Am besten für uns geeignet wären rechtsextreme Kubaner, die ohne Weiteres zur Zusammenarbeit mit Santo und anderen Freunden in der Firma bereit sind. Wir brauchen einen Strohmann an der Spitze, der für Ordnung sorgen kann, und die kubanische Wirtschaft lässt sich am ehesten wieder in Gang bringen, wenn die Casinos wieder mit Profit arbeiten. Wenn die Lage auf Kuba unsicher bleibt oder wenn die Roten den Laden wieder übernehmen, sollten wir nach wie vor in der Lage sein, die Firma um finanzielle Unterstützung angehen zu können.«

Stanton legte die Hände um die Knie. »Von Kemper Boyd, dem Bürgerrechtler, hätte ich mir einen progressiveren Vorschlag erhofft. Und Sie wissen bestimmt, dass die Spenden unserer italienischen Freunde nur einen geringen Prozentsatz ausmachen, gegenüber dem legal von der Regierung finanzierten Budget.«

Kemper zuckte mit den Schultern. »Kubas Solvenz hängt vom amerikanischen Tourismus ab. Dafür kann die Firma sorgen. United Fruit ist jetzt aus Kuba draußen, und nur ein bestechlicher Rechtsextremer wird es auf sich nehmen, ihr Eigentum wieder zu reprivatisieren.«

»Weiter«, sagte Stanton. »Sie haben mich schon fast überzeugt.«

Kemper stand auf. »Carlos hält sich gemeinsam mit meinem Rechtsanwaltsfreund im Lager in Guatemala auf. In ein paar Tagen wird Chuck ihn nach Louisiana ausfliegen und verstecken, und wie ich höre, soll er mit jedem Tag ein überzeugterer Anhänger der exilkubanischen Sache werden. Ich setze auf das *Gelingen* der Invasion, gehe aber davon aus, dass in Kuba eine ganze Weile das Chaos regiert. Wen immer wir einsetzen, wird sich einer genauen Überprüfung durch die Öffentlichkeit stellen müssen, das heißt, sich vor der Öffentlichkeit verantworten müssen, wobei wir beide wissen, dass die CIA genau beobachtet werden wird, was die Möglichkeit, jenen Teil der Aktion, der unter der Decke bleiben sollte, abzustreiten, stark einschränkt. Dann sind wir auf den Kader angewiesen und wahrscheinlich noch auf ein halbes Dutzend weiterer Gruppen, die genauso skrupellos und selbstständig wie der Kader vorgehen können, und diese Gruppen *müssen unbedingt privat finanziert sein.* Unser neuer Führer wird eine Geheimpolizei benötigen, und die wird ihm von der Firma gestellt, und sollte er in seiner proamerikanischen Haltung nachlassen, wird ihn die Firma erledigen.«

Stanton stand auf. Er strahlte – schien fast zu fiebern.

»Letztlich liegt die Entscheidung nicht bei mir, aber Sie haben mich rumgekriegt. Und wenn die Argumentation auch nicht so blumig war wie die Antrittsrede Ihres jungen Chefs, war sie, in politischer Hinsicht, um einiges gescheiter.«

UND PROFITORIENTIERTER –

»Danke«, sagte Kemper. »Es ist mir eine Ehre, mit John F. Kennedy verglichen zu werden.«

Fulo fuhr. Néstor redete. Kemper beobachtete.

Sie fuhren kreuz und quer durchs Kadergebiet, an Slums und Sozialwohnungsblocks vorbei.

»Schickt mich nach Kuba zurück«, sagte Néstor. »Ich werde Fidel von einem Hausdach aus erschießen. Ich werde der Simón Bolívar meines Landes sein.«

Fulos Chevy war mit Rauschgift beladen. Pulver staubte aus den Plastiktüten und legte sich wie Mehl auf die Sitze.

»Schickt mich als Boxer nach Kuba zurück«, sagte Néstor. »Wie Kid Gavilan werde ich Fidel mit Fausthieben zu Tode prügeln.«

Aus blutunterlaufenen Augen wurden sie angeschaut – die Junkies der Gegend kannten den Wagen. Säufer bettelten um eine milde Gabe – Fulo war für sein weiches Herz bekannt.

Fulo nannte es seinen Marshallplan. Fulo behauptete, mit seinen Spenden ergebene Anhänger zu gewinnen.

Kemper beobachtete alles.

Néstor stoppte an allen Umschlagplätzen und verkaufte abgepackte Mengen Stoff. Fulo überwachte die Transaktionen Gewehr bei Fuß.

Kemper beobachtete.

»Schickt mich als Taucher nach Kuba zurück«, sagte Néstor. »Ich spieße Fidel Castro mit einer Harpune auf.«

Fulo fuhr von Darktown nach Poquito Habana.

Gesichter verblassten von Schwarz zu Braun. Das Farbengewirr wurde von Pastelltönen abgelöst.

Pastellfarbene Kirchen. Pastellfarbene Tanzclubs und Bodegas. Männer in pastellfarbenen Hemden.

Fulo fuhr. Néstor redete. Kemper beobachtete.

Sie fuhren an Männern vorbei, die auf Parkplätzen zockten. Sie fuhren an Rednern auf Seifenkisten vorbei. Sie fuhren an zwei Kids vorbei, die einen Bart-Fan zusammenschlugen, der Handzettel austeilen wollte.

Kemper beobachtete alles.

Fulo glitt die Flagler entlang und tauschte Prostituiertenstraßenklatsch gegen Bares.

Einem Mädchen zufolge war Castro schwul. Einem anderen Mädchen zufolge hatte er einen 30-Zentimeter-Chorizo. Alle Mädchen wollten vor allem eines wissen: Wann findet die große Invasion nun endlich statt?

Ein Mädchen wollte das Gerücht in Blessington gehört haben. Geht die große Invasion nicht nächste Woche los?

Einem Mädchen zufolge wollte man Atombomben auf Guantánamo abwerfen. Ein Mädchen widersprach – auf Playa Girón.

Ein Mädchen behauptete, bald würden fliegende Untertassen in Havanna landen.

Fulo fuhr. Néstor befragte Spics auf der Flagler.

Alle hatten sie gerüchteweise von der Invasion gehört. Alle gaben die Gerüchte genüsslich weiter.

Kemper schloss die Augen und lauschte. Immer wieder verstand er einzelne Worte in dem spanischen Redefluß.

Havanna, Playa Girón, Baracoa, Oriente, Playa Girón, Guantánamo, Playa Girón, Guantánamo.

Kemper verstand eines:

Die Leute quatschten.

Rekruten auf Urlaub quatschten. Strohmänner in CIA-Diensten quatschten. Gerüchte, Schwachsinn, Wunschfantasien – man braucht sich nur genügend Invasionsorte auszudenken, dann stößt man ganz zufällig auch auf den richtigen.

Das Gerede stellte ein gewisses Sicherheitsrisiko dar.

Das Fulo kaum zu berühren schien. Néstor zuckte nur die Achseln. Kemper stufte das Problem als »begrenzbar« ein.

Sie fuhren durch Seitenstraßen der Flagler.

Fulo überwachte den Taxifunk. Néstor dachte sich Möglichkeiten aus, Fidel Castro zu foltern. Kemper sah zum Fenster hinaus und genoss den Anblick.

Kubanische Mädchen warfen ihnen Handküsse zu. Aus Autoradios drang Mambomusik. Nichtstuer mampften biergetränkte Melonenschnitten.

Fulo beendete ein Gespräch über Funk. »Das war Wilfredo. Er meint, dass Don Juan etwas über eine Rauschgiftlieferung weiß und dass wir uns vielleicht mit ihm in Verbindung setzen sollten.«

Don Juan Pimentel hatte einen tuberkulösen Husten. Sein Zimmer war vollgestopft mit umgearbeiteten Barbie- und Ken-Puppen.

Sie blieben im Türrahmen stehen. Don Juan roch nach Mentholsalbe.

»Du kannst vor Mr Boyd offen reden«, sagte Fulo. »Er ist ein großer Freund unserer Sache.«

Néstor hob eine nackte Barbie hoch. Die Puppe trug eine Jackie-Kennedy-Perücke und hatte ein winziges Fitzelchen schwarzes Kraushaar in der Schamgegend.

Don Juan hustete. »Fünfundzwanzig Dollar für die Geschichte, fünfzig Dollar für die Geschichte und die Adresse.«

Néstor ließ die Puppe fallen und bekreuzigte sich. Fulo übergab Don Juan zwei Zwanziger und einen Zehner.

Er steckte das Geld in die Brusttasche. »Die Adresse lautet 4980 Balustrol. Dort wohnen vier Männer vom kubanischen Geheimdienst. Sie haben schreckliche Angst, dass eure Invasion gelingt und dass ihnen die Unterstützung von der Insel entzogen wird. Sie haben im Haus einen Riesenvorrat an abgepackten Portionen angelegt, die sie verkaufen wollen, um schnell zu Geld zu kommen, um ihren Widerstand gegen eure Invasion, wie heißt das gleich, zu finanzieren. Sie haben ein Pfund Heroin, das sie in diesen ganz kleinen Mengen verkaufen wollen, wo sich das, wie heißt das gleich, am meisten rentiert.«

Kemper lächelte. »Wird das Haus bewacht?«

»Das weiß ich nicht.«

»Wem wollen die den Stoff verkaufen?«

»Jedenfalls nicht an Kubaner. Ich würde sagen an Negritos und an arme Weiße.«

Kemper stupste Fulo. »Ist Mr Pimentel ein zuverlässiger Informant?«

»Ja. Schon.«

»Ist er ein entschiedener Castro-Gegner?«

»Ja. Schon.«

»Bist du sicher, dass er uns unter keinen Umständen verraten würde?«

»Nun … das ist schwer zu …«

Don Juan spuckte auf den Boden. »Sie sind ein Feigling, dass Sie mich das nicht ins Gesicht zu fragen wagen.«

Kemper versetzte ihm einen Handkantenschlag. Don Juan warf ein Puppenregal um und ging, nach Luft schnappend, zu Boden.

Néstor warf ihm ein Kissen aufs Gesicht. Kemper zog die .45er und drückte aus nächster Nähe ab. Der Schalldämpfer schluckte das Geräusch. Blutgetränkte Federn wehten durch den Raum.

Néstor und Fulo wirkten schockiert. »Erklär ich später«, sagte Kemper.

REBELLEN RETTEN KUBA!

HEIMTÜCKISCHE KOMMUNISTEN VERKAUFEN VERGIFTETES RAUSCHGIFT!

MASSENMORD DURCH HEROIN! DROGENSCHIEBER CASTRO FREUT SICH!

VERZWEIFELTER DIKTATOR IM EXIL! ZAHL DER DROGENTOTEN STEIGT!

Kemper schrieb die Schlagzeilen in Druckbuchstaben auf einen Dienstplan. Während Tiger Kab um ihn herumwirbelte – die Mitternachtsschicht fing gerade an.

Auf den Umschlag schrieb er:

PB,

sorg dafür, dass Lenny Sands Hush-Hush-Artikel zu den beigefügten Schlagzeilen schreibt. Sag ihm, er soll sich beeilen und sich die Hintergrundinformationen nächste Woche aus den Zeitungen von Miami besorgen und, wenn nötig, mich anrufen. Vorausgesetzt natürlich, dass die Invasion läuft, wobei wir, meinem Gefühl nach, dem Stichtag ganz nahe sind. Ich kann meinen Plan noch nicht in allen Einzelheiten erläutern, aber ich glaube, du wirst etwas damit anfangen können. Sollte Lenny meine Anweisungen zu verwirrend finden, sag ihm, er soll meine Schlagzeilen einfach in seinem unnachahmlichen Hush-Hush-Stil ausschmücken.

Ich weiß, dass du dich irgendwo in Nicaragua oder Guatemala herumtreibst, und hoffe, dass dich diese Mappe irgendwie erreicht. Und versuch, WJL als Kollegen zu akzeptieren. Friedliche Koexistenz muss nicht unbedingt Appeasement bedeuten.

KB

Kemper beschriftete den Umschlag: C. ROGERS/NÄCHSTER FLUG/DRINGEND. Fulo und Néstor gingen an ihm vorbei, sie wirkten verdattert – er hatte ihnen nie erklärt, warum er Don Juan getötet hatte.

Santo junior hatte einen Zierhai namens Batista. Sie waren nach Tampa gefahren und hatten ihm Don Juan ins Becken geworfen.

Kemper zog das Telefon ins Herrenklo. Er hatte das, was er sagen wollte, dreimal geübt, komplett mit Pausen und Zwischenbemerkungen.

Er rief Bobbys Sekretärin an. Bat sie, das Bandgerät einzuschalten.

Er lobte. War des Lobes voll. Rühmte Moral und Kampfbereitschaft der Exilkubaner. Der Plan der CIA war brillant. Und strikt geheim gehalten worden.

Er schwärmte wie ein Saulus, der zum Paulus geworden war.

Flocht Kennedy-Schlagworte ein. Sein Südstaatendialekt triefte von der Selbstgerechtigkeit des Konvertiten.

Die Frau sagte, dass sie die Aufnahme umgehend zu Bobby bringen werden. Vor Aufregung versagte ihr die Stimme.

Kemper legte auf und ging zum Parkplatz. Teo Paez fuhr vorbei und übergab ihm eine Nachricht.

> Anruf von W. Littell. CM geht es gut. CMs New Yorker Rechtsanwalt meint, Beauftragte des Justizministeriums würden Louisiana nach CM absuchen. W. Littell meint, CM solle im Lager von Guat. oder jedenfalls noch eine Weile außer Landes bleiben.

Ward Littell im Aufwind – wirklich verblüffend.

Eine Brise wehte herein. Kemper streckte sich auf einer tigerfarbenen Motorhaube aus und schaute in den Himmel.

Der Mond war so leuchtend weiß wie Batistas Zähne. Kemper döste. Wurde von einem Sprechgesang geweckt. LOS LOS LOS LOS LOS – dies eine Wort und sonst gar nichts. Das Datum der Invasion stand fest. Was sonst.

Santo pflegte Batista mit Steaks und Brathühnchen zu füttern. Sein Pool sah aus wie ein gigantischer Fettfleck.

Batista hatte Don Juan den Kopf abgebissen. Néstor und Fulo hatten sich abgewandt.

Er nicht. Das Töten machte ihm allmählich mehr Spaß, als es sollte.

67

(Ländliches Nicaragua, 17.4.61)

SCHWEINE! SCHWEINE! SCHWEINE! SCHWEINE! SCHWEINE! SCHWEINE! SCHWEINE! SCHWEINE!

Sechshundert Männer brüllten im Takt.

Das Aufmarschgelände erzitterte von dem einen Wort. Männer schwangen sich auf Lastwagen. Lastwagen fuhren in dichter Kolonne zum Dock.

SCHWEINE SCHWEINE SCHWEINE SCHWEINE –

Pete sah zu. John sah zu. Sie fuhren mit dem Jeep durch das Gelände und beobachteten, wie alles in Marschbereitschaft versetzt wurde.

MARSCHBEREIT am Dock: ein US-Truppentransporter ohne die US-Insignien. An Bord: Landungsboote, Mörser, Granaten, Gewehre, Maschinengewehre, Funkausrüstung, medizinische Ausrüstung, Mückenschutz, Karten, Munition und sechshundert Präservative der Marke Sheikh – ein CIA-Psychiater ging von Massenvergewaltigungen im Gefolge des zu erwartenden Sieges aus.

MARSCHBEREIT: sechshundert kubanische Rebellen im Benzedrinrausch.

MARSCHBEREIT auf der Rollbahn: sechzehn B-26 Bomber, die Castros Luftwaffe vernichten sollten. Die US-Insignien waren geschwärzt – der Job war non-imperialisto.

SCHWEINE SCHWEINE SCHWEINE –

Das Wort entsprach dem Ziel. John Stanton hatte den Sprechgesang nach dem Wecken anstimmen lassen – der Seelenklempner hatte behauptet, Wiederholungen würde die Tapferkeit stärken.

Pete spülte Bennies mit Kaffee runter. Er konnte es sehen und spüren und riechen –

Die Flugzeuge schalten Castros Luftwaffe aus. Die Schiffe stechen in See – legen in Staffeln von einem halben Dutzend Startpositionen ab. Ein zweiter Luftschlag tötet Milizsoldaten en masse. Das Chaos führt zu Massendesertationen.

Die Freiheitskämpfer landen am Strand.

Sie marschieren. Sie töten. Sie entlauben. Sie schließen sich mit Dissidenten auf der Insel zusammen und nehmen das von Rauschgift und Propagandabombardement geschwächte Kuba ein.

Jetzt hieß es abwarten, bis Bad-Back-Jack sein Okay zum ersten Luftschlag gab. Der Haarschopf hatte sich Befehlsrecht vorbehalten.

SCHWEINE SCHWEINE SCHWEINE SCHWEINE –

Pete und Stanton patrouillierten das Gelände im Jeep. Sie hatten einen Kurzwellensender am Armaturenbrett befestigt – durch den sie ohne Weiteres mit den anderen Basislagern Verbindung aufnehmen konnten.

Sie hatten eine direkte Leitung nach Guatemala, zu Tiger Kab und nach Blessington. Und damit endete die Funk-Kommunikation – direkten Kontakt zum Weißen Haus hatte nur Langley.

Der Befehl erging: Jack gibt den Start frei für sechs Flugzeuge.

Pete spürte, wie ihm der Pimmel schrumpfte. Der Funker meinte, Jack wolle lieber Vorsicht walten lassen.

Sechs von sechzehn – das war eine gewaltige Scheiß-Reduktion.

Sie fuhren weiter durchs Gelände. Pete rauchte eine Zigarette nach der anderen. Stanton fingerte an einer Sankt-Christopherus-Medaille herum.

Boyd hatte ihm vor drei Tagen in einer Dokumentenmappe eine Mitteilung zukommen lassen – irgendwelche geheimnisvollen *Hush-Hush*-Anordnungen für Lenny Sands. Er gab die Informationen weiter. Lenny sagte, er werde sich umgehend dransetzen.

Lenny lieferte stets pünktlich. Ward Littell war stets für Überraschungen gut.

Die Übergabe der Teamsterbücher war erstklassig. Littells Dauerarschkriecherei bei Carlos noch besser.

Boyd hatte sie im Camp in Guatemala untergebracht. Marcello hatte eine private Telefonleitung organisiert und führte sein Schiebergeschäft aus der Ferne.

Carlos mochte Meeresfrüchte. Carlos gab gern große Dinnerpartys. Littell ließ täglich fünfhundert Maine-Lobster nach Guatemala einfliegen.

Carlos verwandelte Elitesoldaten in gierige Fresssäcke. Carlos verwandelte Söldner in Leibeigene – ließ sich von scharf gedrillten Exilguerillas die Schuhe putzen und Botengänge besorgen.

Boyd leitete die Marcello-Operation. Boyd gab Pete nur einen direkten Befehl: LITTELL IN FRIEDEN LASSEN.

Der Waffenstillstand zwischen Bondurant und Littell war von Boyd erzwungen und *befristet*.

Pete zündete sich eine Zigarette an der anderen an. Zigaretten und Benzedrin machten ihn durstig. Seine Hände verselbstständigten sich immer wieder.

Sie fuhren weiter. Stanton hatte seine Kleidung klatschnass geschwitzt.

SCHWEINE! SCHWEINE! SCHWEINE! SCHWEINE! SCHWEINE!

Sie parkten am Dock und schauten zu, wie die Truppen an Bord gingen. Sechshundert Mann, die in knapp zwei Minuten eingeschifft waren.

Der Kurzwellensender knisterte. Die Nadel sprang auf die Blessington-Frequenz.

Stanton stöpselte die Kopfhörer ein. Pete zündete sich die millionste Zigarette des Tages an.

Der Truppentransporter ächzte und stampfte. Ein dicker Cubano übergab sich über die Heckreling.

»Die Exilregierung steht«, sagte Stanton, »und Bissell hat schließlich die rechtsextremen Jungs genommen, die ich ihm vorgeschlagen habe. Das ist gut so, doch unsere Schau mit dem falschen Flüchtling hat sich als Rohrkrepierer erwiesen. Gutiérrez ist mit seinem Flugzeug in Blessington gelandet, aber die Reporter, die Dougie Lockhart hergeholt hat, haben Ramón erkannt und zu buhen angefangen. Alles nicht so schlimm, aber verkorkst ist nun mal verkorkst.«

Pete nickte. Es roch nach Kotze und See und dem Öl von sechshundert Waffen.

Sie fuhren weiter. Reine Benzinverschwendung, um den Benzedrinschock loszuwerden.

Bitte, lieber Jack:

Schick mehr Flugzeuge. Lass die Boote in See stechen.

Stunden wurden zu Jahrzehnten. Pete lenkte sich von Stantons Geplapper ab, indem er Listen aufstellte.

Die Männer, die er getötet, die Frauen, die er gefickt hatte. Die besten Hamburger in L. A. und Miami. Was aus ihm geworden wäre, wenn er in Quebec geblieben wäre. Wenn er Kemper Boyd nie begegnet wäre.

Stanton drehte am Sender herum. Nachrichten knisterten herein. Der Luftschlag war danebengegangen. Die Bomber hatten nicht mal ein Zehntel von Castros Luftwaffe erwischt.

Bad-Back-Jack war schwer getroffen. Er reagierte wie ein Weib: vorerst keinen Luftschlag mehr.

Chuck Rogers kam mit einer Meldung durch. Marcello und Littell hielten sich immer noch in Guatemala auf. Das Neueste aus den USA: Das FBI war in New Orleans ausgeschwärmt, wo Carlos angeblich gesehen worden war!

Das war Boyds Idee gewesen. Er meinte, falsche Telefonhinweise würden Bobby ablenken und Marcellos Spuren besser verwischen.

Sekunden wurden zu Jahren, Minuten zu Scheißjahrtausenden.

Pete kratzte sich die Eier wund. Pete rauchte sich heiser. Pete schoss Palmwedel von den Bäumen, um wenigstens *etwas* abzuschießen.

Stanton nahm eine Meldung entgegen. »Das war Lockhart. Unsere Exilregierung ist am Durchdrehen. Sie brauchen dich in Blessington, und Rogers fliegt aus Guatemala ein und holt dich ab.«

Sie machten einen Umweg über die kubanische Küste. Chuck meinte, das würde nichts an der vorgesehenen Flugzeit ändern.

»Geh tiefer!«, rief Pete.

Chuck nahm Gas weg. Die Flammen waren aus zweitausend Fuß Höhe und auf eine halbe Meile zu erkennen.

Sie unterflogen die Radarkontrollen und waren dicht über dem Strand. Pete zwängte das Fernglas aus dem Fenster.

Er sah Flugzeugtrümmer – von Kubanern und Rebellen. Er sah schwelende Palmenhaine und Löschfahrzeuge im Sand.

Flugwarnsirenen dröhnten. Auf Landungsstegen aufgebaute

Scheinwerfer waren bereits vor der Dämmerung in Aktion. Exakt an der Flutlinie waren Unterstände errichtet – voll bemannt und von Sandsäcken geschützt.

Milizsoldaten drängten sich auf den Docks. Clowns mit altmodischen MPs und ihren Flugzeug-Identifikationsbüchern.

Sie befanden sich achtzig Meilen südlich von Playa Girón. *Hier*, an diesem Strand, hatte man bereits Großalarm ausgelöst. Wenn die Schweinebucht *derart* befestigt war, dann war die ganze Invasion im Arsch.

Pete hörte Mündungsfeuer. Lächerliche Schussgeräusche, wie Hühnergegacker: bip-bip-bip.

Chuck kapierte – die schießen auf *uns*.

Er drehte die Piper auf den Rücken. Pete wurde kopfüber gewirbelt.

Er knallte mit dem Schädel gegen das Kabinendach. Chucky schaffte es, die Maschine in der Luft zu halten, bis sie endlich US-Gewässer erreicht hatten.

Die Dämmerung brach an. Blessington strahlte im Glanz der mächtigen Bogenlampen.

Pete warf zwei Dramamin ein. Er sah gaffende Rednecks und Eiscremewagen vor dem Haupttor.

Chuck brachte das Flugzeug zum Stehen. Pete stieg aus. Ihm war schlecht – Benzedrin und beginnende Übelkeit setzten ihm gleichermaßen zu.

Mitten auf dem Exerzierplatz stand eine Befehlsbaracke. Umgeben von dreifachem Stacheldraht. Wildes Geschrei ertönte daraus – Welten entfernt von dem zackigen SCHWEINE SCHWEINE SCHWEINE.

Pete streckte sich und lockerte die Muskeln. Lockhart rannte auf ihn zu.

»Mach, dass du reinkommst und die gottverdammten Spics zur Vernunft bringst.«

»Was ist denn passiert?«, fragte Pete.

»Passiert ist, dass Kennedy herumtrödelt. Dick Bissell meint, er wolle zwar gewinnen, aber nicht aufs Ganze gehen, um nicht schuld zu sein, wenn's schief geht. Mein rostiger alter Truppentransporter liegt gefechtsbereit im Hafen, aber der elende Papstanbeter im Weißen Haus will einfach nicht –«

Pete knallte ihm eine. Der Drecksack schwankte und blieb aufrecht stehen.

»Was *passiert ist*, habe ich gefragt?«

Lockhart wischte sich die Nase und kicherte. »Passiert ist Folgendes: Meine Klan-Jungs haben der provisorischen Regierung ein bisschen Schwarzgebrannten verkauft; und darauf haben sie angefangen, sich mit den regulären Truppen über Politik zu streiten. Ich hab' ein paar Männer zusammengeholt und die Unruhestifter mit dem Stacheldraht isoliert, nur ändert das nichts daran, dass sich dort drin sechzig frustrierte und besoffene Kubaner an die Gurgel gehen, wo sie sich doch um das nächstliegende Problem kümmern sollten, nämlich, wie man eine rote Diktatur befreit.«

»Haben sie Waffen?«

»Nein, Sir. Ich habe die Waffenkammer abgeschlossen und davor eine Wache postiert.«

Pete griff ins Cockpit. Direkt über der Instrumententafel: Chucks Trainingsschläger und Werkzeugkasten.

Er schnappte sich beides. Er holte den Drahtschneider raus und steckte den Baseballschläger in den Gürtel.

»Wozu das?«, sagte Lockhart.

»Ich glaube, ich weiß Bescheid«, sagte Chuck.

Pete deutete auf das Pumpenhaus. »In exakt fünf Minuten legst du mit den Feuerwehrschläuchen los.«

Lockhart grunzte. »Damit reißt du die Baracke um.«

»So ist es gedacht.«

Die eingeschlossenen Spics lachten und schrien. Lockhart rannte los und war im Nu beim Pumpenhaus.

Pete rannte zum Zaun und schnitt ein Stück der Stacheldrahtspirale raus. Chuck wickelte sich die Windjacke um die Hände und riss ein mächtiges Teil der Stacheldrahtwand raus.

Pete warf sich auf den Boden und kroch durch die Lücke. Er rannte in geduckter Haltung zur Baracke. Ein Schlag mit dem Baseballholz, und die Tür war hin.

Man schenkte seinem Eindringen keinerlei Beachtung. Die Regierungsmitglieder waren anderweitig beschäftigt.

Mit Armdrücken, Kartenspielen und Wettsaufen. Mit einem Baby-Alligatoren-Rennen auf dem Boden.

Pete fasste den Schläger. Auf los geht's LOS.

Er ließ den Schläger sausen. Zielgenaue Schläge trafen Kinnspitzen und Brustkörbe. Die Exilregierung setzte sich zur Wehr: Gelegentlich traf ihn eine Faust.

Der Schläger knickte einen Stützpfeiler um. Zerschlug einem feisten Mann das Gebiss. Die Alligatoren schafften es gerade noch ins Freie.

Die Exilregierung kapierte: Dem übergeschnappten weißen Riesen bloß keinen Widerstand leisten.

Pete raste durch die Baracke. Die Spics machten so etwas wie einen Rückzug und wichen ihm weiträumig aus.

Er schlug die Hintertür ein und ging auf die Stützpfeiler des Dachs los. Fünf Schläge links, fünf rechts, Wechselschläge wie weiland Mickey Mantle.

Die Wände zitterten. Das Dach bebte. Das Fundament

wankte. Die Spics machten, dass sie rauskamen – Erdbeben! Erdbeben!

Da traten die Feuerwehrschläuche in Aktion. Der Wasserdruck riss den Zaun weg. Das Dach wurde abgedeckt.

Pete kriegte einen Strahl ab und geriet ins Taumeln. Die Baracke zerbarst zu Brennholz.

Die Exilregierung musste man gesehen haben:

Rennend. Stolpernd. Den Wasserstrahlrumba tanzend.

Im besten *Hush-Hush*-Stil:

NÄSSE ERNÜCHTERT NASEWEISE KANAKEN! WAHRHAFTER WASSERMAMBO IM WACKELSCHRITT!

Die Feuerwehrspritzen wurden abgedreht. Pete begann zu lachen.

Männer erhoben sich triefend und zitternd. Petes Lachen war ansteckend und ging in ein allgemeines Riesengelächter über.

Der Exerzierplatz war zum Schuttabladeplatz für Barackentrümmer geworden.

Das Lachen wurde rhythmisch und martialisch. Verwandelte sich allmählich in einen Sprechgesang:

SCHWEINE! SCHWEINE! SCHWEINE! SCHWEINE! SCHWEINE!

Lockhart verteilte Decken. Pete machte die Männer mit benzedringewürzter Limonade wieder nüchtern.

Um Mitternacht schifften sie sich ein. 256 Exilkubaner stiegen in den Truppentransporter – allesamt darauf versessen, ihr Land zu befreien.

Sie brachten Waffen, Landegerät und Feldapotheken an Bord. Die Funkverbindungen blieben offen; von Blessington nach Langley und an jeden Kommandoposten.

Dann ging das Wort um:

Haarschopf-Jack untersagt zweiten Luftschlag.

Die Zahl der beim Erstschlag Gefallenen wurde nicht erwähnt. Ebenso wenig erwähnt wurden die Küstenbefestigungen.

Oder die Scheinwerfer und Unterstände. Oder Milizsoldaten.

Pete wusste, warum.

Die CIA weiß – jetzt oder nie. Wieso den Truppen sagen, dass jetzt nur noch gepokert wird?

Pete schluckte Selbstgebrannten, um vom Benzedrin runterzukommen. Er plumpste in die Koje und driftete unter eigenartigen Halluzinationen in den Schlaf.

Japse, Japse, Japse. Saipan '43 – in Breitwand-Technicolor.

Sie stürmten auf ihn ein. Er tötete sie und tötete sie und tötete sie. Stieß Warnrufe aus. Niemand verstand sein kanadisches Französisch.

Tote Japse wurden wieder zum Leben erweckt. Er tötete sie erneut, mit bloßen Fäusten. Sie verwandelten sich in tote Frauen – in Doppelgängerinnen von Ruth Mildred Cressmeyer.

Bei Tagesanbruch weckte ihn Chuck. »Kennedy zieht halbwegs mit«, sagte er. »Sämtliche Basislager haben vor einer Stunde ihre Truppen losgeschickt.«

Die Wartezeit zog sich. Das Kurzwellengerät fing an zu spinnen.

Die Übertragungen von den Truppentransportern kamen verstümmelt an. Die Mitteilungen zwischen den Stützpunkten verwandelten sich in ein Kauderwelsch mit Störgeräuschen.

Chuck konnte nicht rauskriegen, woran es lag. Pete versuchte es mit direktem Telefonkontakt – indem er bei Tiger Kab und der CIA anrief.

Beide Nummern waren andauernd besetzt. Chuck vermutete fidelfreundliche Störanrufe.

Lockhart hatte eine heiße Telefonnummer im Kopf: das CIA-Büro in Miami. Boyd hatte es als »Invasionszentrale« bezeichnet – die eigentliche Schaltstelle, von der die Kerle vom Kader nicht einmal etwas ahnten.

Pete wählte die Nummer. Ein besonders lautes Besetztzeichen. Chuck führte das auf heimlich installierte Telefonleitungen zurück, die von den eintreffenden Gesprächen überlastet waren.

Die Zeit schleppte sich dahin. Sekunden wurden zu Jahren. Minuten zu Lichtjahren.

Pete zündete eine Zigarette an der anderen an. Dougie Frank und Chuck schnorrten eine ganze Packung.

Ein Klan-Typ spritzte die Piper mit dem Schlauch ab. Pete und Chuck warfen sich einen laaaaangen Blick zu.

Dougie Frank begriff sofort. »Nehmt Ihr mich mit?«

Sie arbeiteten sich in Sturzflugmanövern zur Schweinebucht vor. Und konnten sich die Sauerei aus nächster Nähe ansehen.

Ein Truppentransporter war auf ein Riff geraten. Tote Männer trieben aus einer Luke im Rumpf. Haie schnappten zwanzig Meter vom Ufer nach Körperteilen.

Chuck wendete und flog ein zweites Mal drüber. Pete stieß schmerzhaft gegen die Instrumententafel. Wegen des Zusatzpassagiers hockten sie dicht aufeinander.

Ein Landungsboot war gestrandet. Die Überlebenden kletterten über die Toten hinweg. Ein hundert Meter langer Sandstreifen, wo in seichtem, blutig rotem Wasser jede Menge Leichen lagen.

Die Invasoren griffen weiter an. Um in dem Augenblick, wo sie den Kamm einer Welle erreichten, von Flammenwerfern erfasst zu werden. Sie wurden lebendigen Leibes gebraten und gesotten.

Etwa fünfzig Rebellen lagen bäuchlings im Sand. Die Hände

auf den Rücken gefesselt. Über ihre Rücken rannte ein Kommunistenschwein mit einer Kettensäge.

Pete sah, wie sich die Sägezähne hineinfraßen. Pete sah, wie das Blut hochspritzte. Pete sah, wie ihre Köpfe ins Wasser rollten.

Flammen schlugen zum Flugzeug empor – nur um Zentimeter daran vorbei.

Chuck setzte die Kopfhörer ab. »Kennedy lehnt einen zweiten Luftschlag ab und will keine US-Truppen schicken, um unseren Jungs zu helfen!«

Pete zielte mit der Magnum aus dem Fenster. Ein Flammenstoß schlug sie ihm aus der Hand.

Direkt unter ihnen peitschten Haie durchs Wasser. Das fette Kommunistenschwein winkte mit einem abgeschnittenen Kopf.

68

(Ländliches Guatemala, 18.4.61)

Ihr Zimmer grenzte an die Funkbaracke. Durch die Wände drangen ungebeten die neuesten Nachrichten von der Invasion.

Marcello versuchte zu schlafen. Littell versuchte, Abschiebe-Bestimmungen zu studieren.

Kennedy verweigerte die Genehmigung zu einem zweiten Luftschlag. Die Rebellen wurden am Strand gefangen gehalten und abgeschlachtet.

Die Reservetruppen wiederholten ihren Schlachtruf: »SCHWEINE! SCHWEINE! SCHWEINE! SCHWEINE! SCHWEINE!« Das dumme Wort schallte durchs ganze Kasernenviertel.

Rechtsextremer Wahn: eher verstörend. Eher wohltuend: die steigende Verachtung für John F. Kennedy.

Littell beobachtete, wie Marcello sich im Schlaf hin und her warf. Er teilte den Schlafraum mit einem Mafiaboss – eher erstaunlich.

Das Täuschungsmanöver hatte geklappt. Carlos ging die Bücher durch und erkannte seine eigenen Pensionskassentransaktionen. Seine Dankbarkeit wuchs ins Außerordentliche.

Carlos' Anwaltsschulden wurden immer größer. Seine Sicherheit hatte Carlos einem ehemaligen FBI-Gangsterjäger zu verdanken.

Heute früh hatte Guy Banister angerufen. Mit brandheißen Neuigkeiten: Bobby Kennedy weiß, dass Carlos sich in Guatemala versteckt hält. Bobby übte diplomatischen Druck aus. Der Premierminister von Guatemala beugte sich. Carlos sollte abgeschoben werden, »nur nicht sofort«.

Banister hatte ihn stets einen Schwächling genannt. Jetzt, am Telefon, verhielt er sich geradezu unterwürfig.

Marcello fing an zu schnarchen. War drauf und dran, im monogrammverzierten Seidenpyjama vom Feldbett zu purzeln.

Littell hörte Schreie und Schlaggeräusche hinter der Wand. Er sah das Bild vor sich: Männer, die auf Tische hauen und Gegenstände durch den Raum kicken.

»Ein Reinfall.« – »Der Angsthase weiß nicht, was er will.« – »Er weigert sich, Flugzeuge oder Schiffe auszusenden, um den Männern am Strand Feuerschutz zu geben.«

Littell ging nach draußen.

Die Soldaten hatten sich in einen neuen Sprechgesang hineingesteigert.

»KEN-NEDY, SAG NICHT NEIN! KEN-NEDY, SCHICK UNS REIN!«

Sie rannten um den Exerzierplatz. Schütteten Gin und Wodka in sich hinein, warfen Pillen ein und spielten mit Medikamentenflaschen Fußball.

Die Offiziersmesse war geplündert. Die Tür zur Feldapotheke zu Brei getreten.

»KEN-NEDY, SCHICK UNS REIN! KEN-NEDY IST EIN SCHWEIN!«

Littell ging hinein und griff zum Telefon an der Wand. Zwölf Geheimzahlen, und er war direkt mit Tiger Kab verbunden.

»Si«, sagte der Mann. »Tiger Kab?«

»Ich möchte Kemper Boyd sprechen. Sagen Sie ihm, Ward Littell ist am Apparat.«

»Si. Einen Augenblick.«

Littell knöpfte sich das Hemd auf – die Luftfeuchtigkeit war entsetzlich. Carlos murmelte in seinem Albtraum etwas vor sich hin.

Kemper nahm ab. »Was ist los, Ward?«

»Was ist bei dir los? Du klingst gestresst.«

»Unruhen überall im Kubanerviertel, und die Invasion läuft schief. Ward, was ist los?«

»Carlos soll angeblich von der Regierung von Guatemala gesucht werden. Bobby Kennedy weiß, dass er hier ist, und ich glaube, wir sollten ihn irgendwo anders hinbringen.«

»Mach das. Miet eine Wohnung in der Nähe von Guatemala City, ruf mich an, und gib mir die Telefonnummer durch. Ich lass' dich von Chuck Rogers abholen und irgendwohin fliegen. Ward, ich kann jetzt nicht sprechen. Ruf mich an, wenn –«

Sie wurden unterbrochen. Überlastete Leitungen – eher ärgerlich. Eher amüsant – ein eher überstrapazierter Kemper C. Boyd.

Littell ging nach draußen. Eher unzweideutig – der Sprechgesang:

»KEN-NEDY IST EIN SCHWEIN! KEN-NEDY KRIECHT FIDEL REIN!«

69

(Miami, 18.4.61)

Kemper mischte Stoff. Néstor mischte Gift. Sie arbeiteten Seite an Seite an zwei Schreibtischen.

Sie hatten die Taxibaracke für sich allein. Fulo hatte Tiger Kab um 18 Uhr geschlossen und den Fahrern klare Anweisungen erteilt: bei den Unruheherden vorbeischauen und Fidelistos zusammenschlagen.

Sie verarbeiteten Strychnin und Drano zu einem heroinähnlichen weißen Puder. Sie packten es portionsweise in Plastikbeutel.

Sie hatten den Kurzwellensender angestellt. Bekamen fürchterliche Gefallenenzahlen zu hören.

Hush-Hush war gestern in Druck gegangen. Lenny hatte ihn noch wegen Einzelheiten angerufen. Der Artikel beschrieb einen großartigen Sieg in der Schweinebucht.

Jack konnte *immer noch* einen Sieg erzwingen. Wenn die regulären Truppen eingriffen, war Castro erledigt.

Sie waren vor zwei Tagen in das Haus eingebrochen – ein kleiner Sicherheits-Einbruch. Hinter einer Heizungswand hatten sie zweihundert Portionsbeutelchen »H« gefunden.

Don Juan Pimentels Informationen waren zuverlässig. Nach seinem Tod gab es einen potenziellen Zeugen weniger.

Néstor erhitzte eine Portion. Kemper zog eine Spritze auf und drückte probeweise ab.

Aus der Nadel schoss eine milchig weiße Flüssigkeit. »Wirkt glaubhaft«, sagte Néstor. »Ich denke, die Negritos, die das kaufen, werden darauf reinfallen.«

»Komm zum Haus. Wir müssen den Austausch noch heute Abend veranstalten.«

»Ja. Und beten, dass Präsident Kennedy mutiger wird.«

Infolge des Regensturms wurden die Aufstände nach drinnen verlegt. Vor jedem zweiten Nachtclub auf der Flagler stand ein Streifenwagen.

Sie fuhren zu einem Münztelefon. Néstor wählte die Nummer der Absteige und erhielt ein längeres Freizeichen. Das Haus war zwei Blocks entfernt.

Sie fuhren daran vorbei. Hier wohnte kubanischer Mittelstand – kleine Häuschen mit kleinen Vordergärten und Spielzeug auf dem Rasen.

Die Absteige war pfirsichrosa, im spanischen Stil. Es war spätabendlich ruhig und stockfinster.

Keine Lichter. Kein Wagen in der Einfahrt.

Néstor überprüfte den Koffer. »Die Hintertür?«

»Das Risiko ist zu groß. Letztes Mal ging fast das Schloss entzwei.«

»Wie sollen wir dann hineinkommen?«

Kemper zog die Handschuhe an. »In der Küchentür gibt es eine Hundeklappe. An die robbst du ran, greifst rein und schiebst von innen den Riegel auf.

»Hundeklappe bedeutet Hunde.«

»Letztes Mal war da kein Hund.«

»Letztes Mal heißt nicht jetzt.«

»Fulo und Teo haben sich umgeschaut. Sie sind sicher, dass kein Hund da ist.«

Néstor zog Handschuhe an. »Also gut.«

Sie gingen die Einfahrt hoch. Kemper sah sich alle paar Sekunden um. Die tief hängenden Sturmwolken boten zusätzliche Deckung.

Die Klappe war ideal für große Hunde und kleine Männer. Néstor warf sich auf den Boden und rutschte ins Haus.

Sie schlossen wieder zu. Streiften die Schuhe ab. Gingen durch die Küche zur Heizungswand. Drei Schritte geradeaus und vier nach rechts – Kemper hatte letztes Mal die exakten Koordinaten genommen.

Néstor hielt die Taschenlampe. Kemper entfernte die Verkleidung. Die Rauschgiftbeutelchen befanden sich noch exakt am selben Ort.

Néstor zählte sie nochmals durch. Kemper öffnete den Koffer und holte die Polaroid raus.

»Zweihundert genau«, sagte Néstor. Kemper machte zur Sicherheit eine Aufnahme.

Sie warteten, bis das Bild entwickelt war.

Kemper heftete es an die Wand und hielt die Taschenlampe drauf. Néstor tauschte die Beutelchen aus. Er stellte die vorherige Anordnung bis aufs kleinste Fältchen wieder her.

»Und jetzt rufen wir bei Pete an, um das Neueste zu erfahren«, sagte Néstor.

»Wir können nichts mehr ändern«, sagte Kemper.

Bitte, Jack –

Sie hatten beschlossen, das Haus bis zur Morgendämmerung vom Wagen aus zu beschatten. Die Anwohner pflegten auf den Straßen zu parken – Néstors Impala fiel nicht weiter auf.

Sie rückten die Sitze nach hinten und beobachteten das Haus. Kemper dachte sich Möglichkeiten aus, wie Jack das Gesicht wahren konnte.

Bitte kommt, und holt euer Zeug. Bitte verkauft es umgehend, um unsere allerneueste Propaganda zu rechtfertigen.

Néstor döste. Kemper träumte von Heldentaten in der Schweinebucht.

Ein Wagen fuhr die Einfahrt hoch. Türeschlagen schreckte Néstor aus dem Schlaf.

Kemper hielt ihm den Mund zu. »Still. Nur zusehen.«

Zwei Männer gingen ins Haus. Aus dem Türrahmen drang Licht. Kemper erkannte sie. Die zwei waren castrofreundliche Agitatoren, die angeblich mit Rauschgift handelten.

Néstor deutete auf den Wagen: »Die haben den Motor laufen lassen.«

Kemper beobachtete die Tür. Die Männer schlossen ab und kamen mit einem großen Diplomatenkoffer heraus.

Néstor öffnete vorsichtig sein Fenster. Kemper hörte ein paar spanische Fetzen.

Néstor übersetzte. »Sie gehen in einen Nachtclub, um das Zeug abzusetzen.«

Die Männer gingen zum Wagen zurück. Die Innenbeleuchtung schaltete sich ein. Kemper erblickte ihre hell erleuchteten Gesichter.

Der Fahrer öffnete den Koffer. Der Beifahrer öffnete ein Beutelchen und zog den Inhalt durch die Nase.

Und fuhr zusammen. Und schlug um sich. Und verfiel in konvulsivische Zuckungen –

ZURÜCKHOLEN. DAS VERKAUFEN DIE NICHT MEHR –

Kemper stolperte aus dem Wagen und rannte die Einfahrt hoch. Kemper zog die Waffe und griff den Rauschgiftwagen frontal an.

Der Drogenliebhaber kickte in einer heftigen Zuckung die Windschutzscheibe heraus.

Kemper zielte auf den Fahrer. Der Drogenfreund warf sich herum und geriet ihm in die Schusslinie.

Der Fahrer zog einen kurzläufigen Revolver und feuerte. Kemper erwiderte umgehend das Feuer. Néstor preschte mit der Waffe vor – zwei Schuss zerschmetterten das Seitenfenster und prallten blechern vom Dach ab.

Kemper bekam einen Schuss ab. Dem zuckenden Mann rissen Querschläger das Gesicht weg. Néstor schoss dem Fahrer in den Rücken. Der Schuss schleuderte ihn auf die Hupe.

Kemper schoss dem Fahrer ins Gesicht. Die Brille zerbrach und riss ihm die Schmachtlocke vom Toupet.

Die Hupe schrillte. Néstor schoss das Steuerrad weg. Die gottverdammte Hupe erschallte noch LAUTER.

Kemper spürte, wie ihm das Schlüsselbein durchs Hemd drang. Er wankte die Einfahrt hinunter und wischte sich fremdes Blut aus den Augen. Néstor fing ihn auf und schleppte ihn auf dem Rücken zu ihrem Wagen zurück.

Kemper hörte ein lautes Hupen. Kemper bemerkte, wie sich auf dem Bürgersteig die Gaffer einfanden. Kemper bemerkte kubanische Punks bei dem Todeswagen – die den Diplomatenkoffer entwendeten.

Kemper schrie. Néstor riss eine Portion echtes »H« unter seiner Nase auf.

Er keuchte und musste niesen. Sein Herz fing wieder an zu schlagen, wie ein Uhrwerk. Er hustete Blut, ziemlich viel hellrotes Blut.

Néstor gab Vollgas. Die Gaffer brachten sich in Sicherheit. Der eigenartig aussehende Knochen stand in einem eigenartigen rechten Winkel ab.

DOKUMENTENEINSCHUB: 19.4.61. Schlagzeile des *Des Moines Register:*

FEHLGESCHLAGENER COUP HATTE US-UNTERSTÜTZUNG

DOKUMENTENEINSCHUB: 19.4.61. Schlagzeile des *Los Angeles Herald-Express:*

FÜHRENDE INTERNATIONALE POLITIKER VERURTEILEN »ILLEGALE INTERVENTION«

DOKUMENTENEINSCHUB: 20.4.61. Schlagzeile der *Dallas Morning News:*

KENNEDY DER »RUCHLOSEN PROVOKATION« BEZICHTIGT

DOKUMENTENEINSCHUB: 20.4.61. Schlagzeile und Unterzeile des *San Francisco Chronicle:*

US-ALLIIERTE TADELN SCHWEINEBUCHTFIASKO

CASTRO FROHLOCKT, WÄHREND ZAHL DER GEFALLENEN REBELLEN STEIGT

DOKUMENTENEINSCHUB: 20.4.61. Schlagzeile und Unterzeile der *Chicago Tribune:*

KENNEDY VERTEIDIGT SCHWEINEBUCHTINTERVENTION

WELTWEITE VERURTEILUNG SCHADET DEM PRESTIGE DES PRÄSIDENTEN

DOKUMENTENEINSCHUB: 21.4.61. Schlagzeile und Unterzeile des *Cleveland Plain Dealer:*

CIA FÜR SCHWEINEBUCHT VERANTWORTLICH

EXILKUBANER WERFEN KENNEDY »FEIGHEIT« VOR

DOKUMENTENEINSCHUB: 22.4.61. Schlagzeile und Unterzeile des *Miami Herald:*

KENNEDY: »ZWEITER LUFTSCHLAG HÄTTE DRITTEN WELTKRIEG AUSLÖSEN KÖNNEN«

EXILKUBANER EHREN GEFALLENE UND GEFANGENE HELDEN

DOKUMENTENEINSCHUB: 23.4.61. Schlagzeile und Unterzeile des *New York Journal-American:*

KENNEDY VERTEIDIGT SCHWEINEBUCHTAKTION

ROTE FÜHRER VERDAMMEN »IMPERIALISTISCHE AGGRESSION«

DOKUMENTENEINSCHUB: 24.4.61. Hush-Hush-Artikel. Verfasst von Lenny Sands unter dem Pseudonym Peerless Politicopundit:

CASTRATO CASTRO GEKIPPT!

GESCHLAGENE ROTE RÄCHEN SICH MIT RATTENGIFT!

Zwei ruchlose Jahre hat sein räudiges rotes Reich bestanden. Jetzt kann man es laut, stolz und frei von den Dächern rufen:

Fidel Castro, der betrügerische bärtige Bettlerkönig, ist jäh und dramatisch vom Thron gestürzt, von einem heroischen Häufchen hochgesinnter Hermanos, die den ruchlosen Raubbau des roten Räubers an ihrer Heimat zu Recht nicht mehr ertragen konnten!

Sprecht von D-Day '61, Katerchen und Kätzchen. Die Schweinebucht als karibisches Karthago; Playa Giron als patriotischer Parthenon. Castro erledigt und ausgepowert – der Feigling soll sich sogar den Bart geschoren haben, nur um dem rechtmäßigen Rachedurst der von ihm über den Löffel barbierten Bevölkerung zu entgehen!

Fidel Castro: der kläglich gerupfte Samson von 1961! Die vor Freude toll gewordenen Delilas: kubanische Helden, die Gott und das Sternenbanner fürchten und sonst nichts auf der Welt!!!

Castros mörderische Machinationen: gänzlich geschlagen, zehn zu vier, Spiel, Satz und Sieg. Die bösartigen letzten Zuckungen des Monsters: Ein Massaker in Miami lösen sie immer noch aus!!!!

Sache ist: Fidel Castro will noch auf die Schnelle Reibach machen – um sich, mit gutem Barem reichlich versehen, auf künftige kotzüble Coups zu kaprizieren!

Sache ist: Fidel Castro hat die eminent egalitäre und alle Bevölkerungsgruppen gleichermaßen umfassende Rassenpolitik Amerikas heimtückisch bekrittelt, indem er der US-Führung die vermeintliche Vernachlässigung der amerikanischen Neger unterstellt hat.

Sache ist: Fidel Castro und sein zuckersüßes Brüderchen Raúl bringen wie eh und je ihr mörderisch-gefährliches Heroin in Miami an den Mann.

Sache ist: Während sich die Schweinebucht immer mehr in Castros Waterloo verwandelte, haben die heillosen Hörigen des jämmerlichen Jüngelchens das Negerviertel von Miami mit rattengiftverseuchtem Heroin durchseucht! Zahllose schwarze Süchtige haben sich den mörderischen kommunistischen Todescocktail in die Adern gespritzt und ein peinvolles und fürchterliches Ende gefunden!!!

Sache ist: Wir haben uns mit dem Druck vorliegender Ausgabe beeilt, um unseren Hush-Hush-Lesern die Wahrheit über Playa Giron nicht lange vorenthalten zu müssen. Daher können wir die oben erwähnten Neger nicht namentlich nennen und keine genauen Einzelheiten über ihren entsetzlichen Tod berichten. Die spannende Fortsetzung in der bald erscheinenden nächsten Ausgabe, in Verbindung mit den neuesten Fakten: »Bananenrepublikanische Bilanz: Wer ist rot? Wer tot?« Adios, lieber Leser – bis bald, bei einem riesengroßen Cuba-Libre im blutig befreiten Havanna.

DOKUMENTENEINSCHUB: 1.5.61. Persönliches Schreiben: J. Edgar Hoover an Howard Hughes.

Lieber Howard,

fast sieht es so aus, als ob Sie sich dieser Tage nicht allzu sehr um Hush-Hush kümmern würden. Ein Blick in die Ausgabe vom 24. April hätte ihnen dargetan, dass das Blatt im besten Falle überstürzt und im schlimmsten Fall grob fahrlässig und/oder in krimineller Absicht in Druck gegeben wurde.

Wusste Mr L. Sands vielleicht auf geheimnisvolle Weise im Voraus über eigentlich unvorhersehbare Geschehnisse Bescheid? In dem Artikel bezieht er sich auf Fälle von Heroinüberdosis unter den Schwarzen in Miami, doch meinen Kontaktleuten bei der Polizei zufolge sind solche Überdosisfälle nicht aufgetreten.

Dagegen sind neun kubanische Teenager durch vergiftetes Heroin zu Tode gekommen. Meinem Kontaktmann zufolge haben zwei kubanische Jugendliche am 18. April einen Diplomatenkoffer mit einer großen Menge vergifteten Heroins aus einem Wagen gestohlen, und zwar in Zusammenhang mit einem ungeklärten Schusswechsel, dem zwei Kubaner zum Opfer gefallen sind.

Mein Kontaktmann wies auf den eigenartig prophetischen (wenn auch faktisch ungenauen) Hush-Hush-Artikel hin. Ich bedeutete ihm, dass es sich hier um einen merkwürdigen Zufall des Lebens handele, womit die Angelegenheit für ihn offenbar erledigt war.

Ich würde Ihnen raten, Mr Sands nahezulegen, sich künftig einigermaßen an die Fakten zu halten. Hush-Hush sollte keine Science-Fiction veröffentlichen, sofern dies nicht in unserem ureigensten Interesse ist.

Alles Gute
Edgar

DOKUMENTENEINSCHUB: 8.5.61. Artikel im Miami Herald.

PRÄSIDENT BERUFT HOCHRANGIGE EXPERTENGRUPPE, UM DAS SCHWEINEBUCHTFIASKO ZU UNTERSUCHEN

Präsident Kennedy, der die fehlgeschlagene Invasion der Exilkubaner in der Schweinebucht als »bittere Lektion« bezeichnet hat, gab heute bekannt, daraus Lehren ziehen zu wollen.

Der Präsident teilte einer Gruppe von Reportern in privatem Rahmen mit, dass er eine Untersuchungskommission berufen habe, um die exakten Gründe für das Fehlschlagen der Invasion in der Schweinebucht zu ermitteln und im Gefolge einer von ihm als »katastrophal peinlich« bezeichneten Episode eine Neubewertung der amerikanischen Kubapolitik vorzunehmen.

Die Gruppe wird Überlebende der Schweinebucht und hochrangige, an der Planung der Invasion beteiligte CIA-Mitarbeiter sowie Sprecher der in Florida derzeit immer zahlreicher werdenden castrofeindlichen Exilkubaner-Organisationen einer Befragung unterziehen.

Der Expertengruppe gehören unter anderem Admiral Arleigh Burke und General Maxwell Taylor an. Sie steht unter dem Vorsitz von Justizminister Robert F. Kennedy.

DOKUMENTENEINSCHUB: 10.5.61. Persönliches Schreiben: Robert F. Kennedy an Kemper Boyd.

Lieber Kemper,

einem Verwundeten bürde ich nur ungern Pflichten auf, aber ich weiß, wie zäh Sie sind und dass Sie sich auf dem besten Wege zur baldigen Genesung befinden und sich darauf freuen, wieder zu Ihren Aufgaben im Justizministerium zurückkehren zu können. Dass ich Sie in Gefahr gebracht habe, hat mich sehr belastet, und ich danke Gott, dass es Ihnen wieder besser geht.

Ich habe einen weiteren Auftrag für Sie, der Sie geografisch kaum von Ihren bisherigen Aufgaben in Anniston entfernen und Ihre gelegentlichen Ausflüge nach Miami in Mr Hoovers Diensten nicht weiter beeinträchtigen wird. Der Präsident hat einen Ausschuss berufen, der das Schweinebuchtfiasko und die Kuba-Frage im Allgemeinen untersuchen soll. Wir werden führende CIA-Angestellte und die verantwortlichen Offiziere sowie die Überlebenden der Schweinebucht und Repräsentanten zahlreicher, teilweise von der CIA unterstützter Exilgruppierungen befragen. Der Ausschuss wird von mir geleitet, und ich beabsichtige, Sie als persönlichen Vertreter und als Verbindungsmann zur CIA-Abteilung in Miami und zu deren kubanischen Schutzbefohlenen einzusetzen.

Ich denke, Sie sind für diese Aufgabe bestens geeignet, obwohl Ihre Lagebeurteilung vor der Invasion sich als unzutreffend erwies. Sie sollen wissen, dass weder der Präsident noch ich Sie für das letztendliche Scheitern der Unternehmung verantwortlich machen. Nach gegenwärtigem Erkenntnisstand ist der Fehlschlag auf den Übereifer von CIA-Angehörigen, die schlampigen Sicherheitsvorkehrungen sowie auf die krasse Fehleinschätzung der innerkubanischen Unzufriedenheit zurückzuführen.

Gönnen Sie sich noch eine Woche Ruhe in Miami. Der Präsident schickt Ihnen seine besten Wünsche, und wir sind uns durchaus der Ironie der Geschichte bewusst, dass ein fünfundvierzigjähriger Mann, der sich zeit seines Lebens der Gefahr ausgesetzt hat, nun durch die zufällige Kugel eines unbekannten Angreifers bei einer Unruhe verletzt wurde.

Erholen Sie sich, und rufen Sie mich nächste Woche an. Bob

DOKUMENTENEINSCHUB: 11.5.61. Identische Telex-Nachricht: FBI-Direktor J. Edgar Hoover an die Leitenden Sonderagenten in New York, Los Angeles, Miami, Boston, Dallas, Tampa, Chicago und Cleveland. VERTRAULICHKEITSSTUFE 1-A/NACH ERHALT VERNICHTEN.

Sir,

Ihr Name ist aus Sicherheitsgründen aus dem Telex gelöscht. Betrachten Sie diese Mitteilung als streng geheim, und erstatten Sie mir nach Empfang folgender Order persönlich Bericht. Ihre vertrauenswürdigsten THP-Agenten sollen umgehend an bekannten

Treffpunkten des organisierten Verbrechens Lausch- bzw. Telefonabhöreinrichtungen anbringen. Weisen Sie dem Befehl oberste Priorität zu. Diesbezügliche Informationen sind keinesfalls über bestehende Kanäle ans Justizministerium weiterzuleiten. Sämtliche mündlichen und schriftlichen Berichte sowie Abhörtranskripte sind ausschließlich an mich persönlich weiterzuleiten. Betrachten Sie dies als eigenständige Operation, die keiner weiteren Zustimmung übergeordneter Behörden im Justizministerium bedarf.

JEH

DOKUMENTENEINSCHUB: 27.5.61. *Orlando-sentinel*-Bericht.

DIE SELTSAME ODYSSEE DES CARLOS MARCELLO

Niemand scheint zu wissen, wo der Mann geboren ist. Man geht allgemein davon aus, dass der (angebliche) Mafiaboss Carlos Marcello entweder in Tunis, Nordafrika, oder irgendwo in Guatemala zur Welt gekommen ist.

Doch Marcellos früheste Kindheitserinnerungen stammen aus keinem der beiden Länder. Sie gelten vielmehr der von ihm gewählten Heimat, den Vereinigten Staaten von Amerika, dem Land, aus dem ihn Justizminister Robert F. Kennedy am 4. April dieses Jahres ausweisen ließ.

Carlos Marcello: ein Mann ohne Land.

Marcello zufolge hat ihn die US-Grenzpolizei gewaltsam aus New Orleans nach Guatemala City, Guatemala entführt. Er behauptet, seinen Häschern durch einen kühnen Handstreich entkommen zu sein und sich in »diversen guatemaltekischen Rattenlöchern« aufgehalten zu haben, in Begleitung eines befreundeten

Rechtsanwalts, der verzweifelt versuchte, ihm eine legale Rückkehr zu ermöglichen, an den heimischen Herd und zu seinem (angeblich) dreihundert Millionen Dollar Jahresgewinn abwerfenden Gangsterimperium. Währenddessen ging Robert F. Kennedy verschiedenen anonymen Hinweisen nach, wonach sich der (angebliche) Gangsterboss an unterschiedlichen Orten in Louisiana aufhalten sollte. Die Hinweise erwiesen sich als falsch. Kennedy entdeckte, dass sich Marcello seit seiner »waghalsigen Flucht« unter dem Schutz der guatemaltekischen Regierung in Guatemala versteckt hielt.

Kennedy übte diplomatischen Druck aus. Der Premierminister von Guatemala gab nach und befahl der Staatspolizei, nach Marcello zu fahnden. Der (angebliche) Mafia-Sultan und sein Rechtsanwalt wurden in einer Mietwohnung bei Guatemala City aufgespürt und umgehend nach El Salvador deportiert. Sie gingen von Dorf zu Dorf, aßen in schmierigen Dorfkneipen und schliefen in Hütten. Der Rechtsanwalt versuchte, mit einem Marcello-Untergebenen Verbindung aufzunehmen, einem Piloten, der sie in einen behaglicheren Unterschlupf hätte fliegen können. Der Mann war nicht zu erreichen, und Marcello und sein Anwalt, die weitere Abschiebemaßnahmen befürchteten, gingen zu Fuß weiter.

Robert F. Kennedy und seine Juristen im Justizministerium fertigten die entsprechenden Anträge aus. Marcellos Rechtsanwalt schrieb Gegenanträge und gab sie telefonisch dem Anwaltsteam des (angeblichen) Mafia-Maharadschas in New York City durch. Marcellos Pilotenfreund tauchte unvermutet auf und flog (der vertraulichen Quelle des Berichterstatters zufolge) den ganzen Weg von El Salvador nach Matamoros, Mexiko, knapp über Baumhöhe, um mit seinen beiden heißen Passagieren dem Radar auszuweichen.

Marcello und sein Anwaltsfreund passierten die Grenze zu Fuß.

Der (angebliche) Mafia-Pascha stellte sich in McAllen, Texas, dem Internierungszentrum der US-Grenzpolizei, in der sicheren Überzeugung, dass das aus drei Richtern zusammengesetzte Appellationsgericht ihm gestatten würde, gegen Kaution freizukommen und in Amerika zu bleiben.

Sein Vertrauen erwies sich als begründet. Marcello verließ den Gerichtssaal als freier Mann – auch wenn die Drohung der Staatenlosigkeit noch nicht von ihm genommen ist.

Ein Mitarbeiter des Justizministeriums teilte dem Berichterstatter mit, dass die Entscheidung über den Ausweisungsbescheid gegen Marcello sich über Jahre hinziehen kann. Auf die Frage, wie ein möglicher Kompromiss aussehen könne, ließ uns Justizminister Kennedy wissen: »Eine Verständigung ist möglich, sofern Marcello bereit ist, seinen US-Besitz aufzugeben und sich nach Russland oder Mosambik zurückzuziehen.« Carlos Marcellos seltsame Odyssee dauert an ...

DOKUMENTENEINSCHUB: 30.5.61. Persönliches Schreiben: Kemper Boyd an John Stanton.

John,

danke für Räucherlachs und Gin. Sie waren dem Spitalfraß um Längen überlegen und haben mir das Leben einigermaßen verschönt.

Seit dem 12. bin ich wieder in Anniston. Kleiner Bruder scheint nicht viel von Genesungsurlaub zu halten und lässt mich daher Aktionen von Rassentrennungsgegnern beschützen und Material für seine Kuba-Expertengruppe sammeln. (Dass ich ohne polizeiliche Intervention ins Spital kam, haben wir einzig und alleine N.

Chasco zu verdanken. Die Kunst der Bestechung zweisprachiger Ärzte beherrscht er wie kein anderer.)

Der Untersuchungsgruppen-Auftrag macht mir Sorgen. Ich war von Anfang an für die Sache tätig. Eine unbedachte Äußerung Kleinem Bruder gegenüber, und ich habe es mir mit beiden verdorben, bin meine Anwaltslizenz los und kann jede weitere polizeiliche und nachrichtendienstliche Tätigkeit vergessen. Entsprechend habe ich absichtlich Exilkubaner befragt, mit denen ich nie zu tun hatte und denen unbekannt ist, dass ich heimlich für die CIA tätig war. Ich redigiere alle Erklärungen, um die Invasionsplanung der CIA in günstigem Licht erscheinen zu lassen. Großer Bruder ist, wie Sie wissen, ein entschiedener CIA-Gegner geworden. Kleiner Bruder teilt seinen Eifer, legt aber dennoch echte Begeisterung für die Sache an den Tag. Das macht mir Mut, obwohl ich noch einmal betonen möchte, wie wichtig es ist, dass Kleiner Bruder nichts über die Beziehungen zwischen Exilkubanern, CIA und Firma erfährt.

Damit möchte ich mich von meiner Tätigkeit für die CIA absentieren und mich ausschließlich meiner Doppelaufgabe fürs Justizministerium zuwenden. Ich glaube, dass ich der CIA am besten dienen kann, wenn ich als ihr Verbindungsmann zu Kleinem Bruder auftrete. Jetzt, da die kubanische Angelegenheit einer derart profunden Neubewertung unterzogen wird, bin ich der CIA und der Sache umso nützlicher, je näher ich den Männern zu stehen vermag, die die künftigen politischen Entscheidungen treffen.

In geschäftlicher Hinsicht wirft der Kader weiterhin satte Gewinne ab. Ich traue Fulo und Néstor zu, das Unternehmen weiterhin in unserem Sinne zu führen. Santo hat mir versichert, dass unsere italienischen Kollegen unverändert größere Beiträge zuschießen werden. Playa Giron hat uns allen einen Vorgeschmack auf das gegeben, was sein könnte. Keiner mag aufhören. Wäre das Leben nicht viel einfacher, wenn Kleiner Bruder nicht einen derart ausgeprägten Hass auf Italiener hätte?

Mit freundlichen Grüßen
Kemper

70

(Miami/Blessington, Juni bis November 61)

Bei Tiger Kab hing ein großes Dartboard. Die Fahrer hefteten Fidel-Castro-Fotos dran und verwandelten sie in Konfetti.

Pete hatte seine eigenen Lieblingsziele.

Wie Ward Littell. Der Carlos Marcellos Mann war, Gangsterkumpel und unberührbar.

Wie Howard Hughes – seinen Ex-Boss und Ex-Wohltäter.

Hughes hatte ihn gefeuert. Laut Lenny Sands hatte er das den Mormonen zu verdanken. Und dem *Hush-Hush*-Fiasko.

Boyd hatte im Krankenhaus gelegen, im Morphiumrausch. Er hatte Lenny nicht anrufen können, damit er die ganze Auflage einstampfen ließ. Lenny hatte sich gerade unerreichbar mit irgendeinem Schnucki eingeigelt. Ohne die geringste Ahnung, dass die Invasion fehlgeschlagen war.

Dracula liebte seine Mormonen. Obermormone Duane Spurgeon hatte ein paar Rauschgiftkontakte aufgetan. Drac kam nun an Stoff, ohne bei Pete Bondurant Männchen machen zu müssen.

Die gute Nachricht: Spurgeon hatte Krebs. Die schlechte: Hughes stellte *Hush-Hush* ein.

Der Artikel über die Schweinebucht hatte einige unerfreuliche Kommentare nach sich gezogen. Hughes behielt Lenny auf der Gehaltsliste, damit der ihm ein *privates* Schmuddelblatt vollschrieb.

Was darin stand, war zu schmuddelig für die Öffentlichkeit. Das Schmuddelblatt war für nur zwei Schmuddelfans bestimmt: für Dracula und J. Edgar Hoover.

Drac schob Lenny fünf Hunderter die Woche rüber. Drac rief Lenny jeden Abend an. Lenny hatte Drac und dessen feuchten Traum von der »Herrschaft über Las Vegas« satt.

Doch Hughes und Littell waren nur Übungsziele. Die schärfsten Pfeile hatte er Präsident John F. Kennedy vorbehalten.

Der:

zögerte, zauderte, zagte und zitterte, um sich aus der Schweinebucht zu verzwitschern.

Der:

bedachte, delegierte, dackelte und duckmäuserte, um Kuba schließlich den Kommunistenschweinen zu überlassen.

Der:

hin- und hermachte, ja und nein sagte, vor- und zurückschritt, während elf Männer aus Blessington hingeschlachtet wurden.

Er hatte Jack seinerzeit die Sache mit dem Hughes/Nixon-Darlehen gesteckt. Er hatte mit dafür gesorgt, dass der Arsch überhaupt ins Weiße Haus gelangt war. Der Boyd/Bondurant-Casino-Deal – etwa so aktuell wie der Schleimer Dick Nixon.

Die CIA bildete unverdrossen neue Exilkubaner aus. Schnellbootmannschaften versetzten der kubanischen Küste weiterhin Nadelstiche. Alles nur Wichtigtuerei.

Jack bezeichnete eine zweite Invasion als »durchaus im Rahmen des Möglichen«. Ein Datum war nicht von ihm zu bekommen.

Jack ist ein Angsthase. Jack ist eine schmählich schmollende Schwuchtel.

Blessington war nach wie vor rappelvoll. Das Rauschgiftgeschäft des Kaders blühte. Fulo bestach die Zeugen von Boyds Schießerei – vierzig Leute hatten großen Zahltag.

Néstor rettete Boyd das Leben. Néstor kannte keine Furcht. Néstor schlich sich einmal die Woche nach Havanna, um der unwahrscheinlichen Chance willen, auf den Bart zu treffen.

Wilfredo Delsol leitete den Taxistand. Der Bursche war jetzt zuverlässig. Die Pro-Castro-Phase hatte nur kurz gedauert.

Jimmy Hoffa schaute gelegentlich bei Tiger Kab vorbei. Jimmy war der verbissenste Kennedy-Hasser – aus scheißguten Gründen.

Bobby K. ließ Jimmy zappeln: an der guten alten Grand-Jury-Angel. Jimmy hatte eine fixe Idee – er kam immer wieder auf die Darleen-Shoftel-Abhöraffäre zu sprechen.

»Wir können es noch mal aufziehen«, sagte Jimmy. »Ist Jack erledigt, hat Bobby nichts mehr zu sagen. Jack steht bestimmt noch auf Weiber.«

Jimmy gab nicht auf. Er war nicht der einzige Kennedy-Hasser.

»Ich bereue den Tag, an dem ich Jack Illinois gekauft habe«, sagte Sam G. »Kemper Boyd hatte was für Jack übrig«, sagte Heshie Ryskind, »deshalb glaubten wir, er sei koscher.«

Boyd war zum Tripel- oder Quadrupel-Agenten geworden. Er behauptete, an chronischer Schlaflosigkeit zu leiden. Die Anstrengung, das eigene Lügengespinst zusammenzuhalten, brachte ihn nächtelang um den Schlaf.

Boyd war Verbindungsmann zur Kuba-Expertengruppe. Boyd war beim Kader beurlaubt – um ihm das Leben wenigstens ein bisschen leichter zu machen.

Boyd spielte Bobby CIA-freundliche Beschönigungen in die Hände. Und der CIA Untersuchungsausschuss-Geheimnisse.

Boyd bedrängte Bobby und Jack, Castro mit einem Attentat aus dem Weg zu räumen und eine zweite Invasion zu initiieren.

Die Brüder lehnten ab. Laut Boyd war Bobby der Sache freundlicher gesinnt – aber nur bis zu einem gewissen Punkt.

Eine zweite Invasion wurde von Jack entschieden abgelehnt. Jack verweigerte jeglichem geplanten Attentat auf den Bart die Zustimmung. Der Untersuchungsausschuss entwickelte eine Alternative namens Operation Mongoose, Operation Mungo.

Ein raffinierter Name. Holen wir uns Kuba zurück – irgendwann in diesem Jahrhundert. Fünfzig Millionen im Jahr bar auf die Hand – fass, CIA, fass!

Mongoose erzeugte JM/Wave. JM/Wave war der elegante Deckname für sechs Gebäude auf dem Campus der Universität von Miami. JM/Wave verfügte über Räume mit beeindruckenden Schautafeln an den Wänden und war auf dem allerneuesten Stand der verdeckten Ermittlung.

JM/Wave war eine Clownsuniversität.

Fass, CIA, fass! Lieg bei den Exilkubanergruppen auf der Lauer, aber untersteh dich, irgendwas zu unternehmen – das könnte Haircut-Jack ein paar Punkte in den Meinungsumfragen kosten.

Trotz alledem war Boyds Liebe zu Jack nach wie vor ungebrochen. Er steckte zu tief drin, als dass er ihn hätte durchschauen können. Boyd behauptete, dass ihm die Bürgerrechtsarbeit so viel bedeutete, weil er da niemandem was vorzumachen brauchte.

Boyd litt an Schlafstörungen. Ein Segen, Kemper – meine Albträume wolltest du nicht haben.

71

(Washington, D. C., Juni bis November 61)

Er liebte das Büro. Carlos Marcello hatte es ihm gekauft.

Eine geräumige Dreizimmersuite. In nächster Nähe des Weißen Hauses.

Von einem Innenarchitekten eingerichtet. Die Eichentäfelung und das grüne Leder standen Jules Schiffrins Arbeitszimmer in fast nichts nach.

Er hatte keine Empfangsdame und keine Sekretärin. Carlos hielt nichts von Mitwissern.

Mit Carlos hatte sich für ihn der Kreis geschlossen. Das Phantom von Chicago war zum Gangsteranwalt geworden.

Den Seitenwechsel empfand er als stimmig. Er hatte seine Zukunftsaussichten an die eines Mannes geheftet, der seinen Hass teilte. Kemper hatte gewusst, dass es zwischen ihnen funken würde.

Für Kemper hatte sich der Kreis mit John F. Kennedy geschlossen. Beide waren sie charmante, seichte Männer, die nie erwachsen werden würden. Kennedy hetzte Killer gegen ein fremdes Land, um sie zu verraten, als er sah, was für einen schlechten Eindruck das machen würde. Kemper beschützte einige Neger, um anderen Heroin zu verkaufen.

Carlos Marcello spielte das gleiche falsche Spiel. Carlos benutzte Menschen und stellte sicher, dass sie die Regeln kannten.

Carlos wusste, dass er seine Lebensführung mit ewiger Verdammnis würde büßen müssen.

Sie waren gemeinsam Hunderte von Meilen gewandert. Sie hatten in Dschungelstädten die Messe besucht und extravagante Almosen gespendet.

Sie aßen in Dorfkneipen. Hielten ganze Dörfer frei. Er schrieb auf wackligen Tischchen Deportationseingaben und telefonierte sie nach New York durch.

Chuck Rogers flog sie nach Mexiko. »Ich vertraue dir, Ward«, sagte Carlos. »Wenn du sagst, dass ich mich stellen soll, werde ich das tun.«

Er hatte das in ihn gesetzte Vertrauen gerechtfertigt. Drei Richter prüften das Beweismaterial und ließen Marcello gegen Kaution frei. Littells Darlegungen galten als atemberaubend brillant.

Carlos der Dankbare brachte ihn mit James Riddle Hoffa zusammen. Jimmy war ihm von vornherein wohlgesinnt – gab ihm Carlos doch die Pensionskassenbücher zurück und ließ ihn wissen, wie er an die herangekommen war.

Hoffa wurde sein zweiter Klient. Robert Kennedy sein einziger Gegner.

Er schrieb Eingaben für Hoffas offizielle Anwälte. Die Resultate bestätigten seine Brillanz.

Juli 1961: Eine zweite Anklageerhebung wegen Sun Valley wird abgewiesen. Littells Eingaben beweisen, dass die Zusammensetzung der Grand Jury nicht korrekt war.

August 1961: Eine Grand Jury in Florida kommt gar nicht erst zum Zug. Eine Littell-Eingabe beweist, dass die Anklagebehörde das Beweismaterial durch vorsätzliche Täuschung erlangt hatte.

Für ihn hatte sich der Kreis geschlossen.

Er hörte mit dem Trinken auf. Er mietete eine schöne Wohnung in Georgetown und knackte endlich den Code der Pensionskassenbücher.

Zahlen und Buchstaben wurden zu Wörtern. Wörter zu Namen – die sich mit polizeilichen Akten, Adressbüchern und sämtlichen öffentlich zugänglichen Finanzdateien abgleichen ließen.

Vier Monate hintereinander tat er nichts anderes, als Namen zu überprüfen. Er überprüfte berühmte Namen, von Persönlichkeiten des öffentlichen Lebens, von Kriminellen und Unbekannten. Er überprüfte Todesanzeigen und Vorstrafenregister. Er überprüfte jeden Namen, jedes Datum und jede Zahl, vierfach, und glich sämtliche wichtigen Daten miteinander ab.

Er überprüfte Namen, die in Rechenschaftsberichten von Aktiengesellschaften auftauchten. Er trug eine fantastische geheime Geschichte finanzieller Absprachen zusammen.

Beim Teamster Central States Pension Fund hatten Darlehen aufgenommen:

24 US-Senatoren, 9 Gouverneure, 114 Kongressabgeordnete, Allen Dulles, Rafael Trujillo, Fulgencio Batista, Anastasio Somoza, Juan Péron, nobelpreisverdächtige Wissenschaftler, drogensüchtige Filmstars, Kredithaie, Gewerkschaftsbosse, gewerkschaftsfeindliche Fabrikbesitzer, die High-Society von Palm Beach, betrügerische Unternehmer, rechtsextreme französische Spinner mit riesigen Besitztümern in Algerien sowie 67 Opfer ungelöster Mordfälle, die sich nachweislich als zahlungsunfähig erwiesen hatten.

Wichtigste Bargeldquelle und wichtigster Kreditgeber: ein gewisser Joseph P. Kennedy Sr.

Jules Schiffrin war sehr plötzlich gestorben. Möglich, dass er ungeahntes Pensionskassenpotenzial gewittert hatte – Machinationen, die für den Horizont eines gewöhnlichen Gangsters zu anspruchsvoll waren.

Er konnte Jules Schiffrins Wissen umsetzen. Er konnte sich mit der ganzen Kraft seines Willens auf diese eine Bestrebung konzentrieren.

Fünf Monate eisern durchgehaltener Nüchternheit hatten ihn eines gelehrt:

Du bist zu allem fähig.

VIERTER TEIL

HEROIN

Dezember 1961 bis September 1963

72

(Miami, 20.12.61)

Die CIA-Leute sprachen von der »Sonnen-Universität«. Mädchen in Shorts und BHs fünf Tage vor Weihnachten – ohne Scheiß.

Big Pete suchte eine Frau. Erfahrung in Erpressungen erwünscht, aber nicht Bedingung.

»Hörst du mir zu?«, fragte Boyd.

»Ich höre und schaue«, sagte Pete. »Die Führung ist ganz nett, aber die Mädchen beeindrucken mich mehr als JM/Wave.«

Sie kürzten den Weg zwischen zwei Gebäuden ab. Die Operationszentrale war einen Katzensprung entfernt von der Frauensporthalle.

»Pete, hörst du mir –?«

»Du hast gesagt, dass Fulo und Néstor den Kader allein leiten könnten. Dass Lockhart bei der CIA aufgehört hat, um in Mississippi einen eigenen Klan zu gründen und als Spitzel fürs FBI zu arbeiten. Chuck soll für ihn in Blessington einspringen, und *mein* neuer Job besteht darin, Guy Banister in New Orleans mit Waffen zu versorgen. Lockhart hat ganz gute Beziehungen zum Waffenhandel, und Guy zapft gerade einen Burschen namens Joe Milteer an, der mit einigen Kerlen von der John Birch Society und den Minutemen verbandelt ist. Sie haben eine fette Waffenkasse, und Milteer schleppt uns ein bisschen Spielzeug beim Taxistand an.«

Sie nahmen auf einer Bank im Schatten Platz. Pete streckte die Beine aus und sah zur Sporthalle hinüber.

»Für einen gelangweilten Zuhörer hast du ein ganz gutes Gedächtnis.«

Pete gähnte. »JM/Wave und Mongoose sind langweilig. Küstenüberfälle, Waffenschmuggel und Flüchtlingsgruppen überwachen – zum Einschlafen, das alles.«

Boyd setzte sich rittlings auf die Bank. Ein Collegemädchen und ein fanatischer Exilkubaner waren zwei Bänke weiter heftig am Fraternisieren.

»Was würdest du tun?«

Pete zündete sich eine Zigarette an. »Fidel umlegen. Ich bin dafür, du bist dafür, nur deine Freunde Jack und Bobby sind dagegen.«

Boyd lächelte. »Ich komme immer mehr zu dem Schluss, dass wir das so oder so erledigen sollten. Wenn es uns gelingt, einen geeigneten Sündenbock aufzubauen, wird man das Attentat mit hoher Wahrscheinlichkeit weder der CIA noch uns nachweisen können.«

»Jack und Bobby würden einfach annehmen, dass sie Glück hatten.«

Boyd nickte. »Ich sollte mal Santo darauf ansprechen.«

»Hab' ich bereits.«

»Was meint er?«

»Er findet den Vorschlag gut. Und hat ihn bereits mit Johnny Rosselli und Sam G. besprochen, die sich beide beteiligen wollen.«

Boyd rieb sich das Schlüsselbein. »Du hast von allen eine eindeutige Zusage gekriegt.«

»Das nicht gerade. Grundsätzlich finden sie den Vorschlag gut, aber es wird noch einiger Überzeugungsarbeit bedürfen.«

»Vielleicht sollten wir Ward Littell anheuern, damit er uns ein paar Eingaben schreibt. Der scheint so etwas wie der Chef-Überzeuger zu werden.«

»Findest du das gut, wie er Carlos und Jimmy um den Finger gewickelt hat?«

»Du nicht?«

Pete blies Rauchringe in die Luft. »Ich weiß ein starkes Comeback durchaus zu schätzen, aber bei Littell hört es bei mir auf. Und du freust dich, weil sich dein pflaumenweicher kleiner Bruder endlich halbwegs vernünftig aufführt.«

Collegemädchen spazierten vorbei. Big Pete sucht eine –

»Er gehört jetzt zu uns«, sagte Boyd. »Denk dran.«

»Tu' ich. Ebenso wie ich daran denke, dass das auch mal für deinen Freund Jack gegolten hat.«

»Er gehört nach wie vor dazu. Und auf Bobbys Ansichten gibt er besonders viel, und Bobby zeigt sich der Sache mit jedem Tag geneigter.«

Pete rauchte schöne konzentrische Ringe. »Das freut mich aber. Dann kommen wir wenigstens an unser Casinogeld, wenn sich der Arsch Bobby selber zum Präsidenten wählen lässt.«

Boyd wirkte verstört. Möglicherweise eine Nachwirkung der Schießerei – so ein Trauma konnte manchmal ziemlich lange anhalten.

»Kemper, hörst du mir –«

Boyd fiel ihm ins Wort. »Du lässt dich von der allgemeinen Kennedy-Feindlichkeit mitreißen. Du möchtest über den Präsidenten herziehen, obwohl er unsere beste Möglichkeit ist, doch noch ans Casinogeld zu kommen, und obwohl eine entscheidende Ursache für das Schweinebuchtfiasko die allgemeine CIA-Schlamperei und *nicht* Kennedys Feigheit war.«

Pete juchzte und schlug auf die Bank. »Ich hätte wissen müssen, dass man nichts gegen deine Jungs sagen darf.«

»Meinen Jungen, Einzahl.«

»Dann will ich mich mal untertänigst entschuldigen, obwohl ich immer noch nicht kapiere, was man davon haben soll, dem Präsidenten der Vereinigten Staaten in den Arsch zu kriechen.«

Boyd grinste. »Er schickt einen in der Welt herum.«

»Als Niggerschützer nach Meridian, Mississippi?«

»Was das angeht, so habe ich nun selber Negerblut in den Adern. Das Blut, das ich bei der Transfusion im Saint-Augustine-Krankenhaus bekam, stammt von einem Farbigen.«

Pete lachte. »Du fühlst dich wohl wie der Große Weiße Bwana. Du glaubst allen Ernstes, du seist der zur Rettung der Latinos und Nigger berufene Südstaatenaristokrat.«

»War's das?«, sagte Boyd.

Pete hörte auf, einer großgewachsenen Brünetten nachzustarren. »Ja, das war's.«

»Bist du jetzt zu einer Unterhaltung über ein Attentat auf Fidel bereit?«

Pete schnippte die Zigarette gegen einen Baum. »Die Vernunft rät mir nur eines: alles Néstor überlassen.«

»Ich habe an Néstor und zwei zusätzliche Schützen gedacht, für die das auch ein Himmelfahrtskommando sein könnte.«

»Wo willst du die finden?«

»Wir halten die Augen offen. Du rekrutierst zwei Zwei-Mann-Teams zusammen, ich eines. Und das beste Team darf Néstor begleiten.«

»Abgemacht«, sagte Pete.

Dougie Frank Lockhart hatte den rechtsextremen Süden an der

Strippe. Wer eine Waffe brauchte, wusste, wen er anrufen musste: Dougie, den Karottenkopf, in Puckett, Mississippi.

Santo und G. steuerten je fünfzig Riesen bei. Pete steckte das Kleingeld ein und ging auf Einkaufstour.

Dougie Frank übernahm für eine 5-Prozent-Provision die Vermittlung. Er besorgte gebrauchte A-1-Gewehre von den Rassisten.

Lockhart verstand sein Geschäft. Lockhart wusste, dass die Südstaaten-Rechten ihren Waffenbedarf neu veranschlagten.

Die rote Gefahr hatte schweres Gerät erforderlich gemacht. MPs, Mörser und Granaten. Jetzt galten aufmüpfige Nigger als die größere Bedrohung – und denen kam man mit Handfeuerwaffen am besten bei.

Der tiefe Süden war ein einziger verrückter Waffenschlussverkaufsmarkt.

Pete tauschte schrottreife Pistolen gegen brandneue Bazookas. Pete kaufte funktionsfähige Thompsons für fünfzig Eier das Stück. Pete versorgte sechs Lager mit fünfhunderttausend Schuss Munition.

Die Minutemen, die National States Rights Party, die Nationale Partei für die Rechte der Einzelstaaten, die National Renaissance Party, die Partei für die Nationale Wiedergeburt, die Exalted Knights of the Ku Klux Klan, die Royal Knights of the Ku Klux Klan, die Imperial Knights of the Ku Klux Klan und die Klarion Klan Koalition for the New Konfederacy, sie waren seine Lieferanten. Er versorgte sechs Exilkubanerlager, in denen es jede Menge Freiwillige für ein Himmelfahrtskommando gab.

Pete brachte drei Wochen mit Waffeneinkäufen zu. Er reiste fünfmal von Miami nach New Orleans.

Die fünfzig Riesen verflüchtigten sich zu nichts. Heshie Ryskind ließ weitere zwanzig springen. Heshie hatte Panik – die Ärzte hatten Lungenkrebs diagnostiziert.

Um sich auf andere Gedanken zu bringen, stellte Heshie eine Unterhaltungstournee durch die Lager auf die Beine: Jack Ruby und seine Stripperinnen, Dick Contino und sein Akkordeon.

Die Stripperinnen strippten und verlustierten sich mit den Rekruten. Heshie kaufte Blowjobs für ganze Lager. Dick Contino spielte sechstausendmal »Lady of Spain«.

Jimmy ließ sich zur Soirée in Lake Pontchartrain blicken. Jimmy fluchte, tobte und schimpfte ununterbrochen über die Kennedys.

Joe Milteer schloss sich ihnen in Mobile an. Er blätterte dem Waffenfonds unaufgefordert zehn Riesen hin.

Guy Banister bezeichnete den alten Joe als »harmlos«. Lockhart zufolge zündete der alte Junge leidenschaftlich gern Niggerkirchen an.

Pete sah sich nach Hilfsschützen für das Fidel-Attentat um. Seine Kriterien hatte er in zwei simplen Fragen formuliert:

Bist du ein guter Schütze?

Bist du bereit, dein Leben aufs Spiel zu setzen, damit Néstor Chasco sicher zielen kann?

Er brachte mehr als hundert Kubaner zusammen. Vier Männer kamen auf die Liste.

CHINO CROMAJOR:

Überlebender der Schweinebucht. Bereit, eine Bombe im eigenen Arsch zu verstecken, um Castro in die Luft zu jagen.

RAFAEL HERNÁNDEZ-BROWN:

Zigarrenfabrik-Arbeiter/Schütze. Bereit, dem Bart eine tödliche Panatella unterzuschieben und sich gemeinsam mit dem Mann, der seine Tabakfelder verwüstet hatte, in Rauch aufzulösen.

CÉSAR RAMOS:

Ehemaliger Koch der kubanischen Armee. Bereit, ein explosives Spanferkel anzurichten und Castros letztes Abendmahl zu teilen.

WALTER »JUANITA« CHACÓN.

Sadistischer Transvestit. Bereit, Fidel in den Arsch zu ficken und im Kreuzfeuer der Exilkubaner orgasmisch sein Leben auszuhauchen.

Aktennotiz an Kemper Boyd:

Überbiete meine Schützen – wenn du kannst.

73

(Meridian, 11.1.62)

Kemper zog sich einen »Speedball« rein – einen Kokain-»H«-Mix. Das war exakt das sechzehnte Mal, dass er Drogen nahm.

Das zwölfte Mal, seit der Arzt die Medikamente abgesetzt hatte. Damit hatte er, *ohne süchtig zu sein*, 1,3-mal pro Monat Rauschgift zu sich genommen.

Der Kopf drehte sich ihm. Sein Verstand lief auf Hochtouren. Das schäbige Zimmer im Seminole Motel sah beinahe hübsch aus.

Aktennotiz:

Sich mit dem schwarzen Prediger in Verbindung setzen. Der gerade eine Liste von Wahlrechtsverletzungen zusammenstellt.

Aktennotiz:

Sich mit Dougie Frank Lockhart in Verbindung setzen. Er hat zwei Freiwillige für dich aufgetrieben.

Und dann trat die Wirkung erst *richtig* ein.

Das Schlüsselbein hörte auf zu schmerzen. Die Klammern, die den Knochen zusammenhielten, verschmolzen mit dem Körper.

Kemper putzte sich die Nase. Das Porträt über dem Schreibtisch fing an zu leuchten.

Ein Bild von John F. Kennedy aus Vor-Schweinebucht-Zeiten. Die Widmung stammte aus der Zeit danach: »Für Kemper Boyd. Ich glaube, wir haben beide in letzter Zeit ein paar Blessuren abgekriegt.«

Trip Nr. 16 ließ sich dynamisch an. Jacks Lächeln war auch nicht ohne Nachhilfe zustande gekommen – Dr. Feelgood hatte ihm kurz vor dem Fototermin eine Spritze verabreicht.

Jack sah jung und unbesiegbar aus. Die vergangenen neun Monate hatten ihm ziemlich zugesetzt.

Vor allem das Schweinebuchtfiasko. Unter einer Flut von Kritik war Jack erwachsen geworden.

Jack gab sich selbst die Schuld – und der CIA. Jack feuerte Allen Dulles und Dick Bissell. »Ich zerschlage die CIA in tausend Stücke«, sagte Jack.

Jack hasst die CIA. Bobby nicht. Bobby hasst inzwischen Fidel Castro mit der gleichen Intensität wie Hoffa und das organisierte Verbrechen.

Das Nachspiel der Schweinebucht-Affäre zog sich schmerzhaft in die Länge. In seiner Doppelagenten-Eigenschaft trat er auch als Kemper Boyd, Anstandsdame, auf. Er stellte Bobby zahllose saubere Exilkubaner vor – die Nichtkriminellen, die ihm die CIA vorführen wollte.

Der Untersuchungsausschuss bezeichnete die Invasion als »Don Quijoterie«, »von zu schwachen Kräften durchgeführt« und »basierend auf unzutreffenden geheimdienstlichen Erkenntnissen«.

Er sah das auch so. Die CIA sah das anders.

In Langley betrachtete man ihn als Kennedy-Apologeten. Als politisch unzuverlässig.

Das hatte er von John Stanton erfahren. Insgeheim teilte er diese Einschätzung.

Offiziell behauptete er lautstark, dass JM/Wave das gesetzte Ziel erreichen werde.

Eine Einschätzung, die er insgeheim für falsch hielt. Er

drängte Bobby, Fidel Castro ermorden zu lassen. Bobby lehnte das ab. Das seien Gangstermanieren, der Kennedy-Politik abträglich.

Bobby war ein Eisenfresser mit soliden moralischen Grundsätzen. Seine Richtlinien waren oft schwer einzuschätzen.

Bobby der Eisenfresser gründete in zehn größeren Städten Gangsterbekämpfungseinheiten. Ihr einziger Auftrag war, in den Kreisen des organisierten Verbrechens Informanten zu rekrutieren. Eine Entscheidung, die Mr Hoover vor Wut schäumen ließ. Unabhängige Gangsterjäger drohten seinem Top-Hoodlum-Programm die Schau zu stehlen.

Eisenfresser Bobby hasste Eisenfresser J. Edgar. Eisenfresser J. Edgar ließ sich nicht lumpen. Ein rasender Hass – der überall im Justizministerium zu spüren war.

Hoover ordnete Dienst nach Vorschrift an. Bobby hob die FBI-Autonomie auf. Guy Banister zufolge ließ Hoover Gangstertreffs im ganzen Land belauschen.

Davon hatte Bobby keine Ahnung. Mr Hoover wusste Geheimnisse für sich zu bewahren.

Wie Ward Littell. Wards bestgehütetes Geheimnis war Joe Kennedys »Pensionskassenvergehen«.

Joe hatte letztes Jahr einen beinahe tödlichen Schlaganfall erlitten. Was Laura, laut Claire, »entsetzlich mitgenommen« hatte.

Sie versuchte, ihren Vater zu sehen. Was Bobby nicht zuließ. Die Drei-Millionen-Dollar-Zahlung war verbindlich und endgültig.

Claire machte ihren Abschluss in Tulane mit magna cum laude. Sie bekam die Zulassung zur juristischen Fakultät der NYU. Sie zog nach New York, wo sie nicht weit von Laura eine Wohnung fand.

Laura erwähnte ihn nur selten. Claire erzählte ihr von seiner

Verwundung bei einem »zufälligen Schusswechsel« in Miami. »Kemper und zufällig«, sagte Laura. *»Nie und nimmer.«*

Claire nahm ihm seine Version von der Schießerei ab. Claire ließ alles stehen und liegen und fuhr, kaum dass die Ärzte sie benachrichtigt hatten, zum Saint-Augustine-Krankenhaus.

Laut Claire hatte Laura einen neuen Freund. Laut Claire war er nett. Claire hatte Lauras »netten Freund« getroffen – Lenny Sands.

Lenny hatte sich über seinen Befehl hinweggesetzt und wieder mit Laura Kontakt aufgenommen. Lenny ging stets indirekt vor – im *Hush-Hush*-Artikel über die Schweinebucht waren lauter zweideutige Anspielungen versteckt.

Ihm konnte das egal sein. Er hatte etwas gegen Lenny in der Hand und im Übrigen nichts mehr mit ihm zu schaffen.

Lenny besorgte Schweinkram für Howard Hughes. Lenny plapperte gewisse Geheimnisse aus und behielt andere für sich. Lenny besaß Indizienbeweise über Kemper Boyds klägliches Versagen im April '61.

Kemper zog sich noch einen Speedball rein.

Sein Herz klopfte wie rasend. Das Schlüsselbein wurde völlig taub. Ihm fiel ein, wie er sich im Mai für den April schadlos gehalten hatte!

Bobby hatte ihm aufgetragen, einigen Bürgerrechtskämpfern zu folgen. »Beschränken Sie sich aufs Beobachten«, sagte er. »Und holen Sie Hilfe, wenn Klan-Leute oder irgendwelche anderen gewalttätig werden. Sie sind noch Rekonvaleszent, denken Sie daran.«

Er beobachtete sie. Er kam den Demonstranten näher als Reporter und Kameraleute.

Er beobachtete, wie Bürgerrechtskämpfer in Busse stiegen. Er folgte ihnen. Aus den weit offenen Fenstern erklangen Hymnen.

Störenfriede hängten sich an die Busse dran. Und ließen den »Dixie« aus voll aufgedrehten Autoradios dröhnen. Er zeigte seine Dienstmarke vor und pflückte sich ein paar Steinewerfer raus, obwohl er seinen Pistolenarm noch immer in der Schlinge trug.

Er machte in Anniston Rast. Rednecks schlitzten ihm die Reifen auf. Weißer Mob stürmte das Depot und vertrieb einen Freiheitsbus mit Steinwürfen aus der Stadt.

Er mietete einen alten Chevy und spielte Fangen. Er bretterte den Highway 78 hinunter und geriet in eine Massenschlägerei.

Der Mob hatte den Bus angezündet. Bullen, Bürgerrechtskämpfer und weißes Pack droschen am Straßenrand aufeinander ein.

Er sah ein schwarzes Mädchen mit den Flammen kämpfen, die seine Zöpfchen ergriffen hatten. Er sah, wie der Brandstifter mit Vollgas davonpreschte. Er jagte ihn von der Straße und schlug ihn mit der Pistole halbtot.

Von Zeit zu Zeit bin ich auf ein bisschen Stoff angewiesen. Damit ich den Überblick behalten kann.

»... und das Allerbeste: Sie brauchen vor keinem öffentlichen Gericht aufzutreten. Bundesrichter werden Ihre eidesstattlichen Erklärungen und meine beiliegenden Bestätigungen lesen und daraus ihre Schlüsse ziehen. Zur Zeugenaussage aufgerufen werden Sie allenfalls in geschlossener Sitzung, ohne Reporter, ohne gegnerischen Anwalt oder hiesige Polizeikräfte.«

Die freundliche kleine Kirche war gerammelt voll. Der Prediger hatte etwa sechzig Leute zusammengetrommelt.

»Irgendwelche Fragen?«, sagte Kemper.

»Woher kommen Sie?«, rief ein Mann. Eine Frau: »Wer wird uns schützen?«

Kemper beugte sich über die Kanzel. »Ich komme aus Nashville, Tennessee. Vielleicht wissen Sie, dass wir dort 1960 Boykotts und Sit-ins organisiert haben und dass wir dort, fast ohne Blutvergießen, in Sachen Integration sehr große Fortschritte erzielt haben. Mir ist vollkommen bewusst, dass es in Mississippi um einiges härter zugeht als in meinem Heimatstaat, doch was Schutz angeht, kann ich nur betonen, dass ihr umso sicherer seid, je zahlreicher ihr hingeht, um euch registrieren zu lassen, weil ihr dann in der Mehrheit seid. Je mehr Leute eidesstattliche Erklärungen abgeben, desto besser. Je mehr Leute sich registrieren lassen und wählen gehen, desto besser. Zwar werden gewisse Elemente auf eure Stimmabgabe alles andere als freundlich reagieren, aber je mehr von euch ihre Stimme abgeben, desto größer sind eure Chancen, dass Leute ins Amt kommen, die solche Elemente im Zaum zu halten vermögen.«

»Unser Friedhof draußen kann sich sehen lassen«, sagte ein Mann. »Nur dass niemand allzu bald dort liegen will.«

»Die hiesige Polizei wird doch nicht plötzlich die Seiten wechseln«, sagte eine Frau.

Kemper lächelte. Zwei Portionen Stoff und zwei Martini zum Lunch ließen die Kirche erstrahlen.

»Was Friedhöfe angeht, so ist eurer vielleicht der hübscheste, den ich je gesehen habe, aber vor dem Jahr 2000 will dort keiner von uns liegen, und was euren Schutz angeht, so kann ich nur sagen, dass Präsident Kennedy ganze Arbeit geleistet hat, als er letztes Jahr die Bürgerrechtskämpfer beschützt hat, und sollte der weiße Mob es wagen, eure gottgegebenen Bürgerrechte anzutasten, wird die Regierung der Vereinigten Staaten der Herausforderung mit noch größerer Macht begegnen, weil euer Streben nach Freiheit nicht unterliegen darf, weil es gut und gerecht und billig ist und weil bei euch die Macht der Sanftmut ist, die Macht des Anstands und der unbedingten Rechtschaffenheit.«

Die Gemeinde erhob sich und applaudierte.

»... so was nennt man Reibach machen. Ich habe meinen Royal Knights Klan, der eigentlich ein FBI-Ableger ist, und brauche nur die Ohren offen zu halten und die Exalted Knights und Imperial Knights zu verpfeifen, wenn die gegen das Postrecht verstoßen, was so ziemlich alles ist, was Mr Hoover interessiert. Ich habe in beiden Gruppen meine eigenen Informanten, die ich aus meinem FBI-Budget zahle, womit meine eigene Gruppe besser dasteht.«

Die Hütte roch nach ungewaschenen Socken und abgestandenem Marihuanadunst. Dougie Frank trug seine Klanrobe und Jeans.

Kemper schlug eine Fliege tot, die auf seinem Stuhl herumkrabbelte. »Was ist mit diesen Schützen?«

»Die sind da. Die schlafen bei mir, weil die Motels keinen Unterschied zwischen Kubanern und Niggern machen. Na ja, das versuchst du ja jetzt alles zu ändern.«

»Wo sind sie jetzt?«

»Ich hab' unten an der Straße einen Schießstand. Die amüsieren sich mit ein paar Klan-Brüdern. Willst du ein Bier?«

»Lieber einen trockenen Martini.«

»Gibt's hier unten nicht. Wer so was bestellt, ist gleich als Nordstaatenspitzel abgeschrieben.«

Kemper lächelte. »Den Barkeeper der Skyline Lodge hab' ich bereits bekehrt.«

»Muss ein Jude oder ein Homo sein.«

Kemper verstärkte den Südstaatensingsang: »Junge, mir vergeht allmählich die Geduld.«

Lockhart zuckte zusammen. »Na ja ... Scheiße, also, es heißt, dass Pete seine vier Burschen beisammenhat. Laut Guy Banister fehlen dir noch zwei, was mich gar nicht überrascht, angesichts der Integrationsspielchen, die du treibst.«

»Erzähl mir was über die Schützen. Komm endlich zur Sache und behalt deine Kommentare für dich.«

Lockhart rutschte mit dem Stuhl von ihm weg. Kemper rutschte mit seinem Stuhl näher an ihn heran.

»Na ja, also, die hat mir Banister geschickt. Sie haben in Kuba ein Schnellboot gekapert und es vor der Küste von Alabama auf Grund gesetzt. Sie haben ein paar Tankstellen und Schnapsläden überfallen und ihre alte Bekanntschaft mit dem Franzmann Laurent Guery aufgefrischt, der ihnen vorgeschlagen hat, sich mit Guy wegen eines Anti-Fidel-Jobs in Verbindung zu setzen.«

»Und?«

»Und Guy hat sie für gottverdammt zu übergeschnappt für seinen Geschmack gehalten, und das heißt, so ziemlich zu übergeschnappt für jeden. Guy hat sie mir auf den Hals gehetzt, aber was soll ich mit ihnen anfangen?«

Kemper rückte näher. Lockhart rückte seinen Stuhl direkt an die Wand.

»Mann, lass mir ein bisschen Luft.«

»Erzähl von den Kubanern.«

»Jesus, ich dachte, wir seien Freunde.«

»Sind wir. Jetzt erzähl von den Kubanern.«

Lockhart wich zur Seite aus. »Flash Elorde und Juan Canestel heißen sie. Elorde heißt nicht wirklich Flash. Er nennt sich nur so, weil das der Kampfname von einem berühmten Boxer ist.«

»Und?«

»Und beide sind Spitzenschützen und große Fidelhasser. Flash hat in Havanna einen Nuttensklavinnenring geleitet, und Juan war so ein Vergewaltiger, den Castros Geheimpolizei kastriert hat, weil er zwischen 1959 und 1961 so etwa dreihundert Mädchen überfallen hat.«

»Sind sie bereit, für ein freies Kuba zu sterben?«

»Scheiße, ja. Flash behauptet, bei dem Leben, das er bisher geführt hat, kommt jeder Tag, an dem er lebend erwacht, einem Wunder gleich.«

Kemper lächelte. »Da solltest du dir was von abgucken, Dougie.«

»Was heißt das?«

»Das heißt, dass sich vor Meridian eine nette Negerkirche befindet. Nämlich die First Pentecostal Baptist Church, die einen wunderschönen moosbewachsenen Friedhof hat.«

Lockhart hielt ein Nasenloch zu und rotzte auf den Fußboden. »Na und? Bist du so ein Niggerkirchenkenner?«

Kemper ging voll in den Südstaatendialekt über. »Du gibst deinen Jungs Bescheid, dass sie die Kirche in Frieden lassen.«

»Scheiße, Mann, du glaubst doch nicht, dass ein anständiger Weißer sich auf so was einlässt.«

»Sag: ›Ja, Sir, Mr Boyd.‹«

Lockhart geriet ins Stammeln. Kemper summte »We shall overcome«.

»Ja, Sir, Mr Boyd«, sagte Lockhart.

Flash hatte einen Irokesenschnitt. Juan eine riesige Ausbeulung in der Hose – Stoff- oder Papiertaschentücher, wo er mal Hoden gehabt hatte.

Der Schießstand war ein unbebauter Platz neben einem Trailer-Park. Klan-Männer in voller Montur schossen auf Büchsen und tranken Bier und Jack Daniel's.

Sie trafen eine von vier Büchsen auf 25 Meter Entfernung. Flash und Juan trafen jede Büchse aus der zweifachen Distanz.

Sie hatten im Spätnachmittagslicht mit ausgedienten M-1-Gewehren geschossen. Bessere Waffen und Zielfernrohre – und sie waren unbesiegbar.

Dougie Frank mischte sich unter die Leute. Kemper sah den Schießübungen der Kubaner zu.

Flash und Juan zogen sich bis zum Gürtel aus und benutzten ihre Hemden als Fliegenklatsche. Beide Männer hatten Folternarben am ganzen Oberkörper.

Kemper pfiff und signalisierte Lockhart: Schick sie auf der Stelle rüber.

Dougie Frank führte sie zu ihm. Kemper lehnte sich gegen einen alten Ford-Kleinlaster. Die Ladefläche war mit Schnapsflaschen und Gewehren beladen.

Sie kamen herüber. Kemper gab sich höflich und verbindlich. Lächeln und Verbeugungen. Händeschütteln. Flash und Juan zogen sich die Hemden über – aus offensichtlichem Respekt vor dem Großen Weißen Bwana.

Kemper kam zur Sache. »Mein Name ist Boyd. Ich habe euch eine Mission anzubieten.«

»Sí, trabajo. Quién el –«

Juan brachte ihn zum Schweigen. »Was für eine Mission?«

Kemper versuchte es auf Spanisch. *»Trabajo muy importante. Para matar el grande puto Fidel Castro.«*

Flash hüpfte auf und ab. Juan beruhigte ihn.

»Das ist nicht Ihr Ernst, Mr Boyd.«

Kemper zog die Geldklammer raus. »Mit wie viel seid ihr zu überzeugen?«

Sie drängten sich an ihn heran. Kemper fächerte Hundertdollarnoten auf.

»Ich hasse Fidel Castro genauso wie jeder kubanische Patriot. Erkundigt euch bei Mr Banister oder bei eurem Freund Laurent

Guery. Bis wir Förderung kriegen, werde ich euch aus eigener Tasche bezahlen, und wenn wir Erfolg haben und Castro erledigen, garantiere ich euch ordentliche Prämien.«

Das Geld hypnotisierte sie. Kemper schloss ab.

Er steckte erst Flash einen Hunderter zu und dann Juan. Einen Hunderter für Flash, einen für Juan, einen Hunderter für Flash –

Canestel drückte ihm fest die Hand. »Wir glauben Ihnen.«

Kemper fischte eine Flasche vom Laster. Flash trommelte auf der hinteren Stoßstange einen Mamborhythmus.

»Lasst uns Weißen auch was übrig«, schrie ein Klan-Mann.

Kemper nahm einen Schluck, Flash nahm einen Schluck. Juan kippte die halbe Flasche in einem Zug herunter.

Die Cocktailparty war der Beginn einer näheren Bekanntschaft.

Kemper kaufte Flash und Juan ein paar Kleidungsstücke. Sie holten ihr Zeug aus Lockharts Bude.

Kemper rief seinen Börsenmakler in New York an. »Verkaufen Sie ein paar Aktien und schicken Sie mir fünftausend Dollar runter«, sagte er.

Der Mann erkundigte sich nach dem Grund. Um ein paar Mitarbeiter anzuheuern, erklärte Kemper.

Flash und Juan brauchten eine Unterkunft. Kemper knöpfte sich den freundlichen Empfangschef vor und schlug ihm vor, seine WHITES-ONLY-Politik zu überdenken.

Der Mann ließ sich darauf ein. Flash und Juan zogen ins Seminole Motel.

Kemper rief Pete in New Orleans an. Regte ein »Fidel-Wettschießen« an.

Sie überlegten.

Kemper rechnete mit fünfzig Riesen pro Schützen plus zweihundert Riesen für die Grundkosten. Pete schlug eine Abfindung vor – zehn Riesen für jeden abgewiesenen Schützen.

Kemper war einverstanden. Ziehen wir das in Blessington durch, meinte Pete. Santo kann Sam G. und Johnny im Breakers Motel unterbringen.

Kemper war einverstanden. Pete meinte, sie würden einen Latino als Sündenbock benötigen – der weder mit der CIA noch mit dem Kader was zu tun habe. Finden wir, meinte Kemper.

Meine Burschen sind tapferer als deine Burschen, behauptete Pete.

Sind sie nicht, behauptete Kemper.

Flash und Juan war nach Alkohol zumute. Kemper brachte sie in die Skyline Lounge.

Das sind keine Weißen, entschied der Barkeeper. Kemper schob ihm zwanzig Dollar zu. Worauf sie der Barkeeper für weiß erklärte.

Kemper trank Martinis, Juan I. W. Harper, Flash Myers' Rum mit Cola.

Flash sprach Spanisch. Juan übersetzte. Kemper lernte die Grundzüge der Prostitutionssklaverei.

Flash kidnappte die Mädchen. Laurent Guery machte sie mit algerischem Heroin süchtig. Juan richtete die Anfängerinnen ab und versuchte, sie derart zu pervertieren, dass sie alles mitmachten.

Kemper hörte zu. Was daran hässlich war, separierte und verdrängte er.

Juan vermisste seine Eier. Er konnte immer noch einen Steifen kriegen und ficken, vermisste aber das Gefühl, richtig abdrücken zu können.

Flash schäumte gegen Fidel. Ich hasse Castro eigentlich gar nicht, stellte Kemper überrascht fest.

Die sechs trugen gestärkte Kampfanzüge und hatten sich die Gesichter geschwärzt. Das war Petes Idee gewesen: Die Kandidaten sollten furchterregend wirken.

Néstor baute hinter dem Breakers-Parkplatz einen Schießstand auf. Kemper nannte ihn ein Meisterwerk der Improvisation.

Die Ziele waren an Flaschenzügen befestigt, und Stühle hatten sie in einer abgerissenen Cocktailbar geschnorrt. Die Waffen fürs Schauschießen waren CIA-Ware.

Teo Paez hatte mit Stroh ausgestopfte Castropuppen hergestellt. Sie waren lebensgroß und realistisch – komplett mit Bart und Zigarre.

Laurent Guéry drängte sich unter die geladenen Gäste. Teo zufolge hatte er es sich *rápidamente* mit Frankreich verdorben. Néstor behauptete, er habe versucht, Charles de Gaulle umzunieten.

Die Kampfrichter saßen unter einem Zeltdach. Trafficante, J. Rosselli und S. Giancana – mit Highballs und Ferngläsern versorgt.

Pete gab den Waffenmeister. Kemper den Moderator.

»Wir haben sechs Männer hier, Gentlemen, unter denen Sie wählen können. Sie werden die Operation finanzieren, und ich weiß, dass Sie sich die endgültige Auswahl vorbehalten wollen. Pete und ich schlagen Drei-Mann-Teams vor, wobei der Ihnen bereits bekannte Néstor Chasco unter allen Umständen der dritte Mann sein sollte. Bevor wir anfangen, möchte ich nachdrücklich darauf hinweisen, dass alle Männer tapfer und treu und sich des mit der Aufgabe verbundenen Risikos absolut bewusst sind. Sollten Sie in Gefangenschaft geraten, werden sie alle lieber Selbstmord begehen, als ihre Auftraggeber zu verraten.«

Giancana tippte auf seine Armbanduhr: »Ich bin spät dran. Können wir anfangen?«

Trafficante tippte auf die seine. »Komm schon, Kemper. Ich muss noch nach Tampa.«

Kemper nickte. Pete zog Fidel Nummer eins in fünfzig Metern Entfernung hoch. Die Männer luden ihre Revolver und gingen in Kampfstellung.

»Feuer«, sagte Pete.

Chino Cromajor schoss Castros Hut weg. Rafael Hernández-Brown raubte ihm die Zigarre. César Ramos brachte ihn um beide Ohren.

Die Schüsse verhallten. Kemper überprüfte die Reaktionen. Santo wirkte gelangweilt. Sam nervös. Johnny milde erstaunt.

Juanita Chacón legte auf Lendenhöhe an und schoss. Fidel Nummer eins verlor seine Männlichkeit.

Flash und Juan feuerten zweimal. Fidel verlor Arme und Beine.

Laurent Guéry klatschte. Giancana schaute auf die Uhr.

Pete zog Fidel Nummer zwei in einer Entfernung von hundert Metern hoch. Die Schützen nahmen ihn mit ihren M-1-Gewehren ins Visier.

Die Kampfrichter hoben die Ferngläser. »Feuer«, sagte Pete.

Cromajor schoss Castro die Augen aus. Hernández-Brown kappte ihm die Daumen.

Ramos erledigte die Zigarre. Juanita kastrierte ihn.

Flash schoss ihm die Beine in Kniehöhe weg. Juan traf ihn mitten ins Herz.

»Feuer einstellen«, rief Pete. Die Schützen senkten die Waffen und gingen in Ruhestellung.

»Beeindruckend«, sagte Giancana. »Aber bei einer derart großen Sache können wir uns nicht auf Halbheiten einlassen.«

»Da muss ich Mo recht geben«, sagte Trafficante.

»Wir brauchen ein bisschen Zeit zum Nachdenken«, sagte Rosselli.

Kemper wurde schwindlig. Der Speedball-Rausch verwandelte sich in einen Katzenjammer.

Pete zitterte.

74

(Washington, D. C., 24.1.62)

Littell schloss das Geld in einen Schreibtisch-Safe ein. Der Vorschuss für einen Monat – 6 000 Dollar, bar auf den Tisch.

»Sie haben gar nicht nachgezählt«, sagte Hoffa.

»Ich vertraue Ihnen.«

»Ich hätte mich verzählen können.«

Littell kippte den Stuhl zurück und sah ihn an. »Unwahrscheinlich. Vor allem, da Sie mir die Summe selbst überbracht haben.«

»Wäre es Ihnen lieber gewesen, Sie hätten in der Scheißkälte zu mir rüberlaufen müssen?«

»Ich hätte bis zum Ersten warten können.«

Hoffa hockte sich auf die Schreibtischkante. Sein Mantel war triefend nass, draußen taute es.

Littell nahm ein paar Akten zur Hand. Hoffa griff nach dem kristallenen Briefbeschwerer.

»Wollten Sie ein paar aufmunternde Worte hören, Jimmy?«

»Nein. Aber wenn Sie was auf Lager haben, habe ich jederzeit ein offenes Ohr.«

»Bitte sehr. Sie gewinnen, und Bobby verliert. Es wird eine lange und schmerzhafte Auseinandersetzung, die Sie durch schiere Zermürbung des Gegners gewinnen werden.«

Jimmy versuchte, den Briefbeschwerer mit einer Hand zu zermalmen. »Könnte Kemper Boyd Ihnen nicht eine Kopie meiner Akte aus dem Justizministerium besorgen?«

Littell schüttelte den Kopf. »Das tut er nicht, und ich werde ihn nicht darum bitten. Er hält die Kennedys und Kuba und Gott weiß was fein säuberlich getrennt, und nur er kennt die Regeln seines Spiels. Er hat bestimmte Grundsätze, an denen er nicht rüttelt, und dazu gehört unter anderem, sich nicht in die Auseinandersetzung zwischen Ihnen und Bobby Kennedy einzumischen.«

»Grundsätze kommen und gehen«, sagte Hoffa. »Und was Kuba betrifft, zeigt nur noch Carlos ein bisschen Interesse. Santo, Mo und den anderen stinkt das gottverlassene elende Eiland ganz fürchterlich.«

Littell rückte die Krawatte zurecht. »Mir sehr recht. Weil *mir* alles stinkt, außer dass Bobby Kennedy stets einen Schritt hinter Ihnen und Carlos herhinkt.«

Hoffa lächelte. »Für Bobby Kennedy haben Sie mal was übrig gehabt. Sie sollen ihn mal richtiggehend bewundert haben.«

»Grundsätze kommen und gehen, Jimmy. Das haben Sie selber gesagt.«

Hoffa ließ den Briefbeschwerer fallen. »Richtig. Es ist auch scheißrichtig, dass ich Bobby was voraushaben muss. Und dass *Sie* seinerzeit die Abhöraktion gegen Kennedy, die Pete Bondurant für mich '58 organisiert hat, haben platzen lassen.«

Littell zwang seinem verzerrten Gesicht ein Lächeln ab. »Ich wusste nicht, dass Sie das wussten.«

»Offensichtlich weiß ich's. Und habe Ihnen ebenso scheißoffensichtlich vergeben.«

»Und wollen es ebenso offensichtlich noch mal versuchen.«

»Richtig.«

»Rufen Sie Pete an, Jimmy. Ich persönlich kann wenig mit ihm anfangen, aber er ist der beste Erpresser weit und breit.«

Hoffa lehnte sich über den Schreibtisch. Die Hosenbeine rutschten ihm hoch, und billige weiße Socken kamen zum Vorschein.

»Ich will dich mit dabeihaben.«

75

(Los Angeles, 4.2.62)

Pete rieb sich den Nacken. Völlig verkrampft und steif – in dem Flugzeug hatten sie Zwergensitze gehabt.

»Ich springe, wenn du mit den Fingern schnippst, Jimmy, aber mich nur für Kaffee und Kuchen ans andere Ende des Kontinents zu bestellen, ist ein bisschen viel verlangt.«

»Ich meine, wir sollten die Geschichte in L. A. aufziehen.«

»Welche Geschichte?«

Hoffa tupfte sich die Eclairfüllung von der Krawatte. »Das wirst du früh genug erfahren.«

Pete hörte Geräusche in der Küche. »Wer treibt sich da rum?«

»Ward Littell. Setz dich, Pete. Du machst mich nervös.«

Pete ließ die Kleidertasche fallen. Das Haus stank durchdringend nach Zigarren – Hoffa stellte es Teamstern auf Durchreise für heiße Nächte zur Verfügung.

»Littell, so ein Scheiß. Den hab' ich gefressen.«

»Na, komm schon. Lass die alten Geschichten ruhen.«

Neue Geschichten: *Dein* Rechtsanwalt hat dir *deine* Pensionskassenbücher geklaut –

Littell kam herein. Hoffa, ganz Friedensstifter, hob die Hände. »Jungs, seid nett zueinander. Ich weiß schon, warum ich euch beide zusammenbringe.«

Pete rieb sich die Augen. »Ich habe viel zu tun und habe für diesen Frühstücksklatsch die ganze Nacht im Flugzeug gesessen. Nenn mir einen guten Grund, wieso ich mich mit zusätzlichen Aufgaben belasten soll, oder ich mache auf der Stelle kehrt und fahre zum Flughafen zurück.«

»Sag's ihm, Ward«, sagte Hoffa.

Littell wärmte sich die Hände an einer Kaffeekanne. »Bobby Kennedy macht Jimmy schwer zu schaffen. Wir wollen rufschädigende Tonbandaufnahmen von Jack und ihn damit dazu bringen, Bobby auszuschalten. Hätte ich mich seinerzeit nicht eingemischt, hätte die Shoftel-Operation vielleicht geklappt. Ich glaube, wir sollten es noch einmal versuchen und eine Dame rekrutieren, die Jack so sehr interessiert, dass er eine längerfristige Affäre mit ihr anfängt.«

Pete verdrehte die Augen. »Du willst den Präsidenten der Vereinigten Staaten mit einer Erpressung über den Tisch ziehen?«

»Genau.«

»Du, ich und Jimmy?«

»Du, ich, Fred Turentine und die von uns engagierte Frau.«

»Und da gehst du mir nichts, dir nichts davon aus, dass wir einander trauen können?«

Littell lächelte. »Wir beide hassen Jack Kennedy. Und ich glaube, uns ist gegenseitig derart viel Nachteiliges übereinander bekannt, dass es für einen Nichtangriffspakt reichen dürfte.«

Pete verspürte ein unangenehmes Prickeln. »Kemper darf nichts davon erfahren. Er würde uns auf der Stelle verpfeifen.«

»Einverstanden. Kemper soll draußen bleiben.«

Hoffa rülpste. »Wenn ich so zusehe, wie ihr zwei Typen euch anstarrt, kriege ich allmählich das Gefühl, als ob ich mit der Scheiße gar nichts zu tun hätte, obwohl ich die Scheiße finanziere.«

»Lenny Sands«, sagte Littell.

Hoffa spuckte Eclairkrümel. »Was zum Teufel hat Jewboy Lenny bei irgendwas zu suchen?«

Pete schaute Littell an. Littell schaute Pete an. Ihre Gehirnströme trafen sich irgendwo über dem Kuchentablett.

Hoffa guckte völlig belämmert drein. Seine Blicke verloren sich, irgendwohin in die Nähe des Mars. Pete führte Littell in die Küche und zog die Tür hinter ihnen zu.

»Du meinst, Lenny ist ein echter Hollywood-Insider. Du meinst, er kennt einen geeigneten Lockvogel.«

»Richtig. Und wenn er nicht liefern kann, können wir uns sonst wo in Los Angeles umsehen.«

»Dem besten Ort auf Erden, um Frauen zu finden, die für einen Erpresser-Einsatz taugen.«

Littell nippte an seinem Kaffee. »Richtig. Und Lenny war mal mein Informant. Ich hab' etwas gegen ihn in der Hand, und wenn er nicht mitmacht, kriegt er's zu spüren.«

Pete ließ ein paar Knöchel knacken. »Ein Homo. Hat hinter einer Schwulenbar einen Obergangster abgestochen.«

»Das hat Lenny dir erzählt?«

»Nimm es dir nicht so zu Herzen. Man pflegt mir nun mal Dinge zu sagen, die man mir eigentlich gar nicht sagen will.«

Littell stellte seine Tasse ins Spülbecken. Hoffa tigerte vor der Küchentür auf und ab.

»Lenny kennt Kemper«, sagte Pete. »Und ich glaube, er versteht sich gut mit der Frau, mit der Kemper mal was hatte.«

»Lenny macht mit. Und wenn's hart auf hart kommt, können wir ihm immer noch mit der Tony-Iannone-Sache zusetzen.«

Pete massierte sich den Nacken. »Wer weiß sonst noch von dem Plan?«

»Niemand. Wieso?«

»Ich frage mich, ob das Allgemeinwissen in der Firma ist.«

Littell schüttelte den Kopf. »Du, ich und Jimmy. Sonst weiß keiner Bescheid.«

»Das muss so bleiben«, sagte Pete. »Lenny steht sich gut mit Sam G., und wenn jemand dem Kleinen zu nahe tritt, kann ihn das bekanntlich ganz schön auf die Palme bringen.«

Littell lehnte sich an den Herd. »Einverstanden. Und ich halte gegenüber Carlos dicht und du gegenüber Trafficante und den anderen Burschen von der Firma, mit denen du und Kemper zusammenarbeitet. Das bleibt unter uns.«

»Einverstanden. Ein paar von den Burschen haben Kemper und mich vor ein paar Wochen am kleinen Finger verhungern lassen, insofern habe ich ohnehin keine besondere Lust, die in irgendwas einzuweihen.«

Littell zuckte mit den Schultern. »Früher oder später erfahren sie es sowieso und freuen sich bestimmt, wenn es klappt. Bobby macht auch ihnen zu schaffen, und ich glaube, wir können ruhig davon ausgehen, dass Giancana alles absegnen wird, was wir mit Lenny anstellen müssen.«

»Ich hab' was für Lenny übrig«, sagte Pete.

»Ich auch«, sagte Littell, »aber das Geschäft geht nun mal vor.«

Pete schrieb mit dem Finger Dollarzeichen auf den Herd. »Um welche Größenordnung geht es denn?«

»Fünfundzwanzigtausend im Monat, deine Spesen und Freddy Turentines Honorar inklusive. Ich weiß, dass du für deinen CIA-Job viel unterwegs sein musst, und Jimmy und ich haben damit keinerlei Probleme. Ich habe selber Abhöraktionen fürs FBI durchgeführt und denke, dass wir zwei im Verein mit Turentine die Sache durchziehen können.«

Hoffa hämmerte an die Tür. »Warum kommt ihr Kerls nicht raus und redet mit mir? Ich hab' eure Tête-à-Tête-Scheiße allmählich satt!«

Pete führte Littell in die Trockenkammer. »Klingt gut. Wir finden eine Frau, bauen in ein paar Wohnungen Wanzen ein und kriegen Jack Kennedy an den Eiern zu fassen.«

Littell entzog ihm den Arm. »Wir sollten Lennys *Hush-Hush*-Geschichten durchsehen. Vielleicht findet sich da ein Hinweis auf eine geeignete Frau.«

»Das besorge *ich*. Vielleicht kann ich mal einen Blick auf die Geschichten werfen, die Howard Hughes in seinem Büro aufbewahrt.«

»Mach dich noch heute an die Arbeit. Ich bin im Ambassador, bis wir die Dinge ins Rollen gebracht haben.«

Die Tür bebte – Jimmy war am Durchdrehen.

»Ich möchte Mr Hoover einbeziehen«, sagte Littell.

»Bist du übergeschnappt?«

Littells Lächeln war hochmütig und unendlich überlegen. »Er hasst die Kennedys, genauso wie du und ich. Ich möchte mit ihm wieder in Verbindung treten, ihm einige Bänder zuspielen und ihn auf meiner Seite wissen, wenn es darum geht, Jimmy und Carlos aus der Klemme zu helfen.«

So übergeschnappt nicht.

»Der ist ein Spanner, Pete. Kannst du dir vorstellen, was er darum geben würde, eine Tonbandaufnahme zu haben vom Präsidenten der Vereinigten Staaten beim Ficken?«

Hoffa platzte in die Küche. Sein Hemd hatte Doughnut-Flecken in allen Farbschattierungen.

Pete zwinkerte Littell zu. »Mein Hass auf dich lässt nach, Ward.«

An Hughes' Büro war ein Schild ZUTRITT FÜR UNBEFUGTE VERBOTEN. Mormonen-Wachen standen vor der Tür und überprüften sämtliche Ausweise mit eigenartigen Apparaturen.

Pete lungerte an der Einfahrt zum Parkplatz herum. Der Wächter war froh, einen Zuhörer gefunden zu haben.

»Wir Nichtmormonen sprechen nur von Draculas Schloss. Mr Hughes ist der Graf und Duane Spurgeon – der Obermormone – Frankenstein, weil der am Krebs stirbt und ausschaut, wie wenn er schon gestorben wäre. Ich weiß noch, wie's war, als das Haus noch nicht voller frommer Spinner war, wie Mr Hughes selber vorbeischaute, wie er noch nicht die Angst vor Bazillen hatte, wie er noch nicht die verrückte Idee hatte, Las Vegas aufzukaufen, wie er noch keine Bluttransfusionen kriegte wie Bela Lugosi –«

»Larry –«

»– wie er noch richtig mit Leuten redete, wissen Sie noch? Außer mit diesen Mormonen spricht er jetzt nur noch mit Mr J. Edgar Hoover, demjenigen welchen, und mit Lenny, dem Kerl von *Hush-Hush.* Weißt du, *warum* mir das Maul so überläuft? Weil ich den ganzen Tag hier am Tor stehe und die ganzen Gerüchte aufschnappe und außer dem Philippino-Pförtner und der Japanerin von der Telefonvermittlung nur noch Mormonen zu sehen kriege. Aber Geschäfte kann Mr Hughes immer noch machen, das muss ihm der Neid lassen. Den Preis für die TWA-Auflösung soll der so was von hochgetrieben haben, also wenn der die Piepen dafür kriegt, dann kann er das gleich auf irgendein Konto stecken, und schon hat er sein Millionensparbuch für Vegas beisammen ...«

Larry ging die Puste aus. Pete zog eine Hundertdollarnote hervor.

»Lennys Berichte werden im Aktenraum aufbewahrt, oder?«

»Richtig.«

»Da sind noch neun mehr drin, wenn du mich reinlässt.«

Larry schüttelte den Kopf. »Kann ich nicht machen, Pete. Die Mannschaft hier besteht praktisch aus lauter Mormonen. Manche

Jungs sind Mormonen *und* Ex-FBI-Männer, von Mr J. Edgar Hoover höchstpersönlich ausgewählt.«

»Lenny ist jetzt die ganze Zeit in L. A., oder?«, sagte Pete.

»Richtig. Er hat seine Wohnung in Chicago aufgegeben. Er soll *Hush-Hush* jetzt angeblich als eine Art vervielfältigtes Blättchen mit beschränkter Auflage erscheinen lassen.«

Pete schob ihm den Hunderter zu. »Such mir mal seine Adresse heraus.«

Larry ging zum Rolodex und suchte eine Karte heraus. »831 North Kilkea, nicht weit von hier.«

Ein Krankenwagen fuhr durchs Tor. »Was ist denn das?«, sagte Pete.

Larry flüsterte. »Frisches Blut für den Grafen. Garantiert rein mormonisch.«

Der neue Job war nicht schlecht, aber eindeutig zweitrangig. Der eigentliche Auftrag hätte lauten müssen FIDEL ABKNALLEN.

Das hatten Santo & Co gekippt. Sie waren derart blasiert gewesen, als ob ihnen die Sache nicht mehr das Geringste bedeutete.

WIESO?

Er entließ seine Schützen. Kemper nahm seine Jungs mit zurück nach Mississippi.

Laurent Guery begleitete ihn. Kemper zapfte seinen eigenen Aktienfonds an, um die Operation zu finanzieren. Kemper war in letzter Zeit seltsam hartnäckig.

Pete bog ab. 831 Kilkea war ein gewöhnliches West-Hollywood-Haus mit vier Wohnungen.

Das gewöhnliche zweistöckige Haus im spanischen Stil. Wie gewöhnlich mit zwei Wohnungen pro Stockwerk. Wie gewöhnlich mit den Drahtglastüren, die sich alle gewöhnlichen Einbrecher wünschten.

Keine Garage auf der Rückseite – die Mieter mussten auf der Straße parken. Lennys Packard war nirgends zu sehen.

Pete parkte und ging auf die Veranda. Sämtliche vier Türen saßen nicht sehr fest im Rahmen.

Die Straße war leer. Die Veranda auch. Auf dem Briefkasten der Wohnung Parterre links stand »L. Sands«.

Pete öffnete das Schloss mit dem Taschenmesser. Die Lampe fiel ihm gleich auf, die Lenny hatte brennen lassen.

Lenny beabsichtigte, bis nach Einbruch der Dunkelheit wegzubleiben. Er hatte vier ganze Stunden Zeit, die Wohnung zu durchwühlen.

Pete schloss hinter sich zu. Die Zimmer gingen alle von der Diele ab – etwa fünf Zimmer insgesamt.

Er durchsuchte die Küche, das Esszimmer und das Schlafzimmer. Die Wohnung war hübsch und ruhig – Haustiere und Lebensgefährten lehnte Lenny ab.

Neben dem Schlafzimmer befand sich ein Büroräumchen. Winzig klein – es bestand eigentlich nur aus einem Schreibtisch und einer Reihe von Aktenschränken.

Pete durchsuchte die oberste Schublade. Ein einziges Riesendurcheinander – Lenny hatte übervolle Aktenordner hineingestopft.

Die Aktenordner enthielten erstklassige US-Sauereien. Veröffentlichte und unveröffentlichte *Hush-Hush*-Sauereien. Ein Sauereienarchiv, das bis Anfang '59 zurückreichte – eine ewige Sauereienhitparade.

Säufer, Drogensüchtige, Homos, Lesben, Nymphomaninnen, uneheliche Väter und Mütter. Politische Fehltritte, Inzest, Kindesmissbrauch. Einziges Problem: Die Sauereienpartnerinnen waren in der Regel saumäßig unbekannt.

Pete sah sich ein paar der nicht weiterverfolgten Skandälchen an: einen Klatschbericht vom 12.9.60. An den eine *Hush-Hush*-Redaktionsnotiz geheftet war.

Lenny,
das reicht weder für einen Artikel noch für einen Hinweis. Wenn die Geschichte eine Festnahme und einen Prozess nach sich gezogen hätte, jederzeit, aber das war nun mal nicht der Fall. Ich hab' das Gefühl, da stimmt was nicht. Außerdem ist das Mädchen völlig unbekannt.

Pete las den Entwurf. Und ob da was nicht stimmte. O-Ton Lenny Sands:

Ein fabelhafter Rotschopf, die Sängerin und Tänzerin Barb Jahelka (Star der »Swingin' Dance Revue« ihres Ex-Mannes Joey Jahelka), soll am 26. August im Zusammenhang mit einem Erpressungsversuch gegen Rock Hudson festgenommen worden sein.

Sie soll es mit der Fotomasche versucht haben. Hudson und Barb waren gerade in Rocks Haus in Beverly Hills miteinander ins Bett gegangen, als sich ein Mann einschlich und heimlich einige Fotos auf Infrarotfilm schoss. Einige Tage später wurde Hudson von Barb aufgefordert, zehntausend Dollar zu zahlen, andernfalls wollte sie die Bilder an die Öffentlichkeit geben.

Rock rief den Privatdetektiv Fred Otash an. Otash informierte die Polizei von Beverly Hills, die Barb Jahelka festnahm. Worauf Hudson ein menschliches Rühren verspürte und auf eine Klage verzichtete. Ich würde das gern in der Ausgabe vom 24.9.60 bringen. Rock ist zur Zeit besonders populär, und Barb kann sich sehen lassen. (Ich habe ein Bild von ihr im Bikini aufgetrieben, das wir benutzen können.) Gib mir Bescheid, damit ich den Artikel schreiben kann.

Da stimmte was nicht? – allerdings, Sherlock.

Rock Hudson war eine Schwuchtel und gab keinen Penny auf Mösen. Fred Otash ein ehemaliger Hollywood-Polizist. Und dazu das Postskriptum: Freddys Telefonnummer, direkt auf den Bericht gekritzelt.

Pete schnappte sich das Telefon und wählte. »Otash« antwortete eine Männerstimme.

»Ich bin's, Freddy, Pete Bondurant.«

Otash pfiff durch die Zähne. »Muss was Spannendes sein. Aus Freundschaft hast du noch nie bei mir angerufen.«

»Einmal ist immer das erste Mal.«

»Wir scheinen bereits mitten in der Verhandlung zu stecken. Wenn du für meine Zeit mit deinem Geld zahlst, können wir ins Geschäft kommen.«

Pete überprüfte den Bericht. »Im August '60 sollst du Rock Hudson aus der Patsche geholfen haben. Ich glaube, dass das alles abgekartet war. Ich biete dir tausend Dollar für die Geschichte.«

»Zweitausend, und halt mich da draußen, und der Handel gilt.«

»Zweitausend«, sagte Pete. »Und wenn es hart auf hart kommt, behaupte ich, ich hätte die Information woandersher.«

»Okay, Franzmann.«

»Okay, und?«

»Okay, du hast recht. Rock hatte Schiss, als Schwuchtel enttarnt zu werden, und da hat er sich gemeinsam mit Lenny Sands was ausgedacht. Lenny brachte Barb Jahelka und ihren Ex-Mann Joey ins Spiel, und Barb und Rock gingen miteinander ins Bett. Joey tat so, als ob er sich einschleichen würde, und schoss ein paar Bilder, Barb tat so, als ob sie Rock erpressen wollte, und Rock tat so, als ob er sich in seiner Not an mich wenden würde.«

»Und du hast so getan, als ob du bei der Polizei von Beverly Hills Anzeige erstatten würdest.«

»Richtig. Die haben Barb wegen Nötigung ins Kittchen gesteckt, dann tat Rock so, als ob er weich würde, und zog die Anklage zurück. Lenny machte eine Geschichte für *Hush-Hush* daraus, aber niemand wollte die Story veröffentlichen, weil praktisch das ganze gottverdammte Land weiß, dass Rock ein warmer Bruder ist.«

Pete seufzte. »Alles umsonst.«

Otash seufzte. »Richtig. Rock hat Barb und Joey je zwei Riesen bezahlt, und jetzt zahlst du mir weitere zwei, damit ich dir die ganze klägliche Geschichte erzähle.«

Pete lachte. »Sag noch was über Barb Jahelka, wo wir schon dabei sind.«

»Gern. Ich hab' das Gefühl, dass Barb sich unter Wert verkauft und keine Ahnung davon hat. Sie ist gescheit, lustig, sieht gut aus und weiß, dass sie nicht die nächste Patti Page wird. Ich glaube, sie kommt aus Wisconsin und hat wohl fünf oder sechs Monate Jugendstrafe wegen Marihuana-Besitzes abgesessen. Sie hatte mal was mit Peter Lawford –«

Dem Schwager von Jack –

»– und geht mit ihrem Ex-Mann Joey, einem Scheißkerl, genauso um, wie man mit ihm umgehen sollte. Für mein Gefühl mag sie's spannend, und ich bin ziemlich sicher, dass sie jemand ist, den die Gefahr reizt, bin mir aber nicht so sicher, ob sie's je hat drauf ankommen lassen. Du findest sie vielleicht im ›Reef Club‹ in Ventura. Sie soll dort gemeinsam mit Joey Jahelka in einer schmuddeligen Twistshow auftreten.«

»Du hast was für sie übrig, Freddy«, sagte Pete. »Das sieht ein Blinder mit dem Krückstock.«

»Na – was du im Sinn hast, brauche ich auch nicht lange zu

fragen. Wo wir schon bei offenen Worten sind, kann ich sie dir für jeglichen Erpressungsversuch wärmstens empfehlen.«

Der »Reef Club« bestand aus Treibholzresten und Plastikmuscheln. Der Großteil der Gäste setzte sich aus College Kids und Möchtegern-Schickeria zusammen.

Pete schnappte sich einen Tisch dicht neben der Tanzfläche. In zehn Minuten war »Joey's Swingin' Twist Revue« dran.

Aus Wandlautsprechern erklang Musik. Twist-Clowns fuchtelten herum und stießen mit den Hintern aneinander. Petes Tisch zitterte derart, dass ihm die schöne Schaumkrone vom Bier wegschwamm.

Er hatte, bevor er L. A. verließ, noch Karen Hiltscher angerufen. Das Archiv der Bezirkspolizei hatte eine Akte über eine gewisse Barbara Jane (Lindscott) Jahelka.

Geboren am 18.11.31 in Tunnel City, Wisconsin. Hatte einen gültigen kalifornischen Führerschein. Wurde im Juli '57 wegen Marihuana-Besitzes festgenommen.

War sechs Monate im Knast. Wurde verdächtigt, im Gefängnis eine Cheflesbe mit einer Stichwaffe verletzt zu haben. War – vom 3.8.54 bis zum 24.1.58 – verheiratet mit:

Joseph Dominic Jahelka, geboren am 16.1.23 in New York City. Im Staat New York verurteilt wegen: Vergewaltigung, Trickbetrug, Fälschung von Dilaudid-Rezepten.

Bei Joey Jahelka handelte es sich offensichtlich um einen hoffnungslosen Junkie. Bestimmt scharf auf das Dilaudid, das er gerade in L. A. besorgt hatte.

Pete nippte an seinem Bier. Die Ohren dröhnten ihm von der Dschungelmusik. Sie wurde von einer schallenden Lautsprecherstimme unterbrochen: »Meine Damen und Herren, der Reef Club freut sich, Ihnen zu Ihrem Twistvergnügen ankündigen zu können – Joey Jahelka und seine Swingin' Twist Revue!!!«

Kein Mensch jubelte. Kein Mensch applaudierte. Kein Mensch hörte auf zu twisten.

Ein Trio sprang auf die Bühne. Sie trugen Calypsohemden und unpassende Smokingjacken. Die Pfandleihetiketten baumelten noch an den Instrumenten.

Sie bauten ihre Instrumente auf. Wobei ihnen Twist-Tänzer und Gäste an den Tischen keinerlei Beachtung schenkten.

Ein Highschool-Kid spielte Tenorsaxofon. Der Trommler war ein winziger Südamerikaner. Der Mann an der Gitarre passte zu Joeys Steckbrief aus der Polizeiakte.

Der schmierige Kerl war halb weggedöst. Die Socken hingen ihm über die Knöchel herunter.

Sie spielten laute, beschissene Musik. Pete spürte, wie ihm das Schmalz aus den Ohren bröckelte.

Barb Jahelka glitt ans Mikrofon. Barb strahlte gesunde Anmut aus. Barb war keine drogensüchtige Showbusiness-Nutte.

Die große Barb. Die feingliedrige Barb. Das leuchtende Rot des toupierten Haars stammte nicht vom Friseur.

Ihre Figur im engen, tief ausgeschnittenen Kleid musste man gesehen haben. Die Absätze auch, auf denen sie über 1,80 Meter groß war.

Barb sang. Barb hatte eine schwache Stimme. Wenn sie einen hohen Ton halten wollte, wurde sie regelmäßig von der Combo übertönt.

Pete schaute zu. Barb sang. Barb TANZTE. Im *Hush-Hush* würde es heißen: HEISS, HEISSER, AM HEISSESTEN.

Ein paar Twister hörten zu twisten auf, um sich am Anblick des großen, schlanken Rotschopfs zu weiden. Ein Mädchen stieß ihren Partner an – dass du mir augenblicklich aufhörst, sie mit den Augen zu verschlingen!

Barb sang mit schwacher Stimme und monoton. Die Hüften schwang sie unermüdlich und im Takt.

Sie zog die Schuhe aus. Reckte die Hüften und fing sich eine Laufmasche ein.

Pete schaute ihr in die Augen. Pete tippte auf den Umschlag in seiner Tasche.

Sie würde die Nachricht lesen. Auf das Geld anspringen. Joey das Rauschgift überreichen und ihm sagen, er solle sich verpissen.

Pete zündete eine Zigarette an der anderen an. Barb rutschte eine Brust aus dem Ausschnitt, und sie schob sie zurück, bevor das den Twistverrückten auffiel.

Barbs Lächeln – oh Gott! – war hinreißend.

Pete überreichte den Umschlag einer Kellnerin. Sorgte mit zwanzig Dollar für prompte Weitergabe.

Barb tanzte. Petes Stoßseufzer: Hoffentlich kannst du auch REDEN.

Er wusste, sie würde sich verspäten. Er wusste, sie würde warten, bis der Club geschlossen hatte, und ihn eine ganze Weile schwitzen lassen. Er wusste, sie würde kurz bei Freddy O. nachfragen.

Pete wartete in einem Coffee Shop, der die ganze Nacht geöffnet hatte. Er hatte Beklemmungen – Barb hatte ihn durch zwei Schachteln Zigaretten getwistet.

Er hatte Littell vor einer Stunde angerufen. Er hatte sich um 3 Uhr früh mit ihm bei Lenny verabredet – er glaube, die passende Frau gefunden zu haben.

Es war 1 Uhr. Der Anruf bei Littell war vielleicht ein klein wenig voreilig gewesen.

Pete nippte an seinem Kaffee und schaute alle paar Sekunden auf die Uhr. Barb Jahelka kam herein und sah ihn.

Rock und Bluse wirkten halbwegs züchtig. Der Verzicht auf Make-up tat ihrem Gesicht gut.

Sie nahm ihm gegenüber Platz. »Ich hoffe, Sie haben bei Freddy angerufen«, sagte Pete.

»Habe ich.«

»Was hat er Ihnen gesagt.«

»Dass er sich nie mit Ihnen anlegen würde. Und dass Ihre Partner stets gut verdienen.«

»Ist das alles?«

»Er erklärte, Sie seien ein Bekannter von Lenny Sands. Ich habe bei Lenny angerufen, aber der war nicht zu Hause.«

Pete schob den Kaffee weg. »Haben Sie versucht, die Lesbe umzulegen, auf die Sie mit dem Messer losgingen?«

Barb lächelte. »Nein. Sie sollte aufhören, mich zu betatschen, und das sollte mich nicht den Rest meines Lebens kosten.«

Pete lächelte. »Sie haben mich gar nicht gefragt, worum es hier geht.«

»Freddy hat mir bereits einiges erzählt, außerdem zahlen Sie mir fünfhundert Dollar für die Unterhaltung. Übrigens lässt Joey herzlich für den Stoff danken.«

Eine Kellnerin heischte Aufmerksamkeit. Pete scheuchte sie weg. »Warum sind Sie bei ihm geblieben?«

»Weil er nicht immer drogensüchtig war. Weil er mit ein paar Männern abgerechnet hat, die meiner Schwester sehr wehgetan haben.«

»Gute Gründe.«

Barb zündete sich eine Zigarette an. »Der entscheidende Grund ist, dass ich Joeys Mutter sehr gernhabe. Sie ist senil und hält uns immer noch für verheiratet. Sie glaubt, die Kinder von Joeys Schwester seien unsere Kinder.«

Pete lachte. »Und wenn sie stirbt?«

»Am Tag ihrer Beerdigung sage ich Joey ciao. Er wird sich eine neue Sängerin suchen müssen.«

»Das bricht ihm bestimmt das Herz.«

Barb blies Rauchringe in die Luft. »Vorbei ist vorbei. Das versteht ein Junkie nie.«

»Sie schon.«

»Allerdings. Und finden Sie das bei Frauen eigenartig?«

»Nicht unbedingt.«

Barb drückte ihre Zigarette aus. »Worum geht's?«

»Noch nicht.«

»Und wann?«

»Bald. Zuerst möchte ich etwas über Sie und Peter Lawford hören.«

Barb spielte mit dem Aschenbecher. »Eine kurze, hässliche Affäre, die ich abbrach, als Peter mich ständig nervte, endlich mit Frank Sinatra ins Bett zu gehen.«

»Weil Ihnen nicht danach war.«

»Richtig.«

»Hat Lawford sie Kennedy vorgestellt?«

»Nein.«

»Meinen Sie, er hat Kennedy von Ihnen erzählt?«

»Kann sein.«

»Haben Sie was von Kennedys Frauengeschichten gehört?«

»Klar. Peter nannte ihn ›unersättlich‹, und ein Showgirl aus Vegas hat mir ein paar Geschichten erzählt.«

Pete schnupperte Sonnenöl. Ein Rotschopf im grellen Scheinwerferlicht –

»Was nun?«, sagte Barb.

»Ich komme morgen vorbei und gebe Ihnen Bescheid«, sagte Pete.

Littell traf ihn vor Lennys Haus. Lenny, der Nachtschwärmer, hatte um 3 Uhr 20 die Lichter brennen.

»Die Frau ist super«, sagte Pete. »Nun brauchen wir nur noch Lenny, damit er sie ihm vorstellt.«

»Ich möchte sie sehen.«

»Wirst du. Ist er allein?«

Littell nickte. »Er ist mit einem Kerl nach Hause gekommen. Der Junge ist eben gegangen.«

Pete gähnte – er hatte über vierundzwanzig Stunden nicht geschlafen. »Wir sollten ihn in die Zange nehmen.«

»Guter Polizist – böser Polizist?«

»Genau. Abwechselnd, damit er aus dem Gleichgewicht gerät.«

Sie gingen auf die Veranda. Pete drückte die Klingel. Littell setzte ein grimmiges Gesicht auf.

Lenny machte auf. »Sag nicht, du hast was vergessen –«

Pete schubste ihn nach drinnen. Littell zog die Tür zu und legte den Riegel vor.

Lenny, der Elegante, schloss den Bademantel. Lenny, der Fiesling, warf den Kopf zurück und lachte.

»Ich dachte, das war's, Ward. Und ich dachte, dass du nur in Chicago Dienst schiebst.«

»Wir brauchen Hilfe«, sagte Littell. »Du brauchst bloß einem Mann eine Frau vorzustellen und anschließend die Schnauze zu halten.«

»Oder?«

»Oder wir verpfeifen dich wegen des Mordes an Tony Iannone.«

Pete seufzte. »Erledigen wir das wie zivilisierte Leute.«

»Wieso?«, sagte Littell. »Wir haben es mit einer sadistischen kleinen Schwuchtel zu tun, die einen Mann umgebracht und ihm gottverdammt noch mal die Nase abgebissen hat.«

Lenny seufzte. »Die Nummer mit dem guten und dem bösen Polizisten kenn' ich bereits. Ihr bietet mir nichts Neues.«

»Wir werden versuchen, sie interessant zu gestalten«, sagte Littell.

»Fünf Riesen, Lenny«, sagte Pete. »Du brauchst bloß Barb Jahelka einem Freund vorzustellen.«

Littell ließ die Knöchel knacken. »Lass das, Ward«, sagte Lenny. »Schlägermanieren passen nicht zu dir.«

Littell knallte ihm eine. Lenny ließ sich nicht lumpen.

Pete trat zwischen die beiden. Sie sahen zum Piepen aus – zwei Möchtegern-Machos mit blutigen Nasen.

»Na, na, ihr beiden. Erledigen wir das auf zivilisierte Weise.«

Lenny wischte sich die Nase ab. »Dein Gesicht hat sich verändert, Ward. Die Narben stehen dir.«

Littell wischte sich die Nase ab. »Du warst überhaupt nicht erstaunt, als Pete Barb Jahelka erwähnt hat.«

Lenny lachte. »Weil mich die Vorstellung, dass ihr beiden Spielkameraden seid, derart schockiert hat.«

»Das stimmt nicht«, sagte Littell.

Lenny zuckte mit den Schultern. »Wie wär's damit? Barb gehört zur Branche, und jeder in der Branche kennt jeden in der Branche.«

Pete änderte die Tonart. »Nenn mir ein paar Hotels, in die Jack Kennedy seine Weiber abschleppt.«

Lenny bekam eine nervöse Zuckung. Pete ließ die Gelenke doppelt so laut knacken.

»Nenn ein paar Hotels«, sagte Littell.

Lenny, der Aalglatte, quiekte fröhlich: »Nein, ist das luuuuustig! Wollen wir nicht Kemper herholen und einen flotten Vierer draus machen?«

Littell knallte ihm noch eine. Lenny kullerten ein paar Tränen runter – zähe Schwuchtel ade!

»Nenn ein paar Hotels«, sagte Pete. »Bring nicht *mich* so weit, dass ich böse mit dir werden muss.«

Lenny lispelte. »Das El Encanto in Santa Barbara, das Ambassador-East in Chicago und das Carlyle in New York.«

Littell schubste Pete auf den Flur – garantiert außerhalb von Lennys Hörweite.

»Hoover hat feste Abhörwanzen im El Encanto und im Ambassador East eingebaut. Der Manager stellt die Suiten auf einen Wink von ihm zur Verfügung.«

Pete flüsterte. »Er hat kapiert. Er weiß, was wir wollen.«

Sie gingen ins Wohnzimmer zurück. Lenny kippte hochprozentigen Bacardi.

So wie Littell ihn dabei anstarrte, hätte man meinen können, er werde gleich zu speicheln anfangen. Laut Hoffa war er seit zehn Monaten trocken. Lennys Getränkewagen schimmerte verlockend – Rum und Scotch und viele andere nette Sachen.

Lenny fasste das Schnapsglas mit beiden Händen. »Jack, das ist Barb«, sagte Pete. »Barb, das ist Jack.«

Lenny wischte sich den Mund. »Ich muss ihn jetzt ›Mr President‹ nennen.«

»Wann hast du ihn das letzte Mal gesehen?«, fragte Littell.

Lenny hustete. »Vor ein paar Monaten. In Peter Lawfords Strandhaus.«

»Schaut er immer bei Lawford vorbei, wenn er sich in L. A. aufhält?«

»Ja. Peter gibt tolle Partys.«

»Lädt er dazu alleinstehende Frauen ein?«

Lenny kicherte. »Und *ob* er das tut.«

»Lädt er dich ein?«

»Meistens, Lieber. Der Präsident lacht gern, und was der Präsident mag, das kriegt er auch.«

Pete mischte sich ein. »Wer kommt sonst noch auf die Partys? Sinatra und das Rat Pack?«

Lenny schenkte großzügig nach. Littell leckte sich die Lippen und stöpselte die Flasche zu.

»Wer kommt sonst noch auf die Partys?«, fragte Pete.

Lenny zuckte mit den Schultern. »Amüsante Leute. Frank war immer dabei, aber Bobby hat Jack so lange zugesetzt, bis er mit Frank brach.«

Littell mischte sich ein. »Ich habe gelesen, dass Kennedy am 18. Februar nach Los Angeles kommt.«

»Das stimmt, Lieber. Und rate, wer am 19. eine Party gibt.«

»Bist du eingeladen, Lenny?«

»Ja, das bin ich.«

»Pflegt der Geheimdienst die Gäste zu durchsuchen, oder müssen sie durch einen Metalldetektor hindurchgehen?«

Lenny langte nach der Flasche. Pete griff vorher danach.

»Beantworte Mr Littells Frage, verdammt noch mal.«

Lenny schüttelte den Kopf. »Nein. Der Geheimdienst tut nichts als essen, trinken und Jacks phänomenalen Appetit auf Sex diskutieren.«

»›Barb, das ist Jack. Jack, das ist Barb‹«, sagte Pete.

Lenny seufzte. »Ich bin nicht debil.«

Pete lächelte. »Wir erhöhen deine Gage auf zehntausend, weil wir wissen, dass du viel zu gerissen bist, um das irgendjemandem gegenüber zu erwähnen.«

Littell schob den Getränkewagen außer Sichtweite. »Das betrifft insbesondere Sam Giancana und deine Freunde in der Firma, sowie Laura Hughes, Claire Boyd und Kemper Boyd, falls du ihm unwahrscheinlicherweise begegnen solltest.«

Lenny lachte. »Kemper hat nichts mit der Sache zu tun? Wie schade – mit *dem* würde ich jederzeit gerne ein Hühnchen rupfen.«

»Das ist kein Spaß«, sagte Pete.

»Und glaub ja nicht, dass dich Sam wegen der Sache mit Tony ungeschoren davonkommen lässt.«

»Und glaub ja nicht, dass Sam noch was für Jack übrig hat«, sagte Pete, »oder dass er nur einen Finger rühren würde, um ihm zu helfen. Sam hat Jack West Virginia und Illinois gekauft, aber das ist eine ganze Weile her, und Bobby hat sich seitdem verdammt unfreundlich gegen die Firma verhalten.«

Lenny schwankte gegen den Getränkewagen. Littell stützte ihn.

Lenny schubste ihn weg. »Sam und Bobby müssen *irgendwas* zusammen aushecken, denn Sam behauptet, die Firma sei Bobby in Kuba zur Hand gegangen, aber Bobby wisse nichts davon, und Sam meinte, es sei allmählich an der Zeit, ihm das beizubringen.«

Pete hatte auf einmal verstanden:

Das Wettschießen. Drei gelangweilte und unverbindliche Bosse.

»Lenny, du bist betrunken«, sagte Littell. »Das ergibt keinen –«

Pete schnitt ihm das Wort ab. »Was hat Giancana sonst noch über Bobby Kennedy und Kuba gesagt?«

Lenny lehnte gegen die Tür. »Nichts. Ich habe gerade zwei Sekunden eines Gesprächs aufgeschnappt, das er mit Butch Montrose führte.«

»Wann?«

»Letzte Woche. Ich bin wegen eines Teamsterabends nach Chicago geflogen.«

»Vergiss Kuba«, sagte Littell. Lenny schwankte und machte das Siegeszeichen.

»Viva Fidel! Nieder mit dem imperialistischen US-Insekt!«

Pete knallte ihm eine.

»›Barb, das ist Jack‹«, sagte Littell. »Und denk dran, was wir mit dir anstellen, wenn du uns verrätst.«

Lenny spuckte Teile seiner Goldbrücke aus.

Die Combo spielte total falsch. Woraus Pete schloss, dass ihnen das Dilaudid geschmeckt hatte.

Der Reef Club dröhnte. Die Twistsüchtigen brachten den Fußboden zum Erzittern.

Im Vergleich zu gestern war Barbs Tanzerei beinahe keusch. Woraus Pete schloss, dass die Aussicht auf den Job sie ablenkte.

Littell steuerte auf eine Nische zu. Barb winkte, als sie hereinkamen.

Pete trank Bier. Littell Mineralwasser. Die übersteuerten Bässe versetzten auch ihren Tisch in Schwingungen.

Pete gähnte. Er hatte sich ein Zimmer im Statler besorgt und den ganzen Tag und die halbe Nacht durchgeschlafen.

Hoffa schickte Fred Otash zwei Riesen. Littell schrieb Hoover ein Briefchen, das er über Jimmys FBI-Kontaktmann schickte.

Darin teilte er ihm mit, dass sie Wanzen und Abhöreinrichtungen installieren wollten. Darin stand, dass sie einem SEINER GRÖSSTEN FEINDE eins auswischen wollten.

Hoffa hatte Fred Turentine engagiert. Er hielt sich bereit, bei Bedarf Telefone abzuhören und Wanzen zu installieren.

Pete gähnte. Lennys Bemerkungen über Bobby und Kuba wollten ihm nicht aus dem Sinn.

Littell stieß ihn an. »Das Aussehen stimmt.«

»Das Auftreten auch.«

»Und der Verstand?«

»Viel gescheiter als meine letzte Erpressungspartnerin.«

Barb steigerte den »Frisco Twist« zum Crescendo. Ihre vollgeknallten Begleiter spielten, als sei sie gar nicht vorhanden.

Sie verließ die Bühne. Arbeitete sich durch die Twistsüchtigen auf der Tanzfläche hindurch. Von einem geilen Clown verfolgt, der ihr unbedingt aus nächster Nähe in den Ausschnitt gaffen wollte.

Pete winkte. Barb glitt neben ihn.

»Miss Lindscott, Mr Littell«, sagte Pete.

Barb zündete sich eine Zigarette an. »Genau genommen ›Jahelka‹. Sobald meine Schwiegermutter gestorben ist, heiße ich wieder ›Lindscott‹.«

»Ich mag ›Lindscott‹«, sagte Littell.

»Das denke ich mir«, sagte Barb. »Der Name passt besser zu meinem Gesicht.«

»Haben Sie je als Schauspielerin gearbeitet?«

»Nein.«

»Und die Scharade mit Lenny Sands und Rock Hudson?«

»Da musste ich nur die Polizei reinlegen und eine Nacht im Gefängnis verbringen.«

»Waren zweitausend Dollar das Risiko wert?«

Barb lachte. »Verglichen mit vierhundert Dollar für drei Twistauftritte pro Nacht, sechs Nächte die Woche?«

Pete schob Bier und Brezeln beiseite. »Sie werden sehr viel mehr als zweitausend Dollar bei uns verdienen.«

»Wofür? Abgesehen davon, dass ich mit einem wichtigen Mann schlafe.«

Littell lehnte sich zu ihr hinüber. »Ein hochbrisanter, aber zeitlich befristeter Job.«

»Na und? Der Twist ist zeitlich befristet und stinklangweilig.«

Littell lächelte. »Angenommen, Sie werden Präsident Kennedy vorgestellt und möchten ihn beeindrucken, wie würden Sie sich da verhalten?«

Barb blies drei perfekte Rauchringe in die Luft. »Derb und lustig.«

»Was würden Sie anziehen?«

»Flache Schuhe.«

»Wieso?«

»Weil Männer Frauen mögen, auf die sie herabschauen können.«

Littell lachte. »Was würden Sie mit fünfzigtausend Dollar anfangen?«

Barb lachte. »Dann könnte mir der Twist gestohlen bleiben.«

»Angenommen, Sie werden erwischt?«

»Dann würde ich annehmen, dass Sie schlimmer sind als derjenige, den wir erpressen, und die Klappe halten.«

»Dazu wird es nicht kommen«, sagte Pete.

»*Wozu* wird es nicht kommen?«, fragte Barb.

Pete kämpfte den Drang nieder, sie anzufassen. »Sie haben nichts zu befürchten. Das ist eine dieser hochbrisanten Unternehmungen, die still und leise beigelegt werden.«

Barb beugte sich zu ihm hinüber. »Sagen Sie mir, was ›das‹ ist. Ich kann es mir schon denken, will es aber von *Ihnen* hören.«

Sie streifte sein Bein. Die Berührung ließ ihn am ganzen Körper erschauern.

»Es geht um Sie und Jack Kennedy«, sagte Pete. »Sie werden ihm in zwei Wochen bei einer Party in Peter Lawfords Haus vorgestellt. Sie tragen ein Mikro am Körper, und wenn Sie so gut sind, wie ich glaube, dann ist das nur der Anfang.«

Barb fasste sie beide bei den Händen, die sie heftig drückte. Sie wusste nicht, ob sie vielleicht träumte.

»Bin ich so etwas wie ein republikanischer Lockvogel?«

Pete lachte. Littell lachte lauter.

DOKUMENTENEINSCHUB: 18.2.62. FBI-Telefontranskript. »AUFGENOMMEN AUF ANWEISUNG DES DIREKTORS. NUR FÜR DEN DIREKTOR BESTIMMT.« Teilnehmer: Direktor Hoover, Ward J. Littell.

JEH: Mr Littell?
WJL: Ja, Sir.
JEH: Ihre Mitteilung war recht kühn.
WJL: Danke, Sir.
JEH: Ich hatte keine Ahnung, dass Sie für Mr Hoffa und Mr Marcello arbeiten.
WJL: Seit vorigem Jahr, Sir.
JEH: Was keineswegs der Ironie entbehrt.
WJL: Die Ironie ist offenkundig.
JEH: Eine passende Bemerkung. Gehe ich recht in der Annahme, dass der allgegenwärtige und ziemlich überstrapazierte Kemper Boyd Ihnen die Tätigkeit vermittelt hat?
WJL: Ja, Sir.
JEH: Gegen Mr Marcello und Mr Hoffa habe ich nichts. Ich habe den Kreuzzug des Fürsten der Finsternis gegen sie von Anfang an für keinen guten Plan gehalten.
WJL: Das ist den Herren bekannt, Sir.
JEH: Gehe ich recht in der Annahme, dass Sie, was die Brüder angeht, zum Renegaten geworden sind?
WJL: Ja, Sir.

JEH: Habe ich davon auszugehen, dass das Ziel Ihrer Operation unser promisker King Jack ist?
WJL: Richtig, Sir.
JEH: Und der fürchterliche Pete Bondurant ist Ihr Partner?
WJL: Ja, Sir.
JEH: Was keineswegs der Ironie entbehrt.
WJL: Dürfen wir mit Ihrer Billigung rechnen, Sir?
JEH: Sie dürfen. Und Ihnen kann ich nur meine Verblüffung ausdrücken.
WJL: Danke, Sir.
JEH: Sind die Apparaturen bereit?
WJL: Ja, Sir. Vorläufig haben wir nur das Carlyle entsprechend vorbereiten können, denn bis unsere Vertrauensperson mit der Zielperson Kontakt aufnimmt und die Affäre in Gang bringt, können wir nicht wissen, wo sie kopulieren werden.
JEH: Wenn es überhaupt dazu kommt.
WJL: Ja, Sir.
JEH: Sie haben in Ihrer Mitteilung gewisse Hotels erwähnt.
WJL: Ja, Sir, das El Encanto und das Ambassador-East. Ich weiß, dass unsere Zielperson gern Frauen in diese Hotels mitnimmt, und weiß auch, dass das FBI in diesen Hotels ständige Abhöreinrichtungen hat.
JEH: Ja, obwohl der König der Finsternis jetzt gerne in den Präsidentensuiten herumtollt.
WJL: Daran habe ich nicht gedacht, Sir.
JEH: Ich werde die Apparaturen von vertrauenswürdigen FBI-Angehörigen installieren und überwachen lassen. Und werde Ihnen meine Bänder zukommen lassen, sofern Sie mir Kopien Ihrer Carlyle-Bänder übermitteln wollen.
WJL: Selbstverständlich, Sir.

JEH: Haben Sie je überlegt, das Strandhaus des ersten Schwagers abzuhören?

WJL: Das hat sich als unmöglich erwiesen, Sir. Fred Turentine ist nicht in der Lage, die Räumlichkeiten zur Installation der Mikrofone betreten zu können.

JEH: Wann wird Ihre Vertrauensperson mit dem König der Finsternis zusammenkommen?

WJL: Morgen Abend, Sir. In besagtem Strandhaus.

JEH: Ist die Dame attraktiv?

WJL: Ja, Sir.

JEH: Ich hoffe, sie ist geschickt und beweglich und für den Charme des Burschen unempfänglich.

WJL: Sie wird ausgezeichnete Arbeit leisten, Sir.

JEH: Ich bin gespannt, wie sie sich anhört.

WJL: Ich werde Ihnen nur die besten Aufnahmen zukommen lassen, Sir.

JEH: Meinen Respekt. Sie sind von Kemper Boyd gut ausgebildet worden.

WJL: Und von Ihnen, Sir.

JEH: Was keineswegs der Ironie entbehrt.

WJL: Ja, Sir.

JEH: Ich weiß, dass Sie mich irgendwann um Gefälligkeiten ersuchen werden. Ich gehe davon aus, dass Sie mich, was die Tonbandaufnahmen betrifft, stets auf dem neuesten Stand halten und sich bei der Bitte um Gefälligkeiten zügeln werden.

WJL: Gewiss, Sir.

JEH: Ich habe Sie falsch beurteilt und unterschätzt und freue mich, dass wir wieder Kollegen sind.

WJL: Die Freude ist ganz auf meiner Seite, Sir.

JEH: Auf Wiederhören, Mr Littell.

WJL: Auf Wiederhören, Sir.

76

(Meridian, 18.2.62)

Er wurde von Schüssen geweckt. Das Geschrei der Aufrührer ließ ihn zur Waffe greifen.

Kemper rollte vom Bett. Er hörte, wie auf dem Highway Reifen quietschten – Klan-Männer, die sich von Lockhart nichts sagen ließen, oder ganz gewöhnliche Rednecks, die ein bisschen herumballerten und sich davonmachten.

In der Gerüchteküche brodelte es.

Ein Niggerliebhaber vom FBI treibt sich in der Stadt herum. Hat seine Latinos und Franzmänner ins Seminole Motel gesteckt.

Die Schüsse waren erschreckend. Der Albtraum, aus dem sie ihn rissen, war schlimmer gewesen.

Jack und Bobby hatten ihn am Schlafittchen. Sie sagten ihm auf den Kopf zu, dass sie über seine bis '59 zurückreichenden Verbindungen zum Mob und zur CIA Bescheid wussten.

Der Albtraum war eindeutig. Er war auf Petes Anruf in der vergangenen Woche zurückzuführen.

Pete war auf das missglückte Wettschießen zu sprechen gekommen. Er glaubte, herausgefunden zu haben, wieso die Herren von der Firma abgewinkt hatten.

Laut Pete war Sam G. möglicherweise bereit, Bobby ein Geheimnis zu verraten. He, Sie, Herr Justizminister – in Sachen Kuba ist die Firma seit drei Jahren Ihr stiller Partner gewesen.

Pete hatte einen deutlichen Hinweis bekommen. Pete ging davon aus, dass Sam das Geheimnis bald von jemandem ausplaudern ließ. Dass Sam Bobby durch peinliche Enthüllungen zu einem Waffenstillstand zwingen wollte.

Pete beabsichtigte, der Sache nachzugehen.

Kemper stand auf und warf drei Dexedrin ein. Petes Theorie nahm immer bedrohlichere Züge an.

Bobby will, dass ausgerechnet *ich* ihn durch JM/Wave führe. Er meint, meine Verbindungen zur CIA gingen auf den Mai '61 zurück. JM/Wave ist voll von Mitarbeitern, die mich schon aus der Zeit *vor* der Schweinebucht kennen – und voll von Exilkubanern aus der Gangsterszene.

Kemper rasierte sich und zog sich an. Das Dexedrin wirkte schnell. Nebenan hörte er es poltern – Laurent Guéry beim morgendlichen Liegestütz.

John Stanton ließ Beziehungen spielen. Laurent, Flash und Juan erhielten die Green Card. Néstor Chasco zog nach Meridian und schloss sich der Gruppe an. Das Seminole Motel war zur »Außenstelle« des Kaderhauptquartiers geworden.

Er verkaufte Aktien im Wert von zwanzigtausend Dollar. Guy Banister spendierte noch einmal genau so viel. Die Castro-Attentatsgruppe war nun finanziell eigenständig und völlig autonom.

Tagsüber befasste er sich mit Stimmrechtsverweigerung. Nachts probte er Mordanschläge.

Er brachte nicht wenige der Neger aus der Gegend auf seine Seite. Die Mitglieder der First Pentecostal Baptist Church hatten sich nun zu 84 Prozent in die Liste der Wahlberechtigten eingetragen.

Einige unverbesserliche Weiße schlugen den Pastor zusammen. Er stellte sie und brach ihnen mit einem schweren Holzprügel die Beine.

Dougie Frank zäunte die Hälfte seines Schießstands ab. Dort übte die Kaderaußenstelle sieben Nächte in der Woche.

Sie schossen auf stehende und bewegliche Ziele. Sie gingen in den Wäldern auf Spähtrupp. Bald sollten sie Kundschafterfahrten nach Kuba unternehmen.

Dank Juan und Flash war sein Spanisch inzwischen beinahe fließend. Er konnte sich die Haare färben und das Gesicht schminken und als Latino getarnt nach Kuba einreisen.

Er konnte sich anpirschen. Er konnte schießen.

Alle redeten sie gern. Nach den Übungen tranken sie Selbstgebrannten und schwatzten halbe Nächte durch.

Sie erfanden so etwas wie einen Drei-Sprachen-Dialekt. Sie erzählten einander blutige Lagerfeuermärchen und ließen die Flasche herumgehen.

Juan beschrieb seine Kastration. Chasco erzählte von Attentaten in Batistas Diensten. Flash war in Playa Girón dabei gewesen.

Er konnte sich anpirschen. Er konnte schießen. Der hellhäutige Angelsachse konnte sich in einen Kubaner verwandeln.

Das Dexedrin entfaltete die volle Wirkung. Die der kalte Kaffee angenehm verstärkte.

Er sah das Datum auf seiner Rolex. Herzlichen Glückwunsch zum Geburtstag – du bist sechsundvierzig, und man sieht es dir nicht an.

DOKUMENTENEINSCHUB: 21.2.62. Teiltranskript von Mikrofonübertragung an mobile Empfangsstation. Aufgenommen von: Fred Turentine. Band- u. Textkopien an: P. Bondurant, W. Littell.

19. Februar 1962, 21.14 Uhr. L. Sands u. B. Jahelka betreten das Haus (Zielperson u. Begleitung um 20.03 Uhr erschienen). Durch Verkehrslärm auf dem Pacific Coast Highway gestörter Empfang

und große Unterbrechungen. B. Jahelkas Besuch zeitlich synchronisiert & live überwacht.

Codierung: BJ: Barb Jahelka. LS: Lenny Sands. PL: Peter Lawford. UM1: Unbekannter Mann Nr. 1. UM2: Unbekannter Mann Nr. 2. UF 1, 2, 3, 4, 5, 6, 7: Unbekannte Frauen Nr. 1–7.

JFK: John F. Kennedy. RFK: Robert F. Kennedy. (Hinweis: Ich gehe davon aus, dass es sich bei UM Nr. 1 u. 2 um Geheimdienstler handelt.)

21.14 – 21.22: Unverständlich.

21.23 – 21.26: Mehrere Stimmen. Stimme von BJ erkennbar, meist zufällige Begrüßungen. (Ich nehme an, sie wurde UF Nr. 1–7 vorgestellt. Vergleiche das Gekicher auf der Bandkopie.)

21.2723 – 21.39: BJ u. PL.

PL (Gespräch bereits im Gang): Du bist den Leuten turmhoch überlegen, Barb.

BJ: Durch meine Schönheit oder meine Körpergröße?

PL: Beides.

BJ: Du bist ein richtiger Scheißkerl.

UF3: Tag, Peter.

PL: Tag, Puppe.

UF6: Peter, ich würde so gern mal dem Präsidenten durchs Haar streichen.

PL: Nur zu. Er beißt nicht.

UF3, UF6: Gelächter.

BJ: Sind das Showgirls oder Nutten?

PL: Die Wasserstoffblonde arbeitet an der Bar vom »Sip n'-Surf« in Malibu. Die anderen sind Tänzerinnen im Dunes. Siehst du die Brünette mit dem Riesenbusen?

BJ: Ja.

PL: Die spielt in Frank Sinatras Mädchenkapelle die Hautflöte.
BJ: Sehr komisch.
PL: Gar nicht komisch, weil nämlich Bobby bei Jack so lange Druck gemacht hat, bis er Frank fallen ließ. Frank hat auf seinem Anwesen in Palm Springs extra einen Hubschrauberlandeplatz anlegen lassen, damit Jack ihn besuchen kann, aber der Spießer Bobby hat mit seinen Vorurteilen Jack dazu gebracht, ihn zum Teufel zu schicken, nur weil er ein paar Gangster kennt. Sieh ihn dir doch an. Sieht er nicht gemein aus, der Scheißer?
BJ: Er hat vorstehende Zähne.
PL: Die nie ein Weib berührten.
BJ: Heißt das, er ist schwul?
PL: Ich weiß aus sicherer Quelle, dass er nur seine eigene Frau fickt, niemals leckt und es Ethel ausschließlich zum Zweck der Fortpflanzung besorgt. Ein gemein aussehender Scheißer.
UF2: Peter! Ich habe gerade den Präsidenten am Strand getroffen!
PL: Wie nett. Hast du ihm den Schwanz gelutscht?
UF2: Du bist ein Schwein.
PL: Oink! Oink!
BJ: Ich glaube, ich brauche einen Drink.
PL: Ich glaube, du brauchst eine Lobotomie. Wirklich, Barb. Ich wollte doch nicht mehr, als dass du ein einziges Mal mit Frank schläfst.
BJ: Er ist nun mal nicht mein Typ.
PL: Er hätte dir helfen können. Er hätte dich von dem ordinären kleinen Arsch Joey befreien können.
BJ: Joey und ich haben einiges zusammen erlebt. Ich schmeiß' ihn schon raus, wenn mir danach ist.
PL: Mich hast du zu früh rausgeschmissen. Frank stand echt

auf dich, Puppe. Er hat gewittert, dass du Geheimnisse hast, und ich weiß aus sicherer Quelle, dass er einen Privatdetektiv angeheuert hat, um etwas rauszukriegen.

BJ: Hat er dir gesagt, was er rausgekriegt hat?

PL: Mami ist das Schlüsselwort, Puppe. Mami ist das gottverdammte –

UF1: Oh Gott, Pete, ich bin gerade Präsident Kennedy begegnet!

PL: Wie schön. Hast du ihm den Schwanz gelutscht?

BJ, UF1, UF7: gestört.

PL: Oink! Oink! Oink! Ich bin ein Präsidentenferkel!

21.40 – 22.22: gestört. Statische Störungen lassen darauf schließen, dass Geheimdienstler private Telefonleitungen installiert und benutzt haben.

22.23 – 22.35: gestört. BJ (neben Hi-Fi-Gerät stehend) im Gespräch mit: UF1, 3 u. 7. (Man hätte sie darauf hinweisen sollen, Lärmquellen & Plattenspieler zu meiden.)

22.36 – 22.41: BJ im Badezimmer (Wasch- u. Toilettengeräusche).

22.42 – 22.49: gestört.

22.50 – 23.04: BJ u. RFK.

BJ (Gespräch dauert bereits an): Es ist bloß eine Mode, und da muss man einsteigen, bevor sie auf dem Höhepunkt ist, und aussteigen, bevor sie sich überlebt hat, damit man nicht als Verlierer dasteht.

RFK: Das scheint der Twist mit der Politik gemeinsam zu haben.

BJ: Gewissermaßen. Opportunismus ist sicherlich der gemeinsame Nenner.

RFK: Das hat man Ihnen bestimmt schon mal gesagt, aber Sie hören sich nicht wie ein Ex-Showgirl an.

BJ: Sind Sie denn so vielen begegnet?

RFK: Einigen.

BJ: Bei Ihrer Gangsterjagd?

RFK: Nein, mein Bruder stellte sie mir vor.

BJ: Auf welchen gemeinsamen Nenner waren die zu bringen?

RFK: Verfügbarkeit.

BJ: Da muss ich Ihnen recht geben.

RFK: Gehören Sie zu Lenny Sands?

BJ: Wir haben nichts miteinander. Er hat mich nur zu der Party mitgenommen.

RFK: Was hat er Ihnen gesagt?

BJ: Er hat mich nicht aufgefordert, mich dem Harem anzuschließen, falls Sie das meinen.

RFK: Somit ist Ihnen das ungleiche Verhältnis von Frauen zu Männern aufgefallen.

BJ: Das wissen Sie doch, Mr Kennedy.

RFK: Nennen Sie mich Bob.

BJ: Gut, Bob.

RFK: Da Sie Peter und Lenny kennen, nehme ich an, dass Ihnen bestimmte Dinge bekannt sind.

BJ: Ich glaube, ich kann Ihnen folgen.

RFK: Da bin ich sicher. Ich erwähne es auch nur, weil ich Lenny schon so lange kenne und weil er heute Abend so traurig und nervös wirkt, wie ich ihn noch nie erlebt habe. Der Gedanke, dass Peter ihn dazu gebracht haben sollte –

BJ: Peter mag ich nicht. Ich hatte vor ein paar Jahren etwas mit ihm und habe das Verhältnis abgebrochen, als ich begriff, dass er letztlich nur ein Arschkriecher und Zuhälter ist. Ich bin auf die Party mitgekommen, weil Lenny eine Begleiterin brauchte und weil ich mir dachte, es könnte ganz nett sein, einen kühlen Winterabend am Strand zu verbringen und dabei vielleicht dem Justizminister und dem Präsidenten über den Weg zu laufen –

RFK: Bitte, ich wollte Sie nicht beleidigen.

BJ: Haben Sie auch nicht.

RFK: Immer wenn ich mich zu derartigen Abenden beschwatzen lasse, kann ich nicht anders, als sämtliche ungewöhnlichen Vorkommnisse vom Standpunkt der Sicherheit aus zu überprüfen. Wenn das ungewöhnliche Vorkommnis nun eine Frau ist, nun, Sie verstehen, was ich meine.

BJ: Angesichts der anderen Frauen hier empfinde ich das als Kompliment.

RFK: Ich langweile mich und bin zwei Drinks über meinem Limit. Üblicherweise werde ich mit Leuten, die ich gerade erst kennengelernt habe, nicht so schnell persönlich.

BJ: Wollen Sie einen guten Witz hören?

RFK: Klar.

BJ: Was hat Pat Nixon über ihren Mann gesagt?

RFK: Keine Ahnung.

BJ: Richard war schon ein seltsamer Bettgenosse, bevor er in die Politik einstieg.

RFK (lachend): Gott, das ist komisch. Den muss ich mir – Gestört (Flugzeuggeräusch). Rest des Gesprächs zwischen BJ u. RFK ging in Störgeräuschen unter.

23.05 – 23.12: Lautsprecher- & Fahrzeuggeräusche lassen darauf schließen, dass BJ durchs Haus geht & dass Leute die Party verlassen.

23.13 – 23.19: BJ direkt ins Mikrofon. (Soll sie bleiben lassen. Sicherheitsrisiko.)

BJ: Ich stehe auf dem Bootssteg, von dem aus ich den Strand überblicken kann. Ich bin allein und flüstere, damit die Leute nicht hören, was ich sage, oder denken, ich sei verrückt. Ich bin dem Großen Mann noch nicht begegnet, aber ich habe gesehen, dass er mich bemerkt und Peter angestoßen hat, wer ist die Rote da. Hier draußen ist es eiskalt, aber ich habe mir einen Nerz aus einem Schrank geholt und habe es nun angenehm warm. Lenny ist betrunken, aber ich glaube, er versucht, sich zu amüsieren. Jetzt albert er mit Dean Martin herum. Der Große Mann hat sich mit zwei Blondinen in Peters Schlafzimmer zurückgezogen. Vor ein paar Minuten habe ich Bobby gesehen. Er hat sich aus dem Kühlschrank bedient, als ob er am Verhungern sei. Die Geheimdienstleute blättern einen Stapel »Playboy«-Magazine durch. Man kann geradezu körperlich spüren, wie froh sie sind, dass nicht der alte Spießer Dick Nixon gewählt wurde. Irgendwer raucht Hasch am Strand, und ich glaube, ich komme am weitesten, wenn ich mich rarmache. Ich glaube, er muss mich finden. Ich habe gehört, wie Bobby einem Geheimdienstmann gesagt hat, der Große Mann wolle nicht vor 1 Uhr gehen. Das gibt mir ein bisschen Zeit. Laut Lenny hat ihm Peter meinen berüchtigten »Nugget«-Folder vom November 1956 gezeigt. Er ist etwas über 1,80 Meter groß, damit wird er mich, wenn ich flache Absätze anhabe, um ein paar Zentimeter überragen. Wenn man von dem ganzen Hollywoodquatsch absieht, ist dies, ehrlich gesagt, einer der Augenblicke, den junge Mädchen in ihren Tagebüchern festhalten. Übrigens habe ich drei Aufforderungen zum Twist abgelehnt, weil ich befürchtete, dabei könne mein Mikrofon sich lösen. Habt Ihr das gehört? Dicht hinter mir ging die Schlafzimmertür zu, nachdem sich zwei kichernde Blondinen rausgeschlichen haben. Ich bin jetzt still.

23.20 – 23.27: Schweigen. (Wellengeräusche zeigen an, dass BJ auf dem Bootssteg geblieben ist.)

23.28 – 23.40: BJ u. JFK.

JFK: Guten Abend.

BJ: Mein Gott.

JFK: Wohl kaum, aber trotzdem danke.

BJ: Wie wär's mit, hallo, Mr President?

JFK: Wie wär's mit, hallo, Jack?

BJ: Hallo, Jack.

JFK: Wie ist Ihr Name?

BJ: Barb Jahelka.

JFK: Sie sehen aber nicht wie jemand aus, der Jahelka heißt.

BJ: Eigentlich heiße ich Lindscott. Ich arbeite mit meinem Ex-Mann zusammen und habe daher meinen Ehenamen behalten.

JFK: Ist Lindscott ein irischer Name?

BJ: Eine anglogermanische Bastardform.

JFK: Die Iren sind alle Bastarde. Bastarde, Spinner und Trinker.

BJ: Darf ich Sie zitieren?

JFK: Nach meiner Wiederwahl. Dann können Sie's ins Kennedy-Lesebuch setzen, gleich neben »Frag nicht, was dein Land für dich tun kann«.

BJ: Darf ich Ihnen eine Frage stellen?

JFK: Klar.

BJ: Gibt es tatsächlich keinen schärferen Job auf Erden, als Präsident der Vereinigten Staaten zu sein?

JFK (anhaltendes Gelächter): Wohl kaum. Schon die Mitspieler sind das Eintrittsgeld wert.

BJ: Zum Beispiel?

JFK: Lyndon Johnson, die Unschuld vom Lande. Charles de Gaulle, der schon 1910 einen Stock verschluckt hat. J. Edgar Hoover, die heimliche Schwuchtel. Die verrückten Exilkubaner, mit denen mein Bruder zu tun hat, zu 80 Prozent allerunterster Abschaum. Harold McMillan, der das Wort – UM2: Entschuldigen Sie die Störung, Mr President.

JFK: Ja?

UM1: Ein Anruf für Sie.

JFK: Sagen Sie, ich sei beschäftigt.

UM2: Gouverneur Brown ist am Apparat.

JFK: Sagen Sie, ich rufe zurück.

UM1: Ja, Sir.

JFK: Nun, Barb, haben Sie für mich gestimmt?

BJ: Ich war auf Achse und bin daher nicht zum Wählen gekommen.

JFK: Sie hätten per Briefwahl Ihre Stimme abgeben können.

BJ: Das hatte ich vergessen.

JFK: Was ist wichtiger, der Twist oder meine Karriere?

BJ: Der Twist.

JFK (längeres Gelächter): Bitte entschuldigen Sie die Naivität. Wer eine dumme Frage stellt –

BJ: Wohl eher, wer eine ehrliche Frage stellt, der kriegt eine ehrliche Antwort.

JFK: Richtig. Mein Bruder findet, dass Sie den Rahmen der Party sprengen.

BJ: Er tut so, als ob er hier in schlechte Gesellschaft geraten sei.

JFK: Eine Frage des Standpunkts.

BJ: Ihr Bruder hat nie im Leben einen Cent beim Pokerspielen gewonnen.

JFK: Was zu seinen Stärken gehört. Nun, was wird, wenn sich Ihre verrückte Tanzmode erledigt hat?

BJ: Dann habe ich genügend Geld beisammen, um meiner Schwester eine »Bob's-Big-Boy«-Filiale in Tunnel City, Wisconsin, zu kaufen.

JFK: In Wisconsin habe ich gewonnen.

BJ: Ich weiß. Meine Schwester hat für Sie gestimmt.

JFK: Und Ihre Eltern?

BJ: Mein Vater ist tot. Meine Mutter hasst Katholiken und hat daher für Nixon gestimmt.

JFK: Ein ausgeglichenes Stimmergebnis ist gar nicht schlecht. Übrigens tragen Sie einen ausgesprochen schönen Nerz.

BJ: Den hab' ich von Peter geborgt.

JFK: Dann muss das einer der sechstausend Pelze sein, die mein Vater meinen Schwestern gekauft hat.

BJ: Ich habe von dem Schlaganfall Ihres Vaters gelesen. Ich war sehr betrübt.

JFK: Das sollten Sie nicht sein. Unkraut vergeht nicht. Sie reisen mit der Revue, von der Peter mir erzählt hat, herum?

BJ: Andauernd. Ja, am 27. starte ich zu einer Ostküstentournee.

JFK: Hinterlassen Sie doch Ihren Tourneeplan bei der Telefonzentrale des Weißen Hauses. Vielleicht könnten wir, wenn unsere Terminpläne es erlauben, zusammen essen gehen.

BJ: Gern. Und ich rufe an.

JFK: Bitte. Und nehmen Sie den Nerz mit. Ihnen steht er weit besser als meiner Schwester.

BJ: Das kann ich doch nicht.

JFK: Ich bestehe darauf. Bestimmt, sie wird ihn nicht vermissen.

BJ: Na gut.

JFK: Ich plündere gewöhnlich nicht anderer Leute Kleiderschrank, aber ich möchte, dass der Ihnen gehört.

BJ: Danke, Jack.

JFK: Bitte. Und jetzt muss ich, zu meinem Bedauern, ein paar Anrufe erledigen.

BJ: Dann bis zum nächsten Mal.

JFK: Ja. Lassen Sie uns sehen.

UM1: Mr President?

JFK: Augenblick, ich komme gleich.

23.41 – 00.03: Schweigen. (Geräusche von Wellen zeigen an, dass BJ auf dem Bootsdeck blieb.)

00.03 – 00.09: Stimmendurcheinander u. Lautsprechergeräusche. (Offensichtlich Abschiedsprozedur.)

00.10: BJ u. LS verlassen die Party. Tonbandaufnahme beendet am 20. Februar 1962 um 00.11 Uhr.

DOKUMENTENEINSCHUB: 4.3.62. Transkript Schlafzimmermikro im Carlyle. Aufgenommen von: Fred Turentine. Band/Textkopien an: P. Bondurant, W. Littell.

BJ rief den Horchposten an und teilte mit, dass sie die Zielperson zum »Dinner« treffe. Sie wurde instruiert, die Schlafzimmertür zur Mikrofonaktivierung zweimal hintereinander zu öffnen und zu schließen. Aufnahmebeginn 20.09 Uhr. Initialen: BJ – Barb Jahelka. JFK – John F. Kennedy.

20.09 – 20.20: Sexuelle Aktivität. (Vergleiche Aufnahme. Gute Tonqualität. Stimmen erkennbar.)

20.21 – 20.33: Konversation.

JFK: Oh Gott.

BJ: Hmmm.

JFK: Rutsch ein bisschen. Ich möchte meinen Rücken entlasten.

BJ: Besser so?

JFK: Besser.

BJ: Soll ich dir den Rücken massieren?

JFK: Nein. Du kannst nichts für mich tun, was du nicht schon getan hättest.

BJ: Danke. Schön, dass du mich angerufen hast.

JFK: Wo hab' ich dich rausgeholt?

BJ: Aus zwei Shows im Rumpus Room in Passaic, New Jersey.

JFK: Oh Gott.

BJ: Frag mich was.

JFK: Gut. Wo hast du den Nerz, den ich dir geschenkt habe?

BJ: Den hat mein Ex-Mann verkauft.

JFK: Und das hast du zugelassen?

BJ: Das gehört dazu.

JFK: Was heißt das?

BJ: Er weiß, dass ich ihn demnächst verlassen werde. Ich bin ihm was schuldig, und das nutzt er eben aus, so gut er kann.

JFK: Du musst ihm ziemlich viel schuldig sein?

BJ: Gewaltig.

JFK: Du machst mich neugierig. Erzähl mir mehr.

BJ: Alte Geschichte in Tunnel City, Wisconsin, 1948.

JFK: Ich mag Wisconsin.

BJ: Ich weiß. Die haben für dich gestimmt.

JFK (lachend): Du bist lustig. Frag mich was.

BJ: Wer ist der größte Idiot in der amerikanischen Politik?

JFK (lachend): Die heimliche Schwuchtel J. Edgar Hoover, die am 1. Januar 1965 in Pension geht.

BJ: Davon hab' ich noch gar nichts gehört.

JFK: Wirst du noch.

BJ: Ich verstehe. Du musst vorher wiedergewählt werden.

JFK: Du hast begriffen. Jetzt möchte ich mehr über Tunnel City, Wisconsin, 1948, hören.

BJ: Nicht jetzt.

JFK: Wieso nicht?

BJ: Ich halte dich hin, damit wir länger zusammenbleiben.

JFK (lachend): Du kennst die Männer.

BJ: Ja, allerdings.

JFK: Woher? Wo hast du deine ersten Erfahrungen gemacht?

BJ: Mit der gesamten männlichen Jugend von Tunnel City, Wisconsin. Guck nicht so schockiert. Das waren elf Jungs insgesamt.

JFK: Erzähl weiter.

BJ: Nein.

JFK: Wieso nicht?

BJ: Du hast bereits zwei Sekunden nachdem wir miteinander geschlafen haben auf die Uhr geschaut. Ich glaube, ich kann dich am ehesten an mein Bett fesseln, wenn ich meine Lebensgeschichte möglichst lang ausspinne.

JFK (lachend): Du kannst mal zu meinen Memoiren beitragen. Du kannst erzählen, dass John F. Kennedy Frauen mit Club-Sandwiches auf dem Zimmer und Quickies umwarb.

BJ: Das Club-Sandwich war toll.

JFK (lachend): Du bist lustig und grausam.

BJ: Frag mich was.

JFK: Nein. Frag du mich was.

BJ: Erzähl mir was über Bobby.

JFK: Wieso?

BJ: Weil er mich auf Peters Party zu verdächtigen schien.

JFK: Er ist von Natur aus misstrauisch und muss sich obendrein ständig in üblen juristischen Streitigkeiten mit Jimmy Hoffa und der Mafia herumschlagen. Es ist so eine Art Berufskrankheit bei ihm, er muss den Polizisten spielen. Mal ist es Jimmy Hoffa und Grundstücksschwindel in Florida. Mal ist es Carlos Marcello, der ausgewiesen werden soll. Jetzt ist es Hoffa und der Test-Taxi-Fall in Tennessee, doch frag mich nicht, was es damit auf sich hat, ich bin kein Rechtsanwalt und kann Bobbys Bedürfnis, andere zu verfolgen und auszurotten, nicht immer teilen.

BJ: Er ist härter als du, nicht wahr?

JFK: Ja. Und wie ich einmal vor vielen Jahren einem Mädchen gesagt habe, ist er wahrhaft leidenschaftlich und großmütig.

BJ: Du guckst wieder auf die Uhr.

JFK: Ich muss gehen. Ich werde in der UNO erwartet.

BJ: Dann viel Glück.

JFK: Brauche ich nicht. Die Vollversammlung besteht aus lauter Volltrotteln. Lass uns das wiederholen, Barb. Mir hat's Spaß gemacht.

BJ: Mir auch. Und danke für das Club-Sandwich.

JFK (lachend): Es soll nicht dein letztes gewesen sein. Einfaches Türenschlagen deaktiviert Mikrofon. Tonbandaufnahme beendet am 3. März 1962 um 20.34 Uhr.

DOKUMENTENEINSCHUB: 9.4.62. Transkript Schlafzimmermikro im Carlyle. Aufgenommen von: Fred Turentine. Band/Textkopien an: P. Bondurant, W. Littell.

BJ rief den Horchposten um 16.20 Uhr an. Gab an, die Zielperson um 17.30 Uhr zum »Dinner« zu treffen. Aufnahmebeginn um 18.12 Uhr. Initialen: BJ – Barb Jahelka. JFK – John F. Kennedy.

18.13 – 18.25: Sexuelle Aktivität.

18.14 – 18.32: Konversation.

BJ: Oh Gott.

JFK: Letztes Mal habe ich das gesagt.

BJ: Diesmal war's besser.

JFK (lachend): Für mich auch. Nur das Club-Sandwich ließ zu wünschen übrig.

BJ: Frag mich was.

JFK: Was ist 1948 in Tunnel City, Wisconsin, passiert?

BJ: Erstaunlich, dass du das noch weißt.

JFK: Ist erst einen Monat her.

BJ: Ich weiß. Aber ich habe das doch nur ganz nebenbei erwähnt.

JFK: Provokativ genug.

BJ: Vielen Dank.

JFK: Barb.

BJ: Gut. Am 9. Mai habe ich Billy Kreuger den Laufpass gegeben. Billy traf sich mit Tom McCandless, Fritzie Schott und Johnny Coates. Sie beschlossen, mir eine Lektion zu erteilen. Nur war ich gar nicht in der Stadt. Meine Eltern hatten mich zu einem Kirchenfest nach Racine mitgenommen. Meine Schwester Margaret war zu Hause geblieben. Sie war rebellisch und hatte noch nicht kapiert, dass Kirchenfeste ein guter Ort sind, um Jungs kennenzulernen.

JFK: Weiter.

BJ: Fortsetzung folgt.

JFK: Oh Gott. Ich hasse ungelöste Geheimnisse.

BJ: Nächstes Mal.

JFK: Woher weißt du, dass es ein nächstes Mal gibt?

BJ (lachend): Ich mach's gern spannend.

JFK: Das gelingt dir gut, Barb. Verdammt gut.

BJ: Ich will herausfinden, ob ich einem Mann näherkommen kann, den ich einmal im Monat eine Stunde sehe.

JFK: Du wirst mich nie um einen schwierigen Gefallen bitten, nicht wahr?

BJ: Nein. Das werde ich nicht.

JFK: Gott segne dich.

BJ: Glaubst du an Gott?

JFK: Nur für die Öffentlichkeit. Jetzt frag du mich was.

BJ: Hast du jemanden, der dir Frauen besorgt?

JFK (lachend): Eigentlich nicht. Am ehesten vielleicht Kemper Boyd, aber bei dem wird mir immer etwas unbehaglich zumute, daher habe ich seine Dienste seit der Amtseinsetzung nicht mehr in Anspruch genommen.

BJ: Wer ist Kemper Boyd?

JFK: Ein Anwalt aus dem Justizministerium. Könnte dein Typ sein. Er sieht gut aus und ist ziemlich gefährlich.

BJ: Bist du eifersüchtig? Verursacht es dir deswegen Unbehagen?

JFK: Er ist ein Mensch, dessen größtes Unglück im Leben ist: dass er kein Kennedy ist. Was mir den Umgang mit ihm nicht leichter macht. Er hatte im Auftrag von Bobbys Untersuchungsausschuss mit irgendwelchen Exilkubanern, erbärmlichen Existenzen, zu tun, und in gewisser Hinsicht ist er nicht besser als die. Er war in Yale, hat sich an mich gehängt und sich als nützlich erwiesen.

BJ: Zuhälter schmeicheln sich stets bei mächtigen Leuten ein. Guck dir nur Peter an.

JFK: Kemper ist kein Peter Lawford, das will ich ihm zugutehalten. Peter hatte nie eine Seele, die er hätte verkaufen können, während Kemper die seine für einen ziemlich hohen Preis verkauft hat, ohne dass ihm das bewusst ist.

BJ: Wie das?

JFK: Einzelheiten kann ich dir keine erzählen, aber er hat jedenfalls die Frau, mit der er liiert war, verstoßen, um sich bei mir und meiner Familie einzuschmeicheln. Er stammt aus vermögendem Haus, nur hat sein Vater alles verloren und sich umgebracht. Bei mir lebt er irgendeine widerliche Fantasie aus, und seit mir das klar ist, kann ich den Typ schwer ertragen.

BJ: Reden wir von was anderem.

JFK: Wie wär's mit Tunnel City, Wisconsin, 1948?

BJ: Fortsetzung folgt.

JFK: Scheiße.

BJ: Ich mag Fortsetzungen.

JFK: Ich nicht. Fortsetzungsfilme habe ich schon als kleiner Junge gehasst.

BJ: Du solltest hier eine Wanduhr installieren lassen. Damit du nicht immer heimlich nach der Uhr schielen musst.

JFK: Du bist lustig. Reich mir meine Hosen, sei so gut.

BJ: Hier.

Einfaches Türenschlagen deaktiviert Mikrofon. Aufnahme beendet am 8. April 1962 um 18.33 Uhr.

77

(Miami, 15.4.62)

Der Bulle hatte Verspätung. Pete schlug die Zeit tot, indem er Dienstpläne vollkritzelte.

Er malte Herzen und Pfeile. Er notierte Dinge, die Barb und Lenny gesagt hatten, und unterstrich die entscheidenden Stellen.

Starke Worte. Den Krach vom Taxistand nahm er gar nicht mehr wahr.

Er hatte intensiv über Lennys Worte nachgedacht. Die Firma will, dass Bobby K. erfährt, dass sie in Kuba ausgeholfen hat. Bobby weiß noch nichts. Wenn er es wüsste, wäre Kemper Boyd in hohem Bogen geflogen. Wenn er davon wüsste, hätte er sämtliche Verbindungen zwischen Mafia und CIA gekappt.

Die Firma weiß, dass Bobby ein Attentat auf Fidel ablehnt. Deswegen hat sie dem Schützenteam die Unterstützung verweigert.

Er hatte seine Theorie wochenlang gären lassen. Er versorgte weiterhin die Exilkubaner mit Waffen, und Kemper ging seinen beiden Jobs in Mississippi nach. Kemper war darauf aus, den Bart zu rupfen – dass das organisierte Verbrechen ihn dabei nicht deckte, ließ ihn völlig ungerührt.

Barb war darauf aus, Haarschopf-Jack zurechtzustutzen.

Der Bulle kam zu spät. Pete konnte sich nach Herzenslust seinen Gedanken an Barb hingeben.

Er wusste immer genauer, wie sie sich ausdrückte – von den Bändern und von den Transkripten. Die besten Bemerkungen hatte er auswendig gelernt.

Fred Turentine saß in der Abhörstation für das Carlyle – in einer Wohnung 76. Straße, Ecke Madison. Sie hatten eine ganze Bibliothek mit Barb-fickt-Jack-Bändern und Transkripten. Littells Entscheidung, bei Hoover anzufragen, hatte Früchte getragen. Die Präsidentensuiten im El Encanto und im Ambassador-East waren von FBI-Spezialisten mit Wanzen versehen worden.

Mr Hoover war ihr Erpresserkumpel. Die Carlyle-Suite wurde einmal wöchentlich vom FBI überprüft – die Schlafzimmermikros sollten unsichtbar bleiben.

Jack K. war ein Sechs-Minuten-Ficker. Jack K. war ein Scheißgroßmaul.

Jack bezeichnete Exilkubaner als »erbärmliche Existenzen«. Jack bezeichnete Kemper Boyd als erbärmlichen gesellschaftlichen Aufsteiger.

Der Bulle hatte Verspätung. Pete kritzelte noch mehr Herzen und Pfeile.

Er hatte eine neue Theorie: Barb spricht mit Jack und mit MIR.

Barb sagt, dass sie Joey Jahelka nicht verlassen will. Weil er mit ein paar Männern abgerechnet hat, die ihrer Schwester sehr wehgetan hatten. Barb ist nicht bereit, Jack die ganze Geschichte zu erzählen.

Barb deutet an, dass sich der geheimnisvolle Vorgang im Mai '48 abgespielt hat.

Barb weiß, dass er die Bänder abhört und die Transkripte liest. Barb möchte, dass er die Leerstellen ausfüllt. Jack wird nicht allzu sehr auf eine Antwort drängen – schließlich ist das einfach nur einer seiner drei Millionen regelmäßigen Ficks.

Barb weiß, dass er ein ehemaliger Polizist ist. Barb weiß, dass er das rauskriegen kann.

Er rief bei der Polizei von Wisconsin an. Er brachte Guy Banister dazu, eine offizielle FBI-Anfrage in die Wege zu leiten. Das dauerte insgesamt achtundvierzig Stunden.

11.5.48:

Margaret Lynn Lindscott wird von einer Gruppe von Männern in Tunnel City, Wisconsin, vergewaltigt. Sie identifiziert ihre Angreifer als: William Kreuger, Thomas McCandless, Fritz Schott und John Coates. Eine Anklage wird nicht erhoben. Alle vier Jungs haben bombenfeste Alibis.

14.1.52:

William Kreuger wird in Milwaukee erschossen. Der »Raubmord« bleibt unaufgeklärt.

4.7.52:

Thomas McCandless wird in Chicago erschossen. Der »mutmaßliche professionelle Mordanschlag« bleibt unaufgeklärt.

23.1.54:

Fritz Schott verschwindet. Bei Des Moines wird eine verweste Leiche gefunden – möglicherweise Schott. Daneben liegen drei Patronenhülsen. Die »mutmaßliche Tötung mit der Schusswaffe« bleibt unaufgeklärt.

John Coates lebt und ist gesund und munter. Er ist Polizist in Norman, Oklahoma.

Pete schloss seinen Schreibtisch auf und zog ein Magazin heraus. Barb mit fünfundzwanzig – eine bildschöne Miss Nugget.

Barb verführte den Gangsterkumpel Joey Jahelka. Barb brachte ihn dazu, die Männer umlegen zu lassen, die ihre Schwester vergewaltigt hatten.

John Coates war noch am Leben. Der Mob tastete Bullen nur im Falle äußerster Provokation an.

Barb, die Dankbare, heiratete Joey. Barb, die Dankbare, trug ihre Schulden ab.

Der Bulle hatte Verspätung. Pete studierte das Poster zum zehnmillionsten Mal.

Die Brüste waren retuschiert. Die Sommersprossen überpudert. Ihrem scharfen Verstand und ihrem gewissen Etwas wurde die Aufnahme nicht gerecht.

Pete legte das Magazin beiseite. Pete kritzelte noch einen Dienstplan voll.

Er rief Barb einmal die Woche an. Er führte vorsichtige kleine Liebestests durch – du stehst aber nicht *wirklich* auf Jack, oder?

Tat sie nicht. Sie stand auf das Drumherum – aber Jack selbst war für sie nur ein Sechs-Minuten-Ständer plus ein bisschen Gelächter.

Die Nötigung machte Fortschritte. Turentine flog nach L. A. und überprüfte Lenny Sands. Freddy meinte, Lenny sei zuverlässig. Freddy meinte, Lenny würde sie niemals verpfeifen.

Er hörte sich immer wieder die Barb-Bänder an. In Gedanken ging er Lennys Geplauder fast ebenso oft durch.

Drei wichtige Gangsterbosse ließen die kubanische Sache im Stich. Laut Littell war Carlos Marcello der einzige unter den Bossen, dem sie noch am Herzen lag.

Wieso?

Seine Vermutung war GELD.

Pete dachte zwei Monate lang nach. Ließ seine Theorie sickern.

Er übte sich in Gedankenspielen. Spielte immer neue Kombinationen von Anhängern der kubanischen Sache und Mitgliedern der Firma durch. Vergangene Woche war er mit seiner Theorie ein entscheidendes Stück vorangekommen.

November 1960:

Wilfredo Olmos Delsol wird beobachtet, wie er mit Castro-Agenten spricht. Wilfredo Olmos Delsol wurde *kürzlich* beobachtet:

Wie er einen neuen Wagen fuhr. Neue Klamotten trug. Sich mit neuen Freundinnen zeigte.

Er ließ Delsol von einem Bullen aus Miami verfolgen.

Delsol traf sich sechs Nächte hintereinander mit zwielichtigen Kubanern. Die Autos mit gefälschten Nummern und Fahrzeugscheinen fuhren.

Der Bulle verfolgte die Männer bis zu ihren Wohnungen. Die offensichtlich unter falschen Namen gemietet waren. Bei den Kubanern handelte es sich um Castro-Agenten ohne ersichtliche Einkünfte.

Der Bulle heuerte einen Informanten bei der Telefongesellschaft an. Er zahlte ihm fünfhundert Dollar, damit er Delsols letzte Telefonrechnungen stahl.

Nun hatte sich der Bulle mit den Rechnungen verspätet.

Pete kritzelte. Er kritzelte Herzen und Pfeile und hörte nicht mehr damit auf.

Sergeant Carl Lennertz hatte eine ganze Stunde Verspätung. Pete lotste ihn zum Parkplatz.

Sie tauschten Umschläge. Die Transaktion nahm keine zwei Sekunden in Anspruch.

Lennertz fuhr weg. Pete öffnete seinen Umschlag und zog zwei Seiten hervor.

Delsol hatte vier Monate lang verdächtige Anrufe gemacht. Er hatte die Geheimnummern von Santo und Sam G. angerufen. Er hatte insgesamt neunundzwanzigmal bei sechs castrofreundlichen Gruppen angerufen.

Pete spürte, wie ihm das Herz bis in den Hals schlug.

Er fuhr zu Delsols Haus. Der Allürensohn hatte seinen neuen Impala auf der Wiese vor dem Haus geparkt.

Er versperrte die Ausfahrt mit seinem Wagen. Schlitzte die Reifen des Impala mit dem Taschenmesser auf. Klemmte einen Verandastuhl unter die Türklinke. Riss das Kabel der Klimaanlage heraus und wand es um die linke Faust.

Drinnen hörte er Wasser laufen und Musik.

Pete ging zum Hintereingang. Die Küchentür stand offen. Delsol spülte Geschirr. Der Clown ließ sein Geschirrtuch im Mamborhythmus tanzen.

Pete winkte. Delsol winkte mit seifigen Händen zurück – komm rein.

Ein kleiner Radioapparat stand am Rand des Spülbeckens. Perez Prado schmetterte »Cherry Pink and Apple Blossom White«.

Pete betrat die Küche. *»Hola, Pedro«*, sagte Delsol.

Pete hieb ihm die Faust in den Magen. Delsol klappte zusammen. Pete warf das Radio in die Spüle.

Das Wasser zischte. Pete trat Delsol in den Hintern und schleuderte ihn bis zu den Ellbogen ins Spülwasser.

Delsol schrie auf. Er zog die Arme heraus und sprang mit einem entsetzlichen Schrei zurück.

Dampf wehte durch die Küche – eine kleine Pilzwolke.

Pete stopfte ihm das Geschirrtuch in den Mund. Delsols Arme waren knallrot und haarlos.

»Du hast Trafficante, Giancana und ein paar Castro-Freunde angerufen. Du bist mit linken Kubanern gesehen worden, und du wirfst das Geld nur so heraus.«

Delsol schleuderte ihn von sich. Den knallroten Stinkefinger musste man gesehen haben.

»Die Burschen von der Firma wollen zum größten Teil mit der Sache nichts mehr zu tun haben, und du sagst mir, wieso. Entweder du rückst mit der Sprache raus, oder deine Fresse steckt unter Wasser.«

Delsol spuckte das Tuch aus. Pete fesselte ihm die Hände mit dem Klimaanlagen-Kabel und schleuderte ihn mit einem Schlag in den Nacken erneut ins Spülwasser.

Er fiel seitwärts rein. Und wurde über und über mit elektrisch aufgeladenem Wasser bespritzt.

Er schrie und zog die Arme aus dem Wasser. Pete zerrte ihn zum Kühlschrank und vergrub ihm die Arme in den Eiswürfeln.

Stabilisiere dich, Scheißkerl – krieg mir keinen Schock.

Pete warf Eiswürfel in eine Schüssel. Delsol löste das Kabel mit den Zähnen und steckte die Hände rein.

Das Spülwasser kochte und zischte. Pete zündete sich eine Zigarette an, um den Gestank von verbranntem Fleisch zu vertreiben.

Delsol ließ sich in einen Stuhl fallen. Die Schockröte wich – der Puto bewies gesunde Widerstandskraft.

»Nun?«, sagte Pete.

»Nun, du hast meinen Cousin getötet. Hast du gemeint, ich würde immer loyal bleiben?«

Er sprach nur mit Mühe, wimmerte aber nicht. Die Spics konnten sich den Schmerz verbeißen, das musste man ihnen lassen.

»Das ist nicht die Antwort, die ich hören möchte.«

»Für einen Mann, der aus Versehen den eigenen Bruder umgelegt hat, ist sie angebracht.«

Pete griff nach einem Küchenmesser. »Sag mir, was ich hören möchte.«

Delsol zeigte ihm gleich zweimal, was er von ihm hielt. Mit zwei Fingern, von denen die Haut bis zum Knöchel herabhing.

Pete hackte nach dem Stuhl. Das Messer riss Delsols Hose auf, zwei Zentimeter vor den Eiern.

Delsol zog das Messer heraus und warf es auf den Boden. »Nun?«, sagte Pete.

Delsol lächelte. Delsol spielte den Macho. »Du hast recht, Pedro. Giancana und Mr Santo haben La Causa aufgegeben.«

»Und Carlos Marcello?«

»Nein. Er nicht. Er ist immer noch begeistert dabei.«

»Und Heshie Ryskind?«

»Hält sich raus. Er soll sehr krank sein.«

»Aber Santo unterstützt nach wie vor den Kader.«

Delsol grinste. Auf seinen Armen bildeten sich Brandblasen.

»Ich glaube, bald wird er seine Unterstützung zurückziehen. Ich bin ganz sicher, dass er das tun wird.«

Pete zündete eine Zigarette an der anderen an. »Wer hat den Kader sonst noch verraten?«

»Ich betrachte das, was ich getan habe, nicht als Verrat. Der Mann, der du mal warst, hätte das auch nicht so gesehen.«

Pete schnippte die Zigarette in die Spüle. »Beschränk dich aufs Antworten. Die Kommentare kannst du dir schenken.«

»Schön. Ich bin der Einzige, der mitmacht«, sagte Delsol.

»Wobei mitmacht?«

Delsol schauderte. Eine große Brandblase an seinem Hals platzte, Blut spritzte heraus.

»Ja. Es ist genau, wie du gedacht hast.«

»Erklär's mir.«

Delsol starrte auf seine Hände. »Mr Santo und die anderen sind zu Fidel übergelaufen. Ihre Begeisterung für La Causa ist nur eine Masche, um Robert Kennedy und andere Mächtige zu beeindrucken. Sie hoffen, dass Kennedy von ihrer Unterstützung erfährt und aufhört, ihnen derart zuzusetzen. Raúl Castro gibt ihnen das Heroin äußerst billig ab. Im Gegenzug halten sie ihn über die Exilkubaner auf dem Laufenden.«

Heroin war GELD. Seine Theorie traf in jeder Hinsicht zu.

»Weiter. Ich weiß, dass das noch nicht alles ist.«

Delsol setzte eine Unschuldsmiene auf. Pete starrte ihn an. Pete starrte und starrte und starrte –

Delsol blinzelte. »Ja. Da ist noch was. Raúl versucht, Fidel zu überreden, dass Mr Santo und die anderen ihre Casinos in Havanna wieder eröffnen können. Mr Santo und Mr Sam haben versprochen, dass sie Raúl über die Entwicklungen bei JM/Wave informieren und ihn vor allen Anschlägen gegen Fidel warnen.«

Noch mehr Bestätigungen. Noch mehr Kummer. Santo und Sam konnten Boyd zwingen, die Schützentruppe aufzulösen.

Delsol untersuchte seinen Arm. Die Tätowierungen waren zu eigenartigen Schlieren verbrüht.

»Da ist noch was«, sagte Pete.

»Nein. Das ist alles.«

Pete seufzte. »Das, was du getrieben hast. Du bist rekrutiert worden, weil den Castro-Jungs bekannt war, dass der Kader deinen Cousin getötet hat, und weil sie davon ausgegangen sind, dass sie an dich herankommen konnten. Du hast was damit zu tun, und das hat was mit Heroin zu tun, und wenn du nicht auspackst, tu' ich dir wieder weh.«

»Pedro ...«

Pete kauerte sich vor den Stuhl. *»Heroin«*, sagte Pete. *»Raus mit der Sprache.«*

»Aus Kuba wird eine Schiffsladung erwartet. Sie kommt mit einem Schnellboot an. Zweihundert Pfund, unverschnitten. Einige Castro-Anhänger werden sie bewachen. Ich soll die Ladung zu Mr Santo bringen.«

»Wann?«

»In der Nacht vom 4. Mai.«

»Wo?«

»An der Golfküste in Alabama. Ein Ort namens Orange Beach.«

Pete bekam das Zittern. Delsol spürte augenblicklich seine Furcht.

»Wir müssen so tun, als ob das alles nie stattgefunden hätte, Pedro. Tu so, als ob du niemals an die Sache geglaubt hättest. Wir dürfen uns nicht mit Männern anlegen, die so viel mächtiger sind als wir.«

Boyd blieb ungerührt. Pete brüllte so, dass die Telefonzelle beinahe zerbarst.

»Wir können das Casinogeschäft immer noch durchziehen. Wir können dein Team runterschicken, Castro umlegen und ein Scheißchaos erzeugen. Vielleicht klappt alles, und Santo hält Wort, vielleicht auch nicht. Jedenfalls können wir Fidel Castro erledigen.«

»Nein«, sagte Boyd. »Das Geschäft ist gestorben und der Kader erledigt, und wenn wir die Männer überstürzt reinschicken, gehen sie nur drauf.«

Pete trat die Tür aus den Angeln –

»Was heißt das, NEIN?«

»Ich denke, wir sollten unsere Verluste absichern. Wir sollten ein bisschen Geld machen, bevor jemand Bobby über die Firma und die CIA informiert.«

Die Tür flog über den Bürgersteig. Die Fußgänger wichen ihr aus. Ein kleines Kind hüpfte darauf herum und brach das Glas entzwei.

»Das Heroin?«

Boyd blieb kühl. »Zweihundert Pfund, Pete. Wir bleiben fünf

Jahre drauf sitzen und stoßen es in Übersee ab. Du, ich und Néstor. Das ergibt einen Anteil von mindestens drei Millionen Dollar für jeden.«

Pete wurde schwindelig. Das musste man erlebt haben. Ein Erdbeben, Stärke 9,9 auf der Richterskala, und es fand ausschließlich in seinem Innern statt.

DOKUMENTENEINSCHUB: 4.3.62. Transkript Schlafzimmermikro im Carlyle. Aufgenommen von: Fred Turentine. Band/Textkopien an: P. Bondurant, W. Littell.

BJ rief den Horchposten um 15.08 Uhr an. Gab an, die Zielperson um 17.00 Uhr zum »Dinner« zu treffen. Sie wurde angewiesen, die Schlafzimmertür zweimal zu öffnen u. zu schließen, um das Mikrofon zu aktivieren. Übertragung von 17.23 Uhr an. Initialen: BJ – Barb Jahelka. JFK – John F. Kennedy.

17.24 – 17.33: Sexuelle Aktivität. (Vergleiche Aufnahme. Gute Tonqualität. Stimmen erkennbar.)
17.34 – 17.41: Konversation.
JFK: Scheiße, mein Rücken.
BJ: Ich helf' dir.
JFK: Nein, ich komme schon klar.
BJ: Schau nicht ständig auf die Uhr. Wir haben gerade miteinander geschlafen.
JFK (lachend): Ich hätte wirklich diese Wanduhr installieren lassen sollen.
BJ: Und den Koch feuern. Das Club-Sandwich war mies.
JFK: Ja. Der Truthahn war trocken und der Speck matschig.
BJ: Du scheinst nicht recht bei der Sache, Jack.
JFK: Kluges Mädchen.

BJ: Die Last der Welt?

JFK: Nein, mein Bruder. Er zieht gegen meine Freunde und meine Frauenbekanntschaften zu Felde und führt sich ganz schön blöd auf.

BJ: Zum Beispiel?

JFK: Er hat sich in eine richtige Hexenjagd hineingesteigert. Frank Sinatra kennt ein paar Gangster, also musste Frank weg. Die Frauen, die mir Peter besorgt, sind Nutten, die Tripper haben, und du bist zu geschickt und zu selbstsicher für ein Twist-Häschen und entsprechend verdächtig.

BJ (lachend): Und nun? Kann ich damit rechnen, dass FBI-Männer mich beschatten?

JFK (lachend): Wohl kaum. Bobby und Hoover hassen sich zu sehr, um bei einer derart heiklen Angelegenheit zusammenzuarbeiten. Bobby ist überarbeitet und entsprechend schwierig, und Hoover ist schwierig, weil er eine Nazischwuchtel ist mit einem Hass auf alle Männer mit normalen Neigungen. Bobby leitet das Justizministerium, jagt Gangster und kümmert sich um meine Kubapolitik. Er hat andauernd mit kriminellen Psychopathen zu tun, und Hoover legt ihm andauernd Steine in den Weg. Und dann kommt er mit seinen Frustrationen eben zu mir. Was meinst du, sollen wir tauschen? Du wirst Präsidentin der Vereinigten Staaten, und ich twiste in, wie heißt das doch, wo du auftrittst?

BJ: »Del's Den« in Stamford, Connecticut.

JFK: Genau. Was meinst du, Barb? Wollen wir tauschen?

BJ: Gut. Und ich schmeiße gleich als Erstes J. Edgar Hoover raus und befehle Bobby, mal Ferien zu machen.

JFK: Du denkst schon wie eine Kennedy.

BJ: Wie das?

JFK: Ich werde Hoover von Bobby feuern lassen.

BJ: Hör auf, ständig auf die Uhr zu gucken.
JFK: Das nächste Mal solltest du sie vor mir verstecken.
BJ: Werd' ich.
JFK: Ich muss gehen. Reich mir meine Hosen, sei so gut.
BJ: Sie sind verknittert.
JFK: Daran bist du schuld.
Einfaches Türenschlagen deaktiviert Mikro. Ende der Aufnahme: 24. April 1962, 17.52 Uhr.

DOKUMENTENEINSCHUB: 25.4.62/26.4.62/1.5.62. Top-Hoodlum-Programm-Abhörmitschnitte: Los Angeles, Chicago und Newark. VERTRAULICH/STRENG GEHEIM/NUR FÜR DEN DIREKTOR BESTIMMT.

Los Angeles, 25.4.62. Ort: Öffentlicher Fernsprecher im Rick-Rack-Restaurant. Angerufene Nummer: MA2-4691
(Öffentlicher Fernsprecher in Mike Lyman's Restaurant.) Anrufer: Steven »Steve the Skeer« De Santis. (THP-Akte Nr. 814.5, Büro Los Angeles.) Angerufene Person: Unbekannter Mann (»Billy«). Nach sechs Minuten und vier Sekunden irrelevanten Gesprächs:

SDS: Und Frank hat die Klappe riesengroß aufgerissen, und Mo ist auf ihn reingefallen. Jack ist mein Kumpel, bla, bla, bla. Ich weiß, dass Jewboy Lenny in Cook County praktisch jede zweite Scheißwahlurne für Jack gestopft hat.
UM: Du sprichst von Frank, als ob du mit dem Typ persönlich bekannt wärst.
SDS: Bin ich, du Arsch. Ich bin ihm nämlich mal in der Garderobe vom Dunes begegnet.
UM: Sinatra ist ein Knilch. Er gibt sich wie ein Mann der Firma,

redet wie ein Firmenangehöriger, ist aber letztlich nur ein Blödmann aus Hoboken, New Jersey.

SDS: Ein Blödmann, der für seine Blödheit bezahlen sollte, Billy.

UM: Sollte er. Jedes Mal, wenn der Rattenpimmel Bobby was gegen die Firma unternimmt, gehört Frankie eins in die Eier getreten. Und für alles, was das Arschloch Bobby mit Jimmy und den Teamstern anstellt, gehört ihm doppelt eins reingetreten und dreifach für den Spaziergang durch Guatemala, den Onkel Carlos auf sich nehmen musste.

SDS: Dafür sollten die Kennedys bezahlen.

UM: Wenn es nach mir ginge, müssten sie das.

SDS: Keinen Sinn für Dankbarkeit.

UM: Keinen Sinn und Verstand, Punkt. Und das, obwohl sich Joe Kennedy und Raymond Patriarca seit ewigen Zeiten kennen.

SDS: Keinerlei Verstand.

UM: Keinerlei Scheißverstand.

Restliches Gespräch irrelevant.

Chicago, 26.4.62. Ort: Öffentlicher Fernsprecher im North Side Elks Club. Angerufene Nummer: BL 4-0808 (öffentlicher Fernsprecher in Saparito's Trattoria Restaurant). Anrufer: Dewey »The Duck« Di Pasquale. (THP-Akte Nr. 709.9, Büro Chicago.) Angerufene Person: Pietro »Pete Sap« Saparito. Nach vier Minuten und neunundzwanzig Sekunden irrelevanten Gesprächs:

DDP: Komm mir nicht mit den Kennedys. Die sind schlimmer als Tripper und Syph zusammen. Die versuchen, die Firma zu Entenscheiße zu verhackstücken. Bobby hat im ganzen Land

Sondereinheiten gegründet. Miese Schwanzlutscher, denen weder mit Geld noch mit Liebe beizukommen ist.
PS: Jack Kennedy hat mal in meinem Restaurant gegessen. Ich hätte den Schwanz vergiften sollen.
DDP: Quak, Quak. Hättest du.
PS: Deine Entennummer kannst du dir bei mir schenken, du Knilch.
DDP: Lad einfach Jack und Bobby und sämtliche Gangster-Staffeln in dein Restaurant ein, und servier ihnen Gift.
PS: Sollte ich. He, kennst du Deeleen, die bei mir kellnert? DDP: Und ob. Soll eine Spitzen-Bläserin sein.
PS: Das kannst du laut sagen. Und die hat was mit Jack Kennedy gehabt. Die hat mir gesagt, er habe so einen winzig kleinen Piccolo-Schwanz.
DDP: Die Iren haben alle keinen ordentlichen Schwanz. Tatsache.
PS: Italienische Männer haben die größten.
DDP: Und die besten.
PS: Mo soll bestückt sein wie ein Maultier.
DDP: Wo hast du denn das her?
PS: Hat mir Mo gesagt.
Restliches Gespräch irrelevant.

Newark, 1.5.62. Ort: Öffentlicher Fernsprecher in Lou's Lucky Lounge. Angerufene Nummer: MU6-9441 (öffentlicher Fernsprecher in Reuben's Delicatessen, New York City). Anrufer: Herschel »Heshie« Ryskind (THP-Akte Nr. 887.8, Büro Dallas). Angerufene Person: Morris Milton Weinshank (THP-Akte Nr. 400.5, Büro New York City). Nach drei Minuten und einer Sekunde irrelevanten Gesprächs:

MMW: Wir alle machen uns wegen deiner Krankheit Sorgen, Hesh. Wir wünschen dir alle alles Gute und beten für dich.
HR: Ich möchte noch erleben, wie Sam G. Sinatras Federgewichtsarsch einen derartigen Tritt versetzt, dass er von hier nach Palermo fliegt. Sinatra und so ein CIA-Ekelpaket haben Sam und Santo eingeredet, Jack K. sei koscher. Überleg mal, Morris, denk mal nach. Denk an Ike und Harry Truman und FDR. Haben die uns derartig zugesetzt?
MMW: Haben sie nicht.
HR: Ich weiß, dass Bobby und nicht Jack dahintersteckt. Aber Jack weiß, wie der Hase läuft. Jack weiß, dass du keine tollwütigen Hunde auf Leute hetzen kannst, von denen du Gefälligkeiten angenommen hast.
MMW: Sam meinte, dass Frank bei den Brüdern was zu melden hat. Er meinte, Frank könne Jack dazu bringen, Bobby zurückzupfeifen.
HR: Frank hat geträumt. Frank hat nichts zu melden in Präsidentenkreisen. Er und der CIA-Kerl Boyd wollen doch Kennedy nur den Schwanz lutschen.
MMW: Schönes Haar haben sie, Jack und Bobby, das muss ihnen der Neid lassen.
HR: Man sollte ihnen den Scheitel mit einem .45er Dum-Dum-Geschoss ziehen.
MMW: So schönes Haar. Ich wollte, ich hätte so schönes Haar.
HR: Haare willst du? Kauf dir eine Scheißperücke.
Restliches Gespräch irrelevant.

DOKUMENTENEINSCHUB: 1.5.62. Persönliche Mitteilung: Howard Hughes an J. Edgar Hoover.

Lieber Edgar,

Duane Spurgeon, mein wichtigster Mitarbeiter und Rechtsberater, ist todkrank.

Ich brauche einen Ersatzmann, der ab sofort auf Abruf zur Verfügung steht. Am liebsten hätte ich natürlich einen moralisch zuverlässigen Juristen mit FBI-Verbindungen. Könnten Sie mir jemanden empfehlen?

Mit den besten Grüßen
Howard

78

(Washington, D. C., 2.5.62)

Von der Bank blickte man direkt aufs Lincoln Memorial. Kinder spazierten mit ihren Kindermädchen vorbei.

»Die Frau ist nicht schlecht«, sagte Hoover.

»Danke, Sir.«

»Sie stellt King Jack provokative Fallen.«

Littell lächelte. »Ja, Sir.«

»King Jack hat meine Zwangspensionierung zweimal erwähnt. Haben Sie die Frau aufgefordert, ihn dazu zu provozieren?«

»Ja, Sir. Habe ich.«

»Wieso?«

»Ich wollte Ihr Interesse an der Operation steigern.«

Hoover zupfte eine Bügelfalte zurecht. »Ich verstehe. Logisch einwandfrei.«

»Wir wollen den Kerl davon überzeugen«, sagte Littell, »dass es in seinem ureigensten Interesse ist, seinen Bruder dazu zu bringen, seine Angriffe gegen meine Klienten und deren Freunde sein zu lassen, und wenn die beiden davon ausgehen, dass Sie über Kopien der Bänder verfügen, trägt dies bestimmt wesentlich dazu bei, dass man Sie in Ihrem Amt belässt.«

Hoover nickte. »Klingt logisch.«

»Ich würde es vorziehen, mit den Bändern nicht an die Öffentlichkeit zu gehen, Sir. Ich möchte die Angelegenheit lieber diskret beilegen.«

Hoover klopfte auf seine Aktentasche. »Haben Sie mich deswegen aufgefordert, Ihnen meine Kopien fürs Erste zurückzugeben?«

»Ja, Sir.«

»Sie trauen mir nicht zu, dass ich sie sicher aufbewahre?«

Littell lächelte. »Ich möchte, dass Sie alles bestreiten können, wenn Robert Kennedy eine unabhängige Untersuchung durchführen sollte. Ich möchte, dass sämtliche Bänder an einem Ort aufbewahrt werden, wo sie, wenn nötig, vernichtet werden können.«

Hoover lächelte. »Womit, im Falle eines Falles, Pete Bondurant und Fred Turentine als die einzigen Verschwörer dastehen werden?«

»Ja, Sir«, sagte Littell.

Hoover scheuchte einen Vogel weg. »Wer finanziert die Operation? Mr Hoffa oder Mr Marcello?«

»Das möchte ich lieber nicht sagen, Sir.«

»Ich verstehe. Und kann Ihnen Ihren Wunsch nach Geheimhaltung nachsehen.«

»Danke, Sir.«

»Angenommen, es wäre erforderlich, an die Öffentlichkeit zu treten?«

»Dann würde ich dies Ende Oktober tun, genau vor den Kongresswahlen.«

»Ja. Das wäre die beste Zeit.«

»Ja, Sir. Aber wie ich sagte, möchte ich lieber nicht –«

»Sie brauchen sich nicht zu wiederholen. Ich bin nicht senil.«

Die Sonne brach durch eine Wolkenbank. Littell geriet allmählich ins Schwitzen.

»Ja, Sir.«

»Sie hassen sie, nicht wahr?«

»Ja, ich hasse sie.«

»Da sind Sie nicht der Einzige. Das THP verfügt neuerdings über eigenständige Abhöreinrichtungen an vierzehn neuralgischen Punkten des organisierten Verbrechens. Wir haben ziemlich viel Kennedy-Feindliches mitgeschnitten. Ich habe die Brüder nicht informiert und hege auch nicht die Absicht.«

»Das überrascht mich nicht, Sir.«

»Ich habe einige wunderbar beleidigende Ausbrüche zusammengestellt. Sie sind herrlich bodenständig und profan.«

»Ja, Sir.«

Hoover lächelte. »Sagen Sie mir, was Sie denken.«

Littell lächelte. »Dass Sie mir trauen. Dass Sie mir trauen, weil ich die beiden ebenso hasse wie Sie.«

»Da haben Sie recht«, sagte Hoover. »Und, Gott im Himmel, würde es Kemper nicht das Herz brechen, wenn er hören könnte, was King Jack über ihn denkt?«

»Allerdings. Gott sei Dank weiß er von der Operation nichts.«

Ein kleines Mädchen hüpfte vorbei. Hoover lächelte und winkte ihr zu.

»Howard Hughes braucht eine neue rechte Hand. Er hat mich gebeten, ihm jemanden mit Ihren Qualifikationen zu empfehlen, und ich habe Sie genannt.«

Littell hielt sich an der Bank fest. »Ich fühle mich sehr geehrt, Sir.«

»Mit Recht. Bitte nehmen Sie allerdings zur Kenntnis, dass Howard Hughes ein sehr gestörter Mann ist mit einem eher beschränkten Verhältnis zur Realität. Er kommuniziert ausschließlich per Telefon und Brief, und ich denke, Sie werden ihm möglicherweise nie direkt gegenübertreten.«

Die Bank erzitterte. Littell faltete die Hände über dem Knie.

»Soll ich mich bei ihm melden?«

»Er wird sich bei Ihnen melden, und ich rate Ihnen, das Angebot anzunehmen. Der Mann hat die dumme, aber nützliche Absicht, in ein paar Jahren in Las Vegas Hotel-Casinos zu erwerben, und ich gehe davon aus, dass sich dabei gute Gelegenheiten zur nachrichtendienstlichen Erfassung ergeben werden. Ich habe Hughes die Namen Ihrer anderen Klienten genannt, und er war recht beeindruckt. Was den Job betrifft, so brauchen Sie, denke ich, nur zuzugreifen.«

»Ich will den Job«, sagte Littell.

»Natürlich«, sagte Hoover. »Sie haben zeit Ihres Lebens unter Entbehrungen gelitten und endlich Ihr Gewissen mit Ihren Bedürfnissen versöhnt.«

79

(Orange Beach, 4.5.62)

Sie hatten Mondlicht um 3 Uhr früh. Das war halb ein Fluch – *völlige* Dunkelheit hätte ÜBERRASCHUNG bedeutet.

Pete bog von der asphaltierten Straße ab. Sah Sanddünen vor sich – groß und hoch.

Néstor stützte seine Beine auf Wilfredo Delsol ab. Wilfredo, die Mumie, war von Kopf bis Fuß in Lassoband gewickelt und zwischen Vorder- und Hintersitz geklemmt.

Boyd hielt das Gewehr schußbereit. Delsol atmete mühsam durch die Nase. Sie hatten ihn, als sie Miami verließen, aus seiner Wohnung entführt.

Der Jeep hüpfte durch die Dünen. Boyd überprüfte die Spurenverwischer – an Metallgestängen befestigte Rechenharken.

Néstor hustete. »Der Strand ist eine halbe Meile lang. Ich bin ihn zweimal auf und ab gegangen.«

Pete bremste und stellte den Motor ab. Die Brandung war ausgesprochen laut. »Hört euch das an«, sagte Boyd. »Wenn wir Schwein haben, können sie uns nicht hören.«

Sie stiegen aus. Néstor schaufelte ein Loch und begrub Delsol bis an die Nasenspitze im Sand.

Pete warf eine sandfarbene Plane über den Jeep.

Néstor baute den Rechen zusammen. Boyd überprüfte ihre Gerätschaften.

Sie hatten mit Schalldämpfern versehene .45er und MPs. Eine Kettensäge, eine Bombe mit Zeitzünder und zwei Pfund Plastiksprengstoff.

Sie schmierten sich schwarze Tarnfarbe ins Gesicht. Schulterten ihre Bündel.

Sie machten sich auf den Weg. Néstor schleifte den Rechen hinter sich her. Reifen- und Fußspuren verschwanden.

Pete hob das Infrarot-Sichtgerät. In dreihundert Meter Entfernung machte er klumpige Erhebungen aus.

»Gehen wir dichter ran«, sagte Boyd.

Pete streckte sich – die schusssichere Weste saß ziemlich eng. »Hinter der westlichen Düne liegen neun oder zehn Männer. Wir sollten die Küste entlangkommen und hoffen, dass uns das gottverdammte Wellenrauschen Deckung gibt.«

Néstor bekreuzigte sich. Boyd packte sich beide Hände und den Mund voll – mit zwei .45ern und einem Jagdmesser.

Pete spürte, wie er innerlich schlotterte – ein Scheißriesenerdbeben, 9,999 auf der Richter-Skala.

Sie stapften durch den feuchten Sand. Warfen sich nieder und robbten über den Boden. Pete hatte die verrückte Vorstellung: ICH BIN DER EINZIGE, DER BEGREIFT, WAS WIR DA TREIBEN.

Boyd machte den Anführer. Die Schatten nahmen Gestalt an. Die Brandung übertönte ihre Geräusche.

Die Schatten waren schlafende Männer. Ein Schlafloser hatte sich aufgesetzt – das glühende Zigarettenende musste man im Auge behalten.

Sie kamen näher.

Noch näher.

Ganz nah.

Pete hörte Schnarchen. Ein Mann stöhnte im Schlaf, auf Spanisch.

Sie griffen an.

Boyd erschoss den Raucher. Im Mündungsfeuer war eine Reihe von Schlafsäcken zu sehen.

Pete feuerte. Néstor feuerte. Die dumpfen Geräusche der Schalldämpfer überlappten sich.

Sie hatten nun ausgezeichnete Sicht – durch das Mündungsfeuer von vier Waffen.

Daunen explodierten. Schreie ertönten und erstarben zu gedämpftem Gurgeln.

Néstor ging mit einer Taschenlampe heran. Pete erblickte neun zerfetzte und blutgetränkte US-Army-Schlafsäcke.

Boyd schob frische Magazine ein und schoss den Männern aus nächster Nähe ins Gesicht. Néstors Taschenlampe wurde von Blutspritzern getroffen und warf plötzlich hellrotes Licht.

Pete rang nach Luft. Blutige Federn drangen ihm in den Mund.

Néstor hielt die Lampe. Boyd kniete nieder und schlitzte Kehlen auf. Er schnitt tief und gründlich.

Néstor zerrte die Leichen weg.

Pete drehte die Schlafsäcke um und stopfte sie mit Sand aus.

Boyd formte sie zurecht. Er leistete gute Arbeit – die Männer vom Boot würden Schlafende zu sehen glauben.

Néstor schleppte die Leichen zu einem Fluttümpel. Boyd brachte die Kettensäge.

Pete setzte den Motor in Gang. Boyd legte die Leichen zurecht.

Der Mond stand tief. Néstor sorgte für zusätzliches Licht.

Pete kauerte sich zum Sägen nieder. Die Sägezähne fraßen sich in ein Bein.

Pete sägte sich durch Arme hindurch. Die Säge ließ immer wieder den Sand hochstieben. Haut und Knorpel klatschten ihm ins Gesicht.

Pete vierteilte die Männer. Boyd schnitt ihnen mit dem Jagdmesser den Kopf ab. Ein Schnitt und ein Zug am Schopf, und die Sache war erledigt.

Keiner sagte ein Wort.

Pete sägte weiter. Ihm taten die Arme weh. Er rutschte ab. Die Sägezähne hüpften über die Leiche und zerfleischten dem Toten den Bauch.

Pete roch Galle. Er ließ die Säge fallen und kotzte.

Boyd übernahm. Néstor warf Körperteile in den Tümpel. Haie schwammen herbei.

Pete ging ans Wasser. Ihm zitterten die Hände – das Anzünden einer Zigarette dauerte ewig.

Der Rauch tat gut. Der Rauch vertrieb den üblen Gestank. BEGREIFEN DIE DENN NICHT, WAS WIR DA TREIBEN –

Sie hörten zu sägen auf. Die Totenstille ließ seinen eigenen rasenden Herzschlag noch lauter erscheinen.

Pete ging zu dem Tümpel zurück. Der von Haien aufgewühlt wurde, die halb aus dem Wasser sprangen.

Néstor lud die Maschinengewehre. Boyd zuckte und zappelte herum – gemessen an seiner üblichen Eiseskälte, war er hochgradig nervös.

Sie gingen hinter einer Düne in Deckung. Keiner sagte ein Wort. Pete musste ständig an Barb denken.

Kurz nach halb fünf brach die Dämmerung an. Der Strand sah vollkommen friedlich aus. Das Blut neben den Schlafsäcken sah aus wie ganz gewöhnliches Sickerwasser.

Néstor schaute weiter durch das Fernglas. Um 6 Uhr 12 hatte er zum ersten Mal Sichtkontakt.

»Ich sehe das Boot. Entfernung etwa zweihundert Meter.«

Boyd hustete und spuckte aus. »Laut Delsol sind sechs Mann an Bord. Erst feuern, wenn die Mehrzahl an Land gegangen ist.«

Pete hörte ein Motorengeräusch. »Das Boot kommt näher. Néstor, da hinunter.«

Néstor rannte hinüber und kauerte sich neben die Schlafsäcke. Das Geräusch wurde zum Rattern. Ein Schnellboot hüpfte über die Wellen.

Zwei Außenbordmotoren, keine Kajüte.

Néstor winkte. Rief. »Bienvenidos! Viva Fidel!«

Drei Männer sprangen vom Boot. Drei Männer blieben an Bord. Pete signalisierte Kemper: du BOOT – ich STRAND.

Boyd feuerte eine Salve auf das Boot. Die Frontscheibe zerbarst und schleuderte die Männer auf die Motoren. Pete mähte die ihm zugeteilten Männer mit einer kurzen Salve nieder.

Néstor ging zu ihnen hinüber. Spuckte jedem ins Gesicht und verpasste ihm einen Fangschuß in den Mund.

Pete rannte über den Sand und schwang sich ins Boot. Boyd rannte um die Außenbordmotoren herum und erledigte seine drei Opfer mit gezielten Kopfschüssen.

Das Heroin war dreifach verpackt und in Seesäcken verstaut. Schon das Gewicht war verblüffend.

Néstor klebte den Plastiksprengstoff neben die Außenbordmotoren. Der Zeitzünder war auf 7 Uhr 15 gestellt.

Pete holte das Rauschgift.

Néstor warf die Schlafsäcke und seine drei Leichen an Bord.

Boyd skalpierte sie. »Das ist für Playa Girón«, sagte Néstor.

Pete zurrte das Steuerrad fest und wendete das Boot. Der Kompass zeigte Süd-Südost. Wenn keine Sturmbö oder Flutwelle dazwischenkam, blieb das Boot auf Kurs.

Boyd warf die Motoren an. Beide Propeller gingen gleich beim ersten Mal an. Sie kletterten über die Reling und beobachteten, wie das Boot davonhüpfte.

Zwanzig Meilen vor der Küste dürfte es explodieren.

Pete schüttelte sich. Boyd verstaute die Skalps in seinem Rucksack. Orange Beach wirkte völlig unberührt.

Santo junior würde ihn anrufen. Er sei von Delsol verscheißert worden. Pete solle den Schwanzlutscher auftreiben.

Einzelheiten ließ Santo bestimmt nicht heraus. Nichts über den Handel mit den Kommunisten und nichts von dem eindeutigen Verrat des Kaders.

Pete wartete bei Tiger Kab auf den Anruf. Er hatte den Telefondienst übernommen – weil Delsol einfach nicht zur Arbeit erscheinen wollte.

Die Taxibestellungen sammelten sich. Die Fahrer erkundigten sich andauernd, wo Wilfredo nur steckte.

In einer Geheimwohnung. Von Néstor bewacht. Ein Pfund »H« vor Augen.

Boyd hatte den restlichen Stoff nach Mississippi mitgenommen. Boyd wirkte ein klein wenig fahrig, als hätte er beim Töten eine bestimmte Grenze überschritten.

Pete glaubte zu wissen, was die Grenze war. BEGREIFT IHR DENN NICHT, WEN WIR DA VERSCHEISSERT HABEN?

Sie hatten Delsol zwei Wochen rund um die Uhr überwacht. Er hatte sie nicht verraten. Sonst wäre das Rauschgift-Rendezvous abgeblasen worden.

Er steckte in seiner angeblichen Geheimwohnung. Im Schnellverfahren zum Junkie geworden – Néstor hatte ihm die Arme voller Narben gespritzt. Total vollgedröhnt – in Erwartung des gottverdammten Anrufs.

Es war 16 Uhr 30. Sie hatten Orange Beach vor neuneinhalb Stunden überfallen.

Taxibestellungen gingen ein. Die Apparate klingelten alle paar Sekunden. Sie hatten jede Menge Bestellungen, und zwölf Taxis waren unterwegs – Pete war danach, zu schreien oder sich einfach die Pistole an den Kopf zu setzen.

Teo Paez legte die Hand über die Muschel seines Apparats. »Leitung zwei, Pete. Mr Santo.«

Pete nahm betont lässig ab. »Tag, Boss.«

Santo sagte seinen Spruch auf. Santo lieferte das erwartete Stichwort.

»Wilfredo Delsol hat mich verscheißert. Er versteckt sich, und ich möchte, dass du ihn findest.«

»Was hat er denn angestellt?«

»Frag nicht so blöd. Find ihn, und zwar sofort.«

Néstor ließ ihn rein. Er hatte das Wohnzimmer im Schnellverfahren in einen Junkie-Schweinestall verwandelt.

Herumliegende Spritzen. In den Teppich getretene Schokoriegel. Spuren von weißem Puder überall.

Dazu Wilfredo Olmos Delsol: vollgeknallt auf einer Plüsch-Couch.

Pete schoss ihm in den Kopf. Néstor schnitt ihm drei Finger ab und warf sie in einen Aschenbecher.

Es war 17 Uhr 20. Auf eine Ein-Stunden-Suche fiel Santo bestimmt nicht rein. Sie hatten Zeit, die Täuschung perfekt zu machen.

Néstor verabschiedete sich – er musste in Mississippi was für Boyd erledigen. Pete beruhigte seine Nerven, indem er tief atmete und ein Dutzend Zigaretten rauchte.

Er kippte den Eisschrank um.

Er schlitzte die Couch bis auf die Sprungfedern auf.

Riss die Wohnzimmerwände auf, als ob jemand verzweifelt nach etwas gesucht hätte.

Er brannte die Kochlöffel an.

Schob Heroin auf dem gläsernen Wohnzimmertischchen zu Linien zusammen.

Er fand einen Lippenstift und schmierte damit ein paar Filterzigarettenstummel voll.

Er brachte Delsol mit einem Küchenmesser Schnittwunden bei. Versengte ihm mit einem Lötkolben die Hoden.

Er tauchte die Hände in Delsols Blut und schrieb »Verräter« auf die Wohnzimmerwand.

Es war 20 Uhr 40.

Pete rannte zu einem Münzfernsprecher. Er hatte wirklich Angst, und das machte die Nachricht besonders glaubhaft.

Delsol ist tot – gefoltert – hab' einen Hinweis über das Versteck gekriegt – total vollgeknallt – überall Rauschgift – jemand hat die Wohnung auseinandergenommen – wird mit irgendwelchen Huren gefeiert haben – Santo, sag schon, was zum Teufel geht hier vor?

80

(Washington, D. C., 7.5.62)

Littell erledigte Geschäftsanrufe. Mr Hoover hatte ihm einen Verzerrer zur Verfügung gestellt, um die Vertraulichkeit seiner Telefonate sicherzustellen.

Er rief Jimmy Hoffa an einem öffentlichen Fernsprecher an. Jimmy witterte überall Lauscher.

Sie besprachen den Taxibetrugs-Vorwurf. Jimmy schlug vor, ein paar Geschworene zu kaufen.

Littell wollte ihm die Liste der Geschworenen schicken. Riet ihm, Strohmänner für die Bestechungsangebote in Bereitschaft zu halten.

Worauf Jimmy sich nach dem Stand der Erpressung erkundigte.

LÄUFT WIE GESCHMIERT, berichtete Littell. Worauf Jimmy-Baby Jack auf der Stelle in die Zange nehmen wollte!!!

Littell mahnte zur Geduld. Wir schnappen ihn uns zum bestmöglichen Zeitpunkt.

Jimmy verabschiedete sich mit einem Wutanfall. Littell rief bei Carlos Marcello in New Orleans an.

Sie besprachen seine Ausweisung. Littell unterstrich die Notwendigkeit taktischer Verzögerungen.

»Man kann den Staat am besten schlagen, indem man ihn frustriert. Man zermürbt die Gegenseite und sorgt dafür, dass sie ständig neue Juristen auf den Fall ansetzt. Man stellt ihre Geduld und ihre Reserven auf die Probe und lässt sie unerbittlich auflaufen.«

Carlos kapierte. Zum Abschied stellte Carlos eine richtig dumme Frage.

»Kann ich meine Spenden für die kubanische Sache von der Steuer absetzen?«

»Bedauerlicherweise nicht«, sagte Littell.

Carlos legte auf. Littell rief Pete in Miami an.

Der nahm gleich beim ersten Klingeln ab. »Bondurant.«

»Ich bin's, Pete.«

»Schön, Ward. Ich höre.«

»Stimmt was nicht? Du wirkst so aufgeregt.«

»Alles bestens. Läuft bei uns alles, wie's soll?«

»Alles bestens. Aber ich habe immer wieder an Lenny denken müssen und habe fast das Gefühl, dass er Sam zu nahesteht.«

»Meinst du, er würde Sam was verraten?«

»Das nicht. Ich habe nur gedacht –«

Pete schnitt ihn ab. »Erspar mir deine Gedanken. Das ist deine Show, also gib mir deine Anweisungen.«

»Ruf Turentine an«, sagte Littell. »Er soll nach L. A. fliegen und zur Vorsicht Lennys Telefon anzapfen. Übrigens ist auch Barb dort. Sie tritt in einem Hollywood-Schuppen namens ›Rabbit's Foot Club‹ auf. Freddy soll auch bei ihr mal auf den Busch klopfen und schauen, wie sie sich hält.«

»Klingt ganz vernünftig«, sagte Pete. »Abgesehen davon, dass ich dafür sorgen möchte, dass Sam Lenny auch wegen anderer Geschichten nicht zu nahe kommt.«

»Was meinst du damit?«

»Kubanische Angelegenheiten. Uninteressant für dich.«

Littell überprüfte seinen Kalender. Er sah, dass er Eingabetermine bis in den Juni hinein hatte.

»Ruf Freddy an, Pete. Erledigen wir das schnell.«

»Vielleicht laufe ich ihm in L. A. über den Weg. Ich könnte einen Tapetenwechsel gebrauchen.«

»Ja. Und gib mir Bescheid, wenn er so weit ist.«

»Mach ich. Bis bald, Ward.«

Littell legte auf. Der Verzerrer blinkte und riss ihn aus seinen Gedanken.

Hoover hatte ihn akzeptiert. Die Zeit der Nettigkeiten war nun vorbei. Hoover gab sich kurz angebunden wie eh und je.

Hoover erwartete, dass er ihn anbettelte.

Bitte lassen Sie Helen Agee wieder zum Studium zu. Bitte befreien Sie meinen linken Freund aus dem Knast.

Er würde ihn niemals um etwas bitten, den Gefallen tat er ihm nicht.

Pete war nervös. Er hatte das Gefühl, dass Kemper Boyd Pete zu Sachen zwang, bei denen ihm jegliche Kontrolle entglitt.

Boyd sammelte Jünger. Boyd fühlte sich bei kubanischen Killern und bei armen Negern wohl. Pete war von Kempers Glanz geblendet. Bei dem Kuba-Chaos hatten sie sich beide übernommen.

Laut Carlos hatten sie mit Santo Trafficante ein Geschäft abgeschlossen. Über den zugesicherten Profit konnte Carlos nur lachen. Santo würde denen niemals derartig viel Geld zahlen.

Carlos kam das kubanische Durcheinander nur recht. Carlos behauptete, dass Sam und Santo ihre Verluste begrenzen wollten.

Nettoverlust. Nettogewinn. Profitspanne.

Er hatte die Pensionskassenbücher. Er brauchte eine Zeitlang Ruhe, um auf dieser Grundlage eine sinnvolle gewinnbringende Strategie zu entwickeln.

Littell drehte den Stuhl zum Fenster und schaute hinaus. Kirschblüten streiften das Glas – er hätte sie berühren können.

Das Telefon klingelte. »Ja?«

»Howard Hughes hier«, sagte eine Männerstimme.

Littell unterdrückte ein Kichern. Pete hatte ihm diese ganzen irrsinnig komischen Dracula-Geschichten erzählt –

»Ward Littell hier, Mr Hughes. Und ich freue mich sehr, von Ihnen zu hören.«

»Dazu haben Sie allen Grund«, sagte Hughes. »Mr Hoover hat mich über ihre makellosen Referenzen informiert, und ich beabsichtige, Ihnen 200 000 Dollar für das Privileg zu bezahlen, mein Mitarbeiter werden zu dürfen. Sie brauchen nicht nach Los Angeles umzuziehen, und wir werden einzig durch Briefe und über das Telefon kommunizieren. Ihre vordringliche Aufgabe wird darin bestehen, sich der juristischen Seite der sich peinvoll dahinschleppenden Klage auf Auflösung von TWA anzunehmen und mich beim Erwerb von Hotel-Casinos in Las Vegas aus den Gewinnen der TWA-Abstoßung zu unterstützen. Dabei werden mir Ihre italienischen Verbindungen von größtem Nutzen sein, und ich erwarte, dass Sie für gute Beziehungen zu den Rechtsbehörden von Nevada sorgen und mir bei der Erarbeitung einer Politik zur Hand gehen, die garantiert, dass meine Hotels neger- und bazillenfrei bleiben –«

Littell hörte zu.

Hughes sprach weiter.

Littell machte nicht einmal den Versuch zu antworten.

81

(Los Angeles, 10.5.62)

Pete hielt die Taschenlampe. Freddy ersetzte das Wählscheibengehäuse. Die Arbeit ging aufreizend langsam und schwerfällig voran.

Freddy plagte sich mit einigen losen Drähten ab. »Ich hasse Pacific-Bell-Telefone. Ich hasse Nachtarbeit und das Fummeln im Dunkeln. Ich hasse Zweitanschlüsse im Schlafzimmer, weil die gottverfluchten Kabel sich hinter dem gottverfluchten Bett verheddern.«

»Hör auf rumzujammern, und mach deine Arbeit.«

»Der Schraubenzieher rutscht andauernd ab. Bist du *sicher,* dass Littell *beide* Anschlüsse abhören lassen will?«

»Mach schon«, sagte Pete. »Zwei Anschlüsse und ein Empfängerkasten draußen. Den bringen wir im Gebüsch bei der Einfahrt unter. Wenn du das Jammern lässt, können wir in zwanzig Minuten hier draußen sein.«

Freddy rutschte ab und quetschte sich den Daumen. »Scheißdreck. Ich hasse Pacific-Bell-Telefone. Und Lenny ist gar nicht auf seine Privattelefone angewiesen, wenn er uns verpfeifen will. Das kann er persönlich oder von jedem öffentlichen Apparat aus erledigen.«

Pete packte die Taschenlampe fester. Der Lichtstrahl zitterte und sprang hin und her.

»Du hörst mit deinem Scheißgejammer auf, oder ich schiebe dir das Scheißding in deinen Scheißhintern.«

Freddy zuckte zusammen und schlug an ein Bücherregal. Ein Aktenordner mit *Hush-Hush*-Artikeln segelte durchs Zimmer.

»Schon gut, schon gut. Du bist gereizt, seit du aus dem Flugzeug gestiegen bist, daher zum ersten und zum letzten Mal. *Pacific-Bell-Telefone sind das Letzte.* Wenn du deren Leitung anzapfst, kann praktisch jeder Anrufer ein Klicken hören. Das lässt sich scheißverdammt noch mal nicht vermeiden. Und wer überwacht den Empfänger?«

Pete rieb sich die Augen. Seit der Nacht, in der er Wilfredo Delsol umgelegt hatte, wurde er immer wieder von Migräneanfällen geplagt.

»Littell kann den Empfänger von FBI-Männern überwachen lassen. Wir brauchen nur alle paar Tage nachzusehen.«

Pete ging ins Wohnzimmer. Die Kopfschmerzen saßen genau zwischen den Augen.

Er warf zwei Aspirin ein. Spülte sie mit Lennys Cognac runter, direkt aus der Flasche.

Das Zeug tat gut. Pete kippte noch einen Schluck hinterher.

Das Kopfweg ließ nach. Das Pulsieren über den Augen hörte auf.

Bis jetzt war Santo auf sie reingefallen. Santo hatte nie gesagt, *wie* Delsol ihn geleimt hatte.

Santo zufolge war auch Sam G. verscheißert worden. Das Rauschgift und die fünfzehn Toten erwähnte er nicht. Und dass einige Gangstergrößen jetzt Fidel Castro umschmusten, behielt er auch für sich.

Er behauptete, die Beziehungen zum Kader aufgeben zu müssen.

»Nur kurzfristig, Pete. Angeblich will das FBI jetzt Druck machen. Ich möchte mich ein Weilchen aus dem Narkotikageschäft zurückziehen.«

Dieser Mann hatte soeben zweihundert Pfund »H« importiert. Dieser Mann sprach ernsthaft über seinen Ausstieg.

Santo zeigte ihm einen Polizeibericht. Die Bullen von Miami waren auf die Geschichte reingefallen. Sie gingen von einem Drogenmord aus – und hatten als Täter Exilkubaner im Verdacht.

Boyd und Néstor kehrten nach Mississippi zurück. Der Stoff war in vierzig Schließfächern versteckt.

Sie nahmen ihre Castro-Mordübungen wieder auf. Dass die Firma jetzt auf Fidel stand, schien sie nicht zu bekümmern. Sie schienen nicht zu ahnen, dass es Männer gab, die sie aufhalten konnten.

Sie hatten nicht wirklich Angst.

Er schon.

Sie begriffen nicht, dass man die Firma nicht verscheißern kann.

Er schon.

Vor den WIRKLICH Mächtigen hatte er sich stets geduckt. Die von ihnen festgelegten Regeln nie gebrochen.

Santo schwor Rache. Santo erklärte, er würde die Drogendiebe finden – um jeden Preis, unter allen Umständen.

Boyd glaubte, den Stoff abstoßen zu können. Ein Irrtum. Boyd wollte die Beziehungen zwischen CIA und organisiertem Verbrechen *selber* preisgeben. Mit Bobbys Zorn würde er schon fertigwerden.

Niemals. Das konnte er nicht. Sein Ansehen bei den Kennedys setzte er um keinen Preis der Welt aufs Spiel.

Pete nahm noch einen Schluck. Bei dreimal nippen hatte er fast ein Drittel der Flasche leergetrunken.

Freddy schleppte sein Werkzeug raus. »Komm mit. Ich fahr' dich zum Hotel zurück.«

»Fahr allein. Ich gehe noch ein bisschen spazieren.«

»Wohin?«

»Weiß ich nicht.«

Der Rabbit's Foot Club war eine Sauna – Rauch und abgestandene Luft stauten sich. Die Tanzfläche wurde von minderjährigen Twistern beherrscht – ein eklatanter Verstoß gegen das Alkoholausschankgesetz.

Joey und seine Jungs spielten im Halbdämmerzustand. Barb sang eine unbestimmte Melodie. Eine traurige Nutte hockte allein an der Bar.

Barb bemerkte ihn. Sie lächelte und verhaspelte sich im Text.

Die einzige halbwegs abgeschirmte Nische war besetzt. Zwei Marines und zwei Highschool-Girls – reif zum Rausschmiss. Die Mädchen ließen ihre Rum-Cocktails stehen.

Pete setzte sich und nippte daran. Seinem Kopf ging's ein bisschen besser. Barb schloss mit einem schwachen »Twilight Time«.

Ein paar Twister klatschten. Die Musiker verschwanden hinter der Bühne. Barb kam gleich zu ihm herüber und setzte sich neben ihn.

Pete rutschte an sie heran. »Was für eine Überraschung«, sagte Barb. »Ward meinte, Sie wären in Miami.«

»Ich wollte mal schauen, wie's Ihnen so geht.«

»Sie meinen, Sie wollten mich überprüfen.«

Pete schüttelte den Kopf. »Wir alle halten Sie für zuverlässig. Freddy Turentine und ich sind hier, um Lenny zu überprüfen.«

»Lenny ist in New York«, sagte Barb. »Er besucht eine Freundin.«

»Eine Frau namens Laura Hughes?«

»Ich glaube. Eine reiche Frau mit einer Wohnung in der Fifth Avenue.«

Pete spielte mit seinem Feuerzeug. »Laura Hughes ist Jack Kennedys Halbschwester. Sie war mal mit diesem Kemper Boyd verlobt, von dem Jack Ihnen erzählt hat. Boyd war Littells FBI-Mentor. Meine frühere Freundin Gail Hendee hat mit Jack während seiner Hochzeitsreise geschlafen. Lenny hat Jack mal 1946 Sprechunterricht erteilt.«

Barb nahm eine von Petes Zigaretten. »Wollen Sie damit sagen, dass die alle unter einer Decke stecken?«

Pete gab ihr Feuer. »Ich weiß nicht, was ich sage.«

Barb warf ihr Haar zurück. »Hat Gail Hendee mit Ihnen zusammengearbeitet?«

»Ja.«

»Bei Scheidungsfällen?«

»Richtig.«

»War sie ebenso gut wie ich?«

»Nein.«

»Waren Sie eifersüchtig, weil sie mit Jack Kennedy geschlafen hat?«

»Nicht, solange Jack mich nicht persönlich in den Arsch gefickt hat.«

»Was heißt das?«

»Dass ich einiges in das Gelingen der Schweinebuchtinvasion investiert hatte.«

Barb lächelte. Das Barlicht schimmerte in ihrem Haar.

»Sind Sie eifersüchtig auf Jack und mich?«

»Wenn ich die Bänder nicht gehört hätte, vielleicht.«

»Was heißt das?«

»Was Sie ihm bieten, ist nicht echt.«

Barb lachte. »Da ist ein netter Mann vom Geheimdienst, der mich immer zu meiner Unterkunft zurückbringt. Letztes Mal haben wir unterwegs eine Pizza zusammen gegessen.«

»Und das war echt?«

»Nur im Vergleich zu einer Stunde mit Jack.«

Die Jukebox dudelte los. Pete beugte sich hinüber und zog den Stecker raus.

»Sie haben Lenny erpresst«, sagte Barb.

»Er ist Erpressung gewohnt.«

»Sie sind nervös. Sie klopfen mit Ihrem Knie gegen den Tisch und merken es nicht einmal.«

Pete hörte auf. Zum Ausgleich fing sein Scheißfuß zu zucken an.

»Macht Ihnen unsere Unternehmung Angst?«, fragte Barb.

Pete klemmte sich die Knie fest. »Was anderes.«

»Manchmal denke ich, wenn alles gelaufen ist, bringen Sie mich um.«

»Wir töten keine Frauen.«

»Sie haben mal eine Frau getötet. Das hat Lenny mir erzählt.«

Pete zuckte zusammen. »Und Sie haben sich an Joey rangemacht, damit er gegen die Leute vorgeht, die Ihre Schwester vergewaltigt haben.«

Sie zuckte nicht mit der Wimper. Sie bewegte sich nicht. Sie ließ sich nicht die geringste Angst anmerken.

»Ich hätte wissen müssen, dass Sie sich dafür interessieren.«

»Was heißt das?«

»Dass ich schauen wollte, ob Jack die Angelegenheit wichtig genug ist, um Nachforschungen anzustellen, wie Sie es dann getan haben.«

Pete zuckte mit den Schultern. »Jack ist ein sehr beschäftigter Mann.«

»Sie auch.«

»Macht es Ihnen was aus, dass Jonny Coates noch am Leben ist?«

»Nur wenn ich an Margaret denke. Nur wenn ich daran denke, dass sie sich niemals von einem Mann anfassen lässt.«

Pete spürte, wie der Boden unter ihm schwankte.

»Sagen Sie mir, was Sie wollen«, sagte Barb.

»Dich«, sagte Pete.

Sie nahmen ein Zimmer im Hollywood-Roosevelt. Die Reklame von Grauman's Chinese blinkte in ihrem Fenster.

Pete stieg aus den Hosen. Barb zog ihr Twistkleid aus. Strass-Pailletten fielen zu Boden – und piksten Pete in die Fußsohlen.

Barb kickte seinen Pistolenhalfter unters Bett.

Sie hob die Arme und löste ihre Halskette. Er sah die weiß gepuderten Stoppeln in ihren Achselhöhlen.

Er drückte ihr die Handgelenke gegen die Wand. Sie begriff, was er wollte, und ließ ihn gewähren.

Der Geschmack brannte ihm auf der Zunge. Sie bog die Arme zurück, um ihm alles zu geben.

Er tastete nach ihren Brustwarzen. Roch den Schweiß, der ihr von den Schultern floss.

Sie schob ihm ihre Brüste ins Gesicht. Solche Adern und Sommersprossen hatte er noch nie gesehen. Er küsste sie und biss sie und drängte sie mit seinem Mund an die Wand.

Ihr Atem ging schwer. Er spürte ihren Puls an seinen Lippen. Er ließ seine Hände ihre Beine entlanggleiten und steckte einen Finger in sie rein.

Sie schob ihn weg. Sie stolperte zum Bett und warf sich quer darüber. Er kniete sich zwischen ihre Beine.

Er betastete ihren Bauch und ihre Arme und ihre Füße. Er

spürte überall, wo er sie anfasste, ihren Herzschlag. Sie hatte am ganzen Körper große Adern.

Sein Schwanz war so hart, dass es fast schmerzte.

Er schmeckte ihr Haar. Er spürte die Falten darunter. Durch sein Beißen und Saugen brachte er ihren Puls zum Rasen.

Sie bäumte sich auf und stieß ihn weg. Er kam, ohne sie auch nur zu berühren. Er zitterte und schluchzte und konnte nicht genug von ihrem Geschmack bekommen.

Sie zuckte. Sie biss in die Laken. Sie erschlaffte und zuckte erneut, erschlaffte und zuckte, erschlaffte und zuckte.

Er wollte nicht, dass das je aufhörte. Er wollte niemals mehr auf ihren Geschmack verzichten.

82

(Meridian, 12.5.62)

Die Klimaanlage war durch einen Kurzschluss ausgefallen. Kemper wachte verschwitzt und mit rotem Kopf auf.

Er schluckte vier Dexedrin. Und legte sich neue Lügen zurecht.

Ich habe Ihnen nichts über die Verbindung gesagt, weil:

Ich selber keine Ahnung hatte. Ich nicht wollte, dass Jack zu Schaden kam. Ich soeben erst davon erfahren habe und keine schlafenden Hunde wecken wollte.

Das organisierte Verbrechen und die CIA? – es will mir immer noch nicht in den Kopf.

Die Lügen wirkten nicht sehr überzeugend. Bobby würde Nachforschungen anstellen und darauf stoßen, dass seine eigenen Verbindungen bis ins Jahr '59 zurückreichten.

Gestern Abend hatte Bobby angerufen. »Ich erwarte Sie morgen in Miami«, hatte er gesagt. »Sie sollen mir JM/Wave zeigen.«

Pete rief einige Minuten später aus L. A. an. Im Hintergrund hörte er eine Frau eine Twistmelodie summen.

Pete sagte, er habe soeben mit Santo gesprochen. Santo habe ihm befohlen, die Rauschgiftdiebe aufzuspüren.

»Er befahl mir, sie zu *finden*, Kemper. Er befahl mir, *sie unter keinen Umständen zu töten*. Dass ich dabei entdecken könnte, dass er mit Castro Geschäfte macht, schien ihm ziemlich egal zu sein.«

Kemper wies ihn an, eine weitere Scharade zu inszenieren. Pete wollte nach New Orleans fliegen und sich gleich an die Arbeit machen. Er sei im Olivier House Hotel oder in Guy Banisters Büro zu erreichen.

Kemper schnupfte einen Speedball. Das Kokain brachte das Dexedrin gleich zur vollen Wirkung.

Er hörte das Exerziergebrüll des Kaders draußen. Laurent ließ die Kubaner jeden Morgen Freiübungen machen.

Flash und Juan reichten ihm gerade bis zur Brust. Néstor passte in seinen Rucksack.

Néstor war gestern mit dem Messer auf einen Redneck losgegangen. Der Mann hatte nichts weiter getan, als seine Stoßstange zu berühren. Seit dem Überfall war Néstor völlig fertig mit den Nerven.

Néstor floh. Der Redneck überlebte. Laut Flash hatte Néstor ein Schnellboot gekapert und war nach Kuba gedüst.

Néstor hinterließ eine Nachricht. Man solle ihm seinen Anteil aufheben. Sobald Castro tot sei, käme er zurück.

Kemper duschte und rasierte sich. Von seiner kleinen Morgenstärkung zitterte ihm der Rasierapparat in der Hand.

Ihm wollten keine Lügen mehr einfallen.

Bobby trug Hut und Sonnenbrille. Kemper hatte ihm nahegelegt, JM/Wave inkognito zu besichtigen.

Der Justizminister mit dunklen Gläsern und einem schmalkrempigen Hut. Der Justizminister als Möchtegern-Sinatra.

Sie schlenderten über das Gelände. Bobbys Tarnung zog eigenartige Blicke auf sich. JM/Wave-Killer winkten ihm im Vorbeigehen zu.

Ihm wollten keine Lügen mehr einfallen.

Sie nahmen sich Zeit. Bobby dämpfte die berühmte Stimme zum Flüstern. Ein paar Kubaner erkannten ihn und spielten mit.

Die Propaganda-Abteilung war Kempers Hauptattraktion. Ein diensthabender Offizier ratterte die Statistiken herunter. Dass man Jack Kennedy für einen unentschlossenen Schwächling hielt, behielt jeder für sich.

Keinem entfuhr ein Gangstername. Keiner ließ durchblicken, dass er Kemper Boyd bereits aus der Zeit vor der Schweinebuchtinvasion kannte.

Bobby mochte die Luftaufklärungsaufnahmen. War vom Kommunikationsraum beeindruckt.

Ihm wollten keine Lügen mehr einfallen. Die Einzelheiten ließen sich nicht mehr sinnvoll in Zusammenhang bringen.

Sie sahen sich die Kartenabteilung an. Chuck Rogers steuerte, aufgekratzt und munter, auf sie zu. Kemper führte Bobby weg.

Bobby ging aufs Klo und stürmte wütend wieder heraus. Jemand hatte kennedyfeindliche Bemerkungen übers Pissoir gekritzelt.

Sie gingen zur Cafeteria der Universität von Miami. Bobby lud ihn zu Kaffee und Kuchen ein.

Kemper zwang sich zum Stillsitzen – das Dexedrin schlug besonders heftig zu.

Bobby räusperte sich. »Sie können laut sagen, was Sie denken.«

»Wie bitte?«

»Geben Sie zu, dass Sie die Küstenüberfälle und nachrichtendienstlichen Ermittlungen leid sind. Fordern Sie mich zum dreihundertsten Mal auf, einem Attentat auf Fidel Castro zuzustimmen.«

Kemper lächelte. »Ich meine, wir sollten ein Attentat auf Fidel

Castro verüben lassen. Und Ihre Antwort werde ich auswendig lernen, damit Sie sie nicht andauernd wiederholen müssen.«

»Meine Antwort ist Ihnen bekannt«, sagte Bobby. »Ich hasse überflüssige Worte, und ich hasse diesen Hut. Wie kommt Sinatra damit zurecht?«

»Er ist Italiener.«

Bobby wies auf ein paar Studentinnen in kurzen Shorts. »Gibt es hier keine Bekleidungsvorschriften?«

»Doch. So wenig anziehen wie möglich.«

»Das wäre was für Jack. Er könnte vor dem Studentenkörper eine Rede halten.«

Kemper lachte. »Schön, dass Sie etwas toleranter geworden sind.«

»Etwas differenzierter vielleicht.«

»Um desto entschiedener verurteilen zu können?«

»Gut gegeben.«

Kemper nippte an seinem Kaffee. »Mit wem trifft er sich?«

»Mit einem Flittchen. Einer Sängerin und Tänzerin, die ihm Lenny Sands vorgestellt hat.«

»Wer ist schon kein Flittchen?«

»Für eine billige Tänzerin ist sie zu intelligent.«

»Sie haben sie kennengelernt?«

Bobby nickte. »Lenny hat sie zu einer Party bei Peter Lawford in Los Angeles mitgebracht. Für mein Empfinden kann sie ein bisschen schneller denken als die meisten Leute, und Jack ruft mich hinterher immer aus dem Carlyle an, um mir zu erzählen, wie klug sie ist, eine Eigenschaft, die Jack üblicherweise bei Frauen nicht auffällt.«

Lenny, Twist, L. A. – eine eigenartige kleine Dreierkombination.

»Wie heißt sie?«

»Barb Jahelka. Jack hat heute früh bei ihr angerufen. Da war es in Los Angeles 5 Uhr früh, und selbst da brachte sie es fertig, gescheit und lustig zu wirken.«

Gestern Abend hatte ihn Pete aus L. A. angerufen. Eine Frau hatte »Let's Twist Again« gesummt.

»Was mögen Sie an ihr nicht?«

»Vielleicht einzig und allein, dass Sie sich anders aufführt als die meisten von Jacks Quickies.«

Pete war ein Erpresser. Lenny ein Show-Business-Reptil aus Los Angeles.

»Halten Sie sie für irgendwie gefährlich?«

»Eigentlich nicht. Ich bin bloß misstrauisch, weil ich der Justizminister der Vereinigten Staaten bin und Misstrauen nun mal zu meinem Beruf gehört. Was interessiert Sie das? Wir haben der Frau nun zwei Minuten mehr gewidmet, als sie verdient.«

Kemper zerdrückte seinen Kaffeebecher. »Ich wollte nur von Fidel ablenken.«

Bobby lachte. »Gut. Und nein, Sie und ihre exilkubanischen Freunde dürfen ihn nicht umlegen.«

Kemper stand auf. »Wollen Sie sich noch ein bisschen umsehen?«

»Nein. Ich werde abgeholt. Soll ich Sie zum Flughafen mitnehmen?«

»Nein, danke. Ich muss noch telefonieren.«

Bobby legte die Sonnenbrille ab. Eine Studentin erkannte ihn und stieß einen Jubelschrei aus.

Kemper besetzte ein leeres JM/Wave-Büro. Die Telefonzentrale stellte ihn direkt zum Informationsdienst der Polizei von Los Angeles durch.

Ein Mann nahm ab. »Archiv und Information. Officer Graham.«

»Geben Sie mir Dennis Payne, bitte. Sagen Sie ihm, Kemper Boyd wolle ihn sprechen, es handele sich um ein Ferngespräch.«

»Bleiben Sie bitte am Apparat.«

Kemper kritzelte auf einem Notizblock herum. Payne war sofort dran.

»Mr Boyd, wie geht es Ihnen?«

»Gut, Sergeant. Und Ihnen?«

»Soso, lala. Ich wette, Sie wollen was wissen.«

»Allerdings. Ich möchte, dass Sie das Vorstrafenregister einer Weißen namens Barbara Jahelka überprüfen, schreibt sich wahrscheinlich J-A-H-E-L-K-A. Sie dürfte zweiundzwanzig oder zweiunddreißig Jahre alt sein und wohnt wahrscheinlich in Los Angeles. Außerdem möchte ich Sie bitten, eine nicht eingetragene Telefonnummer für mich herauszukriegen. Der Teilnehmer heißt entweder Lenny Sands oder Leonard J. Seidelwitz, und es ist wahrscheinlich ein Anschluss in West Hollywood.«

»Alles klar«, sagte Payne. »Bleiben Sie dran, okay? Das kann ein paar Minuten dauern.«

Kemper blieb am Apparat. Seine kleine Stärkung verursachte ihm nun leichte Zitteranfälle.

Pete hatte ihm nicht gesagt, was er in L. A. zu erledigen hatte. Lenny war erpressbar und bestechlich.

Payne meldete sich wieder. »Mr Boyd? Wir sind zweimal fündig geworden.«

Kemper griff nach dem Stift. »Ich höre.«

»Die Nummer von Sands ist OL 5–3980, und das Mädchen wurde wegen Marihuana-Besitz verurteilt. Sie ist die einzige Barbara Jahelka in unseren Akten, und ihr Geburtsdatum passt zu Ihren Angaben.«

»Einzelheiten?«

»Sie wurde im Juli '57 festgenommen. Sie hat sechs Monate abgesessen und zwei Jahre Bewährung anstandslos hinter sich gebracht.«

Nichtssagende Informationen.

»Könnten Sie herausfinden, ob noch etwas neueren Datums vorliegt? FBI-Hinweise oder Festnahmen, die nicht zur Anklage führten?«

»Mach' ich«, sagte Payne. »Ich setze mich mit dem Sheriff und unseren örtlichen Behörden in Verbindung. Wenn das Mädchen seit '57 in Schwierigkeiten geraten ist, krieg' ich das raus.«

»Danke, Sergeant. Ich bin Ihnen sehr verbunden.«

»Ich brauche etwa eine Stunde, Mr Boyd. Bis dahin weiß ich was – oder es liegt nichts gegen sie vor.«

Kemper legte auf. Die Telefonzentrale verband ihn mit Lennys Nummer in L. A.

Er ließ es dreimal klingeln. Kemper hörte ein schwaches Klicken und legte auf.

Pete war ein Erpresser. Pete kannte sich mit Abhöraktionen aus. Petes Partner war der berühmt-berüchtigte Fred Turentine.

Freddys Bruder hatte einen Fernsehreparaturdienst in L. A. Wo Freddy arbeitete, wenn er nicht gerade beim Abhören war.

Kemper rief die Auskunft von L. A. an. Er bekam die Telefonnummer und ließ sich von dem Mädchen in der JM/Wave-Zentrale durchstellen.

Die Leitung pfiff und knackte. Ein Mann nahm gleich beim ersten Klingeln ab: »Turentines Fernsehdienst. Guten Morgen.«

Kemper gab ein Knurren von sich. »Ist Freddy da? Hier spricht Ed. Guter Freund von Freddy und Pete Bondurant.«

Der Mann hüstelte. »Freddy ist in New York. Er war vor ein paar Tagen hier, ist jetzt aber wieder dorthin zurück.«

»Scheiße. Ich muss ihm was schicken. Hat er eine Adresse hinterlassen?«

»Ja, hat er. Augenblick ... haben wir gleich ..., da, 94 East 76th Street, New York City. Die Telefonnummer lautet MU6–0197.«

»Danke«, sagte Kemper. »Sehr verbunden.«

Der Mann hustete. »Grüßen Sie Freddy von mir. Und richten Sie ihm aus, dass ihn sein großer Bruder bittet, er soll sich keinen Ärger einhandeln.«

Kemper legte auf. Er nahm das Büro um ihn herum nur mit Mühe wahr.

Turentine wohnte Ecke 76. Straße und Madison. Das Carlyle befand sich genau auf der Ecke.

Kemper wählte erneut die Telefonzentrale und gab dem Mädchen noch einmal Lennys Nummer durch.

Er hörte es dreimal klingeln und dreimal leise klicken.

Eine Frau nahm ab: »Anschluss von Mr Sands.«

»Spreche ich mit Mr Sands' Auftragsdienst?«

»Ja, Sir. Und Mr Sands ist in New York City erreichbar. Unter der Nummer MU6–2433.«

Lauras Nummer.

Kemper legte auf und wählte nochmals die Zentrale. »Ja, Mr Boyd«, sagte das Mädchen.

»Bitte geben Sie mir New York City. MU6–0197.«

»Bitte legen Sie auf, Sir. Zur Zeit sind alle Leitungen besetzt, aber sobald eine frei wird, stelle ich Ihren Anruf durch.«

Es passte alles zusammen – es waren nur Indizien, aber er war sich sicher. Das Telefon klingelte. Er griff zum Hörer.

»Ja?«

»Was heißt ›ja‹? *Sie* haben *mich* angerufen.«

Kemper wischte sich den Schweiß von der Stirn. »Allerdings. Spreche ich mit Fred Turentine?«

»Richtig.«

»Hier ist Kemper Boyd. Ich arbeite mit Pete Bondurant zusammen.«

Das Schweigen dauerte mehrere Herzschläge zu lang.

»Sie suchen Pete?«

»Richtig.«

»Also ... Pete ist in New Orleans.«

»Ach ja. Das hab' ich ganz vergessen.«

»Also ... wie sind Sie darauf gekommen, dass er hier sein könnte?«

»Nur so ein Gefühl von mir.«

»Scheißdreck. Pete hat mir gesagt, dass er die Nummer nicht weitergibt.«

»Die hab' ich von Ihrem Bruder.«

»Also ... Scheißdreck ... er hätte das nicht –«

»Vielen Dank, Fred. Ich rufe Pete in New Orleans an.«

Die Verbindung brach ab. Turentine hatte aufgelegt – total verwirrt und total verängstigt.

Kemper beobachtete den Sekundenzeiger auf seiner Uhr. Er hatte die Ärmel seines Hemds durchgeschwitzt.

Pete war dazu imstande. War er nicht. Pete war seit eh und je sein Partner, und das hieß –

Nichts.

Geschäft ist Geschäft. Jack war zwischen sie geraten. Ein flotter Dreiertwist: Jack, Pete und Barb, wie heißt sie noch?

Kemper wählte die Zentrale. Das Mädchen stellte ihn erneut zum Los Angeles Police Department durch.

Payne nahm ab. »Archiv und Information.«

»Kemper Boyd, Sergeant.«

Payne lachte. »Und auf die Sekunde pünktlich.«

»Haben Sie noch was rausgekriegt?«

»Ja. Die Polizei von Beverly Hills hat sie im August 1960 wegen Nötigung festgenommen.«

Jesus, Himmelherrgott –

»Einzelheiten?«

»Das Mädchen und ihr Ex-Ehemann haben versucht, Rock Hudson mit ein paar Sexfotos zu erpressen.«

»Von Hudson und dem Mädchen?«

»Genau. Sie verlangten Geld, aber Hudson ging zur Polizei. Das Mädchen und ihr Ex-Mann wurden festgenommen, aber Hudson hat die Klage zurückgezogen.«

»Das stinkt«, sagte Kemper.

»Das stinkt zum Himmel«, sagte Payne. »Ein Freund bei der Polizei von Beverly Hills meint, dass das alles nur ein Trick war, um Hudson als Weiberhelden zu präsentieren, wo er in Wirklichkeit ein Schwuler ist. Angeblich soll *Hush-Hush* dahintergesteckt haben.«

Kemper legte den Hörer auf. Er konnte kaum atmen vor Herzklopfen. LENNY –

Er erwischte den 15-Uhr-45-Zubringer nach La Guardia. Während des Flugs warf er noch vier Dexedrin ein und spülte sie mit zwei Martinis runter.

Der Flug dauerte dreieinhalb Stunden. Kemper riss Cocktailservietten in kleine Fetzen und schaute alle paar Minuten auf die Uhr.

Sie landeten pünktlich. Kemper nahm vor dem Flughafengebäude ein Taxi. Er sagte dem Fahrer, er solle am Carlyle vorbeifahren und ihn 64. Straße, Ecke Fifth Avenue absetzen.

Sie krochen durch den Feierabendverkehr. Die Fahrt zum Carlyle dauerte eine Stunde.

94 East 76th Street war knapp fünfzig Meter vom Hotel entfernt. Für einen Abhörposten ideal.

Der Taxifahrer bog in die Fifth Avenue und setzte ihn bei Lauras Wohnung ab. Der Doorman war gerade mit einem Mieter beschäftigt.

Kemper rannte in die Lobby. Eine alte Dame hielt den Aufzug für ihn an.

Er drückte auf »zwölf«. Die alte Dame wich zurück. Er bemerkte die Waffe in seiner Hand und versuchte, sich zu erinnern, wann er sie gezogen hatte.

Er steckte sie in den Hosenbund. Die alte Dame versteckte sich hinter einer großen Handtasche. Der Aufzug brauchte eine Ewigkeit.

Die Tür öffnete sich. Laura hatte die Eingangshalle umdekoriert – im französischen Landhausstil.

Kemper ging durch die Halle. Von der Terrasse hörte er Gelächter.

Er rannte hin. Stolperte über Teppichläufer. Warf zwei Lampen und ein Tischchen um.

Sie standen auf der Terrasse. Hielten Drinks und Zigaretten in den Händen. Sahen aus, als hätten sie das Atmen vergessen.

Laura, Lenny und Claire.

Sie schauten eigenartig drein. Als ob sie ihn gar nicht richtig kennen würden.

Er sah, wie seine Waffe zum Vorschein kam. Sah, wie sie entsichert wurde.

Er sagte was von einer Erpressung Jack Kennedys.

»Dad?«, sagte Claire, als ob sie sich nicht ganz sicher wäre.

Er zielte auf Lenny.

»Bitte, Dad«, sagte Claire.

Laura ließ ihre Zigarette fallen. Lenny schnippte ihm die seine ins Gesicht und lächelte.

Er spürte das Brennen. Die Asche versengte ihm das Jackett. Er nahm ihn genau ins Visier und drückte ab.

Die Waffe hatte Ladehemmung.

Lenny lächelte.

Laura schrie.

Claires Schrei ließ ihn auf dem Absatz kehrtmachen und davonrennen.

83

(New Orleans, 12.5.62)

Beide waren sie gute Bluffer. Banisters Abteilung hatte jede Menge Ärger mit Rechtsextremisten.

Guy bedauerte, dass der Klan ein paar Kirchen angezündet hatte. Pete bedauerte Heshie Ryskinds Krebserkrankung.

Boyds Castro-Attentäter waren einsame Klasse. Dougie Frank Lockhart war ein Spitzenwaffenschmuggler.

Pete erwähnte, dass Wilfredo Delsol Santo junior bei einem Drogenhandel verscheißert hatte. Um daraufhin selber von einem oder mehreren Scheißern verscheißert zu werden.

Banister nippte an einem Bourbon. Pete trieb das Spiel weiter. »Sag mal, Guy, hast *du* was darüber gehört?«

»Überhaupt nichts«, meinte Guy. Was du nicht sagst, Sherlock – ist auch alles erstunken und erlogen.

Pete lümmelte auf seinem Stuhl herum und spielte mit einem großen Glas Jack Daniel's. Er trank gegen seine Migräne.

Es war heiß in New Orleans. Und in diesem Büro war es noch heißer. Guy hockte hinter dem Schreibtisch und schabte sich mit einem Taschenmesser den Schweiß von der Stirn.

Pete musste immer wieder an Barb denken. Er konnte sich keine sechs Sekunden auf etwas anderes konzentrieren.

Das Telefon klingelte. Banister wühlte sich durch sein Schreibtisch-Chaos und nahm den Hörer ab.

»Ja? ... Ja, ist er. Augenblick.«

Pete stand auf und nahm das Telefon vom Schreibtisch. »Wer ist dran?«

»Fred. Und verlier nicht gleich die Scheißbeherrschung. Ich muss dir nämlich was sagen.«

»Dann beruhige du dich erst mal.«

»Wie soll man sich beruhigen, wenn man eine Scheißgehirnerschütterung hat. Wie soll man sich –«

Pete ging mit dem Telefon zum anderen Ende des Büros. Die Schnur straffte sich.

»Beruhige dich mal, Freddy. Sag einfach, was geschehen ist.«

Freddy schnappte nach Luft. »Okay. Heute früh hat Kemper Boyd auf dem Posten angerufen. Er hat behauptet, er sucht dich, aber ich wusste gleich, dass er lügt. Vor einer Stunde erschien er persönlich. Er hat wie ein Verrückter gegen die Tür gehämmert. Ich habe ihn nicht reingelassen und beobachtet, wie er eine alte Dame mehr oder weniger niedergeschlagen hat, um daraufhin ihr Taxi zu besteigen.«

Die Telefonschnur riss beinahe.

»War das alles?«

»Scheiße, nein!«

»Freddy, was willst du damit –«

»Dass Lenny Sands ein paar Minuten später vorbeikam. Ich habe ihn reingelassen, weil ich dachte, er weiß, was mit Boyd los ist. Er hat mich niedergeschlagen und den Laden geplündert. Er hat sämtliche Bänder und Transkripte gestohlen und ist verschwunden. Nach einer, Scheiße, ich weiß nicht genau, halben Stunde etwa bin ich wieder zu mir gekommen. Ich bin zum Carlyle gegangen und habe jede Menge Streifenwagen davor gesehen. Pete, Pete, Pete –«

Seine Beine gaben nach. Er fand Halt an der Wand.

»Pete, das war Lenny. Er hat die Tür eingetreten und die Kennedy-Suite auseinandergenommen. Er hat die Mikrofone rausgerissen und ist durch einen Notausgang verschwunden. Pete, Pete, Pete –«

»Pete, wir sind verscheißert –«

»Pete, das muss Lenny gewesen sein –«

»Pete, ich habe überall die Fingerabdrücke abgewischt und mein ganzes Zeugs samt –«

Die Verbindung brach ab – Pete hatte mit einer jähen Bewegung die Leitung aus der Wand gerissen.

Boyd wusste, dass er in New Orleans war. Boyd nahm bestimmt den nächsten Flug.

Die Operation war geplatzt. Boyd und Lenny waren aneinandergeraten und hatten das ganze Unternehmen gesprengt.

Unterdessen wusste das FBI Bescheid. Ebenso der Geheimdienst. Boyd konnte nun nicht mehr vor Bobby treten, um ihm alles zu erklären – mit seinen Verbindungen zum Mob war er endgültig kompromittiert.

Boyd kam bestimmt. Boyd wusste, dass er im Hotel gegenüber wohnte.

Pete trank Bourbon und drückte sämtliche Twist-Songs in der Musicbox. Die Kellnerin füllte regelmäßig sein Glas nach.

Ein Taxi würde vorfahren. Boyd würde aussteigen. Den Mann an der Rezeption einschüchtern und in Zimmer 614 eindringen.

Dort würde Boyd eine Nachricht finden. Er würde die Anweisungen befolgen. Das Tonbandgerät hierher in seine Nische ins »Ray Becker's Tropics« bringen.

Pete beobachtete die Tür. Jeder Twist brachte ihm Barb näher.

Er hatte sie vor zwei Stunden in L. A. angerufen. Ihr mitgeteilt, die Sache sei geplatzt. Sie solle nach Ensenada fahren und sich im »Playa Rosada« verstecken.

Sie sagte, das ginge klar. »Das *zwischen uns* geht aber weiter, nicht wahr?«

»Ja«, sagte er.

Es war heiß in der Bar. New Orleans hatte das Patent auf Hitze. Gewitter zogen auf und waren vorüber, ehe man hinschauen konnte.

Boyd kam herein. Pete schraubte den Schalldämpfer auf die Magnum und legte die Waffe neben sich auf den Sitz.

Boyd hatte das Tonbandgerät im Koffer. Er hielt eine .45er Automatic gegen sein Bein gepresst.

Er setzte sich Pete gegenüber und stellte den Koffer auf den Boden.

»Nimm das Gerät raus. Es läuft auf Batterien, das Band ist bereits eingelegt, du brauchst nur anzuschalten.«

Boyd schüttelte den Kopf. »Leg die Waffe auf den Tisch.«

Pete gehorchte. »Jetzt nimm die Patronen raus.«

Pete gehorchte. Boyd nahm das Magazin aus seiner Waffe und wickelte beide Waffen ins Tischtuch.

Er sah schmutzig und abgezehrt aus. Ein ungepflegter Kemper Boyd – das war eine Premiere.

Pete zog eine .38er aus dem Gürtel. »Wir halten alles streng getrennt, Kemper. Das hat mit unseren anderen Geschichten nichts zu tun.«

»Ist mir egal.«

»Nicht, wenn du das Band gehört hast.«

Sie hatten eine ganze Reihe von Nischen für sich. Wenn es zum Schlimmsten kam, konnte er ihn immer noch umbringen und sich durch die Hintertür verdrücken.

»Du hast die Grenze überschritten, Pete. Du hast gewusst, dass es eine Grenze gibt, und du hast sie überschritten.«

Pete hob die Schultern. »Wir haben Jack nicht geschadet, und Bobby ist zu gerissen, um das Gesetz ins Spiel zu bringen. Jetzt hat sich die Sache erledigt, und wir können wieder zur Tagesordnung übergehen.«

»Und einander vertrauen?«

»Warum nicht. Abgesehen von Jack hatten wir nie Differenzen.«

»Meinst du wirklich, dass es so einfach ist?«

»Ich denke, man kann es so einfach sehen.«

Boyd öffnete den Koffer. Pete stellte das Gerät auf den Tisch und drückte die »Play«-Taste.

»Am ehesten vielleicht Kemper Boyd«, sagte Jack Kennedy, »aber bei dem wird mir immer etwas unbehaglich zumute.«

»Wer ist Kemper Boyd?«, fragte Barb Jahelka.

Jack: »Ein Anwalt aus dem Justizministerium.«

Jack: »Ein Mensch, dessen größtes Unglück im Leben ist: dass er kein Kennedy ist.«

Jack: »Er war in Yale, hat sich an mich gehängt und –«

Boyd zitterte. Boyd war gepflegt, und Boyd geriet aus dem Gleichgewicht.

Jack: »... hat jedenfalls die Frau, mit der er liiert war, verstoßen, um sich bei mir ... einzuschmeicheln.«

Jack: »Bei mir lebt er irgendeine widerliche Fantasie aus –«

Boyd hämmerte mit blanken Fäusten auf das Tonbandgerät. Die Spulen bogen sich und brachen und splitterten.

Pete ließ ihn sich die Hände blutig schlagen.

84

(Meridian, 13.5.62)

Das Flugzeug landete und schlitterte unruhig über die Rollbahn. Kemper hielt sich am Vordersitz fest.

Der Kopf tat ihm weh. Die Hände schmerzten. Er hatte dreißig Stunden nicht geschlafen.

Kemper verließ das Flugzeug und ging zum Wagen. Durch die Bandagen an seinen Händen drang Blut.

Pete hatte ihm die Rachepläne ausgeredet. Die Erpressung sei von Anfang an von Ward Littell aufgezogen worden.

Er fuhr zum Motel. Nach gut dreißig Stunden Schnaps und Dexedrin verschwamm ihm die Straße vor den Augen.

Der Parkplatz war besetzt. Er stellte den Wagen in zweiter Reihe neben Flash Elordes Chevy ab.

Die Sonne brannte doppelt so heiß wie sonst. Claires inständiges »Bitte, Dad!« war ihm immer noch im Ohr.

Er ging zu seinem Zimmer. Die Tür wurde aufgerissen.

Ein Mann zerrte ihn rein. Ein Mann trat ihm die Beine weg. Ein Mann warf ihn nieder und fesselte ihm, während er bäuchlings auf dem Boden lag, die Hände auf den Rücken.

»Wir haben Drogen gefunden«, sagte ein Mann.

»Und illegale Waffen«, sagte ein Mann.

»Lenny Sands hat sich gestern Abend in New York umgebracht«, sagte ein Mann. »Er hat sich ein billiges Hotelzimmer genommen, sich die Pulsadern aufgeschnitten und auf die Wand über seinem Bett in blutigen Buchstaben ›Ich bin homosexuell‹ geschrieben. Das Bad war voller verbrannter Tonbandreste, und offensichtlich stammten die Aufnahmen von einer Abhöraktion, die Wanze war in der Familiensuite der Kennedys im Carlyle platziert.«

Kemper schlug hin und her. Ein Mann stellte ihm den Fuß aufs Gesicht.

»Sands wurde zuvor beobachtet«, sagte ein Mann, »wie er in die Suite einbrach. Die New Yorker Polizei hat einen Horchposten entdeckt, nur wenige Häuser entfernt. Die Fingerabdrücke waren abgewischt, und die Bude war ausgeräumt und ohnehin unter falschem Namen angemietet, aber die Betreiber haben eine Menge unbespieltes Band zurückgelassen.«

»Sie waren der Anstifter«, sagte ein Mann.

»Ihre Kubaner und den Franzosen Guery haben wir festgenommen«, sagte ein Mann. »Sie wollen nicht reden, sind aber ohnehin wegen Waffenvergehens dran.«

»Schluss«, sagte ein Mann.

Der Mann: Justizminister Robert F. Kennedy.

Ein Mann zerrte ihn in einen Stuhl hoch. Ein Mann löste ihm die Handschellen und fesselte ihn an den vorderen Bettpfosten. Das Zimmer war gerammelt voll mit Bobbys Lieblings-FBI-Männern – sechs oder sieben Typen in billigen Sommeranzügen.

Die Männer gingen raus und zogen die Tür hinter sich zu. Bobby setzte sich auf die Bettkante.

»Sie sollen verdammt sein, Kemper. Verdammt für das, was Sie meinem Bruder antun wollten.«

Kemper hustete. Er sah doppelt. Zwei Betten und zwei Bobbys.

»Ich habe nichts getan. Ich habe versucht, die Operation zu stoppen.«

»Ich glaube Ihnen kein Wort. Ihr Ausbruch in Lauras Wohnung war nichts anderes als ein klares Eingeständnis Ihrer Schuld.«

Kemper zuckte zusammen. Die Handschellen schnitten ihm in die Gelenke bis aufs Blut.

»Glaub doch, was du willst, du keusches Stück Hundescheiße. Und sag deinem Bruder, dass keiner ihn mehr geliebt und weniger dafür gekriegt hat.«

Bobby kam näher. »Ihre Tochter Claire hat gegen Sie ausgesagt. Sie hat mir mitgeteilt, dass Sie seit drei Jahren in den Diensten der CIA stehen. Dass die CIA Sie beauftragt hat, meinem Bruder Anti-Castro-Propaganda zuzuspielen. Dass Lenny Sands ihr gesagt hat, dass Sie maßgeblich daran beteiligt waren, organisierte Verbrechen bei verdeckten CIA-Aktionen mit einzubeziehen. Ich habe über all das nachgedacht und bin zu dem Schluss gekommen, dass mein anfänglicher Verdacht begründet war. Ich gehe davon aus, dass Mr Hoover Sie geschickt hat, um hinter meiner Familie herzuspionieren, und ich werde ihn an dem Tag damit konfrontieren, an dem ihn mein Bruder zum Rücktritt zwingt.«

Kemper ballte die Fäuste. Die verrenkten Knochen splitterten.

»Ich werde jede Verbindung zwischen Mafia und CIA kappen. Ich werde jede Beteiligung des organisierten Verbrechens am Kubaprojekt verhindern. Ich werde Sie aus dem Justizministerium und der CIA rauswerfen, Ihnen die Anwaltslizenz entziehen und Sie und Ihre frankokubanischen Freunde wegen Waffen- und Drogenbesitzes unter Anklage stellen.«

Kemper befeuchtete die Lippen und sprach mit dem Mund voller Spucke.

»Wenn du meine Männer verscheißerst oder es wagst, mich

unter Anklage zu stellen, gehe ich an die Öffentlichkeit. Ich sage alles, was ich über deine Saufamilie weiß. Ich hänge dem Namen Kennedy derart viel Dreck an, dass er für immer besudelt ist.«

Bobby gab ihm eine Ohrfeige.

Kemper spuckte ihm ins Gesicht.

DOKUMENTENEINSCHUB: 14.5.62. Wörtliches FBI-Telefontranskript. »AUFGENOMMEN AUF ANWEISUNG DES DIREKTORS.« – »NUR FÜR DEN DIREKTOR BESTIMMT.« Teilnehmer: Direktor J. Edgar Hoover, Ward J. Littell.

WJL: Guten Morgen, Sir.

JEH: Guten Morgen. Und fragen Sie mich nicht, ob ich es schon gehört habe, denn ich gehe wohl mit Recht davon aus, dass ich mehr über die Geschichte weiß als Sie.

WJL: Ja, Sir.

JEH: Ich hoffe, Kemper hat ein bisschen was beiseitegelegt. Der Entzug der Anwaltslizenz kommt ihn teuer zu stehen, und ich weiß nicht, ob ein Mann mit seinen Vorlieben von einer FBI-Pension anständig leben kann.

WJL: Ich bin sicher, dass Kleiner Bruder keine Klage gegen ihn anstrengen wird.

JEH: Natürlich nicht.

WJL: Jetzt ist Kemper der Sündenbock.

JEH: Was keineswegs der Ironie entbehrt.

WJL: Ja, Sir.

JEH: Haben Sie mit ihm gesprochen?

WJL: Nein, Sir.

JEH: Ich bin neugierig, was er nun anstellt. Können Sie sich Kemper C. Boyd ohne polizeilichen Freibrief vorstellen?

WJL: Ich nehme an, dass Mr Marcello ihn beschäftigen wird.

JEH: Oh? Als Stiefelknecht der Mafia?

WJL: Als Provokateur, Sir. Mr Marcello fühlt sich der kubanischen Sache nach wie vor verbunden.

JEH: Dann ist er ein Idiot. Fidel Castro bleibt an der Macht. Meinen Informanten zufolge wird der Fürst der Finsternis aller Wahrscheinlichkeit nach versuchen, die Beziehungen zu ihm zu normalisieren.

WJL: Der Fürst der Finsternis ist ein kompromisslerischer Schwächling, Sir.

JEH: Versuchen Sie nicht, mich einzuseifen. Was die Brüder betrifft, mögen Sie zum Renegaten geworden sein, aber Ihre politischen Überzeugungen sind mir nach wie vor suspekt.

WJL: Wie auch immer, Sir, ich gebe noch nicht auf. Ich denke mir etwas anderes aus. Ich habe mich mit King Jack nicht abgefunden.

JEH: Damit zeigen Sie Sportsgeist. Aber nehmen Sie bitte zur Kenntnis, dass ich von Ihren Plänen nichts hören will.

WJL: Ja, Sir.

JEH: Hat Miss Jahelka ihr normales Leben wieder aufgenommen?

WJL: Sie ist dabei, Sir. Augenblicklich macht sie mit einem unserer frankokanadischen Freunde Urlaub in Mexiko.

JEH: Bleibt nur zu hoffen, dass sich die beiden nicht fortpflanzen. Ihre Nachkommen dürften an einem schweren moralischen Defekt leiden.

WJL: Ja, Sir.

JEH: Auf Wiederhören, Mr Littell.

WJL: Auf Wiederhören, Sir.

DOKUMENTENEINSCHUB: Chronologisch aufgelistete FBI-Abhöraufnahmen. »STRENG GEHEIM/VERTRAULICH/NUR FÜR DEN DI-

REKTOR BESTIMMT.« – »KEINE WEITERGABE AN MITARBEITER DES JUSTIZMINISTERIUMS.«

Chicago, 10.6.62. BL 4-8869 (Celano's Tailor Shop) an AX89600 (Haus von Johnny Rosselli, THP-Akte Nr. 902.5, Büro Chicago). Teilnehmer: Johnny Rosselli, Sam »Mo«, »Momo«, »Mooney« Giancana (Akte Nr. 480.2). Dauer des bisherigen Gesprächs: 9 Minuten.

SG: Also hat es der verdammte Bobby von allein rausgekriegt.
JR: Was mich, offen gesagt, nicht weiter erstaunt.
SG: Wir haben ihm geholfen, Johnny. Klar, es war größtenteils nicht so toll. Aber was wahr ist, muss verdammt noch mal wahr bleiben: Wir haben ihm und seinem Bruder echt geholfen.
JR: Wir waren gut zu ihnen, Mo. Wir waren nett. Und sie haben uns immer wieder verarscht und verarscht und verarscht.
SG: Das ist durch so eine Scheißerpressung vorzeitig herausgekommen. Durch so eine hirnlose Nötigung hat Bobby das geschnallt. Angeblich sollen Jimmy und der Franzmann Pete dahinterstecken. Jemand ist unvorsichtig geworden, und Jewboy Lenny hat sich umgebracht.
JR: Man kann Jimmy und Pete doch nicht übel nehmen, dass sie die Kennedys drankriegen wollten.
SG: Da ist nichts gegen zu sagen.
JR: Und dabei ist herausgekommen, dass Lenny eine Schwuchtel war. Kannst du dir das vorstellen?
SG: Wer hätte sich das vorstellen können?
JR: Er war Jude, Mo. Bei den Juden gibt es im Durchschnitt mehr Homos als bei echt weißen Leuten.
SG: Genau. Aber Heshie Ryskind ist kein warmer Bruder. Er hat sich sechzigtausendmal einen blasen lassen.

JR: Heshie ist krank, Mo. Echt krank.

SG: Ich wünschte, die Kennedys würden seine Scheißkrankheit kriegen. Die Kennedys und Sinatra.

JR: Der hat uns vielleicht was eingebrockt. Der hat behauptet, er habe bei den Brüdern was zu melden.

SG: Einen Scheißdreck. Der Haarschopf hat den Arsch von der Gästeliste des Weißen Hauses gestrichen. Bei Frank brauchst du gar nicht erst nachzufragen, ob er bei den Brüdern ein gutes Wort für uns einlegen könnte.

Weiteres Gespräch irrelevant.

Cleveland, 4.8.62. BR1-8771 (Sal's River Lounge) an BR4-0811 (öffentlicher Fernsprecher in Bartolo's Ristorante). Teilnehmer: John Michael D'Allesio (THP-Akte Nr. 180.4, Büro Cleveland), Daniel »Donkey Dan« Versace (Akte Nr. 206.9, Büro Chicago). Dauer des bisherigen Gesprächs: 16 Minuten.

DV: Sind doch alles bloß Gerüchte. Du musst überlegen, wo es herkommt, und dich dort erkundigen.

JMD: Hast du was gegen Gerüchte?

DV: Wie käme ich dazu? Ich stehe auf Gerüchte wie jeder andere auch, und ob die nun stimmen oder nicht, ist mir schnuppe.

JMD: Danny, ich hab' ein heißes Gerücht.

DV: Dann mal raus mit der Sprache. Lass mich nicht so zappeln.

JMD: J. Edgar Hoover und Bobby Kennedy sollen einander auf dem Kieker haben.

DV: Ist das alles?

JMD: Kommt noch was.

DV: Hoffentlich. Dass die Krach miteinander haben, ist doch ein alter Hut.

JMD: Bobbys Polypen sollen jetzt Spitzel anwerben. Bobby soll Hoover nicht an seine Scheißspitzelkandidaten ranlassen. Außerdem soll der Scheiß-McClellan-Ausschuss wieder zusammentreten. Wollen es der Firma wieder einmal gründlich besorgen. Bobby soll gerade dabei sein, einen wichtigen Informanten umzudrehen. Wenn die Ausschuss-Sitzungen anfangen, wollen sie den Burschen ganz groß rausbringen.

DV: Schon schönere Gerüchte gehört, Johnny.

JMD: Leck mich doch.

DV: Ich hab's lieber, wenn's um Sex geht. Hast du eine heiße Sexgeschichte auf Lager?

JMD: Leck mich doch.

Weiteres Gespräch irrelevant.

New Orleans, 10.10.62. KL 4-0909 (öffentlicher Fernsprecher in der Habana Bar) an CR8-8107 (öffentlicher Fernsprecher im Town & Country Motel). Hinweis: Carlos Marcello (keine THP-Akte vorliegend) ist Besitzer des Town & Country. Teilnehmer: Leon Broussard (THP-Akte Nr. 88.6, Büro New Orleans) und unidentifizierter Mann (wahrscheinlich Kubaner). Dauer des bisherigen Gesprächs: 21 Minuten.

LB: Man darf einfach nie die Hoffnung aufgeben. Noch ist nicht alles verloren, mein Freund.

UM: Es sieht aber so aus.

LB: Das ist einfach nicht wahr. Ich weiß aus sicherer Quelle, dass Onkel Carlos noch immer fest zu der Sache steht.

UM: Dann ist er der Einzige. Vor ein paar Jahren noch waren viele seiner Landsleute so spendabel, wie er es bis heute geblieben ist. Traurig, mit ansehen zu müssen, wie mächtige Freunde die Sache preisgeben.

LB: Wie John F-für-Ficker Kennedy.

UM: Ja. Er hat mit seinem Verrat das schlimmste Beispiel gegeben. Er verbietet hartnäckig eine zweite Invasion.

LB: Weil dem Scheißer die Sache schnurzegal ist. Eines möchte ich dir jedoch sagen, Freund. Onkel Carlos liegt sie am Herzen.

UM: Ich hoffe, du hast recht.

LB: Bestimmt. Ich weiß aus sicherer Quelle, dass Onkel Carlos eine Operation finanziert, die die ganze Kubapolitik umkrempeln könnte.

UM: Ich hoffe, du hast recht.

LB: Er finanziert ein paar Männer, die Castro umlegen wollen. Drei Kubaner und einen ehemaligen französischen Fallschirmjäger. Ihr Anführer ist ein ehemaliger FBI- und CIA-Mann. Onkel Carlos meint, dass der sein Leben opfern würde, um das Attentat ausführen zu können.

UM: Ich hoffe, das stimmt. Weil unsere Kräfte nun völlig zersplittert sind. Es gibt Hunderte von Exilgruppen. Manche kriegen Geld von der CIA, andere nicht. Ich sag's nicht gern, aber viele dieser Gruppen bestehen nur aus Spinnern und Gesindel. Ich glaube, wir brauchen klare Richtlinien, und bei derartig vielen Fraktionen, die alle gegeneinanderarbeiten, kriegt man das nur sehr schwer hin.

LB: Zunächst mal sollten wir dafür sorgen, dass jemand den Kennedy-Brüdern die Eier abschneidet. Die Firma hat sich stets scheißgroßzügig verhalten, bis Bobby Kennedy durchgeknallt ist und unsere ganzen Scheißverbindungen gekappt hat.

UM: Es ist nicht leicht, heutzutage ein Optimist zu sein. Man fühlt sich so machtlos.

Weiteres Gespräch irrelevant.

Tampa, 16.10.62. OL 4-9777 (Haus von Robert »Fat Bob« Paolucci) (THP-Akte Nr. 19.3, Büro Miami) an GL 1-8041 (Haus von Thomas Richard Scavone (THP-Akte Nr. 80.0, Büro Miami). Teilnehmer: Paolucci und Scavone. Bisherige Gesprächsdauer: 38 Minuten.

RP: Ich weiß schon, dass du weißt, was Sache ist.
TS: Nun, du weißt, wie's ist. Du hörst da was und hörst dort was. Ich weiß bestimmt, dass Mo und Santo seit dem Klau mit ihren Castro-Kontakten kein Wort mehr gesprochen haben.
RP: Ein Superklau war das. So was wie fünfzehn Tote. Santo nimmt an, dass die Klaubrüder wahrscheinlich das Boot in die Luft gejagt haben. Zweihundert Pfund, Tommy. Kannst du dir den Scheißwiederverkaufswert vorstellen?
TS: Für eine Zahl mit so vielen Nullen gibt es kein Wort, Bobby. Kein Scheißwort.
RP: Und das Zeugs ist immer noch irgendwo da draußen.
TS: Daran hab' ich auch gedacht.
RP: Zweihundert Pfund. Und irgendjemand hat sie.
TS: Santo will nicht aufgeben, stimmt's?
RP: Allerdings. Franzosen-Pete hat Delsol umgelegt, aber das war doch nur die Spitze vom Eisberg. Santo soll Pete immer noch rumsuchen lassen, weißt du, so unter der Hand. Die beiden gehen davon aus, dass irgendwelche spinnerten Spics hinter dem Raub stecken, und der Franzmann ist ihnen auf den Fersen.
TS: Ich hab' ein paar Exilkubaner kennengelernt.
RP: Ich auch. Die sind alle scheißdurchgeknallt.
TS: Weißt du, wieso die mir so auf den Wecker gehen?
RP: Wieso denn?
TS: Weil die denken, sie sind genauso weiß wie Italiener.
Weiteres Gespräch irrelevant.

New Orleans, 19.10.62. BR8-3408 (Haus von Leon Broussard, THP-Akte Nr. 88.6, Büro New Orleans) und Suite 1411 im Hotel Adolphus in Dallas, Texas. (Hoteleintragungen zufolge wurde die Suite von Herschel »Heshie« Ryskind gemietet, Akte Nr. 887.8, Büro Dallas). Bisherige Gesprächsdauer: drei Minuten.

LB: Du hast immer auf Hotelsuiten gestanden, Hesh. Eine Hotelsuite und ein Blowjob – das war für dich der Himmel auf Erden.
HR: Sprich mir nicht von Himmel, Leon. Mir tut die Prostata weh, wenn ich nur dran denke.
LB: Ach so. Du bist krank, da willst du nicht ans Diesseits denken.
HR: Es heißt Jenseits, Leon. Und du hast recht. Und angerufen hab' ich dich, weil ich ein bisschen quatschen wollte und du deine Nase gern in anderer Leute Probleme steckst, und ich dachte, du könntest mir was von Leuten erzählen, denen es noch dreckiger geht als mir, und mich ein bisschen ablenken.
LB: Ich tu' mein Bestes, Hesh. Übrigens, Carlos lässt dich grüßen.
HR: Was treibt der übergeschnappte Itaker?
LB: Leider kaum was Neues. Nur die alte Deportationsgeschichte, die immer noch nicht ausgestanden ist und an der er ganz schwer zu knapsen hat.
HR: Der kann dem Herrgott für seinen Anwalt danken.
LB: Genau, Littell. Der Bursche arbeitet auch für Jimmy Hoffa. Onkel Carlos meint, der habe einen solchen Hass auf die Kennedys, dass er's auch gratis machen würde.
HR: Das ist doch so ein Verzögerungskünstler. Der immer alles verzögert und verzögert und verzögert.
LB: Genau. Onkel Carlos meint, dass sein Fall wahrscheinlich

erst Ende nächsten Jahres vor Gericht kommt. Littell treibt die Leute im Justizministerium in den Wahnsinn.

HR: Das heißt, Carlos ist optimistisch?

LB: Absolut. Genau wie Jimmy. Das Problem bei Jimmys Problem besteht darin, dass scheißsechsundachtzigtausend Grand Jurys hinter ihm her sind. Irgendwer kriegt irgendwann irgendeine Verurteilung zustande. Egal, was für ein Spitzenanwalt Littell ist.

HR: Das hör' ich gern. Jimmy Hoffa geht es mindestens so dreckig wie mir. Kannst du dir vorstellen, was es heißt, in Leavenworth von irgendwelchen Schwarzen fertiggemacht zu werden?

LB: Keine erfreuliche Aussicht.

HR: Das gilt auch für Krebs, du gojischer Scheißer.

LB: Wir drücken dir die Daumen, Hesh. Wir beten für dich.

HR: Eure Gebete könnt Ihr euch sonst wohin stecken. Erzähl mir Klatsch. Deswegen habe ich angerufen.

LB: Nun ja.

HR: Nun ja, was? Leon, du schuldest mir noch Geld. Du weißt, dass ich abkratze, ehe ich's mir wiederholen kann. Einem Sterbenden wirst du doch das bisschen Klatsch gönnen.

LB: Nun, ich hab' Gerüchte gehört.

HR: Zum Beispiel?

LB: Dass Littell für Howard Hughes arbeiten soll. Hughes soll angeblich sämtliche Hotels in Vegas kaufen wollen, wobei Sam G. alles daransetzt, einen Fuß ins Geschäft zu bekommen.

HR: Wovon Littell nicht die geringste Ahnung hat?

LB: Genau.

HR: Unser Scheißleben ist doch so schön. Nie langweilig.

LB: Da hast du absolut recht. Wenn du dran denkst, was unsereiner so alles zu hören kriegt.

HR: Ich will nicht sterben, Leon. Der ganze Mist ist viel zu schön, um sich davon zu verabschieden.

Weiteres Gespräch irrelevant.

Chicago, 19.11.62. BL 4-8869 (Celano's Tailor Shop) an AX89600 (Haus von Johnny Rosselli). Teilnehmer: Johnny Rosselli, Sam »Mo«, »Momo«, »Mooney« Giancana. Bisherige Gesprächsdauer: zwei Minuten.

JR: Sinatra kannst du vergessen.

SG: Den kannst du mehr als vergessen.

JR: Nicht mal seine Telefonanrufe nehmen die Kennedys entgegen.

SG: Keiner hasst diese irischen Schwanzlutscher mehr als ich.

JR: Wenn du von Carlos und seinem Rechtsanwalt absiehst. Carlos denkt die ganze Zeit, dass er wieder abgeschoben wird. Dass er sich wieder in El Salvador die Kaktusstacheln aus dem Arsch pulen muss.

SG: Carlos hat seine Probleme. Und ich meine. Bobbys Polypen rücken mir andauernd auf den Pelz, und die sind von ganz anderem Kaliber als die normalen FBI-Typen. Ich würde am liebsten ein Hämmerchen nehmen und Bobby den Scheißschädel einschlagen.

JR: Und seinem Bruder.

SG: Dem vor allem. Der Mann ist ein Verräter, der sich als Held aufspielt. Ein Kommunisten-Lämmchen im Wolfspelz.

JR: Dem Chruschtschow hat er aber den Marsch geblasen, Mo. Das muss ich ihm lassen. Chruschtschow hat die Scheißraketen abmontiert.

SG: Unsinn. Alles nur Arschkriecherei mit Zuckerguss. Ich weiß von einem Bekannten bei der CIA, dass Kennedy mit Chruschtschow eine Geheimabsprache getroffen hat. Okay, er hat die Raketen entfernt. Aber ich weiß von meinem CIA-Mann, dass Kennedy ihm versprechen musste, auf jegliche Scheißinvasionen zu verzichten. Stell dir das mal vor, Johnny. Stell dir unsere Casinos vor, und sag ihnen für immer goodbye.

JR: Kennedy soll bei der Orange Bowl mit ein paar Überlebenden der Schweinebucht reden. Stell dir vor, was der ihnen an Lügen auftischen wird.

SG: Ein kubanischer Patriot sollte ihn umlegen. Ein kubanischer Patriot, dem das eigene Leben egal ist.

JR: Kemper Boyd soll ja solche Leute ausbilden.

SG: Kemper Boyd ist eine blöde Schwuchtel. Der weiß nicht, was Sache ist. Castro ist ein simpler Taco-Fresser, der gut quasseln kann. Kennedy schadet dem Geschäft mehr denn je. Weiteres Gespräch irrelevant.

DOKUMENTENEINSCHUB: 20.11.62. Unterzeile des *Des Moines Register*:

HOFFA WEIST VORWURF DER BESTECHUNG ZURÜCK

DOKUMENTENEINSCHUB: 17.12.62. Schlagzeile des *Cleveland Plain Dealer*:

HOFFA IN SACHEN TESTFLOTTE FREIGESPROCHEN

DOKUMENTENEINSCHUB: 12.1.63. Unterzeile der *Los Angeles Times*:

ERMITTLUNGEN GEGEN HOFFA WEGEN GESCHWORENENBEEINFLUSSUNG

DOKUMENTENEINSCHUB: 10.5.63. Schlagzeile und Unterzeile der *Dallas Morning News*:

HOFFA UNTER ANKLAGE

TEAMSTERBOSS GERÄT WEGEN GESCHWORENENBEEINFLUSSUNG IN SCHWIERIGKEITEN

DOKUMENTENEINSCHUB: 25.6.63. Schlagzeile und Untertitel der *Chicago Sun-Times:*

HOFFA UNTER DRUCK

TEAMSTERBOSS IN CHICAGO WEGEN BETRUGSANKLAGE FESTGENOMMEN

DOKUMENTENEINSCHUB: 29.7.63. FBI-Abhöraufnahmen. »STRENG GEHEIM/VERTRAULICH/NUR FÜR DEN DIREKTOR BESTIMMT.« – »KEINE WEITERGABE AN MITARBEITER DES JUSTIZMINISTERIUMS.«

Chicago, 28.7.63. BL 4-8869 (Celano's Tailor-Shop) an AX89600 (Haus von Johnny Rosselli). Teilnehmer: Johnny Rosselli, Sam »Mo«, »Momo«, »Mooney« Giancana. Bisherige Gesprächsdauer: 17 Minuten.

SG: Ich habe das so was von scheißsatt.
JR: Ich versteh' dich genau, Sammy.
SG: Das FBI lässt mich rund um die Uhr beschatten. Ein direkter Befehl von Bobby, Hoover hat da gar nichts zu sagen. Ich gehe auf den Scheißgolfplatz, wo Scheißagenten auf den Fair-

ways lauern, und soviel ich weiß, haben die sogar in den Scheißsandlöchern Wanzen versteckt.
JR: Ich versteh' dich genau, Mo.
SG: Ich habe das so was von satt. Genau wie Jimmy und Carlos. Und jeder andere in der Firma auch.
JR: Mit Jimmy geht's abwärts. Ich sehe doch, was kommt. Und dann soll Bobby einen wichtigen Spitzel aufgetrieben haben. Ich kenne zwar keine Einzelheiten, aber –
SG: Ich schon. Er heißt Joe Valachi. Ein Stiefelknecht von Vito Genovese. Ist in Atlanta wegen Rauschgift zu zehn Jahren bis lebenslänglich verurteilt worden.
JR: Ich glaube, dem bin ich mal begegnet.
SG: Jeder in der Branche ist jedem wenigstens einmal im Leben begegnet.
JR: Das stimmt.
SG: Und wie ich eben sagte, Valachi hat in Atlanta gesessen. Ist durchgeknallt und hat einen anderen Gefangenen umgelegt, weil er meinte, der sei von Vito geschickt worden, um ihn umzulegen. Was gar nicht stimmte, nur dass Vito daraufhin einen Auftragskiller auf ihn angesetzt hat, weil der Bursche, den er umgenietet hatte, dick mit Vito befreundet war.
JR: Valachi ist ein Volltrottel.
SG: Und ein Schisser obendrein. Er wollte unbedingt in bundesstaatlichen Gewahrsam genommen werden, und Bobby war schneller als Hoover. Sie haben einen Deal gemacht. Valachi wird lebenslänglich beschützt, und dafür packt er mit allem aus, was er über die Firma weiß. Bobby will ihn vor den erneut einberufenen McClellan-Ausschuss stellen, irgendwann im September oder so was.
JR: Scheiße. Mo, das ist nicht gut.
SG: Das kannst du laut sagen. Das ist wahrscheinlich die

schlimmste Schlappe, die die Firma je hinnehmen musste. Valachi ist seit vierzig Jahren in der Branche. Weißt du, was der weiß?

JR: Oh, Scheiße.

SG: Hör doch mit deiner ewigen ›Oh, Scheiße‹ auf, du blöder Arsch.

Weiteres Gespräch irrelevant.

DOKUMENTENEINSCHUB: 10.9.63. Persönliche Mitteilung. Ward J. Littell an Howard Hughes.

Sehr geehrter Mr Hughes,

bitte betrachten Sie dies als offizielle Geschäftsanfrage, zu der ich mich nur angesichts eines äußersten Notfalls entschlossen habe. Ich hoffe, Sie in den fünf Monaten, in denen ich für Sie tätig sein durfte, davon überzeugt zu haben, dass ich niemals den Dienstweg umgehen würde, wenn ich dies nicht im Hinblick auf die Wahrung Ihrer Interessen für absolut notwendig hielte.

Ich benötige 250 000 Dollar. Das Geld soll anstehende offizielle Schritte verhindern und die Fortsetzung von Mr J. Edgar Hoovers Tätigkeit als FBI-Direktor sicherstellen.

Ich betrachte Mr Hoovers weitere Amtstätigkeit als unabdingbar für unsere Las-Vegas-Pläne. Ich ersuche Sie, mich über Ihre diesbezügliche Entscheidung so bald wie möglich in Kenntnis zu setzen, und bitte Sie, vorliegendes Schreiben als streng vertraulich zu betrachten.

Mit vorzüglicher Hochachtung
Ward J. Littell

DOKUMENTENEINSCHUB: 12.9.63. Persönliche Mitteilung: Howard Hughes an Ward J. Littell.

Lieber Ward,

obwohl Sie sich in Andeutungen ergingen, erscheint mir Ihr Plan einleuchtend. Die geforderte Summe steht Ihnen zur Verfügung. Ich bitte Sie, die Auslage so bald wie möglich durch Ergebnisse zu rechtfertigen.

Gruß
HH

FÜNFTER TEIL

AUFTRAG

September bis November 1963

DOKUMENTENEINSCHUB: 13.9.63. Memorandum des Justizministeriums. Justizminister Robert F. Kennedy an FBI-Direktor J. Edgar Hoover.

Sehr geehrter Mr Hoover,

Präsident Kennedy arbeitet an einem Plan zur Normalisierung der Beziehungen mit dem kommunistischen Kuba und hat bestürzt die Vielzahl der auf die kubanische Küste verübten Überfälle exilkubanischer Kreise zur Kenntnis genommen, insbesondere gewaltsame Aktionen seitens von der CIA nicht sanktionierter exilkubanischer Gruppen, die sich in Florida und entlang der Golfküste niedergelassen haben.

Den nicht sanktionierten Aktionen muss Einhalt geboten werden. Der Präsident fordert umgehendes Eingreifen und hat die Angelegenheit zur obersten Priorität von Justizministerium und FBI erklärt. Die im Großraum Florida und an der Golfküste stationierten Agenten haben in sämtlichen nicht ausdrücklich von der CIA finanzierten oder durch explizite außenpolitische Memoranden anerkannten Exilkubanerlagern Razzien durchzuführen und Waffen zu beschlagnahmen.

Die Razzien sind mit sofortiger Wirkung einzuleiten. Sie werden ersucht, sich heute Nachmittag um 15 Uhr in meinem Büro einzufinden, um die Einzelheiten zu besprechen und die von mir erstellte Liste von Zielobjekten durchzugehen.

Mit freundlichen Grüßen
Robert F. Kennedy

85

(Miami, 15.9.63)

Die Taxizentrale war verbarrikadiert. Die orange-schwarze Tapete zu Souvenirs zerschnipselt.

Adios, Tiger Kab.

Die CIA hatte ihren Anteil abgestoßen. Jimmy Hoffa verschleuderte seinen aus Steuergründen. Er wies Pete an, die Taxen zu verkaufen und noch ein bisschen Kleingeld rauszuschlagen.

Pete leitete den Ausverkauf auf dem Parkplatz. Um Käufer anzulocken, stand auf jeder tigergestreiften Kühlerhaube ein Fernseher.

Pete hatte sie an einen tragbaren Generator angeschlossen. Zwei Dutzend Bildschirme verkündeten die neuesten Nachrichten: Vor einer Stunde war ein Brandanschlag auf eine Negerkirche in Birmingham verübt worden.

Vier Negerkinder waren dabei ums Leben gekommen. Kemper Boyd, aufgepasst.

Der Parkplatz war voller Neugieriger. Pete strich das Bargeld ein und überschrieb Besitzurkunden.

Adieu, Tiger Kab. Es war eine schöne Zeit gewesen.

CIA-Budgetkürzungen und -Sparmaßnahmen hatten den Verkauf notwendig gemacht. JM/Wave existierte auf Sparflamme weiter, minus mucho Personal.

Der Kader wurde aufgelöst. Santo behauptete, sich aus dem

Rauschgiftgeschäft zurückzuziehen – eine himmelschreiende Lüge.

Sie hatten den offiziellen Befehl letzten Dezember erhalten. Frohe Weihnachten – eure Elite-Rauschgiftstaffel ist futsch.

Teo Paez schickte in Pensacola Nutten auf den Strich. Fulo Machado streunerte irgendwo herum. Ramón Gutiérrez lebte seinen Castro-Hass vor den Toren von New Orleans aus.

Chuck Rogers' Vertrag wurde nicht mehr verlängert. Néstor Chasco befand sich auf Kuba – lebend oder tot.

Kemper Boyd leitete weiterhin seine Castro-Todesschwadron.

Mississippi war ihm zu heiß geworden. Die Bürgerrechtsprobleme wurden immer größer und polarisierten die Einwohnerschaft.

Boyd zog mit seinen Mannen nach Sun Valley, Florida. Die alte Teamstersiedlung bekam endlich Mieter.

Sie errichteten einen Schießstand und steckten ein Gebiet für Geländeübungen ab. Sie konzentrierten sich nach wie vor darauf, FIDEL UMZULEGEN. Sie schlichen neunmal nach Kuba ein – wobei Boyd und Guéry mit von der Partie waren.

Sie skalpierten hundert Rote. Néstor sahen sie nie. Sie gelangten nie auch nur in die Nähe von Castro.

Das Rauschgift war nach wie vor in Mississippi versteckt. Die »Suche« nach den Dieben war sporadisch immer noch im Gang.

Pete ging andauernd falschen Hinweisen nach. Manchmal wurde die Angst fast unerträglich. Santo und Sam waren *halbwegs* bereit, ihm zu glauben, dass die Räuber sich nach Kuba abgesetzt hatten.

Santo und Sam blieben misstrauisch. Sie wollten immer wieder wissen, wo Chasco abgeblieben war – er hatte die Exilkubanerszene überstürzt verlassen.

Er ging andauernd falschen Hinweisen nach. Er koordinierte die Sucherei mit Barbs Tourneeplänen.

Die CIA schickte ihn auf Waffenschmuggel. Die Reisen waren eine hervorragende Deckung für seine Ermittlungen.

Manchmal wurde die Angst fast unerträglich. Das Kopfweh kam wieder. Er warf Schlafmittel ein, um augenblicklich in traumlosen Schlaf zu sinken.

Vergangenen März drehte er durch. Er war in Tuscaloosa, Alabama, gestrandet – wo Barbs Auftritt eiskalt abgesagt worden war.

Die Straßen waren vom flutartigen Dauerregen überschwemmt, der Flughafen war geschlossen. Er ging in eine Exilkubanerbar, wo er sein Kopfweh mit Bourbon betäubte. Zwei spindeldürre Spics soffen sich einen an. Sie fingen an, völlig ungeniert über Heroin zu schwatzen.

Er hielt sie für Junkies mit Billigstkundschaft. Er begriff, dass sich ihm hier die Chance bot, auf einmal und für immer seiner Angst zu entkommen.

Er blieb ihnen auf den Fersen bis zu einer Rauschgifthöhle. Ein Junkie-Zentralumschlagplatz: Spics, die auf Matratzen rumfaulten, Spics, die sich einen Schuss setzten, Spics, die schmutzige Nadeln vom Boden aufklaubten.

Er tötete sie alle. Er richtete den Tatort so her, dass alles nach einem Drogenmassaker unter Spics aussah.

Er rief Santo an und konnte vor Angst fast nicht reden.

Er habe ein Massaker vorgefunden. Ein Sterbender habe den Diebstahl gestanden. Er solle morgen die Zeitungen von Tuscaloosa lesen – das wird Schlagzeilen machen.

Er flog zu Barbs nächstem Auftritt. Die Morde gelangten nie in die Zeitung oder ins Fernsehen. Santo befahl ihm, weiterzusuchen.

Die Junkies waren im Rausch gestorben. Von Chuck wusste er,

dass Heshie Ryskind im Sterben lag – und dank »H« auf einer kleinen Wolke ohne Schmerzen dahinschwand.

Bobby Kennedy hatte letztes Jahr ganze Arbeit geleistet. Er hatte eine Unmenge von Entlassungen in die Wege geleitet – die alles andere als schmerzlos verliefen.

Agenten wurden massenweise gefeuert. Bobby warf jeden Agenten raus, der der Verbindung zum organisierten Verbrechen verdächtigt wurde.

Pete Bondurant hatte er übersehen.

Aktennotiz an Bobby K.:

Bitte werfen Sie mich raus. Bitte entfernen Sie mich aus den Exilkubanerkreisen. Bitte machen Sie dieser schrecklichen Such-Mission ein Ende.

War ja nicht auszuschließen. Worauf ihn Santo vielleicht anwies, sich mal ein bisschen Ruhe zu gönnen. Weil er ohne CIA-Verbindungen wertlos war.

Vielleicht bot ihm Santo dann selber einen Job an. Vielleicht forderte ihn Santo dann auf, sich ein Beispiel an Boyd zu nehmen – der immer noch in Carlos' Diensten stand.

Er würde sich herausreden können. Darauf hinweisen, dass sein Hass auf Castro abgenommen hatte. Dass er den Mann nicht mit dem gleichen intensiven Hass verfolgte, wie Kemper es tat – weil er nicht so tief gefallen war.

Er war nicht von der eigenen Tochter verraten worden. Hatte sich nicht auf Band mit anhören müssen, wie der Mann, den er angebetet hatte, sich über ihn lustig machte. Er hatte seinen Hass auf diesen Mann nicht auf einen Latino mit Bart und großer Klappe übertragen müssen.

Boyd war tatsächlich tief verstrickt. Er bloß oberflächlich. Darin unterschieden sie sich voneinander, wie Bobby und Jack.

Bobby feuert die Exilkubaner an. Ernsthaft. Jack weigert sich, eine zweite Invasion zu genehmigen.

Jack hat mit Chruschtschow eine Geheimabsprache getroffen. Er lässt den Castro-Krieg diskret abflauen.

Er will wiedergewählt werden. Die CIA geht davon aus, dass er das Kriegsbeil zu Beginn der zweiten Amtsperiode begräbt.

Jack hält Fidel für unschlagbar. Damit steht er nicht allein. Selbst Santo und Sam G. haben sich zeitweise für den Arsch erwärmt.

Rauschgift gekriegt haben sie nicht. Verscheißert wurden sie alle.

Neugierige spazierten über den Parkplatz. Ein alter Knacker trat gegen die Reifen. Teenager bewunderten die schrille Tigerstreifen-Bemalung.

Pete zog einen Stuhl in den Schatten. Ein paar Teamsterknilche verteilten Freibier und Limonade. Sie wurden in fünf Stunden vier Fahrzeuge los – ein mäßiges Ergebnis.

Pete versuchte zu dösen. Das Kopfweh machte sich wieder bemerkbar.

Zwei Zivilbullen kamen über den Parkplatz und gingen direkt auf ihn zu. Die Menge witterte, dass da etwas nicht stimmte, und machte, dass sie über die Flagler verschwand.

Die Fernseher ließen sie mitgehen. Der Verkauf war wahrscheinlich ohnehin illegal.

Pete erhob sich. Die Männer zeigten ihre FBI-Marken.

»Sie sind verhaftet«, sagte der Große. »Dies ist ein nichtgenehmigter Treffpunkt von Exilkubanern, und Sie sind ein bekannter Besucher.«

Pete lächelte. »Hier ist doch alles gelaufen. Und ich arbeite für die CIA.«

Der kleine FBI-Kerl nahm die Handschellen heraus. »Wir haben durchaus Verständnis für Sie. Wir haben auch nichts für Kommunisten übrig.«

Der Große seufzte: »War nicht Mr Hoovers Idee. Sagen wir, er hat halt mitmachen müssen. Befehl ist nun mal Befehl, doch gehe ich davon aus, dass Sie nicht allzu lange in Gewahrsam bleiben.«

Pete streckte die Hände aus. Die Handschellen wollten nicht um seine Gelenke passen.

Die restlichen Neugierigen verschwanden. Ein Junge griff sich einen Fernseher und gab Fersengeld.

»Ich komme freiwillig mit«, sagte Pete.

Das Untersuchungsgefängnis war ums Dreifache überbelegt. Pete teilte die Zelle mit hundert wütenden Kubanern.

Sie waren in ein 80 Quadratmeter großes, stinkendes Loch gesperrt. Keine Stühle, keine Bänke – nur vier Betonwände und eine Pinkelrinne ringsum.

Die Kubaner schnatterten englisch und spanisch. Klarer Fall: Haarschopf-Jack hatte das FBI auf sie angesetzt.

In sechs Lagern hatte man gestern Razzien durchgeführt. Waffen waren beschlagnahmt worden. Kubanische Kämpfer massenweise inhaftiert.

Und das war nur der Anfang. Jack wollte sämtlichen Exilkubanergruppen, die nicht der CIA unterstanden, den Garaus machen.

Er *war* ein CIA-Mann. Und wurde *dennoch* eingebuchtet. Das FBI schusterte einen Plan zusammen und führte ihn halbherzig durch.

Pete lehnte sich an die Wand und schloss die Augen. Barb twistete vorbei.

Jede Begegnung mit ihr war toll. Und jedes Mal anders. Und fand jedes Mal unter anderen Umständen statt – zwei Menschen, beide ständig unterwegs, die sich an seltsamen Orten vereinigten.

Von Bobby wurde Barb in Ruhe gelassen. Sie nahm an, man wolle die Affäre unter den Teppich kehren. Und sie vermisste Zwei-Minuten-Jack nicht.

Sie gab ihren Anteil ihrer Schwester. Margaret Lynn Lindscott war nun Eigentümerin einer »Bob's-Big-Boy«-Filiale.

Sie trafen sich in Seattle, Pittsburgh und Tampa. Sie trafen sich in L. A., Frisco und Portland.

Er schmuggelte Waffen. Sie war die Hauptattraktion einer billigen Tanznummer. Er verfolgte nichtexistierende Drogendiebe und Killer.

Sie sagte, mit dem Twist sei es bald vorbei. Er sagte, das gelte auch für seinen Kubafimmel.

Sie spürte seine Angst. Er wollte sich zusammennehmen. Sie sagte, das solle er lassen – die Angst mache ihn weniger beängstigend.

Er sagte, dass er etwas sehr Dummes getan habe. Und dass er nicht wusste, wieso er sich dazu hatte hinreißen lassen.

Sie sagte, dass er sich eigentlich aus der Branche habe zurückziehen wollen.

Dagegen kam er nicht an.

Barb war im Herbst viel unterwegs. Sie hatte zahlreiche Auftritte in Des Moines und Sioux City, und um Thanksgiving herum war eine große Texastournee vorgesehen.

Sie trat nun auch in Lunch Shows auf. Der Twist kam aus der Mode – Joey wollte das Letzte herausquetschen.

Er traf Margaret in Milwaukee. Sie war schüchtern und hatte vor so ziemlich allem Angst.

Er bot an, den Polizisten, der sie vergewaltigt hatte, zu erledigen. Barb lehnte ab.

Er wollte wissen, warum. Weil du es nicht *wirklich* willst, sagte Barb.

Dagegen kam er nicht an.

Er hatte Barb. Boyd hatte seinen Hass: auf Jack K. und den Bart, die für ihn zu einem einzigen Wesen verschmolzen. Littell hatte einflussreiche Freunde.

Wie Hoover. Wie Hughes. Wie Hoffa und Marcello.

Ward hasste Jack ebenso wie Kemper. Beide waren sie von Bobby verarscht worden – aber sie ließen ihn links liegen, um ihren Hass auf den Großen Bruder zu konzentrieren.

Littell war Draculas neuer Feldmarschall. Der Graf hatte ihm befohlen, Las Vegas aufzukaufen und bazillenfrei zu machen.

Man konnte es Littell von den Augen ablesen.

Ich habe Freunde. Ich habe Pläne. Ich habe die Pensionskassenbücher im Kopf.

Das Untersuchungsgefängnis stank. Das Untersuchungsgefängnis bebte vor Hass auf John F. Kennedy.

Ein Wächter schloss auf und holte die Männer ab, damit sie ihren Telefonanruf machen konnten. »Acosta, Aguilar, Arredondo –«

Pete hielt sich bereit. Für fünfundzwanzig Cent konnte er mit Littell in Washington Verbindung aufnehmen.

Littell konnte eine bundesstaatliche Verfügung zu seiner Befreiung arrangieren. Littell konnte Kemper das mit den Razzien stecken.

»Bondurant!«, brüllte der Wächter.

Pete ging zur Tür. Der Wächter führte ihn den Gang hinunter zu einer Reihe von Münzfernsprechern.

Wo Guy Banister auf ihn wartete. Einen Stift und eine Verzichtserklärung in der Hand.

Der Wächter ging zurück zum Haftbunker. Pete unterschrieb die Papiere in dreifacher Ausführung.

»Kann ich gehen?«

Banister feixte selbstzufrieden. »Richtig. Der Leitende Sonderagent hatte keine Ahnung, dass du zur CIA gehörst, da habe ich ihn eben informiert.«

»Wie bist du darauf gekommen, dass ich hier bin?«

»Ich war in Sun Valley draußen. Kemper hat mir eine Nachricht für dich mitgegeben, also bin ich zum Taxistand gefahren, um sie loszuwerden. Ein paar Kids haben Radkappen geklaut. Von denen habe ich erfahren, dass der große Gringo eben festgenommen wurde.«

Pete rieb sich die Augen. Das Kopfweh, das nun losging, war für vier Aspirin gut.

Banister zog einen Umschlag heraus. »Ungeöffnet. Und Kemper schien ganz schön scharf drauf, dass ich ihn übergebe.«

Pete nahm ihn entgegen. »Ich bin froh, dass du ein ehemaliger FBI-Mann bist, Guy. Sonst wäre ich noch eine ganze Weile hier dringeblieben.«

»Reg dich nicht auf, Großer. Ich hab' so ein Gefühl, als ob die ganze Kennedy-Scheiße bald ein Ende hat.«

Pete nahm ein Taxi zum Stand zurück. Vandalen hatten die Tiger-Wagen auf alle brauchbaren Ersatzteile ausgeschlachtet.

Er las die Nachricht. Boyd kam gleich zur Sache.

> Néstor ist da. Ich habe einen Hinweis gekriegt, dass er in Coral Gables Geld für Waffen zusammenbettelte. Meiner Quelle nach hat er sich 46. Straße, Ecke Collins eingeigelt. (Die rosa Garagenwohnung.)

Die Nachricht bedeutete TÖTE IHN. Bevor Santo ihn erwischt.

Er schluckte Bourbon und Aspirin gegen das Kopfweh.

Er legte sich die Magnum und den Schalldämpfer für den Auftrag zurecht.

Er steckte ein paar Pro-Castro-Pamphlete ein, um sie bei der Leiche liegen zu lassen.

Er fuhr zur 46. Straße, Ecke Collins. Er hatte ständig das eigentümliche Gefühl, dass er sich das noch von Néstor würde ausreden lassen.

Er fand die rosa Garagenwohnung. Der 58er-Chevy sah wie Néstors Schlitten aus.

Pete parkte.

Pete schlotterte.

Los, Mann, stell dich nicht so an – du hast mindestens dreihundert Menschen getötet.

Er ging zur Tür und klopfte.

Keine Antwort.

Er klopfte nochmals. Horchte auf Schritte und Stimmen. Hörte nicht das Geringste. Knackte das Schloss mit dem Taschenmesser und ging rein.

Gewehre werden entsichert. Das Licht geht an.

Er sieht Néstor, an einen Stuhl gefesselt. Sieht die zwei fetten Henkersknechte, mit Schrotflinten in den Händen.

Sieht Santo Trafficante mit einem Eispickel.

86

(New Orleans, 15.9.63)

Littell öffnete seine Aktentasche. Geldbündel fielen heraus.

»Wie viel?«, fragte Marcello.

»Eine Viertelmillion Dollar«, sagte Littell.

»Wo haben Sie das her?«

»Von einem Klienten.«

Carlos schaufelte auf dem Schreibtisch einen Platz frei. Sein Büro war vollgestopft mit italienischem Schnickschnack.

»Ist das für mich?«

»Das sollen Sie verdoppeln.«

»Was heißt das?«

Littell schüttete das Geld auf den Schreibtisch. »Dass mir als Anwalt Grenzen gesetzt sind. Wenn John Kennedy an der Macht bleibt, wird Bobby Sie früher oder später alle drankriegen. Ein Versuch, Bobby auszuschalten, ist sinnlos, weil Jack ahnen würde, wer die Schuldigen sind, und Rache nehmen würde.«

Das Geld stank. Hughes hatte alte Scheine zusammengekratzt.

»Lyndon Johnson dagegen hat Bobby auf dem Kieker. Der tritt dem Burschen auf die Zehen, nur um dem Schnösel eine Lektion zu erteilen.«

»Richtig. Johnson hasst Bobby genau wie Mr Hoover. Und genau wie Mr Hoover hat er nichts gegen Sie und Ihre Freunde.«

Marcello lachte. »LBJ hat mal Geld von den Teamstern geborgt. Er gilt allgemein als vernünftiger Kerl.«

»Wie Mr Hoover. Abgesehen davon, dass Mr Hoover über Bobbys Pläne, Joe Valachi ins Fernsehen zu bringen, hoch verärgert ist. Er macht sich ernsthaft Sorgen, dass Valachis Enthüllungen sein Prestige beschädigen und all das zerstören könnten, was Sie und Ihre Freunde in jahrelanger Arbeit aufgebaut haben.«

Carlos errichtete einen kleinen Banknotenwolkenkratzer. Die Bündel türmten sich auf seiner Schreibunterlage.

Littell warf sie um. »Ich glaube, Mr Hoover will, dass es geschieht. Ich glaube, er rechnet damit.«

»Wir haben alle daran gedacht. Wo immer ein paar Kerle den Kopf zusammenstecken, kommt einer darauf zu sprechen.«

»Es ist machbar. Und zwar so, dass wir mit sauberen Händen dastehen.«

»Das heißt ...«

»Das heißt, dass die Tat derart kühn und ungeheuerlich ist, dass wir wahrscheinlich nie verdächtigt werden. Das heißt, dass selbst im Fall des Falles die Mächtigen begreifen werden, dass sie niemals schlüssige Beweise finden werden. Das heißt, dass die Leute den Mann so in Erinnerung behalten werden, wie er niemals war. Das heißt, dass wir ihnen eine Erklärung bieten, die die Mächtigen der Wahrheit vorziehen werden, obschon sie's besser wissen.«

»Tun Sie es«, sagte Marcello. »Sorgen Sie dafür, dass es passiert.«

87

(Sun Valley, 18.9.63)

Das Erschießungskommando teilte die Unterkunft mit Alligatoren und Sandflöhen. Kemper nannte das Gelände »Hoffas verlorenes Paradies«.

Flash baute Zielscheiben auf. Laurent stemmte Baumstrünke. Juan Canestel war fahnenflüchtig – er hätte um 8 Uhr zu Schießübungen antreten müssen.

Niemand hatte ihn abfahren hören. Juan neigte seit Neuestem zu eigenartigen Ausflügen.

Kemper beobachtete Laurent Guery beim Training. Der Mann konnte dreihundert Pfund stemmen, ohne einen einzigen Tropfen Schweiß zu vergießen.

Über die Hauptstraße wirbelte Staub. Teamster Boulevard war zum Schießstand geworden.

Flash hatte das Transistorradio angedreht. Schlechte Nachrichten knatterten aus dem Äther.

Keine Festnahmen im Zusammenhang mit dem Brandanschlag auf die Kirche in Birmingham. Die Sitzungen des neu konstituierten McClellan-Ausschusses sollten im Fernsehen übertragen werden.

Bei Lake Weir war eine Frau, mit einer Rolladenschnur erdrosselt, gefunden worden. Die Polizei verfügte über keinerlei Hinweise und bat die Öffentlichkeit um Mithilfe.

Juan war schon eine Stunde fahnenflüchtig. Pete seit drei Tagen verschwunden.

Vor vier Tagen hatte er den telefonischen Hinweis wegen Néstor erhalten. Von einem unabhängigen exilkubanischen Killer. Er hatte Guy Banister eine Nachricht für Pete mitgegeben.

Guy hatte angerufen und die Übergabe bestätigt. Er habe Pete in FBI-Gewahrsam gefunden. Er deutete an, dass mit weiteren Razzien zu rechnen war.

Ein Sturm hatte vor zwei Tagen ihre Telefonanlage ausgeschaltet. Pete konnte sie in Sun Valley nicht erreichen.

Kemper war gestern Nacht zu einem Fernsprecher an der Interstate gefahren. Er hatte sechsmal bei Pete zu Hause angerufen und keine Antwort erhalten.

Néstor Chascos Tod gelangte niemals in die Schlagzeilen. Pete hätte die Leiche bestimmt an einem auffälligen Ort deponiert.

Pete würde den Mord als die Tat von Castro-Anhängern tarnen. Pete würde sicherstellen, dass Trafficante davon erfuhr.

Der morgendliche Dexedrinschub zeigte Wirkung. Er brauchte jetzt zehn Tabletten, um mit Schwung in den Tag zu kommen – er konnte nun Riesenmengen vertragen.

Juan und Pete waren verschwunden. Juan war seit Kurzem oft mit Guy Banister zusammen – mit dem er alle paar Tage kleinere Sauftouren nach Lake Weir machte.

Mit Pete schien etwas nicht zu stimmen. Mit Juan schien etwas ein bisschen eigenartig.

Der Amphetaminrausch gab ihm das Gefühl, etwas unternehmen zu müssen.

Juan fuhr einen bonbonroten Thunderbird, den Flash seinen »Vergewaltigungsschlitten« nannte.

Kemper fuhr durch Lake Weir. Die Stadt war klein und schachbrettartig angelegt – der Vergewaltigungsschlitten würde unschwer zu entdecken sein.

Er überprüfte Seitenstraßen und Bars in der Nähe des Highway. Er überprüfte »Karl's Kustom Kar Shop« und jeden Parkplatz an der Hauptstraße.

Kein Juan. Kein aufgemotzter Thunderbird.

Das mit Juan hatte Zeit. Das mit Pete war wichtiger.

Kemper fuhr nach Miami. Die Pillen fingen allmählich an, kontraproduktiv zu wirken – er musste andauernd gähnen und schlief beinahe am Steuer ein.

Er hielt an der 46. Straße, Ecke Collins. Ein Verkehrspolizist tauchte auf. Kemper bemerkte das Parkverbotsschild an der Ecke. Er kurbelte das Fenster runter. Der Bulle drückte ihm einen stinkenden Lumpen ins Gesicht.

In ihm tobte ein chemischer Krieg.

Der Gestank kämpfte gegen die Weckamin-Pillen an. Der Gestank konnte Chloroform oder Formalin sein. Der Gestank konnte bedeuten, dass er tot war.

NEIN, schlug sein Herz – du lebst.

Seine Lippen brannten. Seine Nase brannte. Er schmeckte ein Blut-Chloroform-Gemisch auf der Zunge.

Er versuchte zu spucken. Seine Lippen wollten sich nicht öffnen lassen. Das Blut drang ihm durch die Nase.

Er verzog den Mund. Irgendwas zerrte an seinen Wangen. Als ob sich Klebeband löste.

Er atmete tief ein. Versuchte, Arme und Beine zu bewegen.

Versuchte aufzustehen. Eine zentnerschwere Last drückte ihn nach unten.

Er schüttelte sich. Stuhlbeine kratzten über einen Holzfußboden. Er schüttelte die Arme und spürte Stricke, die ihm auf der Haut brannten.

Kemper öffnete die Augen.

Ein Mann lachte. Eine Hand hielt ihm auf Karton geklebte Polaroidschnappschüsse vor die Augen.

Er sah Teo Paez, ausgeweidet und gevierteilt. Er sah Fulo Machado, dem sie Messer in die Augen gebohrt hatten. Er sah Ramón Gutiérrez, den Kopf von großkalibrigen Kugeln zerfetzt.

Die Fotos verschwanden. Die Hand drehte ihm den Kopf zur Seite. Kemper nahm langsam das Panorama wahr.

Er sah ein schäbiges Zimmer und zwei dicke Männer in einem Türrahmen. Er sah Néstor Chasco – an die Rückwand genagelt, mit Eispickeln durch Hand- und Fußgelenke.

Kemper schloss die Augen. Eine Hand ohrfeigte ihn. Ein großer, schwerer Ring schnitt ihm die Lippen auf.

Kemper öffnete die Augen.

Pete hatten sie festgekettet. Sie hatten ihn mit doppelten Handschellen und Fußfesseln an einen Stuhl gekettet. Der Stuhl war direkt im Fußboden befestigt.

Ein Lumpen klatschte ihm ins Gesicht. Kemper atmete die Dämpfe freiwillig ein.

Geschichten drangen an sein Ohr, wie durch eine Echokammer. Er machte drei Erzählerstimmen aus.

Néstor ist ganz dicht an Castro rangekommen. Das muss man ihm lassen.

Ein so zäher Kerl – ein Jammer, dem das Licht auszublasen.

Néstor soll einen Castro-Mitarbeiter bestochen haben. Dem Mitarbeiter zufolge soll Castro ein Attentat auf Kennedy erwägen. Der Mitarbeiter wollte wissen, was mit diesem Kennedy los sei?

Zuerst will er uns erobern, dann zieht er sich zurück – wie eine Fotze, die nicht weiß, was sie will.

Wenn einer eine Fotze ist, dann Fidel. Der Mitarbeiter soll Chasco gesagt haben, Fidel werde nie mehr mit der Firma zusammenarbeiten. Er meint, Santo habe ihn beim Heroinhandel reingelegt. Der hat eben keine Ahnung, dass Néstor & Co. dahinterstecken.

Bondurant hat sich in die Hosen gemacht, siehst du den Fleck?

Santo und Mo sind nicht zimperlich mit Néstor umgegangen. Ist aber bis zuletzt tapfer geblieben, allen Respekt.

Mir stinkt das alles. Die Warterei geht mir allmählich auf die Nerven.

Die sind bald zurück. Und werden die zwei hier bestimmt sehr unsanft rannehmen.

Kemper spürte, wie seine Blase nachgab. Er holte tief Luft und bemühte sich, wieder in die Bewusstlosigkeit abzutauchen. Ihm träumte, er bewege sich. Ihm träumte, jemand säubere ihn und wechsle ihm die Kleider. Ihm träumte, er höre den grimmigen Pete Bondurant schluchzen.

Ihm träumte, er könne wieder atmen. Ihm träumte, er könne reden. Er verfluchte Jack und Claire, weil sie ihn verstoßen hatten.

Er wachte in einem Bett auf. Das musste seine alte Suite im Fointainebleau sein – oder ihr genaues Gegenstück.

Er hatte saubere Kleider an. Jemand hatte ihm die verdreckten Unterhosen ausgezogen.

Er spürte die Verletzungen von den Stricken an den Handgelenken. Er spürte die Klebebandreste im Gesicht.

Im Nebenzimmer hörte er Stimmen – Pete und Ward Littell.

Er versuchte aufzustehen. Die Beine machten nicht mit. Er setzte sich aufs Bett und hustete sich die Lungen aus dem Leib.

Littell kam rein. Er schaute imponierend aus – der Gabardineanzug verlieh ihm Gewicht.

»Das hat seinen Preis«, sagte Kemper.

Littell nickte. »Richtig. Einen Preis, den ich mit Carlos und Sam ausgemacht habe.«

»Ward –«

»Auch Santo ist einverstanden. Und du und Pete, ihr könnt behalten, was ihr gestohlen habt.«

Kemper stand auf. Ward stützte ihn.

»Was müssen wir tun?«

»John Kennedy töten«, sagte Littell.

88

(Miami, 23.9.63)

1933 und 1963. Eine Neuauflage nach dreißig Jahren.

Miami 1933. Giuseppe Zangara versucht, den neugewählten Präsidenten Franklin D. Roosevelt zu erschießen. Er verfehlt sein Ziel – und tötet Anton Cermak, den Bürgermeister von Chicago.

Miami 1963. Für den 18. November ist ein Autokonvoi durch Miami vorgesehen.

Littell fährt im Schleichtempo den Biscayne Boulevard ab. Jeder Meter erzählt ihm etwas.

Die Zangara-Geschichte hatte ihm Carlos letzte Woche erzählt.

»Giuseppe war scheißverrückt. Jungs aus Chicago haben ihm Geld gegeben, damit er Cermak umnietet und die Schuld auf sich nimmt. Der Knallkopf wollte ums Verrecken sterben und hat's zu guter Letzt auch geschafft. Frank Nitti hat sich nach der Hinrichtung um die Familie gekümmert.«

Er traf sich mit Carlos, Sam und Santo. Erreichte, dass man ihm Petes und Kempers Freiheit zugestand. Sie unterhielten sich ausführlich über einen geeigneten Sündenbock.

Carlos wollte einen Linken, weil er davon ausging, dass ein linker Mörder die Anti-Castro-Stimmung anheizen würde. Doch wurde er von Trafficante und Giancana überstimmt.

Sie stifteten ebenso viel wie Howard Hughes. Unter einer Bedingung: Sie wollten einen rechtsextremen Sündenbock.

Sie wollten nach wie vor Fidel in den Arsch kriechen. Sie wollten wieder an Raúl Castros Drogenschatz ran und eine Versöhnung fünf Minuten vor zwölf zustande bringen. Sie hofften, nach Finanzierung des Anschlags um die Rückgabe ihrer Casinos ersuchen zu können.

Ein zu verwickelter Gedankengang. Politisch zu naiv.

Seine Überlegungen waren klarer und schlichter.

Das Attentat ist durchführbar. Verantwortliche und Ausführende können entkommen. Bobbys Anti-Gangster-Kreuzzug hat sich erledigt.

Die weitere Entwicklung lässt sich nicht vorhersehen und wird wahrscheinlich ausgesprochen zwiespältig verlaufen.

Littell fuhr durch die Innenstadt von Miami. Er sah sich mögliche Routen für Autokolonnen an – weite, übersichtliche Straßen.

Er sah heruntergekommene Wohnblocks. Er sah Häuser mit »Zu-vermieten«-Schildern und ein Waffengeschäft.

Er konnte die Autokolonne vorbeifahren sehen. Er konnte sehen, wie der Kopf des Mannes explodierte.

Sie trafen sich im Fontainebleau. Bevor auch nur ein Wort fiel, überprüfte Pete den ganzen Raum systematisch auf Wanzen.

Kemper kümmerte sich um die Drinks. Sie hatten sich an einen Tisch bei der Bar gesetzt.

Littell legte den Plan vor.

»Wir bringen den Sündenbock bis spätestens 1. Oktober nach Miami. Wir lassen ihn ein billiges Haus in Downtown mieten, in der Nähe der bekannten oder wahrscheinlichen Route der Autokolonne, *und* ein Büro direkt an der Strecke, sobald sie endlich feststeht. Ich bin heute früh jede wichtige Verbindungsstraße zwischen Flughafen und Innenstadt abgefahren. Ich gehe davon aus, dass wir uns mit einiger Wahrscheinlichkeit zwischen mehreren Häusern und Büros entscheiden können.«

Pete und Kemper sagten nichts. Beide wirkten immer noch wie vom Donner gerührt.

»Sobald der Sündenbock hier aufgetaucht ist, lassen wir ihn bis zum Tag der Autoparade nicht mehr aus den Augen. In der Nähe seines Büros und seiner Wohnung befindet sich ein Waffengeschäft, in das einer von euch einbricht, um mehrere Gewehre und Pistolen zu stehlen. Hetzliteratur und andere belastende Indizien werden im Haus untergebracht, und wir sorgen dafür, dass unser Mann sie in die Hand nimmt, um sicherzustellen, dass Fingerabdrücke vorhanden sind.«

»Und das Attentat?«, fragte Pete. Littell prägte sich den Augenblick ein: drei Männer, die um einen Tisch herumsaßen, und es war so still, dass man eine Nadel hätte zu Boden fallen hören.

»Am Tag der Veranstaltung«, sagte Littell, »halten wir unseren Mann im Büro an der Route fest. Dort befindet sich auch das Gewehr vom Einbruch im Waffenladen, mit seinen Fingerabdrücken bedeckt. Kennedys Wagen fährt vorbei. Unsere beiden echten Schützen feuern von zwei rückwärtig gelegenen Dächern und töten ihn. Der Mann, der unseren Sündenbock in Gewahrsam hält, feuert auch auf Kennedys Wagen und verfehlt ihn, lässt das Gewehr fallen und erschießt den Sündenbock mit einem gestohlenen Revolver. Er flieht und wirft den Revolver in einen Gully. Die Polizei findet die Waffen und vergleicht sie mit der Einbruchsanzeige. Sie wird aus den Indizien schließen, dass hier ein Komplott vorliegt, das sein Ziel erreichte, obwohl es im letzten Augenblick zu Auseinandersetzungen kam. Sie werden den Toten überprüfen und versuchen, gegen mögliche Helfershelfer einen Verschwörungsfall aufzubauen.«

Pete zündete sich eine Zigarette an und hustete. »Du sprichst von ›fliehen‹, als ob es ein Klacks wäre zu entkommen.«

Littell sprach langsam. »Von jeder größeren, für eine Autokolonne infrage kommenden Hauptstraße gehen Seitenstraßen ab, über die man in zwei Minuten den Freeway erreicht. Unsere vorgesehenen Schützen feuern von hinten. *Sie werden insgesamt zwei Schuss abgeben* – die zunächst wie eine Fehlzündung oder wie Feuerwerkskörper klingen. Die Leute vom Geheimdienst werden nicht genau erkennen, woher die Schüsse stammen. Sie befinden sich noch in der Reaktionsphase, wenn *mehrere Schüsse* – von unserem falschen Schützen und seinem Wächter – zu hören sind. Sie werden das Gebäude stürmen und einen Toten finden. Sie sind abgelenkt und werden mindestens eine Minute oder so verschenken. Alle unsere Männer haben Zeit, ihre Wagen zu erreichen und wegzufahren.«

»Wunderschön«, sagte Kemper.

Pete rieb sich die Augen. »Ich mag den rechtsextremen Spinner nicht. So weit zu gehen und dann nichts zu tun, was der Sache helfen könnte.«

Littell schlug auf den Tisch. »*Nein.* Trafficante und Giancana wollen einen Rechten. Sie meinen, sie könnten einen Waffenstillstand mit Castro schließen, und wenn sie das wollen, müssen wir mitspielen. Und sie *haben* euch das Leben geschenkt, denkt dran.«

Kemper schenkte sich einen neuen Drink ein. Er hatte immer noch blutunterlaufene Augen vom Chloroform.

»Meine Männer sollen schießen. Sie haben genug Hass auf ihn und sind ausgezeichnete Schützen.«

»Einverstanden«, sagte Pete.

Littell nickte. »Sie bekommen jeder 25 000 Dollar, und was vom Rest des Geldes nicht für Spesen draufgeht, teilen wir durch drei.«

Kemper lächelte. »Meine Männer stehen politisch ziemlich weit rechts. Dass wir einen Rechtsextremen zum Sündenbock machen, brauchen sie nicht unbedingt zu erfahren.«

Pete mixte sich einen Cocktail: zwei Aspirin und Wild Turkey. »Wir müssen mehr Einzelheiten über die Route herauskriegen.«

»Dafür bist du zuständig«, sagte Littell. »Du hast die besten Kontakte zur Polizei von Miami.«

»Ich kümmere mich darum. Und sobald ich irgendeine zuverlässige Information habe, arbeite ich die exakte Logistik aus.«

Kemper hustete. »Entscheidend ist der Sündenbock. Wenn wir den mal haben, ist die Sache gelaufen.«

Littell schüttelte den Kopf. »Nein. Entscheidend ist, dass es uns gelingt, eine umfassende Untersuchung durch das FBI zu verhindern.«

Pete und Kemper sahen ihn erstaunt an. So weit hatten sie nicht gedacht.

Littell sprach betont langsam. »Ich gehe davon aus, dass Mr Hoover damit rechnet. Er hat in Gott weiß wie vielen Gangstertreffs Wanzen einbauen lassen und mir mitgeteilt, dass er jede Menge Kennedy-Hass mitgeschnitten hat. Das hat er dem Geheimdienst verschwiegen, sonst würden sie nicht bis Ende des Jahres Präsidentenkonvois planen.«

Kemper nickte. »Hoover will, dass es geschieht. Es geschieht, das ist ihm recht, und er kriegt den Auftrag, den Vorfall zu untersuchen. Wir brauchen einen Insider, damit Hoover die Nachforschungen verdunkelt oder einfach kurzen Prozess macht.«

Pete nickte. »Wir brauchen einen Sündenbock mit FBI-Kontakten.«

»Dougie Frank Lockhart«, sagte Kemper.

89

(Miami, 27.9.63)

Er war gern allein, um darüber nachzudenken. Boyd sagte, dass es ihm genauso ging.

Pete stellte sich Bourbon und Aspirin zurecht. Er drehte die Klimaanlage an. Sein Kopfweh ging ein wenig weg, und er rechnete sich seine Chancen aus.

Die Chance, dass es ihnen gelang, Haarschopf-Jack umzulegen. Die Chance, dass Santo ihn und Kemper umlegen ließ, Abmachung hin oder her.

Sämtliche Chancen waren unsicher. Das Wohnzimmer glich auf fatale Art einer Krankenstube.

Littell war von Dougie Frank begeistert. Der Arsch war ultrarechts und mit dem FBI verbandelt.

»Der ist ideal«, sagte Littell. »Wenn Mr Hoover gezwungen wird, Nachforschungen anzustellen, wird er Lockhart und dessen mögliche Komplizen umgehend abschirmen. Tut er das nicht, riskiert er, dass die rassistische Politik des FBI öffentlich bekannt wird.«

Lockhart hatte sich nach Puckett, Mississippi, zurückgezogen. Hinfahren und rekrutieren, beschied Littell.

Er war gestern Abend durch das Polizeidezernat geschlendert. Hatte drei mögliche Routen für den Konvoi gesehen. Die Karten waren für alle scheißsichtbar an eine Pinnwand geheftet.

Er merkte sich die Strecken. Alle drei führten am vorgesehenen Waffengeschäft und an den »Zu-vermieten«-Schildern vorbei.

Boyd sagte, dass er mehr Ehrfurcht als Angst empfand.

Pete sagte, dass es ihm genauso ging.

Er sagte nicht, dass er die Frau liebte. Wenn er nun starb, wäre er den ganzen Weg nur gegangen, um sie sinnlos zu verlieren.

90

(Miami, 27.9.63)

Jemand hatte ein Tonbandgerät auf den Kaffeetisch gestellt. Und einen verschlossenen Umschlag danebengelegt.

Littell zog die Tür hinter sich zu und überlegte.

Pete und Kemper wissen, dass du hier bist. Jimmy und Carlos wissen, dass du immer im Fontainebleau absteigst. Du bist zum Frühstück in den Coffee Shop gegangen und warst keine halbe Stunde weg.

Littell öffnete den Umschlag und zog ein Blatt Papier heraus. Mr Hoovers Druckschrift erklärte den heimlichen Eindringling.

> Jules Schiffrin ist im Herbst 1960 gestorben, zur selben Zeit, als Sie vom Dienst fernblieben. Seine Villa wurde geplündert, und gewisse Bücher wurden gestohlen.
>
> Joseph Valachi war häufig mit der Weiterleitung von Pensionskassendarlehen befasst. Er wird gegenwärtig von einem zuverlässigen Kollegen verhört. Robert Kennedy weiß davon nichts.
>
> Das beiliegende Band enthält Informationen, die Mr Valachi weder Mr Kennedy noch dem McClellan-Ausschuss, noch irgendjemandem sonst preisgeben wird. Ihm ist bekannt, dass Qualität und Dauer seiner Sicherheitsverwahrung davon abhängen.
>
> Vernichten Sie diese Mitteilung. Hören Sie das Band ab, und bewahren Sie es sicher auf. Ich bin mir des grenzenlosen strate-

gischen Potenzials der Aufnahme bewusst. Das Band darf Robert Kennedy nur in Zusammenhang mit einer äußerst wagemutigen Unternehmung entdeckt werden.

Littell legte das Band ein. Er hatte glitschige Hände – die Spule rutschte ständig von der Spindel.

Er drückte die »Play«-Taste. Das Band knisterte und rauschte.

Also noch mal von vorn, Joe. Und zwar langsam und deutlich.

Okay, dann eben langsam und deutlich. Langsam und deutlich zum sechzehnten gottverdammten –

Joe, lass die Faxen.

Okay. Langsam und deutlich für die Trottel auf den billigen Plätzen. Das Stammkapital der Teamsterzentralpensionskasse, die an alle möglichen schlechten und an wenige gute Menschen zu Wucherzinsen Geld verleiht, ist von Joseph P. Kennedy Sen. zur Verfügung gestellt worden. Ich habe oft den Geldbriefträger gemacht. Manchmal habe ich Geld in die Schließfächer von Leuten gelegt.

Das heißt, die haben Ihnen erlaubt, an ihre Bankschließfächer zu gehen.

Richtig. Und ich habe regelmäßig Joe Kennedys Bank besucht. Die Zentrale der Security-First National in Boston. Kontonummer 811512404. Das sind so etwa neunzig bis hundert Schließfächer voller Bargeld. Raymond Patriarca meint, dass da drin an die hundert Millionen Dollar stecken, und Raymond muss es ja wissen, denn er und Joe der Ire kennen sich seit ewigen Zeiten. Ich muss immer lachen, wenn ich daran denke, wie Bob Kennedy auf Gangsterjagd geht. Ich nehme an, da fällt der Apfel ziemlich weit vom Stamm, denn Joe Kennedys Geld hat eine Unmenge von Firmengeschäften finanziert. Wobei ich allerdings einräumen muss, dass nur der alte Joe von dem Geld weiß. Es stellt sich doch keiner hin und erklärt, er habe hundert Millionen in bar auf der hohen Kante, von denen die eigenen Söhne, der Präsident und der Justizminister, keine Ahnung haben. Und jetzt, wo Joe den Schlaganfall hatte, kann er vielleicht nicht mehr so klar denken. Es wäre schön, wenn das Geld irgendwie für irgendetwas eingesetzt würde und nicht einfach so rumliegt, was sehr wohl der Fall sein kann, wenn der alte Joe abkratzt oder senil wird. Ich meine, klar weiß jeder von den Mächtigen in der Firma, was für ein übler Finger Joe ist, aber keiner kann Bobby deswegen in die Mangel nehmen, weil er sich sonst selber verrät.

Das Band endete. Littell drückte die »Stop«-Taste und saß ganz still.

Er überlegte. Er versetzte sich in Hoovers Lage und dachte laut für ihn.

Ich stehe Howard Hughes nahe. Ich habe ihm Ward Littell beigesellt. Littell hat Hughes um Geld gebeten, um sicherzustellen, dass das FBI weiterhin von mir geleitet wird.

Jack Kennedy beabsichtigt, mich zu feuern. Ich habe private Abhörgeräte in Gangstertreffs installieren lassen. Ich habe sehr viel Kennedy-Hass gehört.

Daraufhin schaltete Littell auf seine eigene Perspektive um.

Hoover besaß nicht genügend Daten. Seine Daten würden nicht ausreichen, ein bestimmtes Attentat in Betracht zu ziehen.

Ich habe Pete und Kemper gegenüber behauptet, dass Mr Hoover damit rechne. Ich habe das mehr metaphorisch gemeint.

Das Band und die Nachricht wiesen auf Handfesteres hin. Hoover hatte ihn ausdrücklich aufgefordert, das Band nur »in Zusammenhang mit einer äußerst wagemutigen Unternehmung« einzusetzen.

Das bedeutete: ICH WEISS BESCHEID.

Das Band sollte Bobby demütigen. Das Band sollte Bobbys Schweigen garantieren. Das Band sollte Bobby vor Jacks Tod vorgespielt werden.

Jacks Tod würde den Zweck der Demütigung erklären. Somit würde Bobby nicht versuchen, Beweise für ein Mordkomplott zu finden. Weil Bobby sehr wohl wüsste, dass damit der Name Kennedy für immer beschmutzt wäre.

Bobby würde davon ausgehen, dass der Mann, der ihm die demütigende Mitteilung gemacht hatte, über den bevorstehenden Tod seines Bruders informiert gewesen war. Und er würde nicht in der Lage sein, aus dieser Annahme Konsequenzen zu ziehen.

Littell versetzte sich wieder in Hoovers Lage.

Bobby Kennedy hat Littell das Herz gebrochen. Der Hass auf die Kennedys führt uns zusammen. Littell wird dem Impuls, Bobby wehzutun, nicht widerstehen können. Littell wird Bobby darauf hinweisen wollen, dass er an der Planung des Mordes an seinem Bruder beteiligt war.

Hoovers Überlegungen. Komplex, rachsüchtig und psychologisch fein gesponnen. Ein einziges Fädchen fehlte darin.

Er war bisher nicht aus seiner Deckung gegangen. Ebenso wenig wie seine Geldgeber.

Ebenso wenig wie Kemper und Pete. Kemper hatte den Schützen bisher nichts von seinem Plan erzählt.

Hoover *ahnte*, dass er ein Attentat vorbereitete. Das Band war zur »Unterstützung« gedacht – *wenn er denn als Erster ans Ziel kam.*

Es gab ein zweites Mordkomplott. Mr Hoover wusste Bescheid.

Littell saß völlig still da. Die leisen Hotelgeräusche wurden immer lauter.

Die Überlegung war alles andere als schlüssig. Vorläufig war sie kaum mehr als eine Ahnung.

Mr Hoover hatte ihn erkannt – wie nie ein anderer Mensch zuvor oder danach. Er spürte eine hässliche Woge der Liebe für den Mann in sich aufsteigen.

91

(Puckett, 28.9.63)

Der Clown trug eine Kutte mit Monogramm. Pete spendierte ihm Bourbon und Lügen.

»Das ist dein Job, Dougie. Der schreit richtiggehend nach dir.«

Lockhart rülpste. »Ich hab' mir schon gedacht, dass du nicht um 1 Uhr früh hier rausfährst, um mit mir eine Flasche zu köpfen.«

Das Zimmer stank wie ein Katzenklo. Pete blieb in der Tür stehen, um dem Mief wenigstens ein bisschen zu entkommen.

»Dreihundert pro Woche. Ein offizieller CIA-Job, wo du dir wegen der FBI-Razzien keine Sorgen mehr machen musst.«

Lockhart lehnte sich im Liegestuhl zurück. »Die Razzien waren ziemlich plump. Sie sollen eine ganze Menge CIA-Kollegen mitgenommen haben.«

Pete ließ die Daumen knacken. »Du sollst für uns auf ein paar Klan-Männer aufpassen. Die CIA will in Florida eine Reihe von Angriffsbasen errichten, und wir brauchen einen Weißen, der den Laden auf Vordermann bringt.«

Lockhart bohrte in der Nase. »Klingt wie eine Neuauflage von Blessington. Klingt wie die neue Scheißriesenvorbereitung zu einer neuen Scheißriesenenttäuschung.«

Pete nahm einen Schluck aus der Flasche. »Du kannst nicht

immer Geschichte machen, Dougie. Manchmal kann man bestenfalls ein bisschen Geld verdienen.«

Dougie schlug sich an die Brust. »Ich habe gerade Geschichte gemacht.«

»Echt?«

»Und ob. Ich hab' nämlich den Anschlag auf die Baptist Church in der 16. Straße in Birmingham, Alabama, verübt. All das kommunistische Jammergeschrei, das du jetzt überall zu hören kriegst – das geht gewissermaßen auf mich zurück.«

»Ich gehe auf vierhundert die Woche plus Spesen rauf, bis Mitte November. Du kriegst ein eigenes Haus und ein Büro in Miami. Wenn du gleich mitkommst, gibt's eine Extraprämie.«

»Abgemacht«, sagte Lockhart.

»Wasch dich mal«, sagte Pete. »Du siehst aus wie ein Nigger.«

Die Rückfahrt dauerte lange. Das Gewitter verwandelte den Highway in eine einzige Kriechspur.

Dougie Frank verschlief den Regensturm. Pete erwischte Nachrichten und ein Twistprogramm im Radio.

Ein Kommentator verzapfte was über Joe Valachis Bekenntnisfreude. Valachi hatte das organisierte Verbrechen als »La Cosa Nostra« bezeichnet.

Valachi war im Fernsehen ein Riesenhit. Ein Nachrichtensprecher erwähnte »Spitzen«-Einschaltquoten. Valachi verpfiff Ostküstengangster im Dutzend.

Ein Reporter befragte Heshie Ryskind – auf irgendeiner Krebsstation in Phoenix. Hesh bezeichnete »La Cosa Nostra« als »gojisches Fantasiegebilde«.

Das Twistprogramm war nur schlecht zu empfangen. Barb sang in Petes Kopf mit und stach Chubby Checker aus.

Sie hatten, bevor er Miami verlassen hatte, miteinander telefoniert. Was ist los, wollte Barb wissen. Er klinge wieder so verängstigt.

Das könne er ihr nicht sagen. Wenn es so weit sei, werde sie es schon erfahren.

Sie wollte wissen, ob es ihnen beiden schaden könne.

Er verneinte.

Das nahm sie ihm nicht ab. Und dagegen kam er nicht an.

Sie flog in ein paar Tagen nach Texas. Joey hatte sie für eine achtwöchige Tournee durch Texas engagiert.

Er wollte an den Wochenenden rüberfliegen. Um bis zum 18. November ihr ergebener Schminkkofferträger zu sein.

Sie kamen mittags in Miami an. Lockhart bekämpfte seinen Kater mit Doughnuts und Kaffee.

Sie fuhren durch die Innenstadt. Wo Dougie auf die »Zu-vermieten«-Schilder hinwies.

Pete engte die Auswahl auf drei Büros und drei Häuser ein. Zwischen diesen dreien musste Dougie sich entscheiden.

Dougie entschied sich rasch. Dougie wolle sich so bald wie möglich aufs Ohr hauen.

Er entschied sich für ein Haus unweit der Biscayne. Er entschied sich für ein Büro an der Biscayne – genau in der Mitte zwischen den drei Routen.

Beide Vermieter verlangten Kaution. Dougie zählte die Noten vom Spesenbündel ab und blätterte drei Monatsmieten auf den Tisch.

Pete blieb außer Sichtweite. Die Vermieter bekamen ihn nie zu sehen.

Er beobachtete, wie Dougie sein Zeug ins Haus schleppte – der rothaarige Trottel stand kurz vor dem Weltruhm.

92

(Miami, 29.9. bis 20.10.63)

Er lernte Hoovers Nachricht auswendig. Er versteckte das Band. Er fuhr die drei Routen drei Wochen lang ein Dutzend Mal pro Tag ab. Er sagte Pete und Kemper nicht, dass vielleicht noch ein zweites Attentat geplant war.

Die Presse berichtete von den Reiseplänen des Präsidenten. Sie brachte ausführliche Artikel über die geplanten Auto-Konvois durch New York, Miami und Texas.

Littell schickte Bobby eine Nachricht. Darin verwies er auf seine Beziehung zu James R. Hoffa und bat um zehn Minuten seiner Zeit.

Er hatte sich die möglichen Konsequenzen fast einen Monat lang überlegt. Der Gang zum Briefkasten war wie der Einbruch bei Jules Schiffrin – nur tausendmal schlimmer.

Littell fuhr den Biscayne Boulevard runter. Er nahm bei jeder einzelnen Ampel mit einer Stoppuhr die Zeit.

Kemper war vor einer Woche in den Waffenladen eingebrochen. Er hatte drei Gewehre mit Zielfernrohr und zwei Revolver gestohlen. Er hatte Handschuhe mit eigentümlich zerrissenen Fingerspitzen getragen – die er Dougie Frank Lockhart geklaut hatte.

Am Tag darauf observierte er den Waffenladen. Polizeibeamte suchten die Gegend ab, und Spezialisten sicherten Fingerabdrücke. Dougies Handschuhe mit den offenen Spitzen waren nun forensisch erfasst.

Die Handschuhe hatten auf sämtlichen Flächen in Dougies Haus und Büro Abdrücke hinterlassen.

Pete ließ Dougie mit den Gewehren hantieren. Seine Fingerabdrücke waren auf Kolben und Schaft.

Kemper stahl drei Autos in South Carolina. Er ließ sie umspritzen und mit falschen Nummernschildern versehen. Zwei waren für die Schützen bestimmt. Der dritte Wagen war für den Mann, der Dougie töten sollte.

Pete brachte noch einen vierten Mann ins Spiel. Chuck Rogers stieg als Sündenbockdarsteller ein.

Rogers und Lockhart hatten eine ähnliche Figur und ähnliche Züge. Dougies hervorstechendes Merkmal war sein leuchtend rotes Haar.

Chuck färbte sich das Haar rot. Chuck versprühte in ganz Miami seinen Kennedy-Hass.

Er riss sein Maul in Kneipen und Billardsalons auf. Er schäumte auf der Rollschuhbahn, an einem Schießstand und in zahllosen Schnapsläden. Er wurde dafür bezahlt, bis zum 15. November ununterbrochen zu schäumen.

Littell fuhr an Dougies Büro vorbei. Jedes Mal fiel ihm ein brillanter neuer Dreh ein.

Er wollte ein paar wilde Kids auf der Präsidenten-Route auftreiben. Er brauchte ihnen bloß ein paar Feuerwerkskörper in die Hand zu drücken und sie aufzufordern, damit loszulegen.

So konnte er die Aufmerksamkeit der Geheimdienst-Eskorte lähmen. Sie würden gegen Schießgeräusche abgestumpft sein.

Kemper improvisierte ein paar Dougie-Frank-Souvenirs. Lockharts psychopathologisches Profil würde minutiös nachgewiesen werden können.

Kemper schnitt aus Kennedy-Fotos das Gesicht heraus und ritzte Hakenkreuze in Jack- und Jackie-Puppen. Kemper beschmierte ein Dutzend Illustriertenartikel über die Kennedys mit Scheiße.

All das sollte in Dougies Zimmer auf die Untersuchungsbeamten warten.

Im Augenblick in Arbeit: Dougie Frank Lockharts politisches Tagebuch.

Es war im Zweifingersystem getippt, mit Tintenkorrekturen in Druckbuchstaben. Der rassistische Text war echt scheußlich.

Das Tagebuch war Petes Idee gewesen. Dougie behauptete, den Brandanschlag auf die Baptistenkirche in der 16. Straße verübt zu haben – ein Fall, der Aufsehen erregt hatte und immer noch ungelöst war. Pete wollte das Attentat auf Kennedy mit vier ermordeten Negerkindern in Zusammenhang bringen.

Dougie hatte Pete alles über den Anschlag erzählt. Pete tippte wichtige Details ins Tagebuch.

Kemper sagten sie nichts von dem Brandanschlag. Kemper hatte die Farbigen wider Erwarten ins Herz geschlossen.

Pete sorgte dafür, dass Dougie zu Hause blieb. Er fütterte ihn mit Pizza, Marihuana und Schnaps. Dougie schien die Unterkunft zu behagen.

Pete erzählte Dougie, der CIA-Auftrag sei verschoben worden. Er verzapfte irgendeinen Schwachsinn über die dringende Notwendigkeit, fürs Erste abzutauchen.

Kemper zog mit seinen Männern nach Blessington. Das FBI überprüfte alle nicht von der CIA betriebenen Lager – der Aufenthalt in Sun Valley war zu riskant geworden.

Die Männer waren im Breakers Motel untergebracht. Sie testeten den ganzen Tag Gewehre. Die Waffen waren mit den von Kemper gestohlenen Waffen absolut identisch.

Die Schützen wussten nichts von dem Attentat. Kemper hatte beschlossen, sie erst sechs Tage vorher zu informieren – Zeit genug, um in Miami eine vollständige Generalprobe durchzuführen.

Littell fuhr an Dougies Haus vorbei. Pete hatte berichtet, dass er immer durch den Hinterhof kam und sich nie vor den Nachbarn blicken ließ.

Sie wollten auch ein bisschen Rauschgift im Haus hinterlegen. Dougies Sündenkatalog sollte Mord, Brandstiftung und Drogensucht umfassen.

Kemper hatte sich gestern mit dem Leitenden Sonderagenten von Miami unterhalten. Sie waren lange Zeit Kollegen gewesen – das Treffen würde nicht weiter auffallen.

Der Mann bezeichnete die Autoparade als »Klotz am Bein«. Kennedy sei »schwer zu bewachen«. Der Geheimdienst ließ die Menge zu dicht heran.

Irgendwelche Drohungen, wollte Kemper wissen? Irgendwelche Spinner im Busch?

Der Mann verneinte.

Ihr riskanter Bluff war unentdeckt geblieben. Niemand hatte den vorlauten falschen Dougie angezeigt.

Littell fuhr ins Fointainebleau zurück. Er fragte sich, wie lange Pete und Kemper wohl JFK überleben würden.

93

(Blessington, 21.10.93)

Polizeikadetten hatten sich gleich im Haupteingang zu einer Kette formiert. Sie trugen Gesichtsschilde und hatten mit Steinsalz geladene Flinten.

Asylsuchende drängten gegen den Zaun. Die Zufahrtstraße war von Schrottwagen und vertriebenen Kubanern verstopft.

Kemper beobachtete, wie die Situation eskalierte. John Stanton hatte angerufen, um ihm mitzuteilen, dass es mit den Razzien nicht mehr schlimm, sondern verdammt schlimm war.

Das FBI war gestern gegen vierzehn Exilkubanerlager vorgegangen. Praktisch jeder zweite Kubaner an der Golfküste bat um CIA-Asyl.

Der Zaun wankte. Die Kadetten hoben die Waffen.

Zwanzig Männer drinnen und sechzig draußen. Nur durch einen dürftigen Maschenzaun und ein bisschen Stacheldraht getrennt.

Ein Kubaner kletterte auf den Zaun, um sich, oben angelangt, in den Stacheln zu verheddern. Ein Kadett schoss ihn ab – das Steinsalz zerfleischte ihm die Brust.

Die Kubaner hoben Steine auf und fuchtelten mit Dachlatten herum. Die CIA-Leute gingen in Verteidigungsstellung. Man schrie in zwei Sprachen aufeinander ein.

Littell hatte sich verspätet. Genau wie Pete – die Flüchtlings-Trecks hatten wahrscheinlich den Verkehr zum Erliegen gebracht.

Kemper ging zum Bootssteg. Seine Männer schossen auf Bojen, die 100 Meter vor der Küste im Wasser tanzten.

Sie trugen Kopfhörer, damit der Lärm vom Tor sie nicht ablenkte. Sie wirkten wie hochklassige, vorzüglich gedrillte Söldner.

Er hatte sie heimlich reingeschmuggelt. Sie konnten sich frei im Lager bewegen – John Stanton hatte um der alten Freundschaft willen an ein paar Fäden gezogen.

Patronenhülsen fielen auf den Steg. Laurent und Flash trafen genau ins Schwarze. Juan schoss weit daneben in die Wellen.

Er hatte sie gestern über das Zielobjekt informiert. Die Kühnheit des Anschlags begeisterte sie.

Er hatte sich nicht länger beherrschen können. Er wollte sehen, wie ihre Gesichter strahlten.

Laurent und Flash strahlten. Juan reagierte verstört.

Juan schien in letzter Zeit Heimlichkeiten zu haben. Juan war drei Nächte hintereinander fahnenflüchtig gewesen.

Das Radio berichtete von einer weiteren toten Frau. Sie war bewusstlos geschlagen und mit einer Rolladenschnur erwürgt worden. Die Bullen standen vor einem Rätsel.

Opfer Nr. 1 wurde bei Sun Valley gefunden. Opfer Nr. 2 bei Blessington.

Der Lärm beim Tor verdoppelte und verdreifachte sich. Steinsalzmunition explodierte.

Kemper setzte Kopfhörer auf und schaute seinen Männern beim Schießen zu.

Juan schoss dreimal daneben. Da stimmte was nicht.

Die Staatspolizei schaffte die Kubaner weg. Streifenwagen geleiteten sie auf den Highway.

Kemper fuhr hinter dem Konvoi her. Die Wagenkolonne bestand aus fünfzig Fahrzeugen. Die Steinsalzsalven hatten Windschutzscheiben herausgeschlagen und Cabrio-Dächer zerfetzt.

Eine kurzsichtige Lösung. John Stanton prophezeite ein Flüchtlingschaos – und deutete weit Schlimmeres an.

Pete und Ward hatten angerufen, um ihn über die Verspätung zu informieren. Ihm war das nur recht – er hatte noch etwas zu erledigen. Sie verlegten ihr Treffen auf 14 Uhr 30 im Breakers.

Er wollte ihnen sagen, was er von Stanton gehört hatte. Und betonen, dass das rein spekulativ war.

Der Wagenpulk kroch dahin – auf beiden stadteinwärts führenden Fahrbahnen standen die Fahrzeuge dicht an dicht. Zwei Streifenwagen hielten die Kubaner in Schach.

Kemper bog ab. Auf die einzige Abkürzung, die nach Blessington führte – über lauter Feldwege.

Staub wirbelte auf. Wurde durch einen leichten Nieselregen in sprühenden Schlamm verwandelt. Mitten in einer unübersichtlichen Kurve wurde er von dem Vergewaltigungsschlitten überholt.

Kemper schaltete die Scheibenwischer ein. Die Schlammschicht wurde durchsichtig. Er sah Auspuffgase vor sich – aber keinen Vergewaltigungsschlitten mehr.

Juan ist zerstreut. Er hat meinen Wagen nicht erkannt.

Kemper fuhr ins Zentrum von Blessington. Er fuhr am Breakers vorbei, an »Al's Dixie Dinner« und an jeder Exilkubanerkneipe zu beiden Seiten der Hauptstraße.

Kein Thunderbird.

Er suchte die Seitenstraßen ab. Er suchte systematisch – drei Blocks nach links, drei Blocks nach rechts. Er suchte und suchte – wo ist der bonbonrote Thunderbird?

Da –

Der Vergewaltigungsschlitten parkte vor dem Larkhaven Motel. Kemper erkannte die beiden Wagen daneben.

Guy Banisters Buick. Carlos Marcellos Lincoln.

Vom Breakers aus konnte man den Highway überblicken. Vor Kempers Fenster führte die Polizei Kontrollen durch.

Er sah Bullen, die Wagen in eine Ausfahrt winkten. Er sah Bullen, die Latinos mit gezogener Waffe zum Aussteigen zwangen. Die Bullen überprüften Ausweise und Einwanderungspapiere. Die Bullen beschlagnahmten Fahrzeuge und nahmen Latinos im Dutzend fest.

Kemper schaute eine ganze Stunde lang zu. Die Polizisten verhafteten neununddreißig Latinos.

Sie verfrachteten die Männer in Gefängniswagen. Sie warfen die konfiszierten Waffen auf einen großen Haufen.

Er hatte Juans Zimmer vor einer Stunde durchsucht.

Er hatte keine Rolladenschnur gefunden. Er hatte keine perversen Kinkerlitzchen gefunden. Er hatte überhaupt kein Belastungsmaterial gefunden.

Jemand drückte wie verrückt auf die Klingel. Kemper öffnete hastig, damit der Krach endlich ein Ende nahm.

Pete kam ins Zimmer. »Hast du gesehen, was los ist?«

Kemper nickte. »Vor ein paar Stunden haben sie versucht, ins Lager einzudringen. Der Ausbildungsleiter hat die Bullen geholt.«

Pete schaute zum Fenster hinaus. »Da draußen sind ein paar stinksaure Kubaner.«

Kemper zog die Vorhänge zu. »Wo ist Ward?«

»Kommt. Und ich hoffe, du hast uns nicht den ganzen Weg machen lassen, nur um uns ein paar beschissene Straßenkontrollen vorzuführen.«

Kemper ging zur Bar und goss Pete einen kleinen Bourbon

ein. »John Stanton hat mich angerufen. Jack Kennedy habe Hoover angewiesen, Druck zu machen. Das FBI hat innerhalb der letzten achtundvierzig Stunden Razzien in neunundzwanzig nicht der CIA unterstehenden Lagern durchgeführt. Jeder Exilkubaner, der nicht der Agency untersteht, hofft auf CIA-Asyl.«

Pete kippte den Drink. Kemper füllte nach.

»Laut Stanton soll Carlos einen Kautionsfonds einrichten. Guy Banister hat versucht, einige seiner Lieblingskubaner rauszuholen, aber die Einwanderungsbehörde hat gegen jeden gefangenen Kubaner Abschiebebefehl erlassen.«

Pete warf sein Glas gegen die Wand. Kemper verschloss die Flasche.

»Laut Stanton soll die ganze Exilgemeinde durchdrehen. Alle reden über ein Attentat auf Kennedy. Es gäbe zahlreiche *eindeutige Hinweise* auf ein Attentat bei dem Konvoi durch Miami.«

Pete schlug auf die Wand ein. Seine Faust durchdrang die dünne Spanplatte. Kemper trat einen Schritt zurück und sprach langsam und unaufgeregt.

»Niemand in unserem Team ist aus der Deckung gegangen, daher können die Gerüchte nicht von da kommen. Und Stanton sagte, dass er den Geheimdienst nicht informiert hat, was darauf schließen lässt, dass er nichts dagegen hätte.«

Pete riss sich die Knöchel auf. Er versetzte der Wand einen linken Haken – Mörtel flog durch den Raum.

Kemper trat *ein Stück* zurück. »Ward sagte, dass Hoover mit etwas rechnet. Das ist sicher wahr, denn Hoover hätte die Razzien sabotiert und die Jungs heimlich gewarnt, nur um Bobby eins auszuwischen – wenn er den Hass gegen Jack nicht noch weiter hätte schüren wollen.«

Pete griff nach der Flasche. Pete goss sich Schnaps über die Hände und wischte sie an den Vorhängen ab.

»Pete, hör zu. Es gibt Möglichkeiten, wie wir –«

Pete schob ihn ans Fenster. »Nein. Da kommen wir nicht raus. Entweder wir bringen ihn um, oder wir bringen ihn nicht um, und sie bringen uns wahrscheinlich sogar dann um, wenn wir ihn erwischen.«

Kemper entwand sich seinem Griff. Pete riss die Vorhänge auf.

Die Bullen gingen mit elektrischen Viehstöcken auf Flüchtlinge los.

»Schau dir das an, Kemper. Schau dir das an, und sag mir, ob wir diese Scheiße noch in den Griff kriegen können.«

Littell ging am Fenster vorbei. Pete öffnete die Tür und zog ihn mit Gewalt ins Zimmer.

Er reagierte nicht. Er wirkte betäubt und *verletzt.*

Kemper schloss die Tür. »Ward, was ist los?«

Littell umklammerte seine Aktentasche. Die Verwüstungen in dem Zimmer würdigte er keines Blickes.

»Ich habe mit Sam gesprochen. Das Attentat in Miami hat sich erledigt, weil er von seinem Castro-Verbindungsmann gehört hat, dass Castro unter keinen Umständen mehr mit irgendjemandem von der Firma etwas zu tun haben will. Sie haben die Idee einer Annäherung wieder fallen lassen. Ich habe das stets für weit hergeholt gehalten, und anscheinend sehen Sam und Santo das jetzt genauso.«

»Das ist alles total verrückt«, sagte Pete. Kemper konnte es Littell vom Gesicht ablesen: TUT MIR DAS NICHT AN.

»Sind *wir* noch im Rennen?«

»Ich denke doch«, sagte Littell. »Und ich habe mich mit Guy Banister unterhalten und etwas begriffen.«

Pete war offensichtlich kurz vor dem Explodieren. »Dann sag uns Bescheid, Ward. Wir wissen, dass du jetzt der Gescheiteste und Stärkste bist, also sag uns gefälligst, was du denkst.«

Littell rückte die Krawatte zurecht. »Banister hat die Kopie einer Aktennotiz des Präsidenten zu sehen bekommen. Bobby hat sie Mr Hoover übergeben, der sie SAC New Orleans weiterreichte, der sie heimlich Guy zugesteckt hat. Laut Aktennotiz wird der Präsident im November einen persönlichen Emissär zu Castro schicken, worauf weitere JM/Wave-Kürzungen erfolgen werden.«

Pete wischte sich Blut von den Händen. »Die Banister-Verbindung kapiere ich nicht.«

Littell warf die Aktentasche aufs Bett. »Ein reiner Zufall. Guy und Carlos stehen sich nahe, und Guy ist selber ein frustrierter Anwalt. Von Zeit zu Zeit unterhalten wir uns, und er hat die Aktennotiz zufällig erwähnt. All das deckt sich mit meinem Gefühl, dass Mr Hoover spürt, dass ein Attentat in der Luft liegt. Da keiner von uns aus der Deckung ging, gehe ich davon aus, dass es *möglicherweise* einen zweiten Attentatsplan gibt. Ich nehme auch an, dass Banister davon Kenntnis haben könnte – und dass Hoover ihm die Aktennotiz *deswegen* in die Hände gespielt hat.«

Kemper wandte sich zum Fenster. »Siehst du diesen Kontrollpunkt?«

»Ja klar«, sagte Littell.

»Immer wieder Hoover«, sagte Kemper. »Er lässt die Razzien steigen, damit der Hass auf Jack zunimmt. John Stanton hat mich angerufen, Ward. Angeblich sollen ein halbes oder sechs Dutzend oder zwei Dutzend weiterer Scheißanschläge geplant sein, wie wenn die Scheißattentatsmetaphysik da draußen sich unabdingbar –«

Pete knallte ihm eine.

Kemper zog die Waffe.

Pete auch.

»Nein«, sagte Littell. GANZ LEISE.

Pete ließ die Waffe aufs Bett fallen.

Kemper ließ seine fallen.

»Schluss«, sagte Littell. GANZ LEISE.

Die Spannung im Zimmer war fast körperlich spürbar. Littell entlud die Waffen und schloss sie in seine Aktentasche.

Pete flüsterte beinahe. »Banister hat mich letzten Monat aus dem Gefängnis geholt. Er sagte, er habe so das Gefühl, als ob die ganze Kennedy-Scheiße bald ein Ende habe – wie wenn er eine Art Scheißvorwissen gehabt hätte.«

Kemper sprach genauso leise. »Juan Canestel führt sich seit einiger Zeit äußerst eigenartig auf. Ich bin ihm vor ein paar Stunden gefolgt und habe seinen Wagen neben dem von Banister und Carlos Marcello gesehen. Die Straße hinunter, vor einem anderen Motel.«

»Dem Larkhaven«, sagte Littell.

»Genau.«

Pete saugte sich das Blut von den Knöcheln. »Woher weißt du das, Ward? Und wenn sich Carlos an einem zweiten Attentat beteiligt hat, blasen Santo und Mo dann unseres ab?«

Littell schüttelte den Kopf. »Ich denke, wir sind noch im Rennen.«

»Und was bedeutet die Geschichte mit Banister?«

»Sie ist mir neu, passt aber ins Bild. Ich weiß nur, dass ich Carlos um 17 Uhr im Larkhaven treffe. Er hat mir gesagt, dass Santo und Mo die ganze Operation an ihn delegiert haben, unter zwei neuen Bedingungen.«

Kemper rieb sich das Kinn. Von dem Schlag war sein Gesicht hellrot.

»Die wären?«

»Dass wir Miami abblasen und uns einen linken Sündenbock suchen. Da die Möglichkeit eines Waffenstillstands mit Castro nicht mehr besteht, wollen sie den Killer als Fidel-*Anhänger* darstellen.«

Pete trat gegen die Wand. Ein Landschaftsdruck fiel herunter.

Kemper verschluckte einen losen Zahn. Pete wies auf den Highway.

Die Bullen legten volle Kampfausrüstung an. Sie filzten die Gefangenen auf offener Straße bis auf die nackte Haut.

»Sieh dir das an«, sagte Kemper. »Alles Züge in Mr Hoovers Schachspiel.«

»Du spinnst«, sagte Pete. »*So* scheißgut ist der nicht.«

Littell lachte ihm ins Gesicht.

94

(Blessington, 21.10.63)

Carlos hatte ein Tablett mit Drinks arrangiert. Um Feinheiten unbekümmert – Hennessy und in Papier eingewickelte Motelzahnputzgläser.

Littell nahm den harten Stuhl. Carlos den bequemen. Das Tablett stand auf einem Kaffeetischchen zwischen ihnen.

»Ihre Truppe ist weg vom Fenster, Ward. Wir setzen einen anderen ein. Er hat den ganzen Sommer an der Planung gearbeitet, was heißt, dass wir mehr Leistung fürs gleiche Geld kriegen.«

»Guy Banister?«, fragte Littell.

»Wie sind Sie darauf gekommen? Hat Ihnen das ein kleines Vögelchen geflüstert?«

»Sein Wagen steht auf dem Parkplatz. Und manche Dinge kriegt man einfach mit.«

»Sie nehmen es sehr gefasst.«

»Was soll ich sonst tun.«

Carlos spielte mit einem Alunidor. »Ich habe soeben davon erfahren. Die Sache ist schon geraume Zeit am Laufen, was die Erfolgschancen aus meiner Sicht um einiges steigern dürfte.«

»Wo?«

»Dallas, nächsten Monat. Guy hat sich die Unterstützung von ein paar reichen Rechten gesichert. Er hat einen langfristig aufgebauten Sündenbock, einen professionellen Schützen und einen Kubaner.«

»Juan Canestel?«

Carlos lachte. »Sie sind wirklich schlau.«

Littell schlug die Beine übereinander. »Darauf ist Kemper gekommen. Was mich angeht, sollte man niemals einem Psychopathen trauen, der einen bonbonroten Sportwagen fährt.«

Carlos biss die Zigarrenspitze ab. »Guy ist ein fähiger Bursche. Er hat einen Linken als Sündenbock, der an einer der Konvoi-Routen arbeitet, zwei Schützen und ein paar Polizisten, um den Sündenbock auszuschalten. Ward, Sie können nicht einem Burschen böse sein, der unabhängig von Ihnen den gleichen Scheißplan ausgeheckt hat wie Sie.«

Er blieb ruhig. Carlos konnte ihn nicht brechen. Und er hatte noch immer die Möglichkeit, Bobby fertigzumachen.

»Mir persönlich wären Sie lieber gewesen, Ward. Ich weiß, wie sehr Ihnen daran liegt, den Mann tot zu sehen.«

Er fühlte sich sicher. Pete und Kemper fühlte er sich alles andere als freundschaftlich verbunden.

»Der Flirt von Mo und Santo mit Castro hat mich ganz und gar nicht gefreut, Ward. Sie hätten mich sehen sollen, wie ich das rausgekriegt habe.«

Littell holte sein Feuerzeug hervor. Massivgold – ein Geschenk Jimmy Hoffas.

»Sie führen was im Schilde, Carlos. Nun werden Sie mir gleich bedeuten, für solche Risiken sei ich zu wertvoll, und mir einen Drink anbieten, obwohl ich seit zwei Jahren keinen Tropfen Alkohol mehr angerührt habe.«

Marcello beugte sich vor. Littell zündete ihm die Zigarre an.

»Nicht zu wertvoll, was das Risiko betrifft, aber viel zu wertvoll für eine Strafe. Der Meinung sind wir alle, und wir sind ebenso der

Meinung, dass das mit Boyd und Bondurant scheißanders aussieht.«

»Dennoch möchte ich den Drink nicht.«

»Warum sollten Sie? Sie haben keine zweihundert Pfund Heroin gestohlen und all Ihre Partner von vorn bis hinten beschissen. Sie haben sich an einer Erpressung beteiligt, von der Sie uns hätten erzählen müssen, aber das ist nichts weiter als ein verdammt geringfügiges Vergehen.«

»Dennoch möchte ich den Drink nicht«, sagte Littell. »Und ich wäre Ihnen sehr verbunden, wenn ich nun erfahren könnte, was ich bis Dallas für Sie tun kann.«

Carlos wischte sich Asche von der Weste. »Sie, Pete und Kemper sollen sich nicht in die Pläne von Guy einmischen oder sonst irgendwie versuchen, ihn zu behindern. Lassen Sie diesen Lockhart laufen, und schicken Sie ihn nach Mississippi zurück. Pete und Kemper haben die gestohlene Beute abzuliefern.«

Littell umklammerte sein goldenes Feuerzeug. »Was wird aus ihnen?«

»Das weiß ich nicht. Da hab' ich nichts zu sagen.«

Die Zigarre roch ekelhaft. Die Klimaanlage blies ihm den Rauch ins Gesicht.

»Es hätte geklappt, Carlos. Wir hätten es hingekriegt.«

Marcello zwinkerte. »Geschäfte muss man geschäftlich sehen. Nicht rumjammern, wenn's nicht so läuft, wie man möchte.«

»Ich komme nicht dazu, ihn umzubringen. Das ist schon ein Jammer.«

»Sie werden damit leben müssen. Und immerhin hat Ihr Plan Guy zu einem Ablenkungsmanöver verholfen.«

»Zu was für einem Ablenkungsmanöver?«

Carlos balancierte einen Aschenbecher auf dem Bauch. »Banister hat einem Spinner namens Milteer vom geplanten Attentat in Miami erzählt, natürlich ohne Namen zu nennen. Guy weiß, dass Milteer ein Großmaul ist und dass die Polizei von Miami einen Spitzel auf ihn angesetzt hat. Er hofft, dass Milteer das dem Spitzel steckt, der das seinem Führungsoffizier steckt, was zu guter Letzt dazu führen soll, dass der Autokonvoi durch Miami abgesagt wird und kein Mensch mehr an Dallas denkt.«

Littell lächelte. »Wirkt ein bisschen weit hergeholt. Irgendwas aus einem Abenteuerroman für Kinder.«

Carlos lächelte. »Das könnte man auch über die Geschichte mit den Teamsterbüchern sagen. Und über die Vorstellung, dass ich nicht von Anfang an gewusst hätte, was tatsächlich Sache war.«

Ein Mann trat aus dem Badezimmer. Er hielt einen entsicherten Revolver in den Händen.

Littell machte die Augen zu.

»Bis auf Jimmy wissen alle Bescheid«, sagte Carlos. »Wir haben dich seit dem Augenblick, wo du mich über die Grenze gebracht hast, von Detektiven beschatten lassen. Sie wissen alles über deine Codebücher und deine Recherchen in der Library of Congress. Ich weiß, dass du mit den Büchern was vorhast, und dabei, mein Lieber, hast du von jetzt an Partner.«

Littell öffnete die Augen. Der Mann wickelte ein Kissen um die Waffe.

Carlos schenkte zwei Drinks ein. »Du bringst uns mit Howard Hughes ins Geschäft. Wir werden ihm Las Vegas verkaufen und die Gewinne selber absahnen. Du hilfst uns, die Pensionskassenbücher in mehr sauberes Geld zu verwandeln, als Jules Schiffrin sich je hat träumen lassen.«

Ihm war, als schwebte er. Er versuchte, ein Ave-Maria zu beten, und hatte den Text vergessen.

Carlos hob das Glas. »Auf Las Vegas und die neue Zusammenarbeit.«

Littell zwang den Drink hinunter. Das exquisite Brennen ließ ihn aufschluchzen.

95

(Meridian, 4.11.63)

Die Heroinpacken im Kofferraum waren zu schwer, und die Hinterräder brachen aus. Eine simple Verkehrskontrolle – und er würde die nächsten dreißig Jahre im Gefängnis verbringen.

Er hatte seinen Schatz aus dem Tresor geholt. Dabei war ein bisschen Puder auf den Boden gerieselt – genug, um Mississippi wochenlang zu betäuben.

Santo wollte seinen Stoff zurück. Santo hatte die Abmachung aufgekündigt. Santo ließ durchblicken, dass noch nicht alles ausgestanden war.

Santo konnte ihn umbringen. Santo konnte ihn am Leben lassen. Santo konnte ihn mit einer Gnadenfrist foppen.

Kemper hielt an einer roten Ampel. Ein Farbiger winkte ihm zu.

Kemper winkte zurück. Der Mann war ein Diakon der Adventistenkirche – und äußerst skeptisch, was John F. Kennedy anging.

»Ich trau' dem Jungen nicht«, sagte der Mann jedes Mal.

Es wurde grün. Kemper gab Gas.

Geduld, Herr Diakon. Der Junge hat noch achtzehn Tage zu leben.

Sein Team war aus dem Rennen. Banisters drin. Juan Canestel und Chuck Rogers wechselten zu Guys Crew über.

Das Attentat war auf den 22. November in Dallas angesetzt. Juan und ein korsischer Professioneller sollten von zwei unterschiedlichen Orten aus schießen. Chuck und zwei Polizisten aus Dallas hatten den Auftrag, den Sündenbock umzulegen.

Littells ursprünglicher Plan, nur ein bisschen ausgeschmückt. So verbreitet war das Bestreben, King Jack umzulegen.

Littell löste das Team auf. Lockhart ging zu seinem Klan zurück. Pete flog umgehend nach Texas, um mit seiner Freundin zusammen zu sein. Die »Swingin' Twist Revue« sollte am Tag des Attentats in Dallas auftreten.

Auch ihn hatte Littell freigestellt. Eine Art Heimattrieb führte ihn nach Meridian.

Nicht wenige Einwohner erinnerten sich an ihn. Einige Farbige grüßten ihn herzlich. Einige weiße Prolls guckten ihn böse an und versuchten, ihn zu provozieren.

Er nahm ein Zimmer im Motel. Er erwartete mehr oder weniger, dass Killer an die Tür klopften. Er aß dreimal am Tag im Restaurant und fuhr durch die Gegend.

Es wurde dunkel. Kemper erreichte die Stadtgrenze von Puckett. Ein lächerliches Plakat, von Flutlichtern angestrahlt: Martin Luther King bei einer kommunistischen Schulungsveranstaltung.

Das Foto war getürkt. Jemand hatte dem Reverend Teufelshörner aufgemalt.

Kemper bog nach rechts ab. Er gelangte auf den Feldweg, der zu Dougie Lockharts altem Schießstand führte.

Der Feldweg führte ihn genau an den Rand des Geländes. Unter seinen Reifen brachen krachend Patronenhülsen entzwei.

Er stellte die Lichter ab und stieg aus. Es war herrlich still – keine Schüsse und kein Rebellengeschrei.

Kemper zog die Waffe. Der Himmel war stockfinster – er konnte seine Zielscheibe nicht sehen.

Patronenhülsen knirschten. Kemper hörte Schritte.

»Wer da? Wer hat sich da auf mein Grundstück eingeschlichen?«

Kemper stellte die Scheinwerfer an. Die genau auf Dougie Lockhart gerichtet waren.

»Kemper Boyd.«

Lockhart trat aus dem Lichtkegel heraus. »Kemper Boyd, dessen Akzent immer klebriger wird, je weiter er nach Süden kommt. Du hast was von einem Chamäleon, Kemper. Hat dir das mal jemand gesagt?«

Kemper blendete die Scheinwerfer auf.

Dougie, wasch deine Kutte – du siehst scheußlich aus.

Lockhart kreischte vergnügt auf. »Boss, jetzt hast du aber die Verhörlampen voll aufgedreht! Boss, ich muss gestehen – ich habe den Brandanschlag auf die Niggerkirche in Birmingham verübt, jawohl!«

Er hatte schlechten Atem und Pickel. Der Selbstgebrannte war noch auf drei Meter zu riechen.

»Hast du das wirklich getan?«, fragte Kemper.

»So sicher, wie ich hier in deinem Scheinwerferlicht stehe, Boss. So sicher, wie Nigger –«

Kemper schoss ihm in den Mund. Die nächsten Kugeln rissen ihm den Kopf ab.

96

(Washington, D. C., 19.11.63)

Bobby ließ ihn warten.

Littell saß vor dem Büro. Bobby hatte in seiner Nachricht auf Pünktlichkeit gedrängt und mit Aplomb geschlossen: »Ich gebe jedem Hoffa-Anwalt zehn Minuten Zeit.«

Er war pünktlich. Bobby beschäftigt. Zwischen ihnen war eine Tür.

Littell wartete. Er war die Ruhe selbst.

Marcello hatte ihn nicht gebrochen. Im Vergleich zu ihm war Bobby ein Kind. Dass er es bei dem einen Drink belassen hatte, war von Marcello mit einer Verbeugung zur Kenntnis genommen worden.

Das Vorzimmer war holzgetäfelt und geräumig. Er fühlte sich stark an Mr Hoovers Büro erinnert.

Die Empfangsdame ignorierte ihn. Er hakte das bisher Geschehene ab.

6.11.63: Kemper gibt den Stoff zurück. Trafficante weist die dargebotene Hand zurück.

6.11.63: Carlos Marcello ruft an. »Santo hat einen Job für dich.« Mehr sagt er nicht.

7.11.63: Sam Giancana ruft an. »Ich glaube, wir können Arbeit für Pete finden. Mr Hughes hasst Schwarze, und Pete ist ein guter Rauschgiftmann.«

7.11.63: Er übermittelt Pete die Nachricht. Pete begreift, dass sie ihn am Leben lassen.

Wenn er für sie arbeitet. *Wenn* er nach Vegas zieht. *Wenn* er den Niggern dort Heroin verkauft.

8.11.63: Jimmy Hoffa ruft an, in Hochstimmung. Dass er in großen Schwierigkeiten mit dem Gesetz steckt, scheint ihn nicht weiter zu stören.

Sam hat ihm von dem Attentat erzählt. Jimmy erzählt es Heshie Ryskind. Heshie zieht ins beste Hotel von Dallas – um das Ereignis aus nächster Nähe zu genießen.

Heshie bringt seinen Hofstaat mit: Dick Contino, Krankenschwestern und Nutten. Pete knallt ihn zweimal am Tag mit Stoff voll.

Heshies Hofstaat ist verblüfft. Wieso nach Dallas umziehen, wenn man so kurz vor dem Dahinscheiden steht?

8.11.63: Carlos schickt ihm einen Zeitungsausschnitt. »Klan-Führer ermordet – rätselhafter Tod im tiefen Süden!«

Die Bullen verdächtigen rivalisierende Klan-Männer. Er tippt auf eine typische Kemper-Boyd-Aktion.

Carlos legt eine Nachricht bei. Carlos meint, dass die Abschiebeverhandlungen ganz gut laufen.

8.11.63: Mr Hughes schickt ihm eine Nachricht. Baby Howard will Las Vegas, wie Kinder ein neues Spielzeug wollen.

Er antwortet. Verspricht, in Nevada nach dem Rechten zu sehen und das Ergebnis seiner Recherchen vor Weihnachten schriftlich vorzulegen.

9.11.63: Mr Hoover ruft an. Seine Privatwanzen nehmen rasenden Zorn auf – die Joe-Valachi-Show versetzt die Gangster des ganzen Kontinents in Rage.

Hoovers Insider-Quelle meldet, Valachi werde von Bobby privat verhört. Valachi weigere sich, über die Pensionskassenbücher zu reden. Bobby sei verärgert.

10.11.63: Kemper ruft an. Guy Banisters »weit hergeholte« Kriegslist habe tatsächlich gewirkt: Der Konvoi durch Miami sei abgesagt.

12.11.63: Pete ruft an. Berichtet von weiteren Razzien und von Gerüchten über Attentatspläne.

15.11.63: Jack paradiert durch New York City. Sein Wagen wird von Teenagern und Matronen umschwärmt.

16.11.63: Die Zeitungen von Dallas geben die Route der Autokolonne bekannt. Barb Jahelka hat einen Platz in der ersten Reihe – sie tritt mit der Mittagsshow in einem Club in der Commerce Street auf.

Die Gegensprechanlage summte. Bobbys schneidende Stimme übertönte das Knistern. »Ich bin jetzt für Mr Littell zu sprechen.«

Die Empfangsdame ging zur Tür. Littell trug sein Tonbandgerät rein.

Bobby stand hinter dem Schreibtisch. Die Hände tief in den Hosentaschen vergraben – Gangsteranwälten wurde nur das absolute Minimum an Höflichkeit zugestanden.

Das Büro war nett eingerichtet. Bobbys Anzug war von der Stange.

»Ihr Name kommt mir bekannt vor, Mr Littell. Sind wir uns schon mal begegnet?«

ICH WAR DEIN PHANTOM. ICH HÄTTE ALLES DARUM GEGEBEN, TEIL DEINER VISION ZU SEIN.

»Nein, Mr Kennedy. Das sind wir nicht.«

»Wie ich sehe, haben Sie ein Tonbandgerät mitgebracht.«

Littell stellte es auf den Boden. »Ja.«

»Hat Jimmy seine Übeltaten gestanden? Haben Sie mir so etwas wie eine Beichte mitgebracht?«

»Gewissermaßen. Würde es Ihnen etwas ausmachen zuzuhören?«

Bobby blickte auf die Uhr. »Ich habe die nächsten neun Minuten für Sie Zeit.«

Littell steckte das Gerät in einen Wandstecker. Bobby spielte mit dem Kleingeld in seiner Hosentasche.

Littell drückte auf »Play«. Joe Valachi sprach. Bobby lehnte sich an die Wand hinter seinem Schreibtisch.

Littell stand vor dem Schreibtisch. Bobby starrte ihn an. Sie blieben beide völlig reglos, rührten sich nicht vom Fleck und blinzelten nicht. Joe Valachi trug seine Anklage vor. Bobby hörte die Beweise. Weder kniff er die Augen zusammen, noch ließ er irgendeine andere Reaktion erkennen.

Littell kam ins Schwitzen. Der kindische Augenkampf ging weiter.

Das Band war zu Ende. Bobby griff nach dem Telefon auf dem Schreibtisch.

»Verlangen Sie Special Agent Conroy in Boston. Er soll sich zur Zentrale der Security-First National Bank begeben und ermitteln, wem die Kontonummer 811512404 gehört. Er soll die Schließfächer untersuchen und mich umgehend zurückrufen. Der Auftrag hat oberste Priorität, und stellen Sie keinen weiteren Anruf durch, ehe er nicht zurückgerufen hat.«

Er sprach mit fester Stimme. Ungerührt, entschieden, ohne die geringste Spur von Unsicherheit.

Bobby legte den Hörer auf. Das Blickeduell ging weiter. Wer als Erster zwinkert, ist ein Feigling.

Littell war versucht zu kichern. Epigramm: Wenn es um Macht geht, werden Männer zu Kindern.

Die Zeit verging. Littell zählte die Minuten nach Herzschlägen. Allmählich rutschte ihm die Brille von der Nase.

Das Telefon klingelte. Bobby nahm ab und hörte zu.

Littell stand reglos da und zählte einundvierzig Sekunden. Bobby warf das Telefon gegen die Wand.

Und zwinkerte.

Und zuckte.

Und wischte sich die Tränen ab.

»Du sollst verdammt sein für das Leid, das du mir zugefügt hast«, sagte Littell.

97

(Dallas, 20.11.63)

Sie wird Bescheid wissen. Sie wird die Nachrichten hören und dein Gesicht sehen und wissen, dass du mitgemacht hast.

Sie wird es mit der Erpressung in Zusammenhang bringen. Kompromittieren konntet ihr ihn nicht, so habt ihr ihn eben umgebracht.

Sie wird wissen, dass das organisierte Verbrechen hinter dem Attentat steckt. Sie weiß, wie diese Leute gefährliche Verbindungen lösen. Sie wird dir vorhalten, dass du sie in eine derart riskante Geschichte verwickelt hast.

Pete beobachtete Barbs Schlaf. Das Bett roch nach Sonnenöl und Schweiß.

Er würde nach Las Vegas gehen. Zurück zu Howard »Dracula« Hughes. Mit Ward Littell als neuem Mittelsmann.

Schläger und Drogenverkäufer. Eine Begnadigung eben: lebenslänglich statt Todesstrafe.

Sie hatte die Betttücher weggestrampelt. Er bemerkte ein paar neue Sommersprossen an ihren Beinen.

Sie würde sich in Las Vegas heimisch fühlen. Er würde Joey aus ihrem Leben rauswerfen und ihr ein festes Engagement verschaffen. Sie wäre bei ihm. Bei seiner Arbeit. Ein Nachtclubstar, der bekanntermaßen die Klappe halten konnte.

Barb hatte sich in die Kissen geschmiegt. Wobei die Adern auf ihren Brüsten sich eigentümlich dehnten.

Er weckte sie. Sie war gleich hellwach, wie immer.

»Willst du mich heiraten?«, fragte Pete.

»Klar«, sagte Barb.

Ein Fünfzigdollarschein, und der Bluttest hatte sich erledigt. Die fehlende Geburtsurkunde wurde durch einen Hunderter ersetzt.

Pete mietete einen Smoking, Größe 52, extralang. Barb fuhr beim Kascade Klub vorbei und holte ihr weißes Twistkleid ab.

Den Pfarrer fanden sie im Telefonbuch. Pete besorgte sich zwei Zeugen: Jack Ruby und Dick Contino.

Dick sagte, dass Onkel Hesh einen Schuss brauche. Und weswegen er die ganze Zeit so aufgekratzt sei? Für einen Sterbenden sei er wirklich in Hochstimmung.

Pete fuhr im Adolphus vorbei. Er verpasste Heshie eine ordentliche Portion Heroin und legte ihm ein paar Schokoriegel zum Knabbern hin. Seinen Auftritt im Smoking fand Heshie geradezu umwerfend komisch. Er lachte so sehr, dass er sich fast den Luftröhrenschlauch rausriss.

Dick stiftete ein Hochzeitsgeschenk: ein Wochenende in der Hochzeitssuite des Adolphus. Pete und Barb zogen eine Stunde vor der Hochzeit ein.

Pete fiel die Pistole aus dem Koffer. Der Page machte sich fast in die Hosen.

Barb steckte ihm fünfzig Dollar zu. Der Junge rutschte auf Knien aus der Suite raus. Eine Hotellimousine brachte sie zur Kapelle.

Der Prediger war ein Säufer. Ruby brachte seine kläffenden Dackel mit. Dick spielte auf seiner Quetschkommode ein paar Hochzeitsmärsche.

Sie schlossen den Bund fürs Leben in einem Loch am Stemmons Freeway. Barb schluchzte. Pete umklammerte ihre Hand so fest, dass sie zurückzuckte.

Der Prediger stellte Falschgoldringe zur Verfügung. Der für Pete wollte nicht auf den Ringfinger passen. Der Prediger bot an, ihm eine Sondergröße zu bestellen – er bekam sein Zeug aus einem Versandhaus in Des Moines.

Pete ließ den zu kleinen Ring in die Tasche gleiten. Bei den Worten »Bis dass der Tod euch scheide« bekam er weiche Knie.

Sie gingen ins Hotel. Barb wiederholte unablässig: Barbara Jane Lindscott Jahelka Bondurant.

Heshie schickte ihnen Champagner und einen riesigen Präsentkorb aufs Zimmer. Der Kellner war ganz aufgeregt – am Freitag fährt der Präsident hier vorbei!

Sie liebten sich. Das Bett war rosa, flauschig und ungeheuer groß.

Barb schlief ein. Pete hatte für 20 Uhr einen Weckruf bestellt – die Braut hatte Punkt 21 Uhr einen Auftritt.

Er konnte nicht schlafen. Den Champagner rührte er nicht an – Alkohol wurde allmählich zur Schwäche.

Das Telefon klingelte. Er stand auf und ging zum Apparat in der Diele.

»Ja?«

»Ich bin's, Pete.«

»Ward. Um Himmels willen, wie bist du an die –«

»Banister hat mich soeben angerufen«, sagte Littell. »Juan Canestel ist in Dallas verschwunden. Ich schicke dir Kemper rüber, damit ihr zwei ihn findet und sicherstellt, dass am Freitag alles glattgeht.«

98

(Dallas, 20.11.63)

Das Flugzeug rollte vor einem Frachtdeck aus. Sie hatten seit Meridian Rückenwinde gehabt und die Entfernung in weniger als zwei Stunden geschafft.

Littell hatte eine Privatmaschine gechartert. Und den Piloten angewiesen, auf Teufel komm raus zu fliegen. Der winzige Zweisitzer wurde derartig hin und her gerüttelt, dass Kemper fast nicht glauben konnte, dass sie sich in der Luft zu halten vermochten.

Es war 23 Uhr 48. Sechsunddreißig Stunden vor dem EINSATZ.

Autoscheinwerfer gingen an – Petes Signal.

Kemper löste seinen Sicherheitsgurt. Der Pilot öffnete ihm die Tür.

Kemper sprang raus. Der Wagen fuhr vor. Kemper stieg ein. Pete preschte mit Vollgas über ein paar Rollfelder.

Über ihnen rauschte ein Jet. Love Field wirkte wie aus einer anderen Welt.

»Was hat Ward dir erzählt?«, fragte Pete.

»Dass Juan abgehauen ist. Und dass Guy befürchtet, Carlos und die anderen könnten daraus schließen, er habe Mist gebaut.«

»Das hat er mir auch erzählt. Und ich habe ihm klargemacht, dass mir die Aktion zu riskant ist, wenn nicht jemand Carlos erzählt, dass wir eingesprungen sind und Banister aus der Scheiße geholfen haben.«

Kemper öffnete das Fenster. Die Ohren taten ihm gottverdammt weh.

»Wie hat Ward reagiert?«

»Er will es Carlos nach dem Attentat sagen. *Wenn* wir Canestel finden und das Scheißunternehmen retten.«

Ein Funkgerät knisterte. Pete drehte es leiser.

»J. D. Tippits Privatwagen. Er und Rogers schauen sich um, und wenn sie Juan zu sehen kriegen, greifen *wir* ein. Tippit kann seine Streife nicht verlassen, und Chuck darf nichts unternehmen, was ihn irgendwie davon abhalten könnte, bei dem Attentat rechtzeitig auf seinem Posten zu sein.«

Sie mussten Gepäckwagen ausweichen. Kemper beugte sich zum Fenster hinaus und schluckte drei Dexedrin.

»Wo ist Banister?«

»Er fliegt später aus New Orleans ein. Er hält Juan für zuverlässig, und falls sie ihn aus irgendeinem Grund verlieren sollten, wird er ihn durch Rogers ersetzen.«

Sie wussten, dass Juan labil war. Dass er möglicherweise auch ein Sexualmörder war, hatten sie nicht geschnallt. Die ganze Operation war versaut und stank zehn Meilen gegen den Wind nach banausenhaftem Flickwerk.

»Wo fahren wir hin?«

»Zu Jack Rubys Club. Laut Rogers soll Juan die Nutten dort mögen. Du gehst rein – Ruby kennt dich nicht.«

Kemper lachte. »Ward hat Carlos geraten, einem Psychopathen mit knallrotem Wagen nicht zu trauen.«

»Du hast ihm getraut«, sagte Pete.

»Ich habe dazugelernt.«

»Heißt das, dass ich nicht alles über Juan weiß?«

»Das heißt, dass ich aufgehört habe, Jack zu hassen. Und dass es mir letztlich ziemlich egal ist, ob sie ihn umbringen oder nicht.«

Im Carousel Club war während der Woche kaum was los.

Eine Stripperin zog sich auf der Bühne aus. Die vorderen Tische waren von zwei Bullen in Zivil und einer Nuttenclique besetzt.

Kemper saß beim Hintereingang. Er hatte die Birne der Tischlampe herausgeschraubt – von der Hüfte aufwärts saß er im Dunkeln.

Er konnte die Vorder- und Hintertüren überblicken. Er konnte die Bühne und die vorderen Tische überblicken. Im Schatten war er so gut wie unsichtbar.

Pete wartete am Hinterausgang im Wagen. Er wollte nicht von Jack Ruby erkannt werden.

Die Stripperin zog sich zu Musik von André Kostelanetz aus. Der Plattenspieler eierte.

Kemper nippte an einem Scotch. Der löste einen unmittelbaren Dexedrinschub aus. Und er begriff: Er hatte die Möglichkeit, mit dem Attentat zu spielen, mit dem Schicksal zu spielen.

Ein Hund rannte über die Bühne. Die Stripperin kickte ihn weg. Juan Canestel kam zur Vordertür herein.

Er war allein. Trug Militärhemd und Jeans.

Er ging schnurstracks zum Nuttentisch.

Er hatte sich den Hosenlatz noch mehr ausgestopft als sonst. Aus der linken Hintertasche ragte, deutlich sichtbar, ein Messer.

Im Hosenbund hatte er eine Rolladenschnur stecken.

Juan gab eine Lokalrunde. Ruby umschmeichelte ihn. Die Stripperin ließ die Hüften ein bisschen in seine Richtung kreisen.

Die Bullen musterten ihn bösartig. Ihr Hass auf Latinos war offensichtlich.

Juan hat stets eine Waffe dabei. Möglich, dass sie ihn auf allgemeinen Verdacht hin einer Kontrolle unterzogen.

Möglich, dass sie ihn wegen unerlaubten Waffenbesitzes festnahmen. Es ihm mit dem Gummischlauch besorgten.

Möglich, dass er Banister verpfiff. Dass der Geheimdienst den Konvoi absagte.

Juan trank gern. Möglich, dass er verkatert zum Attentat erschien. Möglich, dass er Jack meilenweit verfehlte.

Juan schwatzte gern. Möglich, dass er sich bis Freitagmittag verdächtig machte.

Die Rolladenschnur hing ihm *vorn* zum Hosenbund heraus.

Juan ist ein Sexkiller. Mord ist eine Ersatzhandlung für ihn.

Juan machte die Nutten an. Die Bullen beäugten ihn immer misstrauischer.

Die Stripperin verbeugte sich und ging in die Garderobe. Ruby kündigte die letzte Runde an. Juan setzte sich zu einer üppigen Brünetten.

Sie werden das Lokal durch die Vordertür verlassen. Pete wird sie nicht sehen. Möglich, dass die Aufregung Juans Leistung beim Attentat minderte.

Kemper nahm das Magazin aus der Waffe und ließ es auf den Boden fallen. Eine Kugel ließ er im Lauf – ihm war danach, noch ein bisschen mehr zu spielen.

Die Brünette stand auf. Juan stand auf. Die Bullen starrten das Paar prüfend an.

Die Bullen steckten die Köpfe zusammen. Ein Bulle schüttelte den Kopf.

Das Mädchen ging zur Parkplatztür. Juan folgte ihr.

Der Parkplatz hatte einen Zugang zu einer Seitenstraße. Die von Stundenhoteleingängen gesäumt war.

Genau dort wartete Pete.

Juan und das Mädchen verschwanden. Kemper zählte bis zwanzig. Ein Mann wischte die Tische mit einem Lumpen ab.

Kemper ging nach draußen. Feiner Nebel stach ihm in die Augen.

Pete pinkelte hinter einem Müllcontainer. Juan und die Nutte gingen die Gasse hinunter. Sie steuerten auf den zweiten Eingang links zu.

Pete erblickte ihn. Pete hustete. »Kemper, was hast du –«, sagte Pete.

Um jäh innezuhalten. »Scheiße ... das ist Juan ...«, sagte Pete.

Pete rannte das Seitensträßchen runter. Die zweite Tür links ging auf und wieder zu.

Kemper rannte los. Sie kamen gleichzeitig bei der Tür an.

Sie befanden sich am hinteren Ende eines Mittelgangs. Auf beiden Seiten des Gangs waren sämtliche Türen geschlossen. Einen Lift gab es nicht – das Hotel hatte nur ein Stockwerk.

Kemper zählte zehn Türen. Kemper hörte einen gedämpften Schrei.

Pete begann, Türen einzutreten. Er warf sich nach links und nach rechts – gezielte Drehungen und gezielte Tritte mit ordentlich geputzen Halbschuhen hoben die Türen aus den Angeln.

Der Boden erbebte. Lichter gingen an. Schläfrige alte Säufer verkrochen sich und suchten Deckung.

Sechs Türen krachten zusammen. Kemper brach Nummer sieben mit der Schulter auf. Drinnen brannte helles Deckenlicht.

Juan hatte ein Messer. Die Nutte auch. Juan hatte einen Dildo vor den Hosenlatz der Jeans geschnallt.

Kemper zielte auf den Kopf. Seine einzige Kugel ging weit am Ziel vorbei.

Pete schubste ihn aus dem Weg. Pete zielte tief und feuerte. Zwei Schüsse aus der Magnum, und Juan hatte keine Kniescheiben mehr.

Er schlug über den Bettrand. Das linke Bein reichte nur noch bis zum Knie.

Die Nutte kicherte. Die Nutte guckte Pete an. Sie schienen sich irgendwie zu verständigen.

Pete hielt Kemper zurück.

Und überließ es der Nutte, Juan die Kehle aufzuschlitzen.

Sie fuhren zu einem Doughnut-Stand und tranken Kaffee. Kemper spürte, wie Dallas in Zeitlupe erstarrte.

Sie hatten Juan liegen lassen. Sie waren *gemächlich* zum Wagen gegangen. Sie fuhren gesetzestreu langsam davon.

Sie sprachen kein Wort. Kemper ließ sein Spiel mit dem Schicksal unerwähnt.

Ein eigentümlicher Adrenalinrausch ließ ihn alles in Zeitlupe erleben.

Pete ging zu einem Münzfernsprecher.

Er ruft Carlos in New Orleans an. Er fleht um dein Leben.

Pete wandte ihm den Rücken zu und beugte sich über den Apparat.

Er sagt, dass Banister alles versaut hat. Dass Boyd den Attentäter umgebracht hat, dem er nie hätte trauen dürfen.

Er weist auf die besonderen Umstände hin. Er fordert sie auf, Boyd seinen Anteil am Attentat zuzugestehen – ihr wisst, wie kompetent der Bursche ist.

Er fleht um Gnade.

Kemper nippte an seinem Kaffee. Pete kehrte zum Tisch zurück.

»Wen hast du angerufen?«

»Meine Frau. Ich wollte ihr nur sagen, dass ich spät nach Hause komme.«

Kemper lächelte. »Ein Anruf ins Hotel kostet nicht so viel.«

»Dallas ist ein teures Pflaster«, sagte Pete. »Die nehmen es von den Lebendigen.«

Kemper verfiel in Südstaatenakzent. »Und ob die das tun.«

Pete knüllte den Becher zusammen. »Kann ich dich irgendwo absetzen?«

»Ich besorg' mir ein Taxi zum Flughafen. Littell hat den Piloten angewiesen, auf mich zu warten.«

»Heim nach Mississippi?«

»Zu Hause ist es am schönsten.«

Pete zwinkerte ihm zu. »Pass auf dich auf, Kemper. Und vielen Dank, dass du mich mitgenommen hast.«

Von der Veranda aus konnte man die weite Hügellandschaft überblicken. Eine schöne Aussicht für ein Billig-Motel.

Er hatte Südseite verlangt. Der Portier hatte ihm ein Zimmer abseits vom Hauptgebäude gegeben.

Der Rückflug war wunderbar gewesen. Der Morgenhimmel verflucht schön.

Er schlief ein und wachte mittags auf. Im Radio sagten sie, dass Jack in Texas eingetroffen war.

Er rief im Weißen Haus und im Justizministerium an. Zweitrangige Assistenten ließen ihn abblitzen.

Sein Name musste auf irgendeiner Liste stehen. Sie legten mitten in der Begrüßung auf.

Er rief den Leitenden Sonderagenten von Dallas an. Der Mann weigerte sich, mit ihm zu reden.

Er rief den Geheimdienst an. Der Diensthabende legte auf.

Er brach das Spiel ab. Er saß auf seiner Veranda und dachte noch einmal von vorn bis hinten über alles nach.

Die Schatten färbten die Hügel dunkelgrün. Er sah immer klarer und deutlicher.

Er hörte Schritte. Ward Littell kam auf ihn zu. Einen brandneuen Burberry-Regenmantel über dem Arm.

»Ich dachte, du wärst in Dallas«, sagte Kemper.

Littell schüttelte den Kopf. »Ich muss mir das nicht mit ansehen. Und ich habe in L. A. noch etwas zu erledigen.«

»Ich mag deinen Anzug, Junge. Schön, dich so gut gekleidet zu sehen.«

Littell ließ den Regenmantel fallen. Kemper sah die Waffe und grinste übers ganze Gesicht.

Littell schoss auf ihn. Die Kugel riss ihn vom Stuhl.

Den zweiten Schuss empfand er wie eine väterliche Mahnung. KOMM ENDLICH ZUR RUHE. Sterbend dachte Kemper an Jack.

99

(Beverly Hills, 22.11.63)

Der Page reichte ihm den Schlüssel und deutete auf den Bungalow. Littell gab ihm tausend Dollar.

Der Mann war verblüfft. »Sie wollen ihn einfach nur *sehen?*«, fragte der Mann ein ums andere Mal.

ICH WILL SEHEN, WAS DER PREIS IST.

Sie standen neben der Putzbaracke. Der Page schaute sich andauernd um. »Beeilen Sie sich«, sagte er. »Sie müssen draußen sein, bevor die Mormonen vom Frühstück zurück sind.«

Littell ließ ihn stehen. Er musste ständig daran denken, was in zwei Stunden geschehen würde und wie spät es in Texas war.

Der Bungalow war lachsfarben und grün.

Littell ging hinein. Im Vorderzimmer standen diverse Medizinschränke und Tropfgestelle. Es roch nach Heilkräutern und Insektenspray.

Er hörte fröhliches Kinderlachen. Im Fernsehen lief eine Kindersendung. Er folgte dem Lachen durch den Flur. Eine Wanduhr zeigte 8 Uhr 09 bis 10 Uhr 09 in Dallas.

Das Lachen ging in einen Werbespot für Hundefutter über. Littell presste sich an die Wand und blickte durch die offene Tür.

Ein IV-Beutel spendete dem Mann Blut. Er war dabei, sich eine

Spritze zu setzen. Er lag splitternackt auf einem hochgeschraubten Krankenhausbett.

Er verfehlte die Hüftvene. Er pikste die Nadel in den Penis und drückte den Kolben durch.

Das Haar fiel ihm auf den Rücken. Die kralligen Fingernägel berührten fast die Handballen.

Das Zimmer stank nach Urin. In einem Eimer voller Pisse schwammen ein paar tote Insekten.

Hughes zog die Nadel heraus. Das Bett bog sich unter der Last von einem Dutzend zerlegter Spielautomaten.

100

(Dallas, 22.11.63)

Der Stoff wirkte. Heshie entspannte sich und brachte ein Lächeln zustande.

Pete wischte die Nadel ab. »Es findet etwa sechs Blocks von hier entfernt statt. Um Viertel nach zwölf rollst du ans Fenster. Du kannst die Wagen vorbeifahren sehen.«

Heshie hustete in ein Kleenex. Blut troff ihm vom Kinn.

Pete warf ihm die Fernbedienung in den Schoß. »Danach stellst du den Fernseher an. Sie werden jede Sendung unterbrechen, um die Nachricht zu bringen.«

Heshie versuchte zu sprechen. Pete flößte ihm einen Schluck Wasser ein.

»Dass du mir nicht einnickst, Hesh. So was kriegst du nicht jeden Tag geboten.«

Menschenmengen drängten sich in der Commerce Street, vom Straßenrand bis zu den Ladenfronten. Selbst gemalte Plakate schwankten drei Meter über dem Boden.

Pete ging zum Club. Er musste sich Schritt für Schritt durch die dicht gedrängten Menschenmassen kämpfen.

Jacks Fans harrten aus. Bullen schubsten besonders Begeisterte von der Straße auf den Bürgersteig zurück.

Kleinkinder durften auf Vaters Schultern sitzen. Millionen von Fähnchen flatterten an kleinen Stäben.

Er schaffte es schließlich zum Club. Barb hatte ihm einen Tisch in der Nähe der Band reserviert. Ein paar abgetakelte Typen zogen sich die Show rein – alles in allem etwa ein Dutzend Säufer in der Mittagspause.

Die Combo spielte eine schnelle Nummer. Barb warf ihm einen Kuss zu. Pete setzte sich und gab ihr mit einem Lächeln zu verstehen, dass er sich ein zärtliches Lied wünschte.

Ein Ruck ging durchs Lokal – ER KOMMT ER KOMMT ER KOMMT!

Die Combo spielte einen Tusch. Joey und die Jungs wirkten ziemlich zugedröhnt.

Barb ging gleich in »Unchained Melody« über. Jeder Gast und jede Bardame und jeder Küchenjunge war zur Tür gerannt.

Das Brüllen wurde lauter. Motorengeräusche waren zu hören – Limousinen und schwere Harley-Davidsons.

Sie hatten die Tür offen stehen lassen. Er hatte Barb ganz für sich allein und konnte nichts von ihrem Gesang hören.

Er beobachtete sie. Er dachte sich eigene Worte aus. Ihre Augen und ihr Mund hielten ihn im Bann.

Das Brüllen ebbte allmählich ab. Er wartete auf den einen Riesenschrei.